KB161318

RINGWORLD PREQUEL 3
DESTROYER OF WORLDS

링월드 프리퀄 3
세계의 파괴자

세계의 파괴자

ⓒ 래리 니븐 · 에드워드 M. 러너 2014

초판 1쇄 인쇄	2014년 3월 1일
초판 1쇄 발행	2014년 3월 4일

지은이	래리 니븐 · 에드워드 M. 러너
옮긴이	고호관

펴낸이	박대일
편집	이문영 · 임유리 · 신지연
마케팅	송재진
디자인	김은희
일러스트	Silvester Song

펴낸곳	새파란상상(파란미디어)
출판등록	2004년 9월 14일 제313−2004−00214호

주소	121−897 서울시 마포구 성지1길 32−36
전화	02−3141−5589(영업부) 070−4616−2011(편집부)
팩스	02−3141−5590
전자우편	paranbook@gmail.com
트위터	@paranmedia
카페	http://cafe.naver.com/paranmedia

ISBN   978−89−6371−145−4 (03840)

RINGWORLD PREQUEL 3
DESTROYER OF WORLDS

링월드 프리퀄 3
세계의 파괴자

래리 니븐 · 에드워드 M. 러너 지음
고호관 옮김

새파란상상

DESTROYER OF WORLDS

차 례

1

지성이라는 건 과대평가를 받고 있었다.

중요하지 않다는 건 아니었다. 단지 많은 이들이 생각하는 것과 달리 전부는 아닐 뿐이었다. 지성은 순식간에 그리고 무자비하게 도약했다. 단순한 관찰에서 미묘한 의미의 함축으로, 심오한 추론으로, 완벽한 확신으로. 지성은 위협과 취약성과 어디에나 도사리고 있는 기회를 그대로 드러냈다. 지성은 사방의 모든 정신이 비슷한 결론을 향해 경주하고 있다는 사실을 이해했다.

그리고 그 즉시 셀 수 없는 경쟁자가 즉각적인 행동에 나서리라는 사실을 이해했다.

지성을 깨쳐 수호자가 된다는 건 순진함을 전부 잃어버리게 된다는 뜻이었다. 동시에 그때부터는 한순간도 방심하지 않게 된다는 뜻이기도 했다.

하지만 고향에서 아주 머나먼 이곳에서는 사정이 달랐다.

스스스폭Thssthfok은 거대한 빙하 위에 홀로 서 있었다. 얇은 조끼 하나만 걸친 채였다. 그것도 보온을 위해서가 아니라 주머니가 필요해서였다. 단단하고 질긴 피부가 적어도 잠시는 추위를 막을 수 있었다. 몇 걸음 떨어진 곳에는 이동식 은신처도 있었고, 왕복선도 멀지 않은 곳에 있었다.

코로 들어오는 공기는 깨끗하고 상쾌하며 온화했다. 이곳의 원시 바다는 생명으로 가득했다. 대부분 단세포생물이었다. 반대로 지상은 황량했다. 두려워할 만한 육식동물은 없었다. 가장 위협적인 포식자라고 할 수 있는 수호자를 쳐도, 0.1일 동안 이동할 수 있는 거리 안에서는 그가 유일했다.

스스스폭이 목숨을 걸고 보호해야 하는 어린이와 양육자는 전부 팩홈Pakhome에 있었다. 통신조차 불가능할 정도로 멀리에. 그들의 안전은 일족에게 위임했다. 거기서 그치지 않고 인질과 보상, 무서운 위협을 이용해 할 수 있는 데까지 보장을 받았다. 그런 조치가 없었다면 스스스폭은 결코 이곳까지 오지 않았을 것이다. 하지만 이곳에 온 건 행운이었다. 만약 이 임무가 성공하면 릴척Rilchuk 일족은 최상의 안전을 누릴 수 있게 될지도 몰랐다.

팩홈에서 벌어지는 끝없는 전쟁에서 자유로워지는 것이다.

바람을 제외하고 유일하게 들리는 소리라고는 깊숙한 곳에서부터 빙핵을 채취하는 강력한 모터의 진동음뿐이었다. 영겁의 세월이 새겨진 얼음층과 재, 얼음 속에 붙잡힌 기체가 빙하 속에 갇혀 있었다.

스스스폭이 이곳에 온 목적이었다.

얼음 속에 갇혀 압축된 기체는 기후의 변화를 대변했다. 재의 흔적은 화산 폭발의 빈도를 알려 주었다. 가끔씩 나타나는 이리듐 같은 금속 먼지는 대형 운석의 충돌을 암시했다. 얼음층의 두께 패턴은 바다의 부피와 행성 전역에서 얼음으로 덮인 표면 비율의 변동을 말해 주었다. 이런 정보와 새로 배치한 인공위성의 세밀한 관측 결과, 이 세계의 궤도 매개변수, 그런 것들을 전부 통합하면 이 행성의 장기적인 적합성을 상당한 신뢰도로 알 수 있었다.

이곳의 기후는 아주 온화했다. 적절한 조치를 취하면 이 행성의 상당 부분은 팩이 진화한 대평원과 비슷하게 쾌적한 기후를 제공할 것이다. 물론 현재 상태가 유지된다고 했을 때 이야기지만. 행성 공학에는 시간과 엄청난 양의 자원이 든다. 일족 전체 —수호자 수백과 어린이 및 양육자 수천—를 옮기는 건 아주 큰일이었다. 스스스폭은 단 한 가지 질문에 답하기 위해 백 광년이 넘게 날아왔다. 이곳의 기후는 얼마나 일정할 것인가?

가능한 한 시간을 많이 거슬러 올라갈 수 있도록 깊숙한 곳에서까지 빙핵을 채취해야 했다. 현재의 자료에 의존한 기후 예측은 어림짐작이나 다를 바가 없었다. 그가 소중히 여기는 모든 이들의 운명을 걸 수 있는 근거가 전혀 되지 못했다. 빙핵은 결국 감추고 있는 비밀을 드러낼 테지만, 그러기 위해서는 시간이 걸렸다.

그리하여 지금 위험은 저 멀리에 있고, 그가 지켜야 할 양육자들의 상태가 어떤지는 전혀 알 수 없었다. 스스스폭은 안전했다. 외부 세계를 무시—팩홈에서라면 언제 어디서도 불가능한 일이었다—해도 될 정도로 안전했다. 과거와 미래를 무시해도 될 정도로. 영원한 현재에 빠져들어도 —전혀 수호자답지 않은 일이었지만— 될 정도로. 사고思考가 생기기 이전의 시절로 돌아가도 될 정도로.

양육자였던 시절의 꿈을 꿔도 될 정도로…….

스스스폭은 기억하고 있었다.

그는 언제나 열을 올려 사냥에 나섰고, 짝을 지었고, 싸웠고, 탐험했다. 모든 일에 호기심을 느꼈지만, 거의 아무것도 이해하지는 못했다. 막대기를 날카롭게 다듬고, 돌을 쪼개 연장을 만들고, 동물 가죽 말린 것을 잘라 끝을 만드는 등 조악한 도구 몇 종류를 만드는 능력에 대해 느꼈던 자부심도 기억났다. 모닥불을 바라보며 경탄하던 일도. 친족과 대화—으르렁거리는 소리와 몸짓 몇백 가지로 표현할 수 있는 개념을 대화라고 할 수 있다면—를 나누던 일도.

당시에 세계는 언제나 새롭고 자극으로 넘쳐 났으며, 대개 이해의 범위를 넘어섰다. 누가 죽었을 때도 그 이유가 명백한 경우는 얼마 되지 않았다. 짐승에게 공격당하거나, 높은 곳에서 떨어지거나, 창에 찔리는 경우 정도였다. 죽음은 대부분 아무런 경고도 이유도 없이 찾아왔다. 동반하는 건 설명하기 어려운 악취뿐이었다.

냄새가 전부였다. 적을 피하는 방법. 친족과 유대하는 방법. 짝짓기 대상에 끌리거나 자기 자식을 알아보는 방법…….

친족의 냄새가 풍부하고 생생하게 떠올랐다. 누구나 저마다 독특한 냄새를 풍겼지만, 몇 세대에 걸쳐 일족임을 알게 해 주는 미묘한 향기는 분명히 있었다. 그때 그는 스스스폭이라고 불리지 않았다. 이름이란 게 없었다. 그런 건 불필요했다. 친족의 냄새를 맡는 것만으로 충분했다. 냄새가 전부였다.

그리고 죽음은 어디에나 있었다. 그리고 삶은…….

삶은 강렬했다.

번개와 별빛, 계절과 조수, 짐승이 살아가는 방법과 가끔 멀리서 눈에 띄는 ─직접 개입하는 건 더욱 드물었다─ 알 수 없는 존재의 요구……. 전부 이해하기 어려웠고 경이로웠다.

그렇게 강렬했고 마음을 사로잡았음에도 그런 기억은 또렷하지 않았다. 양육자란 단지 지혜라는 거대한 바다에 발가락 하나만 담근 존재였다.

천상.

천상 역시 양육자에게는 모호한 개념이었다. 그들이 돌멩이와 창을 던지는 것처럼 분명히 그보다 훨씬 강력한 누군가가 번개를 던지고 있어야 마땅했다. 신들이 아니라면 누가 해와 달을 움직여 하늘을 가로지르게 할 수 있을까? 신들이 아니라면 누가 별들을 배열하고 달의 위상을 정해 줄 수 있을까? 어쩌면 많은 이가 그렇게 생각했듯이, 신이 백성을 만나기 위해 천상에서 내려와 필멸자의 몸을 취한 것일 수도 있었다. 그렇다면 수수께끼의 이방인과 마법을 부리는 도구도 설명이 되었다. 천상은 지상보다 훨씬 나은 곳일 게 분명하므로 수수께끼의 이방인이 왜 그렇게 드물게 내려오는지도 설명할 수 있었다.

하지만 알고 보니 천상은 하늘에 있는 게 아니었다.

천상은 나무였다. 낮은 관목에 불과하고, 어느 모로 보나 평범하며, 수도 없이 지나다녀 익숙하기 그지없는 나무였다.

바로 그날 그 나무가 저항할 수 없는 힘이 실린 냄새를 풍겼다. 갑자기 스스스폭은 그 나무의 뿌리에 강렬하게 끌렸다. 맨손으로 바위투성이 흙을 파헤쳤다. 손톱이 부러지든 피부가 벗겨지든 손에서 피가 나든 신경도 쓰지 않은 채, 냄새에 이끌려 땅속을 향해 전진했다. 찾아야만 했다.

무엇을 찾아야 하는지도 모르면서.

미친 듯이 파헤치던 손가락에 마디가 있는, 노란빛 도는 주황색 나무뿌리 한 가닥이 잡혔다. 냄새는 점점 더 강렬해졌다. 다음 순간 정신을 차리자 배가 아플 정도로 불렀다. 스스스폭은 씹기도 어려운 섬유질 덩어리를 입속 가득 넣고 정신없이 먹고 있었다. 드러나 있는 한 줄기 뿌리 옆에 등을 대고 누운 채였다. 뿌리에는 아직도 거죽이 질긴 덩이줄기가 몇 개 붙어 있었다. 더 많은 덩이줄기가 떨어져 나온 게 분명한 부분에서는 즙이 흘러내렸다. 자신이 게걸스럽게 먹어치운 게 바로 그런 덩이줄기였다는 사실이 마음속 깊숙한 곳에서 어렴풋이 떠올랐다.

사방이 악취로 가득했다. 한편으로는 도망가고 싶었지만, 또 한편으로는 바로 자신에게서 그 냄새가 난다는 것을 스스스폭은 느낄 수 있었다. 고유의 냄새가 바뀐다는 사실에 겁이 났다. 그러나 마음 한구석에서는 ─평소와 다른 명료함이 느껴지면서─ 이미 압도당해 버려 스스로 어찌할 수 없다는 사실을 깨닫고 있었다. 그 자신만 아니라 다른 이들도 물리치는 악취는 그를 적으로부터 보호해 주었다.

새로운 냄새는 벌써 흐려지며 다른 냄새로 바뀌고 있었다. 기이하게도 자신에게 딱 맞는다는 느낌이 드는 냄새였다. 어떻게 이럴 수 있을까? 무엇이 더 변했을까? 그는 당황하며 몸을 이리저리 살폈다.

털이 뭉텅이로 빠지고 없었다. 머리부터 가슴, 손발까지. 무릎과 팔꿈치, 골반이 마술처럼 툭 튀어나와 거대해졌다. 손마디가 욱신거리며 커졌다. 입은 느낌이 이상했다. 피부도 왠지 모르게 팽팽하게 땅겼다. 겁에 질린 그가 반쯤 먹은 덩이줄기를 들지 않은 손으로 몸을 더듬거리는 사이 입술과 잇몸이 하나로 붙었다. 뺨은 말린 가죽 같은 느낌이었다. 가슴과 다리, 반대쪽 팔을 두드려 보았다. 역시 단단하게 변하고 있었다. 그는 두려워하며 가장 은밀한 부위를 살펴보았…….

그것이 없었다!

스스스폭은 울부짖었다. 몸을 불구로 만든 뿌리가 입속에 가득 차 있어서 고통의 소리도 제대로 나오지 않았다.

하지만…….

고통과 충격. 혼란스러웠지만 그는 알아챘다. 어느 때보다도 사고가 명료했던 것이다.

스스스폭은 계속 씹었다.

빙핵 하나가 표면에 가까워지자 기계 소리가 바뀌었다.

스스스폭은 영원히 변치 않을 양육자 시절에서 현재로 돌아왔다. 정신을 차리자 상실감이 깊숙이 밀려왔다. 양육자는 느낌으로 살았다. 그도 한때 땅과 친족이 있는 양육자였다. 모든 일에 열정적이었다.

지성이란 희미한 대체품일 뿐이었다.

이제는 단 한 가지 감정만 남아 있었다. 나머지 감정을 포함하기에는 너무나 강렬했다. 뒤에 남겨진 이들을 보호해야 한다. 내가 낳은 어린이들이 아니라 ——왜냐하면 그들은 이미 죽거나 '생명의 나무tree-of-life' 뿌리를 먹고 똑같이 변형되었을 테니까—— 그들이 낳은 어린이들이 낳은 어린이들이 낳은 어린이들 그리고 또 그들이 낳은 어린이들을 보호해야 한다.

스스스폭이 그들에게 돌아가려면 수많은 세대가 흘러야겠지만, 광속에 가까운 속도로 오가는 우주선 안의 시간으로는 기껏해야 육 년이 지나 있을 것이다. 그동안 먹는 나이는 그보다도 적을 터였다. 저온 수면에 빠져 있는 동안에는 불멸에 가까워질 정도로 신진대사가 느려졌다.

냄새와 기억은 서로 밀접하게 엮여 있었다. 고향 생각에 젖어 있는 스스스폭에게, 바람이 휘몰아치는 얼음판 위의 메마르고 냄새도 없는 공기는 중압감으로 다가왔다. 지질학자와 생물학자들이 일하고 있는 남쪽 온화한 대륙의 탐사대 주력 기지에 잠시 다녀오는 게 좋을지도 몰랐다. 그곳에서라면 다른 수호자들이 약하게 풍기는 것이나마 친족의 냄새를 맡을 수 있었다. 아니면 우주선에 올라 합성한 냄새를 맡을 수도 있었다. 방향제가 아무리 강해도 고향과 친족의 강렬하고 자극적인 냄새에 비하면 아무것도 아니었지만, 아예 없는 것보다는 나았다.

쿵 하는 소리가 깊숙한 곳에서 파낸 빙핵이 도착했음을 알렸다. 스스스폭은 손에서 나오는 열 때문에 정보가 손실되지 않도록 집게를 이용해 가는 원통 모양의 얼음을 투명한 밀폐 용기에 담았다. 얼음층에 대한 조사는 자동으로 끝나 이미 결과가 표시되고 있었다. 하지만 그는 직접 빙핵을 조사했다. 뒤죽박죽인 것에서 패턴을 알아내는 일에 대해서라면 어떤 기계도 영겁의 세월에 걸쳐 진화한 눈과 뇌를 당할 수 없었다.

깊이에 따라 압력이 달라지는 정도를 손쉽게 정정해 가며, 스스스폭은 얼음층을 자세히 살폈다. 일부 층은 나머지보다 더 두꺼웠다. 그 지점의 강수량은 세계적으로 눈이 얼마나 왔는지를 알려 주는 실마리가 된다. 그는 한눈에 여러 개의 주기를 식별할 수 있었다.

모항성과 위성, 이웃 행성들은 각자의 속도로, 각자의 궤도를 움직이며 이 세계를 잡아당겼다. 그에 따라 궤도의 모양이 바뀌었다. 축의 기울기도, 축이 회전하는 느릿느릿한 세차운동도. 그런 변화가 생길 때마다 세계 전역에서 햇빛의 양상이 달라졌다.

이런 소소한 변화가 기후를 만드는 것이다.

이전에 채취한 빙핵과 마찬가지로 방금 꺼낸 빙핵에도 빙하기의 흔적이 있었다. 궤도의 변동이면 대부분 설명이 되었고, 나머지는 화산재가 채웠다. 빙핵을 분석한 결과 앞으로 수천 년 동안은 또다시 빙하기가 올 이유가 없었다.

반면, 팩홈은 조만간 빙하기를 맞닥뜨릴 게 거의 확실했다. 스스스폭이 운이 좋다면 다음 빙하기는 그가 죽고 나서 한참 뒤에 팩홈의 천문학적인 주기에 따라 일어날 터였다. 운이 좋지 않다면, 아니, 운이 딱히 나쁘지 않더라도 전쟁 때문에 죽을 가능성이 훨씬 컸다. 수호자는 거의 모두 전쟁으로 인해 죽었다. 자원 확보 경쟁은 그 어느 때보다도 치열했다.

사실 스스스폭은 빙하기—특히 핵겨울로 가속화되는—에 매료되기도 했다. 하지만 그는 기후학자가 아니라 수호자였다. 친족이 위험에 처했으나 자신은 너무 멀리 떨어져 있어 지킬 수 없는 상황에서, 그런 전망은 두려움만 가중시킬 뿐이었다. 제한적으로만 핵 공격을 주고받는다고 해도 기후가 온화한 지역이 몇 년 동안이나 거주 불가능한 곳으로 바뀔 터였다. 그 지역에 사는 친족들은 거느리고 있는 양육자들을 위해 새로운 생활공간을 찾아 정복 활동에 나설 것이고, 적도 지방을 두고 피 터지는 싸움이 벌어질 수밖에 없었다.

스스스폭이 태어난 섬이자 친족의 고향인 릴척은 적도 위에 있었다. 바로 그곳이 목표가 될 가능성이 컸다. 누가 정복하든 정복자와 냄새가 다른 양육자들—그의 친족!—은 학살당할 것이다.

스스스폭은 생각했다. 나는 새로운 릴척, 나의 후손들이 여러 세대에 걸쳐 터전으로 삼을 수 있는 곳을 찾아야 한다. 이 행성이든, 다른 어느 곳에서든.

혹시 이미 늦은 건 아닐까?

저온 수면에서 깨어난 뒤로 수백 번도 더 든 생각이었다. 스스스폭은 불안감을 억눌렀다. 한 번이라도 의심이 자라나게 했다가는 삶의 의욕을 잃어버릴 수 있었다. 알 수 없는 상황에 대해서는 아예 생각하지 않는 게 나았다.

다시 마음을 다잡고 빙핵에 정신을 집중했다. 마음속에서는 이미 알고 있었다. 바로 이곳이다. 더 빨리 입증할수록 후손을 더 빨리 이곳으로 데려…….

밀봉해 놓은 조끼 주머니 속에서 무전기가 울렸다. 무전기는 지령이 오가는 채널로 설정되어 있었고, 날카로운 소리의 의미는 분명했다. 긴급 비상 소환이었다.

소환?

이 세계가 안전하다는 사실을 입증하려면 좀 더 깊은 곳에서 빙핵을 채취해야 했다. 스스스폭이 지켜야 할 양육자들의 안전을 위해서. 빙핵을 적절하게 포장하고 채취 장비를 회수하는 데만도 하루의 절반은 걸릴 터였다.

그는 무전기를 꺼내서 말했다.

"사령관, 하루를 더 요청합니다. 빙핵이…….”

이번 임무를 지휘하는 브프톨녹Bphtolnok은 궤도 위의 램스쿠프 우주선에 있었다. 사령관이 스스스폭의 할아버지와 남매간이라는 사실은 전혀 도움이 되지 않았다. 이 임무에 참가한 모두가 친족이었다.

브프톨눅이 말을 잘랐다.

"0.2일 안에 귀환하라. 아니면 남겨 두고 떠날 것이다."

2

행성에 있는 전원을 소환한 바람에 착륙장은 매우 혼란스러웠다. 스스스폭은 미처 왕복선을 확보하기도 전에 다시 소환 연락을 받았다.

그는 투덜거리는 소리와 환풍기 소리로 시끄러운 혼잡한 복도를 뚫고 지나갔다. 원래는 우주선 승무원 전체가 깨어 있는 상태로 탑승하게 되어 있지 않았다. 무슨 일 때문에 소환하는지는 몰라도 이 상태로 오래갈 수는 없었다. 생명 유지 장치가 이 인원을 동시에 지탱할 수 없기 때문이었다. 이미 몇몇은 저온 수면 장치 앞에 줄을 서고 있을 게 분명했다.

스스스폭이 아직도 군중 사이를 뚫고 힘들게 움직이고 있을 때, '새 희망'호가 최대 가속도로 출발했다.

사령관실에는 브프톨눅 말고도 네 명이 더 있었다. 그중 셋은 사령관과 마찬가지로 명예로운 흉터가 있는 전사였다. 마지막 한 명, 그의 이복형제인 플로슈프톡Floshftok만 천체물리학자였다.

개척지로 가능성이 높은 세계를 포기하는 일. 비상 출발과 함교를 떠나 있는 사령관. 전술과 천체물리학, 기상학이 관련된 긴급회의. 이 중 어느 하나도 정상적인 일이 아니었다. 그런데 한꺼번에? 이유는 한 가지일 수밖에 없었다.

양육자들이 위험에 처한 것이다!

릴척에서 보낸 메시지가 도착하는 데는 백 년도 더 걸렸다. 며칠 만에 처음으로 친족의 냄새를 맡았지만, 스스스폭은 절망스러운 상황임을 알았다. 양육자가 없는 수호자는 목적이 없다. 살의지와 식욕을 상실한 끝에 굶어 죽고 만다.

그러나…….

적어도 브프톨녹은 어떤 위험인지 알고 있었다. 그리고 단호하게 행동했다. 아직 시간이 있을 게 분명했다. 위험은 팩홈이 아니라 다른 곳에서 나타난 게 틀림없었다.

플로슈프톡이 여기 있다는 건 이 위협에 천체물리학적인 측면이 있다는 뜻이었다. 멀리서 어떤 현상을 감지한 것이다. 어쩌면 인근 항성계의 핵융합반응 때문에 뜻밖의 중성미자 흐름이 발생했을지도 몰랐다. 아니면 램스쿠프 우주선의 게걸스러운 목구멍이 다가오고 있거나. 아니면 핵융합 엔진이나 램스쿠프 혹은 다른 무엇인가가 감속하면서 백열의 배출 가스를 이쪽으로 방출하고 있거나.

천체물리학자가 원정에 참여한 건 멀리서 다가오는 위험과 자연현상을 구별하기 위해서였다.

팩이건 외계인이건 반응은 똑같았다. 팩이라면, 방금 '새 희망' 호가 그 궤도를 떠난 원시 세계를 두고 싸우는 경쟁자일 게 분명했다. 외계인이라면, 어느 모로 보나 잠재적인 경쟁자였다. 스스스폭은 다른 지성 종족에 전혀 흥미가 없었다. 호기심은 양육자의 것이었다. 그런 건 오래전에 털어 버렸다. 팩이건 외계인이건, 침입자이건 이웃이건, 플로슈프톡의 눈에 띄었다면 해치워야 했다.

이 모든 생각은 좁은 선실을 가로질러 자리에 앉는 스스스폭의 마음속을 번개같이 스쳐 지나갔다. 그는 무슨 일인지 더 알고 싶은 마음이 절실해 몸을 앞으로 기울였다.

"다시 말해 보시오."

사령관이 명령했다.

플로슈프톡이 인근 지역의 홀로그램 영상을 불러냈다. 색을 입힌 넓은 영역이 인근 항성들을 쓸고 지나갔다. 각 색깔은 방사선의 유형을 나타냈다.

스스스폭은 영상을 면밀히 관찰했다. 천문 현상이 아니라기에는 너무 광범위했다. 저렇게 많은 중성미자와 방사광radiant glow이 어디서 나오는 걸까?

"초신성들입니다."

플로슈프톡이 알려 주었다.

복수형. 그런데 얼마나 많은 걸까? 파동의 앞부분에는 곡면이 전혀 보이지 않았다. 수많은 초신성에서 나온 구형 파동의 앞부분이 모여 곡면이 상쇄된 듯했다.

"은하핵?"

스스스폭이 놀라워하며 물었다. 생의 마지막 단계에 있는 항성이 초신성에 가까울수록 더…….

"연쇄 폭발입니다."

플로슈프톡이 말했다.

회의는 그렇게 흘러갔다. 말 한마디, 짧은 문장이 간간이 나오는 게 고작이었다. 스스스폭이 안전하게 해 주기 위해서 그토록 노력하는 대상인 양육자들은 단순한 개념을 전하는 데도 단어를 많이 써서 말해야 했다. 수호자는 말로 표현하는 속도보다 훨씬 빠르게 생각할 수 있어 아주 미묘한 실마리만 있어도 의미를 파악할 수 있었다.

새로운 릴척이 될 수도 있었을 세계의 밤하늘에서는 초신성을 전혀 볼 수 없었다. 플로슈프톡이 감지한 건 파동의 선두였다. 전 파장대에 걸쳐 있는 방사광은 중성미자의 뒤를 따르는 항성의 잔해에서 나오는 게 분명했다. 수천 광년 두께의 충격파는 광속의 십 퍼센트로 움직이면서 그 앞에 있는 모든 세계를 불모지로 만들고 있을 터였다.

'새 희망'호가 도망친 것도 무리는 아니었다.

전사도 기상학자도 천체물리학자도 폭발하는 별에 맞설 수는 없었다. 스스스폭은 탁자 주위를 둘러보았다. 이번에는 전사 한 명이 그를 결론으로 이끌었다.

최선임 전략가인 클스스폭Klssthfok이 말했다.

"주기의 끝이지."

수백만 년 동안이나 팩은 친족과 일족을 위해 전투──역사 기록에 틈이 너무 많아 몇 번인지는 정확히 알 수 없지만──를 벌였다. 조금이라도 이득을 취할 방법이 있다면 받아들였고, 아무리 끔찍한 결과가 나와도 용인했다. 그 과정에서 팩은 상상할 수 있는 온갖 재앙과 맞닥뜨렸다. 생태 붕괴, 유전자조작 전염병, 핵겨울, 우주 폭격, 유독성 사막, 방사능 황무지. 장소도 팩홈에 국한되지 않았다. 모항성계의 소행성대와 암석형 위성, 심지어는 인근 항성계의 개척지까지 번졌다.

몰락에서 회복하는 게 힘들수록 복구하는 데 걸리는 시간도 길었다. 팩홈에 석유와 석탄이 사라진 지는 오래였다. 핵분열물질도 대부분 사라졌다. 바닷속의 중수소와 삼중수소도 사라졌고, 금속은 광산에서 발견되는 것보다 고대 유적지에서 꺼내 오는 양이 더 많았다. 오로지 지식만이 ─그것도 가끔만─ 고통을 누그러뜨려 주었다. 그래 봤자 다음번 몰락을 앞당길 뿐이었다. 불모지가 된 세계는 복구할 방법이 없었다.

"최후의 몰락이군요."

스스스폭이 말했다.

소환된 이유는 바로 이것이었다. 재앙이 임박했다는 사실이 드러나면 팩홈에 있는 모든 수호자에게 하나의 공통적인 목표가 생겼다. 양육자들을 데리고 탈출하는 것이다.

전 세계가 함께 탈출하는 데 필요한 자원은 남아 있지 않았다.

몇 개 안 되는 우주선과 우주선을 만드는 데 필요한 자원을 두고 전쟁이 벌어질 것이다. 우주선을 공급하는 데 필요하다면 무엇이 됐든 그것을 얻기 위한 전쟁이 일어날 것이다. 그리고 이번이 마지막이 되리라는 사실이 분명하기에 이루 말할 수 없이 치열한 전쟁이 될 것이다.

'새 희망'호가 아무리 광속에 근접해 움직인다고 해도 다가올 재앙을 알리기 위해 팩홈을 향해 달려가는 물결을 따라잡을 수는 없었다. 그래도 양육자들을 위해서는 가야만 했다. 어쩔 수 없이 역사상 가장 치열한 전쟁 중에 도착하게 되리라.

현재 살아 있는 팩은 누구도 핵겨울을 겪은 적이 없었다. 전략을 세우기 위해서는 앞으로 겪을 상황에 대해 최대한 정확한 정보가 필요했다. 다가올 비행 기간 동안 승무원 대부분은 잠을 자겠지만, 스스스폭은 도착했을 때 어떤 상황인지를 분석해야 했다. 과연 구출해 낼 양육자들이 남아 있을지 결론도 나지 않는 고민을 반복하면서.

3

팩홈은 고통에 휩싸인 세계였다.

하늘은 시커멓고 혼탁한 색으로 물들어 있었다. 대륙은 눈에 덮인 채 떠돌아다녔다. 넓은 바다에는 빙산이 점점이 떠 있었다. 낮이나 밤이나 별 차이 없었다. 짙은 연기에 뒤덮여 모든 게 어두웠다. 어디를 봐도 은하핵에서 나오는 빛이 하늘을 지배했다.

암석 부스러기가 주위를 돌았다. 이번 시대 우주정거장의 잔해가 과거 주기에 생긴 파편에 합류했다. 개척지가 번성하던 위성에는 새 충돌구가 여럿 생겼다. 네 번째 행성은 위성을 하나 잃었다. 거기서 나온 파편이 아직 주위를 돌면서 새로운 고리를 형성하는 중이었다.

일 광년 떨어진 곳에서도 보이는 작은 함대의 핵융합 불꽃은 일부 일족이 탈출했다는 사실을 알려 주었다. 이곳에 있는 잔해의 상당량은 탈출 준비 과정에서 나온 것일 터였다. 필요한 것을 약탈하고 훔칠 수 없는 건 파괴해서 경쟁 일족의 추격을 막으려 한 것이다.

릴첵 일족은 어떻게 하고 있을까? 아직 두고 봐야 했다.

스스스폭의 왕복선은 최대 가속으로 팩홈까지 사흘 걸리는 거리에 있었다. '새 희망'호는 비슷한 거리, 반대쪽 방향에 숨어 있었다. 왕복선 계기에는 바위와 얼음덩어리만 드문드문 보였다. 아무 경고도 없이 그곳에서 광선 무기가 날아올 수 있었다. 그에 대해 할 수 있는 일은 없었다. 따라서 스스스폭은 기다리는 동안 주 망원경을 팩홈으로 맞춰 두고 있었다.

수호자에게 가능한 일이었다면, 스스스폭은 울었을 것이다.

시커멓게 탄 잔해와 아직도 넘실거리는 재와 검은 연기만이 거대 도시가 있던 곳을 나타냈다. 로복 강의 거대한 댐은 파괴되었다. 아직 바다로 쓸려 가지 않은 잔해는 얼음 속에 묻혀 있었다. 한때 거대한 섬이었던 라발은 바닷속에서 번쩍거리는 화산의 기단부를 빼고는 흔적도 없이 사라졌다. 이 거리에서는 무엇 때문에 그런 대폭발이 일어났는지 알 수 없었지만, 스스스폭의 머릿속에는 온갖 이론이 떠올랐다.

남극 사막의 중심 근처에 있는 방사형 도서관 단지는 적어도 이 정도 해상도에서는 온전해 보였다. 탈출해야만 하는 상황에서 팩이 찾는 건 전부 성능이 더 뛰어난 무기였다. 그리고 군사 기술은 어떤 친족도 도서관에 보관하지 않았다. 다가오는 방사선이 지나가고 나면 누구도 이 오랫동안 쌓인 지식을 이용할 수 없으리라.

수백만 년, 셀 수 없는 주기가 지난 뒤에 결국 이 거대한 보관소는 의미를 상실한 것이다.

도서관…….

양육자가 없는 수호자들에게 도서관은 삶 그 자체였다. 스스로 납득하는 한 그들은 모든 팩을 위해 봉사했다. 본능을 만족시키는 동시에 후손들보다도 오래 생명을 유지할 수 있었다.

다른 이들에게 도서관 사서들은 혐오스러운 존재였다. 자연을 거스르는 범죄자였다. 그리고 도서관은 음울한 장소였다.

스스스폭은 '새 희망'호가 출발하기 전에 도서관을 찾았던 일을 떠올렸다. 팩홈의 기후에 대한 고대 자료를 연구하기 위해서였다. 아치로 두른 길에는 도서관을 상징하는 기호—생명과 주기를 나타내는 이중나선—가 새겨져 있었다. 위로 향하는 가닥은 더 나았던 시기, 도서관의 지식 덕분에 몰락이 완화되었던 과거에 대한 전망을 상징했다. 아래로 향하는 가닥은 언제나 대비하고 있어야 할 다음 차례의 필연적인 몰락을 상징했다.

연구 속도는 느렸다. 정보의 대부분이 글의 형태로 거의 파괴가 불가능한 금속판에 새겨져 있기 때문이었다. 편의성보다는 오래 살아남는 게 더 중요했다. 전기가 없거나 쓰인 형식이 오래되어 사라져도 자료의 가치가 떨어지지 않는다고 했다. 오래된 언어를 새로운 언어로 옮겨 쓰는 일에 수고를 아끼지 않는 도서관 사서에게 낡은 형식은 별문제가 아니었다. 얼른 빠져나가고 싶었던 스스스폭은 서둘러 연구를 마쳤다. 만약 자신의 혈족에게 불운한 일이 닥친다면 조용히 사라지겠다고 다짐하면서.

도서관은 팩 사회에서는 드물게 친족이라는 좁은 이해 범위를 넘어서 있는 기관이었다.

모든 건 다 지나갈 일이었다. 그 일부는 이미 그렇게 되었다.

'새 희망'호가 고향 항성계에 들어서자마자 마지막 우주 엘리베이터가 파괴되는 모습이 보였다. 너무 가느다란 구조물이라 최대 배율로 확대해도 알아보기 어려웠지만, 긴 케이블이 끊어져 절반은 천천히 땅으로 무너져 내리고 반대쪽은 이리저리 뒤틀리면서 봉쇄하고 있던 함대를 흩어지게 하는 광경은 놓칠 수가 없었다. 지상에 있는 공통의 적이 사실상 꼼짝 못하게 되자, 우주에 근거지를 둔 여러 문명도 서로 상대를 향해 함대를 돌렸다.

얼마 전 얼어붙은 땅에서 불편할 정도로 멀리 떨어져 있었던 릴척은 천연자원이 부족한 덕분에 아직까지는 큰 피해를 입지 않은 상태였다. 친족 코드로 암호화한 메시지를 보내자 구조 요청이 돌아왔다. 아직 너무 늦은 건 아니었다.

다만, 구조가 불가능에 가까웠다.

삼 년에 걸친 끝없는 가상 전쟁의 결과는 항상 똑같았다. '새 희망'호 하나로는 릴척 일족을 대피시킬 수 없었다. 팩홈에 접근하는 것 자체가 어리석은 행위였다. 한 척만으로는 우주선을 구하느라 혈안이 된 적을 상대로 방어조차 하기 어려웠다. 하지만 절대 바꿀 수 없는 우주선 외에도 그들에게는 거래할 물건이 하나 더 있었다.

왕복선 한 척이 다가오고 있다고 레이더가 신호했다. 스스스폭은 망원경 화면을 껐다. 다른 우주선이 올 줄은 알고 있었다. 선택의 여지가 남아 있지 않은 일족은 릴척만이 아니었다.

두 우주선은 인증 코드를 교환한 뒤 랑데부했다. 스스스폭은 방문객이 탑승하기를 기다렸다. 에어록이 서로 연결되었음에도 방문객은 압력복을 입고 있었다. 다용도 허리띠에는 의료용 스캐너 같은 물건이 매달려 있었다.

사실은 위장한 무기일 수도 있었지만, 스스스폭은 굳이 조사해 보라고 하지 않았다. 지금 거래하려는 비밀을 캐내려면 스스스폭을 무의식 상태로 만들거나 죽이는 수밖에 없었다. 하지만 그의 생명 징후에 이상이 생기면 곧바로 우주선의 핵융합로가 폭발하도록 안전장치를 해 두었다. 상황을 고려할 때 상대방 역시 그 정도 예방 조치는 예상하고 있을 터였다.

방문객은 조심스러운 태도로 헬멧을 벗고 공기 냄새를 맡은 뒤, 자신을 소개했다.

"퀘클로스크Qweklothk요."

일족의 이름은 대지 않았다. 어쩌면 이름이 뭐든 의미가 없을지도 몰랐다. 릴척 일족은 계절에 따라 변하는 바다 내음이 가미된, 마음을 들뜨게 하는 향기를 풍겼다. 릴척은 장소였고, 고향이었으며, 적절한 일족의 이름이었다.

혜성 거주자라고 부르면 되겠군. 스스스폭은 생각했다.

퀘클로스크는 혈족과 전혀 다른 냄새를 발산했다. 몇 년 만에 처음으로 새로운 냄새를 맡자 피부가 스멀거렸다. 물론 이곳 혜성대에서 친족을 찾을 수 있으리라는 기대는 하지 않았다. 하지만 후뇌와 직접 연결된 원시적인 감각이었다. 지성과 본능이 서로 싸웠다.

"퀘클로스크."

스스스폭이 되뇌었다. 그것은 아무 의미도 없는 표지에 불과했다. 바로 그 개념이 마음에 거슬렸다. '스스스폭'은 단지 임의의 기호를 배열한 게 아니라 그가 누군지를 나타내었다. 조부모의 우성 페로몬이 소리에 드러나 있었다.

물론 그 역시 이 방문객에게는 이방인일 게 분명했다.

"릴척의 스스스폭이오."

"보여 주시오."

퀘클로스크가 말했다.

왕복선의 작은 화물칸에는 저온 수면 장치가 들어 있었다. 스스스폭이 대표로 뽑힌 건 그가 아는 게 없어서 누설할 염려도 없기 때문이었다. 이 저온 수면 장치의 비밀에 대해.

퀘클로스크도 다른 걸 기대한 게 아니었다. 그는 아무 질문도 하지 않은 채 천천히 장치 주위를 돌았다. 손에 들고 있는 스캐너에서 웅웅거리는 소리가 났다. 그는 스캐너에 뜬 수치와 저온 수면 장치 제어판 화면에 뜬 수치를 비교했다. 돔형 유리를 문질러 서리를 없애고 안쪽도 들여다보았다. 움직이지 않는 형체 하나가

누워 있었다. 자세히 보면 가슴이 천천히 오르내리는 걸 확인할
수 있었다.

쿼클로스크는 압력복 주머니에서 탐침을 하나 꺼냈다. 그리고
허락도 구하지 않은 채 ——스스스폭이 그렇게 해 줄 예정이 아니
었다면 애초에 여기 오지도 않았을 것이다—— 돔을 열고 조직 표
본을 채취했다. 스캐너가 표본을 받아들이며 삑삑 소리를 냈다.

장기간 여행을 떠났던 '새 희망'호에는 양육자가 없었다. 저온
수면 장치 안의 양육자는 외곽 개척지에서 보급품을 약탈할 때
잡아 온 것이었다. 어차피 가족들은 죽은 것이나 마찬가지였다.

저온 수면 장치는 신진대사와 페로몬 방출을 정지 상태에 가
깝게 늦춘다. 따라서 이 양육자가 쿼클로스크에게는 이질적이었
음에도 저온 수면 장치에서는 냄새가 전혀 흘러나오지 않았다.

스스스폭이 양육자 여자를 깨우기 전까지는 그랬다. 성공적인
소생은 이번 시연의 핵심이었다.

스스스폭과 쿼클로스크의 냄새는 여자에게 이질적일 터였다.
양육자 여자가 내지른 비명은 절망적인 두려움 속으로 사라졌다.
여자는 저온 수면 장치 안에서 벌벌 떨었다. 여자의 시선이 생판
모르는 두 수호자 사이를 오갔다. 양육자의 정신으로도 그들에게
자신의 목숨이 달려 있다는 정도는 알 수 있었다.

쿼클로스크는 여자를 쿡쿡 찔러 반사 신경을 측정하고, 누워
있는 곳을 스캔했다. 그리고 여자를 들어 올려 똑바로 세운 뒤 덜
덜 떨고 있는 그녀를 몇 번 더 스캔했다.

"괜찮군."

거래를 마무리 짓는 말이었다.

퀘클로스크는 몸을 돌려 떠날 채비를 했다. 그리고 문득 생각 났다는 듯이 양육자의 목을 꺾었다.

혜성 거주자에게는 우주선을 건조해서 다가오는 방사선을 피 해 떠날 자원이 있었다. 하지만 그래 봤자 절멸을 늦출 뿐이었 다. 광속에 가까운 속도로 달리는 우주선 내부의 시간이라고 해 도 은하 외곽의 안전한 곳까지 가는 데는 장구한 세월이 걸린다. 저온 수면 기술이 없다면 혜성 거주자들은, 무엇보다도 어린이와 양육자 들이 여행에서 살아남을 수 없으리라.

램스쿠프 우주선 안의 생활공간은 한정되어 있고 환경이 혹독 했다. 덜 위험한 시대였다면 저온 수면은 릴척 일족이 새로운 고 향—그 기술이 없는 경쟁자가 쫓아올 수 없을 만큼 먼 곳의— 으로 이주할 수 있게 해 주는 기술이었을 것이다. 그런 세계를 찾 고서도 포기해야만 하다니. 백 광년이 그렇게 멀어 보이던 때가 있었는데, 이 얼마나 얄궂은가. 스스스폭은 생각했다.

이제 저온 수면 기술은 다른 방법으로 그의 혈족을 구해 줄 수 있었다. 저온 수면 기술과 교환하기 위해 여러 혜성 거주자들이 목숨을 걸고 릴척에서 양육자들을 구해 낼 것이다.

함대가 핵융합 불꽃의 기둥을 내뿜으며 하강했다. 이를 저지 하기 위해 항공기와 우주선이 이륙했다. 전 함선이 광선 무기, 미사일, 레일건 등을 발사했다. 큰 손상을 입은 함선은 날아가는 돌멩이처럼 혹은 불꽃놀이 화약처럼 하늘에서 사라졌다. 구조 함대는 전투를 치르며 릴척 섬에 점점 가까이 다가갔다. 약속한 시간이 되자 일족의 코드로 암호화된 신호를 미리 준비한 대로 발신했다.

섬의 개발 지역에서 수호자들이 구조대의 착륙을 은폐하기 위해 무기를 발사했다. 반대쪽, 미개발 지역에는 어린이와 양육자들이 소음과 혼란에 겁을 먹고 웅크리고 있었다.

양측에 막대한 피해를 남긴 채 적함이 공격을 멈추고 물러섰다. 살아남은 구조선은 계속해서 가족 인식 코드를 발신하며 섬의 허리 부근, 인구가 없는 지역의 착륙장으로 진로를 고정했다. 마지막 순간, 우주선은 방향을 틀며…….

핵융합 불꽃으로 땅 위에 있는 수호자들을 태워 버렸다. 모르는 자들이 양육자를 잡아가는데 릴척의 수호자들이 가만히 구경이나 하고 있으리라고는 생각할 수 없었다. 스스스폭 역시 똑같이 했을 것이다. 수호자들은 언제나 소모 가능한 자원—스스로는 그렇게 생각하지 않을지 모르지만—이었다.

안전하게 멀리 떨어져 있는 '새 희망'호 안에서 스스스폭은 통신 중계와 원격 센서를 이용해 혜성 거주자들이 어린이와 양육자들을 모아 가스로 마취한 뒤 싣는 모습을 지켜보았다.

이제 혜성 거주자들은 릴척의 양육자들을 인질로 삼게 된 셈이었다. 릴척 일족 역시 상대방의 양육자들을 상당수 인질로 잡았다. 한 일족에게는 저온 수면 장치와 전문 기술이 필요했다. 다른 일족에게는 여분의 우주선이 필요했다. 그 둘을 모두 갖고 있지 않으면 절멸할 게 뻔했다. 둘이 모두 있어야 생존할 가능성이 있었다.

스스스폭은 이 동맹이 얼마나 오래갈지 궁금했다.

릴척–혜성 거주자 함대는 진공 속으로 사라졌다. 후미에서 나오는 불빛에 뒤덮이기 전, 스스스폭의 눈에 마지막으로 들어온 것은 팩홈의 남반구였다. 이 거리에서는 도서관 단지가 보이지 않았다. 금속으로 만든 책은 조만간 행성 위의 모든 생명을 죽이고 말 재앙으로부터도 살아남을 것이다.

스스스폭은 '새 희망'호의 망원경을 전방으로 향했다. 은하의 팔 영역 너머 먼 곳으로.

있을지 없을지 모르는 미래를 향해서.

| 임박한 멸망 |

1

지그문트 아우스폴러는 자신이 끔찍한 죽음을 맞이하리라는 사실을 알고 있었다. 그런데 이상하게도 그는 쭉 낙천적이었다. 이미 끔찍하게 죽은 게 두 번이었다. 지금까지는.

기적에 가까운 현대 의학 덕분에 그는 대체로 현재의 삶에 만족했다. 바로 그게 걱정거리였다.

지그문트는 가족이라는 혼돈에 휩싸여 있었다. 세 번째 삶을 부여받았을 때처럼, 가정의 행복도 느닷없이 찾아왔다. 그는 잠시 여유를 갖고 이런 소동을 만끽하고 있었다.

헤르메스는 나이에 비해 키가 크고 막대기처럼 비쩍 말랐다. 검은 곱슬머리는 풍성했다. 무한한 에너지와 장난기 넘치는 웃음, 언제나 변함없이 찾아내곤 하는 장난거리—제가 당하고 마

는 게 반이나 되지만——에 대해 창조적인 변명을 늘어놓는 능력
이 있었다. 기술과 속도, 민첩성이 뛰어난 신의 이름값을 하는
셈이었다.[*]

아들의 나이를 몇 살이라고 해야 할까? 이곳 뉴 테라에서는
여덟 살이다. 예전 테라, 지구에서는? 뉴 테라의 누구도, 심지어
지그문트조차도 지구의 일 년이 얼마나 되는지 알지 못한다. 그
래도 잃어버린 기억 중에서 그 하나만큼은 어림잡을 수 있었다.
지구에서는 임신 기간이 일 년 열두 달 중 아홉 달이었다. 임신
기간을 달수로 세지 않는 이곳에서는 일 년의 육분의 오였다. 그
러니까 뉴 테라의 일 년은 불분명한 지구 일 년의 구십 퍼센트쯤
되고, 지구 기준으로 하면 아들은 일곱 살에 다소 못 미쳤다.

그런데 헤르메스는 학교에 가져갈 준비물을 챙기는 대신 무슨
짓을 하고 있는 걸까? 물론 여동생을 괴롭히고 있었다.

아테나 역시 영구기관[**]이었다. 고운 얼굴에 섬세한 얼굴선, 독
특한 분위기의 아름다운 금발. 뉴 테라 기준으로 갓 네 살인 딸아
이는 이미 엄마의 건강미를 보여 주고 있었다. 아테나는 조숙했
다. 시간이 지나면 같은 이름을 지닌 여신에게 어울리는 지혜를
갖추게 될지[***]도 알 수 있을 테지만, 일단 오빠의 괴롭힘에 대해
아테나는 순진무구한 눈을 둥글게 뜨고 아랫입술을 과장되게 떨
면서 엄마가 끼어들게 했다. 무서울 정도로 조숙한 아이였다.

---

[*] 헤르메스Hermes는 그리스신화에 나오는 목동, 나그네, 상인, 도둑들의 수호신이다.
[**] 永久機關. 밖으로부터 에너지의 공급을 받지 않고 영원히 일을 계속하는 가상의 기관.
[***] 아테나Athena는 그리스신화 속 지혜의 여신이다.

페넬로페. 과로와 아이들에게 시달린, 재미있고 영리한 이 여인은 가족 모두가 하루를 준비할 수 있도록 애쓰고 있었다. 그녀는 아름다웠다. 장밋빛 뺨에, 반짝이는 파란 눈, 어깨 아래까지 흘러내린 연한 금발. 키는 지그문트만 하고, 몸은 훨씬 더 좋았다. 페넬로페는 지그문트에게 아내이자 최고의 친구이며 버팀목이었다.

이들을 보호하기 위해서라면 지그문트는 일말의 주저도 없이 목숨을 버릴 수 있고 그 누구라도 죽일 수 있었다.

"아침 식사 완료 예상 시간은 언제야?"

페넬로페가 물었다. 왜 딱 맞춰서 식사를 합성하지 않았느냐고 따지는 투였다. 그건 지그문트가 직접 요리하기를 좋아하기 때문이었다. 요리는 중심을 잡아 주었다.

"이 분만."

그는 덴버 오믈렛을 뒤집었다. 이 세계에서 덴버에 대해 가장 잘 알려진 게 바로 이 오믈렛이었다. 지그문트는 토스트를 굽기 시작하며 주스를 따랐다.

"다들 앉자."

부부는 함께 아이들을 먹인 뒤 서둘러 학교로 보냈다.

페넬로페는 최근 실험실에서 벌어지고 있는 위기를 걱정하며 잠시 괴로워하다가 남편의 비행복 프로그래밍에 대해 잔소리를 했다. 지그문트가 자신의 당당한 키에 걸맞게 나노 섬유의 무늬와 질감을 바꾸고 나서야 그녀는 포크를 들었다.

"거봐, 어렵지 않잖아. 안 그래?"

남편의 팔을 가볍게 두드리며 그녀가 말했다.

뉴 테라에 와서 페넬로페를 만나기 전까지 지그문트는 항상 검은 옷만 입었다. 신경 쓸 것도, 치장할 것도 없었다. 하지만 그건 다른 세계의 다른 삶이었다.

지그문트는 프로그래밍 가능한 옷에 사회적인 단서를 집어넣는다는 논리를 이해할 수 없었다. 만약 옷 위에 아무거나 마음대로 투영할 수 있다면……. 어쩐 일인지 바로 그 때문에 옷이 의미를 지니게 되었다. 하지만 지그문트는 그에 대해 더 배우기를 완강하게 거부했다. 옷과 관련된 규칙은 마음 놓고 무시해도 되는 소수의 수수께끼 중 하나였다.

지그문트는 의자에 기대앉아 미소를 지으며 페넬로페가 아침을 먹는 모습을 바라보았다. 옷의 줄무늬는 그녀가 일하는 야생 동물 실험실의 책임자라는 사실을 나타내는 걸까? 아니면, 원리는 모르겠지만 모조 벨벳 마무리가 그 역할을 하는 걸까? 그는 아내가 옷차림을 고르는 원리를 결코 이해하지 못했다. 신경도 쓰지 않았다. 둘 다 파스텔 색감의 옷을 입었다는 것—어이, 우린 부부라고!—이 중요했다.

지그문트는 손목 이식 장치를 두드려 시계를 불러냈다. 다행히 시간이 몇 분 있었다. 그가 운을 뗐다.

"그러니까 게가 문제란 말이지. 게는 조석 현상이 있는 환경에 적응했어. 전에는 그게 있었지. 지금은 없고."

페넬로페도 손목 이식 장치를 흘긋 보았다.

"그건 짧게 설명한 거지. 자세히 설명하려면 훨씬 길단 말이야. 지금은 늦었으니까 밤에 물어봐 줘. 오늘 밤에 집에 온다면 말이지만."

그들은 가볍게 입맞춤했고, 페넬로페는 집을 나섰다.

그렇다. 지그문트는 가족을 보호하기 위해서라면 일말의 주저도 없이 목숨을 버릴 수 있고 누군가를 죽일 수 있었다. 그가 받아들인 고향 세계와 그를 받아 준 사람들을 위해서도 똑같이 할 수 있었다.

힘든 부분은, 매일 아침 오늘이 바로 그날일까 아닐까 생각하면서 깨어나야 한다는 것이었다.

제정신이라는 건 과대평가를 받고 있었다.

무한에 가까운 우주는 당신을 죽일 수 있는 무한에 가까운 방법을 지니고 있다. 이성이 있는 사람이라면 누구나 그 단순한 논리를 인정하고, 적절한 선에서 조심한다.

이성이 있는 사람이라면 아마도……

하지만 무엇이 제정신인지 정의하는 건 개인이 아니다. 집단이다. 어찌 된 일인지, 인간 사이에서는 무한에 가까운 위험을 존중하지 않아도 제정신으로 인정받을 수 있었다. 이성적이냐, 제정신이냐? 둘은 아주 다른 기준을 따랐다.

지그문트가 태어날 때부터 편집증인 건 아니었다. 결코, 그렇지 않았다. 그의 나이 열 살, 공식적으로 ×차 인간-크진 전쟁으로 인정받지도 못한 수준의 교전에서 부모님이 사라지기 전까지는 그렇지 않았다. 지그문트의 부모는 고작 '국경분쟁'에서 목숨을 잃었다.

크진인이 사냥감을 먹는다는 건 누구나 알았다.

지그문트는 속마음을 털어놓지 않으며 참고 기다렸다. 상담사에게는 그들이 듣고 싶어 하는 말만 들려주었다. 한 세기가 넘도록 그는 조심스럽게 함정을 설치하고, 방어 수단을 정리하며, 예의 주시한 채 기다렸다.

그러다가…….

그는 제정신인 사람들이 편집증이라며 멸시하던 예방 조치 덕분에 살아날 수 있었다. 당시 국제연합의 중견 금융 분석가였던 지그문트는 조사 과정에서 범죄 조직의 심기를 불편하게 만들었다. 구출이 다소 늦는 바람에 그는 심장을 꿰뚫은 단검에 목숨을 잃었다. 하지만 국제연합 경찰이 제시간에 되살려 냈다. 그가 자신의 재산을 미끼로 만들어 놓은 함정 덕분에 경찰에 연락이 닿았던 것이다.

지그문트는 다른 사람의 심장을 달고 오토닥에서 나왔다. 그리고 국제연합 외계 사무국 요원이라는 새로운 삶으로 들어가는 초대장도 받았다. 국제연합은 지구의 이익을 위협하는 낌새가 있는지 찾아내는 일에 편집증 환자가 제격이라고 생각했다.

십팔 년 뒤 지그문트는 두 번째로 죽었다. 이번에는 경찰이 너무 늦게 시체가 있는 곳에 도착했다. 그럼에도 목숨을 다시 건질 수 있었다. 지그문트를 ―서로 상대방을― 몇 년이나 뒤쫓던 비밀 요원에게 납치당했던 것이다.

지그문트와 네서스는 단순한 경쟁자 이상이었다. 다리 셋에 머리 둘 달린 종족 퍼페티어의 기준으로 봤을 때, 네서스 역시 제정신은 아니었다.

제정신인 퍼페티어는 어쩔 수 없는 겁쟁이였다. 제정신인 퍼페티어는 절대로 고향을 떠나지 않았다. 그리고 퍼페티어 이외의 종족에게 고향 행성의 위치를 절대 알려 주지 않았다. 제정신인 퍼페티어는 위험하다 싶으면 도망쳤다. 지금도 최근 발견된 초신성 연쇄 폭발을 피해 은하핵으로부터 도망가고 있었다. 제정신인 퍼페티어는 절대 고향을 떠나지 않기 때문에, 고도의 기술 수준에 힘입어 고향 행성을 함께 이동시키고 있었다. 퍼페티어의 탈출 선단은 말 그대로 세계 선단이었다.

그리고 지그문트가 뉴 테라에 발을 디딘 지 얼마 되지 않아 알게 되었듯이, 퍼페티어 역시 그들 자신의 더러운 과거로부터 도망치고 있었다.

2

지그문트는 '긴 통로' 시市의 중앙 광장을 가로지르며 목적지를 자세히 관찰했다. 특별히 두드러질 것 없는 사 층짜리 정부 청사였다. 부산하게 움직이는 군중도 가만히 지켜보았다. 광장 군데군데에는 나무와 덤불이 있었다. 지그문트는 위엄 있게 서 있는 소나무와 떡갈나무, 포플러나무, 묘한 문양이 있는 동물을 바라……

딱!

날카로운 소리와 뜻밖의 움직임이 내키지 않는 시선을 끌었다. 빨간색과 자주색 덩굴이 엉켜 있는 어깨 높이의 식물이었다. 눈을 돌리자 때마침 두 번째 덩굴이 뻗어 나왔다. 외계산産 산울타리가 덫을 놓아 외계 곤충을 게걸스럽게 잡아먹고 있었다. 지그문트는 몸서리를 치며 시선을 아래로 내렸다.

발밑에는 그림자가 두 집단을 이루고 있었다. 한 집단은 왼쪽으로, 다른 집단은 오른쪽으로. 다시 발작적으로 시선을 돌렸다. 이번에는 하늘로…….

조그만 인공 태양들이 두 개의 평행한 호를 그리며 빛나고 있었다. 동쪽 지평선에 보이는 빛은 또 한 줄의 인공 태양이 곧 떠오를 것임을 암시했다. 지그문트는 몸을 한 번 떨고 억지로 광장을 향해 주의를 돌렸다.

안내원이 옆에서 흘긋 보았다. 그제야 지그문트는 걸음을 멈췄음을 깨닫고 다시 정부 청사를 향해 목적의식이 뚜렷한 발걸음을 내디뎠다.

이 세계에서 현지 시간으로 십삼 년을 살았다. 하지만 아직도 이상하다는 느낌이 불시에 찾아올 때가 있었다.

지그문트가 지구에 대해 기억하고 있는 것 중 하나는 지구가 항성 주위를 공전한다는 사실이었다. 그러니까 지구에서는 일 년이라는 게 의미가 있었다. 뉴 테라처럼 자유롭게 날아다니는 거주 가능 행성은 예외였다. 생명을 부여해 주는 태양에 대한 기억을 네서스가 그대로 두었다는 것은 그 지식이 지구의 위치를 알아내는 실마리가 아니라는 뜻이었다.

아니면 지구는 뉴 테라와 같고, 평범한 항성에 대한 지그문트의 기억이 거짓으로 심어 놓은 것일 수도⋯⋯.

뭐라도 확실히 알면 참 좋을 텐데 아쉬웠다.

한때 그는 한 걸음만에 곧바로 집과 사무실을 오가거나 의장을 만나러 갈 수 있었다. 그 얼마나 어리석은 일이었던가? 도약 원반이 세계를 이끄는 지도자의 집무실로 연결되다니! 이곳의 모든 사람들은 순간 이동 시스템을 신뢰했다. 퍼페티어가 설계하고 배치했음에도 그랬다.

불과 몇 년 전까지만 해도 이 세계의 인간들은 스스로 깨닫지 못한 채 노예로 살았고, 퍼페티어는 그들의 절대적인 주인이었다. 이 세계, 즉 세계 선단에 속한 행성은 그저 네 번째 자연 보존 지역Nature Preserve일 뿐이었다. 그리고 퍼페티어가 이곳, 노예들이 사는 고립 지역 외부에서 보존하고자 했던 것은 지구의 생명체가 아니었다. 이곳에서 비정상적인 건 자주색 식충식물이 아니라 소나무와 떡갈나무였다.

마침내 지그문트는 광장을 완전히 가로질렀다.

정부 청사 외부의 무장 경비병들이 그를 향해 경례했다. 분대장은 손바닥을 위로 향한 채 손을 내밀어 신분증을 요구했다.

"안녕하십니까, 장관님."

"안녕하시오, 중위."

몇 년이나 걸려서 받아들이게 된 교훈이지만, 정확한 신분을 확인받기 위해 누구나 검사를 받아야 했다. 방위부 장관도 예외는 아니었다. 심지어 의장도 마찬가지였다.

지그문트는 주머니에서 ID 디스크를 꺼냈다. 엄지손가락을 센서 패드에 대자 희미하게 빛나는 뉴 테라를 배경으로 이름과 얼굴이 보이는 홀로그램이 떠올랐다.

보안 검색대 건너편 로비에는 사람들이 우글거렸다. 간간이 퍼페티어도 무리 지어 다녔다. 퍼페티어는 지구에서 유래한 말로 이곳에서는 정치적으로 공정한 단어가 아니었다. 그들은 스스로를 시민이라고 불렀다.

독립 이후 수천 명의 시민이 이곳에 남기로 결정했다. 뉴 테라의 원래 주민들은 거기서 아무런 이상한 점도 느끼지 못했다. 그곳이 어디든지 고향이 아닌 세계에서 살고 있다는 건 제정신이 아닌 경우를 제외하고는 그 시민이 하급 계층이거나 추방당했다는 뜻이었다. 그럴 바에 이곳에서 새로운 삶을 시작하지 않을 이유도 없었다.

지그문트에게는 다른 생각도 있었다. 남은 시민 중 상당수는 첩자일 게 분명했다.

첩자든 아니든 일단 퍼페티어를 못 알아볼 리는 결코 없었다. 퍼페티어는 전부 남성이었다. 여성은 공공장소에 모습을 보이는 일이 없었다. 다리는 셋으로, 앞다리 두 개와 육중하고 관절이 복잡하게 생긴 뒷다리가 있다. 몸통은 타조를 연상시켰다. 다만 가죽 위에 깃털이 없을 뿐이었다. 뱀처럼 생긴 목 두 개—대충 양말 인형Puppet과 비슷하게 생겨서 지구에서 퍼페티어라는 별명으로 불리게 된 것이다—가 어깨 근육 사이에 솟아 있고, 납작한 삼각형 머리에는 각각 귀 하나, 눈 하나, 입 하나가 있었다. 입에는 혀와 손가락 역할을 하는 마디가 있어 손 역할도 했다. 목 사이의 단단한 혹 안에 뇌가 있고, 그 위는 빽빽한 갈기로 덮여 있었다.

주머니가 있는 띠를 빼면 퍼페티어는 옷을 전혀 입지 않았다. 뉴 테라 사람들이 옷의 섬유를 고르듯, 퍼페티어는 갈기 장식으로 지위를 나타냈다. 로비에 있는 몇 안 되는 퍼페티어조차도 다양한 방식으로 갈기를 꼬거나 고불거리게 만들거나 혹은 리본과 보석으로 장식하고 있었다.

지그문트는 로비에 있는 사람과 퍼페티어를 눈으로 훑으며 생각했다. 당신들 중 누가 첩자인가?

중위가 조사를 마치고 ID를 돌려주었다.

"감사합니다, 장관님."

수행원 한 명이 주 출입구 바로 안쪽에서 기다리고 있다가 지그문트를 의장의 집무실 쪽으로 이끌었다. 그곳에 경비병이 더 있었다. 지그문트는 다시 ID를 제시했고, 얼마 뒤 안으로 들어가 혼자 의장을 만났다.

사브리나 고메즈반더호프는 행성을 이끄는 지도자라기보다는 다정한 할머니 같았다. 집무실은 검소하고 평범했으며, 장식이라고는 화분 몇 개—다행히 지구의 녹색식물이었다—와 가족 홀로그램 사진뿐이었다. 지그문트가 알던 신참 회계사들도 이보다는 더 멋진 사무실에서 일했다. 그가 사브리나를 좋아하는 것도 당연했다.

"안녕하세요, 지그문트."

사브리나는 공식 행사나 주위에 하급 직원들이 있을 때만 직함을 불렀다. 걸치고 있는 느슨한 옷과 블라우스는 그녀 자신의 직위에 걸맞은 색과 질감의 향연─지그문트로서는 페넬로페의 도움 없이는 진정으로 이해하기 어려울 정도의─이었다. 자녀와 손주를 나타내는 상징인 커다란 자손 반지가 작은 루비 네 개와 열 개가 넘는 에메랄드로 빛났다. 이곳은 농장 행성으로 인구가 희박했다. 소가족은 드물었다. 이 역시 지구와 다른 점이지만, 지그문트로서는 반길 만한 변화였다.

"뭐라도 드세요."

사브리나가 음식 합성기를 향해 손짓하며 말했다.

"블랙커피."

지그문트는 합성기에 명령하고 한 손에 스캐너를 든 채 집무실을 한 바퀴 돌며 감시 장치를 확인했다.

"안심해도 되겠군요."

둘 다 그 말이 거짓임을 알고 있었다.

지그문트 뒤쪽 벽 높은 곳에 달린 통풍관 안전망으로는 집무실 전경이 보였고, 안전망을 조이고 있는 나사는 입체 광학 센서와 음향 센서 기능을 모두 갖고 있었다. 지그문트가 일부러 못 찾은 척한 이 감시 장치는 뉴 테라의 기술력을 뛰어넘은 것이었다. 하지만 퍼페티어의 기술력도 뛰어넘는 건 아니었다.

이렇게 훌륭한 정보의 원천이 있다면 퍼페티어 첩자가 다른 곳을 감시하는 데 공을 덜 들이게 될지 몰랐다. 그게 바로 지그문트가 바라는 바였다.

물론 크게 기대하지는 않았다.

둘은 자리에 앉았다. 사브리나는 책상 뒤의, 비밀 카메라를 좀 더 정면으로 바라보는 자리였다. 그녀가 서두를 열었다.

"자, 오늘은 무슨 무서운 일이 있나요?"

뭔들 무섭지 않을까? 하지만 감시 장치 범위 안에서 진짜 무서운 것에 대해 논의하는 일은 드물었다.

"'돈키호테'호의 보고가 늦어지고 있습니다. 경계해야 할 정도로 늦은 건 아닙니다만. 군사학교에서 훈련 중에 사고가 있었습니다. 3호 군수공장은 아직도 불량률이 너무 높습니다."

"훈련 중 사고요? 큰일이 아니면 좋겠군요."

지그문트는 목소리를 높이지 않고 말을 이었다.

"젊은이가 하나 죽었습니다."

그 생도는 곧 퍼페티어와 그 동조자들이 존재한다고 생각도 하지 못할 곳에 도착할 예정이었다. 뉴 테라 정보학교. 첩보 훈련소였다.

"어디였더라. '돈키호테'호가 어디로 갔다고 했죠?"

"일상적인 임무입니다. 뉴 테라의 전방으로 정찰을 나갔죠."

뉴 테라는 세계 선단의 전방에서 움직이고 있었다. 지그문트는 이 세계의 전 주인들도 뉴 테라가 자기 갈 길을 가는 데 별로 신경 쓰지 않을 것이라고 생각했다. 행성 드라이브가 낼 수 있는 최대 속도로 날아가는 뉴 테라는 피뢰침 역할을 하고 있었다. 인간 정찰대가 그 경로에서 적대적인 외계 종족을 만난다면 뒤에 처진 곳보다는 선봉에 있는 세계가 공격받을 가능성이 더 컸다.

"보고가 늦는 건 별일 아닐 겁니다."

사실 늦은 것도 아니었다. 정찰선이 하는 일이 모두 퍼페티어에게 팔기 위한 건 아니었다. 물론 퍼페티어는 정찰 보고서에 괜찮은 값을 치렀다. 그것도 현재 진정으로 통용된다고 할 수 있는 유일한 화폐, 즉 우주선으로.

그렇게 얻은 우주선은 허스가 자신에게서 벗어난 농장 행성을 재탈환하려고 시도해서 거의 성공할 뻔했을 때 파괴된 우주선을 보충하는 데만, 그것도 느리게 쓰였다. 지그문트는 계속 감정 표현을 억누르며 원한을 드러내지 않았다. 사브리나 역시 마찬가지였다.

지그문트는 점점 성장하고 있는 뉴 테라의 군사 및 방위 산업에 대한 정보를 하나씩 전했다.

이 일을 담당하는 건 고사하고 개념이라도 이해할 수 있는 건 오직 이 세계 밖에서 태어난 사람뿐이었다. 지그문트는 그런 면에서 재능이 넘쳐 났다. 외부에서 온 편집증 환자가 아니라면 누가 군대의 필요성을 느끼겠는가?

근처에 있는 유일한 행성이라고는 세계 선단으로, 인구수는 뉴 테라에 비해 거의 백만 배에 이른다. 이 세계의 존망은 퍼페티어의 변덕에 달려 있었다. 그리고 퍼페티어 중에서 네서스만큼은 지그문트가 어떻게 해서든지 뉴 테라를 지킬 수 있기를 바랐다. 그게 바로 지그문트를 이곳에 데려온 이유였다. 네서스는 참으로 복잡한 존재였다.

사브리나가 기다란 목록의 배경지식에 대해 물었다. 지그문트는 툴툴거리며 몇 가지를 대답했고, 마침내 회의는 끝났다.

"답변하려면 시간이 좀 걸릴 겁니다."

지그문트가 몸을 일으키며 말했다.

이 역시 둘 다 알고 있는 거짓말이었다. 그것은 지그문트가 진짜 일을 하기 위해 며칠 동안 자리를 비우는 구실이 될 터였다.

방위부 본부에 해당하는 낮고 이리저리 뻗은 구조물은 항상 변화무쌍한 상태였다. 그런 혼란은 두 가지 역할을 했다. 계속해서 이뤄지는 건설 작업으로 인해 퍼페티어 동조자들은 센서를 숨길 완벽한 장소를 찾기가 쉬웠다. 그리고 지그문트가 가장 신뢰하는 심복들은 그중에서 문제가 될 만한 센서들을 '우연히' 손상시키거나 제거할 수 있었다.

끊임없이 조직이 개편되고, 훈련이 반복되고, 방위 계약이 진행되고, 그 와중에도 건물은 계속 올라가고 온갖 계획과 예산안이 순환하고……. 실제로 유용한 일을 할 수 있는 곳으로 지그문트가 중요한 자원을 옮겨 놓은 것을 누가 알아챌 수 있겠는가?

지그문트는 의장의 집무실을 나와 방위부로 향했다. 여러 겹의 보안 요원을 지나 리모델링이 이뤄지고 있는 곳으로 갔다. 그곳에는 건설자재를 쉽게 나를 수 있도록 도약 원반 몇 개가 설치돼 있었다. 소음 흡수 칸막이와 쌓여 있는 상자들이 '요행히' 아무도 볼 수 없도록 그것들을 가려 주었다. 지그문트는 손을 바지 주머니에 넣어 순간 이동 제어기를 조작하고 엄지손가락 지문과 DNA 인증을 마친 뒤 원반 하나에 올라섰다.

다시 나타난 곳은 대륙의 절반 정도 거리에 있는 다른 원반이었다. 공식적으로 이 시설은 존재하지 않았다. 자금은 방위부를 통해 세탁한 돈이었다. 이곳의 직원은 어디에도 등록돼 있지 않거나, 등록되었다면 농업 연구소 직원으로 올라 있었다. 이곳의 도약 원반은 순간 이동 네트워크 목록 어디에도 나와 있지 않았다. 생체 정보로 제어기를 조작해야만 수동으로 이곳에 접근할수 있었다.

창문도 없는 방 안은 북적였지만 지그문트가 도착한 걸 의식하는 사람은 일부에 불과했다. 지그문트는 환영의 뜻으로 산만하게 손을 흔든 자들을 꾸짖었다. 이들은 지그문트가 손수 뽑아 훈련시킨 최고 중의 최고였다. 이들이 굳이 지시를 요하지 않게 된지도 이미 몇 년이었다.

이 전략 분석실이야말로 뉴 테라의 진짜 방위를 담당하는 곳이었다.

지그문트는 잠시 일상적인 첩보 보고서를 검토했다.

뉴 테라의 군대는 보여 주기 위한 목적이 강했다. 외부의 간섭을 다룰 수 있는 수준으로 억제하기 위해 시비를 걸 생각이 들지 않을 정도의 능력을 갖추면서도, 위협이 될 만한 힘으로 자라난다는 기색은 보이지 말아야 했다. 뉴 테라가 위협이 된다는 징조가 보이기만 해도 퍼페티어는 공격을 시작할 터였다.

사실, 퍼페티어가 과거 개척지였던 곳의 소유권을 다시 주장하지 않는 건 아웃사이더의 심기를 거스르지 않기 위해서였다. 지그문트는 두 종족을 이간질할 수 있는 충분한 비밀을 찾아냈다. 그렇게라도 해야만 어떻게든 생존할 수 있었다. 뉴 테라가 장기간의 안전을 확보하려면 지구를 꼭 찾아야 했다.

지그문트는 한숨을 내쉬며 가장 최근에 올라온 보고서를 치웠다. 그가 불렀다.

"지브스."

— 네, 장관님.

컴퓨터가 영국식 억양으로 대답했다. 어쩔 때는 이 AI가 지그문트와 이야기를 나누는 그 누구 혹은 그 무엇보다 그를 더 잘 이해했다. 어떻게 보면 당연한 일인 것이, 지브스 역시 지구 출신이었던 것이다.

거의 오백 년 전, 퍼페티어는 포획한 우주선에서 찾은 냉동 수정란을 이용해 만든 노예들로 식민지를 조성했다. 지금까지도 인간의 우주에는 이 사실이 전혀 알려지지 않았다. 아니, 이곳 사람들이 알게 된 것도 불과 얼마 전이었다. 몇 세대에 걸쳐 이들은, 우주를 표류하던 잔해에서 운 좋게 살아남았으며 퍼페티어가 관대하게 은혜를 베풀었다고 배웠다. 이들은 감사하는 마음으로 살던 행복한 노예였다.

그러던 어느 날 퍼페티어는 핵폭발에 대해 알게 되었다. 그리고 생각했다. 세계 선단의 전방을 정찰하는 데 쓰고 버릴 수 있는 노예 인간보다 나을 게 어디 있을까?

대개 네서스가 한 짓이었다.

그러나 아무리 감독이 따라붙었다 해도 인간에게 우주선을 안겨 준 건 실수였다. 네서스의 정찰대원들은 이내 조상들이 탔던 난파선으로 추정되는 '긴 통로'호를 발견했다. '긴 통로'호는 광막한 우주에서 떠돌고 있었던 게 아니었다. 그 대신 또 다른 자연 보존 행성 주위를 도는 퍼페티어 화물선 안에 보관돼 있었다. 그동안의 거짓이 모조리 무너지는 순간이었다.

개척민들의 진짜 역사는 대부분 오래된 우주선에 실려 있던 AI 안에 숨겨져 있었다. 하지만 안타깝게도 지브스의 기억 역시 구멍이 있었다. 불운하게 공격받은 당시의 승무원들이 지구의 위치를 드러낼 수 있는 천문학 및 항법 자료를 모두 지워 버렸던 것이다. 그렇다고 해서 퍼페티어가 끝내 지구를 발견하지 못한 건 아니었지만…….

"세상에 우리 둘뿐이야, 지브스."

지구 출신의 뇌가 망가진 화석들이지.

— 그렇죠.

지브스의 유려한 목소리는 지그문트의 마음속에 영국을 불러왔다. 억양은 센트럴파크에 있는 셰익스피어를 떠오르게 했다. 그런 쓸모없는 것들은 기억이 났다. 영국의 모양이나 크기, 지구상 어디에 있는지가 아니라. 그러고 보니 센트럴파크가 무엇의 중심인지도 기억나지 않았다.

빌어먹을 네서스! 그 퍼페티어는 지그문트의 머릿속을 휘저어 놓았다. 그래서 지그문트는 퍼페티어가 싫었다.

하지만 한편으로, 네서스가 지그문트를 이곳으로 데리고 온

건 자기 동족의 더욱 사악한 본능으로부터 뉴 테라 사람들을 보호하기 위한 행동이었다. 이곳, 뉴 테라에서 지그문트는 새 삶을 시작했다. 사랑해 마지않는 가족을 얻었다. 행복을 기꺼이 포용하는 방법만 배운다면 진짜 행복을 찾을 수 있을지도 몰랐다. 그런 면에서는 네서스가 고마웠다.

— 평소대로 할까요?

지브스가 일깨웠다.

지그문트는 미소를 지을 수밖에 없었다.

"그래 줘."

홀로그램 구가 책상 위에 나타났다. 천천히 회전하는 구. 대지와 바다, 얼음이 그 표면에 나타났다. 경계는 끊임없이 변했다. 사실과 어렴풋이 알고 있는 사실 그리고 사실을 바탕으로 한 대강의 추측—지그문트와 지브스 둘이서 끄집어낼 수 있는 것 전부—을 동원해서 지브스가 지형을 만들었다. 가끔씩 무작위로 생긴 변화에서 뭔가 떠오르면 지구를 찾는 데 도움이 되는 자료를 하나 더 얻는 식이었다.

구가 회전하면서 한 섬의 정상 위에서 빛이 반짝이는 게 시야에 들어왔다. 도시였다. 지그문트는 아침으로 먹은 오믈렛을 떠올렸다.

"덴버, 마일하이 시티*."

섬 위에 있는 건지, 어느 대륙 한가운데 있는 건지는 모르겠지

---

* the mile-high city. 도시가 고도 일 마일에 위치한다는 데서 생긴 덴버의 별명.

만, 지구의 주요 도시 중 하나는 대강 그 정도 고도에 있다는 소리였다. 그 자체만으로는 아무 소용이 없지만, 무의식에서 아무렇게나 떠오르는 여러 생각이 지그문트를 잠에서 깨웠다. 이곳에 온 지 몇 년 만에 심장이 두근거렸다. 문화에 대한 사소한 기억에서 세세한 묘사 하나가 떠오를 수 있다면, 숨어 있는 건 더 많을 게 분명했다.

뉴잉글랜드 클램 차우더*. 어디 있는지는 모르겠지만 잉글랜드가 바다 건너에 식민지를 갖고 있었던 걸까? 잉글랜드에 해안이 있다는 사실 역시 암시해 주었다.

베이크트 알래스카baked Alaska. 이 음식에는 아이스크림과 구운 머랭**이 들어간다. 빙하와 화산이 근처에 있다는 뜻일까? 어렴풋하지만 머리를 굴리다 보니 또 다른 기억의 흔적이 떠올랐다. 수어드***는 누구지? 왜 알래스카를 수어드의 바보짓이라고 부르는 거지?

지브스는 천 개도 넘는 요리법을 알고 있었다. 그 이름들에 지명이나 신화가 들어가 있을지도 몰랐다. 누가 알겠는가.

지브스의 기억장치에는 요리책만 있는 게 아니었다. 지그문트는 그런 자료를 모두 체계적으로 조사하고 있었다. 전설과 문학,

---

* clam chowder. 미국의 대표적인 가정 요리. 생선의 살과 조개를 주로 하여 양파, 감자, 베이컨 따위를 넣고 끓여 만들며, 맨해튼, 뉴잉글랜드의 것이 유명하다.
** meringue. 달걀 흰자위와 설탕을 섞어 구운 과자.
*** William Henry Seward(1801~1872) 미국이 러시아로부터 알래스카를 구매한 거래를 담당했던 국무 장관. 당시만 해도 비싼 금액을 들여 불모지를 샀다는 비난을 받았으며, 미국인들은 이를 두고 '수어드의 바보짓Seward's folly'이라 조롱했다.

노래 가사. 3V 영화는 없었다. 어떤 영화사는 오래전부터 회전하는 구를 로고로 썼는데, 거기에는 지구에 있는 바다와 대륙의 윤곽이 그대로 나타나 있었다. 기억이 손에 잡힐 듯 말 듯, 감질났다. '긴 통로'호에 침입하는 자들로부터 황급히 지구를 숨기려고 당시의 승무원들이 영화 자료를 통째로 삭제해 버린 것이다.

지그문트가 안다고 믿는 사실로는 지구에 위성이 하나라는 것이 있었다. 달수는 위성에 따라 정해졌다. 아니었던가? 하지만 기억나는 한 달의 길이는 이십팔 일에서 삼십일 일 사이를 오락가락했다. 어차피 지구의 하루가 얼마나 긴지도 모르긴 하지만. 어쩌면 지구에는 각각 공전주기가 다른 위성이 몇 개 있을지도…… 아니, 아니다. 조석 현상이 하루에 두 번 일어났던 건 기억이 났다. 위성은 하나였다.

최근에는 실마리를 찾아 지브스의 음악 자료를 자세히 들여다보던 중이었다. 노래 가사에는 푸른 달, 은빛 달, 수확의 달, 고대 악마인 달, 심지어는 종이로 된 달까지 나왔다. 무엇이 사실이며, 무엇이 은유고, 무엇이…….

누군가 문을 두드리는 소리가 나서 지그문트는 흠칫 놀랐다.

문이 활짝 열렸다. 키가 작고 땅딸막한 몸집을 한 남자가 문가에 서 있었다. 피부는 검었고, 긴 머리를 뒤로 묶었다. 에릭 후앙 음베케는 지그문트가 오토덕에서 나오자마자 이 세계에서 처음 만난 사람이었다. 현재 에릭은 전략 분석실의 수석 기술자다. 그는 지그문트가 필요로 하는 장비를 어떻게든 얼추 비슷하게 만들어 냈다. 뉴 테라 사람들이 대부분 그렇듯 그도 지그문트가 요청하기 전까지는 무엇이 필요한지 잘 알지 못했다.

에릭의 표정이…… 굳어 있는 건가? 아니, 정신이 없어 보였다. 경보기는 조용했다. 뉴 테라가 공격을 받는 건 아니었다. 그럼 뭘까?

"'돈키호테'호?"

지그문트가 물었다. 에릭의 아내인 키어스틴이 '돈키호테'호에 타고 있었다. 항법사이자 수석 조종사였다.

에릭은 고개를 저었다.

"이걸 좀 보시죠. 지브스, 지금 들어오는 하이퍼웨이브 메시지를 들려줘. 시간은……."

— 여기 있습니다. 조난신호입니다. 반복되고 있습니다.

비눗방울이 터지듯, 지그문트의 책상 위에 떠서 회전하던 구체가 사라지고 3V 재생 화면이 나왔다. 문자가 꿈틀거리며 흘러갔다. 지그문트는 단 하나의 기호도 이해할 수 없었다. 그럼에도 불구하고 화면을 뚫어져라 들여다보았다.

영상 속에 마치 문어와 불가사리의 중간쯤 되는 십자가 형태가 보였다.

3

겁이라는 건 과대평가를 받고 있었다.

그 생각이 제정신인 건 아니었다. 오히려 선동적이라고 할 수도 있었다. 그래도 베데커는 그 생각을 떨쳐 버리지 않았다. 그는 자발적으로 뉴 테라에 망명해, 고향에서 멀리 떨어져 살고 있었다. 시민들 사이에서는 그 선택 자체만으로도 제정신이 아니라는 평가를 받았다.

베데커는 레드멜론 밭 위로 몸을 숙인 채 참을성 있게 잡초를 뽑았다. 햇볕이 등을 따뜻하게 데웠다. 양쪽 목이 다 쑤셨고, 세 다리의 관절도 마찬가지였다. 하지만 다 지나갈 일이었다. 게다가 줄기에 매달려 살짝 익은 레드멜론보다 맛있는 건 찾기 어려웠다.

물론, 겁은 시민이 쓰는 개념이 아니었다. 시민은 신중했다. 조심스러웠고, 민감했다. 인간에게도 지도자가 있듯이, 시민도 최후자의 지시를 갈구했다.

한때는 베데커 역시 도주 본능이 이론의 여지가 없을 정도로 옳다고 여겼다. 무리에서 떨어진다는 건 포식자의 턱과 발톱과 마주한다는 뜻이었다. 혼자 떨어지려는 성향은 조상들이 최초로 희미한 지성의 빛을 갖추기도 전에 도태되었다.

하지만 모든 건 변하는 법이다.

두려움, 기술, 무자비한 결정을 통해 시민은 허스의 지표면에서 포식자를 몰살했다. 하지만 항성의 생애 주기는 어쩔 수 없었다. 그리하여 지금 세계 선단은 은하계 전체의 말살을 피해 도망가고 있었다. 알 수 없는 위험을 향해 뛰어든 것이다.

하루가 끝나고 있었다. 인공 태양이 그리는 호 역시 하나만 빼고는 전부 땅 아래로 내려갔다. 꽃가루를 나르는 보라색 곤충이

둥지에서 나와 은은한 소리를 내기 시작했다. 머리 위 높은 곳에서는 지구의 새 한 마리가 가볍게 솟아오르며 홀로 원을 그렸다. 시원한 바람이 베데커의 갈기에 물결을 일으켰다. 그는 지금 이 순간 함께하고 있는 친구들에게 몰두하려고 애쓰며 계속 잡초를 뽑았다.

"그만해야겠습니다."

탈탈로스가 말했다. 일하면서 일으킨 먼지 때문에 목소리가 갈라져 나왔다. 사실 탈탈로스는 이제 막 와서 일을 제대로 시작하지도 않았으면서 그저 얼른 베데커를 저녁 식사에 데려가려고만 했다.

"나도 그만해야겠습니다."

시빌이 동의했다.

"음식이 천지인데 먹을 게 없군요."

그러고는 머리 둘을 빙글 돌려 눈을 마주 보았다. 시빌은 비꼬는 표현을 매우 좋아했다. 스스로 고른 인간식 명칭만 봐도 그랬다. 개척민이 독립하면서 그는 재교육 캠프에서 하던 중노동에서 해방되었다—자유를 되찾을 거라던 그 자신의 예언과 조금 다르긴 했지만.

"베데커, 당신은 어떻습니까?"

베데커도 배가 고팠다. 그래서 어쩌라고?

"난 조금 더 일할 겁니다."

그가 노래했다.

"사서 고생하는군요."

탄탈로스가 인간이 쓰는 경구로 중얼거렸다. 그는 그 말을 영어로 했다. 영어는 입과 목이 하나씩만 있으면 말할 수 있었다. 다른 머리로는 벌써 도구를 그러모으고 있었다.

탄탈로스가 비웃은 건 사실 공정하지 못했다. 하지만 베데커는 굳이 대꾸하지 않았다. 잡초와 지혜를 겨루는 게 자신이 지닌 야망의 한계인데 굳이 친구와 지혜를 겨룰 필요가 어디 있을까?

베데커는 매일같이 하루 종일 힘들게 노동했다. 한때 다른 농장 행성으로 추방되어 중노동형을 받은 적도 있지만, 이번에는 죗값을 치르는 게 아니었다. 속죄할 게 많긴 해도 참회의 의미로 하는 것도 아니었다.

베데커에게 일은 치유였다.

작별의 지저귐과 함께 ─실망스럽다는 음조도 함께─ 친구들이 베데커와 머리를 비빈 뒤 천천히 멀어졌다. 그들은 도약 원반을 통해 잡초 무더기를 퇴비 제조 시설, 아니면 음식 합성용 저장고로 보낸 뒤 사라졌다. 베데커는 사방으로 뻗어 있는 밭에 홀로 남았다.

베데커는 무릎을 꿇고 모종삽─신중해야 했다. 날이 서 있는 도구가 아닌가! ─을 집어 든 뒤, 일을 다시 계속했다. 충분히 오래, 충분히 열심히 일했다 싶을 때면 그는 종종 일의 리듬 속에서 자아를 잊고 생각하는 것조차 잊었다.

생각이 문제의 근원이었다. 사실은 그렇지 않았던 난공불락의 선체에 대한 생각. 초신성 폭발을 일으키지 않으면서 뉴트로늄을 생산하는 방법에 대한 생각. 세계 전체를 움직이려고 아웃사이더에게서 봉인된 채로 구매한 거대한 드라이브, 수수께끼로 남아 있는 드라이브의 작동 방법, 그에 관련된 말도 안 되게 막대한 에너지, 그리고…….

안 돼!

베데커는 다시 굳건히 마음을 먹고 잡초를 솎아 무더기로 쌓는 일에 집중했다. 얼마 뒤, 주위에는 잡초가 한 포기도 남지 않았다. 베데커는 일어서서 새로 일할 장소를 물색했다. 관절이 삐걱거렸다. 하늘은 거의 어두워져 있었다. 이제 그만해야 했다.

약한 바람이 잠시 머뭇거리더니 곧 다른 방향에서 불어왔다. 악취가 훅 끼쳤다. 바람이 거세졌다. 바닷바람이었다.

베데커는 악취에 코를 찡그렸다. 연안의 생태계는 사실상 사라졌다. 조석 현상이 없어지면서 사멸한 것이다. 네 번째 자연 보존 지역으로서, 선단의 일부로서, 과거 이 세계는 질량중심을 공전하는 여섯 개의 세계들 중 하나였다. 하루에 조석 현상이 열 번 일어났다. 하지만 지금 뉴 테라는 홀로 움직이고 있었다. 조석 현상이 일어나지 않았다.

밤이 가까이 다가왔고, 죽은 지 오래된…… 무엇이었을지 모르는 것의 사체가 해변에 밀려와 썩고 있었다. 베데커는 양쪽 목에서 애처로운 소리를 내며 한숨을 쉬었다. 오늘은 더 이상 생각에서 편안하게 벗어나지 못할 것 같았다.

아웃사이더에게 산 드라이브를 조사한 게 전혀 헛된 일은 아니었다. 정확히는 모르겠지만, 진공의 영점에너지를 이용한다는 것은 알 수 있었다. 에너지를 비대칭적으로 꺼내면 자연히 추진력이 생긴다. 세계 전체를 움직일 수 있을 정도의 힘이었다. 베데커는 만일 추진력장propulsive fields에 아주 약간의 변동을 가하면, 약간의 회전력을 적용하면 어떻게 될지 생각해 보았다. 어쩌면 바다에 앞뒤로 오가는 파동을 일으켜 조석 현상을 흉내 낼 수 있을지도 몰랐다.

그러고 나면? 그 힘의 효과는 바다에서 그치지 않을 것이다. 조금만 힘을 더 가하면 건물을 무너뜨릴 수도 있었다. 다시 조금 더 힘을 주면? 압력 때문에 지진단층이 생길지도 몰랐다. 의도하지 않게 공명이 생기면 파도가 점점 더 높아지다가 쓰나미가 대륙에 밀어닥쳐 도시를 휩쓸어 버릴 수도 있었다.

베데커는 몇 년 동안의 유배 생활로도 깨끗이 몰아내지 못한 어리석은 오만함을 느끼고 몸을 떨었다.

어쩌면 이런 현대적이고 위험한 시기에는 겁이 과대평가를 받고 있는 걸지도 몰랐다. 위험이 어디에나 있다면 탈출할 길은 없다. 오로지…….

베데커는 충격과 공포로 부들부들 떨면서 땅 위에 주저앉았다. 머리 두 개가 앞다리 사이, 배 아래에 있는 최후의 수단인 시민들의 피난처, 단단하게 말린 육신의 벽 속으로 순식간에 사라졌다.

베데커는 자신의 아파트에서 웅크린 채 무심하게 곡물 죽과 혼합 풀이 담긴 그릇을 뒤적거리고 있었다. 얼마 전 온 공황 발작 때문에 아직도 몸이 떨렸다. 배경으로는 홀로그램이 돌아가고 잇었다. 베데커는 동료를 갈구했지만, 정신이 너무 엉망이 된 상태라 제대로 마주할 수 없어서 그 대신 무용극을 틀어 놓았다. 일단 배를 채우고 흐트러진 갈기를 단정하게 빗고 목욕을 하고 잠을 자야 할 것 같았다. 그런 뒤에야 누군가를 만나거나 모습을 드러낼 수 있을 것 같았다.

통신기가 들어 있는 주머니에서 미끄러지듯 음계를 오르내리는 소리가 났다. 베데커는 음악이 멈출 때까지 무시했다. 잠시 후 팡파르가 울렸다. 좀 더 큰 소리로, 좀 더 끈질기게 울렸다. 긴급한 전화라는 뜻이었다. 베데커는 그것도 무시했다. 통신기가 세 번째로 방해하기 전에 머리 하나를 주머니로 넣어 전원을 꺼 버렸다. 일부러 화면도 쳐다보지 않았다. 누가 전화했는지 알고 싶지 않았다. 나중에 처리해도 될 일이거나, 아니면 현재 베데커의 상태로는 감당할 수 없을 터였다.

날카롭고 듣기 싫은 소리가 또 들렸다. 이번엔 다른 곳에서였다. 집 안에 있는 도약 원반이 비상 수동 전환으로 바뀌었다는 경고였다. 누구지? 왜지? 베데커는 겁에 질려 옆으로 물러섰다.

인간 하나가 나타났다. 둥근 얼굴에 키가 작고 몸통이 굵은 남자로, 그다지 강압적이지 않아 보이는 인상이었다. 강렬한 검은 눈으로 꿰뚫을 듯 쳐다보기 전까지는.

베데커는 그 눈을 알고 있었다. 그 눈을 두려워했다. 베데커는 움찔하며 시선을 돌렸다.

지그문트 아우스폴러!

"놀라지 마십시오."

그가 말했다.

베데커는 더 멀리 물러서며 어느 방향으로든 도망칠 태세를 취했다. 본능적인 경계심이 머리를 하나는 위로 다른 하나는 아래로 벌리게 했다.

"내가 누군지 압니까?"

지그문트가 물었다.

그들이 마지막으로 대화한 뒤로 몇 년이 지났다. 하지만 베데커가 그를 모를 수는 없었다. 만난 적이 없다고 해도 알아챘을 것이다. 지그문트 아우스폴러는 이 행성에서 유일한 지구인이며 방위부 장관이었다.

따라서 베데커는 의아해졌다. 내가 얼마나 흐트러져 보이는 거지? 슬쩍 옆을 보자, 거울에 구부정하고 흐트러진 퍼페티어의 모습이 비쳤다. 베데커는 자기도 모르게 헝클어진 갈기를 쥐어뜯었다.

"압니다. 그런데 여긴 왜 온 겁니까?"

지그문트는 앉을 곳을 찾다가 과도하게 높이 쌓인 베개 무더기 위에 앉았다. 하지만 덜 위협적으로 보이려는 행동이었다면, 실패였다.

"베데커, 당신 도움이 필요합니다."

베데커는 몸을 떨었다.

"그럴 리가. 난 그저 정원사일 뿐입니다."

지그문트가 몸을 앞으로 기울였다.

"알아요. 그리고 미안합니다. 하지만 예전에는 단순한 정원사가 아니었죠. 영리한 공학자였어요. 다시 그때로 돌아가 줬으면 합니다."

하인에게 최상급 기술을 알려 주는 자가 세상에 어디 있을까? 바보나 그럴 것이다. 그리고 시민은 결코 바보가 아니었다. 베데커는 두 눈을 마주 보았다. 머리 한구석에서 교만한 공학자였던 자신에 대한 기억이 떠올랐다.

"미안합니다. 그럴 수는 없습니다."

베데커가 대답했다.

지그문트는 입을 굳게 다물고 생각에 잠겼다가 잠시 후 다시 말을 꺼냈다.

"심각한 위험이 하나 있는데……."

베데커의 머리 하나가 갈기 속으로 깊숙이 파묻혔다. 그는 그 머리를 억지로 꺼내 지그문트를 두 눈으로 똑바로 바라보았다.

"예전의 베데커를 찾는 겁니까? 그는 심각한 위험 요소입니다. 모두를 위해서 절대 만나지 않는 게 좋습니다."

"세계 전체가 위험에 처해 있다면요? 여러 세계가 그렇다면요? 그렇다면 어쩔 겁니까?"

베데커는 머리를 다리 사이로 집어넣으려는 충동과 싸우느라 몸을 부르르 떨었다. 겁이란 건 과대평가를 받고 있어. 베데커는 생각했다. 하지만 저도 모르게 말했다.

"어쩌면…… 좀 더 말해 보십시오."

지그문트는 고개를 저었다.

"여길 떠나는 중요한 임무에 참여하든가, 아니면 허스로 돌아가십시오."

베데커가 아무 말도 하지 않자, 그는 덧붙였다.

"피난이란 특권입니다. 권리가 아니라."

여러 세계가 위험에 처해 있다고? 선택의 여지가 없다는 소리였다.

4

천육백 킬로미터 이상 떨어진 채 평행한 경로로 우주를 가로지르던 두 우주선이 승무원을 교환할 준비를 했다. 화물은 이미 교환이 끝났다. 연료도 옮겼다.

"이쪽은 준비됐다."

'돈키호테'호에 탄 키어스틴 퀸코박스가 암호화된 통신 링크로 말했다.

"에릭, 먼저 가지."

지그문트가 휴게실에 설치된 도약 원반을 향해 손짓했다. 그는 땀을 흘리고 있었다. 우주선 간 도약은 그에게 무척이나 두려운 일이었다.

도약 원반은 운동에너지를 일부만 흡수할 수 있었다. 그래서 속도를 초당 육십 미터 이내로 정확히 맞춰야 했다. 행성 자전 때문에 생기는 속도 차이는 그 한계에 미치지 않아 별문제가 아니었다. 출발지 원반과 도착지 원반의 속도 차이는 기하학으로 간단히 계산할 수 있었다. 필요에 따라 시스템이 중간에 있는 원반을 통해 중개했다. 하지만 우주 공간에는 중개용 원반이 없었다.

안전을 위해 송신용과 수신용 원반은 속도 불일치가 한계에 가까워지면 전송을 하지 않도록 되어 있었다. 광속의 제한을 받지만 두 원반 사이를 가로지르는 데 걸리는 밀리초에 못 미치는 시간 동안 두 우주선이 속도 차이의 한계를 넘어갈 확률은 무한소에 가까웠다.

만약 지그문트가 회계사가 아니라 물리학자가 되려고 공부했다면 별 걱정을 하지 않았을지도 몰랐다. 어쨌든, 그는 일정이 지연되는 게 그보다 더한 위험이라는 단순한 진실을 받아들였다. 랑데부와 도킹을 하려면 시간이 필요했고, 그럴 시간은 없을지도 몰랐다.

"갑니다."

에릭은 그렇게 말한 뒤 한 걸음 내디디며 사라졌다.

"무사합니다."

통신기에서 에릭의 목소리가 들려왔다.

지그문트는 입이 바싹 말라 헛기침을 하며 목을 가다듬었다.

"그쪽에서도 보내게."

'돈키호테'호의 승무원 한 명이 나타났다. 곧 이어서 두 번째 사람도 도착했다. 둘은 지그문트를 보고 깜짝 놀랐다.

"장관님."

한 명이 입을 열었다.

너무 늦게 의식적으로 한 경례에 지그문트가 답했다.

"자네들은 날 못 본 거네. 오마르 선장이 함교에 있으니 그가 설명할 거야."

오마르는 '돈키호테'호가 이제 곧 떠날 비밀 임무에서 돌아올 때까지 이 둘을 어딘가에 숨겨 둘 것이다.

"알겠습니다, 장관님."

둘은 합창하듯 말했다.

통신기에서 경고음이 나더니 에릭의 목소리가 들렸다.

"장관님, 오고 계십니까?"

"곧."

지그문트는 발소리가 멀어지기를 기다렸다. 그리고 선내 통신 링크의 음량을 소거한 뒤 베데커의 선실로 연결했다.

"시간 됐습니다."

조용했다. 빌어먹을!

"시간이 됐단 말입니다!"

마침내 답이 왔다.

"알겠습니다, 지그문트."

기분은 내키지 않을지 몰라도 대답은 바람이 새는 듯한 콘트랄토로 돌아왔다. 퍼페티어는 언제나 그런 식으로 인간과 이야기했다. 그들이 거의 모든 악기 소리를 ――마음만 먹으면 오케스트라 전체를―― 흉내 낼 수 있다는 사실을 고려하면 그런 섹시한 목소리는 일부러 고른 게 분명했다.

얼마 뒤 발굽이 복도의 금속 바닥을 때리는 소리가 들렸다. 베데커는 문 앞에서 다시 망설이고 있었다. 어느 방향으로든 도망칠 채비를 하는 것 같았다.

"베데커."

지그문트가 달래듯이 불렀다. 퍼페티어는 슬그머니 휴게실로 들어왔다.

"베데커, 당신이 건너갈 차렙니다."

예상했던 것만큼 많이 달래지 않았는데도 베데커는 원반 위로 천천히 올라가 사라졌다. 지그문트는 그가 수신용 원반에서 내려가도록 잠시 기다렸다가 '돈키호테'호로 도약했다.

그곳에는 얼굴이 붉어진 에릭이 있었다. 베데커는 뒤로 물러나고 있었다. 그는 공황에 빠져 두 머리를 이리저리 돌리며 도망갈 곳을 찾다가 지그문트가 승무원을 교환하기 전에 미리 보내놓은 무기와 전투 장갑복裝甲服 상자 뒤의 공간으로 피했다.

에릭이 씩씩거렸다.

"당신! 어디를 감히……."

지그문트가 끼어들었다.

"내가 데려온 거네, 에릭. 물러나게. 이건 명령이야."

키어스틴은 통신기로 상황을 듣고 있었다.

"누구예요? 다들 괜찮아요?"

"괜찮네, 키어스틴. 왕복선에 연락해. 수고했고 무사히 돌아가라고 오마르에게 전하게."

지그문트가 말했다.

에릭은 마디가 하얗게 될 정도로 주먹을 쥔 채 베데커를 향해 움직이고 있었다.

"이자가 누군지 압니까? 이자가 여기서 뭘 하는 거죠?"

"에릭! 누구라고?"

키어스틴이 다시금 묻자, 에릭이 외쳤다.

"베데커야! 베데커라고!"

지그문트는 단어를 신중하게 골랐다.

"베데커는 자기 동족과 고향을 지키기 위해 최선이라고 생각한 일을 한 거네. 자네와 나도 마찬가지고."

"제 우주선에 폭탄을 숨겼단 말입니다!"

지금은 없는 '탐험가'호 이야기였다.

"자네가 훔친 우주선이었지."

"그게 중요한 게 아니잖습니까!"

그건 확실히 중요했다. 다른 삶, 다른 세계에서 지그문트는 다른 우주선에 폭탄을 숨긴 적이 있었다. 이유도 똑같았다. 훔쳐 가지 못하도록. 그런 일은 지그문트가 먼저였다. 그리고 그는 베데커와 달리 훔쳐 가지 못하게 막았다. 그 일이 자랑스러운 건 아니었지만.

"베데커는 할 일을 했을 뿐이네. 자네도 자네 할 일을 하게."

에릭이 주춤했다.

"저야 항상 그러고 있죠."

지그문트는 꾸지람의 강도를 낮추기 위해 에릭의 마지막 말을 용인했다.

"좋아. 키어스틴, 준비되면 출발하게."

지그문트가 일련의 좌표를 읊었다.

키어스틴은 그가 우주선을 어떻게 생각하는지 잘 알기에 겁먹을 시간을 아예 주지 않았다. 우주선, 혹은 키어스틴은 목적지를 알아보았다.

"하이퍼스페이스로 들어갑니다. 다섯, 넷, 셋…….."

하이퍼스페이스!

묘사가 불가능한 장소─차원? 추상 개념? 공통 망상?─다. 하이퍼스페이스가 무엇인지 혹은 무엇이 아닌지는 알 수 없지만, 그 안에 있을 때는 하이퍼드라이브 전환기가 엄청난 속도로 움직일 수 있게 해 준다. 대략 사흘에 아인슈타인 공간의 일 광년 정도로.

하이퍼스페이스에서 전망 창을 덮어 두지 않으면 ─그리고 운이 좋다면─ 무無를 인정하지 못해 사방의 벽이 몰려드는 기분을 느낄 수 있다. 운이 나쁘다면 정신을 놓치고 만다. 하이퍼스페이스가 무엇인지 혹은 무엇이 아닌지는 알 수 없지만, 정신이 인정하기를 거부하는 것이다. 하이퍼스페이스는 여러 존재의 정신을 미치게 만들었다.

그런 이유로 하이퍼스페이스를 지나가는 우주선은 전망 창에 도료를 칠하거나 커튼을 달아 감추거나 동력을 내려 버린다. 그러는 동안에도 승무원들은 선체 바깥에서 어슬렁거리는 망각에 신경이 쓰이지 않을 수 없다. 그래서 여행이 길어질수록 노멀 스페이스로 점점 더 자주 빠져나오게 된다. 우주선이 아니라 다른 것이 여전히 존재하는지 확인하기 위해서다. 그리고 승무원들은 몇 번이고 계속해서, 어디 가지도 못한 채 함교에서 질량 표시기를 강박적으로 쳐다보고 있는 자신의 모습을 발견하곤 한다.

하이퍼스페이스가 무엇인지 혹은 무엇이 아닌지는 알 수 없지만, 질량이 큰 물체에 너무 가까이 다가가면 기이한 현상이 일어난다. 하이퍼스페이스에 있는 상태에서 별이나 행성에 너무 가까이 다가가면……

지그문트도 무슨 일이 벌어지는지는 모른다. 아무도 모른다. 우주선이 존재하지 않게 될 수도 있었다. 다른 차원으로 날아가 버리는지도 모른다. 아니면 하이퍼스페이스의 더 깊숙한 곳으로, 아니면 우주 반대편으로 날아가 버리는지도. 수학으로는 너무 모호해서 알 수 없다.

지그문트가 아는 건 자신이 하이퍼스페이스를 두려워한다는 사실과 자신만 그러는 게 아니라는 사실이었다. 하이퍼스페이스를 혐오하는 건 인간만의 약점도 아니었다. 뉴 테라에 오기 전 지그문트는 우주여행을 하는 여러 종족을 알고 있었다. 전부 기억나지만, 어디서 찾을 수 있는지는 기억이 나지 않았다. 그런 종족은 모두 어떤 식으로든 하이퍼스페이스에서 멀어지려고 했다. 퍼페티어는 가장 극렬한 반응을 보인 종족이었다. 대부분은 ─ 베데커는 예외였지만─ 어떤 상황에서도 하이퍼스페이스로 여행하지 않았다. 세계 선단이 이동하는 데는 오랜 시간이 걸릴 터였다.

지그문트는 몸을 떨며 정신을 추슬렀다. 그리고 선내 통신기 버튼을 누르며 말했다.

"전 승무원, 휴게실로 모일 것. 임무 브리핑."

휴게실 탁자 위에서 영상이 돌아가고, 승무원들이 홀로그램을 보고 있었다. 지그문트는 그런 그들을 지켜보고 있었다.

키어스틴은 영상이 멈춘 뒤의 마지막 장면을 눈을 빛내며 바라보았다. 손가락은 멍하니 탁자 위를 두드리고 있었다. 그녀는 단정하고 건강해 보였다. 섬세한 생김새에 광대뼈가 높고 피부는 하얗고 깨끗했다. 갈색 머리는 짧았다. 그녀는 에릭—부부는 다시 만났다—과 함께 탁자의 긴 쪽에 앉아 있었다.

베데커는 평행한 면에 앉았다. 도망가기 쉽도록 해치에서 가장 가까운 곳이었다. 아니면 그저 뾰족한 구석에서 최대한 멀리 떨어져 있는 것일지도 몰랐다. 퍼페티어식 디자인에는 모서리와 뾰족한 구석이 없었다. 지그문트가 보기에 퍼페티어 가구는 반쯤 녹아 붙은 모양이었다. 베데커가 앉아 있는 쿠션을 잔뜩 집어넣은 Y 자 모양의 의자도 그랬다. 그 의자는 순간 이동으로 가져온 보급품 중 일부에 불과했다.

지그문트는 가장 상석에 자리 잡았다. 회의를 관장하기 쉽고, 베데커와 에릭을 떨어뜨려 놓을 수 있도록. 반대쪽 탁자는 벽에 붙어 있었다. 사용하지 않을 때는 보통 그렇게 해 두었다.

"그워스Gw'oth예요. 행성 간 여행에 숙달했군요."

키어스틴이 놀라움을 담아 말했다.

베데커도 보고 있었다. 키어스틴과 마찬가지로 이 영상을 처음 보지만, 그는 공포에 질려 있었다.

"우주여행을 하는 종족이 또 생긴 겁니까? 저들을 압니까? 설명해 보십시오."

키어스틴은 영상에서 눈을 떼지 못했다.

"선단 밖으로 나갔던 첫 번째 임무였어요. 에릭, 저, 오마르, 네서스가 있었죠."

베데커는 양쪽 목구멍으로 귀에 거슬리는 모종의 소리를 냈다. 굳이 통역하지 않았고, 그럴 필요도 없었다. 애초에 베데커는 네서스와 사이가 좋지 않았다.

키어스틴은 소음에 얼굴을 찡그리다가 말을 이었다.

"예상치 못했던 전파 신호가 선단에 도착했어요. 역추적했더니 이 친구들이 나왔죠. 우리는 통신을 도청했어요. 덕분에 접촉하지 않고도, 물론 네서스가 하지 말자고 우긴 거지만, 상당히 많은 걸 알게 됐죠. 저들은 스스로 '그워스'라고 불러요. 한 개체는 '그워'라고 하고. 얼음 위성의 표면 아래에 있는 바다에서 살죠. 우리는 지금 그 항성계로 가고 있어요."

베데커가 신경질적으로 갑판을 긁었다.

"이 그워스가 있는 곳에 하이퍼웨이브 신호기를 두고 왔다는 겁니까? 왜 그랬지요?"

에릭과 키어스틴은 불쾌한 표정을 교환했다.

"그건 좀 복잡해요."

마지못해 키어스틴이 대답했다. 베데커에게 솔직히 털어놓고 싶지 않았던 것이다.

빌어먹을. 지그문트는 생각했다. 승무원 사이에 신뢰를 쌓아야겠군. 퍼페티어를 의심하는 건 내 일이야.

"시간은 충분하네."

지그문트가 재촉하듯 말하자, 에릭이 대신 나섰다.

"우리는 그 작은 친구들을 시험하고 있었습니다. 어떻게 반응하는지 보려고 레이저로 그 친구들의 원시적인 통신위성 하나를 태워 버렸죠. 그워스는 아주 신속하게 대체 위성을 발사했어요. 그러자 네서스는 그들이 하늘을 얼마나 광범위하게 관찰하고 있는지 궁금해했어요. 선단이 칠 년 뒤에 지나갈 예정이었으니까. 그때쯤 속도는 광속의 삼십 퍼센트가 되겠죠. 만약 그워스가 몰래 어떤 물체를 선단의 경로로 보낼 수 있다면……."

처음 듣는 얘기가 아닌데도 지그문트는 몸이 떨렸다. 꼭 퍼페티어가 아니어도 질량 병기의 무서움은 충분히 알 수 있었다.

"계속하게."

에릭은 잠시 뜨거운 커피를 마시느라 말을 멈췄다가 뒤를 이었다.

"네서스는 혜성대에 있는 천체 하나에 추진기를 설치하라고 명령했습니다. 일시적으로 그 눈덩이의 궤도를 바꿔서 그워스에게 위협적으로 보이게 하려는 거였죠. 그워스가 어떻게 반응하는지 보고 싶어 했어요."

베데커가 앞발로 갑판을 긁으며 물었다.

"반응했습니까?"

키어스틴이 고개를 저었다.

"그 눈덩이 궤도는 결국 못 바꿨어요. 그러기 전에 '탐험가'호가 선단으로 복귀하라는 명령을 받았죠. 무슨 일인지는 설명 안 해 줬지만, 허스에서 네서스를 찾았어요. 물론 선단은 그워스를 피해 가도록 경로를 바꿨고요."

'탐험가'호를 언급하는 키어스틴의 얼굴에 아련한 추억의 표정이 떠올랐다. 에릭은 여전히 화가 난 기색이었다. 베데커는 양쪽 목구멍 깊숙한 곳에서 무슨 소리를 웅얼거렸다.

이 셋과 네서스 그리고 이제는 없는 '탐험가'호는 상당한 과거를 공유하고 있었다. 지그문트는 퍼페티어의 반응을 해석하려고 애쓰다가 결국 실패했다. 언어가 아니라 감정 표현인 듯했다.

"왜 통신 부이를 두고 왔나?"

지그문트가 돌연히 물었다.

에릭과 키어스틴은 얼굴을 마주 보더니 키어스틴이 대답했다.

"얼마 뒤에 에릭, 오마르, 저는 다시 선단 앞쪽을 정찰하려고 떠났어요. 우리 셋만요. 앞서 임무에서 시험에 통과했든가, 아니면 보호자를 딸려 보낼 여유가 없었던 것 같아요."

좀 더 부드럽고 낮은 노랫가락, 다소 이질적인 음조 혹은 음계의 거슬리는 소리가 들려와 지그문트를 불편하게 했다. 애석함인가? 베데커가 시민의 감시 없는 임무에 반대했음을 추측할 수 있었다.

키어스틴은 몸을 떨다가 다시 말을 이었다.

"그러는 대신에 우리는 '긴 통로'호를 찾으러 갔어요. 그걸 찾아낸 결과 알게 된 우리 동족의 역사를 생각하면 협약체가⋯⋯."

허스에 있는 정부를 말한다.

"……혜성을 그워스로 날려 버리지 않으리라고는 믿을 수 없었죠. 독립 뒤에 오마르와 전 다시 그리로 가 봤어요. 혜성에서 추진기를 제거해 원격으로 조종하지 못하게 했죠. 그런다고 그워스의 안전을 보장할 수는 없었어요. 그래서 혜성대에 하이퍼웨이브 부이를 남겨 두고 그워스의 전파 신호를 감시하기로 했어요. 부이를 프로그래밍해서 큰 변화가 생기면 뉴 테라에 신호를 보내게 만들었죠."

베데커에게서 너무 험하게 다룬 백파이프 소리가 났다. 그는 여전히 바닥을 차고 있었다.

"그워스가 몇 년 사이에 간단한 통신위성을 만드는 수준에서 혜성대에 갈 수 있을 정도가 됐단 말입니까? 그런 자들이 역공학을 할 수 있도록 하이퍼웨이브를 남겨 뒀다고? 그럼 하이퍼드라이브도 시간문……."

"우리한테서는 못 배울 거예요. 부이를 찾을 수 없을 테니까."

키어스틴이 단호하게 말했다.

"지금 그걸 쓰고 있다고 했잖습니까."

베데커의 반박에, 키어스틴은 고개를 저었다.

"근처에 있는 다른 위성에 전 방향으로 송신할 수 있는 표준 전파 신호기를 두고 그워스의 주요 언어 몇 개로 우리에게 연락할 방법을 적어 놓았어요. 하이퍼웨이브 부이는 그 신호기에서 나온 전파를 뉴 테라로 중계하죠. 일방 통신 채널이라 그걸 추적해서 하이퍼웨이브 중계기의 위치를 확인할 수는 없어요. 그러니까 그워스가 우리 도움이 필요할 때 연락할 수 있게만 해 놓은 거예요.”

지그문트는 홀로그램을 재생했다. 신호는 며칠 동안 반복됐지만, 메시지 자체는 짧았다.

둥둥 떠다니는 해초처럼 생긴 엽상체 사이에서 불가사리와는 확실히 다른 생물—그워—이 물결처럼 움직이고 있었다. 다섯 개의 관상 촉수 끝에서 여러 개의 구멍이 오므라졌다가 풀렸다가 했다. 숨을 쉬는 걸까? 말을 하는 걸까? 우주선 내장 통역기가 영상 아래로 흐르는 기이한 문자를 번역했다.

친구 여러분, 즉시 와 주세요.
뭔가 우리를 향해 돌진하고 있어요. 뭔가 아주 위험한 거예요.

5

지그문트는 옆 선실에서 들리는 희미한 신음에 이리저리 뒤척이고 있었다. 그가 보기에는 ‘고작’ 한 달 남짓 만에 만난 것이지만, 키어스틴과 에릭을 탓할 수는 없었다. 물론 이해한다고 해도 둘이 사랑을 나누는 소리를 듣고 있는 게 편할 수는 없었다.

지그문트는 가족 모두가 그리웠다. 몹시도 그리웠다. 하지만 당장은 페넬로페만 생각났다. 엄밀히 말하면 생각에서 그치지 않고…….

웃음이 터져 나왔다. 이백 살에 가까워지는 늙은이는 금욕 생활을 무리 없이 넘길 수 있으리라고 생각한다면 오산이다. 지그문트의 기억은 ──아직 갖고 있는 것만 해도── 그 정도 과거까지 거슬러 올라갔지만, 몸은 스무 살의 육신으로 뉴 테라에 도착했던 것이다. 카를로스 우가 만든 실험용 나노 기술 오토닥만이 지그문트를 다시 만들 수 있었다. 그리고 얼마 뒤, 네서스는 시제품을 가로채 버렸다. 하나밖에 없는 것을. 뉴 테라의 어느 누구도 지그문트처럼 젊어질 수 없었다.

어쨌거나 지그문트는 카를로스의 목숨을 한 번 구한 적이 있었다. 오토닥을 사용한 것으로 비긴 셈이었다.

지그문트는 끙 하는 소리를 내며 수면장을 끄고 천천히 갑판으로 내려왔다. 어차피 잠이 안 오니 일어나는 게 나았다. 운동이나 좀 하다가 뭘 먹게 되면 먹고, 그래도 잠이 안 오면 생산적인 일을 할 생각이었다.

선실에서 멀어지자 '돈키호테'호의 복도는 죽은 듯이 조용해졌다. '돈키호테'는 지그문트가 소소하게 농담 삼아 붙인 이름이었다. 하지만 세르반테스의 작품을 읽어 보지 않은 사람에게 어떻게 돈키호테식의 무모한 목표 추구를 설명할 수 있겠는가? 누군가 물어보면 그는 이렇게만 답했다.

'얘기가 깁니다.'

지그문트는 선수에서 선미로, 엔진실에서 함교로 천천히 걸었다. 이 우주선은 크게 봐서 양쪽 끝이 둥근 지름 삼십삼 미터의 원통형이었다. 걸을 공간은 충분했다. 걸으면서 아무 곡조도 없는 휘파람을 불었다. 선체를 가볍게 두드리며 단단한 물질에 둘러싸여 있다는 위안도 얻었다.

'돈키호테'호는 뉴 테라의 작은 선단에 속한 우주선이었다. 퍼페티어의 제너럴 프로덕트 사GPC가 만든 3호 선체를 바탕으로 건조되었다. 은하핵 폭발을 피해 알려진 우주에서 사라지기 전까지 GPC는 자사의 선체가 사실상 파괴 불가능하다고 광고했다.

그렇긴 하지만…….

죽는 데는 여러 가지 애매한 방법이 있었다. 아주 오래전, 지그문트는 미스터리물을 게걸스럽게 읽고 시청한 적이 있었다. 범죄가 불가능에 가까우면 가까울수록 더욱 교육적이었다. 밀실 수수께끼는 그중에서도 가장 배울 게 많았다.

GP 선체도 비슷했다.

편집증에 걸린 사람 아니면 누가 그러겠는가마는 지그문트는 이 선체가 보호막이 되어 주지 못할 다양한 가능성에 대해 강박적으로 생각하기 시작했다.

어떤 물체가 충분히 강하게 부딪친다면, 선체는 여전히 멀쩡해도 그 안에 있는 승객은 벽에 얼룩진 핏덩이가 된다. 충분한 양의 반물질은 보통 물질로 만든 어떤 물체라도 파괴할 수 있다. 하지만 반물질은 드물다. 찾아내는 게 핵심이다.

가시광선은 선체를 통과한다. 퍼페티어는 그걸 흠이 아니라 특징이라고 생각했다. 빛을 가리기 위해 원하는 곳을 칠할 수 있었다. 따라서 한 곳을 충분히 오래 때린 레이저빔은 코팅을 증발시키고 발화 방지 장치의 저항을 넘어서, 아직 멀쩡한 선체를 뚫고 처음 위력 그대로 쏟아져 들어올 수 있다.

GP 선체는 각각 하나의 인공 분자라는 사실이 드러났다. 내장된 동력 장치가 원자 간 결합을 크게 강화했다. 레이저로 동력 장치를 태워 버리기 위해서는 극도로 운이 좋아야 ─혹은 근처에서 표적이 가만히 있어야─ 하지만, 어쨌든 가능은 하다. 동력 장치가 없으면 약해진 선체는 기압 차이만으로도 터져 버린다.

그리고 GP 선체를 파괴할 방법이 적어도 한 가지는 더 있어야 했다. 지그문트는 아직 감을 잡지 못했다. 예전에 퍼페티어는 ARM 요원들이 타고 있는, GP 선체로 만든 우주선을 파괴한 적이 있었다. 그 뒤에도 뉴 테라의 소규모 함대에 있는 GP 선체를 동시에 모조리 파괴했다.

베데커는 GPC에서 일했다. 지그문트는 이 공학자가 그 사건에 대해 스스로 인정하는 것─전혀 모른다고 했다─보다 더 많이 알고 있음을 직감했다. 지그문트는 가시광선으로 전송한 자폭 코드일 거라고 추측했다. 베데커는 동족과 고향을 지키기 위해 최선의 일을 했다. 지그문트는 베데커의 행위를 받아들이는 것보다 에릭에게 그 말을 하는 게 훨씬 쉽다는 사실을 깨달았다.

지그문트는 목적 없는 산보를 계속했다. 여전히 단단한 선체가 제공하는 안도감을 찾고 있었다. 소용없었다. 어떤 물질도 하이퍼드라이브 상태에 있는 우주선을 게걸스러운 중력 특이점으로부터 보호할 수 없었다.

지그문트는 함교로 돌아와 질량 표시기를 슬쩍 보았다. 딱히 그럴 가능성이 있는 건 아니지만 ─불과 몇 분 전에 확인했으니─ 역시 근처에 큰 질량이 있다는 표시는 없었다. 지그문트는 한숨을 쉬며 휴게실로 향했다.

"지브스."

— 여기 있습니다.

익숙한 목소리가 대답했다. 뉴 테라의 우주선은 지브스의 복사본을 대부분 가지고 다닌다. 당연한 일이지만, 퍼페티어는 지브스를 만들어 준 AI 기술 발전을 억압했다—뭐하러 잠재적인 경쟁자를 만들겠는가? 지브스는 수 세기나 나이를 먹었지만, 현재 쓸 수 있는 그 어떤 것보다 뛰어났다.

뱀을 왕관처럼 쓴 이미지가 머릿속에 떠올랐다. 메두사. 과거 지그문트의 조수였다. 메두사는 거의 알아서 일을 했다. 메두사였다면 지브스의 자료실을 뒤져 서로 관계를 찾아보고, 가능한 관계를 계산하고, 추론하는 일을 끝냈을 터…….

하지만 지브스는 보이지 않는 손이 이끌어 줘야 했다.

"집에 있을 때 지구의 달에 대한 참고문헌을 찾고 있었어."

— 어떻게 도와 드릴까요?

지그문트는 음악 자료실을 뒤지던 중이었다. 하지만 세 번째 교대 시간, 우주선 안에 인공적으로 만든 밤에는 음악이 어딘가 반사회적인 것 같았다. 지금은 가사를 읽을 기분도 아니었다. 그러면 뭘 보지?

"달이 언급된 문학 작품. 가장 최근에 출간된 것부터."

지브스는 기분 전환이 되거나 재미있거나 화가 나거나 우울해지는 작품들을 늘어놓았다. 하지만 어느 것도 쓸모가 없었다. 물론 과학적인 것도 없었다. 가상으로 꾸며 낸 것조차 없었다. 그런 건 전부 삭제된 상태였다.

그러다 『잘 자요, 달님』*이 나왔다. 아테나가 좋아할 법한 매력적인 잠자리 동화였다. 『사생아를 위한 달』**도 있었다. 지그문트는 누가 그걸 좋아할지 도무지 상상이 되지 않았다. 글자에 달이 들어간 작품을 모두 골라내도록 검색 범위를 넓히자 어처구니없을 정도로 긴 목록이 떠올랐다. 전에도 해 본 일이었다.

지그문트는 그냥 편하게 읽자는 생각으로 뜨거운 우유 한 잔을 합성했다. 달을 언급하고 있는 책 목록의 제목 몇 개는 심심풀이 삼아 괜찮아 보였다. 『아서왕 궁전의 코네티컷 양키』***를 골랐다. 코네티컷이라는 단어가 익숙하게 들렸다. 과거에 일한 적 있는 장소 근처 같다는 생각이 들었다. 아니면 그저 마크 트웨인이 익살스러운 사람이었거나, 아니면 아서왕이 지브스처럼 영국인이었을 수도 있었다. 지그문트는 어렸을 때 3V판으로 각색한 것을 봤을지도 모른다고 생각했다.

그리고 일식을 처음 언급하는 장면에서, 의자를 곧추세웠다. 일식. 뭔가 머릿속을……

"들어가도 될까요?"

지그문트는 고개를 들었다.

---

* 『Goodnight Moon』 마거릿 와이즈 브라운Margaret Wise Brown이 지은 미국의 대표적인 아동 그림책.

** 『A Moon for the Misbegotten』 유진 오닐Eugene O'Neill의 희곡.

*** 『A Connecticut Yankee in King Arthur's Court』 마크 트웨인의 소설. 십구 세기 미국에서 유능한 엔지니어였던 주인공이 시간 여행을 통해 아서왕의 궁전에 들어가 그의 신하가 되고, 자신의 지식과 지혜를 총동원하여 중세 영국에 기차도 놓고 문명을 발전시키지만 모두 수포로 돌아간다는 내용이다.

"아, 키어스틴. 물론이네. 말동무가 있으면 좋지. 야간 근무 서러 나온 게 아니었나?"

"잠이 안 와서요."

키어스틴은 입을 가리고 하품했다.

"겉으로는 졸린 것 같아 보여도 그러네요. 장관님은요?"

지그문트는 통신기에 떠 있는 책을 가리켜 보였다.

"나도. 따뜻한 우유 마시면서 책 좀 읽으면 잠이 올까 했지."

키어스틴은 차를 한 잔 따라서 탁자에 함께 앉았다.

"그워스가 본 게 뭐라고 생각하세요?"

그들 넷은 이 문제를 가지고 여러 번이나 이야기했다. 그워스가 무엇을 본 게 분명하고 그게 함정이 아니라고 가정하면, 세계 선단이라는 게 가장 뻔한 답이었다. '탐험가'호가 그워스를 찾아낸 건 신호가 퍼페티어 세계의 이동 경로를 따라서 온 때문이었다. 이동 경로는 바뀌었지만, 아직은 그 차이가 미미했다.

그워스가 퍼페티어의 선제공격 따위를 감지한 것이라면 그건 걱정스러웠다. 그렇다면 '돈키호테'호는 너무 늦게 도착해서 중재할 수 없을 게 분명했다.

"그렘린*."

마침내 지그문트가 대답했다. 그리고 그렘린이 뭔지 설명해야 했다. 그렘린은 무엇에 대한 것이든 최후의 가능성에 딱 어울리는 단어였다. 뭔가 예상치 못한 것.

---

* gremlin. 기계에 고장을 일으키는 것으로 여겨지는 가상의 존재.

키어스틴이 다시 하품했다.

"그런데 뭘 읽고 계세요?"

지그문트는 통신기를 내밀었다.

"내가 태어나기도 훨씬 전에 있던 지구 이야기네. 우주여행도 못했던 시절이지."

키어스틴은 몇 쪽을 읽어 보더니 통신기를 돌려주었다.

"다 읽으면 추천할 만한지 알려 주세요."

"그러지."

지그문트는 키어스틴 때문에 읽던 곳을 놓쳐 버렸다.

"지브스, 일식이 나오는 부분을 보고 있었는데."

AI와 휴대용 장치 사이의 보이지 않는 손이 해결해 주었다. 지그문트는 좀 전에 읽던 곳에서부터 다시 시작했다. 무슨 내용이었더라?

십구 세기의 시간 여행자가 기상천외하게도 중세 영국으로 떨어져 마법사로 몰린다. 그는 절체절명의 순간에 곧 일어날 일식에 대한 지식을 이용해 태양을 상대로 힘을 발휘할 수 있다고 주장함으로써 화형에서 벗어난다.

아주 편리하군. 지그문트는 생각……

"빌어먹을!"

키어스틴이 차를 마시다 놀라서 고개를 들었다.

"장관님?"

"자네 수학 실력이 필요할지도 모르겠네."

휴대용 통신기를 몇 번 건드리자 터치패드가 그림 그리기 모드로 바뀌었다. 지그문트는 일식 상황을 그렸다. 태양, 달, 지구. 자유롭게 날아다니는 세계에는 일식이 없다.

"태양은 황색 별이야."

지그문트가 말했다.

그의 의심스러운 기억만이 아니라 뉴 테라의 생물학자들도 동의하는 바였다. 인간의 눈은 그런 별에 최적화되어 있었다. '긴 통로'호에 있던, 이제 점점 줄어들고 있는 수집품 속의 씨앗으로 직접 키운 식물들도 마찬가지였다. 뉴 테라에서 경작하고 있는 지구 작물들은 이미 주황색 방출이 많은 인공 태양에 적응하기 시작했다. 그 가짜 태양은 허스의 생물군이 선호하는 빛을 낸다. 가장 그럴듯하게 추측을 해 보자면 지구의 태양은 표면 온도가 약 일만 도일 것이다. 아주 평범하다. 지구의 위치를 찾는 실마리로 쓰기에는 거의 쓸모없는 추론이었다.

추정한 지구의 일 년도 평범하긴 마찬가지였다. 후보가 될 만한 항성 질량의 범위에 행성이 거주 가능한 구역에 들어올 수 있을 정도였다. 행성의 궤도 매개변수는 항성 질량의 함수다. 따라서 지그문트가 아무리 지구의 일 년 길이를 정확하게 어림잡아도 궤도 반경에 대해서는 확답을 얻을 수 없었다.

하지만 이제 '코네티컷 양키'에 나오는 개기일식 정보를 추가하면…….

지구에서 보는 태양의 시직경 추정 범위. 일 년에 열두 달. 즉, 달은 열두 바퀴를 돈다! 그러면 달이 얼마나 커야 태양을 완전히 가릴 수 있을까?

그건 달이 지구에 얼마나 가까운 거리에서 도는지에 달려 있다. 지구 자체에 대한 또 다른 온전한 추정치가 있어야 한다.

뉴 테라의 표면 중력은 지구와 비슷해 지그문트의 반사 신경을 크게 어지럽히지 않았다. 지구의 표면 중력이 뉴 테라와 몇 퍼센트 차이 난다고 하자. 뉴 테라와 선단에 속한 다섯 세계를 보면 거주 가능한 암석형 행성의 밀도를 대강 알 수 있다. 밀도와 표면 중력을 이용하면 지구의 질량을 추정할 수 있고, 그 주위를 도는 위성의 궤도 매개변수도 알 수 있다.

지브스는 추정치를 대조하고 숫자를 처리했다. 키어스틴은 지브스가 어려움에 처하면 프로그램을 수정했다.

달은 한마디로 말해 거대했다. 지름이 적어도 삼천이백 킬로미터였다. 지구 지름의 사분의 일이라고 하자. 마침내 제대로 된 실마리가 나왔다!

키어스틴이 경이감에 휩싸여 말했다.

"우리가 찾는 건 사실상 세계 하나가 아니네요. 지구와 달은 거의 이중 행성에 가까워요."

6

지그문트는 이 임무의 최후자였다. 그리고 최후자에게는 특권이 있었다. 베데커는 마지못해 그를 자기 선실에 들였다.

작은 합성기 하나와 베개 무더기가 가구의 대부분이었다. 지그문트는 주위를 둘러보다가 서 있기로 했다.

"베데커, 에릭하고 화해해야 합니다. 동료잖아요. 서로 잘 알고 신뢰하는 법을 배워야죠."

에릭을 믿으라고? 에릭은 가슴에 증오를 품고 있었다. 게다가 시민이 책임자가 아닌 상태에서 외계 종족과 한 우주선에 탄 일이 있긴 하던가?

그래도 최후자에게는 특권이 있었다.

"무슨 말인지 알겠습니다, 지그문트. 그워스는 아주 위협적인 종족이지요. 힘을 합쳐야 할 겁니다."

"그런데도 선실 안에만 처박혀 있군요."

베데커는 대꾸하지 않았다.

"적어도 그워스에 대해 어떤 결론을 내렸는지 정도는 얘기할 수 있겠죠."

"이미 알지 않습니까. 브리핑 때 내 관점을 표현했습니다."

지그문트는 코를 벌름거렸다.

"아무 말도 안 하겠다는 거군요. 빌어먹을, 정말 아무 말도 안 할 겁니까."

도착하기 전까지 더 할 얘기가 있기는 할까? 하이퍼스페이스에서는 볼 수도, 무엇을 알아낼 수도 없다.

베데커는 고향에서 멀리 떨어져 있었다. 그것도 인간들 사이에 홀로.

"생각한 게 있긴 합니다."

"뭐죠?"

"달입니다."

베데커의 대답에 지그문트는 움찔했다. 왜지?

"몇 년 전 뉴 테라가 선단을 떠났을 때는 조석 현상이 있었습니다. 하루에 열 번이었지요. 지금은 없습니다. 그래서 해안 생태계가 황폐해졌습니다."

베데커는 아직도 생생하게 그 악취를 떠올릴 수 있었다.

"아내인 페넬로페가 생물학잡니다. 그 문제에 대해서도 이야기하더군요. 사실 조석 중간대*에 대해 의논하고 싶어 했는데, 기회가 없었죠."

언제나 마음속에 도사리고 있는 의심이 지그문트의 눈에 드러났다.

"그런데 왜 지금 달 이야기입니까?"

"달이 해답이니까요. 뉴 테라에 위성을 만들어 주면 조석 현상이 돌아올 겁니다."

"뉴 테라에 달을 만들자. 내가 그 생각을 했어야 하는 건데. 당연히 아웃사이더가 우리에게 행성 드라이브를 제공하겠죠."

노골적으로 비꼬는 말이었다. 그들이 죽어 잊힌 뒤 한참이 지나도 협약체는 여전히 선단의 행성 드라이브 가격을 아웃사이더에게 지불하고 있을 터였다. 하지만 베데커는 뭔가 다른 것을 본 게 분명했다. 지그문트는 진심으로 흥미가 일었다. 그의 담당 부서는 아주 많은 자원을 통제하에 두어야 했다.

---

* tidal zone. 만조 때 해안선과 간조 때 해안선 사이의 부분. 만조 때에는 바닷물에 잠기고 간조 때에는 공기에 드러나는 등 생물에 있어서 혹독한 환경이 된다.

베데커가 조심스럽게 말했다.

"생각해 봤는데…… 내가 그런 드라이브를 만들 수도 있을 것 같습니다."

아무리 시민이라고 해도 영원히 공포에 질려 허우적거리지는 않았다. 시민들은 사회적인 존재였다. 인간은 시민들의 무리에 속하지 않지만, 베데커는 익숙해질 정도로 인간 사이에서 오래 살았다. 인간과 이야기도 할 수 있었다.

그리하여 '돈키호테'호가 목적지에 도착하기까지 아직 열흘이 남았을 때 베데커는 무균 상태의 자기 선실에서 나왔다. 야간 근무시간에 나와 한 번에 한 인간하고만 마주쳤다. 한꺼번에 전원과 마주하는 일은 목적지에 도착하고 나서 해도 될 것이다.

베데커는 키어스틴을 만났다. 그녀는 별로 잠을 자지 않는 것 같았다.

'엄마들은 잠을 잘 안 자고도 지내는 법을 배우게 되죠.'

키어스틴은 몇 번이나 이렇게 설명했다.

나는 양육을 경험할 수 있을까? 허스로 돌아간다면 그럴 수 있을지도 몰랐다. 그걸 막을 자는 없었다. 베데커 자신뿐이었다. 베데커는 '뒤에서 지도하는 자'들이 권력을 어떻게 휘두르는지 목격했다. 추악하고 이기적이었다. 그래서 돌아갈 수 없었다. 잊기 위해서 시간을 좀 더 갖는 편이 나았다.

그러자 또 다른 질문이 떠올랐다. 이 무모한 여행을 마친 뒤 그 경험을 잊기 위해서는 시간이 얼마나 더 필요하게 될까?

베데커는 다시 한 번 키어스틴과 함께 '돈키호테'호의 복도를 돌았다. 그녀는 머리 회전이 빠르고 심성이 착했다. 그워스를 보호하는 일이 자기 책임이라고 생각하는 것 같았다. 그워스에 대해 이야기하면 할수록 그녀의 옹호론은 점점 더 바보 같아졌다.

그워스는 허스에 거의 알려져 있지 않았다. 이유는 당연했다. 그 바다 생물은 너무 두려운 존재라 대중에게 공개할 수 없었다. '탐험가'호의 원정 결과 알아낸 믿을 수 없는 사실을 평가해 달라는 요청을 받은 기술자였던 베데커는 소수에 속했다. 네서스가 보고한 게 전부 사실이라면! 믿을 수 없게도, 그워스는 두 세대만에 불에서 핵분열까지 발전했다.

베데커는 그워스를 피하기 위해 선단이 진로를 바꿨다는 사실을 듣지 못했다. 굳이 누가 알려 줄 필요도 없었다. GPC가 선체를 제조하는 데 필요한 나노 기술공정은 아주 미세한 요동에도 민감했다. '탐험가'호가 돌아간 뒤에도 일시적인 중력의 물결이 궤도상의 미세 중력 공장에서 벌어지는 제조 과정을 방해했다. 하물며 행성 규모의 진로 변경이 일으킬 물결이라면…….

키어스틴이 방문한 뒤 몇 년 동안 그워스는 행성 간 비행 기술을 개발했다. 성간 비행이 조만간 가능해지지 않으리라고 누가 말할 수 있을까?

베데커가 이번 임무에 참여한 건 강요를 받아서였다. 존재론적인 질문 때문에 오도 가도 못하는 상태였기 때문이다. 이제 허스로 돌아갈 시간이 됐을까? 베데커는 답을 찾았다.

만약 선단의 공격이 그워스가 도움을 청한 이유가 아니라고 해도, 베데커가 돌아가 지금 아는 사실을 보고한다면 바로 그런 일이 일어날 터였다.

7

"진출 오 분 전."

키어스틴이 차분한 목소리로 말했다.

지그문트의 시선은 질량 표시기를 떠나지 않았다. 중심에서 다양한 길이의 파란 선이 뻗어 나오는 투명한 구체는 함교에서 압도적으로 가장 큰 장치였다. 파란 선의 방향은 대응하는 천체의 방향을 나타냈다. 길이는 그 천체의 중력이 끼치는 영향, 질량을 거리의 제곱에 나눈 값에 비례했다.

지그문트는 부조종사용 완충 좌석에 꼼짝도 않고 앉아 있었다. 똑바로 자신을 향하고 있는 가장 긴 선은 표면에 거의 닿을 듯했다. 그게 무서웠다. 그 선은 왠지 모르게 배고파 보였다. 마치 곧 이 우주선을 잡아먹어 버릴 것만 같았다. 더 무서워졌다. 질량 표시기가 작동하려면 지각력이 있는 마음이 필요했다. 그런 마음은 필연적으로 질문을 떠올릴 수밖에 없었다.

저 밖에서 무엇이 나를 바라보고 있을까?

오 분!

간단한 수학이었다. 하이퍼스페이스에서 일 초를 머물면 '돈키호테'호는 목적지에 이 광분만큼 가까워진다. 하지만 조금만 늦어도 결과는 치명적일 것이다. 지그문트는 이를 갈며 소리를 삼켰다. 키어스틴은 뉴 테라에서 단연 최고의 조종사였다.

"좋았어. 여기도 준비 완료됐습니다."

에릭이 엔진실에서 알려 왔다.

선실에 있는 베데커는 아무 말이 없었다. 지그문트는 지금 그 퍼페티어가 단단한 공처럼 몸을 말고 있으리라고 상상했다.

오 분!

영원과 같은 시간이 흐른 뒤, 키어스틴이 카운트다운을 시작했다.

"십 초 남았습니다. 여덟, 일곱……."

"수동 센서만 작동시키게."

지그문트가 상기시켰다.

키어스틴은 고개를 끄덕였다.

"둘, 하나. 진출."

질량 표시기가 어두워졌다. 지그문트는 전방의 전망 스크린을 작동시켰다. 눈앞에 별들이 있었다.

'돈키호테'호는 무서운 속력으로 항성계 안을 향해 돌진했다.

얼마 전 하이퍼스페이스에서 움직이던 속력에 비하면 기어가는 수준이지만, 어차피 마음은 하이퍼스페이스를 보려 하지 않으니 누가 비교할 수 있을까?

"배경 전자기파가 많아요. 데이터 링크, 영상, 통신. 전부 항성계 안쪽에서 나오네요. 여기서 알아들을 수 있는 건 없고요."

키어스틴이 보고했다.

"레이더는?"

지그문트가 물었다. 복도에 울리는 발굽 소리 때문에 목소리를 높여야 했다. 베데커가 선실에서 나온 모양이었다.

"제가 보기엔 없어요. 심부 레이더도 없고요. 스텔스 우주선에서 그런 게 상관있는 건 아니지만."

키어스틴은 깊이 숨을 들이마셨다.

"우리가 온 걸 그워스가 알아내려면 몇 시간 걸리겠어요."

그건 이곳에서 정보가 항성계 안쪽으로 들어가는 데 몇 시간 걸리기 때문이었다. 하이퍼웨이브 신호는 즉각적이지만, 작동하려면 중력 특이점 밖에 있어야 했다. 거의 칠십이억 킬로미터나 떨어져 있다 보니 항성은 육안에 밝은 주황색 점으로만 보였다. 그리고 '돈키호테'호의 검정색 선체는 이곳에 도달하는 미약한 빛을 거의 반사하지 않았다.

"이미 이곳에 나와 있을 수도 있습니다."

지그문트가 경고하기 전에 복도에 있던 베데커가 먼저 투덜거렸다. 겁은 편집증을 대체하기에 나쁜 수단이 아니었다.

"흥미로운 중성미자 흐름을 발견했습니다."

에릭이 통신기를 통해 말했다.

키어스틴은 얼굴을 찡그렸다.

"장비 확인해 봐. 나도 내 걸 확인할게. 난 아직 심부 레이더가 안 보이는데."

"심부 레이더가 아니니까. 핵융합로 같아."

지그문트는 초조하게 갑판을 두드리는 발굽을 흘긋 보았다. 베데커는 이런 생각을 하고 있을 터였다. 이 년 만에 핵분열에서 핵융합이라니! 지그문트는 퍼페티어의 기분을 알았다. 제대로 기억하고 있다면, 지구에서는 그런 변화에 거의 한 세기나 걸렸다. 지브스라면 아마 정확히 알고 있겠지만, 지그문트는 묻지 않았다. 세부적인 건 나중에 확인해도 된다. 어쩌면 혹시 마음속 어딘가에서 알려고 하지 않는 걸지도 몰랐다.

'돈키호테'호가 하이퍼스페이스에서 빠져나온 지 일 분도 채 지나지 않았는데, 항성계 안쪽으로 백육십만 킬로미터의 삼분의 일 정도를 들어왔다. 아인슈타인 공간—이렇게 부르는 이유를 아는 사람은 뉴 테라에서 지그문트뿐이었다—과 하이퍼스페이스 안에서의 속도는 서로 독립적이었다. 지그문트가 '돈키호테'호를 소환했을 때 키어스틴은 가능한 한 빨리 돌아왔다. 즉, 하이퍼드라이브를 작동하기 위해 정찰하던 항성계에서 30G의 가속도로 뛰쳐나왔다는 뜻이었다. '돈키호테'호는 여전히 아인슈타인 공간에서의 속도를 지니고 있었다. 승무원을 교대하기 전에 감속할 시간을 충분히 갖지 못했기 때문이다. 이 항성계에 대한 '돈키호테'호의 상대속도는 광속의 약 칠 퍼센트였다. 그워스를 만나려면 속도를 줄여야 했다.

"추진기로 할까요? 아니면 중력 제동으로 할까요?"

키어스틴은 벌써 추진기 제어장치에 한 손을 올려놓고 있었다. 그쪽을 선호하는 게 분명했다.

지그문트가 몸을 돌렸다.

"아직은 둘 다 아니네. 잠시 움직이면서 자료를 모으지."

키어스틴이 손을 들더니 지그문트에게 건성으로 경례를 붙였다. 못마땅하다는 기색이었다.

베데커는 반대였다. 시야 한쪽 구석으로 머리 두 개가 높게/낮게, 낮게/높게, 높게/낮게 까딱거리는 모습이 잡혔다. 강력한 동의 표시였다.

키어스틴의 기분은 얼마 뒤 풀렸다. 그때쯤 에릭은 중성미자가 기원한 곳을 알아냈다. 하나밖에 없는 거대 가스 행성의 주요 위성과 세 개의 암석형 행성 중 두 곳에 핵융합로가 있었다.

8

지성이란 건 과대평가를 받고 있었다.

태곳적부터 그워스는 세계를 둘러싸고 있는 얼음 아래서 살고 죽었다. 그게 고작 세 세대 만에 전부 바뀌었다. 이제 그워스는 얼음 위 진공 속에 튼튼한 구조물을 건설하고 세계를 인공위성과 물로 차 있는 거주지로 둘러쌌다. 심지어는 인근 세계까지 개척했다. 지성이 그 모든 것을 가능하게 했다.

하지만 지성을 얻기 위해 너무 많은 것을 포기해야 했다.

에르오ㅌㄹㅇ는 명상실을 부유하고 있었다. 관족簪足들을 움직인다는 단순한 즐거움 속에서 평안을 찾으며. 에르오의 겉가죽은 대부분이 짙은 주황색과 빨간색이었다. 등뼈 끝으로 갈수록 점점 더 짙은 빨간색으로 변했다. 여운이 남는 펌프 윤활제 맛만 아니었어도 얼음 아래 있는 것이나 마찬가지였을 것이다. 명상실을 끝없이 순환하는 물은 신선했다. 염이 풍부하고 영양분이 농밀하며 먹이의 인공 향으로 가득했다. 이 모든 진보를 만든 이에게는 무엇을 해 줘도 아깝지 않았다.

자유의지만 빼고.

에르오는 아래로 휘어진 관족 끄트머리로 투명한 얼음 바다 너머를 향해 시선을 던졌다. 상상할 수 있는 온갖 형태의 구조물들이 저 멀리 희미하게 보이다가 사라질 때까지 해저 사면과 세계의 토대 위에 사방으로 뻗어 있었다. 고대의 도시는 당연히 대부분 석재로 지어졌다. 하지만 이제 어디에나 새로운 철강 구조물이 튀어나와 있었다. 인공조명이 사방에서 빛나고, 화물선들이 건물 위로, 건물 사이로 미끄러지듯 움직였다. 튼호 네이션 Tn'ho Nation은 전체 바다에서 가장 오래되고 가장 생산적인 열수구熱水口, hydrothermal vent를 관리했다. 그리고 름바Lm'Ba는 거기서 가장 큰 도시였다.

하지만 그 힘과 부는 생겼을 때보다도 훨씬 더 빨리 사라질 수 있었다.

에르오는 몸을 구부리고 뒤틀며 힘을 줬다가 뺐다. 스트레스가 긴 관족을 따라 몸 밖으로 나갈 때까지, 가죽이 다시 차분한 색이 될 때까지. 일하는 동안 배달되었던 즙이 많은 벌레와 통통한 호랑거미를 충분히 먹고, 배설물을 배출했다. 가능한 한 정신을 맑게 유지하기 위해 에르오는 짧게 시간을 정해 놓고 휴식을 취했다. 섭식과 배설, 움직임과 명상. 진정한 지성을 위해서라면 이 모든 것을 절제해야 했다.

타이머가 울렸다. 에르오는 의식을 되찾았다. 어쩐 일인지 잠들 수 있었던 모양이다. 그는 개인용 명상실을 빠져나와 좁은 접근 통로를 지났다. 에르오의 통로는 중앙 작업실 역할을 하는 허브—얼음 위에 있는 바퀴 모양의 구조물로 이 시대가 낳은 또 하나의 작은 경이였다—의 주위에 나 있는 바큇살 여러 개 중 하나였다. 투명한 돔 위 높은 곳에는, 줄무늬가 있으며 폭풍우가 휘몰아치고 밝게 빛나는 존재, 위대한 틀호^{Tho}가 하늘을 지배하고 있었다. 역시 각각 하나의 세계인 두 개의 차가운 점들이 거대한 천체를 가로질렀다. 에르오와 같은 그워스는 그런 불모의 바위 표면을 기어 다녔다.

에르오는 열여섯 중 가장 먼저 작업실에 도착했다. 곧 다른 이들도 각자의 명상실에서 나왔다. 대부분은 지금 에르오와 똑같이 초조함을 뜻하는 붉은색에서 짙은 붉은색을 띠고 있었다. 몇 번째 교대 근무에 걸쳐서 변하지 않은 공통의 일이 지시판에 나타나 있었다. 다른 이들을 찾아라.

에르오는 이 일이 시급하다는 사실을 알고 있었다. 게다가 불가능하기도 했다.

외계인들이 그들의 청원에 응답하지 않는 이상은.

에르오는 떨리는 관족 하나를 길게 뻗었다. 그리고 하나 더 뻗었다. 두 관족 모두 받아들여졌다. 귀가 거의 들리지 않게 되면서 마음속에는 오로지 심장이 뛰는 소리만 있었다. 마음속에서,

눈과 열 감각기관이 암흑 속으로 빠져들었다.

전기와 같은 충격이 생각을 뚫고 지나갔다.

좀 더! 좀 더 필요했다. 호흡을 복부로 전환하면서 에르오는 나머지 관족도 뻗었다. 접촉을 갈구하며 더듬거리다가 탐색하는 다른 관족을 만났다. 관족이 관족을 찾아, 정렬하고, 결합하면서……

신경절이 맞물렸다!

피드백이 넘쳐흘렀다!

심장이 빠르게 뛰었다!

전기가 밀어닥쳤다!

에르오의 마음속에서 사고가 어슬렁거렸다. 연약하고, 단조롭고, 소소한 에르오 자신의 생각이 희미해졌다.

— 이제 우리가 맡을게요.

집단 지성인 올트로^{Oltro}가 나타났다.

지성이란 건 경이로웠다.

"널 죽인 것에 대해 모르는 거 말고, 그러지 않은 거에 대해 아는 것……"

지그문트가 부드럽게 읊조렸다.

— 무슨 이야기입니까?

지브스가 물었다.

혼잣말이었지만, 지그문트는 굳이 인정하지 않기로 했다.

"우리 미끄덩거리는 친구들 말이야."

— 그래서 우리가 온 것 아닙니까.

별 의미 없는 중립적인 대답이었다. 대답이 아니라 대답으로서의 잡음에 가까운 소리. 지그문트는 과거 메두사—친구이기도 했던—의 추론 능력이 그리웠다. 하지만 그렇게 바라도 바뀌는 건 없었다. 생산적인 생각을 하는 편이 나았다.

"지브스, 그워스 합체 화면을 띄워 봐."

휴게실 탁자 위에 영상이 희미하게 나타났다.

그워스의 모습은 이제 익숙해졌다. 그워 한 개체는 중심의 원반 주위에 관족 다섯 개가 달린 모양이었다. 불가사리와 비슷했다. 등뼈는 가죽으로 덮여 있었다. 이것도 불가사리와 비슷했다. 비슷한 건 거기까지였다. 그워 한 개체는 오징어나 문어처럼 피부색을 바꿨다. 부속기관은 유연하고, 관벌레tubeworm처럼 속이 비어 있으며 각각의 관 안쪽 표면에는 날카로운 이빨이 층층이 나 있었다. 일종의 육식 공생충 군체에서 진화한 게 거의 확실했다. 그랬다. 그워스는 이제 익숙해졌다. 개체로서나 군체로서나. 다만…….

단체로 쌓여 몸부림치는 그워스를 바라보는 지그문트는 매혹되면서도 동시에 거부감을 느꼈다. 기록된 영상은 평면이었다. '탐험가'호가 방문했던 당시에는 그워스가 아직 홀로그래피를 개발하지 못한 상태였다. 그런 면에서 지그문트는 감사했다. 무더기로 쌓여 있는 그워스. 관은 맥동하고, 끄트머리끼리 서로 집어삼키고, 살은 고동치고, 가끔씩 관족 하나가 분리되어 자유롭게 꿈틀거리는 무리를 더듬거리다가 너무 가까이……. 어디에 가까이? 살짝 흘러나온 내장일까? 난교 중인 뱀 집일까?

이런 영상이 근처에 있을 때는 아무도 지그문트의 눈을 똑바로 보지 않았다. 퍼페티어는 다른 종족과 성에 대해 이야기하지 않았다. 지그문트가 알기로는 자기들끼리도 그러지 않았다. 퍼페티어는 그런 자신들의 순진한 척하는 습성을 뉴 테라 사람들에게 강요했다. 물론 저 원형질 무더기는 섹스를 하는 게 아니었다. 성숙한 그워스는 암초에 생식세포를 뿌린 뒤 자연이 알아서 하게 두었다.

지그문트는 한숨을 내쉬며 키어스틴을 통신으로 호출했다.

"자네 머리 좀 빌릴 수 있을까? 지금 휴게실이네."

"바로 갈게요. 뭣 좀 끝내게 몇 분만 주세요."

배경에 깔린 희미한 소리를 들으니 엔진실에 있는 것 같았다.

몇 분 뒤 휴게실에 도착한 키어스틴은 영상을 흘끗 보더니 갑자기 자기 신발에서 뭔가 재미있는 것을 찾은 듯이 행동했다.

"보기 좋은 광경은 아니지만, 중요하다네."

지그문트가 말했다. 만약 그의 직감이 옳다면 그워스와 관련된 가장 중요한 것일 수도 있었다.

"일단 이 행위가 뭔지 내가 이해하고 있다는 걸 확실히 하지."

키어스틴은 손가락으로 머리를 쓸어 넘겼다.

"네, 장관님."

"잘 세어 보면 이건 여덟 개체가 모인 집단이네. 뭘 하고 있는가 하면, 그워 한 개체는 다른 개체 셋하고 연결돼 있지. 각 관의 끝은 중앙의 몸통에 연결돼 있고, 반대쪽 끝에는 신경 시스템이 연결 가능한 상태로 남아 있네. '탐험가'호 임무 때 자네가 내린 판단에 따르면 그워스는 이렇게 연결해서 집단 지성을 이룬다는 거지. 생체 컴퓨터 말이네."

"이런 팔합체八合體, octuple······."

키어스틴은 지그문트가 웃는 이유를 이해 못 하고 머뭇거렸다. 그녀는 문어octopi에 대해 아는 게 없었다.

페넬로페라면 ──감사하게도! ── 이런 생뚱맞은 추론에 익숙할 텐데, 빌어먹을. 지그문트는 그녀가 그리웠다.

"계속하게."

"······네. 저희는 네 개채, 여덟 개체 그리고 아주 드물지만 열여섯 개체로 된 집단을 봤어요. 이런 식으로 연결된 팔합체는 3D 시뮬레이션 작업을 하는 데 적합하죠."

키어스틴은 탁자 한쪽에 몸을 기대며 영상을 향했다.

"가장 궁금했던 건 이 친구들이 기술을 어떻게 그리도 빨리 발달시켰냐는 점이었는데, 이······ 연결이 대답을 알려 줬죠. 전 그워스의 카메라 네트워크와 데이터베이스를 해킹해서 이런······ 일과 자료실의 데이터 양이 늘어나는 정도를 연관시켰어요. 연관성은 완벽하지 않았지만, 애초에 그럴 거라고는 기대하지 않았으니까요. 계산이 전부 똑같은 비율로 데이터를 증가시키지는 않더라고요. 일렬로 된 그워스는 한 가지 데이터를 만들었어요. 특정한 등급의 물리 문제를 푸는 거죠. 그워스의 이차원 배열은 다른 종류의 문제를 모델링했어요. 지금 보고 있는 건 삼차원 배열인데, 심지어 사차원일 때도 있었죠. 하지만 십육합체처럼 그건 드물었어요. 이상하게 들려도 사실이에요. 이 친구들은 서로 연결해서 살아 있는 컴퓨터가 돼요. 그래서 그워스의 기술이 급속히 발달하는 걸 오해하기 쉽죠. 하지만 사실 그워스는 얼음 위로 나와서 기술 기반의 사회를 만들기 전에 시뮬레이션을 엄청 많이 했어요."

지그문트도 뉴 테라를 떠나기 전에 이 정도 이야기는 들었다. 다만 깊이 생각해 본 적이 없었다. 눈이 적당히 좋기만 하면 밤하늘에서 선단을 볼 수 있는 상황에서 족히 십 광년은 떨어져 있는 그워스에 대해 생각할 시간을 내기는 어려웠다. 하지만 이제 여기까지 왔으니 그워스는 더 이상 멀리 떨어진 존재가 아니었다.

"키어스틴, 답답해도 좀 참아 주게."

걱정거리를 한편에 제쳐 두고 제대로 된 질문을 던지는 데는 시간이 좀 걸렸다.

"그워스의 자료실은 언제까지 거슬러 올라가나?"

키어스틴은 어깨를 으쓱했다.

"제가 해킹한 디지털 자료실은 삼십 년 전까지였어요. 그 전에는 그런 걸 만들 기술이 없었죠."

"다른 자료실은 없었나? 더 오래된 거 말이네. 기술 시대 이전의 자료실 같은 거."

지그문트는 저들이 어떻게 기록을 보존했을지 상상해 보려고 애썼다. 단단한 돌로 부드러운 돌에 새겨 놓았다거나…….

"분명히 있을 거예요. 하지만 그런 오래된 기록을 디지털화하지 않았다면 우리가 알아낼 방법은 없어요."

키어스틴이 다시 자료실에 접근할 수 없어도 마찬가지였다. 지난번과 이번 방문 사이에 그워스는 네트워크 보안 기술을 적용했다. 지그문트는 일을 어렵게 만든다는 이유로 저주를 퍼부으면서도 그워스의 암호화 및 인증 방법의 강력함을 인정했다.

'탐험가'호는 몇 가지 언어로 된 방송을 엿들은 적이 있었다. 그워스 안에도 서로 다른 사회, 어쩌면 뚜렷하게 나뉘는 국가가 있을지도 모른다는 방증이었다. 경쟁 체제는 새로운 보안 수단을 촉발할 수 있었다. 아니면 키어스틴이 전파 신호기에 현지 언어로 메시지를 남겨 놓았다는 사실 때문에 이렇게 됐을지도 모른다. 굳이 천재가 아니더라도 ──물론 그워스는 천재지만── 외계의 방문자가 통신을 도청했다는 사실을 추측하는 건 어렵지 않으리라.

키어스틴의 말은 대부분 일리가 있었다. 하지만 분명히 있을 거라고? 그녀가 내린 결론은 근거 자료에 비해 너무 확고했다.

지그문트는 물었다.

"만약 그워스에게 그런 오래된 자료실이 없다면?"

"그렇다면 그워스는 모든 걸 순식간에 생각해 낸 거죠. 하지만 그건 아닐 거예요."

키어스틴이 머뭇거렸다.

"그럴 수도…… 있을까요?"

지그문트도 그렇게 생각하고 싶지는 않았다. 하지만 암시하는 바가 기분 나쁘다고 해도 가능성을 배제할 수는 없었다.

"지브스, '탐험가'호 임무에 대한 전체 기록을 가지고 있나?"

— 네, 있습니다.

"그워스 합체는 이제 됐어. 자료실 대비 도시의 위치를 지도에 보여 줘."

검은색 구체가 나타났다. 표면에 빨간 금이 무작위로 지그재 그를 그리고 있었다. 구불구불한 빨간 금을 따라 녹색 점이 여기 저기서 빛났다.

— 빨간색은 인구 중심 지역을 나타냅니다. '탐험가'호의 심부 레 이더 스캔으로 얻은 자료입니다. 녹색 점은 자료실의 위치입니다. 보 기 쉽게 크기 비율은 실제와 다르게 나타냈습니다. 꾸준히 빛나는 점 은 키어스틴이 해킹해 확인한 자료실이고, 깜빡이는 점은 주소 목록 으로 추측한 자료실입니다.

그워스의 도시는 해저의 열수구에 바싹 붙은 곳 그리고 간간 이 보이는 화산을 둘러싼 곳에 있었다. 이곳의 생태계에서 햇빛 의 역할은 미미했다. 열수구 주변의 화학합성이 먹이사슬을 좌우 했다. 거대 가스 행성으로 인한 조석력은 이 얼음 위성을 지질학 적으로 활발하게 만들어 주었고 열수구에서는 에너지가 풍부한 영양분이 뿜어져 나왔다. 그워스에게 있어 열수구 사이의 광대한 해저는 사막과 같을 게 분명했다.

하지만 저렇게 여기저기 흩어진 자료실은? 그 점은 지그문트 도 설명할 수 없었다. 홀로그램 구체가 회전하자 자료실의 분포 는 점점 더 균일한 것과는 멀어졌다.

"왜 자료실이 없는 도시가 많은 걸까?"

지그문트는 궁금했다.

— 알 수 없습니다.

키어스틴이 눈썹을 들어 올렸다.

"장관님은 지금 존재하지도 않는 수수께끼를 상상하시는 거예요. 세계적인 통신망이 있으면 어디서나 데이터 센터에 접속할 수 있잖아요. 굳이 도시마다 하나씩 갖고 있을 필요가 없죠."

그런 게 분명하다, 그럴 수도 있다. 키어스틴은 추측에 의존하고 있었다. 멀리서 그워스의 데이터 센터와 카메라 네트워크를 해킹한다는 건 뛰어난 일이었다. 그워스 군체가 살아 있는 컴퓨터로 변한다는 사실을 추론해 낸 것도 그랬다. 하지만 키어스틴의 천재성은 순전히 기술적인 측면이었다. 의도를 간파하는 것, 기만의 냄새를 맡는 것, 위협을 인지하는 것…… 그런 일에는 다른 기술이 필요했다.

"지브스, 한 도시의 자료실 보급과 상관관계를 보이는 요소가 있나?"

너무 포괄적인 질문이었다. 지그문트는 좀 더 구체적으로 말했다.

"인구밀도, 지역 언어나 바다 깊이, 열수구의 특성 같은 것."

잠시 조용하다가 대답이 흘러나왔다.

— 그것들은 전부 관계없습니다.

키어스틴은 커피 한 잔을 합성해 마셨다.

"뭘 하시려는 거예요?"

"나도 모르네."

하지만 지그문트는 직감을 믿었다. 숨겨진 진실이 경고를 하고 있었다. 그건 확실했다.

　마침내 지브스가 말했다.

　— 상관관계가 하나 있습니다. 자료실의 위치와 지진에 의한 피해입니다.

　키어스틴이 웃었다.

　"수수께끼가 풀렸네요. 데이터 센터는 중요하기 때문에 지진이 잘 일어나는 곳에 두지 않은 거예요."

　— 그게 아닙니다. 상관관계는 지진 활동이 아니라 지진에 의한 피해입니다. 자료실 근처는 지진 피해가 적습니다. 도시는 금속 구조물이 더 많기 때문입니다. 지진 활동의 차이는 통계적으로 유의미하지 않습니다.

　"무너진 석조 건물의 비율도 비슷하겠지?"

　지그문트가 추측했다.

　— 맞습니다.

　"부유한 도시는 금속 구조물을 더 많이 쓰겠죠. 자료실은 부유한 도시에 있고요. 도대체 뭐 때문에 그러시는지 모르겠네요."

　키어스틴이 말했다.

　"어쩌면 별거 아닐지도 모르지."

　지그문트가 중얼거렸다.

　그리고 어쩌면 그워스 합체가 자료를 채워 넣는 디지털 자료실처럼 생체 컴퓨터 역시 최근에 생긴 변이나 혁신일 수도 있었다. 만약 후자라면, 그워스는 베데커가 두려워하는 것보다 훨씬 더 큰 위협을 잠재적으로 내포하고 있을지도 몰랐다.

만약 그렇다면, 그리고 그워스가 계속 전송하는 구원 요청이 함정이 아니라면, 그워스를 위협하고 있는 건 얼마나 무섭다는 말인가?

실시간 데이터가 룸바의 중앙 자료실로 흘러 들어왔다. 궤도 망원경으로 관측한 고해상도 영상이었다. 여러 근원지에서 나온 전자기파가 하늘을 가로지르고 있었다. 세계 곳곳에 배치된 장비에서는 중성미자와 우주선cosmic ray의 수를 집계했다.

올트로는 그 모든 데이터를 흡수했다. 그것들을 종합하고, 통합하고, 추론하고, 예측했다. 그들은 항성들과 행성들 속에 취했다. 별들의 화염 속에서 즐거워했다. 멀리 떨어진 소행성들과 그보다 더 먼 혜성대에 있는 바위와 얼음 들의 희미한 반짝임을 맛보았다. 그들은 그 모든 것을 삼켰고, 더 많은 것을 갈구했다. 한 가지 특별한 맛을 갈구했다.

누군가 전파 신호기와 희망의 메시지를 인근 위성의 뒷면에 놓아두었다. 누군가 단단한 암석 표면에 레이저로 서로 교차하는 길고 깊숙한 선을 그어 신호기의 위치를 표시해 두었다. 간단한 미소 유성체 빈도 측정과 침식 비율 계산 결과, 그 일이 최근에 일어났음이 확인되었다. 이곳으로 향하고 있는 미지의 존재가 했다기에는 너무 최근이었다.

올트로는 신호기를 남겨 두고 도와주겠다고 제안한 존재를 찾아 하늘을 계속 수색했다. 도와주겠다던 이방인이 제때 돌아오기를 바라야만 했다.

9

이틀 동안 ──그사이 키어스틴이 매우 노력했음에도 불구하고 그워스의 자료실은 끝내 비밀을 지켰다── 비행하면서 관찰한 뒤, 지그문트는 멀리서 알아낼 수 있는 사실이 한계에 도달했다는 점을 인정할 수밖에 없었다. 그워스에 대해 아는 게 얼마나 적은지 되새기는 것도 피곤해졌다. 지그문트는 휴게실로 전원을 집합시켜 다음 단계에 대해 의논하기로 했다.

키어스틴은 '우리 그워스'를 만나 보기를 간절히 원했다. 곧바로 핵심부터 치고 들어왔다.

"추진기로 할까요? 아니면 중력 제동으로 할까요?"

다른 사람은 몰라도 지그문트에게는 답이 뚜렷하게 떠오르지 않았다. 그워스에게 보여 주는 위험을 감수할 만한 기술이 어떤 것일까? 지그문트는 대답을 넘겼다.

"어떤 걸 추천하나? 이유는 뭐고?"

"추진기요. 우리가 중력 제동으로 얼음 표면까지 내려간다고 해도, 물론 그러려면 저라도 엄청난 곡예비행을 해야겠지만, 어차피 떠나려면 추진기가 필요해요. 비밀을 지키고 싶다면 애초에 중력 제동을 보여 줄 필요 없겠죠."

굳이 말하지 않은 가정을 감안하면 그럴듯한 의견이었다.

"에릭, 어떻게 생각하나?"

"조종사 마음이죠."

에릭이 대답했다.

"베데커?"

지그문트가 부르자 베데커는 열심히 장식해 놓은 갈기를 한 움큼 잡아당겼다.

"그워스라는 종족은 아주 빨리 배웁니다. 물론 나라면 좀 덜 발달한 기술을 고르겠습니다. 하지만 시민은 두 기술을 너무 오랫동안 써서 어느 쪽이 개발하기 더 어려운지 모르겠습니다."

'돈키호테'호에는 퍼페티어의 기술에 대한 데이터베이스가 없었다. 뉴 테라의 어떤 우주선이나 기관도 마찬가지였다.

지그문트가 불완전하게나마 기억하기로는 지구에도 추진기와 중력 제동이 알려져 있었다. 둘 다 꽤 최근에 생긴 기술로, 추진기는 아주 최근이었다. 지그문트는 추진기 대신 핵융합 엔진을 쓰는 우주선에 타 본 적도 있었다. 대량 살상 무기가 될 가능성이 있는 핵융합 엔진에 의존하는 우주선은 공기를 거의 축퇴물질 수준으로 압축해서 이착륙에 이용했다.

지그문트는 추진기에 대해 잘 이해하는 수준이 아니었기 때문에 지구와 허스가 모두 똑같은 물리 이론에 의존하는지 아닌지도 짐작할 수 없었다. 기술사는 지그문트의 영역이 아니었다. 그가 전혀 모르는 초기 세대의 추진기가 있을지도 몰랐다.

"지브스, 듣고 있나?"

— 네, 장관님.

"'긴 통로'호가 지구를 떠났을 때 둘 중 한 기술이라도 알고 있었나?"

최소한 네 세기 반 전의 일이지만.

— 중력 제동만입니다.

키어스틴이 참지 못하고 끼어들었다.

"중력 제동은 제동만 하지 이륙은 할 수 없어요. 어차피 떠날 때는 추진기를 보여 줄 수밖에 없잖아요. 그냥 추진기로 제동하는 게 나아요."

또 입 밖에 내지 않은 가정이 나왔다. 키어스틴은 '돈키호테'호가 착륙해야 한다고 생각하고 있었다.

에릭이나 키어스틴이 들으면 좋아하지 않을지도 모르지만, 그워스 세계에 착륙할지는 아직 미지수였다. 그들을 불러들인 도움 요청은 함정의 일환일 수 있었다. 만약 조금이라도 수상한 냄새가 난다면 지그문트는 아주, 아주 멀리, 아주 빠른 속도로 떠날 작정이었다.

선단에 속한 인간에게는 독자적인 기술이라고 할 만한 게 없었다. 그저 퍼페티어가 식탁 밑으로 떨어뜨려 준 부스러기뿐이었다. 그러다 '탐험가'호 임무가 있었고, 그워스를 발견했으며, 무지를 깨쳤다. 그워스가 이룬 성취를 존중하게 되자 키어스틴과 에릭은 자신들의 조상 역시도 존중할 수 있게 되었다. 뉴 테라의 독립을 향한 첫걸음이었다. 그워스에게 감사하는 마음은 이해할 수 있었다. 하지만 그건 이 친구들의 맹점이기도 했다.

굳이 진실을 다 이야기할 필요는 없었다. 지그문트가 말했다.

"어떤 방식으로든 빠른 속도로 감속하면 우리가 감속을 상쇄하도록 인공중력을 제어할 수 있다는 사실을 드러내게 될 거네. 중력 제동으로 감속하면 그 외의 다른 건 거의 보여 주지 않을 수 있겠지. 그러니까 중력 제동으로 대부분을 감속하고, 착륙할 때는⋯⋯."

실제로 착륙한다면 말이지만!

"추진기 출력을 낮춰 최대한 성능을 보여 주지 않도록 하게."

아예 착륙하지 않는다면 추진기는 계속 비밀로 남을 것이다.

"이륙도 마찬가지. 센서 범위에서 나오면 바로 가속하도록."

"중력 제동. 최대 감속. 30G."

키어스틴이 요약했다.

지그문트가 고개를 끄덕이자, 그녀는 씩 웃었다.

"재미있겠네요."

초조하게 갑판을 차는 베데커의 앞발은 그러면 '재미'라는 단어를 고르지 않았으리라는 사실을 보여 주었다.

10

줄무늬가 있으며 폭풍이 휘몰아치는 위대한 틀호──멀리 떨어진 어미 별보다 훨씬 더 큰, 따라서 훨씬 더 밝은──가 에르오의 주목을 요구했다.

거대 가스 행성의 존재를 느낄 수 있다는 상상은 사실상 과장이 아니었다. 순수하고 아름다운 수학은 해저가 주기적으로 구부러지는 특성을 밝혀냈고, 그로부터 중력이라는 힘을 밝혀냈으며, 태곳적부터 세계의 지붕이었던 얼음 너머에 보이지 않고 그래서 추측도 하지 못했던 거대한 질량이 존재하는 게 분명하다는 사실을 밝혀냈다. 그 질량이 바로 여기에 있었다. 수학의 아름다움만큼이나 실제적으로.

그워스가 목격한 그 어느 것과도 다른 이 거대한 새 세계는 다만 하나의 경이였다. 얼음은 온 세계의 지붕이 아니라 고작 위성일 뿐인 한 세계의 지붕에 불과했다. 우주는 그 누가 상상했던 것보다도 훨씬 광대했다. 중력의 작용으로만 틀호를 알고 있던 동안에는 누구도 그 웅장한 모습을 예상하지 못했다. 하물며 틀호가 반사하는 빛의 원천이 그보다 훨씬 더 크고 멀리 떨어진 천체라는 사실을 어떻게 예상했으랴.

어미 별은, 더 나아가 멀리 떨어져 있는 별들은 틀호보다 훨씬 더 뜨겁다는 사실이 밝혀졌다. 처음으로 얼음 위 모험을 떠난 뒤로 과학자들은 잠시 왜 하늘의 불타는 점들이 고정된 위치에 있는지 궁금하게 여겼다. 하지만 시차 측정 결과, 적어도 일부는 고정돼 있지 않다는 사실이 드러났다. 그저 아주, 아주 멀리 떨어져 있을 뿐이었다.

에르오도 그렇게 믿고 있었다. 최근 관측 결과를 볼 때까지는. 뭔가 가까운 하늘을 가로질러 질주하고 있었다. 거의 항성의 표면만큼이나 뜨거운 뭔가가. 그게 무엇이든 엄청난 힘을 발휘하며 빠른 속도로 감속하고 있었다.

에르오는 날카로운 파열음을 냈다. 그 소리는 과학 기지의 터널을 따라 가장 먼 실험실, 작업실, 개인실까지 퍼질 터였다.

에르오는 어떻게 해야 최선일지 알 수 없어 당황스러웠다.

올트로가 된다면 알 수 있을 것이다.

— 모일 시간이에요.

올트로는 숙고했다. 빠른 속도로 감속 중인 물체—우주선—는 스스로 방사하는 엄청난 양의 열로만 감지할 수 있었다. 올트로는 잃어버린 운동에너지와 측정한 열 방출량을 대조해 보았다. 감속 메커니즘의 효율성에 대해서는 모르는 상태로 추산한 우주선의 질량은 그위스의 가장 큰 우주선보다도 훨씬 컸다. 원호 모양의 우주선 경로를 보고 올트로는 시공간을 조작하는 게 흥미롭다는 결론을 내렸다. 그들은 거의 곧바로 지니고 있던 중력 개념을 개선하기 시작했다.

하지만 올트로는 마지못해 이 수수께끼를 나중으로 미뤄야 했다. 조직체에 더 긴급한 또 다른 추론이 있었다. 그들은 관족을 분리하고 입구를 통신 단말기에 연결했다.

이방인이 도착한 것이다. 이방인의 우주선이 곧 얼음에 닿을 터였다.

베데커는 좁은 선실 안을 맴돌았다. 긴장이 너무 심해서 잠자기는커녕 앉을 수도 없었다. 위안이 될 만한 것으로 디지털 벽지를 바꿔 보기도 했지만 소용없었다. 군중이 모인 장면도 평온한 초원의 모습도, 심지어는 동족의 페로몬을 두 배로 방출해도 마찬가지였다. 그릇에 담긴 합성 곡물 죽은 거의 손도 대지 않은 채였다.

'돈키호테'호가 거대 가스 행성에 접근하려면 몇 시간이나 더 남아 있었다.

내부 통신기로 익숙하지 않은 소리가 들렸다. 지브스가 주목을 끌려고 새로 만든 소리인가 싶었지만 아니었다.

이내 지브스가 알렸다.

— 전 승무원에게 알립니다. 그워스가 인사를 보내고 있습니다.

베데커는 잠겨 있는 선실 문을 보며 마치 곧 외계인이 쏟아져 들어오기라도 한다는 듯이 숨을 몰아쉬었다. 물론 바보 같은 반응이었다. 우주선은 스텔스 상태였다. 그워스가 보내는 인사란 누군가 메시지에 답변하기를 바라며 보낸 일종의 방송일 게 분명했다.

하지만 이번에도 아니었다.

"통신용 레이저!"

지그문트의 목소리가 들렸다. 놀란 기색이 그대로 드러난 목소리였다. 레이저를 이용한 통신은 지향성이 있었다.

"그워스는 우리가 온 걸 안다. 전원 위치로."

그 말은 키어스틴과 지그문트는 함교에, 에릭은 엔진실에 있어야 한다는 뜻이었다. 그러면 베데커는? 숨어 있지만 않으면 된다. 지그문트는 좀 더 세련되게 '대기 중'이라고 표현했다.

다른 이들이 각자 자기 위치에서 보고했다.

"난 잠시 선실에 있겠습니다."

베데커가 마지막으로 알렸다.

"지브스, 인사의 성격이 어떤 것이지?"

지그문트가 물었다.

"들어오는 신호를 보내고 있어요. 수신 전용이에요."

키어스틴이 AI를 대신해 답했다.

눈을 어디로 돌려도 저 멀리까지 자주색 풀이 무성한 초원이 언덕을 이루며 베데커를 둘러싸고 있었다. 그는 한쪽 벽에서 목가적인 초원 풍경을 없앴다. 빈 공간을 지금 들어오고 있는 신호가 채웠다.

그워 한 개체가 보이지 않는 카메라 앞에서 굽이치고 있었다. 알 수 없는 꼬부랑글씨와 영어 번역 자막이 평행하게 영상에 나타났다.

응답해 줘서 고마워요. 가까이 와서 이야기를 나눠요.

11

'돈키호테'호는 그워스 항성계 안쪽으로 돌입했다. 모든 센서가 데이터를 찾아 긴장하고 있었다.

그워스 항성계 전역에 퍼져 있는 기지에서 전파 통신이 활발해졌다. 아마 레이저 통신도 활발해졌을 것이다. 지향성 통신을 가로챌 방법은 없으니 그 누가 알 수 있으랴? 넓은 대형으로 뭉친 지상 차량이 얼음 위로 솟아 있는 몇 안 되는 산꼭대기에서 쏟아져 나왔다. 우주선도 움직였다. 뜨거운 핵융합 불꽃은 못 볼 수가 없었다. 얼음 위에 퍼져 있는 전자기 발사 장치가 계속해서 더 많은 우주선을 우주로 날려 보냈다.

우주선이 저렇게 많다니! 전자기 발사 장치도 저렇게 많다니! 키어스틴이 지난번 방문한 이후로 퍼페티어가 이곳에 간섭했을 가능성은 더욱더 낮아 보였다.

지그문트는 좀 더 급박한 문제에 초점을 맞췄다. 그워스가 현재 서둘러 보여 주고 있는 활동이었다. 방어 수단일까? 파벌 간의 분쟁일까? '돈키호테'호를 공격하려는 준비일까? 이 외계인에 대해 아는 게 거의 없으니 어느 시나리오라고 해도 다 말이 되는 것 같았다. 지그문트는 그답게 마지막을 의심했다.

함교에는 키어스틴이 함께 있었다. 조종을 그녀에게 맡겨 둔 채 지그문트는 주 홀로그램 화면에 떠오른 전술 요약본을 들여다보았다. 마음을 놓기에는 활동이 너무 많았다. 키어스틴이 실망할 게 뻔했지만, 조만간 그워스를 그들의 터전인 얼음 위에서 만나기는 어려울 것 같았다. 너무 경솔하다. 좀 더 상황을 알게 된 뒤에나 생각해 볼 일이었다.

"지브스, 영어를 통역할 수 있겠지?"

— 네, 어휘 부족을 감안해 준다면 가능합니다.

"좋아. 이렇게 보내. 우리를 초대한 이와 먼저 만나고 싶다."

완충 좌석에 앉아 있던 키어스틴이 몸을 움찔했다.

"할 말이 있나, 키어스틴?"

지그문트가 물었다.

"아뇨……. 음, 있어요. 우리에게 연락한 게 얼음 위성에 있는 누군지 알잖아요. 제가 레이저를 역추적했으니까."

그런데 왜 그 근처에 착륙하지 않느냐는 것이다. 하지만 만약 그게 함정이라면?

"처음에 도움을 요청한 자와 우리가 도착했을 때 연락한 자가 같지 않을 수도 있네."

"우리 신호기를 쓴 존재가 아니라면 어떻게 우리를 찾을 생각을 했겠어요?"

키어스틴이 반박했다.

지그문트가 직접 훈련시킨 대원조차도 첩자와 배신자, 도청, 우주에 일반적으로 퍼져 있는 심술을 고려하는 일이 드물었다. 하지만 지그문트는 그것들을 감안하지 않을 수 없었다. 재능이었다. 저주이기도 했다.

"만약에……."

그때, 지브스가 지그문트의 말에 끼어들었다.

— 응답입니다. 인사를 보냈던 곳과 똑같은 얼음 위성 표면의 산봉우리에서 나온 신호입니다.

보조 화면에 홀로그램 영상이 떠올랐다. 지그문트는 이 그워가 이전 메시지에서 본 그워인지 확신할 수 없었다. 가죽의 색조는 달랐지만, 그것만으로는 아무것도 알 수 없었다. 잠깐 통신하는 동안에도 색은 진해졌다 옅어졌다 했다.

그워스는 파열하는 듯한 소리로 의사소통을 했다. 돌고래의 말과 다르지 않았다. 그리고 돌고래처럼 음향 기관이 내부에 있었다. 지그문트는 홀로그램 속의 형체가 말을 하고 있는 것처럼 보이지 않는다는 데 놀라지 않았다. 들어오는 신호의 음향 서브

채널은 고래와 방아벌레의 소리를 섞어 놓은 것 같은 소리—그래 봤자 그가 들을 수 있을 정도로 낮은 일부였지만—를 냈다.

지그문트는 통역된 문장을 읽어 보았다.

다시 한 번 환영합니다. 방문자 여러분.

우리가 여러분의 도움을 요청한 이들이에요.

그렇게 주장한다고 해서 사실이 되는 건 아니었다. '도움'이라는 말—지그문트는 앞서 보낸 메시지에서 '초대'라고 말했다—은 고무적이지만 결론을 내리기에는 미흡했다.

"정중히 묻습니다만……."

지그문트가 입을 열었다. 어떻게 표현해야 할까?

— 죄송합니다. '정중히'를 통역할 수 없습니다.

그런데 그워의 메시지는 아직 끝난 게 아니었다. 홀로그램에 새 문장이 나타났다.

하지만 이런 생각이 들었어요.

그걸 여러분이 어떻게 알 수 있을까요?

지그문트에게는 답이 있었다. 확실한 건 아니지만 답이긴 했다. 어쨌든 그는 그워가 뭐라고 하는지 두고 보기로 했다.

우리는 여러분이 신호기를 남겨 둔 곳에서 만나야 해요.

송신장치는 그 뒤에 좀 더 편리한 장소로 옮겼지만, 여러분은 우리가 그 장소를 알고 있다는 사실을 확인하게 될 거예요.

신호기에서. 바로 지그문트가 구상하던 해결책이었다. 빌어먹을, 그나저나 이 그워스라는 종족은 빠르군.

"지그문트, 그워스에게 먼저 가 있으라고 하십시오. 만약 저들이 우리를 따라오거나 우리의 경로를 추정한다면 신호기 근처로 온다고 해도 아무것도 증명하지 못할 겁니다."

선실에서 듣고 있던 베데커가 말했다.

"동의합니다, 베데커. 우리 새 친구가 할 말을 다 했는지 좀 기다려 봅시다."

아니었다.

우리는 이곳을 떠나 그곳에 여러분보다 먼저 도착할 거예요.

다시 만나면, 여러분은 우리가 신호기가 있는 구역을 통제하고 있다는 사실 역시 확인하게 될 거예요.

또 다른 반박 가능성 역시 예상하고 있었다. 증명까지는 아니지만, 이 그워스가 신호기를 처음 발견했음을 암시해 주었다.

"알겠습니다."

지그문트가 대답했다. 빌어먹을 정도로 빨라.

거대 가스 행성에는 조석력으로 고정된 네 개의 위성이 있었다. '탐험가'호는 가장 바깥쪽 위성, 가장 바깥쪽 면, 얼음 위성으로부터는 영원히 보이지 않는 바위투성이 진공 표면에 신호기를 놓아두었다. 그러나 우주에서는 레이저로 새긴 X 자가 훤히 보였다.

우주선 한 대가 선이 교차하는 곳 부근, 핵융합 불꽃에 그슬려 얕게 팬 곳에 내려앉았다. 선체에서 반사되는 희미한 햇빛을 분광분석한 결과 재질은 강철과 세라믹인 것 같았다. '돈키호테'호는 그워스 우주선이 세 번째 위성에 있는 전자기 발사 장치를 떠나 이곳에 착륙하는 과정을 쭉 추적했다.

외계인의 우주선이 있는 곳에서 팔백 미터쯤 떨어진 평원에 낮은 돔이 솟아 있었다. 돔 주변의 전자기 레일건이 상황을 확실하게 해 주었다. 그 우주선에 탄 그워스는 이 지역을 통제하는 자의 동의하에 방문한 것이다. 아마도 위장해서 숨겨 둔 레일건이 더 있을 터였다. '돈키호테'호는 그 위성을 도는 고궤도에 머물러 있었다. 착륙해도 안전하다고 지그문트가 판단할 때까지 그 자리에 머무를 예정이었다. 그워스 우주선은 조만간 지평선 너머로 사라지게 된다.

지상에서도 알아챈 모양이었다. 함교의 통신 화면에 그워 한 개체가 나타났다.

"다시 한 번, 와 줘서 감사해요. 의논할 일이 많아요. 이쪽으로 오시겠어요?"

지그문트는 전술 화면을 자세히 들여다보았다. 레일건은 GP 선체에 아무런 위협이 되지 않았다. 일제히 사격을 한다고 해도 기껏해야 '돈키호테'호를 조금 흔들 정도였다. 근처에는 다른 위험도 없어 보였다.

지그문트는 승무원의 의견을 모았다. 에어릭과 키어스틴은 즉시 착륙하고 싶어 했다. 베데커는 광속 지연 효과도 없어진 상태인데 계속 전파로 이야기하자고 제안했다.

지그문트는 자신들을 불러들인 메시지를 다시금 생각했다.

친구 여러분, 즉시 와 주세요.
뭔가 우리를 향해 돌진하고 있어요. 뭔가 아주 위험한 거예요.

어쩌면 만나지 않는 게 만나는 것보다 더 위험할지도 몰랐다.
"곧 내려가죠."
지그문트가 말했다.

그워스 우주선과 돔에 있는 에어록은 높이가 베데커의 무릎 정도에 불과했다. '돈키호테'호의 승무원은 들어가고 싶어도 — 물론 베데커는 그러고 싶지 않았지만— 들어갈 수 없었다. 인간들은 실망한 기색이 역력했다.

베데커는 그워스가 '돈키호테'호에 탑승하는 모습도 보고 싶지 않았다.

"저들을 우주선에 태워서는 안 됩니다! 뭔가를 보고 갈 것 아닙니까. 질문도 할 테고, 우리 기술에 대해 뭘 알아낼지 누가 압니까."

휴게실은 인간들로 북적였다. 에릭과 키어스틴이 슬쩍 눈을 마주쳤다. GPC의 궤도 시설에 처음이자 유일하게 방문했던 일과 그때 네서스가 부주의하게 흘린 비밀을 떠올리는 걸까? 그 기억이 생각나자 베데커는 바람 빠지는 단조 음을 냈다.

지그문트가 말했다.

"선택의 여지가 별로 없습니다. 우리는 저쪽 건물에 들어갈 수 없고, 설령 수영을 하고 싶은 기분이 든다고 해도 저들에게 인질을 잡을 여지를 줄 수는 없으니까요. 방사선 때문에 표면 위에 오래 머물 수도 없죠. 그러면 '돈키호테'호밖에 안 남습니다."

"전파도 있습니다."

베데커가 상기시켰다.

"미리미리 조심할 겁니다."

지그문트가 더 이상 논쟁하지 않겠다는 어조로 말했다.

베데커는 신경질적으로 갑판을 발로 긁었다. 편집증 환자의 예방 조치가 육체의 안전을 확보할 수는 있을지도 몰랐다. 하지만 그것으로는 부족했다.

"그렇다면 뭘 보여 주고 뭘 안 보여 줄지 확실히 통제해야 합니다. 그워스가 하이퍼웨이브 통신이나 하이퍼드라이브 전환기 혹은 심부 레이더에 대해 알고 있다는 증거는 아직 없습니다. 그런 기술의 존재에 대해서조차 언급해서는 안 됩니다."

물론 베데커가 한창일 때 이들은 불도 모르는 시절을 살기도 했다. 하지만 이 외계인은 정말 빨랐다. 너무 빨랐다.

지그문트가 고개를 끄덕였다.

"물론이죠. 저 친구들은 작으니까, 저쪽 몇 명과 우리 두세 명이 이 방에서 만날 수 있을 겁니다. 주 에어록과 여기 사이에 있는 도약 원반 몇 개는 옮기거나 덮어 놓죠. 하이퍼드라이브 전환기를 보여 주면 안 되니까 엔진실 접근은 막고. 또 뭐가 있을까?"

"함교도 안 되죠. 제어장치를 잠깐만 봐도 온갖 시스템에 대한 걸 추측할 수 있을 테니까. 추진력이나 완충 좌석에 들어가는 비상용 보호 역장까지요."

에릭이 말했다.

베데커가 익숙하지 않은 소리를 냈다. 히힝거리는 소리와 휘파람 소리가 섞여 있었다. 초조한 걸까?

"선체를 숨길 수는 없습니다. 하지만 특성이나 만드는 방법에 대해서는 언급하면 안 됩니다."

"선체에 일부 있는 투명한 부분을 칠해 버리죠. 그럼 우리 컴퓨터를 보여 주거나 언급하지 않을 수 있어요. 그워스는 생체 컴퓨터를 이용하니까 하드웨어로 뭘 할 수 있는지 의심하지 않을지도 몰라요."

키어스틴이 거들었다.

"지브스, 저 친구들이 탑승한 뒤에는 우리가 말을 걸지 않는 한 말하지 말도록. 넌 승무원이야. 함교에서 근무를 서고 있다고 하면 되겠지."

지그문트가 명령했다.

— 알겠습니다.

"좋아. 또 뭐가 있지?"

베데커는 응급 상황에 대비해 짐 속에 정지장 발생기를 보관하고 있었다. 그건 잠긴 선실 안, 그가 설치한 생체 정보 잠금장치의 보호를 받고 있었다. 베데커는 그 사실을 아무에게도 말하지 않았다. 지금도 그럴 생각은 없었다.

하지만 한마디 덧붙이지 않을 수 없었다.

"정지장 기술에 대해서도 말하면 안 됩니다."

최종적으로 작성한 목록의 길이는 베데커의 의구심을 누그러뜨리지 못했다.

편집증도 쓸모는 있었다.

베데커는 인정하지 않을 수 없었다.

그워 한 개체가 고작 지름 육십 센티미터 크기라거나 첫 만남에는 한 개체만 탑승할 것이라는 사실은 아무래도 상관없었다. 지그문트는 압력복과 전투 장갑복을, 혹은 보통 기구와 무기를 구분하는 확실한 방법을 몰랐다. 그래서 불모의 평원을 종종걸음쳐 건너오는 작은 존재를 맞아 외부 에어록 해치를 열기 전에 마지막 안전장치를 설치했다.

'돈키호테'호의 승무원 중 한 명이 주기적으로 안전장치를 재설정하지 않으면, 하이퍼드라이브 전환기가 활성화된다. 만약 그 승무원이 강압을 받아 행동하고 있다고 지브스가 판단해도 전환기는 활성화된다. 어느 쪽이든 우주선은 그워스의 손이 닿지 않는 곳으로 영원히 떠난다.

이 예방 조치는 에릭의 아이디어였다. 그리고 에릭은 관대하게도 이 아이디어를 제안하면서 난처하다는 표정을 지어 주기까지 했다.

12

압력복에는 동력으로 구동되는 외골격이 있음에도 외계인 우주선까지 이동하는 일은 에르오를 탈진하게 만들었다. 올트로였을 때의 희미한 기억은 그게 얼마나 쉬워진 건지를 에르오에게 상기시켰다. 초기의 압력복은 심해 생물의 질긴 가죽으로 만든 옷가지에 불과했다. 거기에 달린 관은 얼음 아래에 남아 있는 도우미들이 눌러 주는 가죽 주머니 '펌프'에 연결돼 있었다. 기억의 잔향은 그 과정에서 얼마나 많은 이가 목숨을 잃었는지 개의치 않았다.

외계인의 해치 제어판은 충분히 직관적이었지만, 에르오의 이해 범위 밖에 있었다. 에르오는 안에서 접근 메커니즘을 실행해 주기를 기다렸다. 바깥쪽 해치가 닫히자 그는 처음으로 놀랐다. 물이 아니라 기체가 밀려든 것이다. 압력은 아주 낮은 수치에서 안정되었다. 보호 장비가 아니었다면 질식하기 전에 먼저 터져 죽었을 것이다.

곧 안쪽 해치가 열리고 길고 희미한, 구부러진 복도가 나타났다. 혼란스럽게도 한쪽 면만 빼고는 전부 비대칭적으로 생긴 거대한 생명체 둘이 안에서 기다리고 있었다. 어떻게 해서인지 둘은 두 개의 가지로 균형을 잡았다. 느슨하게 걸친 덮개가 적외선으로 빛나는 몸을 대부분 가리고 있었다.

둘 중 하나가 앞으로 나왔다. 상단부 중앙의 덩어리—감각기관이 모여 있는 구역일까?—에 있는 틈 하나가 열렸다 닫혔다. 에르오는 낮고 알아들을 수 없는 소리를 느꼈다. 증폭기를 최대로 맞추자 이해는 할 수 없지만 외계인이 말하는 소리가 들렸다. 소리는 외계인이 가지 하나로 들고 있는 장치에서 나왔다.

"환영합니다. 나는……."

통역기이거나 그런 비슷한 물건 같았다. 말솜씨가 형편없는 것도 당연했다. 에르오는 일곱 가지 언어를 알았고 이제 여덟 번째를 배울 참이었다. 굳이 왜 통역기 같은 물건을 쓰는지 이해할 수 없었다.

그때, 통역되지 않은 소음이 터져 나왔다. 인간? 외계인의 종족 이름인 듯했다. 지그문트? 말하는 개체의 이름 같았다.

그러면 내 소개를 해 볼까. 에르오는 목소리를 지그문트가 썼던 주파수 범위로 조정했다. 물속에서는 소리가 멀리 전해지지 않지만, 그래도 상관없었다. 압력복 안에 있는 변환기가 음성을 포착했고, 외부 변환기가 그 음성을 반복했다. 필요하면 전파를 이용해서 전달할 수도 있었다.

"환영합니다. 나는 에르오예요."

당장은 인간 언어의 어휘가 부족한 관계로 저들이 쓰는 통역기에게 맡기기로 했다.

"우리 요청에 응답해 줘서 고마워요."

다른 인간 '에릭'도 자기소개를 했다. 그들은 함께 우주선 깊숙한 곳으로 이동했다. 에르오는 관족 세 개로 걸었다. 다른 두 개는 위로 쳐들고 앞과 뒤를 더 잘 관찰할 수 있게 했다. 어쩐 일인지 인간은 기이할 정도로 굳은 아래쪽 가지 두 개만으로 잘도 움직였다.

내부가 큰 방이 나왔다. 쉽게 뜻을 알아볼 수 있는 에릭의 상부 가지 동작을 보고 에르오는 가지가 네 개 달린 구조물──'의자'라는 단어였는데 역시 통역이 되지 않았다──로 올라간 뒤 거기서 다시 탁자 위로 올라갔다. 인간들이 몸을 접어 의자 위에 앉았기에 에르오 자신이 작다는 느낌은 별로 들지 않았다.

그렇게 시작되었다.

잠가 놓은 선실 문 뒤에서 베데커는 통신기로 듣고 있었다. 보안 카메라로 볼 수도 있었다. 그는 지브스를 통해 생명 유지 센서로 미묘한 배신의 징후를 감시했다. 동시에 몸을 떨며 갈기를 물어뜯기 시작했다.

마침내 행렬이 휴게실에 도착했다. 투명한 기계식 보조복을 입은 에르오는 탁자 위에 넓게 퍼져 앉았다. 알 수 없는 장치가 옷에 걸려 있었다. 겉으로 보기에 에릭과 지그문트는 전혀 거리낌 없는 표정으로 탁자 양쪽에 자리를 잡고 앉았다. 그워에게서 얼마 떨어져 있지도 않았다.

어떻게 저럴 수 있지? 어떻게 참을 수 있지?

베데커는 처음으로 마음 놓고 경이로워했다. 네서스나 그 비숫한 자들은 어떻게 허스를 위해 정찰에 나섰을까?

에르오와 반시간을 함께 있자 지그문트는 슬슬 바보가 되는 느낌이 들기 시작했다.

하루만 지나면 에르오는 원어민처럼 영어를 할 수 있을 것 같았다. 이 그워는 단어나 어형 변화에 대해 두 번 이상 들을 필요가 없었다. 듣는 즉시 문법을 터득했다. 에르오는 툭하면 지그문트의 통신기를 통해 지브스와 통역의 문제를 두고 뜨거운 논쟁을 벌였다. 그리고 얼마 지나자 오히려 지브스를 가르치고 있었다.

에르오가 돌연히 말했다.

"이제 시작해도 되겠어요."

지그문트도 마침 그렇게 생각하던 참이었다.

"좋습니다. 왜 우리에게 연락했죠?"

"우리는 역사적으로 대부분 세상의 지붕이 얼음이라고 생각했어요. 그러다가 우주가 훨씬 더 넓은 곳이라는 사실을 알게 됐지요. 그 뒤로 하늘은 우리를 매료시켰고, 우리는 상당한 노력과 자원을……."

에르오는 'Tn'hoth'를 뭐라고 할지 지브스에게 잠시 문의했다.

"천문학. 천문학에 쏟아부었어요. 우리가 여러분처럼 빛보다 빠르게 여행할 수 있다면 관측을 적게 해도 되겠지요."

에릭이 눈을 깜빡였다. 지그문트는 에르오가 언어의 변화보다 몸짓에 통달하는 데 더 느릴 것이라는 데 엷은 희망을 걸었다.

베데커가 안전한 선실 속에서 외쳤다.

"저들이 어떻게 아는 겁니까? 알아내야 합니다!"

그 괴성은 곧바로 지그문트의 귓속 스피커로 전해졌다. 지그문트는 귀를 긁는 것처럼 손가락을 가져다 댔다. 압력을 가하자 증폭이 줄어들었다.

어쨌든 '어떻게'는 좋은 질문이었다. 지그문트도 그 이야기를 할 생각이었다. 하지만 그 전에 알고 싶은 게 있었다.

"그쪽 천문학자들이 뭘 관측했습니까?"

"우주를 가로지르는 비정상적인 물체를 봤어요. 우리 쪽을 향해서라고 할 수 있어요. 아광속이지만 빨랐어요."

"선단입니까?"

베데커가 물었다. 음량을 낮췄음에도 여전히 큰 소리였다. 그럴지도 모르지. 지그문트는 생각했다. 우주에서 가속하면서 날아가는 다섯 개의 세계는 그가 보기에도 무서웠다.

"묘사를 좀 해 줄 수 있습니까? 아니, 영상을 보여 줄 수 있으면 더 좋겠군요."

"영상이 나을 거예요. 우리 장비로 보여 줄 수 있는 해상도는 이게 한계지만요."

에르오는 옷에 달린 장치 중 하나를 뺐다. 홀로그램이 나타났다. 아주 희미했다.

"미안해요. 이 영사기는 공기 중에서가 아니라 물속에서 쓰려고 만든 거라서요."

지그문트는 휴게실 불빛을 거의 끄다시피 했다. 눈이 적응하자 자세한 부분이 보였다. 별은 모두 붉은 색조였다. 먼지구름이 화려한 색으로 타오르고 여기저기서 순간적으로 광점이 반짝였다. 시간의 흐름에 따른 모습을 보여 주는 영상 같았다. 구름에도 변화가 있었다.

그게 무엇인지는 모르겠지만, 선단은 아니었다. 뉴 테라도 아니었다.

"알아볼 만한 별자리가 없는데요."

에릭이 의자 다리를 한 번 두드렸다―지브스에게 보내는 신호였다. 그리고 재빨리 이어서 두 번 더 두드렸다.

두 번은 키어스틴을 향한 신호였다. 그녀는 우울한 기분으로 함교의 발사 제어장치 앞에 앉아 있었다. 무기 제어장치도 있었다. 지그문트는 베데커를 신뢰하지 못했다. 필요할 때 레이저를 제대로 사용할 것 같지도 않았고, 이유 없이 고향으로 도망쳐 버릴지도 몰랐다.

"나도 모르겠어."

키어스틴이 말했다. 갑자기 말을 걸어서 당황한 기색이었다.

― 일치하는 곳을 찾아보겠습니다. 시간이 좀 걸립니다.

귓속으로 전해지는 지브스의 말을 들으며 지그문트는 생각에 잠겼다. 명확히 해야 할 게 더 있었다.

"에르오, 그게 빨랐다고 했죠. 얼마나 빨랐습니까?"

그워는 탁자 위에 납작해져 있었다. 지그문트는 에르오가 사실상 무중량 상태인 바닷속을 그리워할 거라고 생각했다.

에르오는 관족 하나를 들어 올리더니 꿈틀거렸다.

"명확한 답은 없어요. 부분적인 속도가 다양해서 정지 상태에서 광속의 오분의 사에 이르렀지요."

"전반적으로는?"

베데커가 지그문트의 귓속으로 말했다.

지그문트는 그 질문을 반복했다.

그워가 다시 촉수 끝을 흔들었다.

"우리가 관측했던 짧은 시간 동안 이 현상은 전반적으로 광속의 오분의 이로 퍼져 나갔어요. 난류 모델링은 불분명해요."

지그문트는 다시 바보가 되는 기분이었다. 외계의 셜록 홈스를 상대하는 왓슨 박사 같았다.

지브스가 다시 끼어들었다.

— 일치하는 별자리를 찾았습니다. 영상이 이상해 보인 이유를 말하자면, 그워스는 인간이 가시광선으로 간주하는 파장의 대부분을 보지 못하는 것 같습니다. 조정한 영상을 보내겠습니다.

그워스의 도시는 열수구를 품고 있었다. 그들 세계의 생명체는 빛이 아니라 열을 갈구했다. 지그문트는 그워스가 대부분 적외선에 민감할 것이라고 추측했다.

콘택트렌즈에 영상이 맺혔다. 별의 색깔이 변했다. 먼지구름과 그 안의 난류가 좀 더 선명한 형상을 갖췄다. 미지의 현상은 대충 물결이 일고 양쪽 경사가 급한 원뿔 모양으로 보였다. 원뿔의 끝은 거리가 멀어서 보이지 않았다. 다행히 지브스가 퍼페티어와 뉴 테라의 조종사들에게 습득한 좌표계를 영상 위에 합성해 놓았다.

베데커는 아무 말도 하지 않았다. 단단한 공처럼 몸을 말고 마비 상태겠지. 지그문트는 추측했다.

　무엇인가가 은하중심에서 폭발하고 있었다. 요란스러운 그 부분의 깊이와 지름은 광년 단위였으며, 계속해서 퍼져 나왔다. 그것―무엇이든 간에―은 그워스보다 먼저 세계 선단과 뉴 테라를 덮칠 예정이었다.

13

　베데커는 압력복을 밀봉하고, 보호는 제대로 되는지가 의심스러운 비상용 기밀실 밖으로 나갈 준비를 하면서 얼음 위로 모험을 떠날 이유를 생각해 보려고 애썼다. 논리적으로 생각하면, 그워스가 베데커를 해칠 이유는 없었다. 대의를 생각하면, 베데커가 이곳에서 해낼 수 있을지도 모르는 일은 무리를 보호할 수 있었다. 겁조차도 어느 정도는 도움이 되었다. 만약 그워스가 강압적으로 협약체의 비밀을 캐내려고 한다면 자율 조건화에 의해 베데커는 심장이 멈춰 고통 없는 죽음을 맞이할 것이다.

　베데커를 움직이게 만든 건 돌연한 깨달음이라고 할 수 있었다. 그는 마침내 네서스나 다른 정찰대원들이 어떻게 그럴 수 있었는지 깨달았다. 떨면서도 한 번에 한 걸음씩 나아갔던 것이다.

　키어스틴은 의구심도 이성적인 신중함도 보여 주지 않았다. 안달이 난 채 깔끔하게 도약해 가고 있었다. 물론 이곳에서는 도약하는 데 거의 힘이 들지 않았다. 그워스의 고향 세상―에르오는 '즘호Jm'ho'라고 불렀다──은 질량이 허스나 뉴 테라의 사분의 일도 되지 않았다.

베데커는 목을 이리저리 구부리며 마지막으로 압력복을 앞에서 뒤로, 위에서 아래로 점검했다. 전부 적절해 보였다. 작고 반짝이는 불빛은 압력복의 센서가 활동 중이며 기록을 계속하고 있다는 신호였다. 베데커는 혀로 전자장치를 직접 시험해 보았다.

모든 시스템 정상적으로 작동합니다.

헤드업 디스플레이HUD에 이렇게 떴다. HUD를 비우자 다시 '저도 그렇습니다.'라고 떴다. 베데커는 AI가 불편했지만, 통역기를 내장하지 않고 갈 생각은 없었다. 그건 곧 지브스의 일부분을 압력복 컴퓨터에 다운로드해야 한다는 뜻이었다.

마지막으로 기밀실 바깥의 방사선 센서를 확인했다. 거의 잡히는 게 없었다. 이 위성은 근처 행성에서 나오는 방사선을 충분히 막을 수 있을 정도의 자기장을 만들고 있었다. 국지적인 자기장은 발굽 바로 아래에 있는 짠 바닷물의 흐름에서 나왔다.

"준비됐습니다."

베데커가 마지못해 말했다.

"얼추 맞췄네요. 우리를 기다리고 있대요."

키어스틴이 대꾸했다. 마치 베데커가 모르고 있다는 듯한 말투였다. 미지의 세상을 마주한 시민이라면 응당 가능한 한 모든 센서를 감시할 터였다. 베데커는 마이크를 혀로 조작했다.

"나갑니다."

"좋아요. 우리는 할 일이 많아요."

그워 한 개체가 대꾸했다.

에르오입니다.

AI도 음성을 실마리로 그워스를 각각 구별할 수 있는 듯했다. 말이 되었다. 지브스는 분명 말소리를 듣고 인간과 시민을 구별할 수 있었다. 영어를 할 줄 아는 그워스—시간이 갈수록 늘어났다—는 각자 목소리를 다르게 만들었다. 서로 다른 화음을 강조하거나 높낮이를 조금씩 다르게 하는 것을 베데커는 알아챘다. 그워스가 서로 다른 목소리 특징을 그대로 유지한다고 생각해도 되는지는 두고 봐야 했다.

기밀실의 에어록은 한 번에 한 명만 들어갈 수 있었다. 베데커는 키어스틴에게 먼저 가라고 양보했다. 조심해서라기보다는 배려였다. 그리고 침입 경보기를 활성화시켰다. 이어서 그의 차례가 되었고, 베데커는 진공이 감싸고 있는 얼음 표면 위로 걸어 나갔다.

그워스 여덟이 에어록 바깥쪽에 반원을 그리며 기다리고 있었다. 그들의 보호복은 투명했지만 베데커는 각 개체를 구별할 수 없었다. 그들 중 하나는 관족 다섯 개 모두로 서 있었고, 나머지는 세 개만으로 서 있었다. 자유로운 관족은 낯선 장치를 휘감은 채였다. 어쩌면 단지 —더 좋은 시야를 확보하기 위해서— 높이 들고 있는 것뿐일지도 몰랐다.

머리 위에는 거의 완전히 둥근 모양으로 기괴한 푸른빛을 뿜어내는 거대 가스 행성이 떠 있었다. 푸르게 빛나는 것은 대기 상층부에 있는 메탄이 빨간색을 흡수하기 때문이었다. 멀리 떨어져 있는 모항성은 상대가 되지 않았다.

심리적인 이유 때문이라는 사실을 알면서도 베데커는 한기를 느끼고 보호복의 온도를 높였다.

어느 방향을 봐도 굴곡을 이루며 부자연스럽게 가까운 지평선까지 펼쳐져 있는 얼음뿐이었다. 다만 조금 걸으면 갈 수 있는 곳에 산 하나가 보였다. 높은 구조물들이 그 사면을 거의 채우고 있었다. 위로 솟아 있는 단단한 땅은 이 세계에서 극도로 희귀했다. 베데커는 평평하고 빈 공간이 있으면 기밀실을 옮길까 싶어 산의 정상을 바라보았지만 헛수고였다.

관족 다섯 개로 서 있던 그워가 가까이 다가왔다.

"어서 오세요. 관측소로 갈까요?"

에르오입니다.

지브스가 굳이 설명을 달았다.

"부적절하게 사용하면 우리 장비는 위험해지기도 합니다. 당신들의 안전을 위해서 우리가 없을 때는 저곳에 들어가면 안 됩니다."

베데커는 기밀실을 향해 몸짓하며 말했다. 침입 감시 센서에 연결된 자폭장치가 그런 예였다.

에르오가 관족 하나를 양옆으로 흔들었다. 알았다는 뜻일까? 듣기 싫다는 뜻일까?

"경고해 줘서 고마워요."

"에르오, 우리를 동료들에게 소개해 줄래요?"

키어스틴은 기분이 좋지 않아 보였다. 베데커는 그녀가 일부러 화제를 돌린 거라고 추측했다.

"저들은 중요하지 않아요."

에르오가 관족을 양옆으로 움직이는 동작을 반복하며 답했다. 그리고 몸을 돌리지 않은 채 산을 향해 움직이기 시작했다. 가까이 있던 이름 없는 두 개체가 함께 움직였다. 나머지는 키어스틴과 베데커 주위에 자리 잡았다.

경호원이군. 베데커는 생각했다. 그들은 무기를 들고 있었다. 키어스틴과 베데커로부터 에르오를 보호하는 걸까? 아니면 어떤 외부의 적으로부터 모두를 보호하는 걸까? 베데커는 자기도 모르게 앞발굽으로 얼음을 찼다. 얼음 조각이 날렸다.

호위자 한 명이 가까이 다가왔다. 베데커의 통신기에서 웅웅거리고 찍찍거리는 소리가 터져 나왔다.

함께 가시죠.

지브스의 통역이 HUD에 나타났다.

그들은 에르오와 함께 떠났다.

고가 전차가 산 사면을 올라갔다. 차량은 베데커나 키어스틴에게 너무 작아 그들은 일부러 비워 둔 게 뻔해 보이는 지그재그 모양의 좁은 길을 일렬로 걸어 올라가야 했다. 양쪽에 서 있는 높은 건물들이 베데커의 시야를 가렸다. 아무것도 걸치지 않은 관족들—수천 개나!—의 맨살 끝이 창문에 바짝 붙어 있었다. 구경꾼일까? 유리창 너머의 공기 방울들을 보니 논리적으로 예상한 게 옳았다. 물이 차 있는 거주지였다.

베데커는 교차로를 지나가면서 거리를 자세히 살펴보았다. 어디에나 보호복을 입은 그워스가 알 수 없는 용무로 바쁘게 돌아다니고 있었다. 몇몇은 걸음을 멈추고 관족 한두 개를 치켜들어 지나가는 일행을 바라보았다. 베데커와 키어스틴 때문에 교통사고 하나쯤은 일어났을 것 같았다.

정상에 가까워지자 베데커는 숨이 찼지만, 한편으로 이상하게 편안했다. 멍하니 쳐다보던 이들 때문이야. 그는 생각했다. 얼음 위에 살고 있는 수중 거주자들은 아마도 엘리트일 것이다. 하지만 위험할 정도로 천재적이라는 증거는 전혀 보이지 않았다. 에르오는 위험할 정도로 통찰력이 있었지만, 최초의 접촉에 최고의 지성을 보내는 건 당연했다.

"도시가 정말 멋지네요. 여기엔 그워스가 얼마나 살아요?"

키어스틴이 물었다.

"여기는 평범한 도시라기보다 연구 센터에 가깝지요."

에르오가 말했다.

대답이 아니군. 베데커는 알아챘다. 인구는 비밀인가?

"연구 센터가 크네요. 무슨 연구를 해요?"

키어스틴은 끈질겼다.

"여러 가지를 하지요."

에르오는 모호하게 대답하더니 곧장 말을 이었다.

"이제 도착했네요. 일단 천문학에 집중할까요."

그들은 모퉁이를 돌아 그늘 속에서 앞으로 걸어갔다. 베데커는 전파망원경의 금속 접시안테나를 올려다보았다. 튼튼한 ── 하지만 고작 무릎 높이에 불과한── 울타리 뒤로 있는 나지막한 건물이 안테나의 기단부 역할을 했다.

"다 왔어요."

에르오는 둘에게 말했다. 그리고 뭔가 알 수 없는 말을 자신의 언어로 덧붙였다. 지브스는 보안 코드라고 추측했다.

문이 열리고, 에르오가 들어갔다. 키어스틴과 베데커는 벽을 넘어 들어갔다. 경호원들은 밖에 머물렀다.

이제 본격적인 시작이었다.

베데커는 호위자들을 울타리 밖에 남겨 둘 수 있어서 기뻤다. 그워스는 작았지만, 작은 무기도 큰 구멍을 뚫을 수 있었다.

더 많은 그워스가 안뜰에 마중 나와 있었다. 이들은 각자를 소개했다. 새로 만난 이들은 음이 높아지는 순서대로 클오Kl'o, 응오Ng'o, 스오Th'o였다. 이 세계의 누구나 그렇듯 서로 바꿔도 차이가 없을 것처럼 생겼다. 키어스틴은 '한 콩깍지에서 완두콩 세 개를 더 꺼낸 것처럼'이라고 아무 설명 없이 비유했다. 그들은 전부 수리물리학자였다.

에르오가 그 무리에 가세했고, 다 같이 모여 있는 모습을 보자 베데커는 그들이 가까운 사이라는 사실을 알 수 있었다. 아마도 집단 지성의 일부인 듯했다.

"전파망원경에서 시작하지요."

클오가 말했다.

"좋아요."

키어스틴은 그렇게 대답하고 거대한 접시안테나를 올려다보았다. 그 끝이 지평선을 향하고 있어 그녀가 있는 방향에서는 옆면이 보였다.

베데커도 압력복의 다용도 띠에 달려 있던 환경 중성미자 스캐너로 안테나를 ─바라건대 좀 더 은밀하게─ 조사했다. 강철은 놀라울 정도로 두꺼웠다. 화면에 떠오른 희미한 영상을 보니 이유를 알 수 있었다. 흠과 미세 균열이 잔뜩이었던 것이다. 그워스가 배워야 할 게 많다는 점을 보여 주는 또 다른 증거였다. 이 경우라면 원자 수준의 정확도로 제조하는 방법을 알아야 했다. 베데커는 그워스에게 언급하지 말아야 한다고 생각하는 주제 목록에 나노 기술을 추가했다.

"안테나를 여기 설치한 건 어쩔 수 없었어요. 멀리 떨어진 얼음 위에 설치했다면 전자기파 잡음을 줄일 수 있었겠지만……."

에르오는 머리 위에 떠 있는 푸른색 구체를 가리켰다.

"조석력이 바다에 영향을 끼치고, 얼음은 바위보다 더 잘 움직이거든요. 얼음 표면이 깨지는 일은 드물지만 파열될 수가 있고요. 그래서 산 위에 짓고 최대한 간섭을 교정하는 거예요."

"여러분이 우리의 신호 여과 알고리즘을 살펴봐 주면 어떨까 생각했어요. 어떻게 개선하면 좋을지 알려 줄 수 있을지도 모르니까요."

클오가 덧붙였다.

그워스는 판 같은 전자 기기 몇 개를 안뜰에 설치해 놓았다. 키어스틴이 그중 하나 위로 몸을 구부렸다. 클오와 키어스틴—헬멧 속에서 몰래 듣는 지브스도 물론—은 서로의 수학 기호를 배우기 위해 대화하기 시작했다. 에르오도 거기에 가세했다.

나머지 그워스 둘이 베데커에게 다가왔다. 그들 중 스오가 말했다.

"여러분이 조언해 줬으면 하는 다른 문제는 여러 관측소의 측정치를 결합하는 거예요. 이론상으로는 여러 망원경의 측정 결과를 통합할 수 있지요. 그렇게 하면 지름이 그 사이의 거리에 해당하는 망원경의 각해상도를 얻을 수 있고요. 하지만 아직 그런 결과를 얻지는 못했어요."

구경 합성[*] 이야기입니다.

지브스가 없어도 될 해설을 달았다. 이 AI는 수 세기 전 지구의 기술을 대부분 알고 있었다. 지브스도 이 기술을 알고 있는

---

[*] Aperture synthesis. 복수의 작은 안테나가 받은 신호를 합성하여 대구경 안테나와 똑같은 분해 능력을 갖게 하는 기술.

데, 왜 그워스는 터득하지 못한 걸까?

아. 수학은 어렵지 않지만 데이터의 양이 상당했다. 어쩌면 그워스 합체는 그렇게 많은 데이터를 처리하지 못하는지도 몰랐다. 베데커는 점점 더 안심이 되었다. 어느 시점 뒤에는 생체 컴퓨터가 자산이 아니라 한계가 될 게 분명했다.

베데커는 머리 하나를 외부 주머니에 넣고 은밀한 조언을 암호화해 키어스틴에게 전송했다.

'컴퓨터에 대한 정보는 노출하지 마십시오.'

그래도 그워스는 구경 합성에 대해 물어볼 정도로 현명하긴 했다. 베데커가 말했다.

"전 세계에 걸쳐 있는 장비로군요. 그러면 훨씬 더 자세하게 볼 수 있겠습니다."

스오와 응오가 자기들끼리 잠시 이야기를 나눴다. 딸깍거리는 소리와 휘파람 소리가 길게 이어지는 대화였다. 응오가 마침내 모호하게 말했다.

"그렇게 큰 장비를 만드는 데는 실질적인 장애물이 몇 가지 있어요."

세부적인 내용은 이해할 수 없지만, 정치 집단 사이의 경쟁 때문입니다. 그들은 생소한 방언으로 이야기했습니다. 키어스틴이 과거에 방문했을 때 도청하지 못한 언어입니다. 확신할 수 있는 건 이 정도입니다. 이 그워스는 원하는 것 이상의 정보를 현지 당국에 노출하지 않으면서 멀리 떨어진 관측소를 연결할 수 있을지 의심하고 있습니다.

지브스가 의견을 썼다.

베데커는 기분이 더 나아졌다. 이 작은 위성을 여러 정치 집단이 공유하고 있다고? 어처구니없을 정도로 원시적이군! 시민들은 수백만 년 동안이나 하나의 협약체 안에 단결해 있었다. 하나의 세계정부는 인간 개척민들에게도 좋은 선물이었다. 뉴 테라 사람들이 자신들의 통일성을 그렇게 생각할지 아닐지는 모르겠지만.

어쨌든 베데커와 키어스틴은 좀 더 좋은 데이터를 얻기 위해 이곳에 왔다. 그리고 지금 이 순간에도 '돈키호테'호에 남은 지그문트와 에릭은 정부에 보고하기 위해 빠른 속도로 특이점에서 멀어지고 있었다. 선단을 향해 돌진하는 게 뭔지 알아내는 일이 급했다. 다소간의 정보를 드러내는 건 경솔한 행동치고는 약소한 편일지도 몰랐다.

베데커가 말했다.

"키어스틴과 나는 우리 기밀실에서 압력복을 벗고 일해야 좀 더 생산적입니다. 여러 관측소에서 얻은 시간 정보가 담긴 데이터와 관측소의 정확한 위치를 주면 뭔가 할 수 있을 겁니다."

별로 어려운 수학은 아니었다. 구경 합성은 단지 연산 능력을 필요로 할 뿐이었다. 엿보는 눈이 없는 곳에서 휴대용 컴퓨터를 이용하면 충분할 것이다.

"그 정보의 사본을 마련하지요."

스오가 말했다.

작은 그룹이 현기증 나는 속도로 만들어졌다가 흩어졌다가 다시 모였다. 그들은 파장별로 관측한 내용에 대해 토의했다. 다양한 장비의 이론적인 한계와 실질적인 한계를 검토했다. 그워스가 배워야 할 건 아직 많았다. 궤도 망원경 몇 개의 위치를 미묘하게 조정할 생각이라고 에르오가 지나가듯이 언급했을 때 베데커의 만족감은 슬슬 수그러들던 참이었다. 이곳과 다가오는 현상 사이에 있는 별들을 중력렌즈*로 활용한다는 것. 베데커의 들뜬 만족감은 사라졌다. 울타리를 뛰어넘어 기밀실로 도망가지 않도록 간신히 다잡을 수 있었을 뿐이다.

'돈키호테'호가 도착한 뒤 얼마 안 되는 시간 동안 그워스는 일반상대성이론을 발견한 것이다.

14

하이퍼웨이브 통신은 멋진 기술이었다.

'돈키호테'호는 그워스가 모항성으로 알고 있는 별에서 다시 칠십이억 킬로미터 이상 멀어졌다. 간격은 매초 이만 사천 킬로미터씩 벌어지고 있었다. 중력 특이점 가장자리까지는 열흘이 걸렸다. '돈키호테'호의 연료에 여유가 충분했더라면 사흘 만에 도

---

* gravitational lense, 거대한 타원 은하 따위의 대질량 물질이 지닌 강한 중력 때문에 다른 천체로부터 오는 광선이 굴절되는 효과.

착했을 수도 있었다. 하지만 지그문트는 귀환용 연료를 그워스에게서 얻을 생각이 없었다.

함교의 주 화면 속—물리적으로는 십 광년 밖—에서 지그문트와 에릭을 마주 보고 있는 건 뉴 테라의 방위 관련 각료들이었다. 그들은 방위부에 있는 보안 회의실이라는 상대적으로 편안한 공간에 모여 있었다.

뉴 테라처럼 홀로 떠다니는 작은 행성은 특이점이 고작 천구백만 킬로미터 거리부터 시작되었다. 그걸 대략 일 광분이라고 하면, 표면과 궤도를 돌고 있는 하이퍼웨이브 중계기 사이의 통신 지연은 그럭저럭 참을 만한 수준이었다.

지그문트가 입을 열었다.

"모여 주셔서 감사합니다."

사브리나가 건조하게 웃어 보였다.

"메시지를 보니까 별로 선택의 여지가 없더군요. 이제 '뭔가 무서운 게 돌진해 오고 있다'는 게 무슨 얘긴지 자세히 설명해 주시겠어요?"

처음에는 지그문트도 그것밖에 몰랐지만, 베데커와 키어스틴이 무선으로 보내 주는 정보가 갈수록 자세해졌다. 그리고 매번 보고가 들어올 때마다 상황은 더욱 무서워졌다.

"우리가 도와준 결과 그워스는 원거리 영상을 상당히 개선했습니다. 처음에는 뭔가 성간물질을 뜨겁게 만들어 요동시킨다는 정도만 알았죠. 원뿔 안에 있는 뭔가가 정확히 여러분을 겨냥하고 있었습니다. 지름이 몇 광년이나 되는 무엇인가가요."

지그문트는 그들이 이 현상의 규모에 대해 생각해 볼 수 있도록 잠시 사이를 두었다가 말했다.

"이제 우리는 원인을 알고 있습니다. 램스쿠프 우주선의 파동이 다수 겹쳐 있는 겁니다."

이 분 뒤, 모두가 동시에 소리치기 시작했다. 이내 사브리나가 질서를 바로잡았다.

"한 번에 한 명씩 하죠, 여러분. 정부의 특권으로 제가 먼저 말하겠어요. 지그문트, 이게 인간 우주선일 가능성이 있나요? '긴 통로'호처럼?"

지그문트는 고개를 저었다.

"희박합니다. 제가 아는 인간 세계는 몇 세기 전에 램스쿠프를 하이퍼드라이브로 대체했으니까요."

후안 로이스에르난데스는 방위부 부장관이었다. 후안의 솔직하고 스스럼없어 보이는 얼굴은 그 아래 통찰력을 감추고 있었다. 그가 물었다.

"그쪽 친구들이 보는 게 정확히 뭐랍니까?"

에릭이 함교의 카메라를 향해 몸을 숙이며 말했다.

"이건 좀 비밀스러운 얘기입니다만. 이쪽으로 향하고 있는 감속 중인 램스쿠프 우주선 다수라면 배기가스를 보여야 합니다. 이쪽으로 향한 배기가스는 딱 봐도 뜨거울 테니까요. 그런데 그워스는 그걸 포착하지 못했습니다. 그워스가 본 건 별로 극적이지는 않지만, 여전히 흥미롭습니다. 요동치는 지역의 헬륨 농도가 비정상적으로 높았죠. 가장 쉬운 설명은 여분의 헬륨이 핵융합의 부산물이라는 겁니다. 냉각되고 흩어진 배기가스가 우리 반대쪽으로 멀어지고 있다고 생각해 보세요. 그워스 천문학자들 역시 성간 가스 속에서 자기 스쿠프와 일치하는 난류 패턴을 봤습니다."

또다시 침묵이 맴돌았다.

"고맙네."

후안이 말했다.

"동의할 수밖에 없겠군요. 들어 보니 램스쿠프 같습니다. 누가 타고 있는지는 모르겠지만, 바로 우리처럼 핵폭발을 피해 도망가고 있는 걸 수도 있습니다. 다만 하이퍼드라이브나 행성 드라이브가 없는 거죠. 제가 보기에 좋은 소식은 이 우주선이 가속하고 있다는 겁니다. 뉴 테라나 선단, 아니면 그워스를 보고 굳이 멈출 이유가 있을까요?"

지그문트도 똑같은 기대를 ―나노초* 쯤― 했다.

핵폭발에서 탈출할 수 있는 유일한 기회가 램스쿠프 우주선을 타는 거라면, 그 우주선은 얼마나 붐빌까? 선내의 상태는 얼마나 견디기 어려울까? 탈출선으로 세계 하나를 통째로 쓸 가능성이 있다면 왜 조사해 보지 않겠는가? 지그문트라면 그랬을 것이다. 램스쿠프 우주선을 지휘하는 자가 다르게 행동하리라고는 기대할 수 없었다.

선단이나 뉴 테라 모두, 여분의 행성 드라이브나 그것을 더 만

---

* nanosecond, 10^{-9}초.

들 수 있는 지식 혹은 더 구할 수 있는 부를 갖지 못했다. 오로지 아웃사이더만이 그런 드라이브를 만들 수 있다. 지그문트는 자신이 만들 방법을 알아낼 수 있을지 모른다던 베데커의 추측을 혼자만 알고 있었다. 그 희망은 방책을 세우는 근거로 삼기에 램스쿠프 우주선이 멈추지 않고 지나가기를 바라는 것보다 더 믿을 만하지 않았다.

수 세기 동안의 평온한 노예 생활 때문에 뉴 테라 사람들은 의도를 판단하는 데 서툴렀다. 편집증 환자 한 명의 사례로는 재교육을 할 수도 없었다. 역설적으로 그건 잘된 일이었다. 걱정해야 할 좀 더 큰 이유가 있었다.

지그문트가 조심스럽게 말을 꺼냈다.

"더 있습니다. 물론 우리는 램스쿠프 우주선이 가속하고 있다고 생각합니다. 하지만 항적이 일으키는 난류를 보면 감속한 적도 있습니다. 가끔은 감속 중에 일부 편대만 가속하기도 했죠. 이 패턴을 이해한다고는 말 못 하겠습니다. 우리가 본, 물론 오십 년 동안 날아온 것이긴 하지만, 선두의 파동은 대략 광속의 사십 퍼센트로 접근하고 있었습니다. 좀 더 자세히 분석해 본 결과 램스쿠프 함대는 종종 더 빠르게, 최고 광속의 구십 퍼센트까지 움직이기도 했죠. 그워스는 이미 베데커의 전문 지식을 자문받아 램스쿠프 함대가 최근에 지나온 항성계를 조사하기 시작했습니다. 짧은 영상을 보내 드리죠."

얼음 위성에서 날아온 지 한 시간도 안 되는 이 긴급 메시지야말로 깜짝 놀랄 만한 소식이었다.

"받았습니다. 지금 투사합니다."

뉴 테라에 있는 기술자가 말했다.

에릭은 자신도 볼 수 있도록 보조 화면에 사본을 띄웠다.

"보기엔 별것 아닌 것 같습니다만, 우선, 점들을 보세요. 멀리 떨어진 별과 행성에서 반사되는 훨씬 희미한 별빛 말입니다. 그리고……."

그는 소프트웨어로 명암비를 개선했다.

"보강한 영상은 똑같은 항성계에 있는 먼지 고리들을 강조한 겁니다."

후안이 얼굴을 찡그렸다.

"행성이 저런 먼지에서 생기는 줄 알았는데."

"맞습니다. 그러니까 저런 먼지는 행성에 휩쓸려서 오래전에 사라졌어야 정상이죠. 왜 램스쿠프 함대의 항적 속에 있는 항성계에 행성과 먼지구름이 보이는 걸까요?"

에릭이 질문을 던졌다.

"채굴? 보급품을 채우는 건가?"

사브리나가 추측했다.

"그것도 한 가지 가능성이죠. 이게 최종 관측 결과입니다."

지그문트는 영상 전송이 끝나고 열리기를 기다렸다. 다른 항성계였는데, 밝게 빛나는 점 두 개가 있었다.

"겉보기와 달리 이건 이중성二重星이 아닙니다. 밝은 점 하나는 별이죠. 완벽하게 정상적인 스펙트럼을 보이고 있습니다. 두 번째는 완전히 다릅니다. 아주 독특한 스펙트럼이죠. 운동에너지로 행성을 파괴한 흔적입니다."

긴 이야기가 오갔다. 모두 불필요했다. 실질적으로 결론은 하나였기 때문이다. 누군가 가서 조사해야만 한다.

지그문트가 손수 뽑은 대원보다 적절한 사람이 있을까?

쉽지는 않을 터였다. 오십 년 묵은 데이터만 가지고 계획을 세워야 했다. 만약 램스쿠프 함대가 마지막 관측 때의 속도를 유지했다면 이십 광년은 더 가까이 왔을 터였다. 혹여 최고 속도로 달려왔다면 이미 세계 선단과 뉴 테라로부터 오 광년 이내로 들어왔을지도 몰랐다. 이는 곧 지그문트가 가장 두려워하는 화제로 이어졌다. 협약체에 알리는 것.

"사브리나, 그냥 여기 앉아서 기다릴 수는 없습니다. 선단을 개입시키기 전에 저들 램스쿠프 함대가 얼마나 가까이 왔는지 알아보죠."

물론 굳이 그에 대한 정보만 제한해서 얻을 생각은 없었다. 정보가 덜 구체적일수록, 솜씨 있게 의도적으로 다른 곳으로 이끄는 정보를 제공할 필요성이 덜해진다.

지그문트의 제안은 논의를 더 길게 만들었다. 대부분은 뉴 테라에 고성능 관측소가 없다는 점을 지탄하는 비생산적인 내용이었다. 마침내 사브리나가 굳은 표정으로 말을 끊었다.

"다들, 알겠습니다. 지그문트, 전문가는 당신입니다. 더 알아내면 연락해 주세요."

앞으로 그워스를 끌어들여야 할지 말지, 한다면 어떻게 해야 할지를 지그문트에게 맡긴 것이다.

"부디 조심하시길."

키어스틴과 베데커를 데려오기 위해 항성계로 돌아가면서 지그문트는 페넬로페와 아이들에게 개인적인 메시지를 보냈다. 그들을 다시 보려면 시간이 오래 걸릴 수도 있을 것 같았다.

15

열여섯 부분이 융합했다. 올트로의 생각이 시작되었다.

인간, 시민, 돌진해 오는 램스쿠프 우주선에 탄 존재에 대하여. 얼음 위의 우주는 방대했다. 그리고 붐볐다.

종족 간의 경쟁에 대하여. 비밀을 지키려는 인간과 시민의 노력은 공유하지 않겠다는 의지를 보여 주었다. 안 그랬다면 오히려 놀랐을 것이다. 튼호 네이션은 그저 이 세계의 여러 정치 집단 중 하나에 불과했다. 튼호는 강력했기에 부유했다. 강력함이 아니라면 부를 유지할 수 없었다. 그러므로 인간과 시민의 부유함, 그들이 제공해 주기로 마음먹은 것만 아니라 가르쳐 줘야만 하는 모든 것을 배워야 한다.

초광속 기술에 대하여. 이 항성계 안에는 방문자들이 아무 보호 장치 없이 살 수 있는 곳이 없다. 그런데도 그들은 도움을 요청하는 전파가 가장 가까운 별에 도착하기도 전에 나타났다. 초광속 기술은 존재한다.

알 수 없는 계산 수단에 대하여. 보이지 않는 기밀실 속에서 베데커와 키어스틴은 넓게 퍼져 있는 장비에서 관측한 자료를 합쳤다. 어떤 그워테슈트Gw'otesht* 도 그 알고리즘을 실질적으로 적용하는 데 필요한 양의 데이터를 소화할 수 없었다. 단순히 협력 계산을 하는 작은 집단은 물론이거니와 올트로 자신들처럼 완전히 각성한 집단 지성도 마찬가지였다. 그런데도 그들은 어떤 방법을 써서인지 계산을 해냈다.

종족 사이의 협력에 대하여. 램스쿠프 함대에 탄 이방인은 모두에게 위협이다. 이방인에 대해 더 잘 알면 모두에게 이득이다. 분명 '돈키호테'호는 조사를 위해 떠날 것이다. 만약 올트로가 승무원으로 합류한다면…….

올트로는 그들 중 가장 능력 있는 구성원에게 신호를 보냈다.

― 에르오, 우리를 곧 있을 임무에 참여시키세요.

에르오는 반쯤은 헤엄치고 반쯤은 기어가며 그/그들 자신으로부터 떨어져 나왔다. 분리는 언제나 혼란스러웠다. 아직 계속되고 있는 융합 상태에서 분리되자 몸이 비틀거렸다.

혼란이 가라앉자마자 에르오는 명상실로 재빨리 이동했다. 명상을 하거나 융합 상태가 으레 일으키는 극렬한 허기를 달랠 시간은 없었다. 꿈틀거리며 보호복 안으로 들어간 에르오는 밀봉 상태를 점검했다.

― 준비됐어요.

---

* 그워스가 그들의 합체를 일컫는 말.

자기 자신과 이야기한다는 느낌 —한편으로는 사실이었다—
을 최대한 무시하려고 애쓰며 에르오가 통신으로 말했다.

올트로는 그들 자신을 통신 단말기에 접속해 놓고 있었다.

— 좋아요. 진행하세요.

에르오는 가장 가까운 수문을 통해 전차 터미널로 갔다. 그리
고 얼음으로 이어지는 케이블을 따라 차가 속도를 내는 동안 올
트로와 상의했다. 실질적이든 전술적이든 고려해야 할 요소가 많
았다.

에르오는 집중하려고 애썼다. 사고가 —올트로의 사고 또한
— 어지럽게 날뛰었다. 열여섯 이하로 이뤄진 융합을 유지하는
건 비정상적이고 슬픈 일이었다. 그런 일은 오직 구성원 하나가
죽었을 때나 일어났다. 그들은 상처를 치유하기에 적합한 지성을
찾을 수 있을지 궁금해하고 또 걱정했다. 그러나 건강한 구성원
이 분리된 채로 불완전한 그워테슈트와 대화를 나눈다는 건…….

— 당신 걱정은 이해해요. 당신과 우리를 위해서 서두르는 게 좋
을 거예요.

올트로가 말했다.

"이해합니다."

베데커가 말했다. 이해한다는 건 동의한다는 것도 이견이 있
다는 것도 아니다. 논의를 깊이 진척시키는 데는 거의 도움이 되
지 않는다. 교묘한 회피는 베데커로 하여금 추방 이전의 삶을,
알고 지냈던 협약체의 관료들을 너무 강하게 떠올리게 했다. 비

교를 하자 가슴이 쓰렸다.

하지만 선택의 여지는 보이지 않았다.

에르오의 요청을 거부하면 향후 그워스와 협력하는 데 장애가 될 것이다. 그랬다가는 당장 그와 키어스틴이 개인적으로 위험에 처할 수도 있었다.

받아들인다면?

베데커는 떨리는 몸을 억제했다. 만약 그에게 이 문제에 대한 결정권이 있었다면, 어떤 그워도 두 번 다시 '돈키호테'호에 타지 못했을 것이다. 에르오를 비상용 기밀실 안에 들이는 것만으로도 베데커는 가죽이 근질거렸다. 그 외계인이 '돈키호테'호가 앞으로 수행할 임무에 대해 직관적으로 알아냈다는 사실은 당황스러웠다. 만약 그 정도가 아니라 선단이 쓰는 가장 강력한 암호 알고리즘을 깨뜨려 지그문트의 의도를 알아낸 것이라면…….

이 모든 의심과 두려움을 방문객이 알아채지 못하기를 베데커는 간절히 기원했다.

에르오는 관족 하나를 활처럼 구부린 채 높이 들고 있었다. 그 끝이 베데커를 향했다. 원을 그리며 나 있는 날카로운 하얀 이빨 뒤에서 눈이 반짝였다. 에르오가 관족을 빙글 돌리며 물었다.

"키어스틴, 당신 의견은 어떠세요? 우리 중 몇 명이 원정에 동행해도 될까요?"

키어스틴은 불편한 기색으로 웃었다.

"내 생각은 중요하지 않을 거예요, 에르오. 난 그냥 시키는 대로 조종만 하거든요."

흥미롭군. 베데커는 생각했다. 키어스틴 역시 그워스를 태우는 일에 대해서는 말을 삼가는 걸까? 베데커는 지그문트의 습관적인 편집증이 이 작은 외계인들을 '돈키호테'호에 태우지 않게 할 거라고 믿을 수 있을 것 같았다. 키어스틴과 에릭이 반대쪽으로 강하게 주장하지만 않는다면.

에르오가 높이 쳐든 관족을 흔들었다.

"자화자찬을 하는 건 아니지만, 그워스가 참가하면 임무에 유용할 거예요."

자화자찬? 베데커는 키어스틴이 웃음을 보인 표현에 대해 생각했다. 그워스가 벌써 관용어까지 터득한 걸까? 뉴 테라 사람들과 유대감을 느끼는 걸까? 이 관계를 저지해야 해!

"굳이 우리 최후자를 대변하지 않아도, 어떻게 그워스가 함께 갈 수 있는지 모르겠습니다. 당신과 우리는 아주 다른 환경에서 살지 않습니까."

너희는 빨리 배우지. 하지만 공기 호흡도 벌써 배웠나?

에르오가 또 다른 관족을 들어 올렸다. 나란히 들린 관족 두 개가 한순간 서로를 바라보았다. 시민 특유의 비꼬는 웃음이었다. 이제 이 그워는 시민의 몸짓언어까지 흉내 내고 있었다! 에르오는 낯익고 친근해 보인다고 생각할지 모르지만, 그렇게 빠른 습득은 베데커를 당황하게 했다.

"친애하는 베데커, 물론 우리는 직접 선내 환경을 만들 거예요. 얼음 위에서 우리가 쓰는 표준 거주 모듈이면 돼요. 자체 동력에다가 꽤 효과적으로 재순환하지요. 수문도 하나씩 있어서 보급품도 들어올 수 있고요. 안쪽과 바깥쪽 해치를 동시에 열면 우리 모듈 중 상당수가 에어록을 통과할 수 있을 거예요."

키어스틴이 재빨리 동의했다.

"그렇게 하면 되겠네요. 그리고 우리는……."

"네?"

에르오가 되물었다.

"……아니에요."

키어스틴이 갑자기 죄지은 표정을 지었다.

베데커는 그녀가 거의 내뱉을 뻔한 말을 쉽게 추측할 수 있었다. 활짝 열린 에어록을 덮고 있는 역장 커튼이 우주선 안의 공기를 붙잡아 둘 수 있다는 것이다. 그워스에게 역장 기술이 있다는 낌새는 전혀 없었다.

"그다음에 공기를 다시 채울 수 있다고요."

키어스틴이 말을 맺었다.

에르오가 다시 관족 다섯 개로 섰다.

"좋아요. 우리가 기꺼이 공기를 재보급하지요. 물을 가수분해해서 산소를 만드는 건 쉬워요. 질소는 그렇게 흔하지 않지만, 광물에서 추출할 수 있고요."

"알겠습니다."

베데커도 수긍했다.

에르오는 한동안 가만히 있었다. 암호화된 통신 링크로 상의하는 중인 것 같았다. 이윽고 그가 말했다.

"베데커, 키어스틴, 다뤄야 할 다른 물류 문제가 있어요. 아주 먼 거리를 여행할 계획인데, 여분의 연료가 필요하세요?"

"언제든 보급을 받는 건 나쁠 게 없습니다."

베데커가 대답했다.

사실 램스쿠프 함대까지 먼 길을 떠나기 전에 '돈키호테'호의 연료통을 채워야 했다. 여기서 채우지 않으면 뉴 테라까지 돌아가야 했다. 아이러니한 것은 '돈키호테'호의 연료 재보급 장치였다. 잠수해서 물 분사로 추진력을 얻는 장치로, 웬만한 바다에서는 자동으로 작동했다. 활성 필터가 바닷물에서 중수소와 미량의 삼중수소를 걸러 내고 도약 원반을 통해 '돈키호테'호의 연료통으로 직접 연료를 주입하는 식이었다. 이곳에서 그 장치를 내보내려면 그워스에게 순간 이동 기술을 노출하는 위험을 감수해야 하는 것이다.

에르오가 말했다.

"우리는 자연히 '돈키호테'호에서 나오는 중성미자 흐름을 관측하게 됐어요. 나와 동료 몇 명이 여러분의 원정에 합류할 수 있다면, 중수소와 삼중수소, 헬륨3를 제공할게요. 어느 쪽을 원하든지요."

자연히? 그럴 리가 없었다. 선체 자체는 중성미자를 차단해 핵융합반응로를 숨겼다. 하지만 제아무리 중성미자가 대부분의 물질과 매우 약하게 상호작용한다고 해도 내부에 붙잡히면 무한히 튀어 다니길 반복하다가 결국 위험한 방사선이 된다. 따라서 선체 중 아주 일부, 엔진실 근처에서만 중성미자가 밖으로 빠져나갈 수 있게 했는데, 그워스가 이것을 포착한 것이다.

연료에 대해 말하자면, 협약체의 우주선은 중수소-중수소 반응을 이용하며 뉴 테라 역시 그 방식을 따랐다. 단점이 있긴 하지만, 중수소 융합은 가장 중요한 문제—안전—를 해결하는 방식에 있어서 최적이었다. 비상시에는 바다나 혜성대의 눈덩이나 모두 연료가 될 수 있었다. 삼중수소를 첨가해 중수소-삼중수소 반응을 이용하면 중수소-중수소 반응보다 더 많은 에너지를 만들 수 있지만 결코 삼중수소에 의지하지는 않았다. 반감기가 짧기 때문이었다. 문명을 벗어나면 오로지 우주선cosmic ray만이 새로운 삼중수소를 만들 수 있고, 그렇다면 쓸 수 있는 양이 너무 제한적인 것이다.

이런 사실들은 그워스와 이야기해 본 적이 없었다.

에르오는 왜 헬륨3를 언급했을까?

어쩌면 그워스가 사용하는 연료이기 때문일 수도 있었다. 역장 기술이 없으면 중수소-중수소나 중수소-삼중수소 핵융합은 반응으로 나오는 중성자를 막기 위해 크고 육중한 차단막을 설치해야 하기 때문이거나. 아니면 '돈키호테'호가 역장을 이용하는지 내부에 차단막을 두기 위해 쓸데없는 질량을 싣고 다니는지 은근히 떠본 것일 수도 있었다. 취약점을 찾거나 상거래 가능성을 평가하거나 산업스파이 짓을 하는 것일지도 몰랐다.

물리학이라면 베데커는 이해할 수 있었다. 다른 시민의 동기는? 그건 가끔씩만 이해되었다. 하물며 그워스의 은밀한 수작을 어찌 알 수 있으랴?

너무 모호해! 베데커는 혹이 아팠다.

갑자기 그는 지그문트가 돌아오기를 갈망하게 되었다. 차라리 다른 자가 최후자인 게 나을 때도 있었다.

지그문트가 ―마침내 얼음 위에서 재합류한 이후― 가장 원하지 않은 건 논쟁이었다. 그래도 결국 논쟁은 일어났다.

베데커가 고집을 부렸다.

"그워스를 데려오는 건 받아들일 수 없습니다. '돈키호테'호가 감속하는 것만 보고도 저들은 일반상대성이론을 이끌어 냈습니다. '돈키호테'호에 타게 한다면 뭘 보고 뭘 알아낼지 누가 장담하겠습니까? 어째서 저들에게 알려 주고 싶지 않은 기술을 보여 줄 위험을 감수하려는 겁니까?"

뉴 테라와 선단을 향해 질주하는 적의 존재가 알려졌다. 그들은 운동에너지를 이용한 행성 파괴탄을 썼다. 빌어먹을! 그들이 페넬로페와 아이들을 향해 질주하고 있는 것이다. 장기간의 위험을 걱정하는 건 시간 지연이 가장 큰 위험일 게 확실한 상황에서는 감당할 수 없는 사치였다.

지그문트는 실질적인 문제에 초점을 맞추기로 했다.

"연료를 가득 채운다는 건 큰 이익이죠, 베데커. 그러면 그워스가 보고 있는데 재보급 장치를 쓸 겁니까?"

베데커는 갈기를 물어뜯었다.

"도약 원반 기술을 드러내자는 말입니까? 안 됩니다. 하지만 지금 당신 얘기는 잘못된 이분법입니다. '돈키호테'호는 왕복 여행에 충분한 연료를 가지고 왔습니다. 가장 좋은 건 고향에서 재보급을 받는 겁니다."

뉴 테라에 들르느라 늦어지는 시간이라. 분명히 사브리나나 각료들 중 누군가가 지그문트가 잠깐 들른 기회에 계획을 세워 보자거나 시나리오를 따져 보자거나 돕겠답시고 조언을 하고 나선다면 더욱 늦어질 것이다. 아니면 ―일단 베데커가 직접 허스 당국에 알려야 한다는 생각을 억누른다고 했을 때― 퍼페티어의 첩자가 임무에 대해서 알게 되어 협약체와 조율하느라 더더욱 늦어질 터였다.

절대 불가.

지그문트는 심호흡을 했다. 계급을 들이밀 때였다.

하지만 키어스틴이 먼저 끼어들었다.

"그워스가 아니었다면 우리는 지금 무슨 위험이 있는지도 몰랐을 거예요!"

그녀의 눈이 이글거렸다.

"그것만으로도 그들은 이번 임무에 한자리 차지할 자격이 있다고 생각해요. 하지만 감사와 일반적인 예의로 부족하다면 이렇게 생각해 보세요. '돈키호테'호는 혼자서 수백, 아니 수천 척의 적함에 둘러싸이게 될 거예요. 그워스가 천문학에서 우리보다 숙련돼 있다는 건 거의 확실하죠. 관측 결과에서 내용을 끄집어내는 데도 아마 더 나을 거예요. 좋잖아요! 우리에겐 지금 그런 기술이 필요하니까. 에르오와 동료 몇 명이 타면 너무 가까이 접근하지 않고도 적을 감시할 수 있을지 몰라요. 그게 더 안전하지 않을까요?"

"……그럴지도."

베데커가 인정했다. 지그문트가 보기에 그 정도면 충분히 양보한 것이었다. 다만 베데커의 말은 아직 끝나지 않았다.

"하지만 저들은 열여섯을 데려가겠다고 합니다, 키어스틴. 에르오는 말해 주지 않았지만, 저들의 생체 컴퓨터 중 하나가 분명합니다."

지그문트는 단호하게 말했다.

"결정됐습니다. 에르오와 다른 친구들도 함께 갑니다. 가장 똑똑한 지성체를 환영할 생각이 없다면 뭐하러 그들의 도움을 받아들이겠습니까?"

우리는 가능한 한 많은 도움을 받아야 해.

| 스스스폭 |

1

　잠겨 있는 팩 위로 햇빛이 비치자 의식도 신호를 보냈다. 스스스폭은 깨어나려고 애를 썼다. 완전한 의식까지는 아니더라도 의식의 기미라도 찾으려 했다. 기억이 꿈틀거렸다. 불분명하고 뒤죽박죽이었다.

　한차례 몸을 떤 후, 스스스폭은 정신과 몸의 통제권을 되찾았다. 눈이 번쩍 뜨였다. 떨리는 오른손으로 저온 수면 장치의 걸쇠를 풀었다. 돔이 뒤로 물러났다.

　어리석은 습관이라는 걸 알면서도 스스스폭은 정밀 시계를 확인했다. 시계가 기록한 시간의 흐름은 실제였다. 하지만 전혀 중요하지 않았다. 팩홈에서의 삶은 수천 년 전에 소멸했다.

　이곳에서의 삶도 잊힐 터였다. 이렇게 끝날 운명은 아니었지만…….

혜성 거주자들은 약속을 지켰다. 수적인 우위로 유리한 상황인데 굳이 그러지 않을 이유가 있겠는가? 자연스럽게 소모되기를 기다리는 게 이익에 부합하면서도 배신이나 전쟁에 따르는 위험이 없었다. 그들은 릴척 일족과 한 협정을 존중했다. 하지만 뒤처져 버린 그 일족 중 하나를 구출한다는 위험까지 무릅쓰지는 않았다.

그렇게 스스스폭은 버림받았다.

당시에는 이름이 없었던 그 세계로 떠났던 약탈을 그는 어제 일처럼 기억했다. 그곳의 원주민은 약탈하기에 충분히 많은 곡물을 보유하고 있었다. 그렇게 편하게 거둬들인 생물량biomass은 몇 년 동안이나 함대의 합성기에 원료를 공급해 줄 수 있었다. 그들은 원시적이었고, 방어라고 할 만한 수단을 강구할 기술을 갖고 있지 않았다. 육체적으로도 허약했다.

그래도 용기가 없지는 않았다.

왕복선이 물결처럼 밀려가 병력을 상륙시키기도 전에 레일건의 맹폭격이 시작되었다. 스스스폭은 공격에 참가한 수백의 팩 중 하나에 불과했다. 나약한 생명체들을 학살하는 데 자부심을 느끼지는 않았다. 다만 애처롭기 그지없게도 나무와 돌로 지은 집을 지키려고 하는 어리석은 판단에 꺼림칙한 기분을 느꼈을 뿐이다.

레이저와 레일건과 수류탄이 칼과 창을 상대로 난무했다. 대결은 오래갈 수 없었다. 실제로 오래가지도 않았다. 원주민은 뿔뿔이 흩어졌고 마을 대부분은 불에 탔다. 습격자들은 곡물 창고로 흩어져 우주선을 채우기 시작했다.

스스스폭은 왕복선을 조종하고 있었다. 화물칸은 가득 찼고, 릴척의 전사들은 가속 좌석에 몸을 고정한 채였다.

그때, 원주민이 조악하지만 효과적인 함정을 발동시켜 바위를 떨어뜨렸다. 지킬 수는 없다고 해도 습격자에게 넘겨주지는 않겠다는 의미였다.

첫 번째 바위가 왕복선의 후미를 때렸다. 안전장치가 엔진을 정지시켰다. 계기판이 경고 신호로 번쩍거렸다. 외부 센서가 완전히 고장 나기 전, 한동안 원주민들이 승리의 함성을 지르는 소리가 들렸다. 그리고 바위가 부딪치는 소리와 선체가 우지끈거리는 소리가 이어졌다.

의식이 사라질 때까지 스스스폭이 느낀 유일한 감각은 세상이 멸망하는 듯한 진동뿐이었다.

스스스폭은 부서졌지만 심각하게 망가지지는 않은 가속 좌석으로 갔다. 계기판은 금이 가 있고 매운 연기가 흘러나왔다. 우주선은 다시 날 수 없었다. 구조를 요청하려 하자 불꽃이 튀면서 통신기가 죽어 버렸다. 다른 왕복선이 떠나기 전에 그들은 밖으로 나가야 했다.

하지만 '그들'이란 없었다.

바위가 중간 부분의 탑승 구역을 짓이겨 버린 것이다. 함께 타고 있던 일족의 구성원 전부가 죽었다.

산 채로 파묻혔을까 봐 겁이 났지만, 작은 현창 하나가 열려 있었다. 스스스폭이 빠져나갈 수 있을 정도였다. 그리고 잡혀서 찢겨 죽는 걸까? 의식을 잃은 지는 얼마나 됐을까? 현창 바깥의 풍경으로 보건대 상당한 시간이 지난 듯했다.

수천 명의 원주민이 양동이를 든 채 화재와 싸우고 있었다. 화염은 강둑에 줄지어 서 있는 목재 교각까지 번졌다. 선창에서는 배들이 불타고 있었다. 돛과 노와 절망감으로 움직이는 배들이 안전한 강 안쪽으로 피하려고 사투를 벌였다.

화마가 더 퍼진다면 스스스폭은 추락한 왕복선 안에서 타 죽게 될 것이다. 아니면 연료통이 먼저 파열해 폭발로 죽거나. 만약 원주민이 화재를 제압한다면, 어렵게 얻은 노획물에 시선을 돌릴 게 분명했다. 어느 쪽이든 여기서 기다리는 건 곧 죽음을 뜻했다.

스스스폭은 낮은 석조 피라미드 위에 있는 원주민 무리를 포착했다. 몇 명이 어떤 몸동작을 하며 꼭대기에 서로 멀찍이 떨어져 서 있었고, 칼을 든 나머지가 둥글게 둘러싸고 있었다. 스스스폭은 가운데 있는 몇 명이 지도자로, 화재와 싸우도록 지시하고 있는 것이라 짐작했다.

에어록 두 개가 모두 열리지 않았다. 상관은 없었다. 해치는 ─물론 작동했을 때 얘기지만─ 전투 상황에 최적화된, 가장 빨리 나갈 수 있는 출구였다. 하지만 유일한 출구는 아니었다.

스스스폭은 장비 보관함을 샅샅이 뒤져 구조 변환기를 찾았다. 그리고 질서 정연하게 좁은 간격으로 평행한 선을 그리며 변환기를 움직였다.

선체를 이루는 트윙*이 점점 투명하게 변했다. 마침내 바위에 묻히지 않은 부분을 찾아냈다. 노출된 부분은 간신히 비집고 들어갈 수 있을 정도였다. 스스스폭은 변환기를 재조정해 그 부분을 통과 가능하게 만들었다. 부드러워진 선체를 뚫고 팔을 뻗어 바위를 단단히 붙잡았다. 그는 망가진 왕복선에서 서서히 빠져나왔다. 등 뒤로 트윙이 다시 밀봉되었다.

그슬린 땅과 긴 쐐기 모양의 움푹 파인 흔적만이 다른 왕복선이 이곳에 착륙했었다는 사실을 보여 주었다. 그리고 하늘 높은 곳에는…….

눈부시게 빛나는 청백색 줄무늬! 핵융합 불꽃이었다. 우주선이 떠나고 있었다. 스스스폭을 버리고.

스스스폭은 노출된 선체를 단단하게 만들고 그림자에서 그림자로, 잔해에서 폐허로 재빨리 움직이면서 피라미드의 뒤쪽으로 갔다. 현지의 중력이 몸을 짓눌렀다. 익숙한 것보다 오십 퍼센트는 더 컸다. 공기가 시럽처럼 짙었다. 스스스폭은 조용히 가파른 계단을 올라갔다. 화염과 싸우는 데 열중해 있느라 누구도 그가 정상에 오를 때까지 눈치채지 못했다.

원주민은 거의 스스스폭만큼 키가 컸지만 몸무게는 사분의 일에서 오분의 일 정도였다. 팔과 다리 사이에는 거미줄 같은 그물

---

* twing. 팩 종족이 사용하는 소재로, 강도를 조절하거나 투명하게 만드는 등 다양하게 프로그래밍할 수 있다.

이 있었다. 전투 중에 부러졌던 것으로 봐서 뼈는 비어 있는 것 같았다. 나무에서 활강하는 동물로부터 진화한 듯했다.

확실히 하기 위해서 스스스폭은 경호원들이 헛되이 전투 장갑복을 때리게 내버려 둔 뒤 몇 명을 레이저 총으로 베어 버렸다. 그리고 가장 화려하게 차려입은 외계인을 향해 총을 겨눈 채 잠시 가만히 있었다.

"다음은 너다."

스스스폭이 말했다.

원주민이 뭐라고 지껄였지만 알아들을 수 없었다. 그 자신의 말도 원주민에겐 마찬가지였을 것이다. 아직 살아 있는 경호원들이 떨면서 칼을 내렸다.

지도자는 양육자보다 똑똑했다. 하인으로 쓸 정도는 될지도 몰랐다. 스스스폭의 머릿속에 계획이 자리를 잡았다. 그는 비어 있는 손으로 가슴을 두드렸다.

"스스스폭."

"스폭."

지도자가 대강이나마 따라서 말했다. 그 정도면 비슷했다.

스스스폭은 이쪽으로 오라는 몸짓으로 총을 흔들었다. 그들은 피라미드를 내려가 가까운 곳에 있는 석조 건물로 향했다. 지도자가 거주하는 곳인 듯했다.

그곳에 있던 경호원 한 명이 칼을 뽑자 스스스폭은 레이저로 두 조각을 내 버렸다.

"스스스폭은 죽인다."

그가 말했다.

알아들을 수 없는 대화. 나머지 경호원들이 뒤로 물러섰다.

스스스폭은 팩홈의 하루만큼도 쉬어 볼 생각을 할 수 없었다. 마찬가지로 붙잡고 있는 왕족 포로를 쉬게 할 생각도 없었다. 그때까지 그는 현지 언어를 상당량 흡수한 상태였다. 길고 구불구불한 강을 따라 양쪽의 사면에 해당하는 제국의 이름이 로샬라Roshala임을 알고 있었다. 로샬라가 타바Taba 대륙을 지배하며, 이 세계는 말라Mala라고 불렸다. 원주민은 드라Dra, 전체를 부를 때는 드라르Drar라고 했다. 스스스폭은 자신의 포로가 여왕이고 이름이 노블라라Noblala임도 알게 되었다.

여왕은 스스스폭을 재주 많은 마법사이며 참을성이 몹시 부족한 전사로 알았다. 그의 기분에 따라 번영을 누릴 수도, 죽을 수도 있다는 사실 또한.

그 자신의 가르침 덕분인지, 아니면 아직까지 잘 몰랐던 드라르의 민감함 덕분인지 스스스폭은 다음 날 아침 무사히 깨어났다. 노블라라가 옥좌 뒤의 권력이라는 개념을 이해한 것이다.

저온 수면에서 빠져나오면 몹시 배가 고팠음에도 불구하고 스스스폭은 음식이 가득 찬 바구니를 무시한 채, 동면하는 동안 자신을 보호해 준 센서와 폭발물을 해제했다. 그리고 전투 장갑복을 착용한 다음, 레이저 총의 충전 상태를 확인했다. 추락한 왕복선에서 꺼내 온 것 중 응급처치 겸 저온 수면 장치와 '생명의 나무' 뿌리 비상 저장고 다음으로 중요한 게 무기였다.

그러고 나서야 아침을 먹었다. 도움이 되어서라기보다는 습관이었다. 앞에 놓인 음식은 대부분 현지식으로, 훈제나 염장 혹은 가죽처럼 단단해질 때까지 고르게 건조시킨 식품이었다. '생명의 나무'는 이곳에서 거의 자라지 않았다. 스스스폭은 햇빛이 적당하지 않은 모양이라고 추측했다. 뿌리——정확히는 뿌리 안에서만 복제되는 바이러스——는 가끔씩만 먹으면 되지만, 거의 얻을 수가 없었다.

노예들의 작업이 진척되는 속도보다 나무가 더 많이 죽어 나가자 스스스폭은 여러 차례 동면할 수밖에 없었다. 드라르 중 적으로 남아 있는 자들은 그 뿌리가 사치품이 아니라 필수품이라는 사실을 아직 몰랐다. 만약 알았다면, 그가 동면하는 동안 '생명의 나무' 숲을 불태워 버렸을 것이다.

다행스럽게도, 생명을 위협하는 시도는 언제나 직접적이었다. 그조차도 점점 약해지고 있었다. 부비트랩이 발동하는 소리가 아니라 알람을 듣고 깨어난 건 이번으로 연속 두 번째였다. 그렇지 않았다면 또 한 번 관련돼 있을 법한 모든 이를 죽였을 것이다.

공격 당시 지도자가 누구든지 간에, 지도자란 당연하게도 공격에 대한 직접적인 책임을 지거나 공격을 막는 데 실패한 책임을 져야 하는 것이다. 덤으로, 계획을 세웠다는 이유로 귀족 몇 명도 죽였다. 무작위로 고른 것이지만, 그건 비밀이었다. 죽은 자들이 그에게 반하는 계획을 세우지 않았다고 할 수 있을까? 지배계급이라면 누군가 분명히 그랬을 것이다.

다른 자의 죽음이라, 아주 교육적이었다. 어차피 이들은 팩도 아니지 않은가.

스스스폭은 주머니에 수류탄을 채웠다. 레이저 총을 손에 든 채 육중한 문의 걸쇠─너무 무거워서 드라는 쉽게 열지도 못할 정도였다─를 벗기고 방 안쪽으로 물러섰다. 그리고 커다란 황동 징을 때린 다음, 기다렸다.

곧 징 소리에 대한 반응으로 문이 서서히 열렸다. 드라 하나가 부들부들 떨면서 나타났다. 화려한 깃털이 달린 궁중 과학자 차림을 하고 있었다. 의례에 따라 의장병은 뒤쪽 복도에서 대기 중이었다.

앞서 저온 수면 때는 칼의 재질이 청동에서 연철로, 다시 강철로 변했다. 이번에는 병사들이 총을 허리에 차고 있었다. 그들에게서 목탄과 황과 초석 냄새가 났다. 조악한 화약으로 탄을 날려보내는 종류인 듯했다. 스스스폭의 무기가 갖는 우월성은 매번 깨어날 때마다 줄어들고 있었다.

"각하, 황제께서 환영의 인사를 전하셨습니다."

드라 과학자가 말했다. 두려움에 질린 목소리였다.

이번 황제가 누군지는 몰라도 직접 만나러 올 수 있었을 것이다. 하지만 상관없었다. 황제야 연구와 개발에 필요한 자원을 보내 주는 역할을 할 뿐이었다. 어차피 첩자─보통 경호원 사이에 숨겨 놓았다─가 스스스폭의 기분이 어떤지를 알아본 뒤에야 나타날 터였다.

"너는?"

뻔한 질문을 던지려니 짜증이 났다.

"코슈바라입니다, 각하. 보여 드릴 진척 사항이 많습니다."

흔적만 남고 퇴화한 날개가 초조한 듯 퍼덕였다.

"진행해."

스스스폭은 황궁 시찰 경로를 다시 조정했다.

왕궁 벽이 최초로 밝게 빛나고 있었다. 동일한 자재의 대량생산. 일종의 백열 필라멘트를 사용한 전기 램프. 발전기와 배전 시설⋯⋯.

"교류인가, 직류인가? 어떤 방식으로 만들지?"

스스스폭의 물음에 코슈바라는 눈을 깜빡였다.

조만간 스스스폭이 생각하는 속도에 적응할 수 있으리라. 아니면 교체되거나.

"교류입니다, 각하. 브라프 증기기관으로 발전기를 돌립니다."

브라프? 처음 들어 보는 단어지만 지나가기로 했다. 뭔가를 태우는 것일 터였다. 아마도 토탄이나 석탄일 것이다. 도시와 접해 있던 숲이 거의 사라지고 없었다. 스스스폭은 지난번에 깨어났을 때 알려 준 증기기관의 연료로 희생당했으리라고 추측했다.

황궁 밖에는 햇볕이 내리쬐고 있었다. 거대하고 반점으로 얼룩덜룩한, 죽어 가는 불꽃 같은 음침한 붉은색 별이었다. 절대적인 척도에 따르면 그건 작은 별, 색다를 게 없는 적색왜성이었다. 이 세계에 생명체가 살 수 있는 건 말라가 별에 아주 가까운 궤도를 돌고 있기 때문이었다. 그런 궤도로 인해 말라는 조석력으로 고정되었다. 한쪽 반구는 끝없이 구워지고, 반대쪽은 영원한 어둠과 추위에 잠겨 있었다. 사나운 순환 패턴이 낮과 밤 양쪽의 대기가 모두 충분히 온화해질 수 있도록 섞어 주었다. 스스스폭의 경험에 비추어 보자면 독특한 기후였다. 매혹적이라고 느껴야 마땅했다.

하지만 무슨 소용이겠는가? 핵폭발은 조만간 말라도 불모지로 만들 터였다.

그들은 전경을 넓게 보기 위해 의례용 피라미드 위로 올라갔다. 그가 잠자는 동안 도시는 두 배로 커져 있었다. 실망스럽게도 하늘에 비행기는 없었다. 하지만 자체 추진력을 갖춘 차량이 짐승이 끄는 수레를 거의 대체했다. 도시로 이어지는 길 몇 개를 따라 평행하게 늘어서 있는 철로가 햇빛을 받아 반짝였고, 거대한 엔진이 검은 연기를 내뿜으며 긴 열차 행렬을 끌고 있었다. 커다란 외륜선은 작은 돛단배를 대체했다. 간신히 눈에 보이는 곳에서는 삼각주에 닻을 내린 배들이 짐을 부릴 차례를 기다리고 있었다.

공기에서 복합 탄화수소와 연소 부산물 냄새가 났다. 브라프 기관, 아니면 그와 비슷한 게 더 있는 모양이었다.

스스스폭은 코슈바라가 이끄는 대로 최근에 지은 공장과 연구소를 돌았다. 단순한 화학 공장과 용광로, 생산 설비를 둘러보았다. 전기나 렌즈 가는 기계를 가지고 조악한 실험을 하는 모습이 보였다. 그들은 지름이 스스스폭의 팔뚝만 한 렌즈를 생산했다.

제국이 어두운 쪽 반구에 세울 관측소를 위해서라고 코슈바라가 열정적으로 설명했다. 마침내 자부심이 두려움을 뛰어넘은 모양이었다.

화학은 전부 경험주의적이었다. 물리학은 기이했다. 기계류는 헐떡이고, 비명을 지르며, 신음했다. 고통스러워하는 소리는 모두 최적화를 바라는 외침이었다. 스스스폭은 화학물질과 하수구 냄새 ─드라르 자체의 악취일까─ 때문에 답답했다. 그래도 좌절 속에서 시작한 일이 이제 가능성을 보이고 있었다. 드라르는 그가 죽기 전에 항성 간 램스쿠프 우주선을 만들지도 몰랐다. 아직도 탈출 가능성은 있었다.

그때까지도 탈출하고 싶을지는 모르겠지만.

우주선을 만드는 데 걸리는 시간이 길어질수록 의미는 점차 퇴색되었다. 가족과 릴첵 일족의 생존자를 다시 만난다는 희망이나 구실은 너무도 먼 이야기였다. 그렇다면 스스스폭의 삶에는 도대체 무슨 의미가 있는 걸까? 보호할 이가 아무도 없는 수호자를 어디에 쓴단 말인가?

위장에서 나는 소리, 갈수록 잦아지는 격심한 고통은 자신의 것이 아닌 것 같았다. 스스스폭은 입맛이 전혀 없었다. 단식으로 쇠약해지다가 죽는 건 쉬웠다. 암살자를 막아 주는 예방 조치를 슬쩍 무력화하는 건 더 빠르고 쉬웠다.

드라르는 그에게 아무 의미도 없었다. 살든지 죽든지, 마음대로 하라지. 아니면 뒤늦게 지나가던 일족이 이들의 새로운 기술을 보고 결정하게 하든지.

그가 다른 데 정신을 팔고 있는 것을 코슈바라가 눈치챘다.

"각하, 저장고로 가시겠습니까?"

스스스폭은 차라리 방으로 돌아가 익숙한 환경 속에 누운 채

굶주리고 싶었다. 하지만 그런 생각을 굳이 입 밖에 낼 필요는 없었다.

스스스폭은 코슈바라와 호위병들을 따라 자체 추력을 지닌 시끄러운 탈것을 타고 다른 건물로 향했다.

저장고라는 건 알고 보니 도서관이었다.

기억이 꿈틀거렸다. 식욕이 일며 배가 쓰렸다.

젊었을 때, 그의 가족이 한창 잘나가던 시절에는 팩홈의 위대하고 획기적인 자료실인 도서관에 대해 쉽게 상반된 감정을 갖곤 했다. 스스스폭은 도서관을 명분으로 삼아 모든 팩의 복지가 삶의 목적이라고 공언했다는 이유로 어린이 없는 수호자를 경멸했다. 그런 자들의 수고는 얼마나 추상적으로 ──부자연스럽게── 보였던가.

"안내해."

스스스폭이 명령했다.

그들은 책과 두루마리로 가득 차 있는 높은 선반들이 늘어선 복도를 걸었다. 코슈바라가 수력학, 건축, 광학, 궤도 역학 구역을 가리켜 보였다. 스스스폭은 한가로운 태도로 두루마리를 풀어 보거나 제본된 책을 넘겨 보았다. 저장 매체는 원시적이었다. 몇 세기만 지나면 이곳에 있는 건 모두 먼지로 변할 터였다. 팩홈의 도서관에서 지식을 새겨 놓던 금속 책과는 전혀 달랐다.

스스스폭은 일군의 드라르가 어렵게 얻은 새 지식에 붙여 놓은 색인 파일을 뽑아 보았다.

사서들의 태도에서 두려움이 느껴졌다. 하지만 동시에 그들 자신이 이뤄 놓은 성취에 대한 만족감, 심지어는 스스스폭의 지도에 대한 사의까지 보였다.

신기하군. 스스스폭은 생각했다.

색인 카드를 금속으로 바꾸기만 한다면 드라르가 쓰는 체계는 팩홈의 도서관 색인과 거의 다르지 않았다. 한쪽 사서들은 전기를 발견한 적조차 없고, 다른 쪽 사서들은 전기에 대한 지식을 잃어버릴 공백기를 위한 대비를 한 것이었지만.

이제는 도서관 자체가 없었다. 뒤처진 함대가 보낸 메시지가 맞다면, 사서들이 직접 우주선을 만들었거나 훔쳤다고 해도 지식 저장고는 너무 부피가 컸다.

지식을 포기하자 어린이가 없는 수호자들은 살아갈 이유를 잃었다. 그 이야기가 사실이라면, 사서들은 어떻게든 나를 수 있게 만든 고대 자료실의 기본 요소를 가지고 살아남은 일족을 쫓아가야 했다. 그리고 언젠가 때가 되면 그런 일족들이 보존된 지식을 가치 있게 여길 것이라고 스스로 확신해야 했다.

그렇다면 어떻게 보존해야 했을까?

그런 상황에서 스스스폭이었다면 오래전에 새겨 놓은 기록을 전자나 광학 형태로 변화시켰을 것이다. 사서들도 그렇게 했어야만 했다. 명확한 논리였다.

논리가 꼬리를 물더니 지난번 저온 수면 때 했던 생각이 떠올랐다. 드라르는 양육자보다 머리가 좋지만 수호자만큼은 아니었다. 스스스폭이 필요로 하는 기술은 조만간 드라르의 미약한 지성을 초월해 버릴 터였다. 이미 그랬을지도 몰랐다.

장황하고 불필요하게 설명을 늘어놓고 있는 사서의 말을 자르며 스스스폭이 물었다.

"코슈바라, 기계 계산기는 어디 있지?"

혼란스러운지 코슈바라의 귀가 까딱거렸다.

"무엇을 말씀하십니까, 각하?"

"너희를 대신해서 계산해 주는 기계 말이다. 많은 데이터를 분류하고 검색할 수 있게 해 주는 기계."

코슈바라는 스스스폭을 실망시키는 게 두려운지 뒤로 물러섰다. 눈빛이 흔들렸다.

"각하, 그런 기계에 대해서는 잘 모르겠습니다."

그건 스스스폭도 마찬가지였다. 그도 개념밖에 몰랐다. 수호자는 그런 인공 삽입물을 필요로 하지 않았다. 하지만 그는 일군의 드라르를 지휘하여 새로운 연구를 시작하게 할 수 있었다. 소위 컴퓨터라는 것을 개발하는 것이다.

스스스폭은 식욕이 되살아나는 것을 느꼈다.

왜지? 드라르가 정신적인 삽입물을 개발할 수 있게 이끌 것이기 때문에? 그럴 리가 없었다.

그렇다면 그 전에 한 생각 때문일까?

아니, 도서관은 아니었다. 오랜 세월을 살면서 겪은 일 덕분에 스스스폭은 어린이와 양육자를 잃은 다른 수호자에게 조금이나마 공감할 수 있었다. 하지만 도서관 자체에 대해서는 아직 냉담했다.

스스스폭이 태어나기 수백 년 전에 도서관에서 비롯된 아주 작은 광기가 결국 팩홈 전역을 전쟁으로 물들인 적이 있었다. 봉사하기 위해 산다고, 전쟁이라는 파괴 행위에 대항해 지식을 지키기 위해 산다고 주장하던 사서들이 오히려 거대한 전쟁을 일으켰다. 행성 전역의 어린이 없는 수호자들이 각자의 명분에 따라 집결했다.

대체 무엇을 위해서였던가?

메시지 하나가 있었다. 언어가 진화하고 죽어 가는 와중에 수백 번이나 번역되고 또 번역되면서 왜곡되고 의미가 퇴색했다. 꼬리를 물어 가며 추론해 낸 결과가 옳았다면, 그렇게 여러 번이나 번역했음에도 의미가 모두 사라지지 않았다면, 영겁의 세월 전에 은하계 어딘가 멀리 떨어진 곳, 오랫동안 잊혀 있던 팩 개척지에서 구조 요청이 왔던 것이다. 그 이후 들려온 소식은 없었지만, 그걸로 충분했다. 구조대가 출동했다.

만약 그때 사서들의 전쟁 때문에 팩홈에서 램스쿠프 우주선이 사라지지 않았다면 스스스폭의 대에 핵폭발을 피해 수천 명이 더 탈출할 수 있었을 것이다.

그 모든 일이 있지도 않은 헛된 구실 때문이었다니! 삶의 목적, 살아갈 이유를 위해서였다니!

위장이 다시 꾸르륵거렸다. 스스스폭은 갑자기 먹고 싶어졌다. 이유는 잘 알 수 없었다. 드라를 위해서는 아니지만, 뭔가 그들과 관계가 있었다. 도서관과도 상관없었다. 사서들의 전쟁 때문도 아니었다.

스스스폭 자신을 위한 함대!

은하계에는 생명이 충만했다. 지성 종족이 풍부하게 퍼져 있었다. 탈출하는 팩도 종국에는 비슷한 혹은 더욱 뛰어난 기술을 지닌 종족과 마주치게 되리라. 선제공격을 해도 그런 위협을 제거하는 데 실패할지도 몰랐다.

스스스폭의 가족과 일족은 그가 닿을 수 없는 곳에 있었다. 그가 보호할 수 없었다. 그렇다면 종족을 보호하는 일이 목표가 되어야 했다!

스스스폭은 결심했다.

램스쿠프 우주선으로 이뤄진 함대를 만들 것이다. 우주선 안에는 드라르를 승무원으로 태울 것이다. 그들과 함께 팩 함대를 등 뒤에서 덮칠 수 있는 어떤 위협도 막아 줄 것이다.

그러려면 드라르 조종사에게는 몇 광년에 걸친 여정을 이끌어 줄 수 있는 컴퓨터가 필요했다.

머릿속이 갑자기 집합 이론과 논리대수학으로 가득 찼다. 회로 설계 방법이 감질나게 어렴풋이 떠올랐다. 계산은 완전히 새로운 과학, 완전히 새로운 공학 분야가 될 터였다.

스스스폭은 그 일이 순조롭게 발전하는 모습을 보고 난 뒤에 다음번 동면에 들어가기로 했다.

그러면 시작을 미룰 이유가 없지 않을까? 스스스폭은 석판과 분필을 찾아 꺼내며 말했다.

"잘 봐라, 코슈바라. 모든 데이터는 0과 1만으로……."

2

더 자세히 살펴볼수록, 지그문트는 점점 더 무력한 기분이 되었다.

그는 음모와 위험을 찾아내는 데 능했다. 심지어 그런 게 전혀 없을 때조차! 그렇게 숙련된 편집증이야말로 네서스가 그를 뉴 테라로 납치해 온 이유였다. 그러나 이곳에서 위험 요소를 찾는 데는 기술이 전혀 필요하지 않았다. 뉴 테라에 필요한 건 대규모 군대와 그걸 지휘할 수 있는 군사 천재였다.

지그문트는 가장 좋아하는 가족 홀로그램을 바라보았다.

아테나는 얼굴을 찡그린 채 집중하고 있었다. 이마에 주름이 졌고, 혀는 입가로 비죽 나와 있고, 한 손은 지그소 퍼즐 위에서 맴돌았다. 헤르메스의 밝은 웃음은 삐뚤어졌고 이도 거의 없었지만, 더할 나위 없이 매력적이었다. 아이들은 공원에서 노는 중이었다. 지난번에 의장이 열었던 독립기념일 무도회 직전에 지그문트와 페넬로페가 찍은 사진이었다. 페넬로페는 숨이 멎을 정도로 아름답게 차려입었다. 그녀의 눈에는 쑥스러워하는 빛이 어려 있었다.

이 사진을 볼 때마다 지그문트는 자신이 몇 개 행성에서 가장 운이 좋은 사내라는 기분이 들었다. 네 식구가 공식적인 자세를 취한 사진. 페넬로페의 대가족 사이에서 찍은 스냅사진…….

집중해야 했다. 가족과 친구들을 ─그리고 세계를─ 구할 수 있는 건 지그문트뿐이었다.

하지만 어떻게 해야 할지 감이 오지 않았다. 오랫동안 쓰지 않아 과거의 사고 패턴이 희미해진 듯했다. 성공과 행복이 파멸의 운명을 가져온 걸지도 몰랐다.

지그문트는 혼자 자기 선실에서 사안의 막중함을 이해하려 애쓰고 있었다. 아마 나머지 승무원들도 그러고 있으리라. 지그문트가 생각한 건 승무원들의 위치가 아니라 기분이었다. '돈키호테'호의 감시 시스템은 누가 어디에 있는지 확실히 알려 주었다.

키어스틴이나 에릭이 보안 시스템을 해킹했다면 또 모르지. 내면의 목소리가 정정했다. 그럴 만한 이유는 말하지 않았다. 지그문트는 의심을 불어넣는 속삭임을 밀어 버렸다.

충성의 대상이 제각각인 다른 이들에게는 기회가 없었다. 퍼페티어나 그워가 망막 스캐너를 속여서 시스템에 특별 접근 권한을 얻는 건 불가능했다. 오래된 습관이 지그문트를 완전히 저버린 건 아니었다.

승무원들이 볼 수 없는 닫힌 문 뒤에서 생각에 잠기지 못할 게 뭐 있을까? 그보다 더 근본적으로, 어떻게 생각에 잠기지 않을 수 있을까?

멀리서 바라봤을 때는 램스쿠프 함대가 다가온다는 증거가 미묘하고 간접적이었다. 몇 달 동안의 하이퍼스페이스 이동 후, 마침내 가까운 뒤쪽에서 바라보자 모호함은 사라졌다. 별의 표면보다 뜨거운 핵융합 불꽃이 램스쿠프 우주선의 존재를 소리 높여 외치고 있었다. 수백 척이었다. 상당수는 가속도가 높은 것으로 보아 중력을 제어하는 기술이 있을 가능성이 컸다.

은하핵 쪽에는 더 나쁜 소식이 보였다. '돈키호테'호를 이 먼 곳까지 불러들였던 미묘한 증거로 판단하건대 관측 장비로 볼 수 있는 곳까지 램스쿠프 우주선들의 파도가 겹겹이 이어졌다. 역시 이쪽, 뉴 테라와 지그문트가 소중히 여기는 사람 모두가 있는 곳을 향하고 있었다.

하이퍼드라이브와 충분한 인내심만 있으면 '돈키호테'호는 그 함대의 어느 곳으로든 갈 수 있었다. 스텔스 기술과 아인슈타인 공간에서는 눈에 띄지 않는 추진기로 원치 않는 주목을 끌지 않을 수 있었다. 운만 나쁘지 않으면 걸리지 않고 계속 정찰할 수도 있었다. 운이 다한다고 해도 ─분명히 그렇게 되겠지만─ 그들은 거의 난공불락인 선체 안에 있고, 곧바로 하이퍼스페이스로 탈출할 수 있었다.

할 수 없는 건 전투였다. 이렇게 수가 많고 무장이 잘 되어 있으며 강렬한 악의를 지닌 상대─좀 더 나은 명칭이 없으니 일단 '적'이라고 부르자─와는 싸울 수 없었다.

이 적에 비하면 크진인조차도 자제할 줄 아는 축이었다. 쥐고양이들은 그저 저항하는 자를 잡아먹고 나머지를 노예로 만들 뿐이었다. 하지만 이들은 포로를 만들지 않았다. 십여 개의 세계에 갓 생긴 충돌구─항상 해저에 생기며 충격과 폭발, 진동에 의한 파괴를 무지막지한 쓰나미와 결합시켰다─는 적이 운동에너지를 이용한 행성 파괴탄을 쓴다는 사실을 보여 주었다. 혹시 모를 경쟁자를 사전에 말살시키기 위한…….

살아남기 위해 뉴 테라에는 강력한 동맹이 필요했다. 강력한 군대와 방대한 자원이 필요했다. 지구가 필요했다. 지그문트는 미탐사 영역으로 깊숙이 들어가는 이번 여행이 혹시 실마리를 제공하지 않을까 기대하기도 했다. 그러나 '돈키호테'호의 관측 장비로 볼 수 있는 한도 안에서는, 그저 불완전하고 고통스럽게 재구성했을 뿐인 특징에 들어맞는 게 전혀 없었다. 빌어먹을!

지그문트는 다시 가족의 홀로그램을 바라보았다. 지금 이 순간 행성 파괴탄이 가족을 향해 날아가고 있을까?

패배로 가는 가장 확실한 방법은 무감각이었다.

지그문트는 심호흡을 한 뒤 통신기를 활성화시켰다.

"다시 모입시다, 여러분. 십 분 뒤에 휴게실에서."

더 자세히 살펴볼수록, 베데커는 점점 더 겁이 났다.

'돈키호테'호가 비행하는 긴 시간 동안 그는 행성 드라이브를 분석하고 시뮬레이션하면서 정신을 다른 데 두려고 애썼다. 뉴 테라에 위성을 하나 가져오겠다는 건 가장 약한 동기가 되어 버렸다.

어쩌면, 만약 그 기술을 충분히 이해한다면, 여분의 행성 드라이브는 허스와 뉴 테라를 위험한 위치에서 벗어나게 할 수 있을지도 몰랐다. 하지만 그에 관련된 막대한 에너지에 위압당한 베데커는 기껏해야 제한적인 진전만을 이룰 수 있었다.

그런 와중에 '돈키호테'호가 적들 한가운데에 나타났고, 정신을 다른 데 두는 게 불가능해졌다.

이름도 없고, 얼굴도 모르는 적은 무자비했다. 적이 지나간 길에는 이미 황폐해진 세계가 여럿 놓여 있었다. 지그문트는 적의 선봉대가 지나간 행성계 몇 군데를 급히 조사하라고 지시했다.

그 영상은 베데커를 두려움에 질리게 했다. 잠을 자거나 마비 상태에 가깝게 몸을 단단히 말고 부들부들 떠는 고깃덩어리가 되어도 눈으로 본 참사를 지워 버릴 수 없었다. 생태계는 잿더미가 되었다. 공기는 먼지와 연기, 화산에서 나온 가스로 숨이 막힐 듯했다. 대륙은 파도에 휩쓸렸고, 문명의 산물은 바다로 쓸려 나갔다.

잔해로 보건대 폐허가 된 세계에 문명이 있었다는 데는 의심의 여지가 없었다. 흔적만 남은 도로망, 공장, 댐, 활주로가 있었고, 때로는 초기 우주여행의 단계가 엿보이기도 했다. 대부분은 산산이 부서진 채 방치돼 있었다.

바로 그 적들 앞에, 이전까지 그들이 선제공격으로 파괴한 문화보다 더욱 진보한 존재가 있었다. 세계 선단이었다.

여기저기에서 생존자들이 다시 문명을 복구하려고 애쓰고 있었다. '돈키호테'호가 정보를 얻기 위해 어디에든 착륙하면 침공당한 세계의 원주민은 숨거나 눈에 보이는 즉시 공격했다. 공격은 물론 아무 소용이 없었다.

베데커가 마비 상태로 빠져들지 않게 해 준 건 그보다 훨씬 더 가까이 있는 위협이었다. 그워스는 약속한 대로 정확히 일을 해 냈다. 거기서 새로운 두려움이 솟아올랐다.

그워스는 '돈키호테'호의 센서가 얻은 결과물과 천문학적인 실마리로부터 인간보다, 심지어는 베데커보다도 더 많은 정보를 뽑아냈다. 에르오와 동료들은 우주선의 센서를 가지고 나날이 새로운 사실을 간파해 냈고, 측정한 값에서 극소량의 차이를 직관적으로 알아냈으며, 자료를 수집하는 독특한 방법을 개발했고, 새롭고 흥미로운 상관관계를 만들어 냈다. 게다가 적의 습격을 이해하는 일 정도로는 불충분하다는 듯이 근처 암흑물질 밀도의 지도를 그리더니 스스로 블랙홀이라는 개념을 발견해 냈다.

만약 기적적으로 선단이 다가오는 위협으로부터 살아남는다고 해도 시민들은 곧 또 다른 무시무시한 경쟁자와 마주하게 될 터였다. 협약체가 적으로부터 무자비한 선제공격이라는 수단을 배운다면 모를까…….

발꿈으로 정신없이 바닥을 차다가 정신을 차리니 두 눈을 마주 보고 있었다. 베데커는 억지로 시선을 떼어 냈다. 그가 그런 행위를 고려했다는 데는 씁쓸한 역설이 담겨 있었지만, 재미있게 볼 일은 아니었다.

베데커는 이미 한 번 갓 독립한 뉴 테라에 대한 학살 공격을 막은 적이 있었다. 나중에는 당시 정부가 그런 일을 승인했다는 데 혐오감을 느끼고 인간 사이에 정착하게 되었다. 이제 뉴 테라는 협약체가 지닌 최선의 희망일지도 몰랐다. 시민들은 전쟁에 전혀 적합하지 못했다. 베데커는 반대로 자신의 잔학함에 대해 생각했다. 단지 이유라고는 그워스가 너무 영리할지도 모른다는 사실뿐이거늘…….

통신기에 흘러나오는 지그문트의 목소리가 음울한 생각을 방해했다.

"다시 모입시다, 여러분. 십 분 뒤에 휴게실에서."

더 자세히 살펴볼수록, 에르오는 점점 더 경이로움을 느꼈다.

정체 모를 적만이 아니라 모든 것—심지어 위험조차도—을 더 넓은 맥락에서 볼 수 있었다. 연구 수단 같은 것도…….

'돈키호테'호에는 특출한 관측 장비가 실려 있었다. 에르오는 우주선의 센서가 제공하는 자료를 전부 게걸스럽게 빨아들였다. 그와 동료들은 함께 탄 거대한 승무원들이 그러지 못하는 곳에서 의미를 뽑아낼 수 있었다.

하지만 우주를 바라보는 새로운 눈은 경이로움의 일부분일 뿐이었다. 진정한 경이는 '돈키호테'호 그 자체와 그 안에 내재된 기술, 승무원들이 지키려고 하는 비밀이었다.

가령, 한 번도 본 적이 없는 지브스 같은 존재.

그워스 거주 공간과 '돈키호테'호의 센서를 연결해 주는 네트워크를 이용하면 우주선 내의 자료실에 접근할 수 있었다. 에르오—그보다는 올트로—는 점차 승무원들이 인공적인 계산 기계 같은 것을 조종하고 있다는 사실을 확신하게 되었다. 전자공학, 광학, 양자역학, 어느 것을 이용하는지는 알 수 없었다. 있으리라 추측되는 장치에 직접 접속하는 건 불가능했다. 그런 기술에 대한 질문은 전부 되돌아왔다.

하지만 올트로가 선내 통신 네트워크의 특성을 파악해 내자 여러 가지가 명확해졌다. 우주선의 센서는 실시간 제어를 받고 있었다. 올트로는 자연스러운 생물학적 과정이라기에는 너무 빨리 제어가 이루어진다는 느낌을 받았다. 이번 임무를 떠나기 전에 있었던 구경 합성 계산처럼, 경우에 따라서는 데이터를 통합할 때 막대한 양의 계산이 필요했다. 자료실에서 데이터를 검색할 때의 반응속도는 승무원 중 하나—오로지 그 하나—의 평소 행동과 관련이 있었다.

따라서 에르오가 최근에 센서에서 들어온 데이터를 분석하는 동안 생각이 보이지 않는 승무원에게 돌아간 것도 자연스러운 일이었다. 그는 거주 공간의 불투명한 벽을 사이에 두고 무선으로 에릭이 화물칸 벽에 설치해 준 네트워크 노드에 연결돼 있는 통신 단말기를 향해 말했다.

"지브스."

— 네, 에르오.

익숙한 목소리가 대답했다.

지브스가 모습을 드러내지 않는다는 사실은 분명 중요했다. 소심하기 그지없는 베데커조차도 화물칸에 다녀갔다. 에르오는 때때로 구실을 만들어 압력복을 입고 돌아다니기도 했다. 지브스처럼 보이는 인물은 만난 적이 없었다. 그저 인간이 쓰는 기이하게 뭉툭한 글씨로 지브스라고 표시된 해치만 봤을 뿐이다. 그 해치는 언제나 잠겨 있었다.

에르오는 우주선 안—들어가서는 안 되는 이유가 셀 수 없이 많다는 함교와 엔진실을 빼고—을 어슬렁거리며 내부의 규모를 알게 되었다. 간단한 기하학 지식만 있어도 그 해치 뒤에 있는 '선실'이 그워스 기준으로도 아담하리라는 사실을 짐작할 수 있었다. '배전함'이라는 표시가 붙어 있는 공간보다도 별로 크지 않아 보였다.

대체 이 수수께끼의 승무원에게는 어떤 비밀이 있는 걸까?

그건 에르오가 대놓고 꺼내지 않기로 결심한 여러 가지 화제 중 하나였다.

"지브스, 전기 상수를 읽는 법에 관심이 있는데요."

— 그건 우주선 센서로 측정하는 게 아닙니다.

이론에 따르면 광속은 전기 상수, 전기장의 침투 정도와 관련이 있었다. 진공 속에서 광속은 어디나 똑같았다. 에르오는 이곳 '돈키호테'호에서 그 이론을 검증해 볼 수 있었다. 그와 동료들은 거주 공간, 화물칸 그리고 선체 바깥을 관측할 수 있는 장비를 가지고 진공의 다양한 성질을 측정했다. 그런데 '돈키호테'호가 별 사이를 여행할 때는 측정치가 이상했다. 광속보다 빠른 이동의 특성에 대한 실마리일지도 모른다고 에르오는 추측했다.

추론과 실마리는 그가 가진 전부였다. 인간들과 베데커는 초광속 여행에 대해 이야기하기를 끝까지 거부했다. 드라이브를 작동시키고 있을 때도 마찬가지였다.

'기술을 전수하는 건 여기 누구도 결정할 수 있는 문제가 아닙니다. 어쩌면 이 임무가 끝난 뒤에는 가능할지도 모르겠군요.'

지그문트는 확실히 해 두었다.

'돈키호테'호의 디지털 자료실에 관련 데이터가 있을 건 분명했다. 하지만 네트워크를 세심하게 뒤져도 아직까지는 나오지 않았다.

한번은 키어스틴이 무심코 '방화벽firewall'에 대해 언급한 적이 있었다. 불은 부자연스럽고, 무질서하고, 물질을 변형시킨다. 에르오는 불이 두려웠다.

그워스가 얼음 밖으로 나온 후 얼마 되지 않아 불이 나서 여럿이 죽고 불구가 된 적이 있었다. 에르오로서는 한 번도 화재를 경험해 본 적이 없지만 산 정상에 있던 공장이 화마에 휩쓸린 그 사건은 올트로의 기억 깊숙이 새겨져 있었다. 이 그워스 군체는 그 화재로 두 개체를 잃었다. 둘이나 죽었다! 올트로가 거의 소멸될 뻔했던 것이다. 에르오가 태어나기 한참 전의 일이었다.

방화벽! 에르오는 생생하게 떠오르는 화염의 벽—정신을 홀리게 하면서 뜨겁고 이질적인—의 이미지에 극도의 혐오감을 느끼며 몸을 꿈틀거렸다. 키어스틴이 인간의 독특한 화법이라는 은유를 사용한 건 분명했다. 그럼에도 떠오르는 이미지는 끔찍했다. 차라리 다른 걸 상상하는 편이 나았다.

그게 '돈키호테'호가 조사한 세계의 대격변이라고 해도.

행성 파괴탄을 만드는 데는 상상력이 필요하지 않았다. 빠른 속도로 움직이는 물체라면 뭐든지 가능했다. 적 우주선은 확실히 그 정도로 빠르게 움직이고 있었다.

그런 적들이 즘호에 도착한다면?

얼음층은 산산조각이 나고 바다는 순식간에 증발해 버릴 것이다. 끓는 물에 삶겨 죽는 게 먼저일지 폭발로 죽는 게 먼저일지의 문제일 뿐이다. 충돌 시에는 지각까지 조각나고, 마그마의 파도—진정한 불의 벽이 아닌가!—가 뿜어져 나올 것이다. 수백만

이 목숨을 잃으리라. 올트로가 성취한 모든 게 사라지리라. 문명 자체가 무너질 수도 있었다.

그워스에게는 방어 수단이 없었다.

에르오는 억지로 정신을 집중했다. 이 우주선에는 그들에게 생존 기회를 줄지도 모를 비밀이 있었다. 그 누구보다도 올트로가 더욱 잘 이용해서 그워스와 시민과 뉴 테라 사람들 모두를 지켜 줄 수 있는 비밀이. 올트로가 반드시 얻어야만 하는 비밀이.

초광속 여행의 비밀은 그 시작이 될 게 틀림없었다.

"지브스, 혹시 자료실에 다른 항성 간 여행에서 얻은 전기 상수 측정치 자료가 있지 않을까요?"

에르오가 묻자, 지브스는 미안해하는 투로 대답했다.

— 없을 겁니다. 에르오.

지브스가 속이고 있는 걸까?

거의 확실한 것 같았다. 하지만 확인을 위해서는 다수의 음성 표본에 걸친 여러 주파수 대역의 다중 스펙트럼 연관 관계를 분석한 여덟 가지 계측치가 필요했다. 에르오의 능력을 넘어서는 계산이었다.

올트로조차도 외계인의 음성 억양에 대해 완전히 터득하는 데 비행시간의 상당 부분을 써야 했다. 청각적 특성과 비언어적 실마리의 연관 관계는 불명확했다. 사람마다 조금씩 달랐고, 같은 사람이라도 때에 따라서 달라졌다.

지브스만 빼고.

지브스는 언제나 똑같은 방식으로 말했다. 그리고 말하는 습관이 에르오가 우주선 승무원들을 처음 만났을 때 쓰였던 통역기와 정확하게 연관되었다.

에르오 주위, 거주 공간으로 쓰는 통 속 여기저기에서는 동료들이 관측 결과를 분석하고, 재활용하는 기구를 살펴보고, 다양한 미해결 문제에 대해 고민하고 있었다. 동료들이 하는 일은 전부 중요했다. 하지만 꼭 지금 해야 하는 건 아니었다.

에르오는 동료들에게 신호했다.

— 융합해야 해요.

세부 사항은 꼭꼭 숨겨져 있었지만 ——방화벽으로!—— 인간이 지닌 계산 기술은 처음 생각보다 훨씬 더 성능이 뛰어나 보였다. 인공적인 계산이라는 건 어떤 식이든 정신을 확장시키는 개념이었다. 그런데 에르오가 가장 최근에 추론해 낸 것은 그 개념을 훨씬 뛰어넘었다. 기계 안에서 지성과 의식이 있는 행위가 어떻게 일어날 수 있을까? 어쩌면 지브스는 올트로와 비슷한 집단 지성으로부터 생겨난 존재일지도 몰랐다.

그워스 군체가 모였다. 관족이 서로 더듬거렸다. 기억이 융합되었다. 자아가 서로 맞물렸다. 초지성이 나타나기 시작했다. 아직 남아 있는 에르오의 의식이 최근에 떠올린 가설을 전달…….

그때, 지그문트가 통신기로 알렸다.

"다시 모입시다, 여러분. 십 분 뒤에 휴게실에서."

에르오는 자신의 추측을 집단 지성에게 투사하고, 마지못해 연결을 끊었다. 이번에도 그 없이 융합해야 했다.

에르오는 통신 단말기를 향해 말했다.

"그 정도면 옷 입을 시간은 있군요."

그리고 에르오가 압력복 속으로 꿈틀거리며 들어가는 동안 동료들이 수문에 놓아둔 장비를 간신히 치울 정도의 시간이었다. 물 밖의 작은 공작소와 실험실은 그워스의 비밀로 남아 있었다.

"그래서 십 분이죠."

지그문트가 말했다.

3

지그문트는 둥근 잔에 담긴 커피를 들고 마시지도 않은 채 휴게실 안을 이리저리 걸었다. 디지털 벽지는 주위에 울창한 숲을 보여 주었다. 시각적으로는 받아들일 수 있었지만 다른 감각들이 속아 넘어가는 것을 허용하지 않았다. 환기 시스템에서는 웅웅거리거나 덜거덕거리는 소리가 났고, 발아래의 플라스틱금속 갑판은 딱딱했고, 너무 오래 재활용한 공기에서는 냄새가 났다.

빌어먹을!

지그문트는 이 우주선이 지긋지긋했다.

승무원들이 꽤 빠르게 집합했다. 압력복과 외골격을 입은 에르오는 으레 앉는 탁자 위에 자리 잡았다. 키어스틴과 에릭은 한쪽에 나란히 앉았다. 베데커는 예상대로 해치에서 가장 가까운 곳에 앉아 지그문트가 서성거리다가 출구를 가릴 때마다 움찔거렸다. 이 퍼페티어는 나날이 붕괴를 향해 다가가고 있었다.

지브스는 언제나처럼 '함교에서 참여할' 예정이었다. 지브스의 불참은 가장 큰 화물칸을 상당 부분 채우고 있는 불투명한 물통 거주 공간에서 나오는 그워스가 거의 없다는 사실—주로 에르오만 나왔다—만큼이나 특이할 게 없었다.

그 수수께끼에 대해서 지그문트는 이론을 하나 갖고 있었다. 그워스는 자신들의 보호복과 외골격이 전투 장갑복과 아주 비슷하게 보인다는 것을 인정했다. 그런 옷을 입은 그워스가 너무 많이 우주선 안을 어슬렁거리면 승선 부대처럼 보일 터였다. 그렇다고 그들에게 행동에 제약을 두라고 명령했다가는 불신감을 줄 터였다. 그래서 지그문트는 예방 조치만 취했다. 은근히 드러낸 채 소지하고 다니는 마비 총은 그중 약한 것이었다.

지그문트가 서두를 열었다.

"우리는 적에 대한 똑같은 데이터를 봤습니다. 사실 관계에 대해서는 모두 동의하죠. 이제 어떻게 할지 결정할 때가 됐습니다. 누구든 제안할 게 있습니까?"

에릭과 키어스틴이 따분하다는 표정을 교환하더니, 에릭이 입을 열었다.

"이미 끝도 없이 얘기한 거잖습니까. 우린 둘 다 여기서 뭘 더 얻을 수 있는지 모르겠군요."

집에 가고 싶다는 뜻이었다.

"그러면 어떻게 하자는 건가?"

지그문트가 부드럽게 물었다.

침묵이 감돌았다. 키어스틴은 지그문트의 시선을 피했다.

"베데커, 당신은 어떻게 생각합니까?"

지그문트의 물음에 퍼페티어는 갈기부터 물어뜯었다.

"어쩔 수 없지만 동의합니다. 돌아갈 때가 됐습니다."

일부러 보라는 듯이 지그문트는 지브스를 불렀다.

"지브스, 덧붙일 말이라도 있나?"

통신기에서 대답이 흘러나왔다.

— 없습니다.

지그문트는 커피를 한 모금 마시고, 그워에게 물었다.

"에르오, 동료들을 대변할 수 있습니까?"

에르오는 관족 하나를 물결 모양으로 움직이며 들어 올렸다. 지그문트가 고개를 끄덕이는 동작으로 이해하는 몸짓 —그워스에게 고개랄 게 없다는 사실은 차치하고— 이었다.

"지금 무선으로 연결돼 있어요. 우리는 모두 남아서 조사를 계속하고 싶어요."

"무슨 목적으로 말입니까?"

베데커가 물었다. 우아한 음조와 풍성함, 조화로운 깊이가 모두 사라진 목소리였다. 영어로 말한다는 게 너무 견디기 어려워진 것 같았다. 정말 그럴지도 몰랐다.

"우린 아직 알아 가는 중이에요."

에르오가 올렸던 관족을 다시 탁자 위로 내려놓자 쨍 하는 소리가 났다.

베데커는 띠에 달린 주머니 안으로 머리 하나를 집어넣었다. 잠시 후, 지그문트의 콘택트렌즈 화면에 베데커가 보낸 문장이 떠올랐다.

맞습니다. 확실히 저들은 이 우주선의 비밀을 알아 가고 있지요. 에르오는 분명 우리를 몰래 엿보고 있는 겁니다.

당연히 몰래 엿보고 있겠지. 지그문트는 생각했다. 왜 안 그러겠는가? 하지만 그건 좀 더 큰 위협의 특성을 알아내기 위해 그들의 도움을 받는 데 대한 적당한 대가일 터였다.

"장관님은 어떻게 생각하세요?"

키어스틴이 물었다. 며칠 동안 잠을 못 잔 듯 눈 아래가 꺼멓고 처져 있었다. 지그문트는 그게 어떤 기분인지 잘 알았다.

"난 돌아가는 쪽에 좀 치우쳐 있네."

설명은 덧붙이지 않았다. 여기건 저기건, 무엇을 할 수 있단 말인가? 부동산을 놓고 싸우는 데는 선이 있었다. 적어도 우리가 얻고자 하는 세계를 상대가 파괴하는 일은 없다. 하지만 적이 원하는 게 그저 파괴라면…….

에릭이 아내의 손을 잡았다.

"뉴 테라에는 조종사가 거의 없습니다. '돈키호테'호 수준의 우주선도 거의 없죠. 협약체는 우주선을 수도 없이 만들 수 있지만, 그게 무슨 소용입니까? 허스를 떠날 수 있는 시민은 십억 중하나도 안 될 텐데. 우리가 사랑하는 이들을 위해서, 어쩌면 우리 자신을 희생해야 할지도 모르죠. 장관님, 도와주세요. 우리가 어떻게 하면 도움이 될지 알려 주세요."

다시 말하면, 유인하자는 뜻이었다. 영웅적이고 희생적—키어스틴과 에릭도 뉴 테라에 자녀가 있었다—이며 완벽하게 쓸모없는 일이었다.

지그문트는 담담한 목소리로 말했다.

"고결한 제안이네. 누가 알겠나, 몇 년 뒤면 가능할지도 모르지. 하지만 지금으로써는 우주선 한 척으로 저렇게 많은 적들을 유인할 수는 없을 것 같군."

"그러니까 집으로 가서 종말을 기다리자고요?"

키어스틴이 슬픈 기색으로 말했다.

베데커는 주머니에서 머리를 꺼내 다시 갈기를 물어뜯기 시작했다.

그럼 이제 집으로 가는 거다.

지그문트는 마음을 정하고 자리에서 일어났다. 결정을 모두에게 알릴 생각이었다. 하지만 끝내 말을 꺼내지 못했다.

— 우리는 남아야 해요! 그렇게 되도록 해 봐요.

명령이 울려 퍼졌다. 에르오도 전적으로 동의했지만 —당연하지 않은가?— 그건 아무래도 상관없었다.

융합은 미묘한 일이었다. 모든 그워스 군체는 여러 인격이 뒤섞여 하나의 뚜렷이 다른 상위 인격이 되는 것으로, 지성과 기질이 정교하게 균형 잡힌 존재였다. 전통적인 대칭성이 깨진 부분적인 융합은 언제나 변하기 쉬웠다. 이 융합처럼 상당수는 다소 화를 잘 냈다.

에르오는 이해했다. 그 자신도 불완전한 기분을 느끼고 있지 않은가. 그는 관족 깊이 삽입한 마이크를 이용해 암호화한 링크로 대답을 보냈다.

— 올트로, 다른 자들은 집에 가고 싶어 해요.

— 그건 받아들일 수 없어요! 우리 연구가 끝나지 않았다고요.

올트로가 우겼다.

에르오는 자신과 논쟁하는 기분이었다.

항성 간 여행을 할 때마다 에르오는 조금씩 배웠고, 그만큼 비밀 간파에 다가갔다. 이번 임무 중에 리오Rʲº는 장거리 센서를 두 번 다시 만들었다. 아직까지는 결정적이지 않지만, 데이터에 따르면 초광속 비행에는 여분의 차원 혹은 다른 차원이 관여된 것 같았다. 어느 쪽 이론이든 비정상적인 전기 상수를 설명할 수 있게 되리라. 바로 하이퍼스페이스를 통한 여행인 것이다.

즘호는 '돈키호테'호가 조사했던 다른 세계와 똑같은 운명을 맞게 될 것 같았다. 완성할 수 있을 게 분명해 보이는 램스쿠프 우주선으로 일부 그워스를 구할 수는 있을지도 몰랐다. 불안하게라도 앞서 나갈 때 얘기였다.

만약 보급품을 충당하기 위해 멈추거나 적 우주선보다 효율이 떨어진다면…….

어쩌면 램스쿠프 우주선을 발진시켰다가 원래 세계에 그만큼 더 많은 죽음과 파괴를 불러들일 수도 있었다.

이전에 융합했을 때 올트로는 그워스가 사 대 일로 기존의 승무원보다 수적으로 앞서고 있는 만큼 우주선을 빼앗을 생각도 해 보았다. 작동 원리를 직접 조사할 수 있다면 초광속 여행의 비밀을 알아내는 건 더욱 쉬워질 게 분명했다.

그러지 않은 건 불확실성이 너무 컸기 때문이다. 인공중력을 끈 상태에서 화물칸의 외벽 문을 열기만 해도 그워스의 거주 공간은 우주로 날아가 버릴 터였다. 지그문트가 부비트랩을 작동시킬 수도 있었다. 에르오의 견해에 따르면 그럴 가능성이 높았다. 무엇보다, 성공적으로 장악한다고 해도 그 과정에서 두세 개체만 잃으면 올트로의 종말이었다.

우주선 강탈은 너무 위험했다. 현재 상태의 무지함으로는 용납할 수 없었다. 하이퍼스페이스 문제를 해결하기 위해 임무를 충분히 길게 연장해야 했다.

에르오가 무선으로 말했다.

— 올트로, 이들은 떠날 거예요. 지그문트가 남아야 할 이유를 생각해 내야 해요.

— 임무에 관련된 파일에 비정상적인 관측 결과가 많아요. 뭔가 흥미로운 걸 찾아보지요. 지그문트가 결정하는 걸 미루게 할 수 있겠어요?

무슨 대안이 있을까?

— 어떻게든 해 볼게요.

그때, 지그문트가 일어섰다.

에르오는 영어로 말을 꺼냈다.

"좀 더 자세히 관찰할 만한 게 있을지도 몰라요."

그러면서 올트로가 그 뭔가를 찾아내기를 초조하게 기다렸다.

"어떤 게요?"

키어스틴이 재촉하듯 물었다.

"미안해요. 이걸 영어로 표현하려면 시간이 좀 걸려요."

에르오는 거짓말을 했다. 그리고 관족 깊은 곳의 마이크로 올트로에게 말했다.

—— 당장 필요해요.

그리고 얼마 뒤.

—— 됐어요. 우주선 통신 채널 3번을 확인해 보세요. 그쪽으로 얘기하지요.

에르오는 휴게실에 모인 이들을 향해 말했다.

"늦어져서 미안해요. 동료들이 채널 3번을 보라고 하네요."

에릭이 휴대용 통신기를 탁자 위에 올려놓았다. 스크린을 건드리자 위에 홀로그램이 나타났다.

"또 망할 성간 지도군! 이걸로 어쩌자고요?"

에르오는 올트로가 보안 채널로 설명하는 내용을 전달했다.

"이건 현재 우리 좌표에서 은하중심을 바라본 모습이에요. 적의 선봉대 반대쪽이지요. 깜빡이는 점은 우리 연구가 최근에 알아낸 세계예요."

"무슨 연구 말입니까?"

베데커가 물었다.

에르오는 관족을 몇 개 구부렸다. 외골격이 그 동작을 강화시켜 주자 그는 탁자 위로 떠올랐다. 이곳의 누구도 그 자신감 넘치는 자세를 알아보는 건 아니었지만.

"우리는 전파 신호를 찾고 있었어요. 좀 더 나은 정보를 얻을 수 있는 어떤 신호를요."

"그래서 뭘 찾았죠? 적이 파괴하지 못한 기술 문명?"

에릭이 물었다.

"어떤 신호를 찾았어요."

에르오는 이 말의 의미가 받아들여지도록 잠시 사이를 두었다가 말했다.

"아주 약한 신호였지요. 배경 잡음과 분리하기 위해 처리를 아주 많이 해야 했어요. 어쩌면 송신이 차폐돼 있는지도 모르고, 아니면 지향성이 강한 걸지도 몰라요. 어쨌든 적은 눈치채지 못했어요."

대기 중의 먼지 농도가 양호한 것으로 보아 이 세계가 적에게 파괴당하지 않은 건 거의 확실했다.

베데커는 이제 갈기를 물어뜯지 않았다. 그가 물었다.

"거기까지 얼마나 걸립니까?"

에르오는 주저했다. 그와 동료들이 '돈키호테'호에 자리를 잡은 건 천문학에 능했기 때문이다. 단순히 시계와 이동 전후의 항해 좌표만으로도 그들은 우주선의 이동속도를 알 수 있었다. 베데커의 질문에 대답할 수 있다고 해서 놀랄 이는 아무도 없었다. 그래도 에르오는 항성 간 드라이브에 관심이 있다는 사실을 드러내기가 꺼려졌다.

"여러분이 쓰는 광년으로 대략 십 광년이에요."

삼십 일이라는 뜻이지만 에르오는 일부러 완전하게 대답하지 않았다.

"우리가 갈 길에서 멀리 떨어져 있군요. 지그문트, 집에 돌아갈 시간이 지났습니다. 만약 행성 파괴자들이 이미 움직이고 있다면 우주선을 전부 탈출에 동원해야 합니다."

베데커가 말했다.

그러면 우리는 어떻게 된단 말인가? 에르오는 생각했다. 그워스는 항성 간 우주선 하나 없이 시작해야 할 터였다. 그는 주도권을 되찾으려고 나섰다.

"하지만 저 먼 세계에 있는 생존자들이 뭔가를 알려 줄 수도 있잖아요."

"뭐 좀 확인해 볼게요."

키어스틴이 주머니에서 무슨 장치를 꺼냈다. 손가락이 터치패드 위를 빠르게 움직였다.

"생각했던 대로네요. 베데커, 집으로 가기 전에 확인해 봐도 안전할 거예요. 행성 파괴탄을 맞는 건 적의 선두가 도착하기 반년쯤 전이니까요."

"그걸 어떻게 압니까. 물론 이미 공격받은 세계 하나가 선두 바로 앞에 있는 걸 보기는 했지만, 한 가지 사례는 아무것도 증명하지 못합니다."

베데커의 반박에 키어스틴은 고개를 저었다.

"성간물질의 난류 모델을 쓰면 각 파동별로 램스쿠프 우주선이 얼마나 전에 지나갔는지 알 수 있어요. 첫 번째 근사치에다가, 각각의 충돌은 모두 비슷한 양의 지각을 증발시켜 방출한다고 가정했어요. 그럼 대기 모델을 이용해 그 이후 비가 씻어 내린 먼지의 양을 바탕으로 언제 충돌이 일어났는지 추정할 수 있죠. 저마다 화산활동이 다르니까 아주 정확할 수는 없지만, 회귀분석 결과 신뢰 한계가 꽤 높아요. 구십구 퍼센트라고 할 수 있어요."

에르오는 키어스틴이 별것 아니라는 듯이 내놓은 계산에 놀랐다. 누구든 관족에 저런 도구를 하나씩 갖고 있을 수 있다면! 얼마나 진보가 빨라질 것인가. 기회만 온다면 알아내야 할 또 다른 비밀이었다.

"지그문트, 이 세계에 가 볼 시간이 있을까요?"

에르오가 물었다.

지그문트는 고개를 뒤로 젖힌 채 한동안 허공을 멍하니 응시하다가 마침내 대답했다.

"좋아요. 누가 송신을 하고 있는 건지 알아보죠."

4

현기증이 나고 혼란스러운 상황에서 스스스폭은 의식을 찾으려고 애썼다. 얼마나 오래 잔 건지 궁금했다. 배는 고프지 않았다. 오랜 시간이 아닌 건 분명했다. 저온 수면 장치의 정밀 시계에 따르면 팩홈 기준으로 석 달이 채 되지 않았다.

방 건너편에서 적색등이 깜빡였다. 통신 장치였다. 왕복선에서 가져온 광섬유 케이블이 통신 장치와 저온 수면 재활성 회로에 연결되어 있었다. 드라르가 초보적인 전파 기술을 터득하면 동면 중에도 안전하게 스스스폭에게 연락할 수 있게 되리라. 물론 아직은 그렇지 못했다.

감히 누군지 궁금해하면서 스스스폭은 전투 장갑복을 입고 무기를 확인했다. 통신기를 활성화하기 전에 '생명의 나무' 뿌리도 하나 먹었다.

"누가 날 방해하는 거냐?"

스스스폭이 호통쳤다.

"코슈바라입니다, 각하."

떨리는 목소리로 대답이 돌아왔다.

"비정상적인 일이 일어났습니다."

중요한 일이어야 할 것이다.

"설명해라."

"들어가도 되겠습니까, 각하?"

센서를 보니 육중한 강철문 밖에는 벌벌 떨고 있는 드라 혼자였다. 스스스폭은 방어 시스템을 해제하고 튼튼한 철제 걸쇠를 옆으로 밀었다. 의식용 옷은 입지 않았지만 코슈바라를 알아볼 수 있었다. 스스스폭은 그녀의 여리고 가느다란 팔을 붙잡아 안으로 들인 뒤 입구를 밀봉했다.

"무슨 일이지?"

코슈바라는 떨고 있었다. 흔적만 남아 있는 날개가 물결처럼 흔들렸다.

"그게…… 우주선입니다, 각하. 하늘에서 나타났습니다."

정찰선이군.

스스스폭은 그렇게 짐작하면서도 탈출선의 마지막 물결이 아직 지나가지 않았다는 데 놀랐다. 생물량을 찾으려는 게 분명했다. 하필 이곳에 착륙하려는 이유는 이 더럽고 불쌍한 도시가 이 세계에서 유일하게 전파 신호가 나오는 곳이기 때문이리라. 그가 어떻게 해서든 드라르를 조금 더 빠르게 밀어붙였다면, 정찰선이 아니라 행성 파괴탄이 날아왔을 것이다.

내가 선수를 친다면 또 얘기가 달라지지.

스스스폭은 말했다.

"잘 깨웠다. 가서 황제에게 방문객을 환영하고 내 존재를 비밀로 하라고 일러라. 그리고 내게 군대가 필요하다고 전해라."

날다람쥐.

지그문트는 머리를 흔들어야 했다. 이 먼 곳까지 와서 만난 외계인은 다른 무엇보다도 날다람쥐를 닮았다. 차이가 없는 건 아니지만……

이들은 털이 없고 골격이 앙상했으며 똑바로 서서 걸었다. 지구의 설치류보다는 훨씬 커서 키가 대략 백오십 센티미터에 날개폭은 삼 미터 정도였다. 각 날개 가운데에 여분의 팔도 하나씩 있었다. 여섯 개의 팔다리로 섰을 때는 치타처럼 빠르게 달렸다. 우주선의 센서로 측정한 결과 이들이 내는 소리는 대부분이 초음파로 인간의 가청 영역을 훌쩍 넘었다.

현지 중력은 뉴 테라 표준보다 사십 퍼센트 높았다. 대기가 수

프처럼 짙었다. 커다란 날개와 여윈 몸집을 보니 외계인들이 나무에 해당하는 이곳의 식물 사이를 날아다니는 모습을 쉽게 상상할 수 있었다.

'돈키호테'호는 이 세계에 있는 유일한 전파 송신기 근처 공터에 내려앉았다. 인근에 있는 넓은 강에는 증기선들이 굴뚝에서 검은 연기를 내뿜으며 움직이고 있었다. 희한하게 둥근 모양에 굴뚝이 뒤쪽으로 기울어져 있다는 점을 빼면 마크 트웨인이 몰았을 법한 배와 비슷해 보였다.

강 건너편에는 지그문트가 이제껏 본 것과 전혀 다른 도시가 있었다. 일부는 벽돌로, 일부는 돌로, 일부는 철과 유리로 된 도시였다. 피라미드와 탑이 있는 성이 낮은 사무실, 창고와 어깨를 맞대고 서 있었다. 십구 세기의 런던과 고대 이집트를 합쳐 놓은 듯했다.

'돈키호테'호의 주 해치 바깥쪽에는 화려한 옷을 입은 원주민 대표단이 기다리고 있었다. 그들은 말과 몸짓이 많았다. 지브스가 통역하는 데 꾸준히 진전을 이룰 수 있는 수준이었다. 궁전으로 초대한다는 말은 충분히 전달되었다.

에릭이 함교 밖을 서성이다가 말했다.

"장관님, 몇 명이 밖으로 나가면 지브스가 언어를 더 빨리 배울 수 있을 겁니다. 우리도 몸짓으로 얘기할 수 있을 테고요. 잘하면 영어를 좀 가르칠 수 있을지도 모르죠."

조종석에 앉아 있던 키어스틴도 동의했다.

"이야기하러 온 거잖아요. 그렇게 하죠."

원주민들은 놀라울 정도로 침착했다. 우주선이 착륙하는 일 따위는 매일 일어나는 것만 같았다. 물론 이 행성은 모항성에 조석력으로 고정돼 있어서 이 도시에는 낮밖에 없지만.

어쨌든 지그문트는 에릭이 옳다는 것을 알았다. 여기 온 목적은 대화가 아닌가.

"좋아. 여러분, 원주민들을 만날 시간입니다. 당분간은 우주선 근처, 외장 마비 총 범위 안에 머무는 걸로 합시다."

그리고 그가 마련해 놓은 모든 예방 조치가 닿는 범위 안에.

"아직 멀리 가는 건 안 됩니다. 궁전도 마찬가집니다."

키어스틴이 일어섰다.

"드디어 나가는군요. 제⋯⋯."

"아니, 자네는 아니네. 자네는 조종사이자 항법사잖나. 그리고 우리는 집에서 멀리 떨어져 있네. 내가 에릭과 함께 가지. 그동안 지휘를 맡게."

지그문트가 강경하게 말하자, 키어스틴은 그대로 앉았다. 실망한 기색이 역력했다.

"베데커."

퍼페티어는 자기 선실에 있었다. 웅크리고 있을 게 뻔했다.

"네, 지그문트?"

"함교로 와 주세요. 무기 제어장치를 다룰 조심스러운 사람이 필요합니다."

"우리는 어떻게 도울까요?"

그워스 거주 공간에 있는 한 개체가 통신으로 물었다. 지그문트는 에르오의 목소리임을 알았다.

"외부 센서로 계속 감시해 주세요. 그리고 숙소에 그대로 있어요. 재빨리 떠나야 할지도 모르니까. 그럴 경우에는 당신들 모두가 통 안에 있는 게 좋습니다."

그워스는 이번 여행 내내 가치 있는 자산이었다. 그들이 우주선을 빼앗으려고 할지 모른다고 믿을 이유는 없었다. 하지만 그러지 않으리라는 보장도 없었다. 만약 그워스가 그럴 생각을 하고 있다면, 지그문트와 에릭이 밖으로 나가 있는 동안이 가장 이상적인 기회일 터였다.

"에릭, 에어록에서 만나지. 무장은 하지 말게. 적대적으로 보이고 싶지 않으니까."

"갑니다."

지그문트는 먼저 들를 곳이 있었다. 선실에 가서 용접기를 가져와야 했다.

보안 카메라에 등만 보이도록 선 채로 지그문트는 주 화물칸에서 나오는 안쪽 해치를 점용접*으로 막았다. 만약 그워스가 나오려고 한다면 경고를 얻게 되는 셈이었다.

"어디세요?"

에릭이 성급하게 통신을 보냈다.

"가고 있네."

지그문트가 대답했다.

---

* spot-welded. 금속판을 포개 놓고 위아래에 전극으로 전류를 통하게 하여 한 부분만을 이어 붙이는 용접법.

이제 내가 생각할 수 있는 예방 조치는 다 취한 셈이야.

우주선은 낯선 형태였다. 스스스폭이 쓰던 부서진 왕복선보다 컸는데, 눈에 보이는 배기관이 없었다. 착륙하는 장면은 보지 못했다. 추측건대 노즐은 보이지 않는 아래쪽에 있는 것 같았다. 그슬린 자국이 없는 건 이상했다.

스스스폭이 손수 뽑은 팀이 에어록인 듯한 곳 근처에 자리를 잡고 환영 연설을 했다. 마침내 에어록이 열렸다. 스스스폭은 눈이 휘둥그레졌다. 방문자들은 팩이 아니었다!

"지금이다!"

스스스폭이 신호를 보냈다.

"우주선을 빼앗아!"

특수부대원들이 망토를 내던지고 각각 팔다리 여섯 개로 덤벼들었다.

빌어먹을, 이 녀석들 빠르다!

지그문트가 그들의 펄럭이는 망토 아래 숨겨져 있던 총집을 인식하기도 전에 외계인들은 에어록까지 거리의 절반을 주파했다. 그는 에릭에게 소리쳤다.

"다시 들어가!"

하지만 너무 느렸다. 에릭은 원주민의 무리에 깔려 사라졌다. 더 많은 자들이 지그문트를 붙잡았다. 무게가 거의 나가지 않아서 집어 던졌지만, 더 빨리 덤벼들 뿐이었다. 총은 뽑지 않았다.

이들이 원하는 건 포로임이 분명했다.

베데커는 왜 공격을 않는 거지?

외계인 둘이 뒤에서 지그문트의 오금을 때렸다. 헝겊 인형처럼 쓰러지던 지그문트는 비쩍 마른 외계인들이 안쪽 해치의 제어 장치에 더 많이 달라붙어 있는 모습을 흘긋 보았다. 유사시를 위한 수동 전환 장치에는 직관적이고 잘 보이는 그림 설명이 있었다. 어떤 아이라도 이해할 수 있었다.

산업화 수준의 외계인이라도…….

안쪽 해치가 돌기 시작했다. 외계인의 손에 무기가 들렸다.

지그문트는 명령했다.

"이륙해, 키어스틴! 흔들어서 떨어뜨려!"

가뜩이나 짙었던 공기가 거의 고체처럼 변했다. 지그문트는 미리 완충 좌석에서 비상용 보호 역장 발생기를 떼어 왔다. 에어록 안쪽과 가까운 거리의 바깥까지는 보호 역장이 사실상 경찰용 구속장처럼 작용했다.

지그문트는 일부러 가만히 누워 있었다. 역장 덕분에 숨을 쉴 수 있을 정도로 몸이 풀려났다.

"움직이지 말게."

지그문트가 에릭에게 속삭였다.

외계인들은 당황했다. 몸부림칠수록 역장이 더욱 조여들었다. 거리가 멀어서 벗어날 수 있는 자들은 도망쳤다.

그때, 아직 돌아가고 있던 안쪽 해치에서 베이컨을 굽는 듯한 음파 마비 총 소리가 들렸다. 지그문트가 조심스럽게 목을 구부려 보자 키어스틴이 양손에 총을 들고 서 있었다. 그녀는 꼼짝 못하는 외계인들을 차례로 기절시켰다. 마지막으로 포탑이 움직여 움직이는 것 모두를 정지시켰다.

추측건대 습격 시작으로부터 삼십 초쯤 지난 것 같았다.

역장이 사라졌다.

지그문트는 몸을 일으켜 키어스틴과 함께 에어록을 치우고, 에릭에게 붙은 채 마비된 외계인들을 떼어 냈다. 에릭은 살짝 다리를 절었고 여기저기 베인 상처에서 피가 났지만, 혼자 걸어서 우주선에 올랐다.

지그문트는 비상 닫힘 버튼을 주먹으로 쳤다. 해치가 닫혔다.

"이륙하라고 했잖나!"

키어스틴은 어깨를 으쓱했다.

"그러셨죠. 하지만 그보다 먼저 저한테 지휘권을 주셨잖아요."

침입자들이야!

외계인들이 근처 건물에서 파도처럼 쏟아져 나왔다. 강에서는 배들이 옆구리의 해치를 열어 커다란 금속관을 드러내고 무기일 게 분명한 그것들을 발사할 준비를 했다.

베데커의 머리가 화면 사이를 바쁘게 오갔다. 그가 키어스틴에게 외쳤다.

"이륙하십시오!"

키어스틴은 이륙하기는커녕 제어장치를 미친 듯이 두드리다가 일어섰다.

"무기 제어장치를 갖고 있잖아요. 써요."

그러고는 함교를 뛰쳐나갔다.

이건 미친 짓이야! 도망쳐야 해!

"이륙해, 키어스틴! 흔들어서 떨어뜨려!"

밖에 있는 지그문트도 같은 생각인 듯했다. 하지만 이미 명령에 따라야 할 키어스틴은 나가고 없었다.

베데커는 부조종석의 제어장치를 붙잡았다. 손으로 쓰게 되어 있어서 입으로 움직이려니 어색했다. 어쨌든 아무 일도 일어나지 않았다.

"지브스, 이륙해! 흔들어서 침입자를 떨어뜨리고 에어록을 닫아 버려."

베데커가 외쳤다.

— 죄송하지만 그럴 수 없습니다.

AI는 차분한 목소리로 말했다.

복도에서 개인용 마비 총 소리가 들려왔다. 도망쳐야 해!

"왜 안 되지?"

— 키어스틴의 명령입니다. 오로지 인간만 이 우주선을 조종할 수 있습니다.

키어스틴이 마지막으로 쳐 넣은 명령인 모양이었다.

전술 화면을 보니 외계인이 더 몰려들고 있었다. 두 번째 공격이었다.

도망갈 수 없다면 싸우는 수밖에. 베데커는 두려움에서 오는 마비 증상을 떨쳐 버렸다. 입으로 무기 제어장치를 붙잡고 근처에서 움직이는 건 전부 쏘기 시작했다.

강 위에서는 베데커의 마비 총이 닿는 범위 바깥에서 배들이 계속 발사 자세로 선회하고 있었다.

선내 네트워크를 통해 영상이 계속 그위스의 거주 공간으로 흘러 들어왔다. 에릭이 외계인 무리 아래로 사라졌다. 지그문트도 쓰러졌다. 원주민들의 함정이었다!

인간에게는 도움이 필요했다. 하지만 좋은 쪽으로든 나쁜 쪽으로든 전투는 에르오와 동료들이 압력복을 입기도 전에 끝날 터였다.

'외부 센서로 계속 감시해 주세요.'

지그문트는 그렇게 지시했다.

좋아. 에르오는 지난 몇 분간의 센서 기록을 검색했다.

그렇지! 전파 신호가 폭발한 때가 있었다. 그 몇 초 뒤에 환영단이 공격했다. 이후 더 있었던 몇 번의 신호는 부대와 강 위 병력의 움직임과 관련이 있었다. 누군가 공격 명령을 내린 것이다.

어디서?

에르오에게는 신호가 온 곳의 대략적인 방위밖에 없었다. 그뿐이었다. 적 본부는 도시 어디에든 있을 수 있었다.

사건이 너무 빠르게 벌어지고 있었다. 하지만 올트로에게는 그리 빠른 게 아닐지도 몰랐다. 에르오는 외쳤다.

— 지금 융합해야 해요. 빨리.

거의 성공할 뻔했다.

하지만 스스스폭은 미련을 버렸다. 그의 부대──제국의 정예 특수부대였지만──는 우주선을 빼앗는 데 실패했다.

낯선 자들의 우주선은 아직 알아챌 수 있는 장거리 신호를 발하지 않았다. 재빨리 파괴한다면 더 오지 않을 터였다. 그러면 스스스폭은 무사히 이곳에서 함대를 완성할 수 있을지도 몰랐다.

외계인들은 드라르에게서 벗어나 우주선 안으로 후퇴했다. 조만간 뭔가 행동이 있을 것이다. 좀 더 파괴적인 무기로 공격에 나서거나 이륙하거나. 스스스폭이 이제껏 본 역추진 엔진은 쉽사리 도시 전체를 화염에 휩싸이게 할 수 있었다. 도심 깊숙한 곳에 있는 그 자신도 함께.

스스스폭은 보병 예비대에 신호를 보냈다.

"우주선 안으로 침투해라. 하지 못하면 황제의 진노를 받을 것이다."

공병 분대에도 명령을 내렸다.

"선수, 선미, 화물칸 해치를 향해 움직여라."

공병들이 원시적인 화약으로 가득 찬 기다란 철관을 끌고 우주선을 향해 달려갔다.

마지막으로 해군 포병대에 명령했다.

"발포 준비."

보병은 죽은 목숨이나 마찬가지였다. 하지만 그들의 돌격은 진짜 공격으로부터 시선을 돌리게 할 수 있을지도 몰랐다.

지그문트는 가까스로 키어스틴보다 먼저 함교에 도착했다. 베데커가 그들의 굳은 표정을 보고 도망쳤다.

"우리만 남겨 놓고 도망가지 않은 게 신기하군."

지그문트가 말했다.

"그러지 못하게 해 뒀거든요."

키어스틴이 수수께끼 같은 소리를 했다. 그녀는 완충 좌석에 주저앉으면서 선내 통신기를 켰다.

"전 승무원, 오 초 후 이륙 예정."

지그문트는 퍼페티어의 침 때문에 끈적끈적한 무기 조종간을 잡고 사방에 무차별적으로 발사했다. '돈키호테'호가 이륙할 때 추진 역장의 가장자리에 깔리는 것보다는 멀리서 마비되어 있는 편이 나았다. 이 모든 일에도 불구하고 그는 날다람쥐들이 해를 입지 않기를 바랐다. 그들 역시 '적'을 만난 게 분명했다. 지그문트는 그들이 만들어 놓은 함정이 아니라 그들의 자제심을 존중하기로 했다.

"이륙하지, 키어스틴."

쿵! 선미에서 폭발이 일어나면서 우주선이 흔들렸다. 선체는 아무 해도 입지 않았지만 종처럼 울렸다. 진동 때문에 두 사람은 자리에서 튕겨 났다.

쿵! 곧이어 선수에서도.

쿵! 세 번째 폭발은 일어서려던 지그문트를 쓰러뜨렸다. 완충 좌석에 몸을 고정시켜 줬어야 할 비상용 보호 역장 발생기는 아직 에어록에 설치돼 있었다. 선체는 난공불락에 가까웠지만, 승무원은 아니었다.

"지브스……."

바닥에 쓰러진 키어스틴이 바람 빠지는 것 같은 소리로 불렀다. 심상치 않은 그 목소리에 지그문트는 고개를 들고 그녀 쪽을 건너다보았다. 키어스틴의 왼쪽 팔이 힘없이 매달려 있었다. 탈구된 모양이었다.

"지브스, 삼십 미터 상공으로 올라가."

우주선이 비틀거리며 회전했다. 막 이륙하는 순간, 또다시 폭발이 일어났다.

"지그문트, 외부 센서를 보고 있어요. 저 함포들에서 벗어나야 해요."

통신기에서 목소리가 흘러나왔다. 에르오였다.

지그문트는 키어스틴을 일으켜 세운 뒤 자리에 앉았다. 전술 화면을 보니 강 위의 함대는 이미 자리를 잡았다. 수백 문의 대포가 이쪽을 향하고 있었다. 포병들이 미친 듯이 움직여 포신을 위로 조준했다.

"지브스, 회피 기동!"

에르오가 외쳤다.

— 죄송하지만 그럴 수…….

쿵! 쿵! 쿵!

지그문트는 그다지 조종사라고 하기 어려웠다. 하지만 고정된 목표물이 될 바에는 뭐라도 하는 게 나았다. 그가 조종간을 잡았고, '돈키호테'호는 혼잡한 부두를 향해 쏜살같이 날아갔다. 그러는 와중에도 지그문트의 마음속에서 평정을 유지하고 있는 일부분은 에르오의 실용적인 조언을 분석하고 있었다. 그건 그워스의 도시국가 사이에 종종 전쟁이 일어났으리라는 사실을 암시했다.

너덜너덜한 배의 옆면에서 일제히 발사된 포탄이 '돈키호테'호가 있던 곳을 지나갔다. 짙은 연기가 배를 거의 가렸다.

지그문트는 '돈키호테'호를 끌고 가파르게 상승했다. 저 망할 다람쥐들이 높은 곳까지는 쏘지 못할 가능성이 높았다. 화학 폭발물만 가지고는 안 될 터였다. 짙은 연기로 보아 흑색화약 종류 같았다.

에르오가 다시 지그문트를 불렀다.

"사정거리 안쪽으로 조금만 들어가 주세요. 손상을 입은 척하면서요. 뭔가 확인하고 싶어요."

포탄 한두 발 정도는 문제 될 게 없었다. 그리고 지금까지 그워스는 꽤 괜찮은 통찰력을 보여 주었다. 지그문트는 낮은 각도로 우주선을 하강시켰다.

"방위 이백이십오로 가세요. 좋아요. 이제 백십이로 돌려요."

배는 그렇게 빨리 돌 수 없기 때문에 적들은 함포를 다시 사용하지 못했다. 다만 몇 척이 선수에서 총을 쏘았다. 우주 쓰레기에 비하면 대포알 따위는 굳이 추적해서 파괴할 필요도 없을 정도로 하찮았다. 아무것도 '돈키호테'호를 뚫지 못했다.

"잡았어요!"

에르오가 외쳤다.

　전파 신호는 갈수록 점점 더 폭발적으로 터져 나왔다. 배에서, 지상 부대에서 그리고 도시에서. 메시지는 올트로에게 거의 의미가 없었다. 하지만 신호 그 자체는……

　올트로는 전장에서 나오는 메시지 —보고거나 지원군을 보내 달라는 청원이거나 상황에 대한 변명일 터—를 무시하고 군인들에게 향하는 통신에 집중했다. 그 메시지는 누가 공격을 지휘하는지 드러낼지도 몰랐다.

　'돈키호테'호의 지그재그 움직임은 원시적인 발사 무기를 피하는 것 이상의 일을 했다. 올트로는 전파 신호의 발원지를 가리키는 방위각 세 개를 얻었다. 도시 깊숙한 곳이었다. 방위각을 따라가면 피라미드 몇 개가 있는 곳 근처의 위압적인 석조 건물에서 선이 교차했다. 망원경으로 어디를 잡아야 할지 알고 나자 눈에 들어온 지붕 위의 안테나는 어느 모로 보나 장소와 어울리지 않았다.

　'돈키호테'호의 센서는 저마다 나름의 이야기를 했다. 이들을 합치면 어떤 이야기가 될까?

　올트로는 관족을 분리했다. 각각 외부 센서 하나씩을 담당했다. 여러 대역폭에 걸친 데이터가 의식 속으로 밀려들었다. 하지만 분리된 정신 사이의 연결이 느려져 사고가 흐려지는 대가는 치러야만 했다. 올트로가 모든 영상의 크기를 재조정하고 정렬하고 겹쳐서 합성해 낸 건 엄청나게 집중한 결과였다. 그들은 지브스에게 우주선의 스캔 패턴을 바꾸라고 말했다.

더 선명한 사진이 나타났다. 본부로 추정되는 건물은 비쩍 마르고 팔다리가 여섯 개인 생물로 가득했다. 그리고 다른 하나, 나머지보다 훨씬 더 육중한 하나는 팔다리가 네 개였다.

올트로는 에르오의 목소리로 함교를 향해 소리쳤다.

"잡았어요!"

스스스폭의 헬멧 속에서 경고를 의미하는 적색등이 켜졌다. 전투 장갑복이 예상치 못한 전자기파 신호를 포착한 것이다. 저에너지에 초광대역 빔, 즉 벽을 뚫고 들어오는 레이더였다.

외계인이 그를 찾아낸 모양이었다.

스스스폭은 지휘소에서 뛰쳐나와 궁전 아래에 있는 탈출용 터널로 향했다.

"누굴 잡았다는 겁니까?"

지그문트가 물었다.

"6번 채널을 보세요."

에르오의 대답에, 지그문트는 전술 홀로그램의 채널을 바꾸어었다.

인간 하나가 뛰고 있었다. 키는 날다람쥐와 비슷했다. 백오십 센티미터 정도……

아니, 인간은 아니었다. 팔이 너무 길었다. 두개골 형태도 달랐다. 혹시 모자나 헬멧일까? 최대 해상도에서도 옷과 몸을 구분할 수 없었다.

지그문트는 영상을 관찰하며 저도 모르게 말했다.

"이걸 어떻게…… 아니, 대답할 필요 없습니다. 그냥 계속 추적하세요."

키어스틴이 완충 좌석에 앉다가 통증을 느끼고 주춤했다. 그러면서도 멀쩡한 손은 제어장치 위를 날아다니고 있었다. 그녀가 말했다.

"한 손을 등 뒤로 묶고서 날아다니는 느낌이에요. 어떻게든 되긴 하겠죠."

전술 화면 속 인간 형태의 외계인은 복도를 따라 속도를 냈다. 에르오가 따라잡기 위해 애를 쓰는 과정에서 영상이 왜곡되었다.

지그문트가 물었다.

"거리계도 덧붙일 수 있습니까?"

격자선이 나타나자 그는 눈을 깜빡였다. 질문 하나에 대한 대답은 나왔다. 저렇게 빨리 움직이는 인간은 없다. 그러면 누구 혹은 무엇일까?

그는 키어스틴을 돌아보았다.

"계속 조종해도 되겠나?"

키어스틴은 '돈키호테'호를 급격히 선회시킨 뒤 수수께끼의 낯선 존재가 있는 건물을 향해 방향을 잡았다. 그녀가 이를 악물며 말했다.

"그런 것 같네요."

도망가고 있는 게 뭔지 알아야 했다. 지그문트는 외쳤다.

"에릭, 우리 전투 장갑복을 주 에어록으로 가져오게. 도약 원반도. 저 건물로 들어갈 거네."

"도약 원반요?"

올트로는 본부 건물을 통과해 달려가고 있는 인간 형태의 외계인을 계속 감시했다.

"점점 더 건물 깊숙이 들어가고 있어요. 저걸 어떻게 잡을 거지요?"

"통신용 레이저면 됩니다. 이 거리에서는 건물에 그대로 구멍을 뚫을 수 있죠."

지그문트는 그워의 질문에 답한 다음, 지시를 내렸다.

"지브스, 그게 네 임무야. 원주민은 가급적 피하고."

지브스가 한참 있다가 대답했다.

— 그건 좀 어려······.

올트로는 자신들이 밝혀낸 비밀 한 가지를 드러내는 게 싫었지만, 임무가 우선이었다. 도망치는 외계인은 낙오했거나 버려진 적의 일원일지도 몰랐다.

"지그문트, 내가 레이저를 조작할 수 있게 해 주세요. 전투는 저 장치의 설계 범위를 넘어서는 게 분명해요."

통신기를 통해 숨을 급히 들이켜는 소리가 들렸다. 어디서 나는 소리인지는 알 수 없었다. 올트로는 옳았다. 지브스에 대해서, 지브스가 인공물이라는 사실이 비밀이었다는 점에 대해서.

"지그문트, 낭비할 시간이 없어요."

지그문트는 마음을 정했다. 방화벽을 뚫고 채널이 하나 나타났다.

　"알았습니다. 불필요하게 원주민을 해치지 마세요."

　에릭이 전투 장갑복을 입느라 애를 쓰고 있을 때 지그문트가 주 에어록에 도착했다. 그는 등 뒤로 안쪽 해치를 닫으며 기술자들이 무슨 장치를 골랐는지 잽싸게 확인했다. 휴대용 마비 총과 레이저, 수류탄 두 자루, 도약 원반 네 개. 흠. 거의 준비가 됐군. 경찰용 구속장이 있다면 더 나았을 텐데.

　완충 좌석에서 떼어 낸 비상용 보호 역장 발생기는 아직 에어록 회로에 고정돼 있었다. 지그문트는 역장 발생기 하나를 빼내 전투 장갑복 바깥 주머니에 넣었다.

　"목표물 상공 도착."

　키어스틴이 말했다.

　"준비 완료."

　에르오가 덧붙였다.

　지그문트의 HUD에 커다란 외계인 건물이 보였다. 사냥감은 그 안 깊숙한 곳에 있었다. 건물 아래의 복잡한 터널로 향하고 있는 게 분명했다. 일부 통로는 표면 한참 아래까지 이어졌다. '돈 키호테'호의 센서가 감지할 수 있는 범위 밖이었다.

　면적이 너무 좁아서 우주선을 착륙시킬 수는 없었다. 어떻게 하면 목표물의 길을 막을 수 있을까? 인간 형태의 외계인이 일단 미로 속으로 들어가 버리면 군대가 있어야 밖으로 끌어낼 수 있을 터였다. 하지만 그에게는 군대가 없다.

"건물 높이가 얼마지, 키어스틴?"

"약 구십 미터요."

지그문트는 주머니에 수류탄을 채운 다음, 도약 원반을 집어 들었다.

"좋았어. 길 위에 최대한 가깝게 떠 있어 주게."

에릭의 눈이 휘둥그레졌다.

"전투 장갑복을 입었건 안 입었건 구십 미터는 못 뛰어내려요!"

"안 그럴 거네."

지그문트는 에어록을 비상 수동 전환으로 돌렸다.

"에르오, 지상에 있는 입구를 전부 태워 버릴 준비를 하세요."

바깥쪽 해치가 열리고, 저격수들이 사격을 개시했다.

전투 장갑복을 이루는 나노 섬유가 단단해지면서 조그만 총알의 충격을 분산시켰다. 총을 맞는 느낌은 거의 들지 않았지만 입에서 절로 욕이 튀어나왔다. 지그문트는 도약 원반을 수십 미터 아래에 있는 거리 위로 떨어뜨렸다. 요란한 소리가 나고 도약 원반이 뒤집힌 채 땅에 떨어졌다. 두 번째 원반도 마찬가지였다. 세 번째만 똑바로 떨어졌다.

이제 퍼페티어가 이 물건을 얼마나 잘 만들었는지 확인할 시간이었다. 에어록 갑판에는 도약 원반이 하나 더 남아 있었다.

손에 순간 이동 제어장치를 든 채 지그문트는 원반 위로…….

그리고 거리에 다시 나타났다.

그는 등을 가로지른 멜빵에 도약 원반을 쑤셔 넣고 연기가 솟아오르는 울퉁불퉁한 건물 입구로 뛰어들었다.

사방에서 폭발이 일어났다. 가까운 곳에서 터질 때는 궁전이 흔들렸다. 폭발음 사이사이로 드라르가 외치는 소리, 소형 화기의 발사음, 벽체가 삐걱거리는 소리가 들려왔다. 그리고 알 수 없는 쉭쉭 소리가 이어졌다.

전투 장갑복의 통신 장치가 드라르가 쓰는 대역 너머의 주파수를 감지했다. 신호의 발원지는 꾸준히 방위가 바뀌었다. 추적자의 모습을 볼 수는 없었지만, 스스스폭은 쫓기고 있다는 것을 알았다.

그는 계단을 뛰어 내려갔다. 지금만큼은 하인들과 닮았으면 좋겠다는 생각이 들었다. 날개가 있으면 난간을 뛰어넘어 순식간에 활공해 내려갈 수 있을 텐데.

그래도 이제 지하 무덤에 거의 도착했다.

빌어먹을! 인간 형태의 외계인이 거의 지하에 도착했다.

"에르오, 진로를 막을 수가 없습니다."

지그문트는 앞쪽 복도 교차로를 향해 섬광탄을 던졌다. 눈이 부셔서 비틀거리는 원주민을 무시하고 뚫고 지나갔다. 등 뒤 먼 곳에서 총소리가 들렸다. 에릭의 마비 총 소리도 섞여 있었다.

"아직 센서 범위 안에 있어요. 당신 쪽으로 몰아 보지요."

에르오가 말했다.

어떻게 몬다는 거지?

지그문트의 의문은 곧이어 들려온 귀가 먹먹해지는 소리로 해소되었다. 레이저가 돌과 나무, 금속을 증기와 가루로 만들고 있었다. 연소성 먼지와 가스가 폭발했다. 먼지와 자갈이 등에 짊어진 도약 원반에 부딪쳤다. 천장 일부가 무너지면서 신발 아래 바닥이 흔들렸다.

　지그문트는 통신기에 대고 소리쳤다.

　"건물이 그자를 깔고 통째로 무너져 버리면 안 됩니다."

　에릭과 나 역시.

　금이 간 들보와 석판이 계단 위로 비처럼 쏟아져 내렸다. 순식간에 터널로 가는 길이 막혀 버렸다. 궁전이 신음을 냈다.

　그의 머리만 한 화강암 더미가 계단 벽에 튕기며 헬멧으로 날아들었다. 스스스폭은 그대로 굳어졌다. 굳은 몸을 겨우 억지로 풀었을 때는 움직이는 전파원 두 개가 훨씬 강해져 있었다. 더 가까워졌다.

　너무 가까웠다.

　전투 장갑복을 입은 이족보행체二足步行體가 모퉁이 너머로 사라졌다.

　지그문트는 외쳤다.

　"보입니다! 에르오, 우리 쪽으로 몰아요."

　대답 대신 석벽이 폭발했다. 루비처럼 붉은 빛이 석벽 속에서 밝게 비쳤다. 바이저가 작열하는 빛에 반응해 거의 불투명하게 변하고, 눈에서 눈물이 났다. 아무것도 보이지 않았다.

그때, 무엇인가 지그문트를 쳤다. 충격으로 몸이 비틀거렸다. 전투 장갑복이 아니었다면 몸이 두 동강 날 뻔한 타격이었다. 에릭이 마비 총을 쏘는지 베이컨을 굽는 듯한 소리가 들렸다. 마비 총은 전투 장갑복을 통과하지 못했다. 빌어먹을! 이어서 수류탄 터지는 소리가 들렸다.

"레이저를 꺼!"

지그문트가 외쳤다.

이글거리던 빛이 사라지고 바이저가 투명해졌다. 눈을 깜빡여 눈물을 떨궈 내자 외계인이 에릭에게 달려드는 게 보였다. 뒤에서는 무장한 원주민 수십 명이 달려오고 있었다.

지그문트는 주머니에서 역장 발생기를 꺼내 켠 뒤 있는 힘을 다해 던졌다. 던지는 게 너무 늦지 않았다면 그리고 저 전투 장갑복이 충분히 단단하다면…….

갑자기 밝아진 빛 때문에 바이저가 검게 변했다. 스스스폭은 몸을 돌려 왔던 길로 향했다. 그 길은 마음속에 선명했다.

모퉁이를 돌자 빛이 약해졌다. 바이저가 조금 투명해지고 팩보다 키가 좀 더 큰 무장 이족보행체가 보였다.

스스스폭은 최고 속력으로 돌진해 한 놈을 옆으로 날려 버렸다. 그리고 두 번째 놈에게 거의 다가갔을 때, 쿵 소리와 함께 뭔가가 헬멧 뒤통수를 때렸다. 일순, 주변의 공기가 단단하게 굳어졌다.

무기력하게 앞을 향해 비틀거리던 스스스폭은 바닥에서 한 뼘 정도 높이에 그대로 멈춰 버리고 말았다.

"키어스틴, 주 에어록에 아직 도약 원반이 있나?"

지그문트가 외쳤다. 재수 없게 감시 카메라가 총에 맞지 않았다면 확인할 수 있을 것이다.

이번만큼은 행운이 따랐다.

"네, 있어요."

지그문트는 돌진해 오는 원주민의 앞쪽 천장을 향해 레이저를 발사했다. 돌이 무너져 내리고, 원주민들은 돌아서서 도망쳤다.

"양쪽 해치가 전부 닫혔는지 확인하게."

"했어요."

사로잡힌 외계인은 호박 속에 갇힌 벌레처럼 땅 위에 떠 있었다. 역장 발생기도 역장에 갇힌 채 포로 위에 떠 있었다.

역장은 에너지를 먹는 귀신이었다. 구속장을 계속 유지하다가는 삼십 분 안에 배터리가 다 소모될 터였다. 포로가 움직이려고 애를 쓰면 더욱 빨리 닳을 것이고.

뉴 테라에 오기 전의 삶에 대해 반쯤 남아 있는 기억이 지그문트의 목덜미 털을 곤두서게 만들었다. 빌어먹을. 이 생물은 뭐지? 적들 중 하나인가? 전투 장갑복을 입은 상태에서도 고블린처럼, 인간의 형태를 왜곡시켜 놓은 것처럼 생겼다.

지그문트는 답을 원했다. 이 생물이 답을 알려 줄 것이다.

"에릭, 판이나 막대기를 찾아보게. 옷걸이나 부서진 가구 아무거나 상관없어. 튼튼하고 백팔십 센티미터만 넘으면 되네."

에릭이 고개를 끄덕이고 자리를 떴다.

지그문트는 등 뒤에서 도약 원반을 꺼내 움직이지 못하는 외계인 근처 바닥에 내려놓았다. 원반을 역장 가장자리로 밀자 전투화 안에 있는 발가락이 따끔거렸다.

"키어스틴, 팔십 미터 상공으로 올라가게. 속도를 지상 속도와 똑같이 유지하고."

그녀가 뭔가 질문을 하려다가 만 듯 잠깐 침묵이 감돌았다.

"상승."

최고 가속도로 올라가면 일 분밖에 걸리지 않을 터였다.

"상승. 감속 중. 상승. 팔십 미터, 확인. 추진기로 정확히 도시 위에 떠 있어요."

"포로를 보내겠네. 이론대로라면 움직이지 못할 거야. 만약 움직이면 에어록 밖으로 날려 버리게. 주저하지 말고."

지그문트의 말에, 키어스틴이 응답했다.

"스위치에 손가락 올려놓고 있어요."

끽끽거리는 소리가 에릭이 돌아왔음을 알렸다. 다시 나타난 에릭은 단단한 판자 두 개를 붙잡고 있었다. 판자 반대쪽 끝은 돌바닥에 그대로 끌렸다.

지그문트가 판자 하나를 붙잡았다.

"포로를 벽 쪽으로 옮길 거네. 자네가 포로를 잡아 두고 있는 동안 내가 아래로 도약 원반을 밀어 넣지."

"알겠습니다."

에릭은 자기 판자를 들어 역장 안으로 집어넣었다. 역장이 그 한쪽 끝을 붙잡아 고정했다. 지그문트도 그대로 했다. 불길한 신음, 점점 심하게 쏟아져 내리는 먼지와 파편 속에서 그들은 외계인을 원하는 위치로 밀었다.

도약 원반을 아래로 밀어 넣으려면 외계인과 전투 장갑복을 함께 들어야 했다. 원반은 판자보다 약간 두꺼워서 계속 밖으로 빠져나왔다.

에릭이 판자를 내려놓고 농구공만 한 잡석을 굴려 역장 가장자리로 가져왔다. 그리고 그 돌을 받침점, 판자를 지렛대 삼아 외계인을 일 센티미터쯤 들어 올렸다. 그가 끙끙거리며 말했다.

"지금요."

지그문트는 판자를 이용해 도약 원반을 아래로 밀어 넣었다. 에릭의 판자가 부러지고 포로가 떨어지면서 도약 원반을 고정시켰다. 완전히 중앙은 아니었다.

다시 끔찍한 소리와 함께 복도 천장 일부가 무너져 내렸다.

"전송 준비 완료."

지그문트가 통신으로 말했다. 포로에게 운이 따르지 않는다면 팔이나 다리 하나는 남겨 두고 갈지도 몰랐다.

"그쪽은 어떤가?"

"움직이면 에어록 밖으로 날려 버리라고 하셨죠?"

키어스틴이 확인하듯 물었다.

"그래야 하는지는 물어볼 필요 없이 자네가 판단하게. 안전이 최우선이네."

지그문트는 반론이 있을까 잠시 기다렸지만, 없었다.

"셋까지 세지."

그는 장갑 낀 손에 순간 이동 제어장치를 들고 엄지손가락을 전송 버튼 위에 올려놓았다.

"조심하게, 키어스틴."

"알겠습니다."

"하나, 둘, 셋."

외계인의 몸 전체가 사라졌다.

"전송 완료!"

키어스틴이 외쳤다.

"단단히 굳어 있어요. 두 분은 어때요?"

화물칸에는 짐을 싣고 내리기 편하도록 갑판 일체형 도약 원반이 있었다. 지그문트는 순간 이동 제어장치로 이곳의 원반과 '돈키호테'호 보조 화물칸의 원반이 이어지도록 설정했다.

"먼저 가게, 에릭."

에릭이 도약해 사라졌다.

이십 분, 더도 말고 이십 분이면 배터리가 다 닳고 구속장이 사라질 터였다. 그 안에 포로를 좀 더 보안이 철저한 곳에 데려다 놓아야 했다. 아니면 에어록 밖으로 날려 버리든가. 대답을 들을 희망도 함께.

"장관님, 빨리 오세요!"

에릭이 외쳤다.

지그문트는 원반 위로 올라섰다. 도약 원반이 작동하는 순간 마지막으로 눈에 들어온 것은 석조 구조물 전체가 내려앉는 모습이었다.

6

스스스폭은 무력하게 공중에 떠서 굳은 채로 생각에 잠겼다.

팩 이외의 우주여행 종족. 코슈바라가 그를 깨우는 게 늦었거나, 저들의 우주선이 들키지 않고 말라에 접근한 모양이었다. 만약 후자라면, 이 외계인들은 핵융합 이외의 추진 기술을 갖고 있는 게 분명했다.

세세히 따져 물을 시간은 없었다. 이제는 그럴 수도 없게 되었다. 있는 힘껏 용을 써 보았지만 역장 때문에 말은커녕 혀로 통신기를 조작할 수도 없었다. 보이지 않는 구속장은 숨 쉬는 것조차 힘들게 했다.

드라르 궁전 지하의 축축한 석벽 그리고 외계인과 마주치고 구속장에 걸려든 일이 떠올랐다. 느낌으로는 불과 조금 전의 일 같았다. 어떻게 여기 와 있는 걸까? 여기는 어딜까?

스스스폭은 여러 가지 가능성을 나열해 보았다. 외계인의 무기에 의해 마비됐을 가능성이 있었다. 그 때문이거나 혹은 다른 이유로 의식을 잃었던 것이다. 하지만 아니었다. 헬멧 시계는 시간이 조금밖에 지나지 않았다고 고집스럽게 주장하고 있었다. 그렇다면 어떤 방법으로든 순식간에 이동한 것이다. 이 외계인에게는 순간 이동 기술이 있다! 그 기술을 획득해야만 한다.

그를 생포한 자들에게는 기술이 있었지만, 약점 또한 있었다. 부주의하게 자신들이 보유한 기술을 드러내고 만 것이다. 아니면 그가 무엇을 알아내든 결코 살아서 사용할 수 없으리라는 확신이 있거나…….

스스스폭은 얼굴을 아래로 한 채 떠 있었다. 금속은 아닌데 광채가 나는 재질로 된 표면이 바이저에서 한 뼘 정도 아래에 있었다. 곁눈질로 옆쪽을 보니 사방이 막혀 있는 것 같았다. 왼쪽과 오른쪽에는 특별한 형태가 없는 벽이 있었다. 그는 어렵사리 앞쪽 벽의 해치와 제어판의 아랫부분을 알아보았다. 에어록에 있는 것 같았다.

배 아래쪽, 갑판 바로 위에는 얇은 원반이 있었다. 무엇에 쓰는 거지? 스스스폭은 목을 구부릴 수 없었지만, 간신히 눈을 돌렸다. 그리고…….

단절!

스스스폭은 좀 더 금속에 가까운 갑판과 얇은 원반 위 허공에 떠 있었다. 하지만 사방의 벽이 더 물러나 있는 다른 방이었다. 창고 종류 같았다. 외계인에게 순간 이동 기술이 있다는 확실한 증거였다.

역장이 사라졌다.

전투 장갑복이 바닥에 부딪치면서 나는 소리를 들으니 갑판은 금속과 플라스틱의 복합물 같았다. 뭔가 산소통에 부딪친 뒤 바닥에 떨어졌다. 그는 주먹 크기의 그 물체를 집어 들어 전투 장갑복 주머니에 넣었다. 나중에 조사해 볼 생각이었다.

스스스폭은 일어섰다. 전투 장갑복의 무게가 확연히 느껴질 만큼 가벼웠다. 이곳의 중력이 팩홈보다 작은 걸까? 근육이 이미 말라에 적응한 상태였기에 확신할 수는 없었다.

그는 감방을 살펴보기 시작했다. 있는 거라곤 빈 캐비닛과 선반, 단단하지만 비어 있는 금속 상자 그리고 원반뿐이었다. 감방의 한 면은 굽어 있고, 커다란 해치 하나가 거의 전부를 차지하고 있었다. 화물칸인 것 같았다. 해치에 달린 투명한 사각형이 무정형의 어두운 공간을 보여 주었다. 우주 공간이고 천장 불빛 때문에 별이 보이지 않는 걸까? 아니면 그냥 밤이거나.

스스스폭은 해치로 다가갔다. 음울한 붉은 별이 시야에 들어왔다. 더 가까이 가자 둥글게 굽은 행성 표면이 보였다. 대기가 구름으로 얼룩져 있었다. 말라였다. 이 고도에서는 드라르가 해 놓은 일이 맨눈으로 보이지 않았다.

스스스폭은 혀를 내밀어 헬멧 통신기를 켰다. 코슈바라가 뭔가 쓸모 있는 것을 알아냈을지도 몰랐다. 하지만 잡음뿐이었다. 전파방해였다.

갑자기 툭툭 치는 소리가 들렸다.

스스스폭은 우주선으로 연결되는 작은 해치 쪽으로 재빨리 고개를 돌렸다. 걸쇠나 손잡이 혹은 키패드가 있었을 법한 곳에 금속판이 용접되어 있었다. 조그맣게 나 있는 창 너머로 창백한 달걀 모양이 보였다.

얼굴이었다. 기괴하게도 눈은 양육자를 닮았다. 하지만 나머지는 전부 달랐다. 이마는 경사진 대신 수직이었고, 코는 너무 두드러졌다. 안쪽으로 쑥 들어간 턱은 혼란스러울 정도로 짧았다. 드라르는 이질적으로 보일 정도로 팩과 많이 다른데, 이 외계인은…… 거부감이 들 정도로 비슷했다.

두드리는 소리가 좀 더 들렸다. 신경질적인 느낌이었다. 창문에 달걀형 얼굴 대신 뭔가 네모난 물건이 보였다.

스스스폭은 가까이 다가갔다. 창문 바깥의 물건은 디스플레이 장치였다. 움직이는 영상을 보여 주었다. 대부분은 예의 그 양육자와 꽤 다른 존재가 움직이는 모습이었고, 나머지는 애니메이션이었다.

무슨 뜻인지는 명확했다. 보호복과 옷을 벗어라.

스스스폭은 전투 장갑복 아래에 주머니가 많은 다용도 조끼만 입고 있었지만, 포획자들은 드라르처럼 뭔가 더 입고 있는 게 분명했다. 그는 소지한 물건을 전부, 원반과 아까 주운 주먹 크기의 물체까지 상자 안에 넣어야 했다. 그런 다음 손을 깔고, 뒤꿈치를 엉덩이에 단단히 붙이고, 무릎은 벌리고, 머리를 무릎 사이에 넣고, 등을 큰 해치에 대고 앉아야 했다. 일단 저항할 수 없게 되면, 전투 장갑복을 입고 무기를 든 외계인이 들어와 상자를 가져갈 터였다.

헬멧 센서에 따르면 공기 중에는 질소와 산소 그리고 약간의 이산화탄소가 있었다. 호흡에 무리가 없을 터였다. 포획자들은 그가 말라의 대기에서 호흡할 수 있다는 결론──옳았다──을 내렸을 테고, 공기는 그와 충분히 비슷했다. 하지만 큰 해치가 열린다면 화물칸 안의 공기는 빠져나갈 것이다. 그리고 전투 장갑복에 달린 자석 신발이 없다면 우주로 날아가 버리게 된다.

만약 스스스폭이 포획자들의 명령을 무시하고 전투 장갑복을 벗지 않는다면? 애니메이션으로 만든 지시 사항에는 그 내용도 담겨 있었다. 잠시 동안 역장이 다시 생겨날 테고, 그는 협조할 기회를 한 번 더 얻을 수 있었다. 아마도 협조하거나 전투 장갑복의 산소가 다 떨어질 때까지 그 상태가 유지될 터였다.

세 번째 선택지가 필요했다.

스스스폭은 원반을 집어 들고 살펴보았다. 중요한 물건이 분명했다. 아니면 외계인들이 상자에 넣으라고 하지 않았을 것이다. 에어록에 있던 원반과 이곳에 있는 또 다른 원반. 아니, 똑같은 원반인가? 어느 쪽이든, 원반은 외계인의 순간 이동 기술과 관련이 있어 보였…….

스스스폭은 숨을 몰아쉬었다. 순식간에 몸무게가 세 배가 되었다. 인공중력이었다. 팩의 램스쿠프 우주선과 마찬가지였지만, 가속 때문에 생긴 게 아니라 벌을 주는 용도였다. 서보모터[*]가 조정되었다. 하지만 전투 장갑복 안에서는 근육이 계속 땅겼다. 느껴지는 중력도 계속 증가했다. 계속, 계속…….

스스스폭은 원반을 놓았다. 원반이 갑판 위에 떨어졌다. 그 소리에 귀가 울렸다. 곧 중력이 약해졌고, 그는 다시 정상과 비슷한 몸무게로 돌아갔다.

---

[*] servomotor. 제어 대상이 되는 장치의 입력이 임의로 변화할 때 출력을 미리 설정한 목푯값에 이르도록 자동적으로 제어하는 서보 기구를 돌리는 모터.

짜부라지다가 질식하거나, 협조하는 모습을 보여 주거나. 어려운 결정은 아니었다. 스스스폭은 헬멧을 벗었다.

악취!

끔찍한 존재, 야만스러운 존재가 이 우주선에 살았다. 스스스폭은 한 번 들이마시는 것으로 냄새를 두 유형으로 나누었다. 하나는 드라르처럼 완전히 낯선 냄새였다. 그 냄새는 공존할 수 있었다. 하지만 전혀 생소하지만은 않은 다른 악취는 두 손으로 살을 찢어 버리고 싶을 지경이었다.

간신히 느낄 수 있을 정도였지만, 지배적인 악취는 결함이 있는 팩 유아를 떠올리게 했다. 어딘가 이상한 그 악취는 수백만 년 동안 돌연변이의 탄생을 소멸시키는 반사 신경을 자극했다. 어떻게 된 일인지는 모르겠지만, 이들은 팩의 돌연변이였다.

스스스폭은 억지로 주먹에서 힘을 빼면서 헬멧을 내려놓고 전투 장갑복을 벗었다. 대항할 기회는 올 것이다.

포로가 헬멧을 벗자 지그문트는 움찔했다.

저 눈! 너무나 인간과 비슷했다. 하지만 인간 기준으로는 머리가 괴상했다. 머리 꼭대기의 뼈로 된 돌출부와 머리털의 부재 등 형태가 괴상했고, 몸에 비해 너무 컸다. 피부는 질겨 보였다. 얼굴에는 입술이나 잇몸이 없었다. 단단하고 거의 평평하며 이빨이 없는 부리뿐이었다.

지그문트는 홀로그램을 통해 포로를 지켜보고 있었다. 임시로 만든 감방에는 광섬유 몇 개밖에 들어가지 않았다. 임시로 설치한 구속장 발생기의 배터리가 다 닳기 전까지 보조 화물칸을 비우고 감시용 케이블을 까는 데 시간이 부족했다. 능동 감시 장치는 없었다. 그런 장치는 역으로 이용당할 가능성이 있었다.

"괜찮으세요, 장관님?"

키어스틴이 물었다. 그녀는 지그문트와 함께 복도에, 홀로그램 반대편에 서 있었다. 나머지 승무원들은 각자 위치에서 보고 있었다.

"속이 안 좋으신 것 같아요."

지그문트는 기시감에 붙잡혀 몸을 떨었다. 자기 의심이 잘못된 것이기를 바랐다.

"잘 모르겠네."

감방 안에서는 포로가 전투 장갑복을 벗기 시작했다. 압력복 안의 모습은 인간과 비슷했지만, 전체적인 형태뿐이었다. 중력장을 익히고 난 후로는 활기찬 동작으로 옷을 벗었다.

가슴은 얼굴처럼 납작하고 질긴 가죽 같았다. 몸이 더 많이 드러날수록 인간형이라는 게 더 명확하게 보였다. 관절의 위치는 인간과 같았다. 다만 관절이 심하게 컸다. 팔꿈치는 소프트볼만 했다. 마디가 큰 손가락은 마치 호두를 이어 붙여 놓은 것처럼 생겼다. 손가락에는 손톱이 없었지만, 끄트머리에 숨길 수 있는 손톱이 달린 것 같았다.

남자가 아니었다. 여자도 아니었다. 중성. 포로의 사타구니에는 성기가 없었다.

손이 떨렸다. 지그문트는 떨리는 손을 억지로 멈췄다.

"무슨 일입니까?"

베데커가 통신기로 물었다. 물론 안전하게 잠긴 선실 안에서였다.

그러나 지그문트는 누구도 안전하지 않다고 생각했다. 지브스에게 화물칸 해치를 열고 공기를 빼 버리라고 명령하고 싶은 것도 간신히 참았다. 포로가 무슨 말을 해 줄 수 있을지 들어 봐야 했다.

그는 이전의 삶에서 저와 같은 존재를 본 적이 있었다. 이미 미라가 된 상태이긴 했지만. 의외로 그곳은 워싱턴의 스미스소니언협회*였다.

지그문트는 숨을 깊이 들이마셨다.

"우리 적이 누군지 알 것 같습니다. 좋지 않군요."

7

"침입자가 태양계에 들어온 건 2125년이었습니다."

지그문트가 말했다. 하지만 지구의 달력은 지브스와 그에게만 의미가 있을 뿐이었다.

"오백 년도 더 전이죠."

정확히는 지구력으로 오백오십 년 전이었다. 물론 그와 AI의

---

* the Smithsonian Institute. 영국의 화학자이자 광물학자인 스미스슨J. Smithson의 뜻에 따라 인류의 지식 증진과 보급을 도모하기 위하여 1846년에 설립된 특수 학술 연구 기관.

기억에 있는 구멍을 고려하면 '정확히'라는 말은 웃어넘길 수도 있었다. 네서스는 지그문트가 뉴 테라에서 깨어나기 전에 정지장에서 얼마나 오랜 시간을 보냈는지 묻는 질문에 끈질기게 답변을 거부했다. 그가 할 수 있는 최선의 추측에 따르면 현재 지구는 2675년일 터였다.

키어스틴, 에릭, 베데커는 휴게실의 각자 으레 앉는 자리에 앉아 지그문트의 말을 듣고 있었다. 지브스는 포로를 감시하면서 들었다. 더 이상 함교에 있는 척하지 않았다.

그워스는 거주 공간에서 참여했다. 스스로 선택한 걸까, 아니면 길이 막혀서 그런 걸까? 지그문트는 죄책감을 느끼며 궁금해했다. 에르오가 도와주지 않았다면 포로는 결코 잡을 수 없었을 것이다. 그런데 지그문트는 그워스를 화물칸에 가둬 버리지 않았던가.

그워스는 자신들이 갇힌 걸 알까? 지그문트는 마땅히 알아야 했지만, 그렇지 못했다. 양쪽 모두 세심하게 신경을 써 가며 화물칸에 센서를 숨기거나 찾아내는 일, 무력화하는 일에 대해 절대 언급하지 않았다. 지그문트가 뉴 테라에서 퍼페티어와 벌이던 '고양이와 쥐' 게임이나 마찬가지였다. 다만 '돈키호테'호에서는 쥐——즉, 그워스——가 유리해 보였다.

지그문트는 잔을 꼭 쥐었다. 커피를 마시려고가 아니라 손을 떨지 않기 위해서였다. 2125년. 하지만 실제로 이야기는 그보다 훨씬 전에 시작되었다.

"인간은 뉴 테라 토착민이 아닙니다."

지그문트는 키어스틴과 에릭 쪽을 돌아보았다.

"자네들은 쭉 알고 있었지. 그런데 원래 인간은 지구 토착민도 아니었네."

"뭐라고요?"

키어스틴와 에릭이 거의 한목소리로 외쳤다. 관현악단이 일으키는 불협화음 같은 베데커의 반응 역시 마찬가지로 놀랐음을 알려 주었다.

"2125년이 바로 몇몇 사람들이 그 사실을 알게 된 해죠."

지그문트는 과거에 본 적이 있는 외계인 미라를 떠올렸다. 아주 먼 곳에서, 아주 오래전에.

"지브스, 그 사건에 대한 기록을 갖고 있나?"

— 제가 생각하는 사건이 그 사건이 맞다면, 거의 없습니다.

휴게실 탁자 위에 홀로그램이 나타났다. 무릎과 팔꿈치 관절이 큰 공처럼 생긴 우주복이 전시된 모습이었다. 포로가 입고 있는 옷과 거의 비슷했다.

— 2125년에 심우주에서 외계 우주선이 나타났습니다. 램스쿠프 우주선이었습니다. 고리인과 국제연합은 그 안에서 오래전에 죽은 조종사인 듯한 외계인을 발견했습니다. 우주선의 장비는 최종적으로 스미스소니언에 기증되었습니다. 당국은 조종사의 시체를 소멸시켰습니다. 병원균이 있어서 우주선을 포획한 사람 몇 명이 죽었기 때문입니다. 다만 조사를 위해 난파선은 따로 보관했습니다.

그건 '긴 통로'호와 지브스가 지구를 떠난 지 한참 뒤까지 대중에게 공개된 전체 이야기였다. 대중에게 뭔가 이야기를 해 주긴

해야 했다. 외계인 우주선은 자기단극[*]을 이용했다. 우주선이 도착하자 태양계 전체의 자기단극 감지기가 발동했던 것이다.

비슷한 방문자 없이 수 세기가 지나자 당국은 어느 정도 안심했다. 그들은 외계인 사체를 소각한 게 아니라 격리해 두고 있었다는 사실을 인정했다. 스미스소니언은 죽은 조종사의 사체도 전시하게 되었다.

지그문트가 살던 시절에도 그게 태양계의 대중에게 알려진 전부였다. 하지만 그는 아무 의심 없이 믿는 다수가 아니었다. 그는 지역 군사 연합, 국제연합이 다소 겸손하게 이름 붙인 경찰/군사/정보 조직에 속해 있었다. 키어스틴과 에릭도 그의 과거에 대해 그 정도는 알았다. 그가 과거에 대해 이야기하기 싫어한다는 것도. 지그문트는 심지어 페넬로페에게조차 그보다 조금 더밖에 이야기하지 않았다. 고통스러운 기억이 너무도 많이 떠올랐기 때문이다.

지그문트는 지금 그때 이야기를 하고 있었다.

지그문트 아우스폴러는 그저 평범한 ARM이 아니었다. 외계 사무국의 고위 멤버였다. 그래서 그렇게 오랜 시간 동안 퍼페티어를 추적했던 것이다. 네서스가 그를 추적했던 이유도 같았다.

외계 사무국에는 2125년 사건에 대한, 엄중하게 기밀로 분류된 광범위한 자료가 있었다. 지그문트는 마침내 보안 등급이 거기까지 올라갔을 때 그 자료를 확인해 본 기억이 났다. 흥미로운

---

* magnetic monopole. 전하를 지닌 소립자에 대응하여 양이나 음의 자기를 가진 물질 요소. 아직 그 존재가 발견되지 않은 이론적 입자.

사건이었지만, 역사 속의 일 같았다. 아주 오래된 역사 속의 일.

이제야 지그문트는 그때 좀 더 철저하게 살펴봤으면 좋았을 것이라고 후회했다.

"대략 삼백만 년 전에 세대선* 한 척이 은하핵 근처 어딘가에 있는 행성을 떠났습니다. 그 우주선은 나선 팔spiral arms 한 곳으로 깊숙이 들어가다가 개척할 만한 세계를 하나 찾았죠. 승무원들은 스스로를 '팩'이라고 부르는 종족이었습니다. 그런데 그 개척지는 실패했습니다."

지그문트는 두 번째 홀로그램을 띄웠다. 임시 감방 안에서 포로가 끊임없이 움직이고 있었다. 포로와 박물관에 있는 우주복이 일치한다는 사실을 부정할 수는 없었다.

천천히 오락가락하는 인간은 자기 발길을 그대로 따라 움직이려는 경향이 있다. 그러나 포로는 한 바퀴를 돌 때마다 조금씩 경로를 바꿨다. 매번 감방을 조금 다른 시점에서 볼 수 있고, 앞서 걸었을 때 놓친 점을 볼 가능성이 생길 터였다.

지그문트와 에릭—베데커는 너무 겁을 먹어서 돕지 못했고, 키어스틴은 빠진 팔을 다시 끼웠지만 오토닥에서 몇 시간 보내고 나서야 나아졌다—이 황급히 화물칸을 비우다가 뭔가 부주의하게 남겨 둔 게 있을까?

만약 그런 게 있다면 포로가 발견할 터였다. 그리고 자신들을 상대로 사용할 터.

---

* generation ship. 광속보다 느린 속도로 여행하는 우주선. 속도의 한계로 인해 최초의 탑승자는 여정 동안 늙어 죽고 후손들이 대를 이어 여행을 계속한다.

"지구에는 그 '팩'이라는 고대 종족에 대한 기록이 있다는 거로군요."

키어스틴이 반신반의하는 투로 말했다.

고생물학은 설령 개념을 명확하게 이해할 수 있다고 해도 키어스틴에게는 애매한 학문이었다. 뉴 테라 생명체의 시작은 모두 근래의 일이었으며 기록도 잘 되어 있었다. 허스산이든 지구산이든 전부 퍼페티어가 이식했다. 그 세계를 이용할 수 있도록 산소가 풍부한 대기를 만들어 준 원시 생물은 그 전에 퍼페티어가 네 번째 자연 보존 지역이 될 행성을 선단으로 가져오는 동안 성간 우주의 추위 속에서 사멸했다.

퍼페티어는 호기심이 없을 뿐 아니라 억압했다. 자신들이 제거해 버린 원시 생태계에 신경도 쓰지 않았고, 하인들이 죽은 과거처럼 쓸모없는 일에 시간을 소비하지 못하게 했다.

뉴 테라의 과학자들은 지그문트가 아는 다른 모든 인간들만큼이나 호기심이 왕성했지만 독립 이후에는 NP_4 이전 시기의 해저 미세 화석보다 훨씬 더 급한 문제 때문에 신경 쓸 수 없었다. 사라진 조석 현상을 극복해 현재의 생태계를 건강하게 유지하는 일 같은…….

갑자기 페넬로페가, 그녀의 미소와 우아함, 손길, 그 모든 것이 그리워졌다. 그리움이 끓어올랐다. 너무 오래 떨어져 있었어. 지그문트는 갈망을 옆으로 밀어 놓고 집중하려고 애썼다. 그 누구보다도 페넬로페를 위해서.

그런데 뭔가 거슬리는 게 있었다.

화석. 생태. 팩……

"시뻘건 이빨과 발톱을 지닌 자연[*]."

지그문트가 중얼거리자, 키어스틴이 이상하다는 듯 쳐다보았다. 베데커는 몸을 떨었다.

그 문구를 어디서 봤더라? 지그문트는 기억이 나지 않았다. 네서스가 기억을 주물러 놓아서인지, 시간이 오래 흘러서인지.

— 테니슨입니다. 출처는…….

지브스가 말했다.

하지만 어떤 시인지는 중요하지 않았다. 마침내 지그문트는 더 깊숙한 문제를 끄집어냈다.

뉴 테라에서 가장 뛰어난 과학자도 진화를 파악하지는 못했다. 물론 머리로는 이해했다. 하지만 느끼지 못했다. 마음속으로 느끼지를 못했다.

당연하지 않은가? 뉴 테라의 생물권은 너무 젊었다. 아주 작은 규모, 작물과 곤충 개체수의 미세한 변동을 제외하고 아직 그들은 자연선택이 일어나는 모습을 보지 못했다.

팩을 움직이는 끔찍한 진화에 대한 압박을 그들은 결코 이해하지 못하리라.

키어스틴이 굳이 입 밖에 내지 않은 의문에 대답하자면.

그렇다. 지구에는 뼈의 잔해가 있었다. 키는 작았다. 성인이

---

[*] Nature, red in tooth and claw. 영국의 대시인 앨프리드 테니슨Alfred Tennyson의 'A. H. H.를 추모하며In Memoriam A. H. H.'에 나오는 시구. '맹위를 떨치는 흉폭한 자연', '치열한 다툼이나 경쟁'을 의미하는 경구로 자주 인용된다.

대략 일 미터 오십 센티미터 정도였다. 팔은 비정상적으로 길고, 이마는 뒤로 들어가 있었다. 뇌 용량은 기껏해야 현대 인류의 절반 수준으로, 간신히 지성을 지녔으리라 추정될 정도였다. 고생물학자들은 이들을 호모하빌리스라고 불렀다. 수백만 년에 걸쳐 이들은 호모사피엔스로 진화했다.

그리고 아니다. 지구에서는 이 개척자들이 의존하는 식물이 자라지 못했기 때문이다. 그들이 잡은 포로—두개골이 뒤로 불룩하게 튀어나와 도대체 얼마나 영리할지 감도 안 오는—와 같은 팩은 개척지에도 드물었다. 화석 중에도 없었다.

그런 세부 내용이 급한 건 아니었다. 지그문트는 키어스틴에게 고개를 끄덕여 보이는 것으로 대답을 대신하고, 본론으로 돌아갔다.

"개척지에서 조난신호를 보냈습니다. 한참 뒤에 우주선 한 척이 응답했습니다. 보급품을 실은 단독선으로, 조종사가 꼭……."

지그문트는 포로를 향해 몸짓했다.

"저렇게 생겼었죠."

베데커가 참지 못하고 말했다.

"그 우주선이 태양계에 도착한 게 2125년이군요. 그 사실은 대중에게 공개되지 않았고 말입니다."

지그문트가 또 고개를 끄덕였다.

"우리 모두에게 다행하게도, 잭 브레넌이라는 이름의 고리인 시골자가 다가오던 램스쿠프 우주선에 처음 도착했습니다. 우리가 팩에 대해 아는 것은……."

아니, 안다고 믿는 것이지.

"전부 브레넌에게서 배운 겁니다. 대중이 알고 있던 것과 반대로 램스쿠프 우주선 조종사는 확실히 살아 있었습니다. 그자가 브레넌을 포로로 잡았죠."

그 팩의 이름은 거의 자음으로만 되어 있었다. 지그문트는 기억할 수 있었다. 프스스폭Phssthpok, 아니면 그 비슷한 이름이었다. 물론 음역한 것이다. 아마도 정확하게 발음하기 위해서는 부리와 단단한 입천장이 필요한 듯했다.

"팩 우주선 안에서 브레넌은 외계 식물의 냄새를 맡았습니다. 적령기의 팩이나 인간은 '생명의 나무' 뿌리 냄새에 저항할 수 없습니다. 브레넌은 덩이줄기를 실컷 먹었죠. 그 뿌리에 공생하는 바이러스는 브레넌을……."

지그문트는 다시 한 번 홀로그램을 가리켰다.

"저렇게 바꿔 놓았습니다. 인간이 겪어야 할 삶의 최종 단계였기 때문이죠."

에릭이 홀로그램을 멈추고 천천히 돌리며 포로를 자세히 들여다보았다.

"저 커다란 관절 좀 보세요. 치료를 안 해서 세계 최악의 관절염이 된 것 같군요. 주름 잡히고 질겨 보이는 피부에, 이빨도 머리카락도 없고. 노인하고 비슷하네요."

지그문트는 들고 있던 커피를 마시며 생각을 정리했다.

"정확하네. 우리가 노인이라고 생각하는 건 몸이 변화에 실패한 결과지. 성공적으로 변하려면 숙주의 유전 코드에 레트로바이러스[*]를 심어야 해. 그러면 피부가 전투 장갑복 같아지고 근육량이 늘어나면서 그걸 다룰 수 있게 뼈와 관절이 커지지. 그리고 다른 변화도. 가장 중요한 건 뇌가 엄청나게 커진다는 거네. 고대의 개척지가 실패한 건 '생명의 나무'가 지구에서 제대로 자라지 않았기 때문이야. 자라긴 했는데, 공생하는 바이러스가 살지 못했지. 바이러스가 없으면 성인 개척민들은 절대 삶의 세 번째 단계에 도달하지 못해."

지그문트는 홀로그램을 가리키며 말을 이었다.

"저렇게 말이야. 브레넌이 찾으려 했던 화물은 '생명의 나무' 씨앗과 그게 제대로 자라는 데 필수적인 미량원소였네. 만약 그가 옳다면, 최종 단계에서는 천오백 년을 살 수 있지."

극히 드문 팩만 그럴 수 있었다. 문제는 거기에 있었다. 진화 압력. 빌어먹을! 지그문트는 동료 승무원들을 이해시킬 수 있을지 의심스러웠다. 하지만 믿게 만들어야 했다.

"그래서 브레넌이…… 저렇게 됐단 말입니까?"

에릭이 못 믿겠다는 투로 말했다.

"그게 핵심이네."

진화를 이해한다면, 브레넌이 바뀌었다는 건 인간과 팩이 가까운 친족 관계임을 나타내는 강력한 증거가 된다. 그래도 호모 사피엔스가 조상인 호모하빌리스와 다른 것—일단 두 배나 되는 두뇌 용량부터—처럼 그다음 단계의 형태에도 차이점이 있

---

* retrovirus. RNA를 유전자로 가지는 종양 바이러스 무리.

었다.

"그러고 나서 그들은 이야기를 했네. 브레넌은 팩이 보통 인간보다 훨씬 영리하다고 했지."

변형된 브레넌은 그보다도 더 영리해졌다.

지그문트는 그 부분만은 입 밖에 내지 않았다. 그건 적의 두뇌를 앞설 방법을 암시했다. 하지만 희생이 너무 컸다. 팩이 사는 곳이 어디든 근처에는 '생명의 나무' 뿌리가 반드시 있을 터였다. 날다람쥐 세계 역시 물론이었다. 어쩌면 포로의 옷 안, 밀봉된 상자에도 비상식량으로 몇 뿌리가 있을지 몰랐다.

ARM은 장래의 비상 상황에 대비한 보험으로 프스스폭의 화물을 보관할 수도 있었다. 하지만 그 대신 파괴해 버렸다. 상황이 그렇게 절박해 보이지는 않았기 때문에 지그문트는 군이 다른 사람의 머릿속에 '생명의 나무' 뿌리를 먹는다는 가능성에 대한 생각을 심어 주고 싶지 않았다.

에릭은 신중한 표정을 하고 있었다. 의심하는 걸까? 화제를 바꿔야 했다. 지그문트는 숨을 깊이 들이마셨다.

"브레넌은 기회가 생기자 팩을 죽였습니다."

베데커가 경련하듯 갑판을 발로 찼다.

"팩은 당신 종족을 돕기 위해, 그들의 삶을 연장시키기 위해, 지성을 일깨우기 위해 은하계 먼 곳에서 날아왔습니다. 그런데 처음 만난 인간이 그를 죽였단 말입니까?"

그랬다. 왜냐하면 그게 바로 옳은 일이었기 때문에! 유일하게 옳은 일이었기 때문에!

오래전 그 당시 브레넌은 ARM과 고리 당국에 자신의 행동을 설명한 뒤 비웃듯이 구금된 곳에서 가볍게 탈출해 역사에서 사라졌다. 지그문트는 브레넌의 주장을 요약해서 들려주었다.

"삶의 마지막 단계는 수호자라고 부릅니다. 혈족을 보호하는 거죠. 목표가 그겁니다. 그게 전부랍니다. 수호자 자신은 불임입니다. 그들은 본능적으로, 끊임없이, 맹목적으로 가족을 위해 싸웁니다. 아무런 양심의 가책이나 주저 없이 경쟁 일족을 몰살시킵니다. 아마 프스스폭이 살아남았다면 지구도 그렇게 됐겠죠. 그리고 '생명의 나무'가 퍼진다면 어떤 인간 세계의 운명도 그렇게 될 겁니다."

그러나 브레넌은 자신의 아이들을 버렸다.

고리 당국은 브레넌의 가족에게 그가 외계인 우주선에 있던 음식에서 감염된 탓—일부는 진실이었다—에 죽었으며 안전을 위해 시체는 원자 단위로 소각했다고 말했다. 어쩌면 팩보다 뛰어난 지능 덕분에 브레넌은 수호자의 본능에 저항할 수 있었을지도 모른다. 아니면 —문득 떠오른 기이한 생각에 따르면— 아이들을 위해 사라진 것일지도.

브레넌의 부재가 가족을 도울 수 있었을까? 그의 부재가 아니었다면, 의도한 무엇인가가…….

베데커가 시끄러운 소리를 내며 폭발했다. 격분해서 날뛰는 듯한 리듬 없는 울음소리, 아무 음조 없는 거슬리는 소리에 지그문트는 정신이 산만해졌다.

베데커가 몸을 떨며 제정신을 되찾았다. 하지만 옆구리가 부들부들 떨리고 머리는 출구를 훔쳐보며 꿈틀거렸다.

키어스틴이 놀라운 듯이 말했다.

"일족 사이의 끊이지 않는 갈등이라……. 그래서 개척선이 온 뒤에 오랫동안 구조 시도가 없었던 거군요. 그런 여행을 준비하기 위해 자원을 모으면 주변의 다른 일족을 자극할 테니까요. 어쩌면 그래서 몇백만 년이나 지나도록 핵융합 우주선 이상으로 진보하지 못했나 보네요. 처음으로 듣는 좋은 소식이군요."

좋은 소식? 아니, 이해를 못 했잖아. 지그문트는 안타까웠다.

몇백만 년에 걸친 끊임없는 전쟁, 일족 간의 싸움. 몇백만 년에 걸친 자연선택. 전술적인 영민함, 뛰어난 전투 역량, 극도의 무자비함을 갖춰야 선택받는다. 몇백만 년에 걸친 진화로 탄생한 은하계 궁극의 전사! 그게 바로 겹겹이 쌓인 수백, 수천 척의 우주선을 타고, 시야에 들어오는 문명을 모조리 말살하며 뉴 테라의 목을 죄어오는 존재였다.

지그문트가 느낀 파멸의 심정을 모두에게 안겨 주어서 득이 될 게 무엇이 있을까? 이번에도 화제를 바꿀 시간이었다.

"설명은 이 정도로 됐습니다. 포로와 이야기하고 싶군요."

8

스스스폭은 감방 안을 이리저리 걸어 다녔다. 눈은 끊임없이 움직였다.

포획자들에게 있어 스스스폭의 유일한 가치는 그가 제공할 수도 있는 정보였다. 하지만 스스스폭은 절대 유용한 정보를 내주지 않기로 결심했다. 탈출하거나 혹은 죽는 것으로 팩에게 봉사할 수 있었다.

스스스폭이 감방 안을 계속 관찰한 건 눈속임이었다. 포획자들이 숨겨진 센서로 지켜보고 있으리라는 건 당연했다. 그는 오래전에 쓸모 있는 물건을 조사하는 일을 끝냈다. 정교한 부품으로는 전투 장갑복에서 꺼내 손바닥에 슬쩍 감춘 수리용 키트가 있었다. 몸체를 만들기 위해 빈 선반에서 너트와 볼트를 빼냈고, 빈 캐비닛에서 걸쇠 장치 부품도 찾았다. 방의 구석과 틈바구니에는 수도 없이 다양한 조각이 있었다. 전부 개별적으로는 무해한 것으로, 화물칸을 황급히 비웠음을 알려 주는 방증이었다.

스스스폭이 만들 물건을 작동시키는 데는 벽에 박혀 있는 자기 공진을 이용한 무선 전력 전송 장치를 쓸 수 있었다. 그리고 그 물건—뭐가 될지 모르지만—을 만드는 데 필요한 은밀함은 비어 있는 수납 상자가 해결해 주었다. 그 안은 감시자들이 볼 수 없었다.

잠깐밖에 보지 못한 에어록과 마찬가지로 이 감방 안의 모든 구동 원리는 기능상으로 명확했다. 단 하나의 뚜렷한 목적에 맞게 설계되었으며, 필요 이상의 재료들이 사용되었다. 포획자들은 드라르처럼 거의 개발되지 않은 세계에 사는 젊은 종족이 분명했다. 스스스폭은 손에 쥐고 있는 물건만으로도 다양한 것을 만들 수 있었다. 이제 그가 만들 것—다용도에, 조그맣고, 재료도 적게 들인─은 그런 원시인이라면 알아채지 못할 가능성이 높았다.

상황은 분명했다. 스스스폭은 탈출해서 우주선을 손에 넣을 것이다. 그리고 가능하다면 정보를 얻기 위해 포로를 붙잡을 것이다. 설사 포로를 붙잡지 못한다고 해도 우주선만으로 많은 정보를 얻을 수……

잡음이 끼어들었다. 복잡한 음조, 이해할 수 없으나 어딘지 불쾌하지만은 않은 말소리. 내벽 높은 곳에 달린 작은 격자창에서 나오는 소리였다. 스스스폭은 활용 가능한 재료 목록에 알 수 없는 유형의 음성 송수신기를 추가했다.

감방 입구 해치의 창에 붙어 있는 디스플레이장치에서 음성에 거의 맞춘 듯이 동영상이 깜빡였다. 전투 장갑복의 영상과 어떤 소리. 포획자들의 우주선 영상과 또 다른 소리. 마지막으로 스스스폭 자신의 영상이 나오고 소리는 없었다.

"스스스폭."

그는 순순히 이름을 알려 주었다.

그렇게 언어 학습이 시작되었다.

선실 안에서 홀로, 몸을 둥글게 만 채 부적절한 편안함을 느끼던 베데커는 몸을 떨었다. 무너져 버리기 전에 스스로 선실까지 온 건 놀라운 일이었다. 지그문트의 폭로는 베데커를 거의 마비 상태에 빠뜨릴 뻔했다.

팩은 다른 일족과 싸워 전멸시킨다! 팩은 스스로에 대해 거의 가치를 두지 않기 때문에 당연히 조금이라도 위협의 가능성이 보이면 일말의 주저 없이 공격한다. 실제로 그렇게 해 왔다. 행성 파괴탄으로 일으킨 그 모든 학살을 보라.

허스가 바로 그들의 앞길에 있었다.

뉴 테라가 사촌이라고 할 수 있는 팩과 공통의 대의명분을 세우고 허스를 저버릴 —혹은 배신할— 가능성이 있을까? 그렇게 볼 이유는 딱히 없지만, 그러지 않는다는 보장도 없지 않은가? 그렇게 하지 않는다면 인간이 어떻게 안위를 보존할 수 있겠는가?

베데커는 갖고 있는지도 몰랐던 내면의 힘을 발휘해 몸을 풀고 떨리는 발굽으로 일어섰다. 심문을 지켜보기 위해 홀로그램을 켰다. 팩만이 아니라 지그문트도 자세히 관찰해야 했다.

올트로는 한 줄기 의식으로만 심문을 지켜보았다. 팩이 해 줄지도 모르는 이야기는 물론 중요하지만 당장은 더 중요한 다른 일이 있었다.

스스스폭을 붙잡는 데는 순간 이동 장치가 쓰였다. 지그문트가 도약 원반이라고 부른 물건이었다. 하이퍼드라이브, 비생체 컴퓨터와 마찬가지로 순간 이동 역시 올트로의 '동맹'이 언급하지 않은 경이로운 기술이었다. 그런 기술이 그워스를 상대로 쓰일 수도 있다는 사실을 들키지 않으려고 한 걸까?

지금은 팩을 가둔 감방이 된 보조 화물칸에도 갑판에 도약 원반이 있었다. 그워스 거주 공간 아래에도 그런 원반이 있으리라고 추측하는 건 당연했다. 원반을 작동시키면 구멍이 뚫리고, 물이 빠지고, 그들은 천천히 고통스러운 죽음을 맞게 될 것이다.

하지만 이제 그워스는 도약 원반을 목격했다.

능동 음파 센서가 있으면 수조를 뚫고 아래에 있는 갑판을 조사할 수 있다. 실제로 도약 원반이 그곳에 숨겨져 있는지를 확인할 수 있을 것이다. 그런 센서는 거주 공간의 수문 작업장에서 쉽게 만들 수 있었다. 올트로는 의식의 다른 한 줄기를 음파 센서 설계와 제작으로 돌렸다. 그리고 또 다른 의식의 줄기로는 순간 이동이 어떻게 작동하는지 실마리를 찾기 위해 자료실을 뒤졌다.

그워스가 탑승을 허락받은 건 순전히 그들이 제공할 수 있는 도움 때문이었던 게 분명했다. 일이 그런 식으로 돌아간다면, 그워스 역시 스스로 할 수 있는 일을 해야 했다.

먼저 '돈키호테'호에 담긴 기술부터…….

전투 장갑복을 입은 지그문트는 굽은 복도를 성큼성큼 걸었다. 육중한 신발이 무거운 발소리를 냈다. 마치 긴 터널의 끝에 이르기라도 한 듯 눈앞에 단순한 해치 하나만 보일 때까지 그의 시야에 들어오는 세상은 흐릿했고 점점 작아지며 뒤로 물러났다.

문 뒤에서는 포로가 기다리고 있었다.

스스스폭은 그보다 영리했다. 훨씬 영리했다. 더 안 좋은 소식을 찾는다면, 수호자는 어느 인간보다도 강하고 빠르며 기민하다는 브레넌의 증언이 있었다.

편집증이 더 강하다는 것으로 어떻게든 보충해야 했다.

지그문트가 이 만남을 정신적으로 준비하는 몇 시간 동안, 뭔가 기억이 날 듯 말 듯 애를 먹었다. 그 기억은 아직도 손아귀에서 간신히 벗어나 있었다. 수호자가 된 브레넌이 가족을 버리고 떠났다는, 베데커 때문에 생각이 멈춰 버린 그 수수께끼는 아니었다. 하지만 뭔가 관련된 내용이었다. 마치 살짝 깨진 이빨처럼 기억이 지그문트를 괴롭혔다. 팩에 대해 그가 아는, 궁금해하는, 두려워하는 모든 게 머릿속에서 이리저리 뛰어다녔다. 자기 꼬리를 쫓는 고양이처럼. 그것은…….

프스스폭은 태양계에 오기 위해서 수백 년, 삶의 대부분을 영광스러운 단독선 안에서 소모했다. 가족이 있는 수호자라면 그런 일을 했을까?

지그문트는 거기서 멈췄다. 마침내 제대로 된 질문을 찾았다.

"장관님, 괜찮으세요?"

헤드셋에서 나오는 목소리가 방해했다. 키어스틴이 걱정스럽게 묻고 있었다.

지그문트는 조용히 하라고 했다. 기억이 아직…….

2125년 사건에 대한 기밀 자료에서 본 단편적인 기억이었다. ARM에서 괴물이 된 브레넌을 만났던 유일한 인물인 루카스 가너가 기억을 서술하는 오래된 영상에 대한 것이었다. 그 기록에는 프스스폭에 대한 소문이 담겨 있었다.

'그에게는 아이가 없었네. 그래서 먹어야 한다는 충동이 사라지기 전에 재빨리 '대의'를 찾아야만 했지. 브레넌의 말이었어. 혈족이 모두 죽으면 수호자는 그렇게 된다고 하더군.'

가녀의 목소리를 들으면 '대의'라는 단어에서 고유명사로서의 지위가 느껴졌다.

프스스폭에게는 아이가 없었다. 잃어버린 개척지를 찾아서 구하는 게 그의 '대의'였다. 스스스폭은? 날다람쥐 행성에서 오도 가도 못하는 그가 어떻게 가족을 지키기를 바랄 수 있을까? 따라서 스스스폭 역시 모종의 '대의'에 헌신하고 있는 것이다.

프스스폭은 은하계를 가로지르는 데 평생을 바쳤다. 스스스폭 역시 마찬가지로 '대의'를 완수하기 위해 광신적인 결의를 했을 터였다. 그 '대의'란 게 무엇인지는 모르겠지만.

사실, 지그문트에게도 '대의'가 있었다. 페넬로페와 아테나와 헤르메스와 뉴 테라에 사는 수백만 명의 사람들. 모두의 생명이 그에게 달려 있었다.

함께하는 승무원들 역시 마찬가지였다. 지그문트는 뒤늦게 키어스틴의 걱정을 담은 질문에 대답했다.

"괜찮네. 그냥 생각 중이야."

임시 감방 밖에서 지그문트는 최종 점검을 했다. 전투 장갑복, 밀봉. 압력복 외골격 기능, 통신, 확인. 통풍 조절판 재배치, '돈키호테'호로부터 해당 갑판 분리, 확인. 비상용 이중 해치 후방 복도 분리, 이중 확인. 권총집, 비어 있음. 스스스폭에게 넘겨줄 바엔 무기 없이 가는 게 나았다. 이 외계인은 징그럽게도 움직임이 빨랐다.

화물칸 안의 중력은 0.000001G와 30G 사이에서 순식간에 변할 수 있었다. 최악의 경우, 지브스가 인공중력을 끄고 외부 해치를 열어 지그문트와 포로를 우주로 날려 보낼 터였다. 지그문트는 살아서 구조를 받을 수 있겠지만, 팩은 아니었다. 그 결정은 지브스에게 위임했다. 전자와 광자는 항상 뉴런보다 빠르다.

"화물칸 바깥쪽 해치 준비해."

지그문트가 명령했다. 우주선 전체에 경보음이 울려 퍼지기 시작했다. HUD 안에도 적색등이 빠른 속도로 깜빡였다.

"소리는 죽이고."

HUD의 가상 키보드를 향해 눈을 몇 번 깜빡이자 바이저가 반사 모드로 변하며 깜빡이는 불빛을 차단했다. HUD로 보니 외계인은 동요하지 않은 채 계속 걸음을 옮기고 있었다.

"지브스, 저자에게 안쪽 해치에서 떨어지라고 해."

— 스피커와 연결해 뒀으니 직접 이야기할 수 있습니다. 스스스폭은 영어를 아주 잘합니다.

지그문트는 그 대답에서 불쾌한 감정을 느꼈다. 마치 지브스가 팩의 언어를 익히기 위해 애썼던 일에 분개한 것 같았다. 아니면 그저 지그문트 자신의 불안감이 반영된 것일 수도 있었다. 내가 언어를 배우는 데 남들보다 항상 느렸던가?

"반대쪽으로 가."

그는 스스스폭에게 명령했다.

HUD 화면에 스스스폭이 순순히 따르는 모습이 보였다.

지그문트는 신발의 전자석을 활성화시키고 ─혹시 모르니 안전을 위해서였다─ 화물칸 안으로 들어갔다.

9

스스스폭은 등 뒤로 두 손을 맞잡고 편안하게 서 있었다. 무심하게 서 있는 자세였지만 힘과 속도의 기운을 숨길 수는 없었다.

고양이 같군. 지그문트는 생각했다. 그리고 자연스럽게 달려들기 직전의 치타가 떠올랐다. 스스스폭에게도 갈고리 같은 손발톱이 있었다.

"저쪽 휘어 있는 벽으로 가서 앉아."

지그문트가 말했다.

스스스폭은 시키는 대로 했다. 하지만 자리에 앉았는데도 여전히 도약할 준비를 갖춘 듯이 보였다.

지그문트는 입을 열지 않은 채 팩을 자세히 관찰했다. 질긴 가죽과 여윈 몸. 오싹할 정도로 사람과 닮은 눈. 표정 없는 얼굴에서는 인간을 뛰어넘는 지성이 엿보였다. 호박 등*, 가고일, 밤에나 마주칠 법한 괴물들이 떠올랐다.

지그문트는 정신을 차리라고 속으로 되뇌었다.

그는 스스스폭을 내려다보았다. 외계인이 서 있었다고 해도 똑같았을 것이다. 전투 장갑복을 입은 지그문트는 육중했고, 은빛 바이저로 얼굴을 가려서 신비한 분위기를 풍겼다. 불길한 느낌. 주도권을 잡고 있는 모습. 위협적인 인상.

하지만 상대가 벌거벗은 채로 앉아서 무감각한 표정으로 관찰

---

* jack-o'-lanterns. 속을 파서 도깨비 얼굴 모양으로 만든 뒤 그 안에 촛불을 켜 놓은 호박. 핼러윈의 상징 가운데 하나.

하고 있는 와중에 전투 장갑복에 둘러싸인 그가 얼마나 위협적일 수 있겠는가? 지그문트는 팩이 한 걸음 앞서 나가고 있다는 느낌을 떨쳐 버릴 수 없었다.

자신보다 훨씬 똑똑한 사람을 어떻게 심문할 수 있을까? 마음의 평정을 찾지 못하게 해야 한다. 다시 추스를 시간을 주지 말아야 한다. 심문법 기초 중의 기초.

지그문트는 호전적인 태도로 몸을 기울였다.

"너는 우리 우주선을 공격했다. 왜 그랬나?"

"우주선이 필요했으니까."

스스스폭은 감정이 실리지 않은 목소리로 대답했다. 짧은 문장에도 딸깍거리는 잡음이 끼어들었다. 단단한 부리로 하기에는 영어가 편하지 않은 언어인 게 분명했다.

"네 가족을 따라잡으려는 거군."

심문법 기초 중의 기초 하나 더. 실제보다 많이 아는 척하라.

스스스폭은 대꾸하지 않았다.

"은하핵은 살기에 좋은 곳이 아니야. 그렇지?"

이번에도 묵묵부답.

"그래, 난 왜 팩이 움직여야 했는지 이해한다."

'팩'이라고 말할 때 지그문트는 저도 모르게 움찔했다.

뉴 테라는 너무 평화로웠다. 심문법은 그가 가르쳐야 할 시간도 이유도 찾지 못한 기술 중 하나였다. 지금은 이유가 넘쳐 나지만 시간이 없다. 좋은 경찰과 나쁜 경찰 역을 그 혼자 해야 한다.

"하지만 우리 우주선을 빼앗으려 한 건 멍청한 시도였다. 수호자라면 그 정도는 알아야 하는 거 아닌가."

스스스폭은 조용했지만 기이할 정도로 기민한 표정으로 바라보고 있었다. 단어 하나만으로 그는 지그문트에게 다른 정보원이 있음을 알아챘다. 그래도 반응은 보이지 않을 생각이었다.

지그문트는 루카스 가너를 떠올렸다. 가너는 회고록에서 자유의지에 대해 이야기했다. 괴물이 된 브레넌에게는 그게 없었다고 했다. 세부적인 내용은 잊어버렸다. 최상의 행동 방안이 명확해지는 순간 다른 선택의 여지는 없다는 정도의 이야기였다.

지그문트는 궁금했다. 어떻게 하면 수호자가 협력하는 게 유일한 선택지라고 생각하게 만들 수 있을까?

"상황은 이렇다, 시스서폭. 우리에겐 문제가 있다."

모음을 몇 개 덧붙이자 발음이 좀 더 쉬워졌다. 하지만 지그문트가 그렇게 한 건 발음이 쉬워서가 아니었다. 이름을 틀리게 말하는 건 심문 대상의 심기를 거스른다. 적어도 인간의 경우는 그랬다. 짜증이 난 대상은 때때로 중요한 정보를 흘렸다.

"쉽게 해결할 수 있잖나."

스스스폭이 등 뒤에 있는 외부 해치를 두드리며 말했다.

"그래, 사실 우리 중 몇 명은 왜 널 해치 밖으로 던져 버리지 않는지 이해하지 못하더군."

지그문트는 나쁜 경찰 역을 하고 있었다.

"너로선 우리가 안 그러는 편이 더 낫겠지."

스스스폭은 굽은 자세와 거대한 어깨 관절, 주름진 가죽을 고려했을 때 어깨를 으쓱하는 것 같은 동작을 했다.

"해치는 언제나 열 수 있다. 그 전에 우주선을 착륙시킬지 말지는 너에게 달렸지. 네가 이유 없이 야기한 죽음과 파괴를 생각하면……."

그 부분에서 스스스폭과 지브스가 '야기한'이라는 단어의 뜻에 대해 의견의 일치를 보기까지 잠시 말을 멈춰야 했다.

"궤도상에서 널 밖으로 날려 버리는 건 문제도 아니다."

물론 지그문트는 그럴 생각이 없었다. 팩을 버리는 게 승무원을 보호하는 데 꼭 필요하다면 모를까. 하지만 스스스폭은 그 사실을 알 수가 없을 터…….

과연 그럴까?

스스스폭은 스핑크스처럼 아무 움직임 없이 평온하게 앉아 있었다. 수호자가 보기에 평범한 인간은 열린 책이나 마찬가지일게 틀림없었다.

아니야, 빌어먹을! 지그문트는 불안감을 떨쳐 버렸다.

"알다시피, 널 잡아 두는 건 간단하다. 너는 문제가 아니야. 문제가 뭔지 알고 싶나? 눈앞에 있는 건 전부 파괴하고 있는 팩 함대야. 그냥 핵폭발로부터 도망칠 수도 있잖나. 뒤에 남겨 둔 자들을 공격할 필요는 없단 말이다."

"왜?"

스스스폭이 무감각한 눈빛으로 되물었다.

"왜라니?"

스스스폭은 부리를 열었다가 세게 닫으며 큰 소리를 냈다. 체념, 허세, 경멸…… 그 행동은 어떤 의미도 될 수 있었다. 혹은 아무 뜻도 아니거나.

실제보다 더 많이 아는 척 가장하고 있는 지그문트로서는 어떻게든 추측할 수밖에 없었다. 경멸. 그는 직관적으로 느꼈다. 지그문트를 향한 개인적인 감정일까, 아니면 저들의 앞길에 있는 모든 자를 향한 것일까?

문득 찾아온 깨달음은 눈을 멀게 할 정도였다. 지그문트는 초라함을 느꼈다. 마치 어른을 조르는 아이가 된 듯한 기분이었다. 아니, 어떤 의미로는 정확히 그런 상황이었다.

지그문트는 스스스폭이 스스로를 둘러싼 상황을 어떻게 바라보고 있을지 상상할 수 있었다. 스스스폭이 살아 있는 건 포획자들이 살려 두기를 원해서였다. 그러니 그 어떤 위협도 공허할 뿐이었다. 결국 지그문트는 흠집과 약점만 내보인 셈이었다.

지그문트는 해치를 열어 버리라고 명령하고 싶어 몸을 떨었다. 그래 봤자 스스스폭의 거만한 만족감에 흠집이나 낼 수 있을까. '돈키호테'호를 공격했으니 그럴 만하다고 해도, 팩을 처형하는 건 제멋대로에 의미 없고 비생산적인 일일 뿐이었다.

난 그러지 않을 거야.

화가 나는 건 스스스폭이 그 사실을 이미 오래전에 깨달았다는 점이었다.

불가해한 방문자였다.

영어 수업은 충분히 명확했다. 스스스폭은 지브스의 말이 딱딱하고 형식적이라는 사실을 재빨리 간파했다. 그 이론을 검증하기 위해 모호하고 조화롭지 않은 표현으로 시험해 보았다. 그리고 이 실체 없는 목소리에는 육신이 없다고 결론지었다. 지브스는 기호로 처리되는 존재였다. 인상적이긴 했지만, 계산 기술—스스스폭이 드라르에게 알려 주기 시작한—에서 최종적으로 이끌어 낸 형태는 절대 아니었다.

인간은 생각보다 훨씬 더 흥미로웠다.

우주여행이 가능할 만한 세계는 위험했다. 그래서 팩 함대는 그들을 선제공격으로 파괴했다. 우주선 몇 척이 살아남았을 수는 있었다. 하지만 그 생존자들에게는 스스스폭 자신 같은 낙오자를 찾아서 심문하는 것보다 훨씬 더 급한 일이 있을 터였다. 인간은 팩 함대의 항적 밖에서 온 게 거의 확실했다.

한편으로, 점차 늘어나고 있는 피해 지역과 나란히 놓인 지역에서 왔을 가능성도 없었다. 그 지역에 속한 종족이 인근 세계가 사라지는 것을 알아챘다면 바보같이 주의를 끌었을 리가 없었다.

그렇다면 인간은 함대의 앞쪽, 선봉대가 아직 침략하지 않은 세계/세계들에서 왔다는 뜻이었다. 그들이 팩 함대의 항적 깊숙한 곳을 탐사하고 선봉대보다 앞서 돌아가려면…….

초광속 이동 수단을 가지고 있는 게 거의 확실했다.

의지를 실현하기 위한 차원에서 스스스폭은 드라르의 기술 발달을 빠르게 진전시켰다. 드라르 종복-전사로 이뤄진 함대를 만들 수 있다는 생각이 그가 계속 먹은 이유였다.

이제는 그 이유를 받아들일 수도 있게 되었다. 과거 프스스폭이 군사를 일으켜 도서관을 악용하고 팩홈을 전란에 빠뜨렸던 광기 어린 계획을 받아들였던 것처럼. 사실, 그보다는 나았다. 삶에 대한 스스스폭의 이기적인 집착은 드라르에게만 영향을 끼쳤고, 드라르는 그에게 별로 중요하지도 않았으니까.

초광속 우주선이면 모든 것이 달라진다. 수면 중인 양육자에게 돌아갈 수 있다. 릴척 일족을 은하계 바깥쪽 한적하고 고립된 곳으로 안전하게 이끌 수 있다. 이제 스스스폭은 살고 싶었다. 살고 싶어서 몸이 쑤셨다. 살아야만 한다. 갑자기 배가 매우 고파졌다. 낙오된 후로는 처음이었다.

이 인간의 우주선을 빼앗아야 한다. 우주선을 빼앗기 위해서는 승선해 있어야 한다. 승선해 있으려면 인간에게 가치 있는 것을 제공해야 할 것이다. 입을 열어야 한다.

스스스폭은 말했다.

"왜 팩이 공격했느냐고 물었지. 질문은 더 있을 거다. 내 질문에 답하면 나도 대답해 주지."

"어떤 질문이냐에 따라 대답하지 않을 수도 있다. 하지만 공짜로 하나는 알려 주지. 내 이름은 지그문트다."

인간이 말했다.

"좋다, 지그문트."

나 역시 어떤 질문에는 대답하지 않을 테니까.

"우리는 안전을 위해 우리 항로에 위협이 될 만한 종족이 있으면 제거한다."

"그중에 적대적인 행위를 한 종족이 있었나?"

지그문트가 물었다.

영어는 장황했다. 단어가 팩의 입 구조에는 잘 맞지 않았다. V 와 W가 완전히 틀린 발음으로 나왔다. 하지만 스스스폭은 마치 양육자에게 하듯 인내심을 갖고 천천히 설명했다.

"적이 공격하기를 기다리는 건 불필요한 손실을 가져온다."

그건 양육자 수준으로 덜떨어진 바보나 저지를 전술상의 실책이지.

"그들이 어떻게 너희의 적이 되나? 만나지도 않은 문명을 멸망시킨다는 이야기잖아!"

지그문트가 외쳤다.

이 인간은 팩이라는 이름을 알고 있었다. 다른 팩 포로에게서 들었다는 게 가장 그럴듯한 설명이었다. 다른 팩 포로가 있다면 스스스폭의 가치는 떨어진다. 다른 포로 역시 초광속 우주선을 탐내고 있을 터였다. 정보를 더 제공해야 할 것 같았다. 스스스폭은 재빨리 덧붙였다.

"그자들은 팩이 아니다. 그러니까 적이지."

"희생해도 좋다 이거군."

당연하다. 스스스폭은 대답으로 부리를 세게 닫았다.

이번에는 그가 물을 차례였다. 기술이나 인간의 고향 행성에 대해서는 물어도 소용없을 것이다. 유용한 정보는 기회를 포착할 수 있을 때만 의미가 있었다. 그때까지는 참고 견뎌야 했다.

스스스폭은 몇 시간 전에 물병 하나와 낯선 음식이 놓인 쟁반을 받았다. 냄새로 판단하기에 못 먹을 건 아니었지만 아직 건드리지 않았다. 물론 식욕이 거의 없기도 했다. 지금은 굶주림이 새롭게 깨어나 그를 들볶고 있었다.

"이게 너희가 줄 수 있는 가장 좋은 음식인가?"

"먹을 수 있을 거다. 그렇게 알고 있다."

아마도 다른 포로가 비슷한 요리를 먹었기 때문이겠지.

"이것만 먹고는 살 수 없다."

지그문트는 팔짱을 꼈다.

"물론 그렇겠지. '생명의 나무'가 필요할 거다."

다른 포로가 있었다. 분명했다.

스스스폭은 몸을 돌려 아래쪽에 펼쳐진 세계를 가리켰다.

"내가 붙잡힌 도시에 과수원이 있다. 그 뿌리가 필요하다."

"여기서 '생명의 나무'를 길렀다고?"

지그문트는 놀란 듯했다.

어째서? '여기서'라고 말한 맥락은 뭐지? 이어진 그의 질문에, 스스스폭은 충격을 받아 할 말을 잃었다.

지그문트는 이렇게 물었다.

"프스스폭은 자신에게 해결 방법이 있다고 생각했지. 너도 그 자에게서 재배 기술을 받은 건가?"

10

'나가서 싸운다'는 건 계획이 아니었다.

물론, 하이퍼웨이브 통신으로 상의했을 때 사브리나와 다른 장관들은 나름대로 선택지를 내놓기도 했다.

지원자는 왕복선을 타고 다른 세계—어딘지는 아직 안 정했지만—로 떠나 그곳에서 팩이 알아채지 못하리라고 기대할 정도로 원시적인 삶을 사는 것이다. 뉴 테라에 남은 정부는 희박하지만 혹시라도 다가오는 행성 파괴탄을 센서가 포착해 대피할 시간을 충분히 벌어 줄 경우를 대비해 깊이 방공호를 판다…….

하지만 어느 쪽이든 구할 수 있는 인원은 수천 명에 불과했다.

아이 없는 자원자를 받아 '생명의 나무' 뿌리를 먹게 한다는 아이디어는 누구도 좋아하지 않았다. 그 사실에 지그문트는 자부심을 느꼈다. 인간 수호자는 무서울 정도로 영리할 것이다. 만약 누군가 팩을 물리칠 방법을 찾을 수 있다면, 그건 인간 수호자일 것이다. 하지만 과연 뉴 테라가 그 뒤에도 인간 세계로 남을 수 있겠는가. 스스로 적이 되기보다는 인간으로서 망가진 세계를 재건하는 편이 나았다.

따라서 나가서 싸운다는 게 가장 훌륭한 선택지였다. 지그문트는 그렇게 희박한 확률에 맞서는 용기를 보고 경이감에 휩싸였다. 어쨌든 싸운다는 건 수 세기에 걸쳐 퍼페티어가 주입해 놓은 조건화에 맞서 이긴다는 뜻이었다.

그리고 전부 무익한 짓이기도 했다.

지그문트는 온몸을 짓누르는 우울한 기분을 떨쳐 버렸다. 어깨를 펴고 심호흡을 한 뒤 카메라를 똑바로 쳐다보았다.

"사브리나, 단둘이 얘기할 게 있습니다."

그러고는, 사브리나의 조언자들이 얼굴을 굳혔다가 푼 뒤 내각실에서 하나 둘 나갈 때까지 완고하게 입을 다물었다. 비밀 장소에 있는 안전한 내각실은 지그문트의 부하들이 도청을 철저히 방지하고 있었다.

"우리는 팩을 물리칠 수 없습니다, 사브리나. 뉴 테라가 지금부터 능력을 갖춘다는 건 말이 안 되고, 퍼페티어에게는 능력이 있을지도 모르지만 그럴 의지가 없죠."

마지막으로 선실 밖으로 나왔을 때 베데커의 몰골은 그저 반사적으로 꿈틀거리는 살덩어리일 뿐이었다. 갈기는 강박적으로 물어뜯어서 오래전에 헝클어졌다. 그런데도 퍼페티어치고 베데커는 미치광이였다. 용감했다. 그렇지 않았다면 고향과 동료 무리를 떠나지 않았을 것이다.

"기회는 우리 세계가 함께하는 데 있습니다. 이제 협약체를 끌어들일 때입니다."

"퍼페티어를 설득해서 우주선을 얻을 수 있다고 보세요? 예전 일을 생각하면 그들이 이 소식을 감당할 수 있을 것 같진 않은데요. 마비 상태에 빠지는 모습밖에 안 그려지는군요."

사브리나가 말했다.

"어쩌면 떨치고 일어날지도 모르죠."

그리고 돼지도 날 수 있을지 모르지.

그보다 좀 더 희망적인 시나리오는 뉴 테라의 조종사들이 쓸 수 있도록 퍼페티어 우주선을 충분히 훔치는 것이었다. 그 책략을 쓰려면 정보가 많이 필요했다. 지상에서, 선단에 속한 세계에서만 얻을 수 있는 정보가.

지그문트는 사브리나를 존중했기 때문에 그런 무모한 계획에 끼어들게 하고 싶지 않았다.

"모두가 떠나야 한다는 건 맞아요. 최후자를 접견해야겠군요. 그건 언제나 가장 민감한 문제죠."

사브리나는 생각에 잠긴 채 이마에 흘러내린 회색 머리를 쓸어 넘겼다.

"어쩌면 네서스가 도와줄 수 있을지 모르겠네요."

지난번에 네서스가 뉴 테라를 돕고자 했을 때는 지그문트를 납치해서 기억에 구멍을 뚫어 놓았다.

지그문트는 고개를 저었다.

"이 일은 제가 직접 해야 합니다. 제가 거기 갈 때까지는 퍼페티어들이 쓸데없이 고민하지 않는 편이 최선입니다."

미리 알리지 말고 가자는 뜻이었다.

허스는 오랜 세월 동안 은신과 보안을 바탕으로 안전을 추구했다. 물론 뉴 테라에는 그 위치가 비밀도 아니었다. 다만, 뉴 테라가 자유를 얻은 이래 협약체는 허스 주위를 전통적인 행성 방어 수단으로 둘러쌌다.

팩 무리를 상대로라면 불편하게 만드는 정도도 안 되겠지만, '돈키호테'호 한 척이라면? 아무리 '난공불락'인 선체라고 해도 가능성이 없었다.

"다시 생각해 보니, 일단 '돈키호테'호가 선단에 돌아가면 네서스에게 슬쩍 알려 두는 게 낫겠습니다. 우리 모두가 위험에 처해 있고, 제가 최후자를 접견해야 한다고 암시해 주세요."

지금부터 몇 달은 지난 후의 일이었다.

너무 익숙한 휴게실도 싫고, 너무 익숙한 우주선도 싫고, 타고 있는 모두—누구를 떠나서 무조건—가 싫은 상태에서 베데커는 기다렸다. 그리고 좀 더 기다렸다. 베데커가 멍하니 물어뜯고 있는 갈기는 손을 보지 않아 이미 오래전에 헝클어진 털 뭉치로 변했다.

베데커와 함께 기다리는 이들도 마찬가지로 절망적이었다. 키어스틴은 며칠 동안 잠을 자지 못한 게 분명했다. 에릭은 볼이 움푹했고 눈에 생기가 없었다. 면도를 안 한 지도 며칠째였다. 그워스는 통신으로 참여하느라 따로 떨어진 곳에서 기다렸다. 어차피 베데커는 그워스의 몸짓을 해석하지도 못했다. 그런 게 있는지도 모르겠지만.

임시 감방을 보여 주는 홀로그램이 휴게실 탁자 위에 떠 있었다. 스스스폭은 주로 있는 자리 중 한 군데에 앉아 있었다. 목적을 바꾼 화물칸에 남아 있는 빈 저장 공간 사이였다. 먼 친척인 인간처럼 남의 눈을 피하고 싶어 하는군. 베데커는 추측했다. 그런다고 눈을 피할 수 있는 건 아니었다. 빈 선반 사이의 갑판에 앉아 있는데도, 천장을 뚫고 나온 광섬유 두 개가 스스스폭의 머리와 목을 보여 주었다.

꽤 늦게 도착한 지그문트는 다른 누구만큼이나 절망적이었다. 물론, 그렇게 보이지는 않았다. 그는 너무 자존심이 강했고 너무 의무에 얽매여 있었기 때문에 오로지 차분한 확신만을 겉으로 드러냈다. 하지만 함께 몇 달을 지내자 베데커는 금욕주의자 같은 그의 표정이 그저 보이기 위한 것임을 알 수 있었다. 그렇게 자신 있는 태도를 유지하기가 점점 어려워지고 있을 게 분명했다.

지그문트가 늦은 것도 그 때문이 거의 확실했다. 그 역시 다른 누구 못지않게 끝까지 몰려 있었다. 만약 그가 무너진다면 누구도 집으로 돌아간다는 상상을 하기 어려웠다.

물론 허스도 얼마나 더 피난처가 될지 몰랐지만.

"왜 모였는지 다들 알겠죠."

지그문트가 불쑥 말했다. 아무도 입을 열지 않았다. 심지어 눈을 마주치지도 않았다.

"집으로 돌아가기 전에 끝내야 할 일이 하나 있습니다."

모두들 탁자 위에 떠 있는 홀로그램을 향해 시선을 돌렸다. 끝내지 못하고 계속 미뤄 뒀던 일.

스스스폭을 어떻게 할 것인가?

지그문트는 이번 임무의 최후자였다. 그가 결정을 내리면 그대로 되었다. 하지만 믿음을 주기 위해 그는 선택을 하기에 앞서 의견을 구했다. 최후자가 더 나쁜 결정을 내릴 수도 있었다.

베데커가 말했다.

"스스스폭은 가야 합니다. 그래야 한다는 것을 다들 알지 않습니까."

키어스틴이 헛기침을 했다.

"어디로 가요? 다시 날다람쥐 행성으로?"

베데커는 자신도 모르게 발굽으로 갑판을 긁기 시작했다.

"저 포로는 우리에 대해 알고 있습니다. 많이는 아닐지 몰라도 어느 정도 압니다. 우리에게 우주선이 있다는 것도 알지요. 우리 세계를 주요 목표로 만들 정도로 충분히 압니다."

"그러니까 죽이자는 거군요. 그런 얘기죠."

키어스틴이 잘라 말했다.

그래! 팩을 죽이는 게 유일하게 안전한 선택이었다. 하지만 베데커는 그 말을 입 밖에 내지 않았다. 아니, 했던가? 아무리 시민이라고 해도 ──인간식 표현이 뭐였더라?── 냉혈한처럼 죽이기는 어려웠다.

마침내 베데커가 말했다.

"유감스럽지만, 다른 방법이 없습니다."

지그문트는 에릭을 쳐다보았다.

"어떻게 생각하나?"

"만약 오늘 팩 우주선이 스스스폭을 구조한다고 해도 상관은 없습니다. 우리는 선봉대에서 몇 광년이나 멀리 떨어져 있으니까요. 광속으로 신호를 보내도 그게 도착하기 훨씬 전에 이미 선두는 우리 각자의 고향 세계를 공격했거나 지나쳤을 겁니다."

지그문트가 동의한다며 고개를 끄덕이자 베데커는 갑판 긁기를 멈췄다. 이건 미친 짓이야!

"이유야 어찌 됐든 선두의 물결이 우리 고향을 그냥 지나친다고 합시다. 그럴 리가 없겠지만 말입니다. 우리는 후속 물결의 주의를 끌 일을 절대 해서는 안 됩니다."

키어스틴이 자리에서 일어나 비행복 주머니에 두 손을 찌른 채 이리저리 걷기 시작했다.

"스스스폭의 일족은 초기에 팩홈을 탈출한 축이라 앞부분에 있을 거예요. 다른 일족은 그에게도 무서운 적이잖아요. 뭐하러 다른 일족에게 신호를……."

"자기 일족이 앞쪽에 있다고 한 건 그자의 말입니다!"

베데커가 그녀의 말을 잘랐다.

"설사 그게 사실이라고 해도 그렇습니다. 스스스폭은 뒤처진 이후 무슨 일이 일어났는지 알 수 없습니다. 작은 충돌에서 패배한 뒤 뒤쪽으로 처졌거나, 보급품을 모으기 위해 늦어졌을 가능성을 염두에 둬야 합니다. 스스스폭이 할 수만 있다면 신호를 보낼 거라는 생각을 해야 한단 말입니다."

물론 포로는 거짓말을 한다! 순진해 빠진 자나 포로의 말을 곧이곧대로 믿을 것이다.

문제는 어느 부분에서 거짓말을 했느냐였다.

일족 사이의 갈등은 스스스폭이 털어놓은 이야기 중 베데커가 유일하게 진심으로 믿는 부분이었다. 지그문트의 완강한 심문 기술이나 스스스폭이 세부 내용을 털어놓은 방법이나 이유 때문만은 아니었다. 이것만큼은 증거가 있기 때문이었다. 팩의 침략을 나타내는 원뿔 모양의 파괴 영역은 팩이 고향에서 멀어질수록 점점 넓어졌다. 그렇게 퍼지는 이유는 팩 사이에서 벌어진 전투의 결과라고 보는 게 유일하게 논리적인 결론이었다. 일부는 보급품을 채우기 위해 떨어져 나왔을 것이고, 일부는 패배한 뒤에 흩어졌을 것이고, 일부는 적절한 먼지구름 뒤에서 피난처를 찾았을 터였다. 팩은 등 뒤에서 쫓아오는 치명적인 방사선만큼이나 서로 상대방으로부터 도망치고 있는 것이다.

홀로그램 속 스스스폭이 갑자기 일어나 감방을 가로질러 걸었다. 그리고 다시 멈춰 격벽에 등을 대고 앉았다. 그곳 역시 스스스폭이 선호하는 장소였다. 베데커는 팩이 기다란 격벽을 두고 어디에 앉을지 선택하는 데서 어떤 패턴도 식별할 수 없었다.

스스스폭은 가야만 한다. 하지만 그를 찾아낸 곳으로 돌아가서는 안 된다. 해치를 열어 버리는 게 가장 안전한 방법이다. 그리고 아무리 어린 시민이라도 알듯이 가장 안전한 방법이 유일한 방법이다.

하지만…….

피가 끓어오르고, 폐가 터져 버리지 않도록 압력을 줄이기 위해 진공을 향해 소리 없이 비명을 지르다가 죽는 건…….

베데커는 몸을 떨었다.

"다른 거주 가능한 행성에 팩을 두고 가면 됩니다. 아무도 찾아볼 생각을 하지 못할 곳에."

"그러면 '생명의 나무'가 없어서 천천히 굶어 죽겠죠. 먹을 걸 남겨 두고 간다고 해도 새로운 작물이 자랄지는 모르는 일이잖아요. 우리가 고른 행성이 지구 같아서 작물이 자라지 않을 수도 있어요."

키어스틴이 말했다.

"찾은 곳으로 데려다 주죠. 그게 인도적인 방법입니다."

에릭이 단호한 목소리로 말했다.

"에르오, 당신과 친구들은 어떻게 생각하죠?"

지그문트가 물었다.

침묵.

"에르오, 거기 있습니까?"

지그문트가 다시 불렀다.

"네, 있습니다."

통신기에서 목소리가 흘러나왔다.

하지만 그 목소리는 에르오의 것이 아니었다. 베데커는 그 목소리에 맞는 그워를 생각할 수가 없었다. 낯선 목소리는 그워 한 개체의 목소리보다 더 깊었다. 울림이 풍부하고 위엄이 있었다. 물론 그워스의 목소리는 전부 합성이었다. 일시적으로 변할 수도 있었다. 어쩌면 그저 베데커가 잘못 들은 것일 수도 있었다.

하지만 뱃속의 떨림은 그렇지 않다고 이야기하고 있었다.

두 손을 등 뒤에, 등을 격벽에 댄 채 스스스폭은 임시변통으로 만든 센서를 주먹에 쥐고 작동시켰다. 몸으로 장치를 가린 채 해치로 향하는 케이블 다발을 또다시 한 뼘 정도 분석했다.

케이블을 추적하고 제어 논리를 분석하는 건 그가 지닌 다용도 스캐너의 표준 사용법에 속했다. 하지만 그의 장비 키트에 들어 있는 게 대부분 그렇듯 이 장치도 수치를 몰래 읽을 수 있게 되어 있지는 않았다. 촉각 피드백 모드를 설계하는 건 간단했다. 손에 있는 몇 가지 물건을 가지고, 감시당하지 않는 빈 수납공간 사이에서 촉감에만 의지해 개조하는 게 어려웠다.

우주선을 획득할 수 있도록 오래 살기 위해서는 인간의 흥미를 계속 끌어야 했다. 고대의 역사는 희한하게도 지그문트라는 인간을 매료시켰다. 게다가 그건 릴척 일족을 불리하게 만들지도 않았다. 그래서 스스스폭은 프스스폭에 대해 아는 것을 조금씩 풀어 놓았다. 미치광이 사서에 대해 이야기하는 시간은 곧 훨씬 더 위험한 화제에 대한 질문을 받지 않는 시간이었다.

지그문트도 이야기를 했다. 잃어버린 개척지가 실제로 존재하다니 참으로 기이했다. 프스스폭이 찾아냈다는 건 또 얼마나 기이한지! 그것도 혼자서, 심지어 수면 장치도 없이, 수명을 연장하기 위해 거의 광속에 가까운 속도로 가속된 램스쿠프 우주선을 타고 좁은 선실 안에서 주관 시간으로 천이백 년 만이라니.

애초 여행을 떠나던 시점에 프스스폭은 제정신이었을까? 스스스폭은 의심스러웠다. 어쨌든 잃어버린 개척지에 도착했을 때는 분명히 제정신이 아니었던 게…….

도착해서 죽었군.

지그문트는 프스스폭의 운명에 대해 이야기하지 않았다. 하지만 신속한 죽음은 확실한 답이었다. 오로지 죽음만이 인간을 절멸시키려는 프스스폭의 노력을 멈출 수 있었다. 이들은 잃어버린 개척지의 생존자였다. 그리고 이들은 먼 곳으로 퍼졌다. 아니면 스스스폭을 여기서 만나지 못했을 것이다.

돌연변이! 끔찍한 것들! 냄새를 피할 수가 없었다. 스스스폭의 코에 주름이 잡혔다.

스스스폭은 천천히 개조한 다용도 스캐너를 해치에 한 뼘 정도 거리로 가져갔다. 손가락 아래로 따끔거리는 느낌이 미묘하게 변했다. 보이지 않는 전선을 따라 마찰이나 노후화 때문에 절연성이 떨어진 지점들이 있었다. 또 다른 약점이었다.

지그문트도 전부 아는 건 아니었다.

프스스폭의 램스쿠프 우주선이 발진하자 그가 이끌던 어린이 없는 수호자 군대는 먹어야 할 이유가 없어진 채 팩홈에 남게 되었다. 그들은 이유를 하나 찾아냈다. 그리하여 함대 전체가 프스스폭의 항적을 쫓아갔던 것이다. 프스스폭이 여행에서 살아남지 못하는 일이 생기지 않도록. 개척지의 위치 추정이 부정확해서 프스스폭이 잘못된 항로를 택했을 경우를 대비하여. 다시 태어난 개척지가 산업 기반을 건설하기 전에 원조를 필요로 할 수도 있으므로. 이유는 중요하지 않았다.

스스스폭은 자신이 삶에 집착하는 건 그런 잘못된 합리화 때문이 아니라고 되새겼다. 그러면서도 그게 사실인지 궁금했다.

어쩌면 그들은 은하계 구석에 신생 팩 세계를 만들었을지도 모른다. 그 세계는 다른 팩 일족들과 죽을 때까지 전쟁을 벌였을 것이다. 아니면 외계인들을 만나 전 함대가 파괴되었을지도 모른다. 이 둘이 유일한 가능성이었다. 프스스폭의 항적을 따라간 사서들의 군대에 어떤 운명이 닥쳤는지는 모르겠지만, 나선 팔 안쪽으로 불과 조금밖에 탐사하지 못한 채로 뭔가가 항로를 막아버렸다.

따라서 스스스폭의 시대에 팩홈을 탈출하는 행렬은 다른 경로를 잡아야만 했다. 스스스폭은 프스스폭과 추종자 무리를 저주했다. 그리고 도서관 역시.

계속 측정 중인 손가락을 아주 미세하게 움직이면서 스스스폭은 그 장치로 해치의 제어장치에 무선으로 침투하는 모습을 그렸다. 외부 해치를 열 생각은 없었다. 현창 밖을 보니 말라는 이미 오래전에 시야에서 사라진 뒤였다. 모성인 적색왜성조차도 점 하나에 불과할 정도로 멀어졌다. 그게 바로 스스스폭이 이곳, 인간은 그의 목적을 예상하지 못할 만한 곳에서 조사하는 이유였다.

우주선 안으로 통하는 해치 주변의 격벽 안에는 비슷한 회로가 있기 때문이었다.

"에르오, 당신과 친구들은 어떻게 생각하죠?"

지그문트가 물었다.

올트로는 생각에 잠겼다. 저 팩은 죽어야만 한다. 죽음만이 현명한 선택이다. 그러나 인간들은 주저하고 있었다. 에르오의 주장으로는 설득이 되지 않을 터였다. 어떤 그워 개체도 할 수 없었다. 그워스의 분석에 흠이 있기 때문이 아니라 인간 본성에 부족한 부분이 있기 때문이었다.

희망적인 생각은 아니었다.

인간에게 당위성을 제공하기 위해서는 올트로가 이번 여행 내내 숨겨 온 진실을 드러내야 할 터였다.

"에르오, 거기 있습니까?"

지그문트가 다시 불렀다.

그를 설득하는 데 실패하면 비밀 폭로보다 더한 위험이 기다리고 있었다. 올트로는 관족을 뻗어 권위적인 인간 목소리의 음향학적 특성을 전송하도록 통신 단말기를 재설정했다.

"네, 있습니다."

"누구입니까?"

베데커가 물었다.

"우리는 올트로입니다."

올트로는 인간과 시민이 대명사에 대해 생각할 수 있도록 잠시 기다렸다.

"우리는 에르오와 응오, 스오입니다. 탑승하고 있는 그워스 전부이며, 하나가 된 다수입니다."

"생체 컴퓨터 집단 중 하나군요."

에릭이 속삭였다.

"그 이상일 거야."

키어스틴도 속삭였다.

지그문트는 그보다도 더 낮게 의문점을 속삭였다.

"왜 지금…… 그걸 드러내는 거지?"

인간이 웅얼거리는 소리는 거의 감지하기 어려웠다. 올트로는 이런 음파의 파편을 몇 개월에 걸쳐 모은 음성 형판들과 구문론적 패턴에 관련짓는 방법으로 대화를 복구했다.

"설명해 드리지요."

올트로는 좀 더 누그러진 느낌이 들도록 계산한 대로 목소리를 바꿨다.

"우리는 합체하면 생체 컴퓨터가 됩니다. 우리 언어로는 그워테슈트라고 부르지요. 여러분이 알고 있는 줄 알았습니다."

"어떤 그워도 그런 말은 한 적이 없습니다. 집단 지성을 예상하지는 못했습니다만."

지그문트가 딱딱하면서도 커다란 목소리로 말했다. 책망하는 듯한 소리였다. 그가 의심할 수 없을 만큼 그들이 철저히 비밀을 지켰거나, 지그문트가 거짓말을 하고 있었다.

어느 쪽이든 상관은 없었다.

"설명하지요. 우리들 그워스조차도 이 능력에 대해서는 거의 이야기하지 않는답니다."

한다고 해도 대부분은 비난조였다.

기억도 할 수 없는 오랜 옛날부터 그워스 중 일부는 연결하는 능력이 있었다. 그리고 그 때문에 따돌림을 당했다. 생각을 하려면 관족을 읽게 되기 때문에 합체는 내재적으로 취약했다. 사냥과 채집으로 살던 영겁의 세월 동안, 원시 부족이 끝도 없이 전쟁을 벌이며 살던 시기에는 연결한다는 게 부족을 위험에 빠뜨리는 이기적이고 멋대로인 행위였다. 타락한 본성……

그런 세월 동안 일부는 깊은 사고에 중독되고 말았다.

하지만 거대한 도시가 융성하자 합체가 실용적이게 되었다. 전통주의자들은 여전히 질색했다. 사회는 그들로부터 뒷걸음질 쳤다. 정부는 그들을 이용했다. 정부 소속 생물학자들은 그들을 확장하고 강화하고 결합을 더욱 공고히 할 방법을 찾아냈다.

그리고 깨달음이 일어났다.

기술이 폭발했다. 가장 능력이 뛰어난 그워테슈트를 보유한 도시국가는 제국을 세웠다. 얼음 위로 뻗어 나갔고, 심지어는 새로운 세계로 도약했다. 그워테슈트는 지배자에게 없어서는 안 될 존재가 되었다. 하인이라기보다는 파트너가 된 것이다.

그럼에도 불구하고 그워테슈트로서라고 해도 가장 진보적인 그워스 일부를 제외한 나머지에게는 여전히 꺼려지는 존재였다.

이런 사실은 올트로가 외계인들과 공유하고 싶지 않은 부분이었다.

"우리 같은 존재는 최근에야 개발된 거랍니다. 동족 중에서도 일부는…… 인정하지 않아요. 우리로서는 여러분이 어떻게 느낄지 몰랐습니다."

"그러면 공개하는 이유는 뭡니까? 그리고 왜 지금이죠?"

지그문트가 물었다.

"우리는 독특한 관점으로 사물을 보지요."

올트로는 이어서 할 말을 신중하게 골랐다.

"그건 스스스폭이 저 아래에 있는 행성으로 돌아갈지 아닐지와 관련이 있습니다."

베데커가 회의적인 투로 휘파람을 불었다.

"비밀주의 덕분에 독특한 지식을 얻었다는 말입니까?"

"미안합니다."

하지만 설명하지는 않았다.

"특별한 지혜가 있다고 주장하는 건 아닙니다. 그저 관련된 경험이 있다는 거지요. 그워스가 최근에 새로운 기술을 많이 개발할 수 있었던 건 우리 같은 그워테슈트의 노력 덕분이랍니다."

"코네티컷 양키!"

키어스틴이 내뱉었다.

"오, 망할."

이번만은 올트로도 전혀 알아들을 수 없었다. 하지만 느낌이 별로 좋지 않았다.

코네티컷 양키?

지그문트가 『아서왕 궁전의 코네티컷 양키』에 가졌던 흥미는 불면증으로 시작해서 같은 날 밤 일식 장면을 발견하면서 짧게 끝났다. 그리고 두 번 다시 읽지 않았다. 키어스틴이 소설을 추천해 달라고 했을 때도 권하지 않았다. 그녀가 알아서 찾아 읽은 게 분명했다.

아주 오래전에 본 3V판은 거의 기억이 나지 않지만 그중 한 장면이 떠올랐다. 개틀링 건*에 학살당하는 중세의 기사들이었다. 그 양키는 총과 화약, 다이너마이트, 전기를 알려 주었다. 순식간에 사회를 새로 만들어 버린 것이다.

"빌어먹을, 맞아!"

지그문트는 평소보다 더 당황스러운 표정을 짓고 있는 베데커에게 설명했다.

"스스스폭은 날다람쥐의 기술 발전을 촉진시킬 겁니다. 그자가 얼마나 빨리, 얼마나 큰 위협을 만들어 낼 수 있을까요? 난 모

---

* Gatling gun. 미국의 발명가 개틀링Richard Jordan Gatling이 남북전쟁 당시인 1862년 발명한 초기의 다총신 기관포.

르겠습니다. 우리가 알 방법도 없어 보입니다."

올트로가 굵고 울리는 목소리로 말했다.

"우리는 압니다. 우리는 고향 도시의 발전 속도를 가속시켜 봤기에 알 수 있답니다. 그래서 본능을 거스르고 우리 자신을 드러낸 거지요. 여러분이 우리를 믿어야만 하기 때문입니다. 우리는 '돈키호테'호의 장비를 이용해서 스스스폭이 드라르라고 부르는 존재에 대해 많은 사실을 이끌어 냈답니다. 스스스폭을 발견한 도시에서 멀어질수록 기술은 급격히 떨어졌습니다. 우리는 다른 발전 경로를 평가하고 시뮬레이션도 마쳤지요. 결과는 명확합니다. 뉴 테라 기준 오십 년 이내에, 어쩌면 그보다 더 빨리 스스스폭의 하인들은 램스쿠프 우주선을 만들어 낼 겁니다."

그 경고는 어딘가 거짓으로 들렸다. 지그문트는 올트로가 뭔가를 숨기고 있다는, 진실을 모두 밝히지 않고 요점만 말하고 있다는 느낌을 받았다. 저들, 아니 저것들은, 어떤 대명사로 부르건 간에, 드라르를 ―심지어는 그워스 자신들도― 훨씬 더 빠르게 진보시킬 수 있었다.

하지만 올트로의 존재와 마찬가지로 그워스의 진보도 훗날을 기약할 문제였다. 그 문제를 걱정하려면 충분히 오래 살아야만 했다.

올트로의 경고는 베데커로 하여금 갈기 속으로 파고들게 했다. 에릭과 키어스틴은 격앙된 어조로 속삭였다. 지그문트는 준엄한 표정으로 모두를 그만두게 했다. 퍼즐 조각이 제자리로 거의 맞아 들어갔다. 차분히 생각해야만 했다.

팩홈은 불모지가 되었다. 팩홈의 역사는 끝났다. 스스스폭은 그런 안전한 화제를 입에 올리면 지그문트가 바보같이 정신을 딴 데 팔 것으로 생각했던 게 분명했다. 하지만 잃어버린 땅과 일족들 사이의 경쟁, 도서관 같은 사라진 기관 등을 설명하면서 — 지그문트가 직업상 관심을 둘 무기나 전술 등에 대해서는 쓸모 있는 정보를 전혀 노출하지 않았다— 더 귀중한 정보를 전달했다. 심리학적, 사회학적 통찰이었다.

스스스폭은 가족을 잃었으며, 가족을 다시 찾을 희망조차 잃어버렸다. 그럼에도 그는 먹었다. 지그문트가 수호자에 대해 아는 모든 정보에 따르면 그는 모든 팩을 위해 봉사하는 것으로 삶의 목적을 재설정한 게 분명했다. 그 옛날 프스스폭처럼 스스스폭 역시 '대의'를 찾은 것이다.

이제 올트로 덕분에, 지그문트는 그 목적을 알게 되었다.

스스스폭은 큰 군대를 일으키려는 것이다. 팩 전체를 보호하기 위한 후방 함대를 지휘하겠다는 뜻이다. 팩 함대가 놓치고 지나간 기술 문명을 모조리 격파하고, 등 뒤에서 너무 빨리 회복하는 세계를 다시 쳐부수는 것이다.

결정할 시간이야. 지그문트는 생각했다.

스스스폭이 전투 함대를 만들게 할 수는 없다. 그러면 두 가지가 남는다. 스스스폭을 죽이는 것 —그를 찾아낸 곳이 아닌 다른 곳에 버려두고 가면 천천히 오랫동안 죽음을 맞이하리라—과 우주선에 계속 태우고 가는 것.

다 함께 내릴 결정은 아니었다. 이건 지그문트의 임무이고, 지그문트의 우주선이고, 지그문트의 책임이었다.

필요하다면 뉴 테라를 보호하기 위해 죽일 수도 있었다. 하지만 그럴 필요는 없었다.

지그문트는 결정했다.

날다람쥐 행성으로 돌아가서 '생명의 나무' 뿌리를 챙긴 다음, 스스스폭과 함께 세계 선단으로 향한다.

그리고 한 가지를 기억에 새겼다. 착륙해서 '생명의 나무' 뿌리를 수확하는 동안 화물칸 해치의 현창을 칠할 것. 스스스폭이 긁지 못하도록 밖에서. 시야를 차단하지 않아서 하이퍼스페이스를 들여다보게 되면 미쳐 버릴 수도 있었다.

지그문트는 잠시 희망을 가져 보았다.

어쩌면 살아 있는 팩 수호자의 모습은 용기의 필요성을 ―심지어는 최후자에게조차― 일깨울 수 있을지도 몰랐다.

| 마지막 지푸라기 |

1

첫 번째 탈출 시도는 시작과 함께 실패로 돌아갔다. 복도 센서가 스스스폭을 포착하자 갑자기 중력이 뛰어올라 몸을 움직일 수 없게 만들어 버린 것이다. 전투 장갑복을 입고 무장을 한 인간 둘이 복도 끝에서 나타났다. 무기를 겨눈 채로 간신히 꿈틀거릴 수 있을 정도로 중력이 약간 줄어들었다. 스스스폭은 임시변통으로 만든 해치 제어장치를 넘기고 감방 안으로 기어갔다.

거의 예상한 결과였다.

잠깐이라도 복도를 보는 건 꼭 필요한 정찰 작업이었다. 재빨리 훑어본 결과 복도 센서들의 위치를 알아낼 수 있었다. 감방에서 나오는 수동 데이터 자료처럼, 그런 센서에 접근하거나 우회하거나 센서를 조작할 수 있는 방법에 대한 실마리도 얻었다. 간

수들이 탈출에 어떻게, 얼마나 빨리 반응하는지도 알아냈다.

진짜는 바로 이번 탈출이 될 것이다.

물론 첫 번째 탈출 이후 인간들은 감방 안을 수색했다. 그리고 스스스폭이 찾도록 내버려 둔 것을 찾아냈다. 금속 쓰레기 더미와 수리용 키트에서 희생시킨 장치 몇 개. 중요한 건 전부 숨겨 놓았다. 은닉 장소는 비어 있는 여느 수납공간과 표면이 똑같아 보였다. 인간들은 뻔히 빈 공간도 아무 데나 찔러 보며 검사했다. 운이 나쁘면 은닉 장소를 찾아 버릴 수도 있었다. 그건 스스스폭이 감수해야 할 위험이었다. 확률은 그의 손을 들어 주었다. 은닉 장소를 발견하지 못한 것이다.

스스스폭은 빈 수납공간 사이의 갑판 위에 납작 엎드려 있었다. 포획자들은 그가 이곳으로 잠을 자러 오는 모습을 익히 봐서 알고 있었다. 스스스폭은 이 장소를 무작위로 고르지 않았다. 이곳에 있으면 감방의 센서 시야 아래에 자리 잡을 수 있었다. 스스스폭은 바닥 쪽 선반 위에 있는 유연화된 작은 곳 안으로 손을 뻗었다. 선반과 바닥 사이에 구조 변환기가 숨겨져 있었다.

역설적인 이야기지만, 원시적인 물질은 스스스폭을 붙잡아 놓을 수 있는 반면에 적절하게 설계한 물질은 그러지 못했다. 트윙은 흠잡을 데 없는 물질이지만, 인간이 쓰는 물질에는 균열과 빈 공간, 불순물이 많았다. 스스스폭은 너무 많은 결함을 다룰 수 있도록 변환기를 다시 만들어야만 했다.

기이하게도 우주선의 선체만은 예외였다. 이 굽은 벽체는 임시변통으로 만든 장비로 스캔했을 때 트윙처럼 전혀 결함이 없었다. 하지만 트윙과는 달랐다. 이 물질은 유연화에 저항했다. 동력을 있는 대로 동원해 선체의 한 곳에 적용해 보았지만 아무런 효과 없이 모두 흡수되었다. 우주선 자체는 변환기에 동력을 제공했다. 인간이 쓰는 자기 결합 동력 전송기로부터 무선으로 동력을 끌어 쓸 수 있었다. 다만 변환기를 좀 더 강하게 설정했다가는 선장의 주의를 끌 위험이 있었다.

항상 들리는 공기 순환 장치와 엔진의 소음을 제외하고 우주선은 조용했다. 시간이 되었다.

스스스폭은 갑판의 일부를 투명하게 변환하고 아래쪽에 있는 방을 조사했다. 탁자, 의자, 이상하게 생긴 의자, 운동기구. 승무원은 없었다. 넓은 부분을 유연화한 뒤 아래쪽 방 안으로 손을 뻗어 운동기구 위쪽을 붙잡고 몸을 당겼다. 퍽 소리와 함께 등 뒤에서 표면장력에 의해 천장이 다시 형성되었다. 그는 탁자 위에 올라서서 감방 안으로 손을 뻗어 변환기를 회수했다. 감방 바닥—새로운 관점에 의하면 천장—은 투과 가능하게 두었다. 재빨리 후퇴해야 할 일이 생길지도 몰랐다.

실제로 그랬다. 스스스폭이 고작 갑판의 센서 중 절반을 우회했을 때 —이제부터는 항상 빈 복도만 보일 터였다— 발소리가 가까이 다가왔다. 삼족보행이었다!

스스스폭은 탁자 위로 서둘러 올라갔다. 점성이 있는 천장을 뚫고 손을 뻗어 선반을 붙잡았다. 그리고 조심스럽게, 센서의 시야 아래쪽에 머문 채로 몸을 끌어 올려 감방으로 들어갔다. 계속 엎드린 자세로 아직도 투명한 갑판 부위에 눈을 갖다 댔다.

잠시 후, 머리 두 개에 다리 세 개 달린 존재가 스스스폭이 방금 떠난 방 안으로 들어왔다.

2

말쑥한 모습의 네서스가 자신의 우주선과 '돈키호테'호 사이에 놓인 진공을 건너 도약해 왔다.

그때 받은 인상으로 보건대 베데커는 마침내 자신의 절망감이 얼마나 깊은지를 인정해야만 했다.

네서스가 갈기 장식을 의미 없는 겉치레로 여긴다는 사실은 잘 알려져 있었다. 지금 그의 갈기는 정성스럽고 깔끔하게 빗질이 되어 있고, 보석도 몇 개 달려 있었다. 장식 띠는 실용적이었다. 주머니를 달기 위한 것으로, 전혀 꾸미지 않았다.

더 말쑥하다? 상대적으로 그럴 뿐이었다.

오랜 시간 동안 베데커는 자신이 목욕을 하는지, 헝클어진 갈기를 정돈하는지 신경 쓰지 않으려고 애쓰며 살아왔다. 그워스, 팩, 하이퍼스페이스, 다른 시민의 부재 등 너무 많은 일 때문에 힘들었다. 베데커는 구부정하게 다니는 게 습관이 된 자세를 곧게 펴고 목 두 개로 인사했다.

"승선을 환영합니다, 네서스."

둘은 머리를 비비며 인사했다.

"고맙습니다."

네서스는 뉴 테라의 우주선에서 베데커를 보자 놀란 듯했다. 아니면 사교적인 인사 때문에 놀란 걸지도 몰랐다.

"정찰대원이 됐군요, 베데커."

제정신을 정의하는 건 무리였다. 하지만 정찰대원은 무리에서 떨어져 있었다. 그들이 모두를 대신해, 모두의 안전을 위해 일한다는 사실은 중요하지 않았다. 그들은 위험을 추구하고, 이를 통해 스스로 미치광이임을 드러냈다. 정찰대원은 ──베데커가 지그문트에게서 배운 영어 단어로 말하자면── '매버릭'*이다. 따라서 그렇게 말하는 건 모욕이었다.

하지만 허스에 현존하는 얼마 안 되는 정찰대원 중에서 가장 경험이 풍부한 자가 노래하듯 말하는 어조는 찬양적이었다.

"진짜 말을 하니 기분이 좋습니다. 영어로는 만족할 수가 없었지요."

베데커가 말했다.

── 안녕하십니까, 네서스.

지브스가 통신기로 노래했다. 대위법적 멜로디가 정확히 섞여 있었다. 세 번째 배음까지 정확한 음조에, 비브라토 한 주기는 다음 주기와 구분이 되지 않았다. 자유로운 맛은 없고 극도로 기계적이었다.

네서스는 순간 동정하는 표정을 지었다.

── 네서스, 베데커, 모두들 휴게실에서 기다리고 있습니다. 준비되

---

* maverick, 개성이 강하고 독립적이며 탈관습적인 인물.

는 대로 합석하라고 지그문트가 요청했습니다.

지난 시절 네서스와 달랐던 점은 어찌 된 일인지 희미해졌다. 외계인 사이에서 너무 많은 시간을 보낸 뒤 다른 시민과 함께 있는 것 이상이었다. 만약 무리 중에 새로 발견한 위험을 제대로 인식할 수 있는 이가 있다면 그건 바로 네서스였다. 그는 최후자와 우정도 맺고 있었다. 그러면 어디서부터 시작해야 할까? 베데커는 며칠 동안이나 골머리를 앓았다.

"내 말 알아들을 수 있습니까?"

네서스가 잘 쓰이지 않는 사투리로 바꿨다.

"어느 정도는. 지브스도 알아듣는지는 모르겠습니다."

베데커도 같은 말투로 대답했다.

네서스가 도착한 도약 원반은 함교 바깥쪽 복도에 있었다. 그의 등 뒤로 열려 있는 해치 너머, 주 전망 창 밖에는 세계 선단이 빛나고 있었다. 인공 태양 목걸이를 걸고 있는, 푸른색과 흰색, 갈색이 어우러진 네 개의 행성. 자연 보존 지역이었다. 그리고 한 행성. 태양 없이 세계를 뒤덮은 도시의 불빛으로 빛나는 세계. 나머지 모두보다 아름다운 세계. 허스였다.

그 모두가 위험에 처해 있었다.

"따라오십시오. 지그문트가 전부 설명해 주겠지만, 먼저 직접 봐야 할 게 있습니다."

베데커가 말했다.

지그문트는 목에 뭔가 걸린 듯한 기분으로 '돈키호테'호에서 내릴 준비를 했다.

올트로와 지브스는 이미 작별 인사를 마쳤다. 통신기를 오가는 목소리에는 양쪽 다 감정이 많이 실려 있지 않았다. 베데커는 지그문트와 함께 갈 터였다.

그러나 에릭과 키어스틴은……. 둘은 나란히 서서 지그문트를 바라보고 있었다. 지난 열한 달 동안 세 사람은 많은 일을 함께 겪었다. 좁아터진 '돈키호테'호 안에서 부딪치며 살았던 건 그중에서도 가장 작은 일이었다. 누가 먼저 움직였는지는 확실하지 않지만, 어느 순간 지그문트와 키어스틴은 포옹을 하고 있었다. 지그문트는 마지막으로 키어스틴을 세게 끌어안고 놓아주었다. 그는 에릭도 안아 주었다. 등을 두들겨 주는 남자끼리의 포옹이었지만, 마음만은 똑같았다.

"몸조심들 하게."

지그문트가 말했다.

베데커와 네서스는 근처에서 안절부절못하며 기다리고 있었다. 네서스가 도착하자 베데커는 기운을 차렸다. 적어도 몸은 좀 씻었다. 두 퍼페티어 사이에는 과거에 불화가 있었다. 지그문트는 둘이 언쟁하지 않는 것을 보고 다소 놀랐다.

"준비되는 대로 가지요."

네서스가 넌지시 말했다.

최근 몇 년간 네서스는 편안하게 지낸 듯했다. 몸무게도 늘었고, 갈기는 지그문트가 기억하는 것보다 더 단정했다. 과거 기준으로 보자면 옷차림도 격식을 갖추고 있었다. 주머니 따라기보다는 장식 띠에 가까운 것을 찼고, 비록 장식은 최소한이었지만 보석 몇 개가 높은 지위를 대변해 주었다. 여전히 니케의 총애를 받고 있는 듯했다. 지금 니케는 최후자가 아닌가.

그러나 변하지 않은 것도 있었다. 서로 다른, 한쪽은 빨갛고 한쪽은 노란 네서스의 두 눈은 전과 마찬가지로 거슬렸다. 총애를 받든지 아니든지 네서스는 언제나처럼 안절부절못했다. 어쩌면 지그문트가 가까이 있어서일지도 몰랐다.

"정말로 하실 겁니까?"

에릭이 묻자, 지그문트는 단호하게 대답했다.

"그래. 자네는 명령에 따라야 하네."

키어스틴과 에릭이 시선을 교환하더니, 키어스틴이 한숨을 쉬며 말했다.

"알겠어요. 그워스를 얼음 위성에다 데려다 주고 집으로 돌아간다."

"사브리나에게 전부 보고하고."

지그문트가 덧붙였다. 고향에서도 확실히 알아야 했다.

에릭이 고개를 끄덕였다.

"저희도 알아요."

"또 보지."

지그문트는 퍼페티어를 향해 몸을 돌렸다.

"네서스, 먼저 가."

네서스가 사라졌다. 이어서 베데커도. 지그문트는 친구들을 향해 마지막으로 미소를 지어 보인 뒤 대기하고 있는 네서스의 우주선 '아이기스'호로 도약했다.

에릭과 키어스틴은 어떻게 해야 할지 잘 알았다. 둘이 받은 명령은 집으로 돌아가는 일과는 무관했다.

3

지그문트는 빌어먹게도 불편한 부조종사석에 앉아서 마지막 접근 비행을 지켜보았다. 걸터앉아 있는 Y 자 모양의 푹신한 의자는 인간용이 절대 아니었다. 하지만 여기저기 쑤시던 것은 곧 뒷전으로 물러났다. 허스 방문은 이번이 처음이었다. 허스의 규모는 ─모든 것이─ 상상을 초월했다.

'아이기스'호가 퍼페티어 고향 세계의 영구적인 밤을 향해 하강했다. 이곳에는 주위를 도는 인공 태양이 없었다. 산업체와 일조 명의 퍼페티어가 생태계가 흡수할 수 있는 에너지를 전부 만들어 내고 있었다. 천 킬로미터 남짓 밖에서 거대하고 빛나는 격자 구조가 점점 커지더니 육안에도 보일 정도가 되었다. 아래로 내려가자 격자 구조는 인공적으로 밝힌 거리와 대륙 전체를 덮고 있는 건물로 나뉘었다.

그들은 도시가 지평선에서 지평선까지 넓게 퍼져 보일 때까지 하강했다. 활주로가 시야에 들어왔다. 수많은 포도송이처럼 우주선이 활주로에 줄줄이 늘어서 있었다. 마침내 지그문트는 규모를 가늠할 만한 척도를 찾았다. 조그만 포도알 하나가 각각 GP 4

호 선체로 만든 우주선이었던 것이다.

GP 4호 선체는 대략 지름이 삼백 미터인 구체다. 지금 지그문트의 시야로는 아주 조그맣게 보였다. 그 거대한 우주선을 비교 대상으로 이용하자 건물의 제대로 된 규모가 감이 잡혔다. 가장 작은 육면체라고 해도 폭이 일 킬로미터가 훌쩍 넘었다. 그 자체로 하나의 도시였다.

수많은 우주선 중 일부는 뉴 테라에서 온 곡물선이 분명했다. 향수가 밀려들었다. 하지만 지그문트는 마음을 가라앉혔다. 그럴 때가 아니었다.

네서스는 아무 충격도 느끼지 못할 정도로 가볍게 '아이기스' 호를 착륙시켰다.

"허스에 온 걸 환영합니다."

그가 말했다.

교통 제어용 통신은 모두 컴퓨터 대 컴퓨터로 이루어졌다. 지그문트는 아마도 자신이 코드나 절차를 엿듣지 못하게 하기 위해서일 것이라고 추측했다. 뉴 테라 사람들을 극렬히 불신하는 분위기라 네서스가 스스스폭이나 그워스 몇 명을 데리고 내려가는 데 반대한 것도 놀라운 일은 아니었다. 물론 계획을 짠 지그문트도 다른 이들을 데리고 착륙할 생각은 없었다. 그저 네서스가 절대 받아들이지 않으리라는 것을 알고 제안했을 뿐이다.

우주선 다른 곳에 있던 베데커가 나타났고, 셋은 하선했다.

지그문트는 곧바로 최후자를 만나지 못했다. 에릭은 먼저 투어를 예상하고 있으라고 경고했다. 개척지 시절부터 퍼페티어는 단순한 인간들을 위압하는 데 오랜 경험을 갖고 있었다.

지그문트로서는 나쁠 게 없었다. 그는 정보를 원했다.

도약 원반에서 도약 원반으로, 지그문트는 네서스를 따라다니며 허스 투어를 했다. 거대한 광장은 종종 꼭대기가 구름 속으로 들어가 버리는 공장과 생태건물 들로 둘러싸여 있었다. 낮이 지배하는 곳에서는 건물 벽에 반사된 빛이 햇빛만큼 밝았다. 밤이라고 할 만한 곳에서는 비슷한 패널이 거대한 오락용 스크린 역할을 했다. 이름 없는 해변에서는 생태건물보다도 큰 핵융합 발전소가 상상할 수 없을 정도로 막대한 에너지를 ─네서스가 말하기를 거부한─ 산업체들로 전송했다.

거리와 광장은 바글바글했다. 퍼페티어는 소 떼처럼 무리를 지어 다녔다. 노래하듯 읊조리는 소리와 울부짖는 소리가 섞여 귀가 먹먹할 정도였다. 네서스와 베데커처럼 길에 다니는 보통 퍼페티어들도 띠나 장식 띠만 매고 있었다. 하지만 리본과 보석, 상징물의 종류는 끝도 없어 보였다.

퍼페티어가 어떻게 옷을 입을 수 있을까? 어디를 가든 공기가 마치 사우나 같았다. 허스는 극에서 극까지 전부 이런 게 분명했다. 일조 명의 퍼페티어가 스스로 발하는 열기에 찜질하는 셈이었다.

선단의 농장 행성은 머리 위에 걸려 있었다. 잔디처럼 푸르고 짧게 깎은 풀과 장식용으로 다듬은 나무 같지 않은 식물로 이뤄진 청록색 초원 형태의 공원을 걸어가며 지그문트는 저절로 시선이 농장 행성을 향하는 것을 느꼈다. 자세히 바라보자 대륙의 윤곽이 NP$_5$임을 알려 주었다. 시냅스가 제멋대로 신호를 보냈고, 행성의 모습 속에서 우울한 표정을 한 얼굴이 떠올랐다.

NP$_5$는 보름달 모양이었다. 인공 태양 목걸이는 극에서 극으로 돌고 있었다. 청록색 바다가 반짝였다. 대륙과 바다 위에는 하얀 구름이 점점이 박혀 있었다. 사이클론도 휘몰아쳤다. 대륙의 모양만 빼면 뉴 테라라고 해도 될 정도였다.

지그문트는 다시 솟아오르는 그리움을 억눌렀다. 페넬로페를 위해서라도 강해져야 하고 의심을 품어야 했다. 감상에 젖을 때가 아니었다.

NP$_5$는 오래전에 '긴 통로'호의 승무원이 비행 중에 발견한 세계였다. 저주나 받으라지. 지그문트는 치솟는 분노를 돌려 집중력을 유지하는 데 썼다. 모든 것을 보고 기억해야 했다. 어떤 게 유용하게 쓰일지 몰랐다.

저 거대한 벽 디스플레이처럼. 거기엔 뭔가 신경을 건드리는 게 있었다.

"창문은 어디 있지? 하나도 안 보이는데."

지그문트가 물었다.

네서스는 위로/아래로, 아래로/위로, 위로/아래로, 머리 두 개를 교대로 까닥였다. 두더지 잡기 게임처럼 보였지만, 동의를 뜻하는 동작이었다.

"관찰력이 매우 뛰어나군요. 거주 공간에는 창문이 거의 없습니다. 대부분 안쪽에 있으니 창문이 있을 수가 없지요."

지그문트는 거대한 안뜰과 내부 공간을 환기시키기 위한 수 킬로미터 높이의 통로를 상상했다. 하지만 위에서 봤을 때 그런 건 없었다. 생태건물 지붕은 단단히 막혀 있었다.

"그러니까 아파트가 끝도 없이 복도에 붙어 있단 말이군. 창문 없는 상자야."

"꼭 그런 건 아닙니다. 복도 같은 건 없습니다. 복도는 낭비되는 공간이지요. 엘리베이터나 환기 통로도 마찬가지입니다. 입주자와 마찬가지로 호흡하는 데 필요한 공기와 내뱉은 이산화탄소는 도약 원반으로 움직입니다."

베데커가 대꾸했다.

퍼페티어 일조 명의 무게가 지그문트를 짓눌렀다. 도약 원반에 대한 극도의 의존성. 어디에나 있는 도약 원반의 존재는 별로 고무적이지 않았다. 만약이지만 회의가 잘 풀리지 않으면 어떻게 할 것인가?

아니, 회의가 잘 풀릴 이유가 있을까? 지금까지 어떤 것도 잘 풀리지 않았는데.

지그문트와 베데커가 허스를 향해 떠나자 에릭과 키어스틴은 남은 시간을 사용할 방법을 찾았다.

올트로도 마찬가지였다. 그들은 상당한 시간을 오랜 여행 동안 얻은 관측 결과에 대해 숙고했다. '돈키호테'호가 하이퍼드라이브를 쓸 때면 경이로울 정도로 빨랐다. 그런데 왜 항상 하이퍼드라이브를 쓰지는 않는 걸까?

올트로는 각각의 비행을 검토했다. 하이퍼드라이브를 처음 활성화시켰을 때와 '돈키호테'호가 목적지에 가까워져 하이퍼드라이브 사용을 중단했을 때. 하지만 패턴은 보이지 않았다.

어쩌면 기술적인 요인이 아니라 조종사의 재량에서 설명을 찾을 수 있을지 몰랐다. 올트로는 하이퍼드라이브 사용과 임무의 시급함을 연관 지어 보았다. 하지만 실패했다. 어쩌면 임무의 시급함이 종족별로 항상 같지는 않을 수도 있었다.

올트로의 철저한 검토는 최근 스스스폭의 포획 직후에 했던 여행에 이르렀다. 일단 '돈키호테'호는 아무도 이야기해 주지 않은 이유 때문에 항성계 외곽까지 천천히 움직였다. 그리고 항로를 돌려 '생명의 나무' 뿌리를 수확하러 갔다. 거기서 다시 항성계 가장자리까지 느릿느릿 움직인 뒤에야 마침내 하이퍼드라이브를 작동시켰다.

각 순간마다 '돈키호테'호가 얼마나 여행했는지를 알 수 있다면 흥미로웠을 것이다. 하지만 인공중력이 우주선의 실제 가속도를 모호하게 만들었기 때문에 우주선의 움직임을 직접 계산할 수는 없었다. 그들은 가까운 곳에 있는 우주선의 회로에서 동력이 흘러나오는 양을 바탕으로 인공중력을 추론하는 방법을 익혔다. 애석하게도, 우주선의 동력과 무관하게 흘러나오는 양 때문에 추정치는 아주 조잡했다.

그래서 올트로는 독립적인 천문 센서를 직접 만들었다. 하지만 이 역시 모호한 대답밖에 들려주지 못했다. 거주 공간의 벽을 뚫고 조사해야 한다는 점, 내부의 칸막이, 선체 자체가 이 장치의 감도를 저해했다.

그때쯤 '돈키호테'호가 세계 선단에 도착했다.

올트로의 계산에는 모호한 면도 있고 근사치도 많았지만, 키어스틴이 다른 어느 곳보다도 목적지에 가까운 거리에서 하이퍼드라이브를 썼다는 점은 분명했다. 이곳은 무엇이 다를까? 한 가지 확실한 차이점이 있었다. 이 세계에는 별이 없었다.

별은 무겁다.

그리하여 올트로의 생각은 심원한 물리 이론과 불가해한 시나리오로 옮아갔다. 어쩌면 하이퍼드라이브는 어떤 이유에서인지 거의 균일한 시공간에서만 쓸 수 있다는 한계가 있는지도 몰랐다. 중력 특이점에서 먼 곳에서만. 그워스, 인간, 시민 혹은 드라르가 살 수 있는 세계에서 먼 곳에서만. 아니면 적어도 그런 세계를 덥히는 항성에서 먼 곳에서만. 한 세계에서 진화한 종족이 장거리 드라이브를 실험해 볼 생각을 하지 못하는 곳에서만.

지금까지는…….

4

조심스럽게 노래하는 듯한 소리가 나자 네서스는 머리 하나를 장식 띠에 있는 주머니에 넣었다. 지그문트는 바람에 흔들려 종이 울리는 듯한 소리를 몇 마디 들을 수 있었다.

네서스의 머리가 다시 나타났다.

"최후자께서 지금 만나시겠답니다. 이쪽으로 가지요."

지그문트는 이미 준비가 끝나 있었다. 그는 네서스를 따라 또 다른 도약 원반으로 갔다.

그리고 청색광에 휩싸인 원통 안에 나타났다. 벽이 투명했다. 네서스는 바깥에서 무장한 퍼페티어 경호원과 함께 안쪽을 보고 있었다.

지그문트는 벽을 가볍게 두드려 보았다. 예상한 대로였다. GPC의 선체용 물질이었다. GP 선체는 가시광선을 투과한다. 지그문트는 머리 위의 조명이 치명적인 수준까지 올라갈 수 있으리라고 짐작했다. 문은 없었다. 이 작은 대기실을 들락거리는 유일한 통로는 도약 원반이었다.

지그문트는 원반에서 걸어 나갔다.

잠시 후, 베데커가 도착했다.

"옷을 벗으십시오. 리본과 보석도."

경호원 하나가 지시했다. 나머지보다 갈기에 리본 하나를 더 매고 있는 것이, 분대를 이끄는 최후자인 모양이었다. 지그문트는 그를 병장이라고 부르기로 했다.

"전부 원반 위에 쌓으십시오."

퍼페티어는 나체를 금기시하지 않았다. 적어도 남성은 그랬다. 퍼페티어 여성에 대해서 뉴 테라가 아는 건 오로지 은둔해 산다는 것뿐이었다.

그래도 옷을 벗어야 한다는 건 예상치 못한 일이었고, 지그문트는 그런 게 마음에 들지 않았다. 지금까지는 이번 여행에 대해 키어스틴과 에릭이 알려 준 예상이 정확히 맞았다. 하지만 옷을 벗는다는 이야기는 없었다. 뉴 테라 사람들은 나체를 금기시한다. 둘 중 누구도 잊어버릴 만한 일이 아니었다.

물론 그들이 허스에서 니케를 만난 건 독립 전이었다. 그때 니케는 단순한 부장관이었고, 지금은 최후자다.

지그문트는 비행복을 벗으며 물었다.

"옷을 벗는 게 일반적인 절차입니까?"

"아닙니다. 당신의 명성이 워낙 높다 보니 이런가 봅니다."

베데커가 장식 띠를 벗어서 접어 놓고 몇 개 안 되는 갈기 장식을 빼면서 대답했다. 지그문트를 쳐다보는 것 외에 할 일이 생겨서 기뻐하는 것 같았다.

"지그문트 아우스폴러 씨, 손목에 있는 건 뭡니까?"

병장이 물었다.

"시계 이식물입니다."

지그문트는 자세히 보라고 팔을 내밀었다.

병장이 고민하는 사이 몇 초가 흘렀다.

"알겠습니다."

마침내 그가 말했다.

지그문트의 옷과 신발, 베데커의 물건 몇 개가 사라졌다. 선체 물질로 만든 다른 밀봉 용기로 들어갔겠지. 지그문트는 추측했다. 그건 섬광탄이나 레이저 총을 막기 위해 검게 칠해 놓았을 테고. 지그문트는 그런 물건을 가지고 있지 않았다. 무기를 갖고 있다가 걸리면 오해를 살 게 아닌가. 하지만 휴대용 컴퓨터—당연히 감시 모드를 켠 채로—와 순간 이동 제어기는 계속 가지고 있고 싶었다.

"떠날 때 물건을 돌려받을 겁니다. 원한다면 옷과 슬리퍼를 제공하겠습니다."

직업적인 측면에서 논하자면, 지그문트는 보안 절차를 받아들여야 했다.

"나와도 됩니다."

마침내 병장이 말했다. 머리 하나가 대기실에 있는 원반을 가리켰다. 두 번째 머리는 권투 선수가 마우스피스를 물듯 무기를 단단히 잡고 있었다.

지그문트는 경호원과 무기가 생체 정보로 연결되어 있으리라고 짐작했다. 그 자신이라도 무기를 빼앗기지 않도록 그렇게 했을 것이다. 물론 무기를 개인 전용으로 만드는 데 설문을 이용하지는 않았겠지만.

베데커, 이어서 지그문트가 주 보안 구역으로 도약했다.

경호원이 둘러싼 가운데 지그문트는 제공받은 단순한 비행복을 입었다.

"따라오십시오."

병장이 명령했다.

두 곳의 검문소를 더 거치자 가장 퍼페티어답지 않은 환경에서 돌연히 길이 끝났다. 울퉁불퉁한 산허리를 감싸고 있는 좁은 정자였다. 도약 원반 주위에는 보초가 빙 둘러서 있었다. 지그문트를 데려온 경호원은 말없이 정자 끝으로 종종걸음 쳤다.

테라초 양식의 기다란 정자는 산속 깊숙이 파인 거주 공간과 이음매 없이 연결되어 있었다. 푹신한 의자와 속을 과하게 넣은 베개 더미, 홀로그램 조각, 녹아 붙은 것처럼 생긴 달걀형 탁자 등이 응접실 여기저기 놓여 있었다.

실내외를 가르는 건 어렴풋이 가물거리는 역장뿐이었다. 지그문트는 기후 차단용이라고 추측했다. 정자 난간 너머 저 아래에는 파도가 해변에 부딪치고, 돌로 지은 웅장한 성이 머리 위로 수십 미터나 솟아 있었다. 끝없이 이어지는 부드러운 곡선과 둥근 형태가 살바도르 달리의 작품을 떠올리게 했다. 다른 구조물은 전혀 보이지 않았다.

백팔십억 명이 사는 세계인 지구에서도 멋진 곳에 홀로 있는 이런 궁전은 퇴폐적이었을 터다. 하물며 일조 명이 사는 허스에서라면…….

"최후자의 개인 관저에서 사적으로 만나는 겁니다. 영광스럽게 생각하십시오."

네서스가 굳이 속삭였다.

지그문트가 흘긋 보니 그 영광도 베데커가 도망갈 수 있는 출구를 찾아 목을 길게 빼는 것을 막지는 못하는 것 같았다. 지그문트 역시 영광이라는 것을 곧이곧대로 받아들이지 않았다. 새로운 위협 방법일지도 몰랐다.

그런 생각을 하고 있을 때 퍼페티어 하나가 응접실에 나타났다. 퍼페티어치고 몸집이 작았다. 크림색 가죽에는 다른 색깔 얼룩이 전혀 없고, 갈기에는 주황색 보석이 반짝였다. 물론 주황색은 집권당인 실험당의 색이었다.

최후자.

그는 정자에서 역장을 뚫고 들어왔다.

"지그문트 아우스폴러 씨."

니케가 억양이 없는 뉴 테라식 영어로 말했다. 과거 경력을 고려하면 개척민의 언어를 할 수 있다는 건 유용한 기술이었을 것이다. 목과 성대가 하나씩밖에 없는 인간은 퍼페티어의 언어를 말할 수 없었다.

"만나 주셔서 감사합니다, 각하."

지그문트가 인사했다. 베데커도 굴종하듯 머리를 숙이는 와중에 그는 뻣뻣이 몸을 펴고 서 있었다.

"네서스가 강력하게 당신을 대변하더군요. 그 역시 비상사태라는 게 뭔지는 듣지 못했지만 말입니다. 어쨌든 여기 내 개인 관저에서 형식적인 건 불필요합니다. 난 니케입니다. 지그문트라고 불러도 되겠습니까?"

니케. 그리스신화 속 승리의 여신. 뻔뻔스러운 선택이었다.

인간과 접하는 퍼페티어들은 인간이 발음할 수 있는 이름을 썼다. 주로 지구의 신화에 등장하는 이름이었다. 네서스의 진짜 이름은 지그문트에게 왈츠 박자로 울리는 산업 재해 소리처럼 들렸다.

"물론입니다, 니케."

지그문트와 베데커는 니케를 따라 대응접실로 향했다. 역장은 압력이 낮아서 지나갈 때 간지러운 느낌밖에 들지 않았다.

또 다른 퍼페티어가 함께했다. 니케는 새로 온 자를 비밀 임원

회의 의장인 베스타라고 소개했다. 경호원은 좀 더 가까이 다가왔지만 정자에 남았다. 그대로 거리를 두고 공손한 태도로 감시하고 있었다.

니케가 앞발굽을 넓게 벌리고 다리를 편 채 몸을 곧추세워 자신감을 표출했다. 퍼페티어가 우월감을 나타내는 자세—도망치지 않아도 될 때나 할 수 있는—였다.

"좋습니다, 지그문트. 이제 무슨 일인지 설명해 보십시오."

지그문트는 올트로의 도움 요청을 시작으로 '돈키호테'호의 여행과 승무원들이 마주친 일을 요약해서 들려주었다. 그워스. 멀리서 관측한 램스쿠프 함대. 산산이 파괴된 세계들. 뉴 테라 정부 내에서 오간 논의. 팩과 그들의 항로…….

니케는 거의 질문을 하지 않았지만, 했다 하면 통찰력을 보였다. 베데커가 세부적인 내용을 보충해 주었다. 종종 자발적으로 나서서 말을 했고, 간간이 니케나 네서스의 말에 대답하기도 했다. 몇 번인가 비서가 나타나 양해를 구하며 니케와 베스타에게 다른 일정에 대해 알렸다. 결국 니케는 비서들을 전부 물렸다.

팩의 군사적 능력에 대해서는 아무도 묻지 않았다. 그래서 지그문트가 먼저 이야기를 꺼냈다.

호전적인 일족이 쓴다면 어떤 무기든 무서울 수 있다. 적어도 팩에게 강력한 레이저나 핵탄두가 실린 핵융합 미사일은 있을 것이다. 전자는 GP 선체를 통과한다. 후자가 일으키는 충격은 GP 선체 안에 있는 것을 전부 반죽으로 만들어 버릴 수 있다…….

말을 끝내자 지그문트는 녹초가 되었다. 태어나서 지금까지 말을 해 온 기분이었다. 손목을 흘긋 보니 두 시간이 넘게 지나 있었다.

이제 니케의 차례였다.

스스스폭은 감방 바닥에 있는 투명한 지점을 통해 아래쪽에 있는 방을 감시하며 승무원들이 찾아오는 패턴을 확인했다.

머리가 두 개 달린 자는 이제 나타나지 않았다. 지그문트도 마찬가지였다. 다른 두 인간─대화를 엿들은 결과 키어스틴과 에릭이라 했다─만 찾아왔다. 보통 둘이 함께였다. 어떤 때는 합성기에서 음식을 가져가기도 했고, 어떤 때는 운동을 했다. 올 때마다 그사이에 0.1일의 몇 배 정도 간격이 있었다.

에릭은 지난 몇 번에 걸쳐 전투 장갑복을 입은 채로 음식 접시를 가져오고 배설물을 치워 주었다. 그 짧은 시간 동안 인공중력은 스스스폭을 움직이지 못하게 붙잡아 놓고 있었다. 모터 돌아가는 소리가 나는 전투 장갑복을 입은 에릭도 그때는 천천히 움직였다. 음식을 가져다주는 일조차 판에 박힌 듯 일정했다.

만약 아래쪽 방이 승무원이 먹는 음식의 유일한 ─다른 곳에 더 있을 이유도 없었다─ 원천이라면 에릭과 키어스틴은 현재 탑승해 있는 유일한 간수일 것이다.

비무장 인간 둘을 기습한다. 조만간 우주선은 스스스폭의 것이 될 터였다.

협약체의 전투 함대! 뉴 테라 사람들의 지휘!

베데커는 거의 도망칠 뻔했다. 너무 터무니없는 생각이었다. 지그문트는 이런 제안이나 하려고 그렇게 먼 길을 온 걸까? 의견을 물었더라면 베데커가 쓸데없는 여행을 하지 않게 도와줬을 터였다.

지그문트가 말을 이었다.

"그 정도는 기대하고 있습니다. 하지만 당신들의 우주선에 대한 이야기니까 거기서부터 시작하는 게 적절하겠죠. 니케, 뉴 테라에 우리 모두를 방어할 수 있는 우주선을 빌려 주십시오. 우리 조종사는 우리가 훈련시키겠습니다."

베스타가 두 눈을 마주 보더니 말했다.

"그거 좋은 생각이군요! 뭐하러 팩이 우리를 파괴할 때까지 기다리겠습니까? 굳이 그워스가 경쟁자로 발전할지 말지를 궁금해 할 필요가 있겠습니까? 그 함대만 있으면 당신들이 조만간 우리를 파괴할 수 있을 텐데 말입니다! 아니면, 그 우주선으로 뉴 테라를 피난시키고 협약체는 종말을 맞이하게 내버려 둘 수도 있겠군요!"

베데커는 도망치고 싶었다.

하지만 어디로? 이건 미친 짓이야!

"죄송합니다, 니케. 지그문트가 이런 요청을 하려는 건지 전 몰랐습니다."

네서스는 목을 가다듬고 계속했다.

"실례합니다, 니케. 전 그워스를 본 적이 있습니다. 오늘은 팩을 봤습니다. 일단 우리 천문학자들이 이쪽으로 오고 있다는 위험을 확인한다고 가정해 보지요. 분명히 그럴 겁니다. 우리 천문학자들이 부정할 수 있는 이야기를 지그문트가 날조해 냈을 리가 없으니까요. 그러면 이제 어째야 합니까?"

아무도 답을 갖고 있지 않다는 게 분명해지자, 베데커는 저도 모르게 오른쪽 앞발굽으로 바닥을 긁기 시작했다.

뉴 테라에 납치되기 전에도 지그문트는 퍼페티어를 연구했다. 지금 퍼페티어의 몸짓에서 읽을 수 있는 건 불합리와 충격이 전부였다. 니케와 베스타는 실제 문제를 마주하기보다는 지그문트에게 화를 내고 있는 게 분명했다. 베데커는 붕괴 직전이었다. 네서스만 집중력을 잃지 않았다. 반짝이는 눈이…… 뭐라고 했더라, 조증의 흥분 상태가 온 것 같았다.

제정신인 퍼페티어는 조증이 오지 않았다. 네서스와 소수의 동료들이 선단을 떠날 수 있는 유일한 방법이 바로 조증 상태를 이용해 두려움을 억누르는 것이었다.

지그문트는 네서스가 알려진 우주에서 자신을 납치해 오기로 결정했을 때 이렇게 기뻐 날뛰었을 모습을 그려 보았다. 지금 네서스가 무슨 생각을 하고 있건 간에 따뜻한 마음으로 바라볼 수가 없었다.

시간, 시간을 벌자. 허스에서 관광객 행세를 하면서 우주선을 훔칠 기회를 엿보자. 얼마 전 생각난 이 대담한 계획을 실행에 옮기기 전에 네서스와 일대일로 이야기해 보자.

"제안 하나 하죠."

지그문트가 불쑥 말했다.

"오늘은 많은 이야기가 오갔으니 잠을 자면서 생각 좀 해 보고 다시 만나면 어떨까요?"

머리들이 위로/아래로, 아래로/위로, 위로/아래로 격렬하게 움직이면서 동의를 표했다. 두더지 잡기 게임.

"좋은 생각입니다."

베스타가 말했다.

결국 지그문트는 다시 활주로를 살펴볼 기회를 얻지 못했다. 네서스와 이야기하지도 못했다. 니케는 지그문트와 베데커에게 관저에서 머물라고 초대했다.

하지만 전혀 초대 같지 않았다.

문 바깥에서 무장 경호원이 보초를 서고 있는 —최후자의 말에 따르면 '혹시 필요한 게 있을 경우를 위해'— 널찍한 객실 안을 어슬렁거리며 지그문트는 궁금해하지 않을 수 없었다. 도약원반 없이 허스에서 갈 수 있는 곳이 있을까?

지그문트는 포로가 되었다.

스스스폭은 유연화한 감방 바닥을 뚫고 아래쪽 빈방으로 들어갔다. 여러 가지 센서와 제어회로를 우회시키기 위해 몇 번 내려온 이래 일상적으로 다니는 경로였다. 하지만 이번 움직임은 일상적인 것과 거리가 멀었다.

이번에 스스스폭은 우주선을 빼앗을 작정이었다.

5

다음 날, 최후자의 대응접실은 어제와 같은 모습이었다. 참석자도 똑같았다. 그러나 분위기는…….

지그문트는 분위기가 바뀌었음을 느꼈다. 오늘은 '나쁜 소식을 갖고 온 놈은 죽여 버리겠다'는 기운이 느껴졌다.

지그문트가 밀어붙여도 더 잃을 게 없다는 뜻이었다.

"뉴 테라는 이 싸움에서 이길 수 없습니다. 그워스도, 선단도 마찬가집니다."

당신들은 싸우지도 않을 테니까.

"아무것도 바뀌지 않은 채로 몇 년이 지나면 팩이 우리 세계를 산업화 이전으로 되돌려 버릴 겁니다."

일조 명의 퍼페티어는 모든 면에서 기술에 의존했다. 도약 원반 시스템만 고장 나도 대부분은 거대한 건물 안 깊숙이 갇혀 버릴 터였다. 망할! 그런 방에는 보통 문도 창문도 없었다. 수십억 명이 방 안에서 산소 부족으로 질식할 것이다.

지그문트는 더 말하지 않았다. 그게 무슨 뜻인지 알아서 깨달을 터였다.

"제안할 게 있습니까?"

네서스가 기대하는 투로 물었다.

지그문트는 결정권자에게 시선을 고정하고 싶었다. 하지만 최후자는 머리를 너무 넓게 벌리고 있었다. 지그문트는 눈 하나를 골라서 쳐다보았다.

"팩을 상대로 이기려면 강력한 함대를 지닌 동맹이 필요합니다. 니케, 우리에게는 지구가 필요합니다."

지그문트는 어떤 반박이 나올지 전부 알고 있다고 생각했다.

선단이 안전을 유지하기 위해서는 알려진 우주의 다른 종족으로부터 숨어 있어야 한다. 지구는 퍼페티어를 도와주기보다, 뉴테라 사람들에게 저지른 과거 범죄에 대한 응징으로 오히려 공격을 할 것이다. 지구 함대는 뉴 테라 사람들을 대피시키거나 뉴 테라만 방어하고 허스는 파괴되도록 내버려 둘 것이다. ARM이 모든 힘을 동원한다고 해도 그런 일을 하기에는 역부족일 것이다. 함대를 나눠서 언제나 이를 갈고 있는 크진인 앞에 무력하게 되느니 얼마 안 되는 뉴 테라 사람들을 희생시킬 것이다…….

이런 반론은 사실상 한 가지 주장의 다양한 면일 뿐이었다. 불신. 지구 때문에 당장 화를 자초하느니 나중에 팩이 가할 위험을 무릅쓰는 게 낫다는 소리였다.

지그문트는 옆방에서 베데커가 서정적인 소리로 코를 고는 가운데 밤새 거닐며 가능한 한 반론을 세련되게 다듬었다. 지그문트의 대답 역시 하나로 귀결되었다. 시도해서 협약체가 잃을 게 없다는 점이었다.

그러나 지그문트는 결국 그 이야기를 꺼내지도 못했다.

"지구는 없어졌습니다."

베스타가 말했다.

"인간 세계 전부가. 크진인 세계도 마찬가지입니다. 당신이 기억하는 세계는 전부 팩의 항로에 있었습니다."

과거 속 인물들이 지그문트의 마음속을 스쳐 지나갔다. 잔인하게도, 그 부분에 대한 기억만큼은 온전했다. 옛 친구와 동료들만이 아니었다. 수십억 명이 목숨을 잃었을 것이다. 지그문트가 ARM으로서 지키겠다고 맹세한 수십억 명이. 지그문트는 수십억 명의 기대에 부응하지 못했다.

거의 절망에 무릎을 꿇을 뻔했다. 하지만 지그문트는 자기 안으로 숨어 버리는 퍼페티어 따위가 아니었다. 빌어먹을! 분노가 슬픔을 밀어냈다.

슬픔 대신 냉정함이 자리를 잡으며 지그문트는 논리적으로 생각하기 시작했다. 그리고 머리가 맑아지자 깨달았다.

베스타의 말은 믿을 수 없었다. 문제는 '왜?'였다.

팩에 대해 지그문트가 직관적으로 느끼는 것과 맞아떨어지지 않기 때문이었다.

스스스폭은 대단한 자제력을 보였지만, 프스스폭이라는 이름에는 반응을 하고 말았다. 그리고 팩의 군사적 능력이라는 주제에서 벗어나는 방편으로 프스스폭의 야망에 대해 장황하게 이야기하면서 루카스 가너의 진술 중 상당한 양의 세부 내용을 확증했다.

따라서 스스스폭 시대의 팩은 잃어버린 개척지, 지구에 '생명의 나무'를 복원하려는 시도에 대해 알고 있었다. 무슨 이유에서인지 그 지식은 무엇인가에 핵심적이었다.

지그문트는 그게 무엇인지 아직 알 수 없었다.

네서스는 조심스러운 눈으로 지그문트를 바라보고 있었다. 광분하기를 기대하는 걸까?

팩. 팩은 파괴의 원뿔을 남기고 떠났다. 고정적인 단면이라기보다는 원뿔이 맞았다. 그 안에서 일족끼리도 끊임없이 싸웠기 때문이다. 각 일족의 함대는 패배했거나 혹은 다른 전략적인 이점을 위해 흩어졌다. 브레넌도 끝없는 일족 사이의 갈등에 대해 루카스 가너에게 똑같은 말을 했다.

만약 팩홈에서 살아남은 소수가 가는 길에 팩이 사는 세계, 적의 세계를 마주친다면, 그들은 과연 프스스폭이 따랐던 길을 따를 것인가?

아니었다.

지그문트는 얼굴을 붉혔다. 분노로 몸이 떨렸다. 베스타가 전한 소식에 반응한 거라고 퍼페티어가 생각하게 내버려 두자. 베스타의 거짓말에 반응했다고. 지그문트는 베스타의 목을 조르고 싶은 충동을 간신히 억눌렀다.

정자에서 바라보고 있던 경호원들이 응접실로 뛰어들었다.

"각하?"

그중 한 명이 묻듯이 니케를 바라보았다.

"나쁜 소식을 들어서 그런 겁니다."

니케가 설명하자 경호원들은 긴장을 풀었다.

"괜찮겠습니까, 지그문트?"

"잠깐만요."

지그문트는 쿠션 더미 위에 주저앉았다. 인상적으로 보이도록 얼굴을 두 팔에 묻은 채 몸을 구부렸다.

경호원 하나가 지그문트를 노려보았다. 최후자가 서 있는데 앉아 있는 건 예법에 크게 어긋나는 일이었다. 니케가 몸짓하자 보안 팀이 다시 밖으로 나갔다.

잠시만. 지그문트는 시간이 좀 더 필요했다. 베데커는 베스타의 말에 움찔했지만 니케나 네서스는 그러지 않았다. 둘은 무슨 말이 나올지 알고 있었거나, 거짓말에 가담한 것이다.

"물 좀 가져다줄까요, 지그문트?"

네서스가 물었다. 진심으로 걱정하는 표정이었다.

"그래, 고맙군."

지그문트는 물이 오기를 기다렸다가 받아 마시는 동안 방해받지 않고 생각할 수 있었다. 네서스는 물을 가져다주는 데도 시간을 들였다. 그러자 지그문트도 궁금해지기 시작했다. 네서스가 나에게 생각할 시간을 주려는 걸까?

니케와 네서스는 둘 다 어제 별로 반응을 보이지 않았다. 마땅히 두려움에 벌벌 떨고, 갈기를 물어뜯고, 바닥을 찼어야만 했는데. 그렇다면 팩에 대해 이미 알고 있었던 게 분명했다!

그건 곧 사브리나의 정부 깊숙한 곳에 정보원이 있다는 소리밖에 되지 않았다. 정보원만이 이 정보를 새어 나가게 할 수 있었다. 만약 지그문트가 의심스러워하는 기색을 보인다면 이들은 그가 알고 있다는 사실을 알게 될 터였다.

지난밤, 네서스가 객실에 들렀다. 그냥 사교적인 방문이라고, 필요한 게 없는지 보려고 들렀을 뿐이라고 그는 설명했다. 그리고 베데커와 함께 오랜 시간 이야기를 나눴다. 둘은 이상한 박자에 맞춰, 단조는 아니지만 기괴한 음조로 노래했다. 무슨 이유에선지 그 대화는 지그문트의 털을 곤두서게 했다. 전문가는 아니었지만, 지금까지 들어 본 퍼페티어의 언어와는 전혀 달랐다.

네서스가 떠나자 지그문트는 베데커에게 무슨 이야기를 했느냐고 물어보았다. '개인적인 일'이라는 대답이었다. 지그문트는 과거의 일을 정리한 거려니 하고 짐작했다.

그런데 지금은 왜 굳이……?

네서스가 가까이 다가왔다.

"지그문트, 얼굴이 좋아 보이지 않는군요. 잠시 혼자 시간을 갖고 이 소식을 받아들이는 게 나을지도 모르겠습니다. 우리는 나중에 다시 모이지요."

"그게 좋겠군."

지그문트는 그렇게 말하고 일어서면서 일부러 비틀거리는 모습을 보였다. 슬픔에 젖어 혼란스러워하고 있다고 생각하게 만들기 위해서였다.

지구에 연락하는 건 성사되지 않을 터였다. 퍼페티어의 도움 없이는 안 되는 일이고, 베스타의 거짓말은 그 점에 관해서 논의할 생각이 없다는 뜻이었다.

그러나 지구가 아니라면, 누구에게 도움을 받아야 할까?

네서스는 지그문트에 대해 비이성적인 확신을 지니고 있었다. 그 결과 지그문트가 뉴 테라에 오게 된 것이다. 그 잘못된 신뢰는 아마도, 네서스가 지그문트에게 잠시 나가 있으라고 권한 이유일 터였다. 슬픈 사실은 지구의 도움을 받는다는 게 지그문트의 마지막 계획이라는 점이었다.

그러나 아무 계획이 없다고 해도 지그문트는 포기할 줄을 모르는 사내였다.

6

키어스틴은 속으로 한숨을 쉬며 수면장 밖으로 팔을 뻗어 어둠 속에서 터치 포인트를 더듬거렸다. 오늘 밤엔 잠을 잘 수 없을 것 같았다. 에릭도 수시로 몸을 뒤척였지만 적어도 잠은 들어 있었다. 키어스틴은 그를 깨울까 봐 지브스에게 수면장을 끄라고 속삭이지도 않았다.

터치 포인트가 손끝에 닿았다. 키어스틴은 역장을 나온 뒤 에릭이 움직이기 전에 다시 활성화시켰다.

막연한 공포 때문에 매일 거의 잠을 잘 수가 없었다. 자신이 소중히 여기는 사람들을 향해 팩이 돌진하고 있는 와중에 어떻게 두려워하지 않을 수 있을까? 키어스틴과 에릭의 소중한 아이들부터가 그곳에 있었다.

막연한 공포에 더해 좀 더 시급한 문제도 있었다. 지그문트의 연락이 늦어지고 있었다.

키어스틴은 어둠 속에서 옷을 입고 책상 위에 있던 통신기를 집어 들었다. 해치를 열고 야간이라 어두침침한 복도로 나왔다.

"지브스, 장관님에게서는 소식 없어?"

키어스틴이 속삭였다.

대답이 없었다. 음향 센서가 고장 난 모양이네, 생각하면서 그녀는 통신기에 대고 질문을 되풀이했다.

― 미안합니다, 키어스틴. 아무 소식 없습니다. 별일 아닐 수도 있습니다.

지브스가 으레 하는 대답이었다.

지그문트는 이미, 논의 중에는 시민들이 통신을 차단하리라고 추측했다. 연락이 없어도 별일 아닐 수 있었다. 키어스틴은 뱃속에서 뭔가 다른 느낌을 받고 있었지만.

허스와 뉴 테라는 공공 네트워크 채널을 유지하고 있었다. 가끔 있는 정부 간 논의를 위해서라기보다는 행성 간 곡물 수송 때문이었다. 만약 지그문트에게 통신기가 있다면 ―키어스틴은 확실하다고 생각했다― 지금쯤 뉴 테라의 중계를 거쳐 '돈키호테'호에 연락을 했을 것이다.

위장이 배가 고프다는 신호를 보냈다. 키어스틴은 모퉁이를 돌아 휴게실로…… 그러다가 문득 발을 멈췄다. 그녀는 통신기를 입 가까이 들어 올렸다.

"지브스! 왜 비상 해치가 닫혀 있지? 3번 갑판, 내 선실 바로 너머에 말이야."

― 그럴 리가 없습니다.

지브스가 대답했다.

뭐라고?

"내가 지금 보고 있어. 내려와 있잖아. 밀폐돼 있다고."

— 다른 쪽으로 돌아가는 복도로 가 보십시오. 반대편에 뭐가 보입니까?

왜 지브스가 보안 카메라를 이용하지 않는 거지? 키어스틴은 묻지 않았다. 굳이 기다릴 것 없이 말한 대로 하면 되었다.

그런데 건너갈 수가 없었다.

"지그문트의 선실 밖에 있는 비상 해치도 닫혀 있어."

— 그러면 단순한 고장이 아닙니다. 보안 시스템에 따르면 두 해치는 열려 있습니다. 카메라와 근접 센서 모두 그렇게 나옵니다.

거기에 더해서 음향 수집 센서도. 키어스틴의 선실 밖에 있는 게 작동하지 않는 유일한 음향 센서는 아닐 터였다.

심장이 급하게 뛰었다. 키어스틴은 거의 소리 내어 물어볼 뻔했다. 스스스폭은 어디 있지? 그워스는 어디 있지? 둘 다 무의미한 질문이었다. 보안 시스템이 뚫린 이상 지브스도 알 길이 없을 터였다.

키어스틴은 우주선을 빼앗기지 않도록 보호해야 했다.

"에릭이 우리 선실에 있어. 깨워 줘, 지브스. 우리 선실과 이곳만 빼고 나머지 부분의 중력을 전부 여섯 배 올리고."

잠시 후, 희미하게 삐걱거리는 듯한 경보음이 키어스틴의 선실 문에서 흘러나왔다. 다시 잠시 후, 갑판이 아래로 꺼졌다.

중력이 사라졌다.

스스스폭은 차근차근 비상 해치를 유연화하고 통과한 뒤 다시 단단하게 만들기를 반복하면서 함교로 향했다. 무조건 선내 중력의 반대 방향으로 움직였다. 팩의 우주선은 언제나 함교가 앞에 있었다. 인간의 설계 관행은 모르지만, 이 먼 친척 역시 똑같이 하리라고 추측했다.

해치를 다시 단단하게 만드느라 속도가 느려졌다. 하지만 비상 해치 제어장치를 무력화한 덕분에 추적자를 그만큼 늦출 수 있었다. 스스스폭은 우주선을 빼앗는 데 실패한다는 낮은 가능성에 대비해 문과 벽을 통과하는 능력이 있다는 사실을 비밀로 할 생각이었다. 우주선을 자기 것으로 만들 때까지 시도를 멈출 생각이 없기 때문이었다.

머리 위의 발광 패널은 수면 시간이라 어두워져 있었다. 스스스폭은 발각되지 않고 함교에 도착할 수 있으리라 예상했다. 도착하면 중간 갑판의 기압을 낮춰서 필요할 때까지 인간들을 선실 안에 가둘 수 있었다.

그때, 중력이 사라졌다.

에르오는 불편한 보호복을 입은 채로 피로하게 만드는 중력을 거스르며, 거주 공간 수문에 설치한 작은 작업대에서 일하고 있었다. 작업 공간을 채우고 있는 건 우주선 내부의 공기였다. 교대 시간이 몇 번만 더 지나면 최신 센서를 완성할 수 있을 것이다. 올트로는 이 장치로 하이퍼드라이브의 작동 원리에 대한 중요한 새 데이터를 끌어낼 수 있다고 확신했다.

융합됐을 적의 희미한 기억이 떠오르자 통증은 단순한 성가심 정도로 약해졌다.

에르오는 관족 하나를 뻗어 미세 캘리퍼스*를 조정했다. 외골격이 움직이면서 모터가 웅웅거렸다.

그때, 중력이 사라졌다.

깜짝 놀라 몸을 움찔하자 수문 위로 떠올랐다. 등이 천장에 부드럽게 부딪치면서 되튀었다.

에르오는 보호복의 자석을 작동시키고 수문 갑판을 향해 관족을 뻗었다. 관족이 연속적으로 빠르게 부딪치면서 보호복 속의 물을 통해 소리가 울렸다.

에르오는 우선 거주 공간으로 신호를 보냈다.

— 무슨 일이지요?

스오가 대답했다.

— 무슨 일이냐니요? 무슨 뜻이에요?

물속에 떠 있으면 미세 중력 상태와 구분하기가 어려웠다. 마침 그때 센서를 확인하고 있지 않았더라면 아무도 변화를 감지하지 못했을 것이다.

에르오는 우주복의 음향 발생기를 통해 다시 물었다.

"지브스, 왜 중력이 꺼졌지요?"

대답이 없자, 이번에는 내부 통신 채널로 주파수를 바꿨다.

"여기는 에르오. 누가 대답해 주세요. 왜 중력이 꺼졌지요?"

모퉁이 너머에 있어 보이지 않는 선실 문이 요란한 소리를 내

---

* calipers. 자로 재기 힘든 물체의 두께나 지름 따위를 재는 기구.

며 열렸다.

"여기야, 에릭."

키어스틴이 불렀다.

얼마 뒤, 에릭이 모습을 드러냈다. 그는 접착성 슬리퍼를 신은 채 갑판 중앙에 나 있는 줄무늬 위를 걷고 있었다. 키어스틴에게도 슬리퍼를 건네며 그가 물었다.

"도대체 무슨 일이야?"

키어스틴은 덮개를 열고 비상 해치 제어회로를 드러냈다. 만약 해치 저편이 진공이라면 압력 차이를 인식해 그녀가 무슨 짓을 하든 문을 닫아 놓고 있어야 했다.

"지브스는 해치가 내려오는 걸 못 봤어."

"누가 보안을 뚫은 거군."

에릭이 대신 결론을 말했다. 그러더니 목소리를 높였다.

"지브스, 네가 중력을 죽였어?"

"통신기를 써."

키어스틴이 말했다.

"음향 수집 센서도 꺼졌어. 그래서 이 뒤에 누가 있어도 우린 소리를 못 들어."

에릭은 통신 링크로 질문을 반복했다.

— 일부러 한 건 아닙니다. 중력을 올리려고 하자 회로가 날아갔습니다.

지브스가 대답했다.

"여기는 에르오. 누가 대답해 주세요. 왜 중력이 꺼졌지요?"

통신기에서 목소리가 흘러나왔다.

그워스일까, 팩일까? 키어스틴은 무력한 표정으로 에릭을 바라보았다.

"우선권을 빼앗기고 있어, 에릭. 게다가 누구한테 뺏기는지도 몰라."

끈질기게 조사한 끝에 상태 표시등 하나가 빨간색에서 초록색으로 바뀌었다. 비상 해치가 올라가기 시작했다. 키어스틴에게 무엇인가가 살짝 보였다. 뭐지?

맨살인 발뒤꿈치가 모퉁이를 돌아 사라지고 있었다. 함교가 있는 층으로 이어지는 계단을 향해.

그워스는 발뒤꿈치가 없다!

"스스스폭이 탈출했어. 거의 함교야."

키어스틴은 통신기를 향해 소리쳤다.

"그 자리에 있어요, 에르오."

그러면 이제 키어스틴과 에릭이 무엇을 할 수 있느냐가 남았다. 만약 스스스폭이 함교에 들어가 문을 잠근다면, 전부 끝장이었다.

스스스폭을 붙잡은 날, 인간들은 고통스러울 정도로 강한 인공중력을 이용해 그로 하여금 전투 장갑복을 벗도록 강요했다. 첫 번째 정찰 때도 포획자들은 중력을 이용해 그를 움직이지 못하게 만들었다. 이번에도 발각된다면 똑같은 시도를 할 터였다.

용납할 수 없었다.

스스스폭은 우주선의 중력을 일정하게 유지하는 편을 선호했다. 하지만 감방 근처를 탐사한 결과 중력 제어회로를 발견하지 못했다. 논리적으로 생각해 보면 그런 제어장치는 함교에 있을 터였다. 스스스폭은 좀 더 단순하게 간섭하는 방법을 택했다. 인근 회로 차단기에만 접근하면 되는 방법이었다. 동력이 눈에 뜨일 정도로 쓰이면 열리도록 차단기를 설정했던 것이다.

탈출했다가 우연히 발각되는 위험을 완전히 제거할 수는 없었다. 스스스폭은 그럴 때 후회하느라 시간을 낭비하는 짓은 하지 않았다. 인공중력이 사라진 건 불운이었지만, 상황상 할 일을 하는 데 필요했다.

무엇보다도 스스스폭은 구조 변환기를 비밀로 유지하는 데 신경을 썼다. 그럴 일이 있을지 모르겠지만, 다음번 탈출을 위해서. 지나온 칸막이를 일일이 단단하게 만드는 데는 시간이 너무 걸렸다. 스스스폭은 변환기 손잡이를 열어 내부 배선을 살짝 조정했다. 이제 투사하는 역장은 극도로 미세하게 흔들렸다. 유연화된 물질은 무작위한 열적 움직임을 따라 혼란스럽고 좀 더 경직된 상태로 변할 터였다. 되돌리는 건 0.001일의 몇 배 정도면 가능했다.

예상한 대로 인간들은 스스스폭을 ─그리고 그들 자신을─ 공중에 띄웠다. 도구 개조가 끝났을 때쯤에는 기류를 타고 방금 걸어온 복도의 절반 정도 거리를 다시 되돌아가 있었다.

포획자들은 자석이나 접착성 신발로 몸을 고정할 터였다. 스스스폭에게는 둘 다 없었다. 하지만 그 정도는 예상한 바였다.

구조 변환기를 짧게 건드리자 표면이 끈적끈적해졌다. 스스스폭은 한 손을 끈적끈적하게 만든 표면에 댄 채 다른 손을 길게 뻗어 잡을 곳을 찾으며 수영하는 동작으로 몸을 앞으로 끌어당겼다. 기대한 만큼 잘 통했다. 그냥 벽을 치고 움직이는 것보다 더 빨랐고 정확하게 제어할 수 있었다. 중력이 있을 때는 이 기술을 시험해 볼 수가 없었다.

목소리가 들렸다. 비상 해치 너머라 분명하지는 않았지만 에릭과 키어스틴이라는 건 알 수 있었다. 이내 통신기도 켜졌다.

"여기는 에르오. 누가 대답해 주세요. 왜 중력이 꺼졌지요?"

에르오가 누구지? 지브스처럼 인공 존재인가? 또 다른 인간? 아니면 머리가 두 개인 짐승 중 하나인가? 만약 예상치 못한 인물이 하나 타고 있는 거라면, 더 있을 수도 있다는 의미였다.

스스스폭은 반은 헤엄치듯 반은 몸을 끌어당기듯 움직여 계단으로 향했다. 그곳의 해치는 비상 격벽으로도 쓰였다. 스스스폭은 해치를 유연화한 뒤 일시적으로 점성이 생긴 칸막이를 뚫고 몸을 끌어당겼다. 그리고 계속 움직였다.

바라건대, 함교를 향해.

들어갈까, 나갈까? 에르오는 수문에 서서 고심하고 있었다.

선택은 그의 몫이 아니었다.

— 오 초 후, 하이퍼드라이브 진입.

지브스가 명령을 확인하는 어조로 공지했다.

— 카운트다운 시작. 오…….

에릭이나 키어스틴 혹은 지브스는 그게 무슨 뜻인지를 그워스가 이해하리라고 기대할 수 없었다. 아무도 하이퍼드라이브에 대해 그워스에게 설명해 주지 않았다. 그러나 올트로는 미세한 측정치와 뜻밖의 기회로 얻은 실마리를 연구한 결과 상당한 진보를 이뤄 낸 상태였다. 그리고 '돈키호테'호는 특이점 내부, 중력 우물 깊숙한 곳에 있었다.

스스스폭이 탈출한 게 틀림없었다. 인간들은 '돈키호테'호를 빼앗길 바에 차라리 파괴하려는 것이다.

그워스가 이 문제에 대해 말할 권리는 없었다. 이 모험을 떠날 때 이미 위험에 뛰어들겠노라고 동의했다. 인간의 지휘를 받아들인다는 의미였다.

그러나 난데없이 다른 차원이라는 구렁에 떨어져 버리기로 동의하지는 않았다.

"잠깐만요!"

에르오는 통신기로 신호를 보냈다.

목숨을 구하는 일은 그가 아닌 올트로가 책임져 주었으면 좋겠다고 생각했지만 우주선 안을 돌아다닐 수 있도록 보호복을 입고 있는 건 에르오였다. 게다가 융합이 완성되기도 전에, 다른 누가 보호복을 입고 에르오를 돕기도 전에, 운명이 결정될 판이었다.

알고 있는 건 뭔가?

스스스폭이 달아났다는 것. 지난번 탈출했을 때는 인간들이 인공중력을 이용해 그를 움직이지 못하게 만들었다. 이번에는 중력이 꺼졌다. 스스스폭이 차단한 게 분명했다.

카운트다운이 멈추고 조용해졌지만, 에르오의 머릿속에서는 계속 숫자가 지나갔다. 삼……

지브스는 프로그래밍에 따라 카운트다운을 공지했을 것이다. 하지만 에릭과 키어스틴이 스스스폭이 뭔가 유용한 정보를 엿듣지 못하도록 공지를 멈추라고 명령했을 것이다. 카운트다운은 분명히 계속되고 있었다. 이……

에르오는 송신기를 우주선의 공용 통신 채널에 맞췄다.

"안 돼요! 추진기를 이용해서 가속하세요!"

인간이 중력을 얼마나 감당할 수 있을까? 사실상 무중량 상태인 물로 가득 찬 거주 공간에 있는 그워스에게는 해당 사항이 없었다. 에르오만 빼고. 하지만 그걸 걱정할 시간은 없었다. 에르오는 어림짐작으로 말했다.

"평소의 열 배로!"

일……

키어스틴이 빠른 속도로 말했다.

"지브스, 기다려. 에르오가 옳아. 가속하면 스스스폭을 멈추게 할 수 있어."

"그리고 우리도 뭉개지겠지."

에릭이 대꾸했다.

"그렇게 하자는 거야?"

움직이지 못할 정도로 짓누르는 무게…… 길고 끔찍한 죽음이 될 터였다. 에르오는 몸을 떨었다. 하지만 꼭 그렇게 되리라는 법은 없었다.

에르오가 송신했다.

"나는 압력복을 입고 있어요. 기계적인 보조를 이용하면 가속해도 움직일 수 있을 거예요. 여러분에게는 마비 총이 있지요? 어디 있는지 알려 주세요. 일단 스스스폭만 제압하고 나면, 지브스가 감속하면 돼요."

침묵.

에르오는 에릭과 키어스틴이 무슨 생각을 할지 짐작할 수 있었다. 무기를 드러냄으로써 이제는 그워스가 우주선을 장악할 위험을 감수해야 하는 것이다.

이런 미묘한 정세에는 만약 자신들이 원했다면 이미 무기를 만들었을 거라고 주장해 봤자 도움이 되지 않을 것 같았다. 사실, 이 위기에서 살아남으면 무기를 만들 가능성도 있었다.

침묵이 길어졌다. 정적 속에서 에르오는 예상치 못한 자신의 사망 가능성에 대해 생각했다. 그워테슈트의 일원으로서 그는 자신/자신들이 거의 영원하다고 여겼다. 하지만 이번에는⋯⋯.

머릿속의 카운트다운은 '일'에 멈춰 있었다.

"좋아요."

에릭이 공용 채널로 말했다.

"지브스, 아까 명령을 취소한다. 추진기를 중력가속도 여섯 배로 가동해. 지금!"

스스스폭은 다른 갑판으로 헤엄쳐 갔다. 문이 세 개밖에 없는,

가장 작은 갑판이었다. 스스스폭은 문을 하나씩 유연화한 뒤 머리를 들이밀어 보았다. 세 번째 문이 함교였다. 그리고 커다란 전망 창에는…….

그것은 전에 한 번도 본 적이 없는, 심지어 상상해 본 적도 없는 광경이었다.

그때, 엄청난 힘이 스스스폭을 강타했다. 그는 바닥에 짜부라지며 숨을 헐떡였다. 머리는 여전히 문에 박힌 채였다.

둥근 구멍 가장자리가 목둘레의 질긴 가죽을 파고들었다. 곧 조직과 형태가 되돌아오려고 할 터였다. 운이 좋으면 이대로 목이 졸린 채 붙잡혀서 머리와 어깨가 서로 문 반대편에 있게 될 것이다. 최악의 경우에는 문이 원래의 형태를 되찾으면서 머리를 잘라 버릴 것이다.

시시각각 단단해지는 문에서 머리를 빼낸 건 그가 했던 일 중에서 가장 힘들었다. 스스스폭은 탈진한 채 갑판 위에 무너졌다.

손을 볼 수 있게 움직이는 건 더욱 힘들었다. 구조 변환기는 감방 안에 숨기기 쉽도록 작게 ──가장 작은 손가락과 폭은 비슷하고 길이는 더 짧게── 접을 수 있었다. 스스스폭은 간신히 접어서 삼켰다. 만약 살아남는다면, 위산에 흠뻑 젖은 변환기가 단락되어 위장을 죽으로 만들어 버리지 않는다면, 자연스러운 생리 현상을 통해 장치를 되찾을 수 있을 것이다. 아니면 창자가 막혀서 천천히 죽거나.

스스스폭은 단단한 갑판에 누워 숨을 헐떡였다.

머리가 빠져나왔을 때 유연화한 문이 다시 밀봉되는 소리는 듣지 못했다. 숨을 헐떡이고 있어서였을까? 겨우 머리를 들어 함교로 통하는 문을 바라보았다.

구멍이 뚫렸고 아래쪽 가장자리가 부풀어 있었다. 인공중력이 돌아왔거나 가속을 한 게 문을 이루는 물질이 굳기 전에 표면장력을 압도한 모양이었다. 둘 중 어느 쪽인지는 몰랐지만, 중요하지 않았다.

문제는 인간이 설명할 방법을 찾으리라는 점이었다. 그릇된 생각을 하도록 유도해야만 했다.

스스스폭은 온 힘을 다해 몸을 일으켜 세웠다. 통풍관에 손가락을 밀어 넣고 안전망을 비틀어 떨어져 나오게 했다. 잠시 후, 아래 갑판에서 금속이 부딪치는 소리가 났다. 스스스폭은 부서진 안전망을 통풍관 안으로 밀어 넣었다. 구부러진 안전망은 거슬리는 소리를 내며 통풍관 안쪽을 긁더니 중력을 받아 환기 시스템 깊숙한 곳 어딘가로 떨어졌다.

사지가 떨리고 가슴이 오르내렸다. 스스스폭은 다시 갑판 위로 무너져 내렸다. 인간들이 문을 녹이는 도구를 찾아 헤맬 곳을 마련해 줬으니 한동안 찾아 헤매게 하자.

계단 쪽 해치가 삐걱거리는 소리를 내며 열렸다. 다섯 개의 돌출부가 있는 생물이 전투 장갑복을 입고 무거운 동작으로 걸어 들어왔다. 기껏해야 성인 팩의 무릎 정도 높이였다.

에르오라는 자일까? 외골격을 빼면 이 외계인이 하고 있는 장비는 투명했다. 그 안에서 기포가 솟았다. 외계인은 수중 생물이었다. 그리고 생김새가 기괴했다. 마치 커다란 뱀 다섯 마리의 꼬리가 하나로 붙어 있는 것처럼 보였다.

유일하게 나는 냄새는 모두 인공적이었다. 금속, 윤활유, 합성 탄화수소. 어쩐지 그게 저 외계인의 드러나지 않은 진짜 악취보다 더 고약했다. 스스스폭이 바라보는 도중에도 피부는 색이 변하고 문양이 소용돌이쳤다.

모터로 움직이는 외골격이 힘에 저항하는 소리를 냈다. 외계인이 촉수 하나를 들어 올렸다. 끄트머리를 정면으로 보니 촉수 속은 비어 있었다. 관 안쪽 깊숙한 곳, 날카로운 이빨 층 너머에서 고리 모양의 불길해 보이는 눈이 스스스폭을 쳐다보고 있었다. 촉수를 덮고 있는 전투 장갑복 부위에 장착된 캘리퍼스가 들고 있는 총도 스스스폭을 노려보았다. 저 짐승이 들고 있기에는 터무니없이 컸다.

사방이 웅웅거리더니 의식이 사라졌다.

7

지그문트에게 작별 인사를 하는 건 어려울 것 같았다. 베데커보다 더 놀란 이는 없었다.

"그러다 대머리가 될 겁니다."

지그문트가 말했다.

"그래도 얘기하고 싶어요?"

지그문트는 어떻게 이렇게 차분할 수가 있을까? 최후자와 왜 다시 회의를 하지 못하는지 궁금하지 않은가? 통신기와 도약 원반도 없고 문밖에는 경호원이 지키고 있으며 어디를 가든 경호원이 따라가는 객실의 심각성을 이해하지 못한 건가?

당연히 이해했을 것이다. 다른 사람도 아닌 지그문트였다.

베데커는 갈기 물어뜯기를 멈췄다. 자기 자신을 망가뜨린다고 해서 죄책감이 사라지는 건 아니었다. 차라리 고백이 나을지도 몰랐다.

"난 당신과 함께 돌아가지 않습니다."

지그문트는 객실 벽 하나를 통째로 차지하는 창문 옆에 서서 겁이 나게 먼 아래에 펼쳐진 바다를 내려다보고 있었다. 그런데 인간은 그 정도로 겁을 안 먹던가?

"그게 당신과 네서스가 하던 얘기였겠죠."

베데커는 고개를 까딱거렸다. 오랜 시간을 함께 보냈기에 지그문트는 그 동작을 이해할 수 있을 터였다. 베데커 역시 인간의 몸짓을 읽는 방법을 배웠다. 지그문트는 마치 용수철 같았다.

"뉴 테라는 당신을 그리워할 겁니다. 나도 그렇고요. 당신은 훌륭한 친구였습니다."

친구는 친구를 버리지 않는다. 적어도 아무 설명 없이는 그러지 않는다.

"협약체가 팩과 싸운다면 질 겁니다. 지그문트. 만약 우리가 아무것도 하지 않는다면 팩이 항로를 바꿀지도 모릅니다."

지그문트는 다시 고개를 끄덕였다.

"도망칠 수 없다면 적어도 가만히 있어라. 아주 퍼페…… 시민

다운 태도로군요."

"하지만 바로 그겁니다! 도망칠 수 있을지 모른다는 거지요."

지그문트가 눈을 가늘게 떴다. 입은 열지 않았다.

"당신이 맞습니다. 우리 세계는 팩의 항로를 벗어나서 움직일 수 없습니다. 충분히 빠르지가 않습니다. 지금은……."

베데커는 다시 갈기를 물어뜯고 싶은 충동을 억제하며 말을 이었다.

"다만……."

지그문트가 끼어들었다.

"다만 뭡니까? 뉴 테라의 드라이브를 훔친다고요?"

웬일인지 베데커는 지그문트가 화를 내는데도 물러나지 않고 버텼다.

"아닙니다! 한 세계에 드라이브 여러 개를 써 본 적은 없습니다. 그건 앞으로 연구해야 할 문제지요. 내가 네서스에게 접근한 건 그에게 영향력이 있기 때문입니다. 내게 필요한 자원을 가져다줄 수 있을 테니까요. 과학자와 기술자, 장비, 우주선까지도. 다만 우리 세계를 가지고 그런 실험을 할 수는 없습니다."

"하지만 협약체에 안 쓰는 드라이브가 있던가요?"

지그문트가 말했다.

베데커는 결국 갈기를 물어뜯었다. 그가 마음속에 그리고 있는 작업은 무서운 것이었다. 하지만 그보다 더 무서운 건 그 일을 맡지 않는 것일 터였다. 베데커는 설명을 시작했다.

"과거에 난 행성 드라이브를 연구했습니다."

원격으로 뉴 테라의 행성 드라이브를 무력화하라는 강압을 받은 때문이었다. 힘없이 떠다니게 되면 과거 개척민은 갓 얻은 독립을 포기할 수밖에 없었다. 결국 베데커는 방법을 알아내지 못했고, 명령에 따라야 할지 말지 갈등하는 상황에 직면하지도 않았다. 그렇다고 조사까지 거부한 건 아니었다. 베데커는 수치심에 자발적으로 뉴 테라로 망명을 떠났다. 개인적인 수치심이자 정부에 대한 수치심이었다.

그러나 지금은 네서스가 최후자에게 말을 전할 수 있었다. 정책도 좀 더 온건할 터였다.

베데커는 억지로 지그문트의 눈을 마주 보았다.

"기저에 깔린 원리를 곧 이해하게 될 겁니다. 내가 옳다면, 새 드라이브를 만들 수 있겠지요. 아마도 더 강력한 것으로. 직렬로 연결해 작동시킬 수 있을 것 같습니다. 그리고 우리들 세계를 팩의 항로에서 벗어나게 할 수 있을 겁니다."

"우리들이라고요?"

"뉴 테라도. 니케의 약속을 받았습니다."

"그워스도?"

그 질문에 대답하려면 길고 고된 논쟁이 필요할 터였다. 베데커는 자신의 감정이 어느 쪽에 치우쳐 있는지조차 확신할 수 없었다.

"논의 중입니다."

그 정도가 최선의 대답이었다.

"행운을 빕니다, 양쪽 모두에."

지그문트가 말했다.

스스스폭은 감방 벽에 기대앉아 눈을 감은 채 기계적으로 '생명의 나무' 뿌리를 씹고 있었다.

기절해 있는 동안 감방이 바뀌었다. 안쪽 벽에 구멍이 생겼고, 그 위에 투명한 물질을 붙여 놓았다. 이제 반대쪽에 있는 카메라가 훤히 보였다. 조잡하지만 간섭하기가 어려웠다. 감방 안에 있던 선반과 캐비닛은 사라졌다. 그와 함께 은밀한 공간도 전부 사라졌다. 사라진 캐비닛 중 하나에는 수리용 키트에서 남은 부품들이 숨겨져 있었다. 아마도 발각되지는 않은 듯했다.

일단 개조가 끝나고 마비된 스스스폭을 갑판 위에 놓고 나가려던 에릭은 해치에 발을 걸쳤을 때 걸음을 멈췄다. 스스스폭이 무력했음에도 그는 전투 장갑복을 입고 있었다. '생명의 나무' 뿌리의 냄새를 피하기 위해서였을까?

에릭이 말했다.

'잘 들어. 이 해치가 닫히는 대로 이 층의 공기를 전부 뺄 거다. 이 방만 빼고. 이후로는 내가 음식을 가져오고 배설물을 내갈 때를 제외하면 이 층에는 항상 공기가 없을 거다. 네가 어떻게 감방을 빠져나왔고 어떻게 복도 센서를 지나쳤는지는 모르겠지만, 이건 알아 둬라. 또 탈출하면 죽는다.'

사방이 진공이라면 나가기가 어려웠다. 하지만 인간들은 스스스폭의 감방 아래쪽 방에서 음식을 만들었다. 적어도 그 방에는 공기가 있을 터였다. 일단 구조 변환기만 되찾으면 갑판을 통해서 아무 때나 탈출할 수 있을 것이다.

그때까지는 지난 탈출 때 얻은 정보를 소화해야 했다.

스스스폭은 정오각형을 이루고 있는 다섯 개의 세계를 슬쩍 보았다. 다섯 세계가 비행 중이었다! 그중 네 개는 멋진 푸른색 점으로, 가슴 아프게도 오래전에 잃어버린 고향을 떠올리게 했다. 마지막 전쟁 전에는 팩홈도 그런 모습이었다. 하지만 팩홈과 달리 이들 세계는 반짝이고 있었다. 이 거리에서는 육안에 보이지 않는 작은 인공 태양이 함께 있는 게 분명했다. 마지막 밝은 점은 기괴하게 반짝이며 아직 확실히 알 수 없는 수수께끼를 안겨 주었다.

스스스폭이 세운 계획의 초점은 우주선을 장악하는 데 있었다. 초광속 드라이브만 있으면 가족에게 재합류할 수 있으리라. 릴척 일족의 과학자들은 이 기술을 완전히 파악해 낼 것이며, 다른 일족으로부터 멀리 날아가 은하계 외곽 한적한 곳에 뉴 릴척을 세울 수 있을 것이다. 이 얼마나 온건한 목표인가.

인간과 인간을 따라다니는 혐오스러운 외계인들에게는 경이로운 기술이 있었다. 초광속 드라이브, 순간 이동, 세계를 움직이는 드라이브까지. 게다가 그들은 가진 것을 보호할 수 있을 정도로 충분히 무자비하거나 영리하지 않은 것 같았다.

거래, 전략 그리고 동맹…… 그런 생각들이 스스스폭의 머릿속을 휘저었다.

베데커가 없으니 객실이 텅 비어 보였다.

지그문트는 브랜디를 홀짝였다. 객실용 합성기에 들어 있는 목록을 탓할 수는 없었다. 문제는 별로 손님처럼 느껴지지 않는다는 점이었다. 이제 베데커가 떠났으니 그의 운명도 곧 밝혀질 게 분명했다. 지그문트는 미치광이 퍼페티어 무리가 총을 들고 오는 광경을 상상했다.

미치광이 퍼페티어는 한 명만 왔다. 그것도 비무장으로.

"들어가도 됩니까?"

네서스가 물었다.

지그문트는 고개를 끄덕였다.

경호원들을 바깥에 남겨 두고 안으로 들어온 네서스는 장식 띠의 주머니에서 통신기를 꺼냈다. 그리고 혀와 입술 마디로 통신기가 번쩍이게 조작한 뒤 낮은 탁자 위에 올려놓았다.

"한동안은 은밀하게 대화할 수 있을 겁니다. 얼마나 오래가 될지는 모르겠습니다만…… 우리가 조용히 있는 게 의심을 살 때까지겠지요."

은밀히 무슨 대화를 한다는 거지? 지그문트는 궁금했다.

"말해 봐."

"미안합니다, 지그문트. 나도 최선을 다했지만, 당신은 집으로 돌아가지 못할 겁니다."

지그문트는 지금까지 세 가지 삶을 살았다. 새로운 삶은 언제나 그 전보다 좋았다. 지그문트는 불평해서는 안 될 거라고 생각했다.

"날 죽여서 얻는 게 뭐지?"

네서스가 펄쩍 뛰었다.

"죽이다니요? 아무도 그런 얘기는 한 적 없습니다. 당신은 협약체의 손님으로 머물게 될 겁니다."

"내가 없으면 뉴 테라가 행동에 나서지 못할 거라고 생각하나 보군. 한 가지 알려 주지, 네서스. 넌 아직도 인간을 이해 못했어. 뉴 테라는 싸울 거야. 죽을 운명이라면 가능한 한 많은 팩을 함께 데리고 갈 거란 말이다."

"왜지요? 그건 그저 파멸을 앞당길 뿐입니다."

왜냐하면 우린 인간이니까! 빌어먹을! 우리는 배에 머리를 처박고 숨지 않으니까!

"충분히 많은 세계가 저항하면 조만간 팩의 위협도 끝날 테니까. 자랑스럽게 남기고 죽을 수 있는 유산이잖아."

네서스는 두 눈을 마주 보았다. 지그문트도 생각만큼 그를 잘 모르는 게 분명했다. 지그문트는 물었다.

"우리가 처음 니케를 만났을 때 넌 뭔가 제안하려고 했지. 내가 주제를 바꿨지만. 그때 무슨 이야기를 하려고 했지?"

"재미있을 겁니다."

네서스는 옆걸음질로 합성기로 향하더니 주황색 잔을 꺼냈다. 지그문트가 그의 악습을 제대로 기억하고 있다면, 그건 따뜻한 당근 주스일 터였다.

"협약체 함대 승무원에 대한 대안이 있습니다. AI입니다."

지그문트는 눈을 깜빡였다. 훌륭한 생각이었다.

하이퍼스페이스에서 운항하려면 완전한 지각력을 갖춘 정신이 있어야 한다. 우선, 허스를 뒤져서 AI가 내장된 함대를 조종해 팩을 향해 날아갈 수 있는 퍼페티어 몇백을 찾는다. 그들은 몇 척의 우주선─이 우주선은 팩에게 들키기 전에 하이퍼스페이스로 도망칠 수 있다─ 으로 대피한다. 나머지 우주선은 AI에게 넘긴다.

다만…….

"내 기억이 맞다면, 시민은 AI를 쓰지 않아. 왜지?"

"계승자를 창조할까 봐 두렵기 때문입니다."

그러니 무장한 전투함을 잠재적인 계승자에게 준다는 건 말할 필요도 없는 얘기였다.

"그런데 넌 그 생각을 니케에게 직접 말했다고?"

네서스는 주스를 한 모금 들이켰다.

"그랬습니다. 하지만 니케는 차라리 뉴 테라에 함대를 위탁하는 편을 택할 겁니다."

지그문트에게는 그 비교가 선택의 문제라기보다는 모욕으로 들렸다.

"그러면 이제 뭐지? 날 여기 잡아 둔다고 해서 뉴 테라가 안 움직이지는 않을 거야. 오히려 협약체와 협력하기를 더 싫어하게 될걸. 니케가 날 보내 주는 게 나아."

문이 덜그럭거리는 소리가 나더니 폭포수 같은 선율이 들려왔다. 네서스가 문을 열고 경호원에게 고개만 까딱거린 뒤 그대로 닫았다.

왜 네서스는 말을 하지 않는 거지? 소리라도 질러서 으름장을 놓았어도 됐을 텐데? 지그문트는 의아했다.

아! 말을 했다면 도청 장치가 무용지물이 돼서 대화를 낚아채지 못한다는 사실을 누군가가 알아챘을 테니까.

네서스는 다시 지그문트 앞으로 돌아왔다.

"경호원이 내가 괜찮은지 묻는군요. 경호대가 의심하기 전에 도청 장치를 원래대로 해 놔야겠습니다. 그리고 맞습니다, 당신을 여기 붙잡아 놓으면 뉴 테라의 행동을 막을 수 있을지도 모릅니다. 적어도 한동안은 말이지요. 그게 최후자의 판단입니다. 당신들 정부에는 당신과 내가 함께 다른 정찰 임무를 떠났다고 할 겁니다. 결국 당신은 돌아오지 못하게 되는 겁니다. 내 의견은 아무것도 바꾸지 못했지만, 이 결정에는 동의하지 않았습니다. 그래도 내가 바꿀 수는 없습니다. 당신이 어쩔 수 없는 상황을 받아들이기만 한다면 여기서 편안히 지낼 수 있을 겁니다."

그럴 리가 없잖아! 통신도 할 수 없는 이곳에서. 측근 중에 첩자가 있다고 사브리나에게 경고할 수도 없는데.

최악인 건 지그문트의 부재가 뉴 테라의 행동을 늦춘다는 데 대해서는 니케가 옳을지도 모른다는 점이었다.

"그렇게 단언하지 않는 게 좋을 거야, 네서스. 나는 탈출할 테니까."

"지그문트, 다시 생각해 주십시오."

네서스는 의미심장한 표정으로 문을 바라보았다. 지그문트가 답이 없자 그는 신음하는 듯한 노랫소리를 내더니 통신기를 다시 들었다. 번쩍이던 불빛이 꺼졌다.

"내게 이야기하기를 거부하니 더 있을 이유가 없군요."

네서스가 영어로 바꿔 말했다. 지그문트의 귀에는 다소 연극처럼 들렸다.

"잘 가라, 네서스."

너와 베데커의 행운을 빈다.

네서스가 나갈 때 지그문트는 손목 이식물로 시간을 확인했다. 복도에 음악이 짧게 울려 퍼졌다.

한 시간도 채 안 되어 경호원들이 다시 나타났다. 그들은 지그문트를 도약 원반으로 데려갔다. 그리고 지름이 삼 미터쯤 되어 보이는, 문도 창문도 없는 원통형 방에 집어넣었다.

8

지그문트는 감방 안을 천천히 거닐었다. 감방에 갇히면 다들 이렇게 하는 모양이었다.

반투명한 벽은 빛을 충분히 통과시켜서 주위를 볼 수 있었지만, 별로 볼 건 없었다. 센서를 바깥에 두어도 특별한 이미지 개선 작업 없이 안쪽을 선명하게 볼 수 있을 터였다. 퍼페티어 간수도 포로를 일상적으로 감시할까? 굳이 그럴 이유가 없어 보였다.

역시 아직 퍼페티어에 대해 이해하지 못하는 게 많았다.

바닥과 천장에 하나씩 있는 도약 원반을 빼면 감방에는 아무것도 없었다. 천장의 원반에는 얇은 분자 필터가 붙어 있었는데,

그곳으로 이산화탄소와 여분의 수증기를 신선한 산소와 교환하는 게 분명했다. 역시 얇은 필터가 붙어 있는 바닥 원반은 몸에서 나오는 노폐물을 없애 주는 것 같았다. 지그문트는 바닥 원반이 가끔 수신 모드로 바뀌어 음식을 받아들일 것으로 추측했다.

원반과 필터의 결합을 보니 '돈키호테'호의 연료로 중수소와 삼중수소를 싣거나 내리던 원리가 떠올랐다. 퍼페티어다웠다. 검증된 설계를 재사용하는 것. 아주 예측 가능했다.

아무 할 일이 없어지자 지그문트는 종종 손목 이식물을 들여다보았다. 시간은 천천히 흘러갔다. 그의 시계는 우주선의 시간에 맞춰져 있었다. 그걸 보며 '돈키호테'호의 일상을 상상하면 조금이나마 기분이 나아졌다.

그리고 마침내…… 시간이 되었다.

지그문트는 바닥에 있는 원반을 비틀었다.

어떤 퍼페티어도 최소한의 개인 안전을 지킬 권리를 박탈당하지 않았다. 천장의 원반이나 공기 필터가 고장 날 수 있으므로 ―극도로 보수적인 퍼페티어 공학을 고려하면 가능성이 낮지만, 없다고는 할 수 없었다― 죄수가 이 밀봉된, 침투 불가능한 감방에서 빠져나갈 방법이 있어야 했다. 지그문트는 그 이론을 바탕으로 네서스를 자극했다. 도약 원반을 확실히 찾을 수 있는 곳으로 가야만 했다. 어디든 상관없었다. 최고의 보안을 자랑하는 감방이라고 해도.

이 순간부터 지그문트는 누군가 실시간으로 그를 감시하고 있을 경우에 대비해 재빨리 행동해야 했다.

필터는 원반에서 쉽게 벗겨졌다. 필터를 제거하면 경보가 울릴까? 분명히 가능성이 있었다. 필터를 접자 비행복 주머니에 딱 들어갔다. 궁극적으로는 그가 한 일을 퍼페티어들이 알아챌 것이다. 그래도 그때까지는 밀실 수수께끼를 그들에게 안겨 줄 수 있었다.

지그문트의 예상대로, 원반에는 점검 모드로 들어갈 수 있는 키패드도 없었다. 목적지를 쳐 넣을 수 없게 되어 있었다. 논리적으로 분명히 있어야 할 안전장치는 지그문트를 다른 감방이나 경호원으로 가득 찬 방으로 보낼 터였다. 결코 안 될 일이었다.

지그문트는 원반에 있는 프로그래밍 가능한 메모리칩을 꺼내서 주머니에 넣었다. 그러면 원반은 공장 초기화 모드로 돌아갈 터였다. 그리고 퍼페티어에게는 기본 목적지가 하나일 수밖에 없었다. 지그문트는 원반을 바닥에 내려놓고 올라섰다.

다시 나타난 곳은 도시의 소음으로 가득한 곳이었다. 혼잡한 광장 위. 가장 가까운 건물은, 당연하게도 공공 안전부 사무실이었다.

수백의 퍼페티어가 뒷걸음질 치며 물러났다. 여기저기서 비명 같은 울음소리가 터지고, 지그문트를 중심으로 둥근 공간이 생겨났다. 지그문트는 수많은 뒷다리로 이뤄진 벽에 둘러싸였다. 육중하고 발굽이 날카로운 뒷다리들은 그가 너무 가까워지기만 하면 세차게 움직일 태세였다. 퍼페티어는 싸울 때 다른 선택의 여지가 없으면 등을 돌렸다. 상관없었다. 지그문트는 거기 머무를 생각이 없었다. 두 걸음 거리에 공용 도약 원반이 있었다.

지그문트는 공용 원반이 이끄는 대로 무작위하게 그 세계를 돌아다녔다. 상점, 가게, 생태건물 로비…… 어디든 그가 나타나기만 하면 퍼페티어들이 입을 쩍 벌리고 음악을 내뱉었다. 비슷한 소리를 몇 번이나 들었다. '우리가 공격당하고 있어!'거나 '정말 못생겼군!'이거나 '해치지 마세요!'거나 아니면…… 그 비슷한 의미일 터였다.

마지막 두 정거장은 무작위가 아니었다. 지그문트는 다시 공용 원반으로 도약했다. 에릭이 설명해 준 큰 공원이었다. 인기 있는 공원이어서가 아니라 하늘에서 쉽게 찾을 수 있는 지표가 된다는 점이 중요했다.

마지막 도약을 위해서는 순간 이동 제어기가 필요했다. 지그문트는 군중 속에 있던 퍼페티어 하나를 임의로 골라 장식 띠 주머니에서 제어기를 꺼내 챙겼다.

"미안합니다."

사과도 했다.

그 퍼페티어는 드롭킥을 맞은 백파이프처럼 씨근거리는 소리를 내면서 공포에 질려 째진 눈을 한 채 뒤로 물러섰다. 인간에게 강도를 당했어! 아마도 평생 이 이야기를 하게 될 터였다.

지그문트는 열다섯 자리 원반 주소를 쳐 넣고 도약했다.

그리고 마침내 '돈키호테'호에 도착했다.

'돈키호테'호는 허스의 유명한 공원으로부터 사천만 킬로미터 떨어진 곳에서 스텔스 모드로 공원과 속도를 맞춰 호를 그리며 날고 있었다. 그러면 우주선이 선단의 중력 특이점 바로 바깥쪽에 위치하게 되었다.

"딱 맞춰 오셨네요."

에릭이 말했다.

"내가 할 말이야."

지그문트가 대답했다.

"잘했네. 내가 없는 동안 문제는 없었나?"

에릭이 발밑을 내려다보았다.

"얘기가 좀 깁니다."

그러면 나중에 해야 했다.

"내가 없어진 걸 누군가 알아채기 전에 하이퍼스페이스로 도약하지."

이제 최후자는 생각을 좀 해야 할 것이다.

| 마지막 희망 |

1

'사문查問, inquest'이라는 개념은 에르오에게 새롭지 않았다. 하지만 느낌은 그랬다. '돈키호테'호의 분위기는 기묘하고, 긴장이 가득했다. 에르오는 기저에 깔린 감정을 이해하기 위해 노력해 보았다.

허스에 갔던 지그문트는 혼자 돌아왔다. 설명은 짧았다.

'베데커는 거기 남기로 했습니다.'

이번에는 지그문트가 과묵한 이유가 불신이 아니라 다른 데 있는 듯했다. 그 인간은 베데커의 결정에 진심으로 양면적인 감정을 느끼는 듯했다.

그동안 키어스틴과 에릭은 우주선을 거의 잃을 뻔했던 사건으로 받은 충격에서 헤어 나오지 못했다. 사실이야 어쨌든 에르오는 그들이 몸을 떠는 것을 충격으로 해석했다. 몸을 떠는 건 새로운 현상으로, 올트로는 아직 뚜렷한 해석을 내놓지 못했다.

어쨌든 스스스폭의 최근 탈출에 대해 대답할 수 있는 상태에 있는 건 에르오뿐이었다.

허스에서 뉴 테라로 가는 비행은 이틀밖에 안 걸렸다. 두 번째 날 대부분은 하이퍼스페이스에서 빠져나온 뒤 노멀 스페이스 속도를 맞추면서 지나갔다.

지그문트는 도착하기 전에 대답을 듣고 싶어 했다.

"다시 한 번 묻겠는데, 스스스폭이 어떻게 빠져나왔지?"

키어스틴과 에릭은 휴게실 탁자만 바라보며 아무 말도 하지 못했다. 지그문트가 가만히 기다리고 있자 결국 키어스틴이 입을 열었다.

"솔직히 저희도 몰라요."

에릭도 얼굴을 찡그리며 말을 더했다.

"제가 해치 잠금장치를 확인했는데, 건드린 흔적이 없었습니다. 스스스폭이 처음 화물칸에서 탈출했을 때도 뭘 건드린 흔적은 못 찾았지만요. 그래도 이번에는 제어장치를 조작하는 데 쓴 장치를 찾은 것 같습니다."

키어스틴이 고개를 들었다.

"그자가 통풍관으로 뭔가 던지는 소리를 들었거든요."

"그래서 뭘 찾았나?"

키어스틴은 다시 탁자로 시선을 돌렸다.

"통풍관에서 떼어 낸 안전망이었어요. 하지만 우주선을 뜯어

내지 않고서는 통풍관에 들어가 볼 수 없으니까⋯⋯."

에르오가 관족을 흔들어 주의를 끌었다.

"안전망의 크기로 보건대 그워 한 개체는 통풍관에 들어갈 수 있어요. 말만 하세요. 지그문트. 우리 중 몇 명이 찾아보지요."

지그문트는 고개를 저었다.

"그 안에서 낄 수도 있습니다. 곧 집에 돌아갈 테니 정비용 로봇을 보내 찾으면 됩니다."

'네가 봐서는 안 될 것을 볼지도 모르니까 안 돼.'라는 의미로 느껴지지는 않았다. 신뢰받는다는 건 기분이 좋았다. 스스스폭을 붙잡은 덕분일까? 아니면 미지의 하이퍼스페이스 심연에서 그들을 구해 낸 덕분일까?

에르오는 왜 지브스의 카운트다운을 중단시켰느냐는 질문을 받을 때마다 '그저 좋은 생각이 떠올랐을 뿐'이라고 대답했다. 부정하기 불가능한 대답이었다. 이 대답은 비록 부분적이지만 진실이라는 미덕을 담고 있었다. 가속을 이용해 스스스폭을 제자리에 못 박히게 한다는 건 좋은 생각이었다.

인간들은 에르오가 하이퍼드라이브와 특이점에 대해 알아냈다고 의심할지도 몰랐다. 하지만 비밀을 지키고 싶은 것을 노출하지 않고서는 물어볼 방법이 없었다. 마치 스스스폭을 심문하는 것과 같았다. 아무도 스스스폭에게 하이퍼드라이브 시동을 공지한 일에 대해 물어보지 않았다.

"이 문제를 다른 식으로 보지."

지그문트가 돌연히 입을 열었다.

"뭔가 함교 해치에 구멍을 냈네. 자네들은 거기에 쓴 물건을 찾아내지 못했지. 지금 우리가 얘기하는 게 두 가지 장치고, 둘 다 보이지 않는다는 게 맞나? 아니면 구멍도 내고 잠금장치도 여는 한 가지 장치 얘긴가?"

양쪽 가능성 모두에 회의적인 말투였다. 아직 말을 꺼내지 않은 세 번째 시나리오가 있는 걸까? 선내 감시 장치는 모두 무력화되었다. 그들 중 누구라도 스스스폭의 감방 문을 열어 줄 수 있었다. 그들 중 누구라도 스스스폭이 쓴 도구 혹은 도구들을 발견하고 숨길 수 있었다.

의심스러운 자 중에서 오로지 그워스만이 거주 공간을 수색당할 걱정을 할 필요가 없었다. 최소한 뉴 테라에 가서 정비용 로봇을 쓸 때까지는.

에르오 쪽을 넌지시 바라보는 모습을 보니 에릭도 같은 생각을 한 모양이었다. 지그문트는 좀 더 미묘하게도, 에르오를 빼고 사방을 두리번거렸다.

에르오가 화제를 돌렸다.

"녹은 문을 분석해 보고 싶어요. 그러면 우리가 찾는 팩의 도구가 어떤 종류인지 알 수 있을 거예요."

"나도 돕죠."

에릭이 재빨리 말했다.

신뢰받는다는 느낌은 좋았다. 지속되는 동안에는.

스스스폭은 다리를 꼰 채로 감방 바닥에 앉아 있었다. 물, 음식, 배설물 각각을 위한 단순한 모양의 용기 세 개를 빼면 감방 안에는 아무것도 없었다. 그가 마비된 채 무력하게 누워 있는 동안 빼앗겼던 선반, 캐비닛에 더해 이제 수리용 키트 대부분과 숨을 공간도 사라졌다.

수리용 키트를 잃은 건 안타까웠다.

스스스폭은 포획자들이 가져간 가구의 빈 공간 안쪽을 찾아볼 생각을 했을지 궁금했다. 마비가 풀리기 전에 급하게 방을 치우느라 구조 변환기로 바닥을 투명하게 만든 작은 구멍은 놓쳤다.

그 장치가 언제 다시 나올지 궁금해하는 참에, 배가 꾸르륵거렸다.

스스스폭은 물통으로 아래쪽 방을 엿보는 구멍을 가려 두었다. 포획자들은 숨겨 놓았을 뭔가를 찾기 위해 다른 용기들을 더 신경 써서 검사했다. 물통에 신경 쓸 이유가 어디 있겠는가? 어차피 투명해서 바닥까지 보이는데. 지금까지 그는 투명한 구멍 위에 앉아 있거나 서 있거나 혹은 물건을 올려놓았다. 그 덕분에 아직 발견되지 않았다.

스스스폭은 색깔이 갑판과 같은 음식이 나오면 좋겠다고 생각했다. 씹어서 반죽으로 만든 뒤 은밀하게 발라 놓으면 아래쪽 방에서 흘러드는 불빛을 막을 수 있을 터였다. 지금까지는 바닥과 색깔이 같은 음식이 나오지 않았다.

당분간 바닥은 알아서 처리해야 했다. 지켜보는 자들도 있고 좀 더 시급한 문제도 있었다.

"여기서 어떻게 나갔지?"

지그문트가 물었다. 전투 장갑복을 입은 그의 모습은 팩이라고 해도 될 정도였다. 반면 전투 장갑복을 입은 또 다른 존재, 에르오는 비슷해 보이지 않았다.

스스스폭은 팔을 넓게 벌렸다.

"내가 가진 건 전부 봤잖나."

아직 몸 안에 있는 구조 변환기만 빼고.

"질문에 대답해."

스스스폭은 아무 말도 하지 않았다.

"어떻게 해치에 구멍을 냈지?"

함교의 해치 말이군. 소리 내어 말하지는 않았다. 함교가 어딘지 그가 알아보지 못했다고 생각할 가능성이 있는데, 굳이 알려줄 필요가 있을까?

에르오가 갑자기 끼어들었다.

"구멍 난 곳이 아주 이상했어요. 녹아서 생긴 것처럼 보이는 구멍이지만 뭔가 더 복잡한 일이 일어난 거예요. 분자 수준에서는 구멍을 둘러싸고 있는 물질이 문 자체보다 더 강했어요. 불룩한 부분에 미세한 틈과 공간이 너무나도 적었지요. 불순물 흔적도 너무 규칙적으로 분포하고 있었고요. 이 물질은, 더 나은 단어가 생각이 안 나는데, 개선됐어요."

이 외계인은 통찰력이 있군.

질문하고 이런저런 이야기도 하는 와중에 지그문트와 에르오는 우주선의 시스템과 그들의 사고방식에 대한 실마리를 노출시켰다. 침묵을 지킨 스스스폭은 아무것도 드러내지 않았다. 어떻게 우주선의 중력을 차단했는지, 어떻게 보안 시스템을 무력화하고, 비상 해치를 조작하고, 감방에서 탈출했는지, 어떻게 무선 네트워크로 연결된 감시 카메라에 가짜 영상을 주입했는지 아무 것도 드러내지 않았다. 감방에서 압수해 간 수리용 키트를 찾으면 곧 알아낼 게 분명했지만.

스스스폭은 저들이 언제부터 강압적으로 나올지 궁금했다. 고문에는 견딜 수 있지만 유쾌한 경험은 아닐 터였다. 저들이 자신을 마비시키고 움직이지 못하게 만드는 걸 막을 수는 없었다. 하지만 심문하려고 다시 깨운다면, 깜짝 놀라게 해 줄 수도 있었다. 스스스폭은 아직 자신의 진짜 힘을 드러낼 만한 모습을 보여 준 적이 없었다.

다음 순간 지그문트가 한 일은 놀라웠다. 그는 전투 장갑복 다리에 있는 주머니를 열더니 한쪽 끝이 서로 붙어 있는 얇은 종이 뭉치를 꺼냈다. 손에서 놓자 그것은 펄럭이며 바닥에 떨어졌다.

"탈출 말고 신경 쓸 일이 필요하겠지. 멀리 떨어져 있는 어떤 세계의 동식물을 다룬 책이다. 지브스가 읽어 주는 동안 영어 읽기를 배울 수 있을 거다. 자료는 더 제공하지. 물론 도로 가져갈 수도 있고. 이해하나?"

"이해한다."

스스스폭이 말했다.

하지만 그보다는 지그문트가 한동안 바빠서 심문을 계속하지 못할 예정이라고 이해했다.

지그문트가 무슨 일을 더 시급하게 여기는지 추측하는 숙제를 남긴 셈이었다.

2

　"그건 받아들일 수 없습니다."

　베데커가 노래했다. 특이한 건 네서스에 대해서 불평한 게 아니라 네서스에게 불평했다는 점이었다. 어찌 된 일인지, 자기도 모르는 사이에 자연스럽게 네서스가 이성의 대변자가 된 것이다.

　마음이 좀 더 차분한 시기였다면 베데커는 새로 발견한 이 상호 신뢰가 자기 자신에 대해 무엇을 말해 주는 건지 궁금하게 여겼을 것이다. 하지만 지금은 차분한 것과 거리가 멀었다.

　"이런 환경에서는 일할 수 없습니다."

　베데커가 다시 노래했다.

　네서스는 머리 두 개를 반대 방향으로 움직이며 널찍한 사무실을 살펴보았다.

　"환경이 아주 편안해 보입니다만."

　"그게 바로 문제입니다!"

　베데커는 강조하기 위해 두 번째 화음에 힘을 주며 말했다.

　"난 지금 사무실에 있습니다. 보고를 받고, 자신감을 심어 주고, 다른 이들에게 지시나 내리고 있단 말입니다."

　네서스는 창문으로 시선을 돌렸다. 그 너머에는 행성 드라이브가 있는 작은 육각형 건물이 있었다.

"그러면 사무실을 나가십시오. 당신이 이 계획의 최후자입니다, 안 그렇습니까?"

베데커는 옆구리를 들썩이며 화를 조절했다. 화를 낸다는 건 가장 시민답지 않은 행동이었다. 인간과 너무 오래 살면서 얻은 나쁜 습관이었다. 네서스라면 분명 이해할 터였다.

베데커는 이곳의 최후자였다. 그러나 원하는 일을 하는 법은 거의 없었다. 권위에는 책임이 따랐다. 그런데 이게 어떻게 자신이 구상한 실험을 실행에 옮기는 데 대한 책임을 지는 것이란 말인가?

행성 드라이브 주위의 차폐물은 불완전했다. 애초에 세계 전체에 영향을 끼치는 것이니 완전할 수는 없었다. 하지만 차폐물은 또 드라이브를 너무 가렸다.

창문 바깥에서 바람이 휘몰아쳤다. 눈발이 달리고 있었다. 눈! NP_5는 아직 완전히 길들여지지 않은 곳으로, 베데커의 실험 장소가 되었다.

과거 위기 때 결론 내린 바로는 행성 드라이브는 진공 상태의 영점에너지를 끌어다 썼다. 모종의 방법으로 비대칭을 이뤄 냄으로써 효과적으로 빈 공간에 경사를 만드는 원리였다. 하지만 그런 에너지를 끌어오는 방법이나 제어하는 방법, 통제력을 상실했을 때 일어날 일은⋯⋯.

문득 정신을 차려 보니 베데커는 사무실의 카펫을 발굽으로 찢어 놓은 부분을 바라보고 있었다.

"협약체의 운명은 절대로 작은 문제가 아닙니다."

네서스가 읊조렸다. 그러고는 다소 어색한 태도로 방을 가로질러 와 옆구리를 비볐다.

그런 공감 표시가 마침내 베데커로 하여금 진짜 문제를 마주하게 만들었다.

"문제는 진전이 없다는 게 아닙니다, 네서스. 진전을 보이는 정도가 문제지요."

벽에 설치된 커다란 곡면 디스플레이 속에서는 디지털로 표시된 무리가 우글거리며 노래하고 있었다. 곧 다가올 재앙도 알지 못한 채. 그보다도 먼저 베데커의 실험이 일으킬 재앙도 알지 못한 채.

"우리 엔지니어들은 시험용 드라이브의 축소 모형을 만들어 볼 준비가 됐습니다."

지그문트라면 '무슨 일이 벌어질지 누가 아느냐.'라고 말했을 터였다. 네서스는 말없이 콧노래를 부르며 기다렸다. 베데커를 지지하고 있는 것이다.

베데커는 창문 쪽으로 다가가 하늘을 올려다보았다. 인공 태양의 마지막 고리가 이미 졌다. 떠오르고 있는 허스가 눈보라 사이로 뚜렷하게 보였다.

무슨 일이 벌어질지 알고 있겠지. 베데커는 소리치고 싶었다. 하지만 이건 네서스가 제안할 성질의 것이 아니었다. 베데커 스스로 인정해야 하는 일이었다.

베데커는 다시 입을 열었다.

"하지만 네서스, 그런 실험은 위험합니다. 선단에서 멀리 떨어져서 해야만 합니다.”

“뉴 테라가 도울지도 모릅니다.”

네서스가 말했다.

정말 그럴지도 몰랐다. 지그문트라면 그럴 수 있었다. 그가 선단에 억류되었다는 사실처럼 탈출했다는 사실도 극소수만 알고 있었다. 베데커는 네서스가 알려 줬기 때문에 알게 되었다. 그리고 동료를 저버린 데 부끄러움을 느꼈다. 친구를 저버린 데에.

네서스는 대개 알려 주는 것보다 더 많이 알고 있었다. 베데커는 궁금했다. 그런 반사회적인 행동이 언제부터 현명하게 보인 걸까? 우리 둘 중 누가 변한 걸까?

베데커는 멈추지 않고 카펫을 발로 찼다. 이번에는 도망치고 싶은 욕구를 제대로 의식하고 있었다.

“뉴 테라의 도움은 기꺼이 받아들일 겁니다. 하지만 인간들을 위험에 빠뜨리는 일은 안 할 겁니다. 이 작업은 어딘가 다른 곳에서 해야 합니다.”

“알겠습니다.”

네서스가 노래했다. 우아한 음조가 말로는 하지 않은 수준의 동조를 암시한다는 건 부정할 수 없었다. 아니, 승인한 건가?

둘 사이에 무슨 일이 일어났다. 베데커가 당장은 분석해 볼 시간을 낼 수 없는 종류의 일이었다. 어쨌든 당장은 네서스가 도와준다는 것만 알면 충분했다.

이제 실험은 다른 곳에서 하게 되리라. 우주 깊숙한 곳. 선단에서 멀리 떨어진 곳. 뉴 테라에서 멀리 떨어진 곳. 베데커가 책임감을 느끼는 모든 이로부터 멀리 떨어진 곳에서.

그게 어디인지 누가 알겠는가.

3

만약 지그문트가 퍼페티어였다면, 지금쯤 대머리가 되도록 갈기를 물어뜯고 있었을 것이다.

물론 생각이 많은 건 사실이었다. 팩이 초래하고 있는 실존에 대한 위협, 네서스가 에둘러 진전 내용을 전달해 주고 있는 베데커의 실험, 갈수록 복잡해지는 스스스폭의 두 번째 탈출에 얽힌 수수께끼…….

선착장에서 '돈키호테'호를 정비하는 동안 스스스폭이 우주선 시스템에 침투하는 데 쓴 도청기, 바이패스, 접속 장치 따위가 발견되었다. 그러자 한 가지 질문—승무원들은 왜 그렇게 오랫동안 이런 변화를 눈치채지 못했는가—이 다른 것으로 바뀌었다. 회로가 바뀌어 있는 곳은 배전함이나 덮개, 혹은 접근할 수 있어 보이는 어떤 지점과도 멀리 떨어져 있었다. 마치 벽을 뚫고 만져 놓은 것 같았다!

우주선을 거의 해체하다시피 했지만, 아직도 설명이 불가능한 건 통풍관으로 떨어진 게 무엇이냐는 점이었다. 방위부 소속 전문가들은 함교 해치에 있는 구멍 주위의 플라스틱금속이 어떻게 변했는지에 대해 머리를 긁적였다.

어쩌면 스스스폭은 마법사일지도 몰랐다.

아니면 그워스가 관여했을 수도 있었다.

그 부분을 캐 볼 생각을 한 건 지그문트뿐일지도 몰랐다. 그러나 단순한 의심만으로 동맹의 거주 공간을 수색한다는 건 있을 수 없는 일이었다. 그 조그만 수문을 통과할 수 있는 방수 로봇을 만드는 데 걸리는 시간과 그워스가 로봇을 조작할 수 있을 가능성은 차치하고라도.

지그문트는 정비가 거의 끝날 때쯤 올트로에게 말했다.

'집에 데려다 드리죠. 거의 가는 길에 있으니까요.'

마지막 말은 ─꼭 필요한─ 거짓말이었다. 사실 지그문트는 아직 어디로 가야 할지 몰랐다. 누구를 찾아가야 하는지만 알 뿐이었다. 뉴 테라를 도와줄 수 있을 법한 존재. 그 마지막 무리가 어디 있는지는 찾아야 했다.

각각의 그워 개체에게 따로 물었을 때와 마찬가지로 집단 지성은 거절했다.

'우리 종족도 이 위기와 이해관계가 있습니다. 우리도 계속 돕고 싶습니다.'

올트로는 그렇게 대답했다.

계속 돕는다…….

스스스폭의 마지막 탈출을 둘러싼 수수께끼는 접어 두더라도 그워스는 여러 번 도움을 주었다. 지그문트는 결국 스스스폭처럼 그워스 역시 자기 시야 안에 두는 게 가장 낫다는 결론을 내렸다. 만약 그의 의심이 잘못된 것이라면, 정말로 도움을 받을 수도 있었다.

뉴 테라에서 이뤄진 '돈키호테'호의 정비는 느릿느릿 진행되었다. 그래도 시간은 너무 빨리 흘렀다.

몇 달 만에 아이들은 많이 변했다. 지그문트가 없는 동안 헤르메스는 축구를 하다가 팔이 부러졌고, 키가 오 센티미터나 컸다. 아테나는 읽기를 시작했고, 영원한 친구를 세 번이나 사귀었다가 갈아치웠다. 그리고 엄마를 꼬드겨 애완용 양을 얻었다. 하지만 페넬로페는 그대로 페넬로페였다. 언제나처럼 유쾌하고 사랑스러워 떠난다는 생각조차 할 수가 없었다.

사브리나와 각료들이 함께하는 끝없는 회의, 방위부와 전략 분석실에서 실행하는 끝없는 시뮬레이션과 훈련…… 우주가 지그문트로 하여금 매일 밤늦게까지 일하도록 음모를 꾸미고 있는 것 같았다.

위기와 아이들 때문에 남는 시간이 거의 없는 가운데, 잠자리에서 나누는 대화는 페넬로페가 대항해서 싸우고 있는 느린 재앙에 대한 것이었다. 죽어 버린 바다는 계속 영역을 넓히고 있었다. 조석력으로 섞어 주지 않는 한 썩어 가는 식물은 계속 바다에서 산소를 빨아들일 것이고, 산소 부족은 점점 심해질 터였다.

뉴 테라 사람들이 조석 현상의 부재 때문에 죽는 일은 없을 것이다―그렇게 오래 살 수 있을지도 모르겠지만. 하지만 재앙은 다가오고 있었다. 허스에 수출하는 품목인 건강한 조류, 해초 같은 진미가 부족해지면 경제는 몰락할 것이다.

그때, 해초와 관련된 무언가가 지그문트의 기억을 자극했다. 해초, 사르가소해, 버뮤다 삼각지대…… 연상 작용이 일어났다. 어쩌면 거의 희망이 없는 지구 수색에 '삼각형의 섬'이라는 또 다른 실마리가 생긴 걸까?

최악의 경우 이곳 사람들은 합성 음식에 의존해 생존해야 할 수도 있었다. 구십구 퍼센트의 퍼페티어보다 나쁜 음식을 먹는 것이다. 그것도 물론 오래 살 수 있을 때의 얘기였다.

가족과 만날 수 있는 얼마 안 되는 소중한 시간은 쏜살같이 지나갔다. 가족들은 지그문트가 별들 사이로 돌아가 그곳에 숨어 있을지 모르는 해결책을 찾아야 하는 이유를 일깨워 주었다. 가만히 앉아서 몇 시간, 몇 날, 몇 년이 지나가도록 숭고하지만 무익한 전쟁을 계획하거나 베데커가 팩 문제를 해결할 기술적인 방법을 만들기를 바라고만 있는 건 해결책이 아니었다.

그리하여 지그문트는 집에서 멀리 떨어진 이곳에서, 부조종석에 못이라도 박힌 것처럼 앉은 채로 기다리고 있는 것이다. 기다리고 또 기다리고…….

그러던 어느 날이었다.

— 하이퍼웨이브 메시지가 들어오고 있습니다.

지브스가 알렸다.

"함교 스피커로 돌려."

지그문트는 키어스틴에게 자신만만한 미소를 보냈다.

"뉴 테라 소속 '돈키호테'호. 여기는 아웃사이더 23호 우주선. 교역 요청이 수락되었다. 곧 당신들의 좌표에 도착할 것이다. 우리가 도착할 때 십 킬로미터 거리를 유지하라. 안내자들이 당신들의 우주선 에어록 바깥에서 대표단을 맞이할 것이다."

키어스틴이 몸을 앞으로 숙였다.

"레이더에 잡혀요. 광속의 구십 퍼센트네요. 십오 분이면 여기 도착해요."

"알았다는 신호를 보내, 지브스."

지그문트는 그렇게 명령하고, 자리에서 일어났다.

"키어스틴, 우주선을 맡게."

그는 주 에어록에 들러 압력복과 전투 장갑복을 꺼냈다. 화물 칸 하나는 그워스의 거주 공간으로, 다른 하나는 감방으로 쓰는 터라 보급품이 복도를 메우고 있었다. 진공용 복장을 집어넣을 수 있을 만한 유일한 공간은 휴게실이었다. 지그문트는 헬멧을 손에 들고 옷은 어깨에 걸친 채 그쪽으로 향했다.

닫힌 해치를 지나가는데 희미한 소음이 났다. 지그문트는 멈춰 서서 귀를 기울였다. 금속이 철컹거리는 소리, 전기모터가 윙윙거리는 소리. 그워 한 개체가 외골격을 입는 소리였다.

지난번 항해 때 이 수납공간은 작은 무기고 역할을 했다. 그곳에 그워스를 위해 관측소를 설치한 덕분에 왜 무기를 치웠는지 설명하는 불유쾌한 일은 하지 않아도 되었다. 모두가 이 우주선에는 무기가 실려 있지 않다고 믿는 척할 수 있었다.

그워스는 뉴 테라의 그 누구보다도 뛰어난 천문학자였다. 베데커가 이번 여행에 참여할 수 있었다고 해도 지그문트는 이 작은 시설을 개조하도록 허가했을 것이다. 외부 관측 장비 제어기와 우주선의 나머지 네트워크 사이에 설치한 방화벽은 해킹이 불가능하다고 키어스틴이 맹세했다. 지그문트에게는 그 정도면 충분했다.

물론 완전히는 아니었다.

관측소가 사용 중일 때는 뉴 테라 사람 한 명이 우연히 근처에 있게 될 터였다. 오늘은 최근에 승무원으로 합류한 오마르였다. 그는 근처에 있는 보급품 더미를 뒤지고 있었다.

오마르 다나카싱은 키가 크고 강인했다. 턱은 네모졌고, 두껍고 검은 머리는 부스스했다. 선장이 아니라 승무원으로 배치받은 데 불만이 있는지 모르겠지만, 입 밖으로 꺼내지는 않았다. 오마르의 항해 경험은 뉴 테라에서 최고 수준이었고 소형 화기를 다루는 기술도 최상급이었다. 그리고 베데커와 달리 문제가 생길 기미가 있다고 해서 도망치지 않았다.

지그문트는 스스스폭이 타고 있는데 항해가 아무 문제 없이 이루어지리라고는 생각하지 않았다. 하지만 팩을 다른 사람의 감시하에 맡길 수도 없었다. 그래서 스스스폭은 우주선에 그대로 남았다.

지그문트는 오마르에게 손짓했다. 따라오게. 오마르는 고개를 끄덕이고는 긴 다리로 성큼성큼 따라왔다.

다음 갑판에 이르자 지그문트는 휴대용 컴퓨터를 꺼내 엔진실에 있는 에릭에게 연락했다. 키어스틴은 함교에서 듣고 있을 터였다. 이번 비행에서 내부 통신망은 비상사태에만 쓰기로 돼 있었다. 스스스폭이 우주선의 일상에 대해 못 들을수록 더 좋았다.

지그문트는 압력복을 입으면서 마지막 지시를 남겼다.

"거래가 얼마나 걸릴지 모르겠군. 키어스틴이 함교에서 나 없는 동안 지휘할 거네. 에릭, 스스스폭의 감방 문을 지키게. 오마르는 관측소를 감시하고. 둘 다 무장을 단단히 하게."

오마르가 얼굴을 찡그렸다.

"그러면 혼자 가셔야 할 텐데요. 우리 중 한 명을 데려가실 줄 알았습니다만."

지그문트는 수 킬로미터에 달하며 인구가 수백만인 진정한 우주 도시를 방문하려는 참이었다. 만약 아웃사이더가 그를 해치려 든다면, 곧 죽은 목숨이었다. 동행이 있다고 해서 달라지는 건 없었다.

"고맙군. 하지만 여기가 더 중요하네."

"에르오가 자기네 거주 공간으로 돌아가면 우리 중 한 명은 할 일이 없어집니다."

오마르는 포기하지 않았다.

에르오뿐이었다. 그워스는 거주 공간 안에 머물려는 경향이 있었다. 올트로가 정체를 드러낸 뒤에도 그워스는 밖으로 나오는 데 소극적이었다. 둘이 빠진 융합은 대개 실패했기 때문일까? 지그문트는 확신할 수 없었지만, 느낌상으로 맞는 것 같았다. 아니면 그냥 집단 지성이 동시에 두 개체가 위험을 감수하지 못하게 했거나.

오마르가 헛기침으로 대답을 재촉했다.

"에르오는 지금 있는 데 있도록 두게. 아웃사이더 우주선을 감시하면 뭔가 유용한 걸 알아낼 수도 있으니까."

지그문트가 말했다.

알려진 우주 전체에서, 아니 그 너머의 알려지지 않은 영역을 통틀어 아웃사이더는 가장 발달된 기술의 원천이었다. 어떤 기술은 팔기도 했다. 하이퍼웨이브 통신기, 하이퍼드라이브 그리고 가끔은 ―아주 비싼 가격에― 행성 드라이브도. 하이퍼드라이브 전환기나 하이퍼웨이브 통신기처럼 아웃사이더의 장비를 재생산할 수 있을 때도 있었지만, 그 아래에 깔린 과학은 아직도 손에 잡히지 않았다. 아웃사이더 우주선이 쓰는 아인슈타인 공간 드라이브 같은 일부 기술은 아직 팔지 않았다.

아는 건 힘이다.

지그문트가 태어나기 전에, 아웃사이더 우주선 한 척이 인간 개척지에 하이퍼드라이브 기술을 팔았다. 그 거래는 크진인들의 발톱 아래 패배가 확실시되던 인류를 구했다. 아웃사이더의 다른 거래가 그 균형을 반대쪽으로 맞춘다거나 지구를 위협하는 다른 외계인에게 힘이 되지 않는다는 보장이 있을까?

그래서 ARM 시절 지그문트는 아웃사이더를 걱정했다. 그들이 스스로에 대해 거의 드러내지 않는다는 사실은 수수께끼를 ―그리고 지그문트의 두려움을― 더욱 깊게 만들 뿐이었다. 평생 동안 지그문트는 아웃사이더 우주선을 관측해서 많은 것을 알아냈다는 사람을 만난 적이 없었다.

그러나 지금까지의 관측자는 그위테슈트와 통신으로 연결돼 있는 그위 과학자가 아니었다. 지그문트는 이 기회를 놓치지 않을 작정이었다. 물론 무장한 그워를 아무 감시 없이 '돈키호테'호에 내버려 둘 생각은 없었다.

"함께 가면 저희도 뭔가 알아낼 수 있을지 모릅니다."

에릭이 말을 더했다.

"물론 그렇지."

지그문트는 귀담아듣고 있음을 알려 주기 위해 대꾸했다. 그리고 마지막으로 몸을 비틀며 압력복을 몸에 맞추었다.

"내가 세운 계획대로 하게."

그는 더 이상 말하지 말라는 신호로 헬멧을 쓴 다음, 그워스와 공유하고 있는 채널을 연결했다.

"에르오. 이제 아웃사이더 우주선이 보일 겁니다."

"네, 지그문트."

몇 분 뒤, 압력복을 봉인하고 안전 점검을 마친 지그문트는 아웃사이더 안내자가 기다리고 있는 에어록 밖으로 나갔다.

에르오는 조그만 관측소 안을 돌아다녔다. 관족이 체계적으로 움직이며 광학망원경 디스플레이, 중성미자 센서, 전자기파 대역을 아울러 관측하는 안테나 수신 장치를 오갔다.

지그문트는 우주선 사이의 간격을 유지하기 위해 가끔씩 발사하는 저출력 라이더파를 제외하고는 다른 모든 능동 센서를 배제했다.

그는 이렇게 말했다.

'눈에 보이는 건 공짜죠. 우리가 어떤 데이터를 취하든, 레이

더 스캔이라고 해도 대가가 있습니다. 그리고 그건 우리의 지불 능력을 벗어날 겁니다. 아웃사이더는 아주 비밀스럽거든요.'

물론 에르오가 레이더파를 방출할 수 있는 것도 아니었다. 수신 장치는 키어스틴이 통제권을 갖고 있는 함교에 종속돼 있었다. 어쩌면 지그문트가 한 설명은 에르오보다 키어스틴에게 한 이야기일 수도 있었다.

지그문트는 교묘했다.

그동안 거주 공간에서는 올트로가 추가 장비를 관찰하고 있었다. 전부 몰래였다. 하이퍼스페이스 현상을 조사하기 위해 만든 센서는 다른 기술에 대해서도 유용한 정보를 끄집어낼 수 있을지 몰랐다. 아웃사이더와 마찬가지로 인간도 비밀을 보호했다. 몰래 만든 센서는 수동passive 센서였다. '눈에 보이는 건 공짜다.' 원칙을 다르게 적용한 셈이었다. 언급하지 않고 지나가는 건 공짜다.

"에르오, 이제 아웃사이더 우주선이 보일 겁니다."

지그문트의 목소리가 그워스 공용 채널에 울렸다.

"네, 지그문트."

에르오는 영상을 조사해야 했지만, 오로지 키어스틴의 중재를 통해서만 가능했다. 아웃사이더 우주선은 거의 광속에 가깝게 움직였다. 그것을 추적하고 청색편이를 보정하려면 컴퓨터가 필요했다. 컴퓨터는 인간이 공유하기를 거부하고 있는 기술이었다.

아웃사이더 우주선을 뚫고 별빛이 반짝였다. 투명한 우주선인가? 고체가 아닌가? 에르오는 확실하지 않은 추측을 올트로와 교환했다.

"에어록 안에 있네."

지그문트가 키어스틴에게 말했다.

"거의 다 왔어요."

키어스틴이 대답했다.

눈을 깜빡이자 아웃사이더가 도착해 있었다. '돈키호테'호의 옆 공간이었다. 순간적인 감속! 그럼에도 아웃사이더와 우주선은 납작하게 짜부라지지 않았다. 우주선이 번쩍이는 플라스마 구름으로 변하지 않게 하면서도 운동에너지를 전부 버렸던 것이다.

'돈키호테'호의 관측 장비는 그 에너지가 어디로 갔는지 전혀 알아내지 못했다. 그러나 올트로의 관측 장비는 해냈다.

스스스폭은 감방 바닥에 누워 눈을 감고 한쪽 귀는 갑판에 만들어 놓은 구멍에 대고 있었다. 그리고 정신을 집중해서 들었다.

지그문트가 우주선을 떠나기 직전이었다. 다른 자들은 위치를 모두 알고 있었다.

스스스폭은 우주선 내부를 살펴봤던 기억을 떠올렸다. 본 것을 바탕으로 추정한 구조를 모조리 떠올렸다. 휴게실에서 함교로 가는 경로를 모두 검토했다. 우주선에 퍼져 있는 인간들이 그를 가로막기 위해 움직일 속도도 추산했다.

아래쪽에서 이뤄지던 대화가 끝났다. 발소리가 멀어졌다. 육중한 지그문트의 발소리는 에어록으로 향했고, 좀 더 부드러운 에릭과 오마르의 발소리는 각자 위치로 향했다.

극도로 세심하게, 감각만 가지고서 스스스폭은 몸 아래에 숨겨 놓은 구조 변환기 손잡이를 열었다. 손잡이는 위산에 녹아 생긴 우묵한 곳 때문에 다소 거칠었다. 하지만 그런 결함 때문에 오히려 방향을 잡는 데 도움이 되었다. 조그만 스위치 몇 개를 켜자 일시적인 유연화 모드로 들어갔다. 손잡이를 다시 만들었다.

스스스폭은 변환기를 주먹으로 감싸고 운동을 하기 시작했다. 윗몸일으키기, 한 손 팔굽혀펴기, 감방 돌며 달리기. 저중력 상태에 대비해 어느 우주선에나 있는 움푹한 손잡이를 잡고 턱걸이도 했다. 스스스폭은 운동하면서 노래를 불렀다. 오래전에 잃어버린 릴척 일족의 멜로디를 떠올렸다. 때때로 가사를 제대로 넣기도 했지만, 절반은 의미 없는 소리거나 가락에 맞게 빱빱거리고 쉿쉿거리는 소리였다.

가끔씩 해치에 난 창문에 얼굴이 보였다. 마침내 에릭은 스스스폭을 감시하거나 동작 센서를 확인하는 일에 진력을 내기 시작했다.

스스스폭은 운동을 하면서 이동 경로를 익혔다.

우주선을 탈취하기에 지금보다 나은 기회는 없을지도 몰랐다.

4

강렬하게 빛나는 인공 태양을 빼면 23호 우주선은 '없음'으로 '있음'을 나타냈다. 별이 빛나는 배경에서 직사각형으로 보이는 영역이 사라졌던 것이다.

아웃사이더는 십 킬로미터 떨어져 있으라고 말했다. 그 거리를 가정하면, 지금 지그문트의 눈에 들어오는 별들을 가리고 있는 물체의 길이는 오 킬로미터쯤 될 것이다. 열려 있는 에어록의 어두침침한 빨간 불빛에 적응하자 어렴풋한 빛이 어둠 속에 나타났다. 지그문트는 바이저의 배율을 자세히 볼 수 있을 때까지 계속 높였다.

아웃사이더 우주선은 인공 태양이 있는 한쪽 끝과 아마도 추진 장치일 듯한 밀봉된 모듈이 있는 다른 쪽 끝을 잇는 거대한 금속재로 되어 있었다. 금속 가운데 부분에는 이리저리 소용돌이치는 리본이 숲을 이루며 서로 뒤엉켜 있었다. 리본에 패턴이 있는지는 모르겠지만, 너무나 이질적이라 지그문트는 알아볼 수가 없었다.

두 아웃사이더 안내자가 '돈키호테'호를 향해 가스를 발사하며 어둠 속에서 나타났다. 지그문트는 다시금 '아홉 개의 짧은 가죽이 달린 채찍'을 떠올렸다. 아웃사이더는 보호복을 입고 있었는데, 지그문트의 것과 전혀 달랐다. 그들의 장비는 진공과 극도의 추위를 막기 위한 게 아니라 ─아웃사이더는 초유체 헬륨으로 이뤄진 생명체로, 성간 우주 깊숙한 곳에서 산다─ 지그문트를 차단하기 위한 것이었다. 그들은 지그문트를 자기네 우주선으로 데려가기 위해 왔다. 만약 보호복이 없다면 지그문트의 압력복에서 흘러나오는 열 때문에 몸이 끓어 버릴 것이고, 단단한 외골격이 없다면 육중한 지그문트의 관성 때문에 몸이 찢어져 버릴 터였다.

"따라오라."

안내자 하나가 통신기로 말했다. 둘은 각각 전투 장갑복으로 외부를 차단한 뿌리 뭉치를 지그문트 쪽으로 뻗었다.

지그문트도 손을 내밀었다. 그리고 자신의 승무원들에게 마지막 통신을 보냈다.

"지금 출발한다."

행운을 빌어 줘.

지그문트는 아웃사이더 우주선에 가 본 적이 있었다. 그때도 마지막 몇 킬로미터는 지금과 같은 방식으로 건넜다. 그 경험은 두려움을 덜어 주어야 마땅했지만, 안내자들이 어둠 속으로 잡아끌자 심장이 두근거렸다. 논리가 무슨 소용이랴? 지그문트는 성간 우주에 둥둥 떠 있었다. 그의 운명은 육체가 연약하기 그지없는 외계인의 '손'에 달려 있었다.

그럼에도 공포가 지그문트를 압도하지는 못했다.

지구 출신에게는 대부분 조금씩이나마 평지 공포증이 있었다. 고향에 대한 본능적인 인식—혹은 그 외의 장소에 대한 반사적인 두려움—이었다. 무엇이 됐든 이상한 것은 공포증을 일으킬 수 있는 법이다. 외계의 하늘, 이상한 중력, 낯선 냄새. 지그문트도 나름대로 그런 공격에 고통받은 적이 있었다. 그는 냄새를 맡자마자 지구가 아닌 행성을 알아챌 수 있었다. 별의 배치를 보기만 해도 뭔가 잘못됐음을 알 수 있었다. 어떻게 알 수 있는지는 몰랐다.

어쩌면 무엇을 그리워하는지를 알아야 평지 공포증의 공격을 정면으로 받는 걸지도 몰랐다. 하지만 네서스가 지그문트의 머릿속에서 고향을 정의하는 기억을 지워 버렸지 않은가.

지그문트는 몸을 떨면서 시선을 아웃사이더 우주선에 단단히 고정했다. 이제는 더 이상 지구가 고향이 아니었다. 뉴 테라였다. 태양이 여러 개라는 점과 달이 없다는 점, 잡다한 외계 냄새 따위는 아무래도 상관없었다. 알지도 못하는 수백만의 생명이 지그문트가 두려움을 극복하는 데 달려 있을 수도 있었다. 곧 다가올 만남에 집중해야 했다.

23호 우주선이 점점 커지다 못해 급기야 더 이상 우주선처럼 보이지 않게 되었다. 이제는 거대한 도시였다. 그곳을 향해 지그문트는 느릿느릿하게 하강하고 있었다. 도시가 하늘을 가득 메웠다. 소용돌이치는 리본은 갈수록 뚜렷해졌다. 리본 위에 있는 짧은 선들이 방울로 변하고, 다시 아웃사이더 개개인으로 변했다.

부드럽게 내뿜는 가스의 추진력을 이용해 지그문트와 안내자들은 뒤엉킨 리본 사이로 깊숙이 들어갔다. 각각의 가닥은 폭이 몇 미터 정도였고, 대부분은 그 위에 아웃사이더가 줄지어 붙어 있었다. 손잡이 부분은 인공 태양의 빛을 흠뻑 받고 있었고, 꼬리 부분은 다른 리본이 드리우는 그림자 속에 들어가 있었다. 생체 열전지. 그들은 충전 중이었다.

마침내 지그문트와 안내자들이 아무도 없는 리본 위에 착륙했다. 중력이 있다고 해도 너무 약해서 지그문트는 느끼지 못했다. 자석을 작동시키자 신발이 표면에 달라붙었다.

안내자 하나가 뿌리 뭉치로 낮은 금속 구조물을 가리켰다.

"저 안에서 만날 것이다."

지그문트는 안으로 들어갔다.

벽은 발광 패널로 빛나고 있었다. 따뜻하고 밝았다. 해치를 닫자 공기가 밀려 들어왔다. 센서로 확인하니 셔츠 바람으로 있어도 되는 환경이었다. 아웃사이더는 고객에 대해 잘 알았다. 지그문트는 헬멧을 벗었다. 방 안에는 투명한 돔 외에 가구가 전혀 없었다. 돔 안에 아웃사이더 하나가 바닥에 기대 있었다.

지난번에 만났을 때의 기억과 똑같은 환경이었다. 표준 회의실이라고 해도 될 듯했다. 이번에는 지그문트를 성가시게 했던 질문에 대답하기 위해 들어오면서 방의 외부를 자세히 관찰했다. 바깥에서 본 이 방의 크기는 돔 너머의 공간을 포용할 정도가 되지 않았다. 이 논의의 상대방은 일종의 영상이었다.

"당신이 지그문트 아우스폴러인가?"

목소리는 보이지 않는 스피커에서 흘러나왔다.

"그렇습니다."

지그문트가 대답했다.

"나의 동료 14호 우주선이 말하기를, 당신은 빈틈없는 거래자라고 하였다."

알려진 은하계 발군의 상인이 건넨 칭찬이었다. 게다가 대놓고 알리는 것이기도 했다.

아웃사이더 우주선은 성간 우주 깊숙한 곳에 머물면서 중력 특이점을 회피했다. 알려진 우주와 그 너머에 걸쳐 있는 아웃사이더 우주선은, 당연하게도 하이퍼웨이브로 실시간 통신을 유지할 수 있었다. 실제로 그렇게 했다.

지난번에 지그문트가 협상했을 때 돔 안에 있던 아웃사이더는 이름을 묻는 질문에 우주선의 번호를 댔다. 손님이 호흡할 수 있는 대기를 제공한다는 얘기도 했다. 지금 지그문트를 맞이한 자는 그러지 않았다. 즉, 지그문트 역시 과거에 논의한 내용을 알고 있으리라고 본 것이다.

"고맙습니다, 23호. 시작할까요?"

아웃사이더는 어느 모로 보나 정직했다. 그들은 모든 거래를 명예롭게 여겼다. 총 금액을 바로바로 지불했다. 그들이 파는 기술은 전부 신뢰할 수 있었다. 기술의 근거가 되는 과학을 전수하지 않는 경우—하이퍼스페이스 기술과 행성 드라이브처럼—에는, 솔직하게 이야기했다.

정보의 가치를 확인할 길이 없어 미리 말해야 할 경우에도 아웃사이더는 정직한 가격을 지불하리라고 믿을 수 있었다. 지그문트가 전할 소식이 바로 그런 경우였다.

정직한 가격은 0이었다.

다른 아웃사이더 우주선이 이미 은하핵에서 다가오는 위협을 포착했던 것이다. 공격자의 정체가 인류의 사촌인 팩이라는 사실은 새 소식이 될지도 몰랐다. 그것도 누군가를 지그문트의 동족에게 호의적인 방향으로 이끌 만한 소식은 아니었다.

지그문트는 한 가지 희망을 지니고 몇 광년을 달려왔다. 이 소식이 도움을 얻어 낼 수 있으리라는 희망.

아웃사이더 우주선은 전함이 아니라 도시이므로 직접적인 군사원조를 기대할 수는 없었다. 지구를 찾는 데 도움을 받을 수도 없었다. 아웃사이더는 협약체와 맺은 협정을 존중해 절대로 뉴 테라 사람들에게 알려진 우주의 위치를 말하지 않을 것이고, 알려진 우주의 어떤 종족에게도 뉴 테라의 존재를 암시하는 일조차 하지 않을 터였다.

새로운 기술은 엄청난 차이를 만들어 낼 수 있었다. 지그문트에게 지불할 방법만 있다면. 하지만 그런 건 없었다. 지그문트는 절망적인 심정이 드러나지 않기를 바라며 입을 열었다.

"23호, 도와주는 건 당신들의 이익에도 부합합니다. 이 함대는 지나가는 길에 만나는 진보한 문명을 모조리 공격하고 있습니다. 당신들의 우주선 또한 다르지 않을 겁니다."

23호가 뿌리 뭉치를 흔들면서 말했다.

"다르다. 우리 우주선은 아주 잘 움직인다."

실제로 뉴 테라가 알고 있는 아웃사이더 우주선은 거의 모두 손쉽게 팩을 피할 수 있었다. 23호 우주선은 속도를 버렸던 것만큼이나 순식간에 광속에 가까운 속도로 계속 움직일 수 있었다. 다가오는 무기를 발견한다고 해도 순간적으로 멈춰 버리면 그만이었다. 팩의 질량 병기는 치명적인 관성에 사로잡혀 있기 때문에 아무 해도 끼치지 못하고 휙 지나쳐 버릴 터였다. 아웃사이더는 안전했다.

빌어먹게도, 행성에 사는 이들에게는 아웃사이더 우주선의 드라이브가 팩의 위협에 대한 완벽한 해결책이었다.

지그문트의 머릿속에는 선명한 시나리오가 있었다.

아웃사이더의 노멀 스페이스 드라이브를 하이퍼드라이브가 장착된 표준형 우주선에 추가한다. 그리고 순서대로 다음과 같이 진행한다.

하나, 광속에 근접하게 가속한다. 둘, 하이퍼스페이스를 통해 팩 함대를 향해 몇 광년 거리를 가로지른다. 셋, 광속에 가까운 속도를 유지한 채 노멀 스페이스로 돌아온다. 넷, 아웃사이더의 드라이브를 이용해 그때그때 필요한 대로 재빨리 항로를 변경한다. 다섯, 막을 수 없는 질량 병기를 수도 없이 풀어 놓는다. 우주선이 빠른 속도로 움직이고 있으니 바위를 던지는 것만으로도 충분하리라. 마지막으로, 팩의 램스쿠프 우주선이 무엇이 다가오는지 알아내기 전에 다시 하이퍼스페이스로 도망친다. 이를 필요한 만큼 반복한다……

그때, 지그문트는 문득 깨달았다. 이 거래에서 무엇을 제안하든 시작부터 성공할 수 없는 협상이었다는 것을. 아웃사이더가 자신들 우주선을 움직이는 엔진의 비밀을 팔 리가 없었다. 그런 우주선은 팩을 향한 지그문트의 전술에 거의 무방비일 터였다.

그러면 뭐가 남을까? 차라리 베데커의 작업을 지원하는 게 나을지도 몰랐다.

"우리 행성 드라이브의 성능을 개선하게 도와줄 수 있습니까? 드라이브를 직렬로 구동하는 방법을 알려 줄 수 있습니까? 그러면 우리도 더 나은 기동성을 갖게 될 겁니다."

뿌리가 더 꿈틀거렸다.

"유감이지만, 알려 줄 수 없다."

지그문트는 두통을 느꼈다. 관자놀이를 문지르기 시작했다.

"왜 안 되죠?"

"우리에게는 대답할 자유가 없다."

무슨 말을 하든 실마리가 될 테니 그렇겠지. 지그문트는 관자놀이를 누르며 생각하려고 애썼다.

행성 드라이브를 강하게 하거나 직렬로 연결해 구동하는 건 아웃사이더가 말할 수 없는 무엇인가와 모종의 관련이 있었다. 행성 드라이브 뒤에 놓인 비밀스러운 과학? 저들이 쓰는 드라이브에 대한 어떤 내용일까? 지그문트는 둘이 관련돼 있음을 알고 있었다. 물론 자신을 그런 결론으로 이끈 건 오로지 편집증뿐이라는 사실 또한 알고 있었다.

그래도 베데커를 위해 실마리를 찾아야 했다.

"용무가 끝났는가?"

23호가 물었다.

두 번의 삶 이전, 회계사였던 시절부터 알았던 고대의 경구가 떠올랐다. 천 달러—달러가 무엇인지는 모르겠지만—를 빌리면 은행이 당신을 소유한다. 백만 달러를 빌리면 당신이 은행을 소유한다.

지그문트는 말했다.

"우리와 친구들이 스스로 방어할 수 있게 도와주는 건 당신들에게도 이익이 됩니다. 위험이 지나가고 당신들이 다시 은하계 이쪽으로 오면 교역할 상대가 필요하겠죠. 그런데 퍼페티어가 당신들에게 빚지고 있는 게 얼마나 되던가요?"

그건 수사적인 질문이었다. 퍼페티어는 모성이 적색거성으로 팽창할 참이었을 때 허스를 구하기 위해 행성 드라이브를 구입한 이래로 아웃사이더에게 영겁의 세월 동안 돈을 갚아야 했다. 뉴 테라는 너무 가난해서 그런 신용을 얻을 수 없었다.

어쩌면 협약체가 은행을 소유한 걸지도 몰랐다.

돔 너머에서 뿌리가 이제껏 본 중에 가장 빨리 움직였다. 동요했거나 웃고 있는 것이리라. 아니면 이들의 자연환경에 따른 단순한 몸짓언어일 수도 있었다. 알아낼 방법은 없었다.

마침내 23호가 입을 열었다.

"당신이 맞다, 지그문트 아우스폴러. 거래 상대를 잃는 것은 손해가 된다."

"그러면 스스로 도울 수 있게 우리를 도와주세요!"

"어떠한 방법으로?"

"우리가 드라이브를 더 효율적으로 쓸 수 있게 가르쳐 주면 됩니다. 우리 세계가 탈출한다면 모두에게 이득이 될 겁니다."

지그문트는 속으로 니케가 행성 드라이브 하나를 그워스에게 양도해 주기로 맹세할 때까지 아무것도 알려 주지 않겠다고 다짐했다. 농장 행성 하나를 잃는 건 올트로의 기여에 대한 작은 보답이 될 터였다.

"드라이브는 우리가 안전하게 만들 수 있는 만큼 이미 효율적이다."

23호가 강하게 말했다.

아하.

"행성 파괴탄을 삼키는 것보다는 안전을 위한 여유분을 갉아먹는 게 낫겠죠."

퍼페티어라고 해도 이 거래의 논리를 이해할 수 있을 터였다.

"잠시만 기다려라, 지그문트 아우스폴러."

23호의 뿌리가 그 어느 때보다도 더 격렬하게 꿈틀거렸다. 상의 중이군. 지그문트는 생각했다. 잠시만은 몇 분이 되었다.

이윽고 23호가 말했다.

"그렇게 될 수는 없다. 더 많은 에너지를 적용하면 드라이브가 위험할 정도로 불안정하여진다."

"얼마나 불안정해집니까?"

"막대한 파괴를 일으킬 것이다."

이제 어쩌지? 지그문트에게는 말도 안 되는 아이디어조차 떨어져 가고 있었다.

"그럼 퍼페티어와 뉴 테라에 행성 드라이브를 빌려 주세요. 직렬로 연결해 쓰는 방법을 가르쳐 주든가."

어쩐 일인지 23호는 애처로운 목소리를 냈다.

"가지고 있는 드라이브가 없다. 어차피 상관없는 일이다. 애초에 질량 하나를 움직이는 데 드라이브 두 개를 써서 성공적이었던 적은 없다."

베데커는 파괴되어도 괜찮을 곳에서 실험을 진행하고 있을까? 퍼페티어인 만큼 당연히 그럴 터였다. 하지만 베데커는 23호의 '목소리'에 담긴 두려움과 의심을 듣지 못했다.

"23호, 내게 뭔가 숨기고 있는 것 같군요."

뿌리가 더 많이 꿈틀거렸다. 두드러지게 다른 점이 있었다. 지그문트는 확신했다. 이번에는 빈정대는 웃음이었다.

"당신에게 이야기하지 않은 것은 많다, 지그문트 아우스폴러. 이것만은 알려 주지. 행성 드라이브는 엄청난 에너지를 이용한다. 엄청난 에너지. 그것을 제어하는 일은 쉽지 않다. 우리는 그러한 드라이브 다수를 하나의 제조가 끝나는 대로 하나씩 착수한다. 협약체도 한 번에 드라이브 하나씩만 인수하였지."

납품 계획을 이용해 채무를 관리해 왔다고 믿는 게 분명했다.

지그문트의 압력복 주머니에는 녹음기가 있었다. 이론대로라면 이 대화를 녹음하고 있어야 했지만, 아웃사이더가 그걸 억제하고 있을 게 거의 확실했다. 지그문트는 이 거래를 자세하게 기억할 수 있기를 바랐다. 분명히 베데커에게 쓸모 있는 실마리가 있을 터였다.

지그문트는 물었다.

"드라이브 하나를 재배치하는 건 어떻습니까? 농장 행성에서 허스로라든가."

뿌리 뭉치가 흥분한 듯 또다시 이리저리 꿈틀거리는 움직임을 보였다.

"그런 시도는 하지 말아야 한다. 드라이브 두 개를 근접 거리에서 작동시킨다면 둘 다…… 불안정하여진다."

불안정성과 엄청난 에너지. 나쁜 조합이었다. 지그문트는 찔러보았다.

"당신들도 드라이브가 어떻게 작동하는지 모르는군요?"

"우리는 원리가 되는 과학이 아니라 장치만 판다. 거래 조건은 정직하다."

드라이브는 사고 없이 작동했다. 따라서 아웃사이더도 다른 종족과 다를 바가 없었다. 그들 역시 완벽히 이해하지 못하는 기술을 이용하고 있었던 것이다.

지그문트는 헬멧을 들었다.

"얘기가 끝난 것 같군요. 행운을 빌어 주시길."

"당신의 용무가 끝났다면, 우리에게 당신이 흥미로워할 만한 것이 있다."

23호가 말했다.

5

감방 안을 이리저리 달리는 스스스폭은 종종 해치 옆을 지나갔다. 아직 에릭이 창문 밖으로 보였다. 특별히 주의하고 있지는 않았다. 스스스폭은 양육자들이 그랬던 것으로 기억했다. 일상적인 일에 쉽게 누그러지고 자기 예상에 쉽게 속아 넘어갔다.

몸으로 바닥 일부를 가리고 한 손으로 팔굽혀펴기를 하는 동안 스스스폭은 자유로운 손에 쥔 구조 변환기로 그 부분을 문질렀다. 운동을 하면서 계속 노래를 불렀다. 쉿쉿거리거나 빱빱거리는 소리를 많이 냈다. 한 번에 한 줄씩 스스스폭은 몸이 통과할 수 있도록 넓은 영역을 유연화했다.

변환기의 부식된 부분을 보건대 다시 한 번 삼키는 건 좋은 생각이 아니었다. 스스스폭은 엄지손가락으로 변환기를 껐다. 그리고 두 발로 뛰어오른 뒤 턱걸이를 했다. 그러면서 변환기를 손잡이 뒤쪽 영구적으로 유연화해 놓은 곳에 밀어 넣었다. 에릭이 듣고 있다고 해도 벽에서 나는 부드러운 파열음은 그가 뺩뺩거리면서 노래하는 소리에 묻혀 들리지 않을 터였다.

스스스폭은 감방을 한 바퀴 돌면서 해치 창문을 슬쩍 내다보았다. 에릭은 딴생각을 하거나 흥미를 잃은 듯한 모습이었다.

스스스폭은 바닥에 엎드렸다. 그리고 한 팔을 개조해 놓은 바닥 부위를 통해 밀어 넣었다. 휴게실 천장 아래에 있는 움푹 들어간 손잡이를 붙잡고 그대로 몸을 끌어당겼다. 빨리 한다고 안전한 건 아니었다. 스스스폭은 휴게실을 가로질러 복도로, 다시 근처에 있는 계단으로 향했다. 한 번에 계단을 세 칸씩 뛰어 올라가며 갑판 세 개 사이의 계단 수를 어림했다.

스스스폭은 최상층으로 뛰쳐나왔고 계단으로 이어지는 문이 부서지는 소리에 키어스틴이 몸을 돌리기도 전에 함교에 도착했다. 논리적으로 생각하건대 문 옆에 있는 밝은 빨간색 버튼을 누르면 문이 닫힐 터였다. 스스스폭은 버튼을 때렸다. 순식간에 문이 닫혔다.

"지브스, 주……."

키어스틴은 말을 끝맺지 못했다. 스스스폭이 그녀의 목을 잡고 졸랐던 것이다. 의자에 억지로 앉히자 명령을 내리던 소리는 희미해지면서 꿀럭거리는 알 수 없는 소리로 변해 버렸다. 스스스폭은 그녀가 간신히 숨을 쉴 수 있도록 조인 목을 풀어 주면서 다른 의자에 앉았다.

제어장치에 손을 댈 수 있는 유일한 장소였다.

어리석은 것들! 아무 상관 없는 자료를 읽을 수 있도록 가르쳐 준 덕분에 스스스폭은 함교 제어장치의 문구를 읽을 수 있었다.

제어장치는 거짓말처럼 거의 비어 있다시피 했다. 대부분의 기능은 키보드나 음성을 통해 컴퓨터가 담당하고 있는 게 분명했다. 해독에 시간이 걸릴 터였다. 필요하다면 인질을 강요해 돕게 해야 했다.

물론 평범한 버튼이나 슬라이더, 스위치도 좀 있었다. 아마도 비상용으로, 가능한 한 간단하고 접근하기 쉽게 만들어진 것일 터였다. 스스스폭은 비상 해치 개방 기능을 찾아냈다. 뚜렷하게 표식이 붙어 있었다. 이거면 다른 인간들을 한동안 묶어 둘 수 있으리라. 그는 버튼을 때렸다.

순간, 보이지 않는 무엇인가가 스스스폭을 붙잡았다. 역장이었다. 움직일 수가 없었다! 숨도 겨우 쉴 수 있었다.

키어스틴이 가슴이 크게 오르내릴 정도로 헐떡이면서 있는 힘을 다해 스스스폭의 손을 한 번에 손가락 하나씩 떼어 냈다. 힘을 주고 있었지만, 스스스폭은 손을 더 조일 수 없었다. 막을 수가 없었다.

"지브스, 에릭을 여기로 불러 줘."

키어스틴은 거친 목소리로 말하고 의자 밖으로 기어 나갔다. 그리고 무기력하게 앉아 있는 스스스폭의 손이 닿지 않는 곳으로 멀어졌다.

그녀는 분노에 찬 눈으로 스스스폭을 노려보았다.

"장관님은 네가 또 탈출하면 함교를 노릴 거라고 추측하셨지. 그래서 함정을 설치해 뒀다."

초보적인 함정이었는데. 읽기 자료를 미끼로 썼던 거군. 스스스폭은 생각했다. 내가 속아 넘어갔어. 지그문트는 영리했다. 위험한 인간이었다.

스스스폭은 가만히 있자 구속력이 아주 조금 느슨해지는 것을 알아챘다. 충돌이나 난류로부터 조종사를 보호하기 위한 역장으로, 편안히 있을 수 없도록 조금 손을 본 것이었다.

주 전망 창 너머로 별들이 흘러갔다. 우주선이 천천히 회전한다는 뜻이었다.

그때, 무엇인가 눈에 들어왔다. 우주선? 우주 도시? 스스스폭이 이제껏 본 적 없는 것이었다. 그것은 계속해서 다가왔다. 작지만 눈부시게 밝은 인공 태양이 한쪽 끝에서 빛나고 있었다. 그 구조물은 아주 가깝거나 아주 큰 게 분명했다. 핵융합 불꽃으로 보건대 가까이 있다고 생각하기는 어려웠다.

스스스폭은 에릭이 함교에 나타날 때까지 계속 그것을 바라보고 있었다.

에릭은 목을 주무르고 있는 키어스틴을 보았다. 이미 멍이 퍼지고 있었다. 스스스폭이 으르렁거리는 소리는 마비 총의 지글거리는 소리에 묻혀 버렸다.

6

"내가 흥미로워할 만한 것이라고요."

지그문트는 의심스럽다는 투로 되풀이했다. 세계의 종말이 다가오는 중이고, 23호는 도와주기를 거절했다. 그런데도 그에게 쇼핑을 하고 가라는 것이다.

문제는 아웃사이더가 종종 경이로운 물건을 판다는 점이었다.

"오래된 인간 우주선이다. 우주에서 떠도는 것을 찾았다."

23호가 말했다.

"어디에서죠?"

"그것은 말할 수 없다."

지그문트는 그런 대답을 예상했지만, 물어서 나쁠 건 없었다. 퍼페티어와 거래하면서 14호 우주선은 모든 아웃사이더가 뉴 테라에 지구와 인간 개척지의 위치 정보를 주지 않겠다고 약속했다. 오래된 인간 우주선은 그런 정보에 아주 가깝지 않은가?

어쩌면 23호는 도와주고 싶은 걸지도 몰랐다.

지그문트는 그런 기막힌 우연의 일치에 대해 들어 본 적이 있었다. 하지만 퍼페티어는 '우연히' 성간 우주 깊숙한 곳을 떠도는 '긴 통로'호와 마주친 게 아니었다. 메시지가 온 곳을 추적해 그것을 보낸 램스쿠프 우주선을 찾아냈던 것이다. 그리고 그 안에 있던 냉동 수정란으로 노예를 길러 냈다.

"우주에서 떠돌고 있었단 말이죠."

지그문트는 다시금 되풀이했다. 퍼페티어가 노예로 삼은 이들에게 들려준 동화만큼이나 믿을 수 없는 이야기였다.

23호가 자세를 바꾸며 말했다.

"당신이 회의적인 것은 이해한다. 물론 우연히 우주선을 발견한 것은 아니다. 우리는 상대론적 중력이상을 감지하였다. 그 결과 작은 행성 질량의 뉴트로늄을 찾아내었지. 우주선은 그 덩어리 주위를 돌고 있었다."

지그문트는 눈을 깜빡였다.

자연에서 뉴트로늄이 생기려면 초신성 폭발이 있어야 한다. 그가 알기로, 단 한 번 인공적으로 뉴트로늄을 만든 적이 있었다. 줄리언 포워드라는 자가 자신이 만든 뉴트로늄으로 양자 블랙홀의 덩치를 키우려고 했다. 그 때문에 태양계는 몇 달 동안이나 벌벌 떨었다. 끝내 세부적인 부분까지 밝히지는 못했지만 포워드는 퍼페티어의 은밀한 지원을 받고 있었다.

밝은 측면을 보자면, 지그문트는 포워드가 자신이 만든 블랙홀에 먹혀 버린 것과 제작 과정의 비밀도 함께 가져간 것을 기억했다.

어쨌거나, 크고 빠른 속도로 움직이는 뉴트로늄 덩어리는 특별한 신호기가 될 수 있었다.

"우주선을 한번 보고 싶군요."

지그문트는 조심스럽게 말하며 헬멧을 들어 올렸다.

"그리할 필요는 없다."

23호가 뿌리 뭉치를 흔들자 돔 안에 홀로그램이 떠올랐다.

지그문트는 지구와 인간 개척지에 대해 한 가지만큼은 확실히 알고 있었다. 서로 멀리 떨어져 있다는 점. 그렇지 않다면 네서스는 인간 개척민을 이용한 정찰 프로그램을 시작하지 않았을 것이다. 그건 인양한 우주선이 아마도 하이퍼드라이브를 장착한 탐사선일 가능성이 높다는 뜻이었다.

그런데 아니었다.

작은 핵융합로를 이용하는 고리인 단독선이, 홀로 다니는 탐광자가 태양계 안에서 이용할 법한 우주선이 어떻게 지구에서 멀리 떨어진 곳에 표류하게 된 걸까? 이 우주선은 대체 언제, 어디서, 어떻게 뉴트로늄 덩어리 주위의 궤도를 돌게 된 걸까? 아니 그보다, 충분한 연료를 실을 수도 없는 우주선으로 어떻게 뉴트로늄 덩어리를 따라잡을 정도의 상대론적 속도를 낼 수 있었을까? 그 뉴트로늄은 어디서 왔을까?

너무도 많은 질문이 머릿속을 헤집어 놓는 와중에, 지그문트는 우주선의 선수에서 뭔가 반짝이는 것을 포착했다. 어딘가 어울리지 않아 보였다. 그는 자성을 띤 신발로 쿵쿵거리는 소리를 내며 돔 주위를 돌면서 홀로그램을 여러 각도에서 살펴보았다.

"당시이 직접 영상을 조종할 수 있다. 손동작을 따라 움직일 것이다."

23호가 말했다.

지그문트는 시험 삼아 팔을 뻗었다. 홀로그램이 멀어졌다. 손을 돌리자 영상도 따라서 회전했다. 조종석 안에 반짝이는 게 있었다. 그와 대비되게 오래되어 구멍이 숭숭 나 있는 선체는 아주 시커멓게 보였다. 이상했다. 지그문트는 손을 가슴 쪽으로 당겼다. 우주선이 가까워졌다.

조종석에는 수은처럼 광이 나는 부드러운 달걀형 표면이 조종사가 앉아 있어야 할 공간을 덮고 있었다. 홀로그램을 자세히 봐도 확실히 알 수는 없었지만, 분명 완벽한 반사성 물질인 것 같았다. 단독선 안에 정지장이 있을 수도 있는 걸까?

23호라면 알 터였다. 모르는 척하는 게 나름대로 돕는 것일 수도 있었다. 지그문트가 감당할 수 있을 만한 가격을 쳐주는 것이다. 정지장에는 한 가지 용도밖에 없었다. 귀중한 것을 보존하기 위해 내부의 시간을 정지시키는 것.

영겁의 세월 이전에, 두 고대 종족이 은하계를 절멸로 이끈 싸움을 벌였다. 그 시대의 유물은 거의 남아 있지 않지만, 일부가 정지장 속에 영원히 보존되어 있었다. 정지장에서 얻은 물건은 대부분 이해의 범위를 넘어섰다. 그 안에 들어 있는 기술은 무서울 정도로 잠재력이 컸다. 종종 무기도 보관되어 있었다.

정지장은 가시광선에서 가장 강한 감마선까지, 모든 것을 반사했다. 심지어는 중성미자까지 반사했다. 그래서 조종사들이 새로운 항성계에 도착하면 일상적으로 심부 레이더 신호를 보내는 것이다. 정지장 상자에 대한 대가로 ARM이 제공하는 평범한 현상금만 있으면 평생 왕처럼 살 수 있었다. 하지만 십 년에 한 번이라도 ARM이 그렇게 현상금을 지불하는 일은 일어나지 않았다.

그래도 질량이 매우 큰 뉴트로늄―우연히도 뉴트로늄 역시 중성자를 거의 차단한다―에 비하면, 그 주위를 도는 우주선은 아무리 그 안에 뭐가 있다고 해도 값비싼 선물을 포장한 리본 정도에 불과했다. 만약 23호가 정지장을 간과하기로 했다면, 지그문트로서는 묻지 않는 편이 나았다.

지그문트는 느릿느릿하고 조심스러운 동작으로 홀로그램을 돌려 가며 자세히 보았다. 등록 번호판이 시야에 들어왔다. 우주선의 ID는 불과 다섯 자리였다. 오래된 우주선이라는 의미였다.

지구의 느낌, 외양, 밤하늘의 별자리…… 이 모든 건 지그문트의 기억 속에서 지워졌다. 그 대신 쓸모없는 숫자만 머릿속에 어수선했다. 이전 삶에서 쓰던 은행 계좌 비밀번호. 가물가물한 세법 일부와 전체 세액표. 전에 살던 곳의 주소―하지만 살던 도시는 기억나지 않았다. 회계사로 너무 오랜 세월을 보낸 터라 숫자와 패턴은 지그문트에게 두 번째 본성이나 마찬가지였다. 그건 네서스가 지우려 했다 해도 훨씬 어려웠을지 모른다.

등록 번호판의 다섯 자리 숫자는 지그문트의 머릿속에서 불꽃과 화염을 일으켰다.

아는 숫자였다!

그것은 단지 잘못된 시공간에 있는 고대 우주선이 아니었다. 오백 년도 더 전에 잭 브레넌이 프스스폭과 마주쳤을 때 타고 있던 단독선이었던 것이다!

지그문트는 루카스 가너의 진술서에서 그 우주선의 공식 등록

증을 본 적이 있었다. 괴물이 된 브레넌은 ARM의 구속을 깨고 사라졌다. 바로 이 우주선과 프스스폭의 우주선 키 모듈을 가지고서.

만약 저 반짝이는 물체가 정지장이라면, 이 단독선은 유일하게 알려진 인간 수호자를 보존하고 있을지 몰랐다. 마침 필요한 시기에 뉴 테라를 구할 수 있을지도⋯⋯.

23호는 나름의 방법으로 도우려는 것일 수 있었지만, 그 유물을 건네주려고 하지는 않았다. 그러면 무엇으로 거래할 수 있을까? 팩 침입을 발견한 것은 이미 낡은 소식으로 가치가 없음이 드러났다.

아, 그워스!

지그문트는 제안했다.

"이 우주선을 정보와 교환하고 싶습니다."

뿌리가 꿈틀거렸다.

"지난번 이야기보다 더 유용한 것이 있다면."

지그문트는 손을 휙 움직여 단독선 영상을 사라지게 했다.

"새로운 손님으로 가득한 항성계는 어떻습니까? 최근에 우주여행을 시작한, 기술적으로 젊은 사회죠."

"받아들일 수 있는 가격이다. 실제로 우리가 모르는 손님을 알려 줄 수 있다면."

23호가 동의했다.

"그럼 그 조건으로 거래가 성사된 겁니다."

지그문트는 그워스 항성계의 좌표를 알려 주었다.

뿌리가 꿈틀거리더니 그 어느 때보다 빠른 속도로 움직였다.

"아주 영리하군, 지그문트 아우스폴러. 이 좌표는 침입자의 항로 위에 있지 않은가. 당신이 알려 준 손님은 우리가 가기도 전에 파괴될 것이다. 우리를 놀리는 것인가?"

"그워스는 실제로 있습니다. 우리 종족이 생존할 방법을 찾아낸다면, 그워스를 구하기 위해서도 최선을 다할 겁니다."

"구입한 물품을 우주선으로 가져가는 일을 도와주겠다. 우리 모두의 이익을 위하여 당신들이 살아남기를 바란다."

23호가 말했다.

7

단독선 안의 정지장이 잠재적인 동맹을 숨기고 있을 가능성은 꽤 컸다. 물론 지그문트가 우호적인 수호자라는 개념을 완전히 받아들인 건 아니었다. 실제로 정지장 안에 무엇이 있을지는 아무도 몰랐다.

그래서 지그문트는 계획을 최종적으로 확정하기까지 열흘 동안이나 근심에 휩싸여 안절부절못했다. 단독선은 마치 저 옛날의 빨판상어처럼 '돈키호테'호 옆에 붙어 있었다. 화물칸 하나는 감방으로, 다른 하나는 그워스 거주 공간으로 쓰고 있었기 때문에 설령 지그문트가 그러고 싶다 해도 구매한 우주선을 안으로 들여올 수는 없었다.

23호 우주선은 단독선에 줄을 매달고 두꺼운 금속판으로 가린 채 운반하고 있었다. 이해가 되는 예방 조치였다. 오래된 단독선은 수 세기 동안이나 정비를 받지 않은 채 떠다녔다. 지금 상태를 어찌 알 수 있겠는가?

모종의 이유로 핵융합 엔진이 폭발할 수도 있으니 가능한 한 이 잠재적인 수소폭탄은 '돈키호테'호의 GP 선체 바깥에 있는 편이 나았다. 어차피 충격파 때문에 안에 있는 사람도 전부 피떡이 되겠지만, 조금이라도 가능성을 남겨 두어야 했다.

아웃사이더는 이 우주선이 누구의 것인지 몰랐다. 세월에 견딜 수 있도록 브레넌이 다시 만든 단독선이라면 완벽하게 안전할 수도 있었다.

열흘 중 이틀은 하이퍼웨이브 연결을 유지하기 위해 별들 사이의 아인슈타인 공간에서 보냈다.

정지장을 여는 데는 우주선이 일상적으로 싣고 다닐 이유가 없는 특수한 장비가 필요했다. 지그문트는 뉴 테라에 정지장을 여는 방법에 대해 아는 사람이 있는지 찾느라 하루를 허비했다. 하지만 뉴 테라에는 우주선도 별로 없었다. 우주를 날아다닌 지 불과 몇 년밖에 되지 않으니 아직 정지장을 만나 본 경험도 없었다.

그러는 한편으로 지그문트는 베데커가 정지장에 대해 얼마나 알고 있을지 궁리했다. 23호가 해 준 이야기에 따르면 베데커의 임무는 헛된 일이었다. 그가 행성 드라이브에 대해 완벽히 알게 될 가능성은 없었다.

베데커는 여기서 우리를 도와줬어야 해, 빌어먹을.

두 번째 날, 사브리나는 에릭이 전문가 한 명과 상의할 수 있도록 주선해 주었다. 그 전문가란 다름 아닌 베데커였다. 연락했을 때 실시간으로 연결된 것으로 보아 베데커는 심우주 어딘가, 특이점 밖에서 작업하고 있는 듯했다.

당연하게도, 지그문트에게 혹은 그 주위에 항상 믿을 수 없는 일만 일어나는 건 아니었다.

'돈키호테'호는 호흡 가능한 대기가 있는 행성 하나를 찾았다. 23호 우주선과 상대적으로 가깝다는 점을 빼면 특이할 게 없었다. 그곳은 젊은 세계였다. 바다에는 단세포생물이 우글거렸지만 대륙은 거의 황무지였다. 먹을 수 있을 때의 얘기겠지만, 먹을거리에 가장 가까운 것이라고 해도 천 킬로미터는 더 떨어진 곳에 있는 해양 침전물이었다. 괴물이 된 브레넌이 고립되어 있기로 마음먹을 만한 곳은 아니었다.

키어스틴은 지그문트가 부러워할 수밖에 없을 정도로 섬세하게 '돈키호테'호를 황폐한 평원 위에 살짝 내려놓았다. 단독선은 여전히 옆구리에 매달려 있었다.

그녀가 통신기로 말했다.

"준비되면 얘기해."

지그문트와 에릭은 주 에어록에서 기다리고 있었다.

"알았어."

에릭이 대꾸했다.

"내 장비를 확인해 주게."

지그문트가 말했다.

"했습니다. 이상 없습니다."

에릭이 에어록 제어장치로 손을 뻗으며 대답했다.

"다시 해 보게."

지그문트는 팔을 들어 올렸다.

"원하신다면 그러죠."

에릭은 지그문트의 전투 장갑복을 세심하게 검사했다. 주머니를 전부 열어 보고, 벨트 클립 하나까지 검사했다. 마지막으로 지그문트를 두드려 재확인 완료 신호를 보냈다.

"아무것도 없습니다."

지그문트는 신발 끝으로 에어록 바닥에 쌓여 있는 자잘한 물품을 가리켰다.

"이 중에 내게 필요 없는 게 있을까?"

"아닙니다, 장관님."

에릭이 초조함이 묻어 있는 목소리로 대답했다.

좋지 않았다. 이 일은 가능한 한 조심스럽게 할 생각이었다.

지그문트는 에어록을 빠져나와 불모지의 표면에 내려섰다. 그리고 '돈키호테'호를 돌아 단독선이 매달려 있는 곳까지 왕복하며 장비를 날랐다. 한 걸음 내디딜 때마다 주황색 먼지구름이 솟아올랐다. 어느 방향을 봐도 지평선까지 황무지가 뻗어 있었다.

"사막일 뿐이야."

지그문트는 먼 곳을 보지 않으려 애쓰며 중얼거렸다. 자신에게 하는 거짓말이었다. 어쨌든 지구에도 사막은 있었다. 마지막으로 돌아오면서 지그문트는 등 뒤로 바깥쪽 해치를 닫았다.

"외부 접근을 막게."

그가 지시했다.

"네. 우리 위치는 어떤가요?"

키어스틴이 통신으로 물었다.

"가깝네. 단독선은 지상 약 삼십 센티미터에 있네."

"삼십 센티미터, 알았습니다. 조정 시작할게요."

정교한 추진 제어에 따라 '돈키호테'호는 극도로 천천히 주 회전축을 돌았다. 우주선 아래에 있는 단단한 땅이 짓눌리며 신음했다.

"정지!"

지그문트가 외쳤다.

"여유가 얼마나 되죠?"

키어스틴이 물었다.

"단독선은 땅에서 오 센티미터 떨어져 있네."

"더 잘할 수 있어요."

"안 그래도 돼."

지그문트는 장비 무더기 속에서 쬠쇠 푸는 도구를 꺼냈다. 태양계의 위치에 대한 실마리를 담고 있을지도 모를 단독선이 눈앞에 있었다.

"그렇게 약하지는 않을 거야."

사실, 아무리 충격을 줘도 ──설령 핵융합 엔진이 폭발한다고 해도— 정지장 안에서 기다리고 있는 건 멀쩡할 터였다.

튼튼한 케이블 다섯 개가 단독선을 '돈키호테'호의 선체에 매달아 놓고 있었다. 지그문트는 한 번에 두 개씩 쬠쇠를 풀었다. 마지막으로 가운데 있는 하나가 남았다. 남은 케이블이 단독선을 '돈키호테'호의 선체에 매달아 버티며 끽끽거리는 소리를 냈다. 오래된 우주선의 한쪽 끝은 지상까지 처져 있었다.

"마지막 케이블 푼다."

지그문트가 말했다.

케이블이 휘파람 소리를 내며 쬠쇠 밖으로 빠져나왔다. 단독선이 땅에 쿵 부딪쳤다. 지그문트는 쬠쇠를 조이지 않고 내버려두었다.

"화물이 내려왔다."

"나가서 돕겠습니다."

에릭이 통신으로 말했다.

"안 돼."

지그문트는 단호하게 거절했다. 이미 몇 번이나 반복한 얘기였다.

그는 삼각대를 펼치고 카메라를 설치했다. 카메라 통신 링크가 열렸다. 키어스틴과 몇 번 신호를 주고받자 카메라를 단독선에 적절하게 조준할 수 있었다.

"들어간다."

조그만 탐광선은 값싸고 단순하고 안정적으로 보였다. 선체에는 사용하지 않은 갈고리와 쬠쇠가 여기저기 붙어 있었다. 무반

동추진기가 나오기 전의 우주선이었다. 대신에 압축가스나 화학 연료—어느 쪽인지는 알 수 없지만—를 쓰는 자세 제어 분사기가 사방으로 튀어나와 있었다. 뒤쪽에 있는 커다란 노즐은 핵융합 엔진용이었다. 에어록은 없었다. 캐노피*를 돌려서 열고 들어가는 식이었다. 조종사는 보통 우주복을 입었다.

캐노피를 통해 직사광선에 비친 모습을 보니 표면이 전보다도 더 밝게 빛났다. 그건 빛, 레이더파, 심지어는 중성미자도 반사했다. 의심의 여지가 없었다.

정지장이다!

지그문트는 걸쇠를 풀었다. 앞쪽 끝 부분의 경첩을 중심으로 캐노피가 서서히 솟아올랐다. 마치 거대한 조개가 열리는 것 같았다. 조종석과 조종 장치 대부분을 덮고 있는 정지장이 드러났다. 눈에 보이는 것 중에 정지장 제어장치 같은 건 없었다.

끄는 스위치 같은 게 바로 앞에 있을까? 그럴 가능성이 있었다. 아직 아무도 스스스폭이 쓰는 장치를 이해하지 못했다. 짐작건대 수호자로서 브레넌은 그보다 훨씬 더 영리할 터였다.

지그문트는 비상용 역장 발생기—'돈키호테'호의 함교에서 가져왔다. 스스스폭은 똑같은 계략에 두 번 속지 않을 테니—를 조종 장치가 그대로 튀어나와 있는 부분에 설치했다. 그리고 에릭이 구속 모듈에 끼워 둔 원격조종장치를 켰다. 적색등이 꺼지고 녹색등이 들어왔다.

---

* canopy. 항공기나 우주선의 조종석 위에 있는 투명한 덮개.

"구속 장치 연결 확인."

지그문트가 말했다.

"연결됐어요."

키어스틴이 대답했다.

누구 혹은 무엇이 안에서 기다리고 있는지 이제 확인할 시간이었다.

지그문트는 임시로 만든 정지장 간섭기를 집어 들었다. 손에 드니 어색한 느낌이었다. 퍼페티어가 설계한 것처럼 반쯤 녹아 있는 모양이었다.

사실 그랬다. 지그문트와 베데커가 니케를 만났을 때 베데커가 가진 장비는 대부분 '돈키호테'호에 남아 있었다. 아마도 그때까지는 허스에 남을 생각을 하지 않은 모양이었다. 어쨌든 베데커는 정지장 발생기를 선실 안에 남겨 두고 갔다. 지그문트는 응급 의료용이거나 도망칠 수 있는 방법으로 남겨 둔 것이라 추측했다.

허스에서 탈출한 지그문트는 베데커의 선실을 뒤졌다. 물론 그 전에 생체 정보로 해제하도록 베데커가 설치해 놓은 산소 연료 토치를 끊어 내야 했다. 활성화되어 있는 정지장을 놓치기란 어려웠다. 하지만 가만히 있는 정지장 발생기는 또 달랐다. 지그문트는 베데커가 버리고 간 짐에 있던 퍼페티어의 역장 발생기를 알아보지 못했다. 아무도 그러지 못했다.

일단 베데커가 에릭에게 방법을 알려 주자 정지장을 풀 수 있도록 발생기를 재조정하는 일은 간단했다. 지그문트는 베데커가 협력하는 모습이 저들의 계획이 잘 돌아가지 않는 증거라고 생각했다.

그런데 임시로 만든 정지장 해제 장치는 사용 범위가 극도로 좁았다. 누군가는 사실상 정지장을 건드려야 했다. 지그문트는 어색하게 그 장치를 손에 든 채 조준했다.

빌어먹을! 이번에는 좀 잘돼 봐라.

지그문트는 마지막으로 자신이 카메라를 막고 있지 않은지 어깨 너머를 살폈다.

"키어스틴, 준비됐나?"

"언제든 하세요."

키어스틴이 대답했다.

계획은 단순했다.

정지장을 해체한 뒤 곧바로 구속장으로 대체한다. 무슨 이유에서든 지그문트가 활성화에 실패할 경우에 대비해 구속장은 원격으로 활성화시킨다. 만약 모든 게 잘못된다면, 이륙한다. 단독선의 질량이 이제 케이블을 짓누르고 있기 때문에 풀려 있는 죔쇠 사이로 묶인 게 자유롭게 떨어져 나갈 터였다. 레이저를 쓰든 마비 총을 쓰든 공중에서 필요한 행동을 하면 되었다.

만약 거기까지 진행되면, 별 행동이 필요하지 않을 가능성이 높았다. 키어스틴은 의심할 여지 없이 절묘하게 조종하겠지만, 추진기에서 나오는 역장의 가장자리가 지그문트와 미지의 존재를 짓밟아 버릴 터였다.

"내 신호에 맞추게. 셋…… 둘…… 하나…… 지금."

구속장이 희미하게 빛나더니 물결치다가 사라졌다. 장갑을 낀 팔 두 개가 튀어나와 전투 장갑복을 입은 지그문트의 목을 붙잡았다. 구속장이 치고 들어왔다. 지그문트와 그를 공격한 자 주위로 공기가 단단해졌다. 지그문트와 단독선의 조종사는 서로를 마주한 채 그대로 얼어붙었다.

지그문트는 상대를 바라보았다.

수호자가 아니었다.

이 여자는 누구지?

| 역사의 증인 |

1

앨리스 조던은 휴게실 탁자 위로 몸을 숙였다. 안면 경련이 계속 일었다. 뜨거운 차 한 잔을 쥐고 멍하니 생각 속을 떠돌았다.

그녀는 우주를 떠돌았다. 그 점에 대해서는 지그문트도 공감했다. 그녀는 시간을 떠돌다 엉뚱한 곳에 와 있었다. 이건 지그문트도 상상조차 하지 못했다.

앨리스가 갑자기 말을 쏟아 냈다.

"오르트 구름 깊숙한 곳에 있었어요. 혼자 우주선을 타고요. 아무것도, 아무도 근처에 없었죠."

그녀는 약간 다른 단어를 써서 말했다. 분노와 혼돈, 경이감이 담긴 다양한 어조로, 간간이 이해할 수 없는 표현—지그문트가 기억할 수 있는 것보다 훨씬 더 많았다—을 섞어 가며 말했다.

어떤 반복적인 대목에서는 '셸쇼크*'라는 알 수 없는 단어가 나왔다. 지그문트는 페넬로페와 그녀의 일에 대해 이야기를 나누면서 웬만한 갑각류는 다 들어 봤다고 생각했지만, 아닌 모양이었다.

앨리스는 계속 말을 바꿔 표현하고 에둘러 설명했다. 마치 자기 삶을 복구시킬 수 있는 비밀의 주문을 찾기라도 하는 듯했다. 왜 아니겠는가? 삶이 완전히 뒤집혔는데.

지그문트는 전혀 다른 이유로 앨리스만큼이나 낙담했다. 하지만 실망감을 억지로 숨겼다. 그녀는 지구를 찾는 방법을 알고 있을지도 몰랐기 때문이다.

확실히 항해용 신호기를 이용하면 앨리스는 태양계 주위에서 길을 찾을 수 있었다. 그러나 태양계를 찾는 방법은 몰랐다. 그녀의 머릿속에는 실마리가 가득할지 몰라도 그걸 뽑아내서 유용하게 쓰는 일에는 오랜 시간이 필요했다. 뉴 테라에는 그런 시간이 없을 가능성이 높았다.

앨리스의 스팽글리시는 지브스가 아는, '긴 통로'호가 뉴 테라에 가져다준 이십이 세기 영어와 지그문트가 들으며 자란 공용어 사이 어딘가에 있었다. 엄밀히 말하면 익숙하지는 않았지만, 지그문트는 별 어려움 없이 앨리스의 말을 배워 이해할 수 있었다.

"핵융합 엔진이 전속력으로 작동하고 있었어요. 태양은 정면에서 멀리 보이는 밝은 점이었죠. 코볼트Kobold는 막 등 뒤에서 사라졌고요. 그때……."

---

* shellshock, 참전 병사들이 겪는 신경증. 'shell'이란 단어는 주로 '조개, 갑각류'라는 의미로 쓰이지만 '포탄, 포격'이라는 의미도 있다.

앨리스가 바싹 마른 손가락으로 지그문트의 가슴을 찔렀다.

"당신이 내 얼굴 앞에 있더군요. 전투 장갑복을 갖춰 입은 당신이. 무슨 빌어먹을 사막 위에서 말이에요."

'코볼트'는 단속적으로 쏟아지는 그녀의 말 가운데 새로 등장한 미지의 단어에 불과했다. 맥락으로 보아 장소 같았다. 오르트 구름 속에 있는 어떤 장소. 하지만 지그문트가 자기 우주선에 '돈키호테'라는 이름을 붙였듯이 이름에는 중요한 의미가 있었다.

코볼트? 지브스가 아는 코볼트는 고대 민담에 등장하는 존재였다. 브라우니brownie나 픽시pixie, 엘프elf처럼.* 그리고 우연이 아닌 게 분명한데, 코볼트는 가정의 수호자였다.

앨리스가 떠드는 동안 지그문트는 언어에서 오는 충격을 잠시 덮어 둔 채 그녀를 관찰했다. 앨리스 조던은 그보다 키가 훨씬 컸다. 피부도 훨씬 검었다. 이런 실마리―타고 있던 우주선에 대한 정보를 더해―로부터 지그문트는 그녀가 고리인이라는 사실을 짐작할 수 있었다. 사실 폭 오 센티미터의, 앵무새 같은 볏을 남기고 싹 밀어 버린 머리를 보면 짐작하고 말고 할 것도 없었다.

지그문트는 마음 한구석에서 과거를 잊어버리려고 애썼다. 그는 과거에 고리인에게 죽임을 당한 적이 있었다. 하지만 앨리스는 그 일과 무관했다.

정지장에서 발견된 것이 브레넌이었으면 좋았을 것이다. 하지만 아니었다. 이제 그 어떤 초인도 뉴 테라의 운명에 대한 지그문

---

* 각각 독일, 스코틀랜드, 잉글랜드, 영국의 민담에 등장하는 요정들이다.

트의 책임감을 줄여 줄 수 없었다. 어쩌면 지그문트는 그 때문에 실망하고 있는 건지도 몰랐다. 어쨌거나, 감정을 정리하는 일은 나중에도 할 수 있었다.

앨리스의 말은 멈출 줄을 몰랐다.

"그리고 이 우주선! 비교하자면 이제껏 내가 본 우주선은 전부 골판지를 테이프로 붙여 놓은 거나 마찬가지였어요. 물론 브레넌이 만든 건 빼고요."

브레넌! 지그문트는 일부러 반응하지 않았다. 바로 그 단독선인 건 단순한 우연이 아니었다. '돈키호테'호는 최대 가속도로 앨리스가 풀려난 행성을 떠나 하이퍼드라이브를 가동할 수 있는 곳으로 가고 있었다. 다음 정거장은 뉴 테라였다. 거기 도착하기 전에 가능한 한 많은 것을 알아내야 했다.

"앨리스."

지그문트는 부드럽게 그녀를 불렀다. 앨리스의 삶이 뒤집힌 건 사실이지만, 그에게는 정보가 필요했다.

키어스틴이 불쾌한 표정을 지어 보였다. '돈키호테'호는 자동 조종 상태로, 에릭과 오마르도 함께 있었다. 올트로는 네트워크를 통해 지켜보는 중이었다.

"앨리스."

지그문트가 다시 부르자 앨리스가 몸을 돌렸다.

"많은 이야기를 해 줬습니다만……."

삼가는 표현이었다. 에릭이 풀어 준 이래 앨리스는 발작적으로 ─강박적으로, 어쩌면 카타르시스를 위해─ 이야기를 쏟아냈다. 체계적이지 않았고, 따라서 거의 완결성도 없었다.

"이게 큰일이라는 걸 압니다, 앨리스. 그래서 기억이 생생할 때 모든 일을 체계적으로 되짚어 봐야 하는 겁니다. 그러니까 좀 참아 주세요. 사실, 과거에 난 ARM이었습니다."

앨리스는 뒤틀린 미소를 지었다.

"이해해요. 나도 황금 가죽이었거든요, 얼마 전에는……."

미소는 그리움으로 바뀌었다가 사라졌다. 그녀는 의자에서 몸을 곧게 폈다.

"느낌으로는 얼마 전 같아요. 내 기억 속에서는 코볼트를 떠난 게 몇 시간 전이니까. 이유는 모르겠지만, 그보다 훨씬 많이 지났다는 거 알아요. 상황을 이해하는 데 도움이 될 것 같으면 뭐든지 물어보세요. 나한테도 도움이 될지 모르죠."

"황금 가죽이라고요?"

오마르가 물었다.

"태양계 외곽의 법 집행 조직이라네. 유니폼이 황금색 압력복이었거든. 그래서 흔히 황금 가죽이라고 불렸지."

지그문트는 설명해 주었다. 앨리스의 말이 사실이라면, 뉴 테라의 베테랑 자원이 막 두 배가 된 것이다.

"말 되는군요."

"앨리스, 처음부터 이야기해 보세요."

지그문트가 청했다.

"처음요? 아마 2341년이었을 거예요."

앨리스는 '돈키호테'호에 탄 모두와 같은 표정을 지으며 주위를 둘러보았다.

"여러분의 기술을 보니 오래전인 것 같네요."

지그문트가 최선을 다해 추측하기로는 적어도 삼백 년 전이었다. 괴물이 된 브레넌이 사라지고 두 세기가 지난 뒤였다. 상황이 조금 헷갈리는 정도가 아니었다.

"당신에 대한 이야기부터 들어 보죠."

지그문트가 부드러운 말투로 권했다.

앨리스는 다시 뒤틀린 미소를 지어 보였다.

"아, 어떻게 하는지 알아요. 먼저 날 쥐어짜겠다는 거겠죠. 뭐, 좋아요. 처음부터라. 지구에서 휴가를 보내다가 로이 트루스데일이라는 평지인을 만났어요. 그 사람이 이야기를 들려줬는데, 인생에서 넉 달이 날아갔다는 거예요. 어느 날 하이킹을 갔는데, 넉 달 뒤에 깨어났다는……."

앨리스는 자신이 잃어버린 시간이 얼마나 될지 궁금해하며 말꼬리를 흐렸다. 대답을 좋아하지는 않을 것 같았다.

"그 부분은 나중에 알려 드리죠. 일단 얘기부터 들읍시다."

지그문트가 약속했다.

"로이는 당연히 ARM에 갔어요. ARM은 몇십 년 간격을 두고 일어난 비슷한 납치 사건 두 건을 확인했죠."

앨리스는 뭔가 기대하는 듯이 지그문트를 바라보았다. 당신 ARM이었다면서. 알고 있는 것 아냐? 지그문트가 아무 말이 없자, 그녀는 어깨를 으쓱해 보였다.

"로이는 황금 가죽도 비슷한 사건을 알고 있는지 궁금해했어요. 그래서 나는 오래된 자료를 들췄고, 찾아냈죠."

앨리스는 말을 멈추고 차를 한 모금 마셨다.

"그래서요?"

"내 상관은 ARM만큼이나 패턴을 인정하려 들지 않았어요. 로이는 누가 납치 사건의 배후인지는 모르겠지만, 외계인치고는 너무 사려 깊고 인간치고는 너무 강했다고 말했죠."

"그럼 뭐였습니까?"

앨리스의 대답은 간결했다.

"브레넌요."

수호자 잭 브레넌은 ARM과 황금 가죽을 모두 피했다. 앨리스의 마지막 기억으로 인정받은 시기보다 두 세기도 더 전의 일이었다. 양쪽 군사 조직이 태양계 외곽 어두운 곳까지 브레넌의 우주선을 추적했다. 브레넌은 한동안 오르트 구름 속에서 머물다가 출발했다. 램스쿠프 우주선이 점화한 데에는 의심의 여지가 없었다. 어딘가로……

하지만 이번에도 지그문트는 기억이 나지 않았다. 성간 개척지 중 하나를 향해서였을 것이다. 어쨌든 이후 어디서도 브레넌의 소식은 들을 수 없었다.

루카스 가너는 ARM의 파일에 사건 전체를 기록했다. 당연하게도, 수호자는 굶어 죽은 것으로 기록되었다. 브레넌에게 맡긴 '생명의 나무' 뿌리 일부—브레넌도 결국 먹어야만 했다—를 제외하고 수천 광년의 여행을 위한 물자는 ARM의 관리 아래 들어갔다. ARM은 그걸 불태워 버렸다.

황금 가죽이었던 앨리스는 지그문트와 마찬가지로 브레넌과 프스스폭 사건의 미공개된 역사에 접근할 수 있었다. 착각하지 말자. 더 나은 정보였다. 루카스 가너를 제외하고 프스스폭의 우주선을 자세히 본 적이 있거나 괴물이 된 브레넌을 만난 사람은 전부 고리인이었다. 앨리스는 자신이 알고 있는 것을 새로 사귄 친구인 로이와 공유했다.

그러자 과격한 추측이 떠오르기 시작했다.

만약 브레넌이 생존했다면? 어쩌면 램스쿠프 우주선은 미끼이고, 브레넌은 오르트 구름에 남았을 수도 있었다. 어쨌든 브레넌은 수호자였다. 인류의 대부분인 태양계 인구 수십억 명을 빼면 보호할 사람이 누가 있겠는가? 브레넌은 수호자다운 우월한 지능과 팩 우주선에 들어 있는 기술, 넓게 퍼져 있는 무궁무진한 오르트 구름의 자원을 갖고 있었다.

만약 '생명의 나무'와 그 안의 바이러스에 대해 가능한 한 모든 것을 알고 있지 않았다면, 프스스폭은 수천 광년을 건너오지 않았을 터였다. 브레넌이 프스스폭을 죽이기 전에 바이러스를 키우는 데 충분한 지식을 알아냈을지도 몰랐다. 그러면 태양계 외곽을 집으로 삼아 살 수도 있는 것 아닐까?

만약 이런 추측이 모두 사실이라면, 브레넌이 남몰래 보호해 주면서 가끔씩 상황의 추이를 알아보기 위해 납치를 자행했다고 생각해도 무리가 없었다.

앨리스와 로이는 추정에 추측에 추론을 덧붙여 갔다. 당국에서는 그런 환영을 쫓자고 광대한 오르트 구름으로 탐사대를 보낼 생각이 없었다.

그런데 잃어버린 몇 달 동안 로이의 4대조 할머니가 세상을 떠났다. 왕할머니 '위대한 스텔'의 다른 모든 후손들처럼 로이도 큰 돈을 손에 넣었다. 우주선을 사기에 충분할 정도였다.

그리하여 오르트 구름 깊숙한 곳, 두 세기 전에 괴물이 된 브레넌이 한때 머물렀던 영역으로 가는 길에서 앨리스와 로이의 우주선은 미지의 힘에 사로잡혔다.

앨리스는 이야기를 끝내기도 전에 지쳐 나가떨어졌다. 키어스틴이 그녀를 쉬게 해 줘야 한다며 데려갔다. '돈키호테'호에는 남는 선실이 없었다. 사물함과 창고, 짐을 빼내고 용도를 바꿀 수 있는 저장고뿐이었다. 지그문트는 키어스틴이 앨리스를 자기네 선실로 데려갔으리라고 짐작했다. 키어스틴과 에릭은 아마도 창고에서 거처할 터였다.

키어스틴은 한참이 지나서야 나타났다.

"오토닥에 들렀다 왔어요. 아, 앨리스는 괜찮아요."

그녀의 설명에, 지그문트는 얼굴을 찡그렸다.

"그러면 왜……?"

"앨리스 말이, 자기가 임신했을지도 모른다고 했거든요. 임신했더라고요."

"그 로이 트루스데일이라는 친구 아인가?"

키어스틴은 고개를 끄덕였다.

"그렇다고 했어요."

그러면 앨리스는 공간과 시간에 더해 아이의 아버지까지 잃은 셈이었다.

그러고 보니 그녀는 아직 트루스데일과 어떤 관계인지 언급하지 않았다. 직업상 갈라진 걸까? 어쨌거나 앨리스는 황금 가죽이었다. 아니면 그저 고리인의 금욕주의 때문일지도 몰랐다. 지그문트가 아는 고리인은 자급자족에 대한 결의가 단호하고, 엄청나게 독립적이고, 너무도 냉정해서 마치 혼자서 번식을 하는 것처럼 보이기도 했다.

2

마침내 앨리스가 다시 휴게실에 나타났다. 새로 합성한 비행복을 입고 있었다. 거의 열두 시간이나 잤지만, 별로 쉰 것 같은 모습은 아니었다. 고리인의 짜증 나는 독립성은 엿이나 먹으라지. 앨리스도 결국에는 인간일 뿐인지도 몰랐다.

휴게실에는 지그문트와 앨리스뿐이었다. 키어스틴은 시간을 쪼개서 함교에도 있다가 단독선에 가서 데이터 더미를 분석하기도 했다. 에릭과 오마르, 그워스 개체의 대부분은 좀 더 급한 일을 해야 했다. '돈키호테'호를 온전히 유지하는 것. 그들은 통신을 통해 듣기는 했지만, 너무 바빠서 끼어들지는 못했다.

하이퍼스페이스로부터 단독선을 보호하고 있는 노멀 스페이스 영역은 선체에 붙어 있었다. 감싸고 있는 공간이 크면 클수록 역장은 더 많은 에너지를 소모했다. 역장을 확장해 매달려 있는 단독선까지 감싸려면 엄청난 에너지가 들어갔다.

문제는 간단한 기하학 문제로 귀결되었다. 원통형에 가까운 거품의 반지름을 삼 미터만 확장해도 내부 부피는 여섯 배 이상 커졌다. 단독선 주위에만 국지적으로 역장을 확장해 부피를 조금만 늘리는 쪽이 훨씬 에너지 효율이 좋았다.

하지만 공학적인 능력에 대해서만큼은 결코 수줍어하지 않는 에릭이 반대했다. 역장에 아주 작은 틈이 아주 짧은 시간 동안만 생겨도 전 승무원이 순식간에 목숨을 잃을 수도 있다는 얘기였다. 에릭은 역장의 형태를 안전하게 미세 조정하기 위해서는 장비를 완전히 갖춘 선착장이 있어야 한다고 주장했다. 그가 에너지 효율적인 국지적 역장 팽창을 동맥류에 비유했을 때쯤 지그문트는 이해하는 데 관심을 잃었다.

그래서 필수적이지 않은 기능을 모두 해제했음에도 우주선의 핵융합 발전기는 한계에 다다랐다. 이제는 필수적인 시스템도 간신히 유지할 수 있는 동력만 가지고 딸꾹질을 하기 시작했다. 그워스는 거주 공간에 있는 소형 핵융합로에서 나오는 여분의 전력을 소량이지만 공급해 주었고, 절약을 통해 더 제공할 방법을 찾고 있었다. 지브스는 대기 상태로 들어가 있었다. 교대 시간마다 한 번씩 독립적으로 진단을 실행하기 위해 깨어났다가 다시 스스로 차단했다.

'돈키호테'호가 뉴 테라에 도착할 즈음에는 주 연료통이 바닥나고 보조 연료도 거의 남아 있지 않을 터였다. 보조 연료가 있는 건 예상치 못한 상황을 위해서였다. 오래된 단독선에서 찾을지도 모르는 비밀은 확실히 거기에 어울렸다.

가는 길에 연료를 재보급할 수도 있었다. 바다가 있는 아무 세계에나 가서 중수소를 걸러 내면 되었다. 하지만 연료가 더 있다고 해서 이미 과도하게 돌아가는 발전기의 부담을 덜어 줄 수는 없었다. 피로를 늘릴 뿐이었다. 연료를 재보급하는 데 드는 시간역시 다시 돌이킬 수 없었다.

적어도 단독선에 설치해 놓은 도약 원반 덕분에 쉽게 접근은가능했다. 하고 싶은 대로 할 수 있었다면, 키어스틴은 낡은 단독선 안에 머물면서 컴퓨터를 분석하려고 했을 것이다.

앨리스는 지그문트의 도움을 받아서 합성한 음식 접시를 산더미처럼 쌓아 올렸다. 홀몸이 아니었지. 지그문트는 떠올렸다. 에너지를 조금이라도 아끼기 위해 선내 온도는 어는점보다 간신히위에 있었다. 앨리스가 고른 음식에서 김이 올라왔다. 지그문트는 앨리스가 괴상한 음식을 고르는 게 수 세기 동안 요리법이 변했기 때문인지 임신 때문인지 궁금해하며 비행복의 온도를 올렸다. 둘은 자리에 앉았고, 앨리스는 먹기 시작했다.

지그문트가 입을 열었다.

"그러니까 코볼트라고 했죠. 속을 파낸 흔한 바위를 말하는 겁니까?"

후추를 뿌린 스크램블드에그를 먹던 앨리스가 고개를 들었다.

"아니요! 실제로 놀라운 곳이에요. 공원처럼. 아름다운 파란하늘도 있고. 말도 안 되는 소리로 들린다는 거 알아요. 대기를붙잡아 놓을 수 있을 정도로 큰 곳이면 태양계 안쪽에서도 볼 수 있어야 한다는 것도 알고요. 하지만 코볼트는 크지 않아요. 세계가 아니라 인공물이죠. 둥글지도 않아요. 가운데 뉴트로늄이 있는 도넛 모양인데, 풀로 덮여 있는 울퉁불퉁한 땅을 생각해 보세요. 브레넌은 뉴트로늄 표면 중력의 8,000,000G라고 했어요."

뉴트로늄! 아마도 앨리스의 우주선이 공전하고 있던, 23호가 발견한 바로 그 질량일 터였다.

그게 어떻게 가능한지, 앨리스의 우주선이 어떻게 고향에서 멀리 떨어진 곳까지 오게 됐는지를 지그문트는 도무지 이해할 수 없었다. 베데커라면 점을 이어 선을 그릴 수 있을지도 몰랐다. 하지만 지그문트는 어떤 퍼페티어도 끌어들이지 않을 생각이었다. 앨리스가 지구를 찾는 일을 돕지 못한다고 해도 퍼페티어는 혹시나 싶어 걱정할 게 뻔했다.

지그문트는 뉴 테라가 고향에 연락하지 못하도록 퍼페티어가 취했던 극단적인 조치에 대해 아주 잘 알았다.

"브레넌은 중력 발생기를 마치 장난감처럼 다뤘어요. 그래서 아주 멀리 떨어져 있던 코볼트의 기후가 지구와 비슷했던 거죠. 중력렌즈로는 태양을 확대했어요. 무슨 수를 썼는지는 모르겠지만, 햇빛을 산란시켜 코볼트의 하늘을 푸르게 만들기도 했고요."

코볼트의 경이로움에 대한 이야기가 길어지자 지그문트가 결국 끊었다. 인간 수호자가 말도 안 될 정도로 영리하다는 증거를 더 얼마나 봐야 할까?

"왜 그 단독선에 있었던 겁니까? 트루스데일과 그 사람 우주선은 어디 있죠?"

앨리스는 입에 담긴 것을 꿀꺽 삼키고 포크를 내려놓더니 접시를 밀었다. 입덧일까? 믿기 힘들지만 자신이 임신했는지 확실히 알려 달라고 했던 것으로 보아 그럴 것이다. 물론 가져온 음식의 양으로 봐서도 그랬다.

"로이는 도움을 받으려고 브레넌과 함께 갔어요. 브레넌은 팩이 더 오고 있는 걸 알아냈죠. 이번에도 중력렌즈였어요. 초강력 망원경을 이용했죠. 함대가, 수백 대 정도 되는 우주선들이 깔끔한 육각형 대형을 이루고 있었어요. 내가 떠나기 직전에 브레넌은 또 다른 물결이 그 뒤에서 다가오고 있는 걸 봤죠."

베스타가 지그문트에게 한 말이 사실이었을까? 지구가…… 없다고? 폭격을 맞고 석기시대로 돌아갔다고? 지그문트는 창자가 꼬이는 느낌이었다.

그런데 도대체 어떻게 ARM의 자료에는 브레넌이 돌아왔다는 이야기가 없는 걸까? 뭔가 말이 되지 않았다.

"잠깐만요, 앨리스. 어디로 도움을 얻으러 갔다는 거죠? 태양계는 아니겠죠?"

그랬다면 내가 ARM 자료에서 봤겠지.

"분더란트요. 브레넌은 태양계 밖으로 주의를 돌리고 싶어 했거든요."

지그문트는 분더란트에 가 본 적 있었다. 인간의 주요 정착지였는데…… 위치는 기억나지 않았다.

지그문트는 화제를 돌려 앨리스 시대의 항성 간 개척지를 알아보기 시작했다. 앨리스가 몇몇 이름을 댔다. 물리적인 묘사도 조금, 별의 유형이나 이웃 행성, 심지어는 태양계와 개척지 사이의 대략적인 거리까지 말했다. 모호했지만, 지구의 위치에 대해서는 지그문트와 지브스가 지난 몇 년 동안 재구성해 놓은 것보다 그녀가 아는 게 더 많았다.

분더란트, 플래토, 홈, 징크스, 해냈어. 그 모든 게 대부분 지그문트의 머릿속에 연상 작용을 일으켰다. 물론 항법 데이터는 없었다. 삶이란 게 그렇게 친절하지만은 않은 법이다. 그럼에도 세부적인 내용이 풍부하게 떠올라 기억 속의 빈 공간을 채워 나갔다.

앨리스가 초조해하기 시작했다. 지그문트는 다시 이야기로 돌아갔다.

"만약 브레넌과 트루스데일이 당신 시대에 떠났다면, 오래전에 분더란트에 도착했을 겁니다. 하지만 그러지 않았죠."

앨리스는 몸을 떨지 않으려고 애쓰며 물었다.

"지금이 몇 년도예요?"

지그문트 자신의 복잡한 과거 이야기를 할 때는 아니었다.

"난 2652년에 지구를 떠났습니다."

앨리스는 놀라서 눈을 깜빡이면서도 안도해서 축 늘어졌다.

"브레넌은 첫 번째 팩의 파도가 백칠십이 년쯤 뒤에 도착할 거라고 했어요. 브레넌과 로이가 어쨌든 해낸 거네요. 팩을 막아 냈어요."

그녀는 얼마나 오래 정지장 안에 있었을까? 앨리스는 2341년에서 왔다고 말했다. 지그문트가 태어나기 한 세기 반 전이었다.

그 시대에 대해 잘 알지는 못했다. 특히 그 주장을 검증해 볼, 고리인이 알 만한 사건에 대해서는 아는 게 없었다.

스스로 책망하는 수밖에 없었다. 지그문트가 굳이 배우지 않았던 소소한 역사는 네서스가 지우기 어려웠을 것이다. 지그문트에게 의미 있는 역사, 태양계와 이웃, 인간과 다른 종족 사이의 관계에 대해서는 기억에 구멍이 없는 것 같았다. 추측건대 뇌의 그 부분을 건드렸다가는 핵심적인 편집증에 너무 가까이 다가가게 될까 봐 그런 듯했다. 편집증을 망가뜨리면 지그문트는 네서스의 간계에 적당한 도구가 되지 못했을 것이다. 적당한 꼭두각시가 아니었을 터…….

앨리스는 열두 시간을 잤다. 지그문트는 세 시간쯤 잤지만, 헛된 짓이었다. 집중하지 못하는 구실을 굳이 대지 않아도 이해할 수 있었다. 자, 다시 앨리스의 이야기로 돌아가서. 그녀가 좀 더 가까운 과거에서 왔을 가능성이 있을까? 최근 일어난 일을 모르는 척하면서? 가능했다. 하지만 그럴 이유가 없었다. 어쨌든 지금까지는.

"브레넌이 프스스폭에 대해 우리한테 해 준 얘기에 따르면, 무소식이 희소식이에요."

앨리스가 위로하듯 말했다.

지그문트는 듣고 있다는 것을 보여 주려고 끙끙거리는 소리를 낸 뒤 계속 생각했다.

2341 더하기 173. 팩은 2514년에 도착했어야 했다. 지그문트는 그해 스물네 살이 되었다. 팩의 공격이나 질량 병기의 폭격이

있었다면 알았을 것이다. 그 부분의 기억에 네서스가 손댄 흔적은 느낄 수 없었다.

2514년. 혹시 팩이 속도를 바꾸거나 다른 인간 세계로 방향을 틀었다면 몇 년 정도 차이가 날 수 있었다. 그들이 인간의 우주에 가까워지기만 했더라도 인간 세계를 놓치고 지나갈 리는 만무했다. 정착 세계는 항상 전파를 방출하며 존재를 알린다. 어느 정도 접근하면 수백 개의 핵융합 엔진을 볼 수 있다는 점은 말할 것도 없었다. 역시 말이 되지 않았다.

"우주선 한 척과 두 사람이 다가오는 함대 둘을 파괴했다고는 믿을 수가 없군요."

지그문트가 말했다.

"틀림없어요! 그게 분명하다고요. 도움을 받으러 갔으니까요."

앨리스가 갑자기 화를 냈다.

"빌어먹을! 나한테 그건 어제 일어난 일이에요! 나도 같이 가고 싶었어요. 같이 가자고 했죠. 난 경찰 훈련도 무기 훈련도 받았으니까. 그런데 내가 임신 중이라서 무슨 병자처럼 싸매 놓고 간 거라고요."

앨리스로서는 방금 트루스데일에게 작별 인사를 했다는 뜻이었다.

"그래서 돌아온 거로군요. 한데 왜 당신과 로이가 브레넌 추적에 나설 때 탔던 우주선이 아니라 오래된 단독선에 타고 있었던 거죠?"

"브레넌의 '우주선'은 내부를 파낸 바위로 만들 작정이었어요.

팩이 쓰는 램스쿠프 엔진을 달고, 로이의 우주선을 화물로 싣고요. 내가 단독선을 가지고 가는 게 가장 자원 소모가 적었어요."

수많은 질문이 마구 떠올랐다.

"좋아요, 앨리스. 생각해 봐야 할 정보가 많군요. 처음부터 다시 시작해 봅시다."

3

스스스폭은 감방 안을 이리저리 뛰었다. 맨발에 닿는 갑판은 단단했다. 바닥에 놓인 금속판이 그가 유연화해 놓은 부분과 그 주변의 넓은 영역까지를 덮고 있었다. 스스스폭이 뛰는 건 다시 탈출을 시도할 때 그의 움직임으로 인해 즉시 의심을 사지 않기 위해서였다. 몸을 덥히는 목적도 있었다. 최근에 추워진 이유에 대해 물었지만, 답 대신 담요만 몇 장 받았다.

만약 바닥을 유연화한 방법을 설명해 준다면 지그문트는 기꺼이 편의 시설에 대해 논의해 줄 터였다.

결국 스스스폭은 정기적으로 운동을 하는 수밖에 없었다. 상관없었다. 운동을 하지 않을 때면 담요를 두르고 앉거나 누워 있었다. 그 안에서 손으로 감각에만 의존해 장비를 개조했다. 한때 구조 변환기였던 것은 다시 개조를 거쳤다. 이제 그 안의 전자광학 장치의 용도는 광대역 스캐너로 바뀌었다. 선체는 환상적인 물질로 만든 듯했다. 트윙만큼 원자 배열이 완벽하면서도 그보다 훨씬 단단했다. 사용하지 않을 때는 여전히 감방 안의 움푹 들어간 손잡이 뒤쪽, 유연화한 곳에 보관할 수 있었다.

스스스폭은 다시 탈출할 작정이었다. 문제는 언제냐일 뿐이었다. 놀라운 물질, 초광속 여행, 머리 둘 달린 외계인, 수중 외계인, 날아다니는 세계, 거대한 우주 도시/우주선……. 여기서 알아내야 할 게 많았다. 서두를 필요는 없었다.

"해치에서 물러나."

통신기에서 목소리가 울려 퍼졌다. 지그문트였다.

스스스폭은 달리기를 좀 더 하고, 다시 턱걸이를 몇 개 한 후 ─ 그러면서 자연스럽게 스캐너를 감췄다 ─ 에야 커다란 외부 해치 쪽으로 물러났다. 그리고 바닥에 담요 한 장을 깔고 앉아 다른 담요로 몸을 감쌌다.

해치가 열리고, 지그문트가 들어왔다. 평소처럼 전투 장갑복을 입고 있었다. 그가 음료수 잔을 던졌다. 받아 들고 보니 따뜻했다. 안에 든 따뜻한 음료가 기분 좋게 목구멍을 넘어갔다.

"고맙다."

"고마우면 보답하면 되지."

스스스폭은 아무 말 없이 음료를 마셨다.

"프스스폭을 따라간 함대에 대해 말해 봐."

스스스폭은 그 함대에 대해 말한 적이 없었다. 지그문트가 어떻게 알았을까? 추론해 냈으리란 게 가장 그럴듯했다. 팩의 본성을 생각하면 그 어린이 없는 수호자들은 프스스폭의 뒤를 따랐으리라고 생각할 수 있었다.

"그때 나는 태어나지도 않았다. 아는 게 별로 없다."

"한 가지 알려 주지, 스스스폭. 우리가 그자들을 물리쳤다."

그런 일이 가능할까?

물론 이들 인간과 인간보다 더 불경스러운 동맹들에게는 인상적인 기술이 있었다. 하지만 그것만으로는 팩 함대 전체를 물리치기에 충분하지 않았다! 팩 우주선 한두 척이면 분명히 멀리서 관찰하는 것만으로 이들의 기술을 역공학으로 알아내어 대부분 복제할 수 있었다. 스스스폭 자신도 적당한 자원과 작업할 공간만 있다면 그럴 수 있었다.

스스스폭은 말했다.

"그러면 네가 나보다 많이 아는군."

지그문트가 몸을 앞으로 기울였다.

"어쨌든 아는 걸 말해 봐."

"프스스폭의 계획에는 엄청난 자원이 필요했다. 도서관이 보통 통제할 수 있는 것보다 훨씬 더 많은 수호자와 훨씬 더 많은 부가 있어야 했지. 그래서 전쟁을 일으켰다. 보호해야 할 후손이 없는 팩이라면 생각도 못 할 일이었지만, 어쨌든 그렇게 했다. 여러 일족이 통째로 어린이와 양육자를 잃었고 그들의 모든 군대가 대의를 찾아 헤매게 됐지. 그들은 프스스폭의 운동에 동참했다. 프스스폭이 구조대를 출발시키는 데 필요한 자원이 모두 모일 때까지 전쟁과 대량 학살이 점점 범위를 넓혀 갔다."

"함대에 대해서!"

지그문트가 재촉했다.

추론해 낸 게 아니었나? 그렇다면 인간이 함대와 만난 게 분명했다. 아무래도 상관없었다. 모두 무해한 정보였다.

"프스스폭이 떠나자 수천 명의 어린이 없는 수호자가 다시 살 이유 없이 남게 되었다. 죽거나 새로운 대의를 찾거나 둘 중 하나였지."

"그래서 따라갈 이유를 만들어 낸 거로군. 돕기 위해서. 지원군으로. 이유야 상관없었겠지만."

이 인간은 확실히 스스스폭을 놀라게 했다.

"그렇다."

"너희 시대의 사서들도 일족들이 팩홈을 떠났을 때 정확히 똑같은 딜레마에 빠졌겠지. 그자들이 찾은 새 대의가 뭐였나?"

"나도 모른다."

스스스폭은 정말 몰랐다. 물론 개인적으로 사실을 확인한 게 없다는 뜻이었다. 그래도 추론 결과를 부정할 수는 없었고, 탈출의 물결 뒤쪽에서 날아온 메시지는 논리적인 추론을 확증하고 있었다. 지그문트도 그걸 생각할 수 있을까?

지그문트의 손이 리듬에 맞춰 격벽을 두드렸다.

"일족들이 도서관을 포기한 뒤에는 사서들도 그 뒤를 따라야 했겠지. 아니면 사서들이 봉사할 방법이 없으니까. 상황을 이렇게 보지 않은 자는 삶에 대한 의지를 잃었을 테고. 만약 뒤를 따른다면 가장 가치 있는 자산은 지식 저장고가 아니라 우주선이었을 거다. 프스스폭이 있었던 시대와 마찬가지로 사서도 전사일 게 분명해. 지식을 보존하고 방어하는 거지. 모든 팩에게 다시 봉사할 수 있도록 재건의 시대를 바라보는."

분명 맞는 말이었다. 스스스폭은 이번에도 아무런 대꾸를 하지 않았다.

"현대의 사서들은 강력한 함대를 운용하고 있을 거다. 그리고 이게 마지막 함대가 되겠지. 팩홈 전역에 엄청난 파괴의 씨앗을 뿌렸을 테니. 뒤에서 우주선을 갈망하고 있는 자들을 막으려고 말이다."

씨앗을 뿌려? 갈망? 익숙지 않은 표현이었다. 지브스가 끼어들어 설명해 주지도 않았다. 하지만 의미는 분명했다.

"그게 문제가 되나?"

"전혀. 전혀 아니다."

전투 장갑복에 싸인 지그문트의 어깨가 축 처졌다.

"사서들이 도착할 때쯤 우리 종족은 절멸했을 테니까."

4

앨리스는 주방과 합성기 쪽으로 등을 돌린 채 앉아 있었다. 키어스틴이 휴게실로 들어서자 몸을 돌려 간단히 인사한 뒤 다시 지그문트에게 했던 이야기를 반복하는 일로 돌아갔다. 새로운 내용이 속속 드러났다.

하지만 지구로 가는 길은 역시 이번에도 막혀 있었다.

"정말 끝내주는 기술이었어요."

앨리스는 포트를 내려놓고 손짓을 해 가며 말했다. 고대의 탐사선 마리너 20호의 연료통을 묘사하는 중이었다. 브레넌이 프스스폭을 만나기 전에 인양해 단독선에 묶어 놓은 것이었다.

"원시적인 건 분명하지만 나름대로 아름다웠죠. 아무 박물관에나 갖다 줘도 한 재산 만들 수 있었을 거예요. 태양계 안쪽으로 가져갔을 때 얘기지만. 당신에게라면 더 가치가 있었겠네요. 브레넌은 내가 코볼트를 떠나기 전에 그 유물을 떼어 냈어요. 가지고 다녀 봤자 연료만 더 든다면서."

초기의 무인 항성 간 탐사선이 지그문트에게 갖는 가치란 '메이플라워'호*나 마찬가지였다.

"나한테 더 가치가 있다고요? 왜?"

"초기의 외부 탐사선은 대개 성도star map가 새겨진 명판을 달고 있었거든요. 혹시 오랜 시간 뒤에 누군가 우주에서 찾아낼 경우에 대비해서."

앨리스는 다시 포크를 집어 들고 샐러드를 한입 먹었다.

"근처에 있는 펄서 여러 개의 방위가 담겨 있죠."

젠장! 그 명판만 있다면 달리는 말에 탄 맹인도 지구로 가는 길을 찾을 수 있을 텐데. 그리고 그게 바로 브레넌이 탐사선을 단독선에서 떼어 낸 이유였을 것이다. 고집 센 ARM이 아니라 다른 무엇인가가 그 지도를 손에 넣을까 봐.

키어스틴이 찬장에서 식판을 하나 꺼내 음식과 음료수를 올려

---

* the Mayflower. 1620년에 영국에서 미국으로 첫 이민을 간 청교도들이 타고 간 배.

놓기 시작했다. 접시 개수로 보아 일하고 있는 사람 전부를 먹일 생각인 듯했다. 그녀는 지그문트의 시선을 마주 보려고 애썼다. 지그문트는 고개만 끄덕여 보이고 질문을 계속했다.

"앨리스는 임신 중이에요."

키어스틴이 참다못해 말했다. 뺨이 붉었다.

"쉬게 좀 해 주세요."

퍼페티어는 너무 얌전한 체했다. 게다가 그런 행동을 노예들에게까지 전파했다. 지그문트가 보기에 뉴 테라 사람들은 빅토리아 시대에 머물고 있는 것 같았다. 어쩌면 엘리자베스 여왕 시대일지도 몰랐다. 역사는 그가 잘 아는 분야가 아니었다. 이 예비 엄마와는 내일 이야기해도 상관없었다. 직계가족이 아닌 뉴 테라 사람들은 여러 사람이 모인 곳에서 결코 앨리스의 상태에 대해 말하지 않을 터였다.

앨리스가 불평했다.

"잠깐만요. 난 완벽하게……."

"아닙니다, 앨리스. 키어스틴이 와서 잘됐네요. 잠깐 쉬어도 괜찮다면, 이 친구하고 할 얘기가 있는데……."

지그문트가 말했다.

앨리스는 눈치를 채고 음료수 잔을 든 채 밖으로 나갔다.

"해치를 닫게."

지그문트가 키어스틴에게 말했다.

"뭘 좀 찾았나?"

키어스틴은 해치를 닫고 과자를 합성했다.

"별로요."

"찾긴 찾았단 소리군. 뭐지?"

"앨리스의 우주선 항법 코드는 끔찍하게 복잡해요. 있는 그대로의 기계어 코드밖에 안 보여요. 개발자가 사용한 프로그래밍 언어나 기호 표시 같은 걸 추측해서 상위 레벨의 논리를 복구하는 방법을 찾아보려고 했죠. 지브스도 지난번에 깨어났을 때 함께했고요. 그런 건 없는 게 분명해요. 지금 우리 상대는 수호자 잖아요. 브레넌은 이진코드로 직접 입력했어요. 프로그램 논리가 너무 빽빽하고 이리저리 꼬여 있어서 아직도 이해하기가 어려워요. 제가 추측한 바로, 브레넌의 프로그램은 우리가 스스스폭의 감방에서 압수한 장치와 비슷해요. 부품이 여러 가지 역할을 하죠. 어디든 조금만 바꾸면 무슨 효과를 낼지 도무지 알 수 없다는 얘기예요. 평범한 머리로는 그렇게 할 수가 없죠."

지그문트는 생각에 잠긴 채 일어서서 기지개를 켰다. 키어스틴이 코드가 초인적으로 복잡하다고 하면 그런 것이다.

"애초에 왜 항법 코드를 다시 썼을까?"

키어스틴은 어깨를 으쓱해 보였다.

지그문트도 이론이 없기는 마찬가지였다.

"프로그래밍은 일단 미뤄 두게. 단순한 데이터 구조는 어떻게 됐지? 뭔가 쓸 만한 게 나왔나?"

예를 들자면, 태양의 위치 같은 것?

키어스틴은 식판에서 뭔가 집어 들고 씹었다.

"있기야 있죠. 이해를 못해서 문제지. 항법은 항상 우주에서 상대적인 위치를 말하는 거예요. 브레넌의 기준점은 뭘까요? 태양은 아니에요. 소프트웨어를 보면 기준점이 우주선의 드라이브와 무관하게 움직이게 돼 있거든요.”

“어디로 움직인다는 말인가? 얼마나 빨리?”

“간단히 대답할까요? 저도 몰라요. 그 프로그램에서 쓰는 시간과 거리 단위는 영어나 장관님이 설명한 미터법하고 달라요. 저 단독선의 성능 특성에 대해 안다면 기준점의 독립적인 속도를 유도할 수는 있어요. 문제는 브레넌이 핵융합 드라이브를 개조해 버렸다는 거죠. 에릭도 함부로 추측을 못하더라고요.”

들으면 들을수록 이해하지 못하는 것만 늘어났다. 앨리스와 대화하는 것 같았다. 아니, 하나는 이해가 되었다.

“브레넌이 코드를 다시 쓴 이유는 분명하네. 단독선이 발견됐을 때 아무도 역추적하지 못하게 한 거지.”

키어스틴이 한숨을 쉬었다.

“저도 그렇게 생각했어요. 별로 도움이 안 됐네요. 혹시 제가 신경 써서 볼 게 더 있어요?”

“그래. 왜 이 우주선은 태양 근처에 있지 않은 걸까? 이 우주선이 태양 근처에 있지 않으리라는 걸 브레넌이 알았다면 굳이 태양의 위치를 숨기기 위해서 항법 기능을 다시 만들 필요도 없었잖은가.”

“짐작도 안 가네요. 장관님이 풀어야 할 수수께끼가 하나 늘었군요.”

키어스틴은 식판을 들었다.

"참, 정지장 발생기에는 소프트웨어 타이머가 걸려 있었어요. 만약 아웃사이더가 발견하지 않았다면 앨리스는 앞으로 오백 년쯤 뒤에 깨어났을 거예요."

어째서인지 앨리스가 어느새 휴게실에 돌아와 있었다. 키어스틴이 항법 소프트웨어에 대해서 추측한 내용을 들은 듯 갑자기 그녀가 소리쳤다.

"키어스틴이 틀렸어요! 항법 소프트웨어에는 미리 프로그래밍 가능한 움직임이 하나밖에 없어요. 브레넌은 단독선을 뉴트로늄 주위로 돌려서 속도를 얻었어요. 그러니까 가까이요. 난 코볼트 고리를 통과했죠."

지그문트는 단독선이 떨어지는 모습을 상상했다. 그러자 오랫동안 잠자고 있던 시냅스 하나에 불이 붙었다. 우주선은 인공 세계를 뚫고 날아간 게 아니라…… 토끼 굴로? 하지만 이 앨리스라는 사람은 분더란트에 가지 못했다.

스스스폭에게는 유머 감각이 없었다. 지그문트는 문득 브레넌은 갖고 있었을 게 분명하다는 생각이 들었다.

앨리스는 미리 프로그래밍이 가능한 한 가지 움직임조차 정당화하고 있었다. 단독선을 조종한다는 건 고리인 신화의 핵심이었다. 그 광범위한 영역을 어떻게 정복했는가. 실제로 단독선을 몰건 안 몰건 그건 모든 고리인의 소망이었다.

"정말 가까웠어요, 키어스틴. 너무 빨라서 손으로 조종할 수가 없었죠. 슉 하면서 지나갔던 게 생각나요. 잠시 후에는 코볼트가 깜빡이면서 사라졌죠. 그 뒤에 나는 그냥 선수를 태양 쪽으로 향했어요. 로켓 과학이 아니었다고요."

특히나 조종과 관련된 문제에서는 절대로 고리인의 자급자족력에 의문을 던져서는 안 되었다.

키어스틴이 그것도 모르고 말했다.

"그런 움직임이 두 개 있던데요. 두 개요."

그녀는 천성이 온화했다. 논쟁하는 모습은 보기 힘들었다. 키큰 고리인 여자와 코를 맞대고 있는 모습은 그야말로 희귀했다. 하지만 그녀의 수학과 컴퓨터 실력에 의문을 던지는 건 단독선 조종사의 항해 능력을 의심하는 것과 마찬가지였다. 그냥 해서는 안 되는 일이었다. 퍼페티어조차도 키어스틴과 얽혀서는 안 된다는 사실을 배우지 않았던가. 세계 하나를 대가로!

키어스틴이 앞으로 나섰다.

"처음에는 두 번째 중력 추진을 생각했어요. 그건 말이 되겠죠, 앨리스?"

"글쎄, 태양계 안쪽에 도착할 때까지 이용할 중력이 없어요."

"움직이는 기준점."

지그문트가 불쑥 끼어들었다. 그건 앨리스가 컴퓨터 안에 들어 있는 걸 모르고 있던 것보다 더 이상해 보였다.

키어스틴은 고개를 끄덕였다.

"맞아요. 그건 중요해요. 왜냐하면 움직이는 기준점이 우주선을 따라잡는다면, 두 번째 항로 변경은 궤도 진입일 수 있으니까요. 스쳐 지나가는 게 아니라."

앨리스가 노려보았다.

"뭐에 궤도 진입을 한단 말이죠? 진공 속에서 움직이는 점에요? 눈덩이에? 난 혜성대 한가운데 있었다고요."

근처에 뭔가 있긴 했다. 코볼트와 뉴트로늄 덩어리. 그러나 앨리스는 코볼트를 뒤로하고 떠났던 일을 기억했다. 말하자면 사이드미러로 사라지는 모습을 본 것이다.

휴전할 시간이군. 지그문트는 생각했다.

"키어스틴이 데이터 분석을 마칠 때까지 그 이야기는 미뤄 둡시다."

하지만 키어스틴은 단념하지 않았다.

"앨리스, 코볼트가 깜빡이면서 사라졌다고 했죠. 그게 정확히 무슨 뜻이에요?"

"빛 말이에요. 빛이 사라지자 뒤를 돌아봤죠. 최대로 확대해도 아무것도 안 보였어요."

줄리언 포워드와 같은 일이었다!

오르트 구름 천체가 블랙홀에 떨어진 게 아니라 도넛 모양의 동화 세계가 커다란 뉴트로늄 덩어리에 빨려 들어갔던 것이다. 시작은 조그만 블랙홀이었지만, 줄리언이 먹인 뉴트로늄 덩어리로 인해 위험할 정도로 커졌던 것처럼.

블랙홀이 포워드 기지를 삼키던 광경이 떠올랐다. 지그문트와 카를로스 우 그리고 베어울프 섀퍼—그리고 오랫동안 생각하지 않은 이름이 하나 더 있었다—는 너무 가까웠다. 그 섬광은 눈이 멀 정도였다.

"코볼트는 중심에 있는 뉴트로늄 덩어리에 먹힌 겁니다. 중력 추진 기동은 당신을 보내기 위해서였어요, 앨리스. 빠른 속도로 가능한 한 멀리."

지그문트가 말했다.

"말이 되네요. 로이와 브레넌은 팩의 주의를 태양계에서 다른 데로 이끌려고 했어요. 그래서 분더란트로 간 거죠. 누구든 코볼트를, 그러니까 멀쩡한 상태로 발견했다면, 그게 고도의 인공 물체라는 걸 알 수 있었을 거예요. 없애야만 했겠죠."

"뭔가 다른 일이 있었습니다."

태양계가 어딘지는 모르겠지만, 일 년이면 수백 명의 우주선 조종사가 그곳을 드나들었다. 심부 레이더 신호를 보내는 건 공짜였다. 남들이 모르고 있던 정지장 상자를 발견하면 큰 재산을 거머쥐게 된다. 코볼트와 같은 뉴트로늄 덩어리라면 이미 오래전에 누군가가 발견했을 게 분명했다.

"태양 주위에는 그런 물체가 없었죠. 적어도 내가 살던 때는."

23호가 뉴트로늄을 가져갔다는 게 가장 간단한 설명이었다. 문제는 아웃사이더가 보통 꽤 많은 돈을 내고 자원을 산다는 점이었다. 지그문트는 그들이 태양계 외곽의 행성을 빌렸던 일을 떠올렸다. 물론 자세한 내용은 기억나지 않았다. 아웃사이더가 뉴트로늄을 훔쳤을까? 그렇다면 아웃사이더가 저질렀으리라 추정되는 첫 번째 절도였다. 아마 아닐 것이다.

만약 줄리언이 코볼트의 잔해를 발견해서 블랙홀에 먹였다면? 그건 지그문트가 태어나기 전 수 세기 동안 아무도 뉴트로늄을 발견하지 못한 것을 설명할 수 없었다. 만약 코볼트가 태양계

에 아직 있다면 ──블랙홀 안에 있든, 아니면 어떤 식으로든──
도대체 어떻게 이 단독선이 또 다른 뉴트로늄 덩어리 주위를 돌
고 있었던 걸까?

5

'안식처'호의 함교에는 둥근 전망 창이 있었다. 일 년 전이었다
면 베데커는 그 모양에 아무런 신경도 쓰지 않았을 것이다. 일 년
전이었다면 뉴 테라의 우주선에서 몇 달을 보내지도 않았을 것이
다. 인간은 네모난 창문을 선호했다. 날카로운 모서리에도 기이
할 정도로 무관심했다.

요즘 베데커는 종종 인간에 대해 생각했다.

화면에는 둥근 이미지가 나선을 그리며 겹쳐 있었다. 곤충의
겹눈을 떠올리게 했다. 지겹도록 본 바위와 얼음덩어리도 색다르
게 없었다. 근처에 특별히 밝은 별이 있는 것도 아니었다. 오랫
동안 관측하지 않으면 근처에 있는 별 셋 중에서 어떤 것이 이 원
시 혜성을 가져갈지 판단할 수도 없었다. 하지만 이 평범하기 그
지없는 물체에도 단 한 가지 비정상적인 게 있었다. 일군의 검은
색 비석이 달라붙어 있다는 점이었다.

베데커가 시험적으로 제작한 일련의 소형 행성 드라이브 중
가장 최근의 것이었다.

홀로그램 중심에서 시작해 바깥쪽으로 움직이면서 보면 각각

의 구는 갈수록 멀리 떨어져 있는 관측 장비 집단으로 포착한 원시 혜성의 영상을 보여 주었다. 베데커의 탐사선은 각각 자체 동력으로 원시 혜성의 움직임과 무관하게 고정된 시야를 유지할 수 있도록 움직였다. 너무 작아서 읽을 수도 없는 관측값—나중에 분석할 수 있도록 기록했다—이 각각의 홀로그램 구 아래쪽으로 흘러갔다.

"인상적인 장치군요."

네서스가 노래했다. 그는 곧 있을 실험을 참관하기 위해 알리지도 않고 왔다. 네서스의 우주선인 '아이기스'호는 '안식처'호의 4호 선체 옆에 있으니 마치 장난감 같았다.

"감사합니다."

베데커가 대답했다. 주로 대했던 게 뉴 테라 사람들이었던지라 인간식의 예절이 튀어나왔다.

베데커의 실험은 시민이 거의 다니지 않는 곳, 선단에서 멀리 떨어진 곳에서 해야만 안전했다. 네서스의 개입에도 불구하고 베데커는 GPC의 연구소에서 고참급 과학자를 불과 여덟 명밖에 데려오지 못했다. 게다가 자원자도 아니었다. '안식처'호의 승무원 마흔두 명은 인간이었다. 그 도움을 얻기 위해 네서스는 뉴 테라 정부를 끌어들여야만 했다.

"네서스, 당신의 영향력과 도움이 없었다면 이렇게까지 하지 못했을 겁니다."

최후자의 친우에게는 상당한 영향력이 있었다. 그 사실은 씁쓸한 감정, 심지어는 분노—과거 베데커가 그와 얽혀서 추방된

적이 있는 만큼──를 불러일으키기도 했다. 하지만 인간에 대한 네서스의 믿음이 아니었다면 협약체는 아직까지 팩의 위협을 모르고 있었을 것이다. 이 꾀죄죄한 정찰대원은 자신이 옳았음을 증명했다. 베데커에게 일어난 결과야 어쨌든.

내 오판은 네서스 탓이 아니었어. 그렇게 인정하자 베데커 자신도 모르고 있던 부담감이 줄어들었다.

네서스가 답례로 고개를 까딱거렸다.

"우리는 얼마나 멀리 떨어져 있습니까?"

"삼천이백만 킬로미터입니다."

베데커는 심지어 영어 단위로 생각하고 있었다. 인간 사이에서 살았던 또 다른 흔적이었다.

네서스가 알았다는 듯이 휘파람을 불었다.

"그 정도면 충분히 안전해 보이는군요."

"그래야지요."

베데커는 목 하나를 뻗어 화면을 조정했다. 입술 마디를 꿈틀거려 영상의 명암을 미세하게 조정하고 다시 몸을 폈다.

"아웃사이더의 드라이브는 노멀 스페이스를 통해 세계를 움직이기 때문에 모든 조작이 노멀 스페이스에 집중돼 나타나야 합니다. 그건 곧 우리 실험의 어떤 부작용도 광속의 제약을 받으며 전파된다는 뜻입니다. 우리가 손수 만든 드라이브와 이 우주선 사이에 있는 일련의 탐사선은 하이퍼웨이브 통신을 씁니다. 무슨 일이 일어나도 노멀 스페이스의 어떤 현상이 우리에게 도달하기 훨씬 전에 알 수 있지요."

무엇이 잘못되었다 싶으면 하이퍼스페이스로 도약하면 되지.

"훌륭합니다. 예상이 어떻습니까?"

"우리는 매번 조금씩 배웁니다."

지그문트라면 결코 하지 않을, 변죽만 울리는 대답이군. 베데커는 생각했다. 바랄 수 있는 최선의 결과는 썰렁한 것이었다.

"뭐가 보이겠습니까?"

네서스가 끈질기게 물었다.

"아마 아무것도 안 보일 겁니다."

베데커는 목 하나를 돌려 함교 주위의 잘 정돈된 혼돈을 훑어보았다. 미네르바가 모든 걸 통제하에 두고 있는 것 같았다. 베데커의 이 연구 보조 요원은 사업에는 행운이 따르는 게 중요하다는 듯이 여전히 GPC의 청보라색 리본을 갈기에 매고 있었다.

"네서스, 실험은 금방 끝날 겁니다."

베데커가 말했다.

"얼마나 빨리?"

그때, 미네르바가 통신기를 통해 알렸다.

"마지막 카운트다운 준비합니다."

인간을 배려해 영어를 쓰고 있었다.

"내 신호에 맞춰 삼십 초 카운트다운합니다."

미네르바는 통신기 버튼을 놓고 베데커에게 물었다.

"베데커?"

"진행하십시오."

"카운트다운. 이십구…… 이십팔……."

다들 우주선 네트워크와 동기화된 휴대용 컴퓨터를 가지고 다녔다. 음성 카운트다운은 불필요했다. 베데커가 아직도 적응하려고 애쓰고 있는 인간의 특이한 관습이었다. 아무래도 그는 두 눈을 마주 볼 수밖에 없었다.

"십구…… 십팔……."

"얼마나 빨리?"

네서스가 또 물었다.

"곧 알게 될 겁니다."

아니면 여기 있는 우리까지 삼켜 버릴 수 있는 막대한 에너지가 방출되어 그 논의를 미해결로 만들거나.

네서스는 알았다는 듯 고개를 까딱거렸다.

"삼…… 이…… 일…… 종료. 분석 시작."

주 화면에 나타난 얼음투성이 바윗덩어리는 변한 게 없어 보였다.

"얼마나 걸렸습니까?"

베데커가 노래했다.

미네르바가 자기 자리에서 고개를 들었다.

"12.27나노초입니다."

"나노초?"

네서스는 당황한 기색이었다.

"아직은 그게 최선입니다."

베데커가 성급하게 스타카토로 말했다. 어느새 네서스의 '무리'답지 않은 방법에 길이 든 모양이었다. 그런 참을성은 아직 예상치 못한 비판을 받았을 때까지 적용되지 않았다.

"내 진행 상황 보고는 읽어 보지 않았습니까?"

"난 다른 우선순위의 일로 바쁩니다. 당신 계획에 자금과 인력을 제공하는 일 같은 것 말입니다."

무리가 팩의 학살극에서 살아남으려면 거기에 더 우선순위가 있는 건 맞았다. 베데커는 사과하는 소리를 냈다.

"잠시 걷지요. 설명하겠습니다."

베데커의 안내로 둘은 함께 함교를 나갔다. 그들은 우주선의 둥근 허리 부분을 천천히 돌기 시작했다. 한 바퀴는 팔백 미터가 좀 넘었다. 인간은 허리가 있지만, 시민에게는 없다. 함교를 놓는 위치를 어디로 하느냐는 두 종족 사이의 큰 차이가 드러나는 부분이기도 했다. 오로지 인간만 최후자의 근무지를 선수에다 놓을 생각을 했다. 이성적인 선택은 당연히 선체에 어떤 충격이 와도 최대한 멀리 떨어져 있는 중앙이었다.

베데커가 입을 열었다.

"진공의 영점에너지에 대해서는 익숙하겠지요. 아웃사이더 드라이브는 영점에너지를 끌어다 씁니다. 그걸 비대칭적으로 하면 고유한 추진력이 생기지요."

"몇 나노초 동안 말이군요."

네서스가 투덜거렸다.

베데커는 발을 헛디디지 않게 조심하면서 갈기를 물어뜯었다. 네서스가 위험성을 진정 이해하고 있다면, 자기 갈기를 물어뜯고 있을 터였다.

"그 과정은 양자 거품에서 물질−반물질 쌍을 이끌어 냅니다. 수도 없이 많은 입자 쌍이 움직여야 하는 물체보다 큰 공간 속에 흩어져 있지요. 최종 추진력을 얻기 위해서는 입자를 전부 추적해야 하고, 모든 극소 영역을 조금씩 다르게 취급해야 합니다. 그건 엄청난 양의 연산 능력을 필요로 합니다. 허스에서 통상적으로 쓰는 어떤 기술보다도 더욱 그렇습니다. 아웃사이더가 어떤 종류의 연산장치를 사용하는지 궁금하겠지요. 그게 무서운 부분입니다. 우리는 잘 모릅니다."

무섭다는 건 궁극의 저주였다. 네서스는 몸을 꿈틀거렸지만, 아무 말도 하지 않았다.

"우리는 함부로 아웃사이더의 드라이브를 열어 볼 수 없습니다. 뭔가 침투시키지 않고 스캔할 수도 없습니다. 그래도 어찌어찌 이런 막대한 힘을 어떻게 조종하는지 알아내야만 했습니다."

반대쪽에서 인간 하나가 다가와 종종걸음으로 지나쳐 가자 베데커는 입을 다물었다. 무슨 용무인지는 몰랐다. 베데커는 인간의 도움을 받아들였다. 하지만 이 계획의 미묘한 내용은 협약체만의 비밀로 남아야 했다.

"중성미자의 끝없는 흐름은 언제나 모든 것을 통과해 가고 있습니다. 심부 레이더 기술은 뉴트리노파를 이용하지요. 그래서 우리는 아주 약한 파동을 만들도록 심부 레이더 하나를 개조했습니다. 우리 별이 부풀어 오르기 전 허스에서 마지막으로 본 중성미자의 강도로. 우리 조상들이 아웃사이더의 행성 드라이브를 활성화시켰을 때는 재앙이 일어나지 않았습니다. 그래서 똑같은 강도로 중성미자가 나오면 드라이브에 문제가 생기지 않을 거라고 생각한 거지요."

그런 탐사 방법은 불확실하기 때문에 여전히 베데커로 하여금 몸을 단단히 공처럼 말게 만들었다. 물론 굳이 그 사실을 언급해서 얻을 건 없었다.

"뭘 발견했습니까?"

네서스가 물었다.

"우리가 얻은 건 전부 그림자 같은 이미지였습니다. 명료하지가 않았지요. 양자 컴퓨터를 떠올리게 하는 회로 같았습니다."

그 일은 베데커를 며칠 동안이나 마비 상태에 빠져 있게 했다. 조금만 동요가 일어나거나 심지어는 예상치 못한 중성미자 흐름이 발생하기만 해도 제어 알고리즘에 꼭 필요한 양자 중첩에 결어긋남 현상이 일어날 위험이 있었다. 만약 탐사선에서 나오는 파동이 양자 상태를 변화시킨다면 잠재적인 피해는 계산할 수도, 미리 알 수도 없었다.

그런 부분은 네서스 같은 딜레탕트*가 이해할 수 있는 범위 밖의 일이었다.

"덕분에 제어 과정의 복잡함에 대해서는 많은 것을 밝혀냈지만 알고리즘에 대해서는 전혀 그러지 못했습니다."

"하지만 고작 십이 나노초란 말입니까."

네서스가 읊조렸다.

---

* dilettante. 예술이나 학문 따위를 직업이 아니라 취미 삼아 하는 자를 이르는 말.

"제어 과정이 다소 민감해 보이는군요."

민감하다고? 그건 심각한 과소평가였다. 베데커는 진공에서 우러나오는 에너지 분출을 어떻게 구체화하고 실어 날라야 할지 결정하는 일─이론에 따라, 분석으로, 실제로는 시행착오를 통해서─을 맡아 왔다. 매번 반복할 때마다 얼마나 방대한지도 알 수 없는 에너지를 방출할 위험을 겪었다.

"첫 세 번의 시도에서는 일 나노초도 얻지 못했습니다, 네서스. 그 정도로 빨리 안정을 잃습니다."

"최종 추진력은 어떻습니까?"

인간 둘과 시민 하나가 복도가 교차하는 지점을 성큼성큼 걸어갔다. 손과 입에는 휴대용 컴퓨터를 든 채 중력 돌출, 입자 밀도, 소용돌이 흐름에 대해 흥분해서 이야기하고 있었다. 그건 진전을 보인 내용─나노초 단위로─이었고 베데커가 신경 써서 들어야만 하는 종류의 세부 사항이었다. 베데커는 기술자들이 복도 모퉁이로 사라지기를 기다렸다.

"추진력이라면 확실합니다. 하지만 최종 추진력? 불확실합니다. 우리가 보고 있는 건 그저 통제를 넘어선 무작위한 효과의 일부일지도 모릅니다. 우리가 아직 접하지 못한 장기 지속성 피드백 효과가 있을지도 모르지요."

"열두 배는 진보가 맞습니다. 하지만 나노초로는 설득이 어렵겠습니다."

네서스는 걸음을 멈추고 머리 두 개로 베데커를 빤히 바라보았다.

"최후자에게는 좋게 꾸며서 말해야겠군요. 당신의 임무는 니케가 이 계획에 대해 자세히 알아볼 때쯤에는 내가 거짓말쟁이가 되지 않게 하는 겁니다."

6

스스스폭은 무릎을 가슴에 끌어안고 등은 움직이지 않는 격벽에 기댄 채 감방 바닥에 앉아 있었다. 간간이 순식간에 지나가는 자유의 순간을 빼면 이 감방에서 산 지도……. 스스스폭은 정신이 번쩍 들었다. 얼마나 오래 됐는지 알 수 없었다.

그는 실마리를 찾기 위해 기억과 주위 환경을 뒤졌다. 우주선을 정비하는 희미한 소음은 거의 끊이지 않았다. 지그문트가 나타나는 빈도는 갈수록 줄어들었다.

스스스폭은 과일이 든 식판에 거의 손을 대지 않았다. 오래전에 잃어버린 양육자와 친구 들의 이미지, 오래전에 나누었던 대화가 이 방에 있는 그 어느 것보다도 더 현실처럼 다가왔다. 그는 무심하게 식판을 들여다보았다. 음식은 지겨웠지만 아직 상하지는 않았다. 식욕이 없었지만 그는 억지로 한입 먹었다. 한입 더. 그리고 또…….

어느새 스스스폭은 탈출할 희망을 버렸다. 과거를 헤매고 있었다. 이 감방에서 탈출한 게 세 번이었다. 세 번. 포획자들은 손쉽게 그를 다시 붙잡았다. 실패 때문에 무감각해진 걸까? 그래.

스스스폭은 생각했다.

저 해치 바깥에서 끊임없이 이뤄지는 활동, 전투 장갑복을 입은 일꾼들이 금속을 부딪치며 걸어 다니는 소리, 붐비는 복도는 그 어느 때보다도 활기가 넘쳤다. 이 우주선을 승무원들로부터 강제로 빼앗으려면 우월한 지능과 힘이 필요했다. 깜짝 놀라게 할 만한 뭔가가 필요했다. 하지만 전투 장갑복 차림의 일꾼들이 무리를 지어 끊임없이 복도를 돌아다니는 상황에서 무엇을 할 수 있을지 알 수 없었다. 스스스폭은 자기도 모르게 계획 세우기를, 분석하기를, 감시하기를 그만두었다.

이대로라면 죽음만이 기다리고 있었다.

스스스폭은 말라를 떠난 이래 많은 것을 보고, 많은 것을 배웠다. 만약 여기서 죽는다면, 그 지식 역시 함께 죽는 것이다. 그 지식이 팩홈에서 탈출한 이들에게 해 줄 수 있는 이로움 역시 함께 죽는 것이다.

스스스폭은 죽음을 떠올려도 아무 감정을 일으키지 않을 수 있었다. 그러나 전혀 무관심해질 수는 없었다. 그는 과일 하나를 들어 삼켰다. 몇 입 더 먹자 힘이 조금 솟는 게 느껴졌다.

아직은 시들어 버릴 시간이 아닌 게 분명했다.

스스스폭은 다시 운동을 시작하며 움푹 들어간 손잡이 안의 은닉 장소에서 스캐너를 꺼낼 기회를 엿보았다. 얼마 뒤 운동이 끝나자 스캐너는 담요 아래 들어가 있었다. 그는 촉각 인터페이스를 이용해 감방을 둘러싼 굽은 벽을 주의 깊게 조사했다. 매번 조사할 때마다 선체 재질에 대해 새로운 사실이 나왔다. 그때마다 스스스폭은 스캐너의 인식 범위를 더욱 확장했다.

선체는 공명하는 에너지를 받으면 웅웅거렸다. 그건 이 물질이 어떻게 트윙보다 더 단단한지를 설명해 주었다. 원자 간 결합을 동적으로 강화하고 있는 것이다. 비슷한 물질을 만들 수 있는 방법이 머릿속에서 꽃피기 시작했다. 스스스폭은 떠오른 생각을 정리해 두었다.

이제 선체는 자원이 되었다. 스스스폭은 변환기를 변경해 선체 고유의 에너지를 끌어 쓸 수 있었다.

가능성이 떠올랐다. 그리고 갑자기 배가 몹시 고팠다.

정교한 조정을 끝으로 스스스폭은 스캐너를 다시 구조 변환기로 바꾸었다.

손에 든 장치를 몸으로 가린 채 굽은 벽에 가까이 섰다. 변환기로 일부분을 쓸었다. 손잡이가 에너지를 받아 맥동했다. 굽은 모양의 격벽 일부 혹은 외부 코팅이 투명해졌다.

다른 우주선이 바로 바깥쪽에 매달려 있었다!

복도에서 소리가 났다. 스스스폭은 황급히 변환기로 벽을 쓸었고, 투명해진 부분은 원래대로 돌아갔다. 엄지손가락을 급히 움직여 변환기를 껐다. 스스스폭은 그걸 손으로 감싼 뒤 몸을 돌려 안쪽 해치를 바라보면서 손과 팔을 등 뒤로 돌렸다.

문이 열렸다.

"뭐 재미있는 거라도 있나?"

지그문트가 물었다.

살아가야 할 필요성이 다시 생기자 지그문트가 끼어드는 게 몹시 짜증이 났다. 그는 새로 승선한 여자가 있다고 말하지 않았지만, 전투 장갑복에 여자 냄새가 묻어 있었다. 언제 탄 거지? 분주하게 우주선을 정비하는 이유를 설명하지 않았듯이 그 여자의 존재도 설명 없이 넘어갔다. 그 여자는 옆에 붙어 있는 우주선에서 온 게 분명했다.

"별거 없다."

스스스폭은 거짓말을 했다.

지그문트는 다시 일련의 질문을 던졌다. 어떤 질문에는 다소 어렵게, 어떤 질문에는 경멸을 담아, 어떤 질문에는 지루한 기색으로, 질문에 걸맞게 대답했다. 지루한 질문에 답할 때는 확실히 무관심에 점점 더 깊숙이 빠져들었다. 아직까지는 흥분 상태인 것을 보여 주고 싶지 않았다.

마침내 지그문트가 대화에 진력을 내고 떠났다.

얼마 뒤 우주선을 정비하는 소리가 배경 잡음 정도로 줄어들자 스스스폭은 대담하게 복도를 내다보았다. 아무도 없었다. 그는 굽은 격벽으로 민첩하게 다가가 선체 일부분을 유연화했다. 그리고 그 너머에 있는 두 번째, 훨씬 더 손쉬운 선체를……

스스스폭은 벽 두 개를 통과해 다른 우주선의 조종석으로 밀고 들어갔다.

작은 우주선은 신기하게도 인간과 팩의 영향이 뒤섞여 있었다. 조종 장치에는 스스스폭이 방금 떠나온 우주선과 똑같은 기호로 된 표식이 붙어 있었다. 어떤 단어는 그가 배운 영어와 좀 달라 보였지만, 그 정도면 충분히 비슷했다. 스스스폭은 잠시 살펴본 뒤 우주선의 시스템이 제대로 작동하고 있으며 중수소 연료도 거의 가득 차 있음을 알아냈다.

압력복과 헬멧은 작은 보관함에 있었다. 컸지만, 쓸 만하게 만들 수 있었다. 이 작은 우주선을 분리하거나 내보내기 위해서 진공 속으로 잠깐 나갔다 와야 할지도 몰랐다.

순간 이동 원반 하나가 갑판 위에 있었다. 스스스폭은 그 물건에 대해 한참 동안 이런저런 생각을 해 왔다. 우선 들어 올려 보았다. 가볍다는 사실에 놀라움을 느꼈다. 원반을 돌리자 가장자리에 나 있는 움푹한 곳에 키패드와 조그만 스위치판이 보였다. 인식 코드가 있어야 할 게 뻔했다.

원반이 작동하게 두면 누군가 들어올 수 있었다. 하지만 스스스폭만으로도 비좁은 이 작은 우주선에 올 수 있는 건 고작 한 명 정도일 것이다. 그런 경우가 왔을 때, 아무 의심도 못 한 사람 한 명을 제압하는 건 쉬울 것이다.

오히려 원반을 비활성화하기 위해 코드를 찾느라 시간을 보낸다면 경보가 울려 그가 여기에 있다는 사실이 조기에 들통 날 위험이 있었다. 원반 주소를 재프로그래밍하는 것도 마찬가지였다. 원반을 뒤집어 두거나 사람이 실체화되기에 너무 작은 공간에 처박아 두는 것도 마찬가지였다. 제대로 된 시스템이라면 전송하기 전에 공간이 있는지 확인할 터였다.

탈출할 때까지는 원반을 못쓰게 만들 수 없었다.

스스스폭은 원반을 있던 자리에 돌려놓고 숨겨진 구속 장치가 있는지 조종석 아래를 살펴보았다. 아무것도 없자 의자에 앉아 조종 장치를 살펴보았다. 생명 유지 장치 제어기, 우주선의 동력, 핵융합 엔진, 인공중력, 센서 배열, 통신과 통신용 레이저. 처음 보면 다소 낯선 시스템도 있었다. 그런 건 순간 이동 장치처럼 나중에 조사하면 그만이었다.

기이한 점이 하나 있었다. 캐노피 가장자리에 자석으로 천을 매달아서 전망 창을 가려 놓았다. 스스스폭은 다시 별을 보고 싶었다. 천을 뜯어 버리자, 캐노피 가장자리가 한데로 모였다.

말이 안 되었다. 스스스폭은 조금 전까지만 해도 천으로 덮여 있던 광활한 공간에 집중했다. 그리고……

아무것도 없었다. 아무것도 없는 것보다 더 없었다. 어떤 개념조차도 부정해 버리는, 무無보다 더한 것이 스스스폭을 끌어당겼다. 깊숙이, 더욱 깊숙이…….

스스스폭은 고개를 돌리려 했지만 실패했다. 방향이라는 개념을 되찾을 수가 없었다.

깊숙이, 더욱 깊숙이…….

스스스폭은 깨어났다. 방향감각이 완전히 상실된 상태였다. 그는 바닥에 쭉 뻗어 있었다. 누군가 이름을 계속 부르는 느낌이 희미하게 들렸다. 신발 하나가 별로 부드럽지 않게 옆구리를 찔렀다. 지그문트였다. 마찬가지로 전투 장갑복을 입은 에릭이 근처에 서 있었다.

스스스폭은 간신히 입을 열었다.

"무슨 일이 일어난 거냐?"

지그문트가 물러섰다.

"맹점이라고 부르지. 제대로 된 이름이다. 정신이 그걸 바라보기를 거부하니까."

장소가 아닌 장소. 팩의 —인간도 마찬가지로— 인지를 넘어선 장소. 속도의 의미가 다를 수도 있는, 그래서 초광속 드라이브가 작동하는 원리에 대한 실마리가 될 수 있는, 우주 너머의 장소. 흥미롭기 그지없는 논의였고, 그에 대한 전망은 중대했다. 스스스폭은 몸을 떨었다. 논리를 따르려니 떨렸다.

지그문트는 계속 이야기하고 있었다.

"맹점은 들여다보면 안 된다. 그러다가 빠져나오지 못하는 일도 생기지."

"무슨 일이 일어난 거지? 마지막으로 기억나는 건, 내가⋯⋯."

스스스폭은 그 너머에 다른 우주선이 매달려 있는 굽은 벽을 향해 손짓하려고 했다. 그런데 벽이 전부 직선이었다. 다른 방이었다. 더 작았다.

"운이 좋았다. 네가 얼어붙어 있는 걸 키어스틴이 발견했지. 맹점에 빠져 버린 상태였다. 거기서 또 운이 좋았다. 키어스틴은 정신을 잃지 않았으니까."

에릭이 말했다.

돌연히 스스스폭은 그 작은 우주선을 떠올렸다. 벽을 뚫고 나가 거기에 탔던 일이 떠올랐다. 손가락이 꿈틀거렸다. 구조 변환기가 손에 없었다!

"이걸 찾나?"

지그문트가 물었다. 장갑 낀 손에 변환기가 들려 있었다.

"우리가 보관한다. 여기는 네가 처음 들어온 방이니 뭘 또 숨겨 놓았는지 걱정할 필요도 없겠지."

지그문트와 에릭이 떠났다.

스스스폭은 홀로 남았다. 말라에서도, 이 우주선에 타고서도 그에게는 언제나 쓸 수 있는 도구와 기술이 있었다. 탈출이 계속 실패하면서 조금씩 조금씩 그는 모든 것을 잃었다. 원시인처럼, 양육자처럼 무력한 기분이 들었다.

스스스폭은 텅 빈 방을 둘러보았다. 음식 조금, 물병 하나, 간이 변기 하나가 전부였다. 음식이 담긴 식판은 그의 관심을 전혀 끌지 못했다.

7

조그마한 정신 두 개가 의사소통을 하지도 못한 채 떨고 있었다. 세 번째 정신. 네 번째……. 떠오르는 사고력, 거의 지각력이 없는 구성 요소가 아닌 누군가의 희미한 흔적이 나타났다. 거기에 더해 정신이 나타나며 아직 초기 상태인 내부 우주를 향해 포효했다. 네 번째가 부들부들 떨며 몸을 뻗었다. 또 다른 조그만 정신이 그리고 또 그리고 또…….

폭포수처럼 각성이 일었다. 의식이 꽃을 피웠다. 그들은 떠올렸다.

— 우리는 올트로다.

더 작은 정신은 무심하게 멀어져 갔다. 그들은 열여섯의 자기보다 못한 구성 요소의 기억을 걸러 냈다. 스스로 선택한 결과로 인해 마지막으로 융합한 지 시간이 많이 흘렀다. 임무에 숙련된 손과 관족이 모두 필요할 때마다 그들의 개별 단위는 도와 달라는 요청에 항상 응했다. 지그문트에게 최선은 올트로에게도 최선이었다. 우주선의 수수께끼 ─특히 엔진실! ─를 푸는 게 지그문트와 앨리스가 인간의 역사에 얽힌 애매한 문제를 푸는 모습을 지켜보는 것보다 훨씬 나았다.

수리를 하고, 조정을 하고, 불필요한 장비를 제거하면서, 올트로의 개별 단위는 '돈키호테'호의 설계와 관련된 여러 가지 미묘한 지식을 습득했다. 수리 임무를 맡으면서 우주선 여기저기에 심어 둘 수 있게 된 수많은 소형 센서를 이용하면 더 많은 것을 알게 될 터였다. 그동안은 아웃사이더 우주선을 관측한 결과로부터 이끌어 내야 할 게 많았다. 그들은 항성 외부에 존재하는 뉴트로늄에 대한 최근 논의에 매료되었다.

끌 수 있거나 미세 조정을 할 수 있는 일이 모두 끝났다.

마침내, 올트로는 숙고할 기회를 얻었다.

— 돌아오니까 좋습니다.

지브스가 말했다.

"그래, 돌아와서 좋군. 우리 같은 유물은 함께 있어야지."

지그문트가 대꾸했다.

에릭은 관련된 전력 누수를 일시적으로나마 보충할 방법을 궁리하느라 씨근거리고 있었다.

─ 뉴 테라에 훨씬 가까워졌군요.

전원이 꺼져 있는 동안 지나간 시간에 대한 은근한 불평일까? 그렇다고 해도 할 수 없지. 지그문트는 생각했다. 만약 우주선의 비상 상황이 산소 부족이었다고 해도 지그문트는 다른 사람이 그를 보고 코마 상태에 들어가 있으라고 했다면 기꺼워하지 않았을 터였다. 그러나 지그문트가 AI를 깨우기로 결심한 이유는 동정이 아니었다.

"지브스, 내가 뭘 놓치고 있어. 네 도움을 좀 받을 수 있을 것 같은데."

지그문트는 화상 모드가 꺼져 우중충한 선실 벽을 바라보며 말을 이었다.

"앨리스 얘기야."

─ 앨리스에 대한 무슨 얘기입니까?

"브레넌은 앨리스를 그 위치에 놓기 위해서 별짓을 다 했지. 적어도 나는 브레넌이 그랬다고 추측하고 있어. 수호자가 아니라면 누가 앨리스를 그런 상태로 발견되도록 안배해 놓았겠나?"

─ 심우주에서 발견된 것 말이군요. 뉴트로늄 덩어리를 공전하고 있던.

"맞아."

지그문트는 두 손으로 머리를 받치고 선실 바닥에 누웠다. 수면장은 전력을 아끼기 위해 포기할 수 있는 기능 중 하나였다. 중력을 낮춘 선실도 별로 불편하지 않았다.

"브레넌은 앨리스를 보호하기 위해 터무니없는 방법을 썼어. 지구를 보호하기 위해서는 분더란트로 갔지."

지브스는 앨리스가 이야기하는 동안 거의 내내 비활성화 상태였다. 설명을 해 줘야 했다.

"왜 앨리스를 지구에서 멀리 보냈을까?"

지브스는 말이 없었다.

지그문트는 일어나 앉았다. 답은 한 가지였다. 별로 마음에 들지는 않았다.

"이유는 모르겠지만 별 사이의 공간이 더 안전했던 거야."

생각에 잠겨 있었던 듯 지브스가 뒤늦게 말했다.

— 브레넌은 팩을 다른 데로 유도하거나 물리칠 수 있다고 확신하지 못했던 겁니다.

그래도 앨리스에게 특별한 조치를 취한 이유는 되지 않았다.

"지구에 있는 수십억 명보다 앨리스를 더 보호하려고 한 건 왜일까?"

— 모르겠습니다.

그들은 무엇인가를 간과하고 있었다. 지그문트는 앨리스가 지금 이곳에 나타난 게 수수께끼로 남으리라는 생각을 받아들일 수 없었다. 그는 휴대용 컴퓨터를 켰다.

"앨리스와 나눈 이야기를 전부 업로드하지. 내가 했던 추측도 전부. 최선을 다해 봐, 지브스. 브레넌에 대해 아는 걸 검토하고. 앨리스에 대해서도. 뭐든지. 그리고 관련을 지어 봐."

— 알겠습니다.

그다지 희망찬 목소리는 아니었다. 물론 그건 지그문트 자신의 의심이 투영된 결과이리라. 지그문트는 여러 근육을 점차 이완시키려고 노력했다가 결국 편안히 쉬는 데 실패했다. 멍하니 아무것도 없는 벽만 바라보고 있었다.

마침내 지브스가 말했다.

— 가능한 연관성을 찾았습니다. 브레넌에게는 아이가 둘 있었습니다. 제니퍼와 에스텔입니다. 앨리스는 로이 트루스데일의 4대조 할머니를 '위대한 스텔'이라고 불렀습니다.

위대한 스텔. 이름에 서투른 지그문트는 잠깐 지나간 그 말을 잊고 있었다. 특정 시기에 태양계에 사는 에스텔이란 이름의 여자는 몇백만 명이나 있을까? 사소한 우연일까? 물론 지그문트는 그런 우연을 믿지 않았다. 그리고 단순히 이름만 같은 것도 아니었다.

— 로이는 큰돈을 상속받았습니다. 앨리스와 함께 브레넌 추적에 쓸 우주선을 구입하기에 충분했습니다.

"앨리스의 말에 따르면 그랬다는 거지."

4대조 할머니라. 한 세대에 자녀를 두 명—지구의 부자들 사이에서는 평범한 수였다. 태양계 다른 곳은 보수적이었다—쯤 봤다고 치면 스텔은 자녀가 둘, 손주가 넷…… 로이의 세대에는 서른두 명이었다. 얼마나 많은 직계 후손이 스텔보다 오래 살았는지에 따라서 최대 예순두 명의 상속자가 된다. 게다가 배우자나 친구, 자선단체로 유산이 돌아갈 수도 있었다. 그럼에도 로이가 받은 유산의 조그만 일부조차 장거리 항성 간 우주선을 살 수 있을 정도였다.

"아주 부자였군."

— 그런 것 같습니다.

엄청나게 똑똑한 부모가 비밀리에 자녀의 재산에 영향을 끼칠 방법이 몇 가지나 있을까? 위대한 스텔이 에스텔 브레넌이라면 모든 게 말이 되었다.

수호자는 자신의 혈족을 지켜야만 한다. 브레넌은 지구가 안전하지 않다는 사실을 알았다.

지그문트는 결론을 내렸다.

"로이는 브레넌의 후손이군. 앨리스가 가진 아이는 브레넌의 핏줄이야. 브레넌이 그렇게 보호하려고 했던 건 태어나지 않은 아이였어."

'돈키호테'호는 곧 뉴 테라에 도착할 예정이었다. 그러면 승객인 그워스는 집으로 돌아갈 가능성이 다시 높아진다. 올트로는 그러지 않기로 결심했다. 인간 사이에서 얻을 수 있는 기회는 너무 귀중했다. 만약 올트로가 베데커나 그 종족과 다시 만날 수 있다면 그워테슈트는 얼마나 더 많이 배울 수 있겠는가?

지그문트에게 그워스의 가치를 상기시키는 건 쉬웠다. 핵심은 순진하게 모르는 척 그 사실을 확인시켜 주는 데 있었다. 우주선에 오른 뒤로 얼마나 많은 기술을 습득했는지 암시하는 건 안 될 일이었다. 그워스는 신중함이라는 개념을 이해했다. 포식자가 들끓는 바다에서 태어나 경쟁 도시와 싸우며 살아왔는데 그걸 모를 리가 있겠는가?

다만 지그문트는 그워스의 경험을 뛰어넘을 정도로 의심이 많았다. 그래서 올트로는 다른 무엇인가를 제공할 생각이었다. 지그문트에게 중요한 것을. 어쩌면 앨리스에 대한 것을.

열여섯 개의 정신이 하나가 된 그들은 당면한 문제와 관련 있는 자료를 정리하고, 선택지를 검토하고, 가장 좋은 시나리오를 만들어 본 뒤, 결정했다.

올트로는 통신 단말기를 향해 관족 하나를 뻗었다.

"지그문트, 뉴트로늄과 아웃사이더가 앨리스를 찾은 장소에 대해 새로 떠오른 생각이 있습니다."

"뭐죠?"

지그문트가 물었다.

뉴트로늄은 희귀하고 경이로운 물체인 만큼, 코볼트 안에 있던 뉴트로늄 덩어리가 나중에 앨리스의 우주선이 공전하던 바로 그 뉴트로늄이라고 가정하자. 브레넌은 우주선의 항법 시스템이 움직이는 기준점을 이용하도록, 나중에 우주선이 그 주위를 공전하도록 재설정했다. 논리적으로 생각하면 코볼트가 그 기준점이었다. 코볼트가 움직이고 있었다면…….

올트로는 간단히 설명했다.

"코볼트의 잔여물이 움직이는 기준점입니다."

"잔여물이라."

지그문트는 한동안 생각에 잠겼다.

"뉴트로늄 안으로 붕괴해 버렸을 텐데요. 앨리스는 코볼트가 깜빡인 뒤에 사라진 걸 봤다고 했습니다. 움직임은 어디서 온 거랍니까?"

"앨리스와 로이, 브레넌이 살았던 고리를 생각해 보세요. 그게 바로 중심으로 떨어진 물체지요. 우리는 전체 질량이 대칭적으로 떨어지지는 않았을 가능성이 있다고 생각했습니다. 브레넌의 인공중력 기술 때문에 부분적으로 속도가 빨라지거나 느려졌을 수 있습니다."

"이건 회계사한테는 너무 어렵군요."

지그문트는 키어스틴을 부른 뒤 합류할 때까지 기다렸다.

키어스틴은 금세 따라잡았다.

"비대칭적인 붕괴라고요. 무슨 목적으로요?"

"만약 우리가 옳다면……."

올트로는 무슨 이유에서인지 겸손한 척을 하면 인간들이 좋게 생각한다는 느낌을 받았다.

"중심 질량의 자전과 점진적으로 증가하는 충돌을 동기화하기 위해서일 겁니다."

"이해가 안 되는데요. 에너지보존법칙, 운동량, 각운동량 모두 적용해 봐도, 붕괴하는 물체의 움직임의 총변화량은 중력 발생기가 만드는 에너지를 초과할 수 없어요."

올트로의 구성 요소조차도 그 미묘한 점을 알아채지 못했을지도 몰랐다. 올트로는 인정했다. 인간을 탓할 수는 없었다.

"물질이 중심 질량으로 떨어지면, 중력붕괴*는 훨씬 더 큰 에너지 생성 과정을 일으킵니다."

"그래, 표면 중력이 8,000,000G라고 했지. 앨리스가 브레넌의 말을 인용할 때 그랬죠. 키어스틴, 고리에서 나오는 물체가 중심 질량에 부딪칠 때 속도가 얼마나 되지?"

지그문트가 물었다.

"상대론적 속도일 게 분명해요. 그게 맞다면……."

키어스틴의 추론을 올트로가 확인해 주었다.

"원자 폭발입니다. 원자도 찢어져 버리지요. 그래서 브레넌은 고리의 붕괴를 동기화하기로 한 겁니다. 잘 제어해서 한 점에 집중하면 코볼트는 순간적으로 원자 로켓이 되는 거지요."

"빌어먹을. 원자 로켓이라니. 그렇게 코볼트가 움직이는 기준점이 되어 앨리스의 우주선을 따라잡은 거로군. 단독선은 그 주위를 공전하게 됐고. 물론 앨리스가 안전하게 정지장 안에 들어간 뒤였겠지."

지그문트가 나직하게 말했다.

"그런 것 같습니다."

올트로는 이번에도 겸손한 투로 동의했다.

지그문트는 한동안 조용히 있다가 입을 열었다.

"그러고 나서 빠른 속도로 앨리스의 우주선을 심우주로 데리

---

* 중심부의 강한 인력에 의하여 천체의 모든 물질이 중심부로 급격히 수축하는 현상.

고 갔군요. 23호가 마침내 거기서 찾아냈고. 올트로, 언제나처럼 큰 도움이 됐습니다."

"도움이 돼서 기쁘군요."

지금도 그렇고, 앞으로도.

8

지그문트는 의무감에 휴게실 트레드밀 위에서 무거운 걸음을 옮겼다.

최근 에릭이 에너지 절약에 힘쓰면서 중력을 우주선 거의 모든 곳에서 사십 퍼센트까지 줄여 버렸다. 지브스는 이런 상황에서 뼈와 근육의 양이 얼마나 빨리 떨어지는지 알지 못했다. 하지만 떨어진다는 건 분명했다. 그 주제에 대해서는 지브스의 데이터베이스에도 그저 지나가듯이 언급만 되어 있었다. 쓸모 있는 지침이라기보다는 경고에 가까웠다.

뉴 테라에 있는 여러 의사와 상담도 했다. 어떤 의사들은 제일 원리에 의거해 운동을 하면 퇴화를 늦출 수 있다고 생각했다. 관련 자료는 없었다. 뉴 테라의 우주여행은 협약체의 경험에 따르고 있었다. 퍼페티어는 아주 오래전부터 인공중력을 썼다.

그래서 지그문트는 계속 걸었다. 걸으면 몸이 따뜻해졌고, 우주선 복도를 따라 달리다가는 뇌진탕을 입기 쉬운 반면 걷는 건 고무줄에 묶여 있는 한 다칠 위험이 없었다.

운동기구가 없는 스스스폭의 감방은 중력을 그대로 두었다. 뉴 테라까지는 며칠 더 남아 있었다. 그를 옮기고 나서 비어 있는 화물칸으로 단독선을 들여놓기에는 너무 짧은 시간이었다. 스스스폭의 알 수 없는 장치가 장난을 쳐 놓은 화물칸 벽의 구조가 완전무결하다고 에릭이 보증할 수 있다고 쳐도 굳이 그럴 이유는 없었다.

지그문트는 귀환이 기다려지기도 하고 두렵기도 했다. 23호 우주선으로 긴 여행을 떠나기 전과 비교했을 때 고향과 사랑하는 이들을 보호할 수 있는 계획에 조금도 더 가까워지지 않았다.

트레드밀 프로그램이 속도를 높였다. 지그문트는 달리기 시작했다. 전혀 안 가까워졌나? 빌어먹을. 그 어느 때보다도 해답에서 멀어진 것만 같았다.

앨리스의 등장은 해답보다는 질문을 더 가져왔다. 그녀의 무의식에서 지구의 위치를 어떻게든 빼낼 수 있다면 모를까.

생각이 하나로 좁혀지지 않았다.

한때 고향home이란 지구를 뜻했다. 이제는 찾지도 못하는 세계. 이제 고향은 뉴 테라다. 그리고 앨리스가 지그문트의 기억을 일깨웠듯이, 오래전에 지구인이 정착한 '홈Home'이라는 세계도 있었다. 지그문트가 기억하기로는 두 번 정착한 곳이었다. 하지만 앨리스는 그곳 개척지가 한 번 실패했던 일에 대해 전혀 모르고 있었다.

지그문트는 다시 걸으면서 물을 마셨다. 고향이 뜻하는 모든 바. 위험. 우주에 너무 오래 있었음. 뉴트로늄…….

그리고 베어울프 섀퍼.

어찌 된 일인지 너무 많은 실이, 지그문트가 ARM 시절 행했던 여러 가지 조사에서 여기저기 모습을 드러냈던 이 외계인 애호가 우주선 조종사와 만났다. 베어울프는 목숨이 고양이보다 많았다. 뉴 테라에서는 아무 의미도 없지만 지그문트의 머릿속을 쓸데없이 어수선하게 만드는 또 하나의 은유였다.

지그문트는 밀려오는 기억에 깔려 비틀거렸다. 그는 죽은 적이 있었다. 가슴에 구멍이 뚫린 채였다. 베어울프와 마지막으로 이야기해 본 게 그때였다. 베어울프가 한 일은 아니었지만, 그렇다고 괴로움이 덜해지지도 않았다. 그때 네서스는 지그문트를 낚아채 목숨을 구했다.

지그문트는 좀 더 행복한 연상 작용을 떠올렸다. 오랜 여행. 베어울프, 카를로스 우와 함께…….

하지만 그 만남 역시 재앙으로 끝나 버렸다. 그의 동행은 전부 치명적인 부상을 입고 오토닥으로 들어갔고, 지그문트는 혼자 남아 불구가 된 우주선을 조종했다. 구조대가 도착했을 때 그는 미친 듯이 헛소리를 하고 있었다. 지그문트가 결코 그리워하지 않는 또 다른 기억이었다.

그렇다면 왜 자꾸 베어울프가 떠오르는 걸까? 지그문트가 마지막으로 들은 바에 따르면, 카를로스는 홈에 있고 베어울프는 그곳으로 가는 중이었다. 둘 다 가명을 쓰고 있었다.

홈…… 홈에 뭔가 있다. 뭘까?

아웃사이더, 팩, 그워스 집단 지성 그리고 지그문트의 손상된

두뇌만이 이해할 수 있는 어떤 것.

하지만 지그문트는 혼자가 아니었다. 앨리스는 자신이 훈련받은 수사관이라고 주장했다. 만약 황금 가죽이었다는 게 거짓말이라면? 그걸 알아내는 것도 가치 있는 일일 것이다.

지그문트는 음료수 잔을 싱크대에 던지고 자유로워진 손으로 휴대용 컴퓨터를 꺼냈다.

"앨리스, 어디 있죠?"

"방에요."

앨리스가 대답했다.

"뭐 도울 게 있나요?"

"그래요."

그런데 어디서 만나지? 지그문트는 휴게실과 끝없는 운동에 진력이 나 있었다.

"방에 들르겠습니다."

앨리스는 문밖에 나와 있었다. 뭔가 갈망하는 기색이었다. 쓸모 있게 보일 기회를 노리겠지. 지그문트는 추측했다. 그러고는 점점 늘어나고 있는 실패 목록에 '무감각한 무시'라는 항목을 추가했다.

"어떻게 지내고 있습니까, 앨리스?"

"그럭저럭 잘 지내요."

"그럭저럭이 얼마나 잘 지내는 건가요?"

앨리스는 어깨를 으쓱해 보였다.

"뭐 도와 드릴 게 있어요?"

지그문트는 앨리스가 접착성 슬리퍼를 신고 있는 것을 보았다. 그도 마찬가지였다.

"좀 걷죠."

갑판을 반쯤 돌았을 때 지그문트는 어디서부터 이야기를 시작할지 결정했다. 앨리스는 그가 부러워 마지않을 정도로 저중력 상태에서 편안하고 우아하게 움직였다. 역시 고리인이군. 지그문트는 한숨을 쉬었다.

"뭔가 계속 걸려서 말입니다. 그런데 그게 뭔지 모르겠군요. 누군가 숙련된 사람이 내 머릿속에서 그걸 끄집어내 줬으면 좋겠습니다."

"좋아요."

앨리스가 대꾸했다.

그리고 침묵이 이어졌다. 좋은 기교였다.

어쩔 수 없이 지그문트가 시작했다.

"홈이라는 개척지 말입니다. 당신 시대에는 잘 돌아가고 있었습니까?"

"홈은…… 고향 같았어요. 다른 개척지 대부분과 비교했을 때 마치 지구 같았죠. 내가 들은 바로는 홈이 잘나가는 정착지 중 하나라고 했어요."

"나에게는 역사죠."

지그문트는 앨리스가 그 말에 움찔하는 것을 보았다.

"하지만 홈에 세운 첫 번째 개척지는 실패했습니다. 몇백만 명이 사라졌죠. 다시 정착했을 때는 잘됐지만."

"첫 번째는 왜 실패했는데요?"

"모르겠습니다."

지그문트는 말을 잠시 멈추고 생각해 보았다. 알 수 있는 방법이 많지 않았다. 이 공백에는 네서스의 조작에 침범당한 느낌이 없었다. 그러면 그냥 잊어버린 걸까? 쉽게 알 수 있었던 시절에 그저 딱딱하고 죽은 역사라 해서 잊어버리고 만 걸까? 지그문트는 깨진 이빨을 혀로 더듬듯 자신의 무지를 탐색했다.

"다시 말하죠. 정확히 아는 사람이 없을 겁니다."

앨리스는 얼굴을 찡그렸다.

"인구가 몇백만 명인데 생존자가 하나도 없다고요? 기록도 없고요? 그게 어떻게 가능하죠?"

정말 어떻게 가능하지?

"전염병이나 내전이었을 수 있죠."

당시는 크진인이 처음으로 인간의 우주에 들어왔던 시기이므로 크진인의 습격을 세 번째 가능성으로 칠 수 있었다. 하지만 그건 불가능했다. 크진인이라면 그곳을 말살하고 이동하기보다는 노예 — 그리고 먹이 — 를 붙잡아 갔을 것이다. 크진인과 최초로 만난 건…… 2366년으로 알려져 있었다. 앨리스의 시대 뒤였다.

지그문트는 머릿속에서 쥐고양이들을 몰아냈다.

"홈에서 온 마지막 메시지에는 낯선 질병이 창궐하고 있다는 얘기가 들어 있었습니다. 당신이 말했듯이, 홈은 가장 지구와 비슷한 개척지였죠. 어쩌면 미생물도 지구와 비슷했을지 모릅니다. 그랬다면 치명적인 변이를 가정할 수 있죠. 숙주가 없어진 뒤에는 전부 멸종했을 테고요."

"그럴듯한 생각이네요. 치사율이 백 퍼센트인 질병. 아니면 행성 주민들이 스스로 절멸했을 수도 있죠. 그런데 이 세계가 다시 정착지가 되었다고요?"

지그문트의 대답은 바보같이 들렸다. 이쪽에서 들려주는 이야기는 재미가 없었다. 도움은 되었다. 진실은 지그문트의 손이 닿는 범위 바로 바깥에 있었다.

"도와 달라는 홈의 요청이 전해지기도 전에 새로운 정착민이 가고 있거든요."

"그러니까 원래 개척지는 하이퍼웨이브와 하이퍼드라이브가 생기기 전에 망한 거군요."

"맞습니다."

그로부터 한동안 들리는 소리라고는 발걸음을 뗄 때마다 접착성 슬리퍼에서 나는 찍찍 소리뿐이었다.

"아까 말했듯이, 마지막 메시지에는 질병에 대한 언급이 있었습니다. 새 정착민들은 아무 흔적도 못 찾았지만요."

"그리고 아무도 남아서 연구하고 있지 않았다는 건가요? 기록도 없고?"

앨리스가 못 믿겠다는 듯이 말했다.

조금씩 조금씩, 앨리스의 숙련된 인도에 따라 지그문트는 더 많은 고대 역사를 기억해 내고 있었다.

"남은 건 있었죠. 아주 철저하게 소각됐지만."

불. 의학이 도움이 안 될 때 최후의 수단이다. 마치 중세의 그 무엇과도 같이.

앨리스가 길을 이끌었다. 교차하는 곳에서 아무렇게나 방향을 잡았다. 격벽에는 전부 전원이 나가 우중충해진 디지털 벽지뿐이었다. 우주선 어디라고 해도 믿을 법했다. 방향감각이 매우 혼란스러웠다.

혼란스러워진 피심문자는 정보를 털어놓는 경향이 있다. 뭔가 좀 아는 사람이로군. 지그문트는 생각했다.

"그럼 마지막 희생자는 누가 태웠을까요?"

앨리스가 물었다.

"개척지는 완전히 엉망이었습니다. 마을은 불에 탔거나 폭발했고, 장비도 수가 파악되지 않았죠. 시체 없음. 생존자 없음. 남은 컴퓨터 기록 없음. 기본적으로는 이랬습니다. 새로 도착한 사람들은 번영하는 문명을 보게 될 줄 알았죠. 대신에 그들은 처음부터 다시 건설해야 했습니다. 과학수사보다 훨씬 더 급한 일이 많았죠. ARM의 전문가들은 몇 광년 떨어져 있었고요."

"완전히 파괴되었다고요? 복구할 수 있는 병원체의 흔적도 없고? 설마요."

앨리스는 그저 지그문트가 이미 알고 있는 사실을 마주하게끔 돕고 있을 뿐이었다. 잃어버린 개척지 문제는 한 번도 지그문트를 괴롭힌 적이 없었다. 왜 지금 와서 성가시게 구는 걸까?

그건 틀린 질문이었다. 전에는 몰랐지만 지금은 알고 있는 게 뭘까? 그게 거의 손에 잡혔다. 지그문트는 복도를 터벅터벅 걸었다. 머리는 핑핑 돌아갔다.

"우연히 파괴된 것처럼 들리지는 않네요. 전쟁 같아요."

앨리스가 전쟁이라 말할 때는 쓰라린 분위기가 느껴졌다. 그녀는 황금시대 출신이었다. 인간이 이성적으로 다 함께 사이좋게 지내는 방법을 배운 뒤였다. 크진인이 나타나 그런 삶의 방식을 파괴하기 전이었다. 황금시대…….

혹시 브레넌이 한 짓일까?

빌어먹을! 집중해야 해.

"그러면 우연히 생긴 전염병이 아닐 수도 있겠군요. 그 병원체가 군사용이었다면……."

앨리스는 다시 모퉁이를 돌았다. 얼어붙을 듯 추운 복도에서 둘이 내쉬는 숨이 하얀 구름으로 변했다.

지그문트는 치료할 수 없는 전염병에 걸린 마을과 격리되어 있으려고, 혹은 병원체를 불태워 버리려고 애쓰는 마을 사이의 전투를 상상할 수 있었다. 두려움에 질린 사람들이 격리를 뚫고 도망가려 하는 모습을 상상할 수 있었다. 생존자들이 조악한 우주선을 만들어 탈출하려고 하는 모습을 상상할 수 있었다. 수많은 상황이 떠올랐다.

이게 어디까지 갈까?

앨리스의 시대 이후. 지그문트의 시대보다는 훨씬 전.

지그문트는 의아하게 생각하며 말을 이었다.

"하이퍼웨이브가 있기 전이죠. 아웃사이더는 당신의 시대 얼마 뒤에 인간과 마주쳤습니다. 2409년, 해냈어 행성 근처에서."

그들이 크진인보다 인간을 먼저 만남으로써 전쟁의 향방은 바뛰었다.

"몇 년 뒤에는 모든 개척지에 하이퍼웨이브 통신 부이가 들어섰습니다."

그들은 계단에 도착했다. 앨리스가 해치를 잡아당겨 열고 아래층으로 내려가기 시작했다.

"2409년. 점점 내 시대에 가까워지는군요."

그게 거슬리는 점이었다. 거슬린다고? 아니, 흥미로웠다.

"당신 말로는 홈이 지구에서 십일 광년쯤 떨어져 있다고 했죠. 맞습니까?"

"맞아요."

엘리스가 대답했다.

"브레넌과 트루스데일이 코볼트에서 홈으로 갔다고 쳐 봅시다. 광속을 넘을 수는 없으니까 가속했다가 감속해야 했겠죠. 홈에는 언제쯤 도착했을까요?"

"그 사람들은 분더란트로 갔다니까요."

"거기에는 도착하지 않았습니다."

아마도 브레넌이 앨리스에게 목적지에 대해 거짓말을 했기 때문일 터였다. 앨리스가 누군가에게 발견됐을 때 알려 주지 못하도록. 굳이 그런 말을 앨리스의 면전에 할 필요는 없었다.

"어쩌면 중간에 뭔가를 보고 항로를 바꿨을지도 모르죠. 그랬다면 홈에는 언제쯤 도착했을까요?"

앨리스는 다음 갑판으로 이어지는 해치를 열고 지그문트에게 나가라고 손짓했다.

"수호자가 만든 우주선이에요. 얼마나 빠른지는 당신이 알잖아요."

"램스쿠프 우주선이었을 겁니다, 앨리스. 프스스폭은 램스쿠프 우주선을 타고 왔고, 당신 시대에는 승무원이 생활 가능한 수준의 램스쿠프 우주선이 최신 기술이었잖아요."

몇 세기 전의 우주선인 '긴 통로'호도 유인 램스쿠프 우주선이었다. '긴 통로'호가 사라지면서 램스쿠프 우주선의 검증은 늦어지고 말았다. 그것 역시 앨리스에게 알려 줘야 할 음울한 역사였지만 지금 할 이야기는 아니었다.

"스스스폭이 팩홈을 떠났을 때도 팩은 아직 램스쿠프를 쓰고 있었습니다."

앨리스는 잠시 생각했다.

"좋아요, 계산해 보죠. 로이와 브레넌은 2341년에 코볼트를 떠났어요. 홈까지는 광속으로 십일 년이 걸리죠. 광속으로 갈 수는 없으니까 순항하는 데 일이 년을 더해요. 가속과 감속을 해야 하니까 일 년쯤 더 더하면 2350년대에 도착했겠네요."

개척지 홈이 멸망한 건 늦어도 2400년대 초반이었다. 그 일이 조금만 늦게 일어났어도 전염병 소식을 하이퍼웨이브로 전했을 테고, 구조대가 하이퍼드라이브로 날아왔을 것이다.

"시기가 의심스러울 정도로 가깝군요."

앨리스도 고개를 끄덕였다. 고리인 특유의 볏이 까딱거렸다.

"반박의 여지가 없네요."

지그문트는 앨리스가 수호자를 본 적이 있다고 한 이야기를 이유 없이 믿은 건 아니었다. 개조한 단독선의 특징을 키어스틴이 설명해 주었다. 빌어먹을. 앨리스를 찾은 건 브레넌의 오래된 단독선에서가 아니었던가.

그리고 앨리스는 괴물이 된 브레넌이 굶어 죽고 한참 뒤에 일어났을 일에 대해 지그문트가 고리인의 역사에 대해 드문드문 아는 것만큼만 알았다. 전부 조합하면, 브레넌은 '생명의 나무' 바이러스 문제를 해결했고, 살아남았고, 한참 뒤에 앨리스를 만났다. 앨리스의 이야기는 전부 들어맞았다.

지구를 위협했어야 할 팩 함대가 지그문트의 시대에도 아직 오지 않았다는 치명적인 부분을 제외하고는.

"괜찮으세요?"

앨리스가 묻는 순간, 마침내 지그문트의 머릿속에서 퍼즐 조각이 제자리를 찾았다.

"홈에는 전염병이 퍼졌습니다. 그래요, '생명의 나무' 바이러스 전염병이었던 겁니다. 팩 전염병이죠. 바로 그게 개척지를 쓸어 버린 겁니다."

앨리스의 표정에 불쾌한 감정이 떠올랐지만, 지그문트는 계속했다. 모든 게 갑자기, 끔찍할 정도로 명료해졌다.

"브레넌은 팩 바이러스를 홈에 퍼뜨렸습니다. 그렇게 해서 도움을 얻으려는 거였죠. 수호자 군대를 일으키려 한 겁니다."

로이도 분명 그중 하나였다. 앨리스는 두렵다는 시선으로 자신의 배를 내려다보았다. 로이의 아이……. 표정은 이렇게 묻고 있는 듯했다. 내가 괴물을 임신하고 있는 걸까?

"하지만 수호자는…… 수호를 하잖아요. 홈의 개척민들은 어떻게 된 거예요?"

개척민들은 브레넌이나 로이와 친척이 아니었다. 쓰고 버려도 무방했다. 지구문트는 팩처럼 생각하려고, 여러 번이나 스스스폭을 심문했던 일을 떠올리려고 애썼다. 기분이 나빠졌지만, 기괴하게도 무슨 일이 벌어졌을지 눈에 선했다.

"원래 '생명의 나무' 바이러스는 나이 든 사람이 먹으면 죽습니다. 아마도 브레넌이 만든 변종은 어린 사람까지 전부 죽였을 겁니다. 그러면 어린이 없는 수호자 집단이 남죠."

수백만 명이 죽었다. 브레넌은 스스로를 괴물이라고 부를 자격이 있었다.

"프스스폭처럼 그들에게는 죽거나 대의를 받아들이거나 둘 중 하나밖에 길이 없었을 겁니다. 브레넌의 대의는 팩을 뒤쫓을 함대였죠."

그리고 그들은 떠나면서 버려진 도시를 태워 자신들이 한 모든 행동의 흔적을 지웠다.

"하지만 바이러스의 흔적은 없었어요."

앨리스가 끈질기게 지적했다. 냉철한 프로 의식은 남아 있지 않았다. 그녀는 지그문트가 틀렸음을 필사적으로 증명하고 싶어 했다. 그랬으면 좋으련만.

"아마도 그 바이러스는 숙주를 벗어나면 약해지게 만들어졌을 겁니다. 자외선에 노출되면 죽거나, 겨울의 추위에 죽는 걸 수도 있고. 한 해만 지나면 홈에는 바이러스가 없어지는 거죠. 브레넌은 새로운 정착민 중에서 수호자 부랑민이 생기지 않게 했을 겁니다."

"적어도 당신은 자기만의 해답을 얻었군요."

앨리스는 침을 꿀꺽 삼켰다.

"당신 말로는 당신 시대 사람들 누구도 브레넌의 함대나 팩 함대에 대해 들어 본 적이 없다면서요. 난 한 가지 설명밖에 생각이 안 나요. 서로 상대방을 몰살시켰다는 거죠."

앨리스는 다시 배를 내려다보았다. 이번에는 그리워하는 표정에 가까웠다. 네 아빠는 돌아가셨단다, 아가야.

"소름 끼치는 방식이긴 하지만 그건 좋은 소식 아닌가요?"

팩 함대가 하나뿐이었다면, 프스스폭의 항적을 따라온 사서들뿐이었다면, 그랬을 것이다. 당연했다. 하지만 함대는 또 있었다. 무자비한 함대가 지금도 달려오고 있었다. 그 선봉은 뉴 테라에서 겨우 몇 광년밖에 떨어져 있지 않았다. 지그문트가 의미 없는 역사적 수수께끼를 가지고 장난치고 있는 동안에도 달려오고 있는 것이다.

지그문트는 고개를 저었다.

"내 생각은 이렇습니다, 앨리스. 수백만 명이 수호자가 됐습니다. 그 세계에서 유용한 건 전부 약탈해서 군대를 만들었죠. 그들 중 아무도 돌아오지 못했습니다."

만약 돌아왔다면, 지금쯤 크진인에 대해 무슨 일이든 하고 있을 터였다.

"그러니까 우리는 팩 함대를 막기 위해 뭐가 필요한지 이제 알게 됐군요. 수호자의 세계입니다."

반면, 뉴 테라 사람들은 고작 인간에 불과했다. 그것도 퍼페티어가 조작해서 평화주의자로 만들어 버렸다. 앨리스의 시대에는 크진인과 마찬가지로 퍼페티어 역시 태양계에 알려져 있지 않았다. 앨리스는 양쪽 모두에 대해서 전혀 몰랐다.

문득 지그문트는 베데커가 다른 길을 간 게 다행이라고 생각했다. 앨리스를 ─그녀 자신을 위해서─ 뉴 테라 출신이라고 속일 수 있으려면 가르쳐야 할 게 많았다.

그게 얼마나 중요할지는 몰랐다. 싸우러 간다는 게 유일한 선택지로 남아 있는 상황이 아닌가.

지그문트는 숨을 깊이 들이마셨다.

"인간 수호자로 이뤄진 세계는 프스스폭의 동맹군과 싸워서 기껏해야 비기고 말았습니다. 우리가 이 공격에서 살아남기를 바라려면 어떻게 해야 할까요?"

| 세계의 파괴자 |

1

스스스폭은 새로 들어온 감방 안을 거닐었다.

시험 삼아 육중한 철창을 하나하나 잡아당겨 보았지만, 꽉 열 명이 와도 구부리지 못할 것 같았다. 무장 간수가 식판을 가져다 줄 때나 내갈 때 보니 문을 열려면 묵직한 금속 열쇠가 있어야 했다. 경첩에서 삐걱거리는 소리도 났다. 철창 밖에 있는 벽은 콘크리트였다. 바닥과 천장도 마찬가지였다. 스스스폭은 표면에 있는 변색이나 주름, 움푹 파인 곳, 튀어나온 곳을 전부 외워 두었다.

벽이 투명한 감시실 안에 있는 무장 간수는 스스스폭에게서 눈을 떼지 않았다. 바이저 뒤에 있는 얼굴로 보건대 모두 너무 어려서 설령 전투 장갑복을 찢을 수 있다고 해도 '생명의 나무' 뿌리—한 번에 하나씩 배급받았다—에 반응하지 않을 것 같았다. 다들 훈련을 잘 받은 듯, 대화 시도에도 응답하지 않았다.

긍정적으로 보자면, 스스스폭은 화장실과 침구 그리고 철창 너머에 있는 작은 창문을 얻었다.

갇혀 있는 공간은 원시적이었다. 오히려 그 때문에 깨뜨리는 데 시간이 더 오래 걸릴 터였다. 스스스폭은 꾸준히 운동했다. 언젠가 올 탈출 기회를 위해 몸을 만들어야 했다. 그건 시간을 때우는 데도 도움이 되었다. 의심은 곧 죽음이었다.

간수들이 읽을거리를 가져다주었다. 책에는 쓸모 있는 내용이 없었고, 스스스폭은 책을 무시했다. 꼬리에 털이 무성한 작은 동물이 가끔씩 창문 밖 선반 위에 앉았다. 그것도 무시했다.

발목에 고정된 장치에서 색깔 있는 불빛이 깜빡였다. 간수와 철창 밖의 카메라와 무관하게 그의 위치를 전송하는 장치였다. 만약 탈출하려고 한다면 장치에 충격을 주거나 약물을 주입할 수 있었다. 스스스폭 자신이었다 해도 그런 기능을 넣었을 것이다.

금속 테두리는 단단한 손가락 아래서 구부러졌다. 힘을 주면 발목 장치를 끊어 낼 수도 있을 것 같았다. 테두리를 끊으면 아무리 못해도 회로가 끊어져 경보가 울리게 되어 있을 터였다. 하지만 금속이 잡아 뜯을 수 있을 정도로 약하다면…….

양육자는 침착하지 못한 법이다. 인간들은 스스스폭이 침착하지 못하게 굴 거라는 생각을 애초에 하지 않을 터였다.

스스스폭은 테두리를 빙빙 돌려 가며 손가락으로 안쪽 표면을 더듬었다. 가스나 에어로졸 형태의 약물을 방출하는 용도인 듯한 일련의 구멍이 느껴졌다. 닿기만 해도 쓰러뜨릴 수 있는 종류의 약물일 것이다.

잘 씹은 음식을 조금만 쓰면 구멍을 막을 수 있을 것 같았다. 하지만 그러면 내부에서 공기 흐름을 측정하는 센서를 막게 되고, 인간들은 스스스폭이 원리를 알아챘음을 깨닫게 될 것이다. 새로 채울 발목 장치로 구멍처럼 편리하게 막을 수 없는 다른 기절 장치를 쓸 수도 있었다.

스스스폭은 구멍 속에 손톱을 넣고 계속해서 당기고 긁어 보았다. 시간이 지나면 숨겨진 회로를 찾아낼 수 있으리라.

감시실에서 누군가 움직이는 게 보였다. 다른 이들처럼 전투 장갑복 차림이었다. 그를 보고 간수들이 빳빳한 자세로 일어섰다. 그가 몸을 돌리자 얼굴이 보였다. 지그문트였다.

감방으로 이어지는 감시실 문이 열렸다. 지그문트는 안으로 들어와 등 뒤로 문을 세게 닫았다.

스스스폭은 철창 뒤에서 기다렸다.

"잘 있었나, 스스스폭."

"지그문트."

"편안한가?"

이 양육자들은 편안함에 신경을 썼다. 물론 그를 유혹하거나 강압하려는 수작일 수도 있었다.

"경치가 좀 바뀌었다고 신경 쓰지 않는다."

경비가 덜 삼엄하다면 모를까.

지그문트는 감방에서 멀리 떨어져 있는 의자에 앉았다. 그리고 주머니에서 컴퓨터를 꺼냈다.

"이 안에 재미있는 경치가 좀 있지."

어차피 다른 할 일은 없었다. 스스스폭은 기다렸다.

"요점은 이거야. 내게 중요한 세계가 팩의 진행 경로 위에 있다. 팩이 다른 데로 가야 할 필요가 있다는 말이지."

스스스폭은 이 세계에 대해 하나밖에 없는 조그만 창문 너머로 보이는 정도밖에 몰랐다. 태양이 많다는 점. 잠시 탈출했을 때 본 세계 선단 중 하나일 것으로 추측했다.

지그문트가 몸을 앞으로 기울였다.

"예를 들자면, 이 세계도 그렇지. 우린 서로 도울 수 있다."

양육자는 위계질서를 잡고, 단순한 일을 맡기고, 배우자를 고르고, 빈약한 소유물을 배분하기 위해 조악한 사회적 의식을 이용했다. 스스스폭은 양육자로서 살던 시절을 기억했다. 호의를 제공하고 대가로 호의를 기대했던 일이 기억났다. 뚜렷하게 표현할 수는 없지만 그런 사회적인 의무가 어떻게든 모두에게 도움이 됐던 것이 어렴풋이 기억났다.

성숙하면서 명료함과 지혜가 생겼다. 가족과 일족을 보호했다. 혈족의 이익을 위해 할 수 있는 만큼, 딱 그만큼만 했다. 그 이상은 절대 하지 않았다. 다른 건 중요하지 않았다.

동맹을 찾는다는 건 약점과 필사적인 심정을 노출하는 행위였다. 동맹을 맺는다면, 배신의 대가를 감당할 수 있게 됐을 때쯤 상대방이 배신하리라는 사실을 알고서 하는 것이었다. 상대방 역시 똑같은 생각을 하고 있었다.

아주 오래전, 릴척 일족이 다급한 필요성 때문에 혜성 거주자와 제휴했던 것도 그런 식이었다. 양육자를 향한 스스스폭의 걱정은 결코 끝나지 않았다.

인간은 양육자도 수호자도 아니었다. 부자연스러운 혼합물이었다. 서로 상대방을 도왔다. 양육자의 호의 교환을 발달시킨 형태였다. 지그문트는 외계인이 우주선을 자유롭게 돌아다니게 해 준 적도 있었다. 어쩌면 인간은 수호자보다 동맹에 더 열려 있을지도 몰랐다.

스스스폭은 물었다.

"내가 뭘 하기를 바라나?"

지그문트가 손에 들고 있는 장치에서 홀로그램이 튀어나왔다. 여기저기 흩어져 있는 별의 모습이었다. 사방으로 뻗어 나가는 성운 하나가 있었다. 내부의 보이지 않는 별빛을 받아 먼지와 가스가 희미하게 빛났다. 어두침침한 배경 위에 점이 떼 지어 있었다. 물결처럼 겹겹이 놓여 있었다. 각각의 물결은 서로 다른 색깔이었다.

팩 함대!

스스스폭이 오래전에 전술 화면에서 봤던 모습과는 전혀 달랐다. 하지만…… 세 번째 물결 속에 있는 일군의 점들은 혜성 거주자와 릴척 세력이 한때 지배했던 상대적 위치를 점하고 있었다. 과거 스스스폭이 속해 있던 함대일 수도, 아닐 수도 있었다. 그가 뒤처져 있는 동안 동맹 관계가 변하고 군사력이 오르내리면서 배치가 달라졌을 것이다. 아니, 달라져야 했다.

지그문트는 영상을 껐다.

"성간물질 속의 비정상적인 헬륨 분포와 물결 덕분에 이쪽으로 오는 팩 우주선의 위치를 확정할 수 있었지."

"내가 뭘 하기를 바라나?"

스스스폭이 재차 물었다.

"내 양심을 지켜 다오. 우리 종족은 너희 함대를 파괴하고 싶지 않지만, 결국 그렇게 할 거다."

"양심? 그게 뭐지?"

지그문트는 한숨을 내쉬었다.

"잘못된 것과 옳은 것의 차이를 아는 것. 그리고 옳은 일을 하려고 하는 마음."

양심에 맞는 행동은 옳았다. 양심에 어긋나는 행위는 잘못되었다. 적을 파괴하는 건 언제나 옳을 수밖에 없었다. 만약 지그문트가 다가오는 팩 함대를 파괴할 수 있다면, 그렇게 할 것이다. 이 양심이라는 것은 아무것도 바꾸지 못했다.

스스스폭은 철창을 가리켰다.

"나는 네 행동에 영향을 끼칠 수 없다."

"하지만 팩의 전진에 영향을 끼칠 수는 있겠지. 네가 현재 경로를 바꾸라고 조언하면 저들이 듣겠나?"

들을 리가 없다. 제정신인 자가 적을 파괴할 기회를 놓칠 리 없었다. 스스스폭이 무슨 이야기를 하든 강력한 적이 손을 놓고 가만히 있을 거라고 설득할 수는 없을 것이다. 지그문트가 무슨 말을 하든 스스스폭이 설득되지 않는 것과 마찬가지였다.

어처구니없게도, 지그문트는 팩 함대 전체를 향해 허풍을 치려 하고 있었다. 하지만 그가 정말 스스스폭이 함대에 영향을 끼칠 수 있다고 생각한다면…….

"가능하다."

스스스폭은 거짓말을 했다.

"우선, 내가 함대를 떠나 있는 동안의 정보가 더 필요하다."

"어떤 정보?"

"일족 사이에서 영향력의 균형이 어떤지."

사실은 힘의 균형이었다.

"그걸 우리가 어떻게 아나?"

스스스폭은 여전히 지그문트의 손에 들려 있는 컴퓨터를 향해 손짓했다.

"네가 보여 준 자료 같은 데서 알 수 있을지도 모른다. 그런 걸 얼마나 갖고 있지?"

지그문트는 컴퓨터에 뭔가 입력했다.

"비슷한 원거리 관측 결과가 약 이백 일에 걸쳐 있다."

"거리는?"

제대로 된 대답을 들으면 팩 선봉대까지의 거리를 알 수 있을지도 몰랐다. 물론 지그문트는 대답하지 않았다.

"영상을 전부 갖추면 도움이 되나?"

"물론이다."

지그문트는 컴퓨터에 뭔가 더 쳐 넣었다. 약간 다른 별과 우주선의 이미지가 나타났다.

"저속 촬영 형태의 전체 데이터다."

우주선을 나타내는 점은 성운과 별을 배경으로 위치가 바뀌었다. 그보다 더 복잡하고 미묘하게, 자기들끼리의 상대적인 위치도 바뀌었다.

시계를 대신해 조악하지만 심장박동 수를 세면서 스스스폭은 영상이 변하는 모습을 관찰했다. 느릿느릿하게 뛰는 심장박동은 그가 각도를 측정하고 항로 관련 매개변수를 추정하는 데 쓴 가설 중 일부일 뿐이었다. 지그문트가 낮이라고 할 때 그게 만약 이 행성의 밤낮 주기를 뜻하는 것이라면 그리고 지그문트가 이백 일 동안 관측한 영상이라고 한 말이 사실이라면, 선봉대는 광속의 절반 정도 속도로 다가오고 있었다.

스스스폭은 말했다.

"그걸 갖고 생각을 좀 해 봐야겠다."

"너희 일족의 우주선을 확인할 수 있나?"

그래서 너희들이 날 억압 중이라고 협박하려고?

"그걸 갖고 생각을 좀 해 봐야 한다. 내가 없는 동안 많은 것이 변했다."

지그문트는 자리에서 일어났다.

"내일 다시 오지."

"좋다."

지그문트가 떠났다.

스스스폭은 감방 안을 빙빙 돌기 시작했다. 정지 영상으로는 알 수 있는 게 거의 없었다. 그러나 애니메이션은!

지배 영역이 줄어들었다 늘어나고, 소함대가 우주선을 얻었다가 잃고, 연합군이 형성되었다가 배신으로 이어지는 과정에서 소용돌이치듯 재편성이 일어나는 모습은 여러 가지 이야기를 들려주었다. 서로 다른 일족은 각기 다른 전술적 전개를 선호했다. 그들은 속임수와 공격에 대해 오래전에 유효성이 입증된 방식으로 반응했다. 가장 약한 우주선은 무리하게 기동했다. 의미를 이해할 수 있는 지식을 가진 자에게 점의 미세하고 빠른 움직임은 큰 의미가 있었다.

스스스폭은 머릿속으로 애니메이션을 재생했다. 세 번째 물결 안에 있는 중간 크기의 집단에 하나씩 초점을 맞춰 가며 보았다. 일족을 찾느라 처음에 보았던 소함대는…… 아니었다. 하지만 마지막 후보, 수가 줄어서 수비적으로 뒤처진 무리 중에서 스스스폭이 잘 쓰는 전술에 따르는 일군의 우주선을 발견했다. 혜성 거주자—릴척 동맹은 아직 생존해 있었다. 저온 수면 중인 양육자가 남아 있을지도…….

그렇다면 그들에게는 그 어느 때보다도 더 스스스폭의 도움이 필요하리라.

2

지그문트는 광장을 가로질렀다. 공기는 서늘하고 신선했다. 얼굴에 와 닿는 햇볕이 따뜻했다. 사방에서 사람들이 몰려다녔다. 떠들거나 웃거나, 생각에 잠겨 있었다. 뉴 테라는 기묘하면서도 동시에 경이로운 느낌을 주었다. 인공 태양 고리도, 가끔씩 보이는 적보라색 식물도 심우주보다는 나았다. 하이퍼스페이스는 말할 것도 없었다. 언제나 그랬다.

페넬로페와 아이들과 함께 집에 있었다면 훨씬 더 좋은 날이었을 것이다. 하지만 그에게는 할 일이 있었다.

지그문트는 정부 건물 바깥 보안 검색대에서 앨리스를 만났다. 그녀는 마치 아파서 곧추세운 엄지손가락처럼 눈에 띄었다. 다른 누구보다 키가 큰 데다 관광객처럼 사방을 두리번거리고 있었으니. 그래도 고리인 스타일의 볏을 밀고 — 쉽지 않은 일이었다— 대머리를 가발로 덮고 키어스틴이 프로그래밍한 대로 옷을 입자 뉴 테라 사람처럼 보이긴 했다. 배가 불러 올 때쯤에는 자손 반지를 마련해 줄 생각이었다.

지그문트는 도약 원반을 이용해 '돈키호테'호에서 전략 분석실 본부로 앨리스를 몰래 데려왔다. 네서스가 지그문트를 납치했듯이 퍼페티어가 앨리스를 뉴 테라에서 납치해 갈까? 누가 알겠는가? 앨리스의 안전을 위해 지그문트는 그녀의 출신을 비밀에 부쳤다. 아주 극소수의 선별된 사람만 알고 있어야 했다. 오늘 아침 회의 자리에서는 사브리나밖에 몰랐다.

소위 계급의 경비병이 깍듯하게 경례했다.

"안녕하십니까, 장관님."

앨리스에게는 고개만 끄덕여 보였다.

"안녕들 하신가, 소위. 그리고 병사 여러분."

"신분증 부탁드립니다."

지그문트는 오랫동안 자리를 비운 사이에 보안이 방만해지지 않아서 기분이 좋았다. 그래 봤자 팩이 탈출한다면 들키지 않고 지나갈 수 있겠지만…….

지그문트는 ID 디스크를 건네며 엄지손가락 하나를 생체 정보 패드에 갖다 댔다. 앨리스도 그를 따라 했다. 그녀의 ID에 적힌 계급은 대령이었다. 권한을 가질 수 있을 정도로 높고, 사람들이 왜 처음 봤는지 의심하지 않을 정도로 낮았다.

"좋습니다. 다른 분들은 이미 도착하셨습니다. 의장님도 곧 오실 겁니다."

분대장이 부하 두 명에게 고갯짓을 했다.

"안내해 드리겠습니다."

경비병 둘이 그들을 개인 식당으로 안내했다.

달걀형 탁자 한쪽에는 푹신한 의자들이, 다른 쪽에는 베개 더미가 있었다. 어느 정도 달걀 형태를 갖춘 보조 탁자 위에는 인간과 퍼페티어의 음식이 놓여 있었다.

지그문트는 퍼페티어가 도청 장치를 설치하지 않은 장소에서 만나기 위해 브런치라는 핑계를 댔다. 그러면 사브리나의 사무실을 포함해 여러 사무실이 도청당하고 있음을 그가 알고 있다는 사실을 드러내지 않을 수 있었다.

베데커와 네서스가 기다리고 있었다. 경비병 두 명도 '혹시 무엇이 필요할 경우에 대비해' 방 안에 머물렀다. 그사이 도청 장치를 설치하지 못하게 막기 위해서였다. 지그문트는 경비병을 내보냈다.

네서스의 갈기가 지저분한 건 놀랍지 않았다. 하지만 베데커역시 마찬가지였다. 그건 나쁜 징조였다.

다 같이 인사를 나누고 있을 때 지그문트가 이제껏 본 적이 없을 정도로 지친 모습의 사브리나가 도착했다. 지그문트는 앨리스를 '수행원 중 한 명'이라고 소개했다. 앨리스는 퍼페티어를 처음만나는 자리였지만 그럭저럭 평범하게 행동했다.

네서스는 최후자의 개인적인 대리자 자격으로 참가했다. 허스에서 만나자는 제안을 지그문트가 거절했다는 이야기는 아무도하지 않았다. 장소가 어디든 양쪽 정부는 협력해야 했다. 여러가지 행동 방안에 대해 생각해 봐야 했다.

지금까지는 아무것도 소용이 없었다.

뉴 테라나 선단이나 방어 작전을 시도해 보기라도 할 만한 함대를 갖고 있지 않았다. 네서스는 지그문트의 은근한 질책에 부드럽게 노래했지만, 정당화하려고는 하지 않았다.

아웃사이더 드라이브는 오랜 시간에 걸쳐서 작동했다. 부드럽지만 끊임없이 가속을 제공했다. 뉴 테라와 선단은 제시간에 팩의 항로에서 벗어날 수 없고, 그워스를 도울 수도 없었다.

퍼페티어는 위험할 가능성이 보이기만 해도 반사적으로 도망가거나 숨었다. 팩은 위험할 가능성이 보이기만 해도 선제공격으로 파괴했다. 두 종족 모두 외교를 신뢰하지 않았다.

협약체가 상업을 이해하기는 했다. 네서스는 보급품이나 기술로 평화를 살 수 있을지 궁금해했다. 하지만 지그문트가 아는 바에 따르면 팩은 거래를 존중하지 않았다. 팩은 제공받은 것을 전부 가져가고 나서도 여전히 공격을 할 것이다. 따라서 안전을 위한 협상은 후보에서 떨어져 나갔다.

지그문트는 스스스폭을 어떻게든 이용해서 팩 함대에 허풍을 떠는 방법을 생각해 본 적이 있었다. 스스스폭은 기꺼이 대화를 나눴지만, 항상 그에게 우주선을 줘야 하는 시나리오만 제안했다. 누가 누구를 갖고 노는지가 명백해지자 지그문트는 그 아이디어도 버렸다.

최후의 수단인 대량 학살 무기, 즉 행성 파괴탄도 기대할 수 없었다. 팩은 함대를 아주 넓게 퍼뜨려 놓고 있는 반면, 행성에 묶인 뉴 테라 사람들과 퍼페티어는 연못에 앉아 있는 오리—앨리스는 지구에서 오리를 본 적이 있어 이 은유를 이해했지만, 사브리나가 어리둥절해하는 모습을 보자 고개를 끄덕이다가 급히 멈췄다—였다.

회의가 길어질수록, 베데커의 갈기는 남아나지를 않았다. 다들 그쪽을 바라보자 베데커가 마지못해 입을 열었다.

"그러니까 우리의 생존은 더 나은 행성 드라이브에 달려 있다는 말이군요."

미묘하게 높아지는 억양 때문에 그 말은 질문처럼 들렸다. 한편으로는 세계를 구해야 한다는 부담을 어깨에서 내려 달라는 간청 같기도 했다.

"그런 것 같습니다."

네서스가 말했다. 하지만 그의 시선은 베데커가 아니라 지그문트를 향하고 있었다.

"얼마나 진전이 있었는지 알려 주시죠."

지그문트가 청했다.

베데커는 갈기 안에 깊숙이 집어넣고 있던 머리로 대답했다.

"시제품은 계속 불안정성 문제를 보이고 있습니다."

사브리나가 헛기침을 했다.

"설명을 좀 해 주세요."

베데커는 자세한 내용을 설명해 주었다.

지그문트는 머리가 아팠다. 함께 몇 달을 지냈던 경험이 있는 지라 그는 베데커가 쏟아 내는 말이 진전이 없는 상황을 가리고 있음을 잘 알 수 있었다.

어쩌면 경찰 훈련이 그런 결론으로 이끌었는지도 몰랐다. 앨리스도 똑같은 결론을 내렸던 것이다. 그녀가 물었다.

"정확히 얼마나 빨리 불안정해지죠?"

"지난번 실험 때는 최대 십육까지 버텼는데, 우리가 종료했습니다."

"십육 뭐요?"

앨리스는 다소 성급한 투로 캐물었다. 사브리나가 그녀에게 날카로운 시선을 던졌다. 뉴 테라 사람들은 몇 세기에 걸쳐 주인에게 경의를 표하도록 주입받은 바 있었다.

네서스도 두 눈을 마주 보았다.

"진짜 당신 수행원이 맞군요, 지그문트. 당신이 영향을 끼친 게 보입니다. 앨리스, 미안하지만 십육 나노초입니다."

"다른 누구든 그 드라이브가 작동하게 만들 수는 없나요?"

베데커는 몸을 부르르 떨며 갈기에서 머리를 빼냈다. 그리고 목 두 개를 곧게 세운 채 대담한 시선으로 한 번에 한 명씩, 방 안에 있는 이들을 모두 바라보았다.

"안 될 거라고 생각합니다."

"어쩌면……."

지그문트가 입을 열었다. 하지만 네서스가 머리 두 개로 뒤늦게 놀라움을 드러내는 장면을 보고 웃을 수밖에 없었다.

"아니, 나 말고. '돈키호테'호의 승무원들."

"에릭 말입니까? 분명히 재능 있는 공학자이긴 합니다. 하지만……."

네서스의 말을 자르며 베데커가 다시 나섰다.

"승무원들이라고 했지요. 지그문트는 그워스를 얘기하는 겁니다, 네서스. 그워스를 이 정도 수준의 고급 물리학에 노출시키는 건 받아들일 수 없습니다."

퍼페티어 둘이 성대를 있는 대로 사용해 불협화음을 만들기 시작했다. 음악과 금속 부딪치는 소리와 고문당하는 짐승이 내는 소리가 합쳐진 것 같았다. 논쟁이었다.

지그문트는 자세한 내용을 지브스가 통역할 수 있기를 바랐지만, 숨겨 놓은 녹음기가 녹음에 성공할지 의문이었다. 퍼페티어의 도청 방지 기술은 정말 뛰어났다.

"그만들 하세요."

사브리나가 부드럽게 말했다. 한참 만에 꺼낸 말이었다. 퍼페티어들은 움찔하더니 입을 다물었다.

"그리고 영어로 얘기하죠."

사브리나는 지그문트 쪽을 바라보았다.

"계속하세요."

지그문트는 숨을 깊이 들이마셨다. 장기적인 위험보다는 코앞에 닥친 실존에 대한 위협이 앞서는 법이다.

"우리가 지금 여기 있는 건 그워스 친구들 덕분입니다. 그워스는 우월한 천문 관측으로 적의 존재를 처음 알아챘습니다. 우리가 스스스폭을 생포할 수 있게 돕기도 했죠."

베데커가 선실 안에서 겁에 질려 있는 동안에 말이지.

"그워스의 빠른 사고력은 우리를 여러 번 구했습니다. 우리에겐 그워스의 재능이 필요합니다."

네서스가 머리 하나를 베데커 쪽으로 돌렸다.

"지그문트의 말에 일리가 있습니다."

베데커는 짧은 아르페지오를 내뱉은 뒤 잠시 멈췄다가 말을 이었다.

"맞습니다, 이치에 맞아 보입니다. 하지만 그워스, 이 집단 지성은 놀라울 정도로 빨리 배웁니다."

"속도야말로 지금 우리에게 필요한 게 아닙니까?"

네서스가 또 나섰다.

"됐어요!"

사브리나는 의자를 뒤로 밀며 일어섰다.

"베데커, 인간 마흔두 명이 당신 실험을 돕고 있어요. 하지만 당신도 그 사람들도 성공하리라는 기대를 할 수가 없군요. 간단하게 얘기하죠. 실험에 그워스 과학자를 참여시키세요. 아니면 우리 쪽 인원을 복귀시키겠어요."

두 번째로, 짧게 잡음이 터져 나왔다. 베데커의 소리가 먼저 잦아들었다.

이윽고 네서스가 말했다.

"알겠습니다, 사브리나. 최후자를 대신해서 당신의 조건을 받아들입니다."

지그문트는 자신의 집에서 가장 좋아하는 의자에 앉아 있었다. 꼬마 아테나가 무릎 위에 앉았다. 그런데 이제 아이는 그렇게 작지 않았다. 오 센티미터는 더 큰 것 같았다. 아이가 몸부림을 쳤다. 지그문트는 문득, 아빠가 읽어 주는 잠자리 이야기를 듣고 있기에 아테나가 너무 컸다는 생각이 들었다.

그는 딸의 머리를 쓰다듬었다.

"너 혼자 읽을 수 있지?"

"네, 아빠. 그런데 아빠가 읽어 줘도 괜찮아요."

아테나는 아빠를 향해 수줍게 웃었다. 예의 바르게 굴다니.

헤르메스는 근처에 앉아서 휴대용 컴퓨터를 가지고 놀면서 아직 아기인 여동생을 지켜보고 있었다. '내가 이 집안의 남자다.' 하는 식으로 동생을 보호하는 모습을 보니 마음이 짠했다. 아들과 떨어져 있었던 동안보다 더 속이 상했다.

너무 오래 떨어져 있어서 가족을 잃는 거야. 지그문트는 생각했다. 가슴이 아팠다.

"네가 아빠한테 읽어 줄래?"

그는 아테나에게 휴대용 컴퓨터를 넘겼다.

페넬로페는 부엌에서 짧고 급한 어조로 누군가에게 말하고 있었다. 냉담한 성격이어서가 아니라 워낙 바빴다.

아르카디아 서쪽 해안의 죽은 바다는 점점 넓게 퍼져 해초 농장을 망가뜨리고 있었다. 허스산 바다 생물이 엄청나게 많이 죽었다. 바다에서 나는 악취는 참을 수 없을 지경이 되어 버렸다. 페넬로페는 비상대책반에 들어가 있었다. 대피 계획을 짜느라 꼼짝할 수가 없었다.

"이 단어는 뭐예요, 아빠?"

지그문트는 딸이 가리키는 글자를 보았다.

"이웃neighbor이란다. g하고 h가 묶음이야."

모두가 달을 원하지. 지그문트는 저도 모르게 중얼거렸다.

"뉴 테라에 달을 갖고 오자. 그러면 조석 현상이 다시 생긴다."

아테나가 읽다가 멈췄다.

"뭐라고요, 아빠?"

"아니야, 아빠 친구가 아빠한테 말한 게 생각나서."

베데커가 순진하게도 행성 드라이브를 만들어 달을 가져올 수 있다고 생각했을 때였다. 지금은 상황이 훨씬 더 심각해졌지만.

이야기가 끝날 때까지 화면 두 개가 남아 있었다. 지그문트의 휴대용 컴퓨터에서 미묘한 단조곡이 흘러나왔다. 긴급 통화였다. 지그문트는 딸의 머리에 입을 맞췄다.

"아빠 이걸 받아야 해. 뛰어."

아테나가 무릎에서 내려갔다.

지그문트는 사무실로 가서 문을 닫았다. 화면에서 잠자리 이야기를 닫자, 전략 분석실 아이콘이 깜빡였다.

오늘 당직사관은 키어스틴이었다. 대부분은 별일 없이 밤이 지나갔다. 하지만 만약을 위해서 누군가 있어야 했다. 키어스틴이 브레넌의 단독선에서 혼자 여유 있는 시간을 보내기 위해 자원했다. 수호자가 해 놓은 개량은 아직도 그녀를 당혹스럽게 만들었다.

지그문트는 물었다.

"무슨 일이지?"

"네서스가 방금 비행 계획을 제출했어요. 지금 당장 이륙하고 싶대요."

빌어먹을.

"아직 나하고 의논해야 할 게 있는데, 계속 피하고 있네."

키어스틴이 웃었다.

"으레 그렇듯이 항공교통 통제가 지연되는 걸로 하죠."

지그문트는 잽싸게 머리를 굴렸다.

"좋아. 여기 좀 정리하려면 십 분 정도 걸릴 거네. 네서스에게 내가 간다고 전하게."

"그러죠. 다른 건요?"

"그거면 됐네. 고맙군."

지그문트는 통신을 끊고 사무실 문을 열었다.

"자, 우리 딸. 이야기를 끝내 볼까."

지그문트는 내심 네서스가 '아이기스'호에 타는 걸 허락하지 않을 거라고 예상했다. 하지만 도약 원반 주소를 보내왔다. 원반에 타자 지그문트는 고립된 부스에 나타났다. 당연했다.

"기다려 줘서 고맙군."

지그문트의 말에, 네서스의 발굽이 바닥을 긁었다.

"교통 제어실의 협력 없이 이륙하면 위험할 겁니다."

"이야기를 마치면 출발 허가를 얻어 줄 수 있을 거야."

네서스는 두 눈을 마주 보았다.

"안심이 되는군요."

"어쩌면 그워스와 베데커가 함께 제대로 된 행성 드라이브를 만들 수 있을지도 모르지. 하지만 거기에 전부를 걸 수는 없어."

23호의 말에 따르면 성공 가능성은 낮아 보였다.

"그러면 우리 선택은 뭐가 되겠습니까?"

도움이 더 필요하다는 거지! 빌어먹을! 앨리스가 지구의 위치를 알려 줄 수만 있었어도……. 뉴 테라 최고의 심리학자들이 그녀에게 달라붙었지만 오히려 지그문트 때보다도 더 소용이 없었다. 앨리스에게는 항성 간 항해에 대한 기억이 전혀 없었다.

"날 지구에 데려다 줘, 네서스."

"의미가 없습니다. 팩이 파괴했습니다."

생존자를 돕는 것도 목적이 되겠지?

"그러면 데려다 줘서 나쁠 것도 없잖아."

네서스는 한 걸음 물러섰다.

"쓸데없이 긴 여행만 하게 되는 겁니다. 그리고 난 허스에 있어야 합니다."

"우리 둘 다 네가 거짓말하고 있는 걸 알아."

지그문트는 주먹을 쥐고 싶었지만, 이 감방 안에 갇힌 채로는 좋은 일이 생길 게 없었다. 그는 두 손을 주머니에 찔러 넣었다.

"만약 당신 기억과 똑같이 지구가 남아 있다고 해도 데려다 줄 수는 없습니다. 협약체의 정책에 위배됩니다."

협약체의 정책이 지구인을 납치해 기억을 지우라고 했나? 아니, 나는 예외인가?

"네서스, 넌 내가 네 문제를 해결할 수 있을 거라고 믿었지."

말도 안 되는 이유였지만.

"그러면 다른 인간에게도 쓸모 있는 기술이 있다고 믿는 게 어렵지는 않을 거야. 내가 도움을 얻게 해 줘. 다른 전문가들이 필요해. 우리 둘의 세계를 위해서."

불과 몇 분 전까지 무릎 위에 앉아 있던 무고한 어린 소녀를 떠올리니 가슴이 찢어졌다.

"ARM 요원을 더 달라는 겁니까? 그날 당신이 거의 죽은 상황이 아니었다면, 나는 절대 당신 근처에 가지도 않았을 겁니다."

네서스는 갈기를 물어뜯었다.

"ARM이 아니더라도⋯⋯ 좀 더 전문적인 능력이 있는 사람 말이야. 네가 인간의 우주에서 사람들을 고용했던 걸 난 알아."

종종 범죄자도 고용했지.

"그걸 다시 하라고, 네서스."

나만 믿지 말고!

"끌리는군요. 하지만 받아들일 수 없습니다. 용병이 허스를 침략하지 않고 굳이 팩과 싸울 이유가 뭐겠습니까?"

"그보다 더 전문적인 사람. 우리에게는 진짜 창의적인 사람이 필요해. 독특한 사람. 베데커에게도 재능 있는 물리학자가 필요하고. 인간의 우주에서 전문가를 영입해 줘."

"생각하는 사람이 있군요. 누구지요?"

"베어울프 섀퍼하고 카를로스 우."

생존을 위해서 한 명은 기분 나쁠 정도로 기교가 뛰어난 모험가로, 다른 한 명은 공인받은 천재로.

네서스가 움찔했다. 두 사람을 기억하고 있는 게 분명했다. 지그문트는 그가 '통제 불능'이라는 말을 들어 본 적이 있을지 궁금했다. 머리 하나가 점점 아래로 내려가다가 마침내 장식 띠 주머니로 들어갔다. 다른 머리가 말했다.

"안 됩니다."

다음 순간, 지그문트는 대륙의 절반 정도 멀리 떨어진 광장에 서 있었다.

3

"삼…… 이…… 일…… 시작."

미네르바는 거의 즉시 다시 말했다.

"실험 종료."

"얼마나 길었습니까?"

베데커가 물었다.

미네르바는 목 하나를 제어장치 위로 길게 늘였다.

"1.0423초입니다."

'안식처'호의 함교 반대쪽에서 인간 기술자 두 명이 마침내 일 초의 장벽을 깨드렸다며 환호했다. 베데커는 불만족스러운 시선을 그쪽으로 돌리지도 않았다. 일 초 동안 역주한다고 해서 팩을 피할 수 있는 게 아니었다.

그워스 하나가 천천히 다가왔다. 모터가 웅웅거리는 외골격 아래, 투명한 압력복 아래에 색소세포로 쓴 이름이 보였다.

에르오.

"진전을 이루고 있어요, 베데커."

베데커는 땋은 갈기를 조금 곧게 폈다. 에르오가 자기 공헌을 넌지시 언급하는 게 보기 싫었다. 아니, 그들의 공헌일지도 몰랐다. 베데커는 그워 한 개체가 집단 지성의 통찰을 털어놓는 게 언제인지 알 수가 없었다. 만약 그 자신이 '돈키호테'호에 머물다가 아웃사이더 우주선이 드라이브를 작동시키는 모습을 자세히 관찰할 수 있는 기회를 똑같이 얻었다면…….

베데커는 짜증을 가라앉혔다. 협약체를 위해서라도 도움이 필요했다. 누구의 도움이든 필요했다. 베데커는 에르오의 말을 인정하며 고개를 까딱거렸다.

에르오는 그 정도 격려면 충분했다.

"실험을 확장해 보면 불안정성에 대해 더 잘 알 수 있을지 몰라요."

베데커의 연구 조수 미네르바가 반대하며 울었다.

"우리는 새로 알아내 가는 속도에 맞춰 실험을 확장하고 있습니다."

에르오는 관족으로 갑판을 두 번 두드렸다. 베데커가 초조함이라고 해석하게 된 습관적인 동작이었다.

"우리는 드라이브 실험을 너무 일찍 종료해요. 더 배울 수 있는데 말이에요."

미친 짓이었다. 베데커는 도망치고 싶었다. 하지만 갑판을 발로 차는 것으로 대신했다.

"드라이브 주위의 시공간이 왜곡되는 게 신경이 쓰이지 않습니까?"

"지금 하려는 게 시공간을 구부리는 거잖아요. 경사를 만들지 않으면 움직임을 얻을 수 없어요."

어쩔 수 없이, 우주선에 타고 있는 전원이 영어로 대화하고 있었다. 에르오는 영어에 시민식의 화음을 덧붙였다. 잘난 척하는 가락이 넘쳐 났다.

"경사라."

베데커는 발굽을 벌리고 도망가기 어려운 자세를 취해 가능한 한 자신감을 보여 주려고 애썼다.

"우리가 깨끗한 경사를 만들 수 있으면 좋겠습니다. 하지만 이 데이터를 보십시오. 드라이브가 안정성을 잃어 갈수록 경사가 혼돈에 가깝게 요동치기 시작합니다. 심지어 양자 수준의 거리에서도 말입니다. 멈춰야 하니까 멈춘 겁니다."

혼돈이라는 단어도 시공간이 펨토초* 단위로 매번 새롭게 물결치고 비틀리고 울퉁불퉁해지는 왜곡 현상을 제대로 설명할 수는 없었다.

"요동은 새로 생긴 경사에 덧붙여진 거예요. 우리는 요동이 곧 최고점을 찍을 거라는 실마리를 봤어요. 흐름의 패턴이 겹겹이 쌓여 있었지요. 클오는 우리가 곧 간섭 패턴을 관측할 수 있고 상쇄가 일어날 거라고 예상하고 있어요."

에르오가 주장했다.

"계속 관측을 해야 말이지."

뒤에 있던 인간 하나가 쓸데없이 중얼거렸다.

원칙대로라면 이곳의 최후자는 베데커였다. 하지만 실질적으로는 대부분의 인원이 뉴 테라 사람들이었다. 뉴 테라의 요청 때문에 여기 있는 그워스만 쳐도 몇 안 되는 시민보다 많았다. 베데커에게는 그들의 도움이 필요했다. 네서스에게 진전을 보여 줘야만 했다.

베데커는 그렇게 할 수밖에 없었다. 어떻게든 아무도 죽지 않게 하면서.

"얼마나 오래 실험을 지속하고 싶은 겁니까?"

---

* femtosecond, 10^{-15}초.

"드라이브가 안정화되거나 자폭할 때까지요."

에르오가 대답했다.

베데커는 떨리는 다리로 함교를 천천히 돌면서 장비와 컴퓨터 화면을 들여다보았다. 승무원들이 허둥지둥 길을 비켰다. 그는 하이퍼웨이브 부이의 위치 정보를 자세히 살펴보았다. 우주선은 드라이브의 최신 시험판을 설치해 놓은 얼음투성이 바위에서 삼천이백만 킬로미터 떨어져 있었다. 가장 최근 실험에서 안전장치가 종료시킨 시점의 시공간 흐름을 시각화해 놓은 최종 자료—어쩔 수 없이 상당 부분이 너무 단순화돼 있었다—를 검토했다. '안식처'호의 자체 진단 패널을 조사하고, 센서와 삼중 시스템과 장애 극복 메커니즘이 전부 온전히 제 능력을 발휘하고 있음을 확인하고 나서야 안도했다.

에르오는 할 수 있는 실험을 제안하고 있었다.

베데커는 함교를 한 바퀴 돌고 에르오 곁에 와서 섰다.

"만약 혼돈의 효과가 천육백만 킬로미터 안까지 접근한다면 '안식처'호를 하이퍼스페이스로 도약시키는 데 동의합니까?"

똑, 똑.

"동의해요."

에르오가 대답했다.

시험용 드라이브의 안전장치를 원격으로 해제하는 데는 오 분밖에 걸리지 않았다. 베데커는 표면상으로는 센서의 정확도를 확인하며 오 분을 더 지체했다. 사방에서 인간들이 속삭였다.

마침내 베데커가 명령을 내렸다.

"카운트다운 시작."

육십오 초 뒤, 함교에 있는 경보 절반이 울리는 가운데 '안식처'호는 하이퍼스페이스로 도약했다. 베데커는 안전한 거리에서 부이가 하나씩 통신망에서 사라지는 모습을 지켜보았다.

거의 광속에 가까운 속도로 폭발한 소행성은 구름과 가스와 먼지만 남겼다.

재앙이 다는 아니었다. 폭발로 인해 사방으로 산산조각 나는 효과에 비하면 별것 아니었지만, 드라이브가 원하는 방향으로 추진력을 냈던 것이다.

그리고 평소와 달리 에르오가 먼저 나서서 조언을 할 필요가 없었다.

'안식처'호에 실어 놓은 작업실은 웅웅거리는 소리를 내며 바쁘게 돌아갔다. 누군가는 항상 다음번 시험용 드라이브에 쓸 회로를 개선하거나 다음 실험에 쓸 추가 센서를 설정하고 있었다. 모든 새 회로와 센서는 배치 전 사전 점검을 위해 각각 지금보다 더 맞춤형으로 만든 장비를 필요로 했다. 맞춤형 장비는 우주선의 시설 한 곳에서 제작한 뒤, 두 번째 시설에서 시험하고, 세 번째 시설에서 다른 부품과 조립하고, 네 번째 시설에서 배치하는 식으로 진행되었다. 인간과 시민, 그워스, 모두 마찬가지였다. 이 우주선 어느 곳에서든 어느 때든 누군가는 낯선 장비를 다루고 있었다.

따라서 그워스가 안식처 여기저기에 센서를 설치하는 모습을 눈치챈 사람은 적었고, 의아하게 여긴 사람은 아예 없었다.

지그문트라면 눈치챘을 것이다. 올트로는 그렇게 생각했다. 하지만 지그문트는 여기 없었다. 그 편집증 환자는 멀리 떨어진 곳에서 하이퍼웨이브로 진행 상태를 검토하고 있었다.

그리고 지그문트와 베데커 둘 다 그워테슈트가 엿듣는다는 사실을 몰랐다.

"일이 초 정도라. 그것도 아직도 축소 모형이란 말이죠. 그런 드라이브를 가지고는 아무 데도 못 갑니다."

지그문트가 되뇌었다.

"아무도 못 가지요. 그래도 만약 이 발전 속도를 유지한다면, 시간에 맞출 수 있을지도 모릅니다."

베데커가 말했다.

"별로 낙관적으로 들리지는 않는군요."

올트로는 기술적인 문제에 익숙했다. 그워스의 기여를 인정하기를 꺼리는 것도 새롭지 않았다. 내용 이해에 어려움이 없기에 그보다는 목소리의 뉘앙스나 어조에 더 신경을 썼다. 베데커에게는 뭔가 생각하는 게 있었다.

"난 스스스폭이 절대 풀려나서는 안 될 것 같습니다."

마침내 베데커가 그걸 입 밖에 냈다.

"우리 기술을 너무 많이 봤죠. 너무 영리하기도 하고. 그자가 얼마나 많이 추론해 냈을지 상상하기도 싫군요."

지그문트는 잠시 사이를 두었다가 말을 이었다.

"나도 거기에 대해서는 예감이 좋지 않습니다. 만약 팩이 방향을 바꾼다면 우리를 지나간 뒤에 생각해 볼 수 있을지도 모르지만, 현실적으로는 안 될 것 같군요."

"당신도 내 우려를 이해하는군요. 올트로 역시 돌아갈 수 없습니다."

베데커가 한 걸음 더 나아갔다.

지그문트는 바로 맞받아쳤다.

"그건 다릅니다. 그워스는 친구죠. 동맹이란 말입니다. 그워스가 없었다면 지금까지 이룬 진전의 절반도 못 이뤘을 겁니다."

"그러니까 더욱 위험한 거 아닙니까?"

올트로가 우려한 대로였다. 그들의 공헌이 궁극적으로는 모두의 안전을 위한 것이었음에도 불구하고 불리하게 작용하고 있었다. 올트로는 베데커와 지그문트의 논쟁을 듣고 의기소침해졌다. 둘 다 상대를 설득하지 못했다.

마침내 지그문트가 말했다.

"난 '안식처'호에 다른 정보원도 있습니다. 만약 그워스에게 안 좋은 일이 생긴다면, 그게 어떤 일이든, 뉴 테라 사람들은 복귀할 겁니다. 약속하죠, 베데커."

"알았습니다."

베데커의 마지못한 대답에서 올트로는 그가 뭔가 계획을 세우고 있음을 느꼈다.

"잘하고 있습니다."

네서스가 말했다.

그의 우주선 '아이기스'호는 또다시 예고 없이 베데커의 실험을 시찰하기 위해 몇 시간 전 하이퍼스페이스에서 나타났다. 둘은 베데커의 선실에서 이야기를 나누고 있었다.

간섭은 베데커가 가장 원치 않는 일이었다. 하지만 예상치 못했던 칭찬은 짜증을 누그러뜨렸다. 그리고 실리도 있었다. 베데커가 정말로 가장 원치 않는 일은 협약체의 지원을 잃는 것이었다. 네서스의 뒷받침은 중요했다.

"감사합니다."

베데커가 말했다.

최후자에게는 특권이 있었다. 커다란 우주선을 책임지는 일도 그랬다. 베데커의 선실에는 싱싱한 풀로 된 카펫이 있었고, 혼자 있고 싶을 때 갈 수 있는 방, 때때로 많은 수가 모일 때 쓰는 방, 진짜 풀과 곡물로 가득한 식당도 있었다. 게다가 확장 프로그램을 갖춘 합성기도 있었다. 네서스는 종종 그 합성기로 따뜻한 당근 주스를 만들었다.

"총추진력과 안전성이 개선되었다라. 진심으로 지난번 왔을 때보다 잘하고 있군요. 하지만……."

네서스가 말을 멈추자 베데커는 양쪽 머리를 까딱거렸다.

"하지만 갈 길이 아직 멀지요."

"앞으로 계획이 어떻게 됩니까?"

"이곳과 NP_5에서 한 노력을 잘 통합해 볼 겁니다. NP_5에서 그렇게 관측을 많이 했지만 전부 말이 되지 않았습니다. 이제 우리가 만든 드라이브를 작동시켜 보니……."

비록 아주 잠깐이었지만.

"밀폐돼 있는 아웃사이더의 제어장치가 무슨 일을 해야만 하는지 이해가 되기 시작했습니다. 이제는 아웃사이더 드라이브를 좀 더 강하게 돌리는 게 불가능해 보이지 않습니다."

네서스가 낙관적인 태도로 머리를 들어 올렸다.

"드라이브를 직렬로 연결해 돌릴 수 있습니까?"

곁에 있는 굽은 벽 안에서는 디지털로 구현된 무리가 한가롭게 거닐고 있었다. 키 큰 풀밭이 가상의 바람을 받아 물결쳤다. 베데커는 잠시 이미지를 조정했다.

"우리가 관찰한 결과는 23호가 지그문트에게 한 경고와 반대되지 않습니다."

"그건 좋지 않군요."

둘은 한가로운 경치를 보며 서 있었다. 베데커는 무슨 말을 더 할 수 있을지 궁리했다.

네서스가 다시 입을 열었다.

"당신은 성공할 겁니다. 그러고 나면 많은 걸 할 수 있게 될 겁니다."

베데커는 눈을 깜빡였다.

"무슨 뜻이지요?"

"최후자가 당신에게 빚을 진 셈이니까요. 그게 어디로 이어질지 생각 안 해 봤습니까?"

베데커가 깨어 있는 시간이면 스트레스와 피로가 몸 안을 가득 채웠다. 세계의 운명이라는 무게가 그의 어깨 위에 무겁게 내려앉았다.

"정말로 안 해 봤습니다."

네서스는 그의 옆으로 다가가 친밀하게 옆구리를 비볐다.

"내게는 영향력이 없지 않습니다. 멋진 미래가 당신 손아귀에 들어와 있습니다. 만약 당신이 정부에 관심이 있거나 실험당 정책에 은근한 공감을 표현한다면…….

베데커에게 기회가 찾아올 것이다. 흥미가 있을까? 그럴지도 몰랐다. 네서스가 생각하는 이유 때문은 아닐지라도.

베데커는 우물거렸다.

"정부에 무슨 종류의 관심이 있다는 겁니까?"

"과학부의 뭔가가 될지도 모르지요. 아주 괜찮은 자리라거나."

네서스는 머리를 돌려 베데커의 반응을 살펴보았다.

과학부 장관? 협약체의 과학 정책을 지휘하는 건 결코 작은 일이 아니었다. 베데커는 유혹을 느꼈다. 동시에 그만큼 두렵기도 했다.

거기에는 네서스가 예상하지 못했던 종류의 유혹도 있었다. 정부의 권위를 지니면 그워스의 위협에 맞서 행동을 취할 수도 있었다.

4

아이들은 목욕을 하고 잠옷으로 갈아입었다. 페넬로페의 삼촌인 스벤이 아이들을 돌봐 주러 와 있었다. 생태학적 재난이나 존속에 대한 위협 어느 쪽도 하룻밤 사이에 크게 나빠질 기미는 보이지 않았다. 감방에 설치된 센서는 스스스폭이 깊이 잠들었음을 알려 주었다.

이보다 더 좋을 수 없는 상황이었다.

지그문트는 아내에게 팔을 내밀었다. 그들은 가까운 식당에 나와 있었다. 수석 요리사, 자연산 재료, 라이브 밴드, 필요한 건 다 있었다. 둘은 동시에 하품을 했다.

지그문트가 웃음을 터뜨렸다.

"오늘은 좀 화끈한 밤이 되려나."

페넬로페도 하품을 가리며 말했다.

"미안. 일이 너무 많아서."

구름 한 점 없는 밤하늘은 낮 동안 쌓인 열기를 날려 버리고 싸늘한 기운을 공기에 섞어 넣었다. 머리 위에서는 별이 반짝이고 있었다. 지그문트는 머리 위에 큰 달이 걸려 있는 모습을 상상하려다가 실패했다. 기억을 되살려 보면 보름달은 낭만적이었던 것 같았다.

많은 일이 벌어지고 있었다. 그래서 할 수 있을 때 가진 것을 더 즐겨야 했다. 낭만적인 저녁을 보낸 지 한참 되기도 했다.

지그문트는 몸을 기울여 아내의 머리에 키스했다.

"우리 서로 하품한 거 모른 척하기로 하지."

"좋아."

전채 요리를 먹으며 두 사람은 아이들에 대해서도 이야기하지 않기로 했다. 물론 사생활 보호용 전자 경계막을 세우기 전에는 일에 대한 이야기도 할 수 없었다. 그래서 대화는 어처구니없을 정도로 툭툭 끊어졌다. 도대체 전에는 무슨 이야기를 하고 살았던 거지? 그들은 결국 주 요리에 대해 이야기했다.

페넬로페가 남편의 손을 두드렸다.

"이건 아닌 것 같아. 수다 안 떨어도 되지. 그냥 함께 있는 걸 즐기는 것도 괜찮아."

"나도 알아."

지그문트는 이렇게 긴 저녁이 될 줄 예상하지 못했다.

그들은 어색한 침묵 속에서 시간을 보냈다. 마치 평범한 밤 외출인 것처럼, 세상의 끝이 다가오고 있지 않은 것처럼. 가끔씩 둘 중 하나가 음식에 대해 칭찬을 던졌다. 그럴 만했다. 음악도. 누군들 칭찬하지 않으랴. 저녁이 점점…….

지그문트는 콕 집어 말하기가 어려웠다.

저녁이 점점…… 뭐지? 익숙하다?

그럴 리가. 정당한 보상이었다. 긴장이 넘쳤다. 집에 놓고 오기로 약속했지만 마음속에서까지 지워 버릴 수는 없었던 문제가 압도하며 그림자를 드리웠다.

조석 현상이 없는 바다. 달이 없는 밤. 빠른 시일 내에 뉴 테라가 달을 얻게 될 것 같지는 않았다. 대항할 수 없는 적. 나노초 단위로 이뤄지는 진전.

혼자 중얼거리고 있었던 모양이다. 페넬로페가 물었다.

"로마가 뭐야?"

"지구에 있던 도시야."

로마. 영원한 도시. 폐허가 된 고대의 콜로세움. 머릿속에 떠오르는 신발의 모습. 길과 관련된 뭔가가 있었다. 지구의 풍경 속에는 길이 있었다. 대부분은 쓰지 않았다. 반중력 부양기와 이동 부스 때문에 쓸모가 없어졌다.

그런데 길이 왜……? 뉴 테라에는 길이 없었다. 처음부터 도약 원반과 부양기를 바탕으로 사회 기반 시설을 설계했기 때문이다. 그런데 도대체 길이 왜?

페넬로페가 얼굴을 찡그린 채 바라보고 있었다.

"나도 몰라. 그냥 모든 길은……."

모든 길은 로마로 통한다.

마치 지그문트의 머릿속에 있는 모든 것이 베데커에게로 통하듯이.

지그문트는 전략 분석실 안가에서 에릭과 키어스틴을 만났다. 그들도 하품을 하고 있었다.

"무슨 비상입니까?"

에릭이 물었다. 그는 안절부절못하는 기색을 감추려고 주머니에 손을 찔러 넣었다.

"어쩌면 아무것도 아닐지도 모르지. 어쩌면 모든 것에 대한 해답일 수도 있고. 알아낼 때까지 난 잠을 안 잘 생각이네."

만약 그의 생각이 옳다고 해도 오늘 밤 잠을 잘 수는 없었다. 희망은 활력을 제공해 주었다. 지그문트는 말했다.

"아직 기껏해야 절반밖에 없는 아이디어야."

키어스틴이 이마에 내려온 앞머리를 쓸어 넘겼다.

"좋아요, 장관님. 처음부터 말해 주세요."

지그문트는 그렇게 처음부터 말할 필요가 없다고 보았다.

"일단, 베데커의 드라이브. 그걸로는 행성을 못 움직이네. 날려 버릴 뿐이지."

"조심하지 않으면 그렇겠죠."

에릭이 동의했다.

"둘째, 우리는 팩이 지나가면서 마주치는 종족들에게 하는 짓을 팩에게 할 수 없네."

"다른 종족은 전부 행성에서 살고 있으니까 질량 병기 하나면 세계 하나를 날려 버릴 수 있죠. 하지만 팩은 자기네 세계를 버리고 온 터라 너무 퍼져 있어서 그런 식으로는 공격 못해요."

이번에는 키어스틴이 고개를 끄덕이며 대꾸했다.

"문제를 뒤집어 보지."

지그문트는 그들이 알아채기를 기다렸지만, 반응이 없었다.

"팩은 행성을 상대로 질량 병기를 쓸 거야. 베데커의 드라이브가 있으면 행성 하나를 산산조각 내서 질량 병기가 되는 궤멸적인 양의 파편을 만들 수 있지."

에릭의 눈이 휘둥그레졌다.

"상대론적 속도로 움직이는 엄청난 양의 먼지와 가스가 곧바로 램스쿠프 우주선의 입구를 강타한다. 과부하가 걸리겠군요. 피할 수도 없고 치명적이에요."

키어스틴은 이성적으로 따져 보자는 투로 말했다.

"그래요. 하지만…… 행성을 옮겨 올 방법이 없어요. 베데커의 드라이브로는 할 수 없잖아요."

완벽한 무기지만, 옮길 방법이 없다. 거의 다 될 뻔했는데.

에릭이 불쑥 말했다.

"이러면 어떨까요. 선단에서 세계 하나를 빼내는 거요. 그건 할 수 있죠. 얼마 전만 해도 우리가 NP_4를 배열에서 빼냈잖아요. NP_5면 될 겁니다. 아직 허스산 생명체가 살 수 있게 완전히 개조되지 않았으니까요. 거기 사는 행성 공학자 몇 명을 대피시키는 건 쉬울 겁니다."

협약체가 핵폭발에서 도망치기 시작한 이래 선단은 꾸준히 가속해 왔다. 광속의 십 퍼센트—뉴 테라는 그보다 좀 더 빨랐다. 전 주인으로부터 벗어나기 위해 드라이브를 한계에 가깝게 운용했기 때문에—로 날아가는 여러 세계는 놀라웠다. 하지만 그 정도로는 충분하지 않았다. 선단이 올바른 방향으로 정확히 움직인다고 해도 팩으로부터 도망칠 수는 없었다.

하지만 선단이 움직이는 속도의 일부 방향량은 분명히 팩으로부터 멀어지는 쪽을 향하고 있었다. NP_5가 그 운동량을 버리려면 몇 년은 걸릴 터였다.

게다가 행성 하나가 자신들 쪽으로 오고 있다는 사실을 알아챌 시간이 몇 년이나 있다는 점을 감안하면, 팩은 훨씬 더 빠르고 기동성 있게 움직일지도 몰랐다.

그러면 NP_5가 도대체 어떻게 도움이 될까? 지그문트는 이해할 수 없었다.

"난 잘……."

에릭이 키득거렸다.

"이제 우리가 장관님이랑 있을 때 기분이 어떤지 아시겠죠. 장관님은 항상 우리보다 세 발짝 앞서 가시거든요."

나쁜 뜻은 아니었다.

"NP_5는 무기가 아니에요. NP_5를 벗어나게 한 다음에 행성 드라이브를 빼서 팩 근처에 있는 희생양에 설치하자는 거죠. 운이 좋으면 팩은 어두운 행성이 다가오는 걸 이미 늦은 뒤에야 발견할지도 모릅니다."

지그문트는 이 아이디어를 머릿속에서 굴려 보았다.

먹힐 것 같은 무기. 배달할 방법도 있다. 그리고 하나 더, 기회는 한 번뿐이다.

올트로는 인간이 제안한 공격 방법을 완벽하게 이해했다. 영리한 아이디어였으며, 팩만큼 가차 없었다.

놀랄 건 없었다. 팩과 인간은 친척이 아닌가.

올트로는 몸을 떨며 에르오를 떼어 냈다. 그들은 하이퍼웨이브로 이뤄지는 대화가 끝나기도 전에 대안을 원했다. 그러려면 관측 장비를 눈으로 봐야 했다. 에르오가 '안식처'호의 관측실로 가려고 압력복을 입는 동안 올트로는 대화를 듣고 있었다.

"그렇습니다. NP_5를 버리는 건 가능성이 있습니다."

네서스는 허스 근처 어딘가에서 하이퍼웨이브로 통신을 하고 있었다.

"아직 식량을 생산하지는 않습니다. 설령 생산한다고 해도 거의 모두가 합성 음식을 먹고 사니까 상관없지요. 자연산 음식은 사치일 뿐입니다. 문제는 아웃사이더 드라이브를 희생해야 한다는 겁니다. 자연 보존 지역은 그걸 움직이는 행성 드라이브보다 하찮습니다. 협약체는 드라이브 몇 개를 구입했고, 우리가 전부 죽은 뒤에도 한참 동안이나 할부금을 내야 합니다. 허스에 있는 드라이브가 계속 작동하게 하려면 말이지요. 최후자만이 그런 결정을 내릴 수 있습니다."

허스를 움직이는 드라이브. 만약 그게 베데커의 시험용처럼 화려하게 고장 난다면, 생존자가 전무할 터였다. 아마 세계 자체도 남지 않을 것이다. 여분의 드라이브를 만들어도 쓸데가 없었다. 베데커 역시 그 사실을 알고 있는 게 분명했지만, 굳이 입 밖에 내지 않았다. 팩의 위협만 해도 시민들이 감당하기 어려운 현실이었다.

"NP$_5$를 움직여서 드라이브를 빼내는 데 얼마나 걸릴까요?"

에릭이 물었다. 에릭과 키어스틴, 지그문트는 뉴 테라의 특이점 바로 바깥쪽에 있는 우주선에 있었다.

올트로는 통신 단말기를 통해 베데커가 풀로 덮인 선실 바닥을 발굽으로 차는 소리를 들었다.

"행성 드라이브를 설치했을 때 살아 있었던 이는 지금 아무도 없습니다. 하지만 기록을 보면 설치 과정이 길었다고 되어 있습니다. 그리고 내가 아는 바로는 누구도 그걸 분해해 본 적이 없습니다.”

올트로는 에르오에게 은밀하게 메시지를 보냈다.

— 서둘러요!

에르오가 장비를 다 갖추고 수문을 나섰다.

올트로가 말했다.

“시간을 절약할 수 있는 방법이 있습니다. 당신이 만든 다른 드라이브를 조정하는 거지요. 모든 행성의 인근 지역 시공간을 바꿔서 NP_5를 더 세게 밀어내면 됩니다.”

그 결과 올트로가 의도한 대로 논쟁이 시작되었다.

그런 움직임을 고려해 볼 수 있을 정도로 잘 알고 있는가? 그러다가 다른 세계에 충돌하지 않을까? 어떤 방식의 실시간 감시와 제어가 필요한가? 기존의 시공간 경사를 다시 확립하는 데 시간이 얼마나 걸리는가? 드라이브 장field의 비대칭성이 해일이나 지진 활동을 유발하지는 않을까?

결론이 날 것 같으면 올트로는 복잡한 문제를 다시 던졌다. 그렇지 않을 때는 조용히 있었다. 결정을 내리는 게 아니라 에르오가 관측하는 동안 지연시키는 게 목적이었다.

그러는 한편 올트로는 인간과 시민이 대량 학살 공격을 함께 받아들이는 신속함에 대해 생각했다. 잠깐이나마 애도하는 것도 괜찮으리라고 생각했다.

그러나 올트로 역시 지켜야 할 고향이 있었다. 기억이 몰려왔다. 즘호의 끝없는 바다. 해저 열수구에서 솟아오르는 뜨거운 해류를 받아 하늘거리는 해초가 무성한 숲. 사방으로 뻗어 나가는 거대한 해저 도시. 세계를 덮고 있는 얼음 지붕과 그 위에 있는 웅장한 줄무늬의 틀호.

올트로는 스스로에게 작은 거주 공간 때문에 비좁다고 느끼는 거라고 말했다. 개별 단위가 하나 모자란 융합으로 인한 불균형 때문에 괴로워하고 있는 거라고 말했다.

하지만 진심으로는 믿지 않았다.

올트로는 최근 베데커가 지그문트에게 은밀히 한 말을 잊을 수 없었다. 우리는 다시 고향을 볼 수 있을까? 팩을 물리친다 해도, 질량 병기 하나는 여전히 즘호를 향할 가능성이 있을까?

감히 공격할 수 없도록 즘호를 강하게 만들어야 했다.

어쩌면 올트로는 이미 그게 가능할 정도로 충분한 기술을 습득했는지도 몰랐다. 만약 새로 얻은 지식을 고향으로 가지고 가서 적용한다면……. 하지만 당장은 즘호와의 하이퍼웨이브 연결이 잘못된 방향으로 일방통행이었다. 만약 그 정도로 오래 살 수 있다면…….

— 관측실에 있어요. 스캔 시작할게요.

마침내 에르오가 통신을 보냈다.

— 좋아요.

올트로는 에릭에게 선단에서 세계 하나를 빼내는 것에 대한 시뮬레이션 데이터를 미끼로 던져 논쟁이 들끓게 했다.

— 서둘러요, 에르오.

논쟁은 더욱 격렬해졌고, 결국 지그문트가 끼어들었다.

"뭔가 엉망인 것 같군요. 팩에게는 목적이 하나밖에 없지만,

아직 우리를 공격한 건 아닙니다. 아무리 팩이라도 경고 정도는 받아야 할 겁니다. 다른 의견을 좀 들어 보죠."

논의는 귀중한 아웃사이더 드라이브를 얼마나 빨리 회수할 수 있는지로 이어졌다. 직접 만든 드라이브가 희생양 행성을 산산조각 내기 전이어야 했다.

베데커는 흥분했다. 네서스는 탈출선이 노출될 것이고, 무기로 쓸 세계의 특이점 안에 있기 때문에 하이퍼스페이스로 도망치지 못할 것이라며 걱정했다. 두 시민 다 지그문트의 도덕적인 단서를 언급하지 않았다.

에르오가 은밀하게 전했다.

— 후보가 두 개 있어요. 여기 좌표를 보세요. 수색을 완료할 시간만 있으면 분명히 몇 개 더 찾을 수 있을 거예요.

이제 새로운 데이터는 충분했다.

올트로가 말했다.

"지그문트, 우리는 다른 가능성을 제안하고 싶습니다. 행성이 항상 항성에 매여 있는 건 아니지요."

많은 행성이 하이퍼스페이스를 통해 여행하는 종족들이 굳이 찾아볼 이유가 없는 곳에서 자유롭게 떠다녔다.

"팩에 가까운 방랑 행성을 폭발시키는 겁니다. 에르오가 잠시 찾아본 결과 후보 둘을 발견했답니다. 경고를 하려고 NP_5에 있는 드라이브를 위태롭게 할 필요가 없습니다."

"그거 꽤 괜찮은 생각이군요."

지그문트가 말했다.

"간단하게 해."

지그문트가 스스스폭에게 말했다. 둘은 감방 안에 있었다.

"지브스가 녹음해서 전송할 거다."

불순한 의도가 없는지 확인해야 하니까.

경고 메시지였다. 시범이 의미가 있으려면 '니플하임Niflheim'이 부서지는 모습을 팩이 보아야 했다.

지브스는 이 행성에 북유럽 신화에 등장하는 죽은 자의 지하 세계 이름을 붙였다. 영원한 얼음과 추위의 세계. 지그문트는 AI 의 설명을 믿었다. 네서스도 마찬가지였다. 북유럽의 창조 신화 는 지그문트가 보기에도 너무 모호했다.

스스스폭은 먹고 있던 '생명의 나무' 뿌리를 옆으로 치워 두고 입에 문 것을 삼켰다. 그리고 쿵쿵, 딱딱, 하는 소리로 몇 마디 말을 했다.

팩의 언어는 영어보다 더 효율적일 수도 있었다. 그게 더 논리 적이어야 했다. 하지만 지그문트가 보기에 그 말은 너무 짧은 것 같 았다.

"팩 우주선에 뭐라고 한 거지?"

"여기를 봐라."

스스스폭은 이번 임무의 통역자였다. 물론 협력한다고 가정할 때였지만. 설령 아니라고 해도 지그문트는 이 수호자가 어디 다 른 곳에 있는 것보다는 직접 감시할 수 있는 편을 선호했다.

지브스는 자신이 통역할 수 있다고 주장했지만, 지그문트는 확신할 수 없었다. 분명 지브스는 스스스폭이 쓰는 말을 알고 있었지만 그것은 스스스폭이 드러내기로 선택한 것에 한정되었다. 팩의 일족들이 서로 다른 언어를 쓴다는 것 또한 분명했다. 복수 의미, 비밀 코드 등등 무엇인지도 모를 것들이 지브스에게 노출된 어휘에 아무런 의심도 받지 않은 채 숨어 있을 가능성도 있었다. 지그문트는 스스스폭이 비행 도중 언어 하나를 만들어 냈을지도 모른다고 반쯤 의심하고 있었다.

스스스폭은 '돈키호테'호의 작은 화물칸이 마음에 안 들었는지 모르겠지만, 말로 표현하지는 않았다. 지난번에 감방으로 썼던 더 큰 화물칸은 오래된 단독선이 채우고 있었다.

키어스틴과 에릭은 이번 여행이 끝나기 전에 브레넌이 개조한 부분을 이해하겠다고 맹세했다. 성공할까? 어느 쪽이든 니플하임으로 가는 긴 비행 내내 두 사람은 그 일에 마음을 쏟고 있을 터였다. 사실, 그들이 자유 시간을 모조리 화물칸에서 쓰는 건 단순한 지적 호기심 때문이 아니었다. 단독선은 뉴 테라의 잃어버린 전통을 나타내는 유물이었다. '긴 통로'호도 바로 그런 유물이었다. 그걸 복원하는 일은 과거를 되찾고 자유를 회복하는 열쇠였다. 단독선을 복원하지 않을 수 없었다.

설사 단독선이 큰 화물칸에 들어가지 않았더라도 스스스폭은 여전히 이곳에 있었을 것이다. 그는 전에 썼던 감방에 몇 번이나 도구를 숨겨 놓았다. 우주선을 정비할 때 그것들을 모조리 찾아냈으리라는 데 도박을 걸 이유는 없었다.

어차피 그워스의 거주 공간도 '안식처'호에 남아 있었다. 그러니 남은 건 그워스가 이 화물칸에 뭔가 숨겨 놓았을지도 모른다는 다소 덜한 위험뿐이었다.

"여기를 봐라? 그게 다인가?"

지그문트가 되물었다.

스스스폭은 어깨만 으쓱해 보였다. 육중한 어깨 관절 때문에 익숙한 동작이 이질적으로 보였다.

"아, 시범을 보고 나면 전부 알아낼 테니까. 그렇군."

지그문트는 곧 있을 시범을 단지 '주목을 끄는 것'이라고 설명했다. 스스스폭은 욕이 나올 정도로 똑똑했기 때문에 새 무기에 쓰일 기술을 암시하는 것도 위험했다. 하지만 스스스폭이 어떻게든 다시 탈출한다고 해도 이번에는 알아낼 게 거의 없었다. 곧 무기가 될 베데커의 드라이브는 거대했다. 지그문트의 군수품은 일렬로 날고 있는 '안식처'호에 실려 있었다.

스스스폭은 반쯤 먹다 남은 뿌리를 집어 들며 말했다.

"아니라면, 쓸모없는 시범이겠지."

지그문트는 그의 도발에 넘어가지 않았다.

"그래도 네가 보내려는 메시지는 너무 단순한 것 같은데."

"아니, 충분하다."

"무슨 뜻이지?"

지그문트는 치밀어 오르는 짜증을 억누르며 물었다.

또다시 스스스폭이 과장되게 어깨를 으쓱했다.

지그문트는 깨달았다. 팩은 예상치 못한 어떤 신호가 있어도 그쪽을 향해 시선을 돌릴 터이기 때문이었다. 시끄러운 잡음만으로도 충분했다.

결국 지그문트는 낙담한 채로 감방을 나왔다. 그는 전투 장갑복을 벗어 정리해 둔 뒤, 휴게실로 갔다.

"지브스, 스스스폭과 내 이야기를 듣고 있었나?"

— 그랬습니다.

지브스는 다소 부정적인 투로 말했다.

— 협조적이지 않더군요.

정말?

"메시지를 번역했나? 있는 그대로?"

— 그렇습니다. '여기를 봐라.'가 맞습니다.

지그문트는 의자를 뒤로 기울였다. 파란 하늘과 날아가는 하얀 구름이라는 환영 속에서 편안함을 찾아보려고 했지만 그렇게 되지 않았다.

"메시지에 말을 더 넣으면 좋겠는데. '다른 종족이 사는 세계에 대한 공격을 멈춰라. 은하계 남쪽으로 방향을 돌려라. 따르지 않으면 파멸할 것이다.' 그렇게 넣을 수 있나?"

— 비슷하게 할 수 있습니다. 문법은 틀릴지도 모릅니다.

"괜찮아. 제대로 경고만 하면 되니까."

그들은 틀린 문법을 통해서 우리가 적어도 몇몇 팩을 잡았다는 사실을 알아낼 거야.

만약 팩이 방향을 돌린다면? 빈말이 아니라, 지그문트가 모든 것을 보호할 수는 없었다. 그는 팩이 다른 세계를 조준하게끔 만든 셈이 될 터였다.

위산 때문에 속이 쓰렸다. 지그문트는 그 다른 세계에 지구가
포함되지 않기를 바랐다.

6

키어스틴이 먼저 스스스폭의 감방 해치에 있는 창문을 들여다
보았다. 다음으로 에릭이 보았다. 에릭이 더 키가 컸다. 스스스
폭은 압력복 목에 있는 금속 고리를 보았다. 둘 다 집중하느라 얼
굴을 찡그리고 있었다. 마치 전투를 준비하는 양육자 같았다. 적
의 존재를 상기하는…….

지그문트의 '시범'은 즉각적이었다.

스스스폭은 무릎을 벌리고 발뒤꿈치를 엉덩이에 바싹 붙이고
앉은 채 발목 장치를 만지작거렸다. 벗겨진 가장자리를 피하며
미리 찢어 놓은 울퉁불퉁한 구멍을 더듬었다. 피 한 방울이면 노
출시켜 놓은 전자회로를 단선시킬 수 있을지도 몰랐다.

스스스폭은 인간들이 한눈을 파는 사이에 탈출할 작정이었다.

베데커는 얼음 위를 기어갔다. 신발 바닥의 스파이크와 인간
들이 스키 폴이라고 부르는 막대기, 니플하임의 미약한 중력 모
두를 신뢰할 수 없었다. 지평선이 너무 가까이서 아른거렸다. 머
리 위에서는 낯선 별들이 빛나고 있었다. 압력복을 입은 모습의

인간과 그워스, 시민 들이 일군의 커다란 검은 비석 주위에서 일하고 있었다. 결함이 있는 행성 드라이브가 최후의 장치, 운명의 장치가 된 것이다.

베데커는 현장 부지를 준비하는 일을 감독하고, 승무원들이 화물 부양기에서 짐을 내리도록 지시한 뒤, 혼자서 변덕스러운 유닛들을 준비했다. 하나하나 서브시스템 진단을 통해 모듈을 자세히 조사한 결과, 미세 조정 기준을 겨우 만족하는 유닛 두 개를 제외했다. 남은 유닛으로 전체 과정을 다시 반복했다. 각각의 모듈을 서로 연결한 집합체는 이중으로 확인했다.

이제 마지막 화물 부양기가 얼음 위를 가로질러 '안식처'호를 향해 돌아가고 있었다. 베데커는 다시 한 번 체계적으로 검사했다. 이번에는 모든 것을 세 번씩 확인했다.

0.25광년 떨어진 곳에는 육안으로 보이지 않는, 하지만 결코 무시할 수는 없는 팩 선봉대의 최전방이 있었다.

"팀 리더, 상황 보고."

지그문트가 통신을 날렸다. 그는 울퉁불퉁한 바위 위에서 모든 상황을 지켜보고 있었다. 때때로 강박적으로 고개를 들어 하늘에 뭐가 있는지 확인했다.

"특이 사항 없습니다."

'안식처'호에 있는 미네르바가 말했다. 얼음 위 멀지 않은 곳에 미네르바가 있다니 위안이 되었다.

"이상 무."

팔백 킬로미터 위에서 키어스틴이 전했다. 무기를 일부 장착하고 있는 '돈키호테'호는 팩이 모종의 기습을 가할 경우 원정대를 방어할 수 있는 유일한 수단이었다.

베데커는 조증 상태를 유지하기 위해 몸을 떨었다. 일부러 유도해 낸 도취감과 광기 어린 용기가 없었다면 아무 일도 못했을 것이다. 그가 없으면 행성 드라이브 설치도 실패할 게 뻔했고 모든 게 끝장이었다.

"우리는 예정보다 또 십 분이 늦었습니다."

베데커가 솔직히 말했다. 합하면 지금까지 총 팔십 분이었다.

"하지만 아직 진짜 문제는 없습니다. 여기 외부에서 작업하는 게 얼마나 복잡한지 과소평가했던 것뿐입니다."

"저도 준비 끝났습니다. 가서 도울 수 있습니다."

에릭이 제안했다.

"자네는 '돈키호테'호에 남아 있게."

지그문트가 단호하게 말했다.

베데커는 개인 채널로 바꿔서 지그문트에게 청했다.

"지그문트, 도와줘도 좋습니다. 그워스는 너무 지쳤고, GPC의 공학자 중 절반이 돌아갔습니다."

일부는 도망갔고, 나머지는 혼수상태로 부양기에 실려 갔다. 그리고 나는 간신히 제정신을 유지하고 있지.

"잠시만요."

지그문트가 말했다.

베데커는 그가 망설이는 이유를 짐작할 수 있었다. 에릭이 착륙한다는 건 키어스틴과 지브스만 스스스폭과 함께 우주선에 남게 된다는 뜻이었다.

지그문트가 다시 공용 채널로 말했다.

"좋아, 에릭. 가서 돕는 게 더 나을 것 같네."

"지상과 속도를 동기화하기 위해 궤도를 이탈합니다."

키어스틴이 명랑하게 말했다. 그리고 몇 분 뒤, 덧붙였다.

"처음 발 디딜 때 조심해, 에릭."

스스스폭은 손의 감촉만으로 노출된 발목 장치 안의 회로를
시각화했다. 일부 부품, 저항, 축전기, 집적회로 같은 것은 형태
나 크기로 대강 알 수 있었다. 다른 부품은 확인할 수 없었다. 추
론을 통해서 성질을 알아내야 했다. 연결 패턴으로 보아 이전에
아직 수리용 키트와 장비를 갖고 있을 때 스캔해 본 적이 있는,
인간이 만든 장치였다.

발목 장치에는 관성 위치 센서 또는 인근 송신기로부터의 상
대적인 위치를 확인하는 능력이 있었다. 자기 위치를 보고하려면
송신기도 있을 터였다. 장치가 계속 채워져 있는지도 감지할 수
있을 게 분명했다.

스스스폭은 발목 장치의 가능한 기능을 목록으로 만들었고,
곧 인간이라면 그렇게 했을 법한 회로와 내장 프로그램을 설계하
기 시작했다. 세 번째 설계안으로, 감촉으로 확인한 부품과 인간
이 쓰는 다른 장비를 스캔했을 때 일관적으로 쓰였던 모든 구성
요소를 통합할 수 있었다. 이것은 발목 장치가 내부 작동 오류를
확인하고 자체 진단 결과를 송신할 수 있는지 확인할 방법을 제

공해 줄 터였다.

스스스폭은 별 어려움 없이 결과 목록을 확장할 수 있었다.

상상에 불과하다는 건 알지만, 지그문트는 방한이 되는 신발을 뚫고 냉기가 다리를 타고 올라와 몸속까지 파고드는 느낌을 받았다. 이 눈덩어리는 절대영도를 간신히 웃돌았다. 지켜보면서 기다리는 것밖에 할 일이 없으니 왠지 추위가 더 심하게 느껴졌다.

추위뿐이 아니었다. 별도 다이아몬드처럼 변치 않게 빛났다. 깜빡이는 기미조차 없었다. 대기의 흔적은 오래전에 얼어붙어 버렸다. 니플하임의 질량은 겨우 뉴 테라의 십분의 일 정도였다. 니플하임은 또한 물리적으로 좀 더 작았다. 당연히 표면 중력이 지그문트에게 익숙한 중력의 삼분의 일쯤 되었다. 지평선은 너무 가까워서 지그문트를 향해 밀어닥치는 느낌이…….

평지 공포증의 공격, 아니, 몸을 꼼짝 못하게 하는 전면 타격이 지그문트의 머릿속에서 소용돌이쳤다. 땅, 하늘, 모든 게 빙글빙글 돌기…….

지금은 안 돼. 빌어먹을! 지그문트는 정신을 추스르고 바삐 돌아가는 건설 현장을 둘러보았다. 진행 상황을 다시 보고받고 싶었지만, 너무 이르다는 건 지그문트도 알았다.

모든 게 너무 매끄럽게 돌아가고 있다는 것도 알았다.

에르오는 관족 세 개로 드라이브 모듈 주위를 가만히 걸었다.

외골격 안의 모터는 극심한 추위에서 작동하지 않아 관족을 움직이기 힘들었다. 에르오는 스캐너를 쥔 다섯 번째 관족을 높이 들고 작업한 결과물을 다시 검사했다.

베데커가 말했다.

"몇 분 뒤면 철저히 조사할 준비가 될 겁니다. 모든 요소를 최대⋯⋯."

"센서에 예상치 못한 수치가 잡혔습니다."

미네르바가 알렸다.

에르오는 얼음 위에 펼쳐져 있는 장비를 바라보았다. 모든 모듈이 똑같아 보였다. 그중 하나가 에르오를 원자 단위로 쪼개 놓을 때까지는 아마도 그럴 터였다.

"어떤 유닛입니까?"

"니플하임에 있는 게 아닙니다. 0.5광일 떨어져서 지나가고 있습니다."

"무슨 수치죠?"

지그문트가 물었다.

"천문학에 관련된 게 분명합니다. 자기단극입니다. 어쩌면 하나가 아닐 수도 있습니다."

미네르바가 차분하게 답했다.

베데커는 초조한 기색으로 휘파람을 불더니 말했다.

"알았습니다. 일단 철저한 시험을 마칠 때까지 위치를 추적하십시오."

지그문트는 그렇게 넘어갈 수 없는 모양이었다.

"지나간다고요? 경로를 보내 봐요."

"내게도 부탁해요."

에르오가 말했다. 화면에 부드러운 호가 나타났다. 지그문트의 헬멧에도 똑같은 그림이 나왔을 것이다. 호가 정확히 니플하임을 향하고 있지는 않았다.

"저게 왜 방향을 돌리는 거죠?"

에르오의 물음에 미네르바가 소심하게 대답했다.

"아마도 전기장 안에 있는 것 같습니다."

이온의 흐름은 어느 항성에서도 멀리 떨어진 이곳에도 충만했다. 당연히 전기장이 있을 수 있었다. 하지만 저렇게 강하다고? 다른 이들이 항성풍과 성간물질, 그게 만드는 전자기장에 대해 이러쿵저러쿵하는 동안 에르오는 다른 그워스와 이야기를 나눴다. 융합했을 때와 비교하면 논의는 고통스러울 정도로 느렸다.

이윽고 에르오는 일행의 대화로 돌아왔다.

"저건 자연현상이 아니라 엔진을 끈 램스쿠프 우주선이에요. 자기 스쿠프를 제동장치로 이용하고 있어요."

지그문트가 욕설을 내뱉었다.

"제기랄! 확실한가요, 에르오?"

"누가 내 계산을 확인해 줘야겠지만, 그래요, 확실해요."

지그문트가 또 욕을 했다.

"제기랄. 미네르바, 지브스, 키어스틴, 능동 센서를 사용하지 마세요. 우리가 가고 있다는 걸 저 램스쿠프 우주선이 알아서는 안 됩니다. 수동 센서로 할 수 있는 걸 하세요. 여러분, 우리 통신기는 저출력이지만 안전하게 갑시다. 대화는 최대한 자제하는 겁니다."

"계속 일하란 겁니까? 팩이 오고 있단 말입니다!"

베데커가 소리쳤다.

"그걸 확인해 보자고요."

지그문트가 대꾸했다.

— 에르오가 옳습니다. 자기장 이상이 있는 곳 중심 근처에서 약하게 중성미자가 나오고 있습니다. 관측한 감속 현상은 램스쿠프 자기장으로 생기는 제동력과 일치합니다. 한참 뒤에 농축 헬륨 꼬리가 있습니다.

엔진을 끄고 핵융합로 가동을 낮춘 램스쿠프 우주선 하나가 은밀하게 감속 중이었다.

베데커가 갑자기 미친 듯이 발길질을 했다. 얼음 파편이 사방으로 날렸다.

"떠나야 합니다."

"잠깐만!"

지그문트가 말했다.

"아무나 대답해 봐요. 저 우주선이 최대한 빨리 여기에 도착하는 게 언제죠?"

지브스가 먼저 계산을 끝냈다.

— 팩의 핵융합 엔진 성능을 잘 모릅니다만, '긴 통로'호에 있던 것과 비슷하다고 가정하면 대략 하루입니다. 몰래 움직이는 것을 즉시 멈추고 우리를 향해 최대로 가속할 경우에 그렇습니다.

"대충 하루면 근접 공격을 할 수 있다는 소리군. 여기 착륙하기 위해 감속하는 거야."

지그문트는 새까만 하늘을 올려다보았다.

"단순히 휘발성 물질을 가지러 오는 걸 수도 있습니다. 몰래 오는 건 다른 일족의 우주선이 똑같은 짓을 하지 못하게 하려는 거죠."

"아니면 몰래 우리를 덮치려는 거겠지요! 저대로 내버려 두면 안 됩니다!"

베데커의 목소리에 아주 영어답지 못한 어조가 섞여 들었다.

"우리가 해서 안 되는 일은 팩이 당신네 기술을 훔쳐 가게 하는 것뿐입니다."

지그문트가 바로 받아쳤다.

"그러면 파괴해 버리고 여길 떠납시다."

베데커는 반쯤 말하듯 반쯤 노래하듯 했다.

날카로운 경보음이 울리자 다들 순식간에 조용해졌다.

"우주선에 불이 났어요."

키어스틴이 말했다.

지그문트는 어둠 속을 빤히 들여다보았다. '돈키호테'호는 너무 멀어서 보이지 않았다.

"불? 어디에?"

"5번 갑판요. 불이 어디서 났는지, 화재경보기가 울리기 전에 어떻게 그렇게 넓게 퍼졌는지 모르겠어요."

스스스폭의 감방이 있는 갑판이었다. 얼마 안 되는 침구를 빼면 감방 안에 탈 수 있는 물건은 없었다. 감방 안에서 불을 지를 수도 없었다. 지그문트는 여전히 팩이 불을 낸 건지 의아하게 여겼다.

"스스스폭이 위험한가?"

"환경 센서를 보면 연기와 독성 가스, 열이 있는 것으로 나와요. 화재 진압 장치는 작동하지 않고요. 소리를 들어 보면, 스스스폭은 해치를 두드리고 있어요. 그 갑판 화면은 안 잡혀요."

빌어먹을. 불은 죽는 방법 중에서도 끔찍했다. 지그문트는 머리를 재빨리 굴렸다.

"이러면 어떨까? 갑판을 봉쇄하게. 스스스폭을 화물칸에서 풀어 주고 안전한 곳을 찾게 해. 비상 해치를 뒤에서 닫고 화물칸 외부 해치를 열면 불을 끄고 가스를 내보낼 수 있을 거네."

― 제가 할 수 있습니다. 제가 필요로 하는 회로나 모터가 불에 타버리지 않았다면.

지브스가 말했다.

만약 그게 너무 느리다면?

"키어스틴, 장비를 챙겨 입게. 우주선 전체의 공기를 빼야 할지도 모르네."

"네, 장관님."

갑자기 끼어든 위기에 대처하는 몇 초 사이 베데커는 '안식처' 호로 향했다. 지그문트는 지상에서 벌어지는 일에 다시 신경을 써야 했다.

"키어스틴, 자네가 알아서 처리해 봐. 스스스폭만 함교에 접근하지 못하게 하면 되네."

감방 해치의 걸쇠가 철컹 소리를 내며 열렸다. 스스스폭은 밖으로 뛰어나갔다. 음향 센서를 생각해서 일부러 등 뒤로 해치를 쾅 닫았다. 통신기를 통해 지브스가 스스스폭에게 불길에서 멀어지라고 지시했다.

당연히 불 따위는 없었다. 스스스폭이 개조한 발목 장치로 우주선 센서에 주입한 환영일 뿐이엇다. 지브스는 스스스폭이 가고자 하는 방향을 정확히 지시했다.

대형 식당이었다.

스스스폭은 손톱을 발목 장치의 울퉁불퉁한 틈바구니에 넣고 잡아당겼다. 금속이 소리를 내면서 휘었다. 예상했던 대로 약해 보이는 액체 용기가 드러났다. 전류량이 갑자기 높아지면 액체가 증발할 테고, 압력 때문에 용기가 터져 가스가 방출될 것이다. 무선으로도 터뜨릴 수 있었다. 장치를 제거하려고 해도 마찬가지일 것이다.

스스스폭은 발목 장치의 제어회로를 조사하기 시작했다.

괜히 이 식당을 고른 건 아니었다.

처음 붙잡혔던 날, 그는 에어록에서 감방이 된 화물칸까지 순간 이동으로 옮겨졌다. 인간들은 스스스폭을 강제로 치우고 순간 이동 원반을 가져갔다. 하지만 갑판에는 그게 놓여 있던 둥근 모양의 홈이 남아 있었다. 새로 들어간, 지금 '연기'로 가득 차 있는 감방에도 똑같이 둥근 모양의 빈 홈이 갑판에 있었다. 인간은 순간 이동으로 보급품을 창고로 옮겼다.

스스스폭은 식당 바닥에 있는 순간 이동 원반을 들어 올렸다. 원반 가장자리에는 키패드와 길게 늘어선 작은 스위치들이 있었다. 지난번 탈출했을 때는 그 작은 우주선에서 발견한 원반을 제대로 조사할 시간이 없었다.

스스스폭은 순간 이동 장치를 면밀히 살폈다. '도움말' 키를 누르자 간결한 설명이 조그만 화면에 흘러갔다. 스스스폭은 우주선 내부의 주소록을 발견했다. 함교나 엔진실로 가는 주소만 찾으면 곧바로…….

발목 장치 안에 있는 자석 계전기가 무기력하게 딸깍거리는 소리를 냈다. 진정제를 방출하는 회로는 이미 분리되어 있었다. 스스스폭은 계속 작업했다.

그때, 원반에 있는 작은 화면이 먹통이 되었다.

"도약 원반 네트워크를 비활성화했다. 환경 센서도 초기화했지. 불은 가짜였어. 감방으로 돌아가."

키어스틴이 통신기를 통해 말했다.

도약 원반 주소록에 접근했다가 들킨 게 분명했다. 스스스폭은 갑판에 있는 접속 패널을 뜯어낸 뒤 손톱으로 노출된 회로를 베었다. 불꽃이 튀며 식당에서 중력이 사라졌다. 스스스폭은 떠 있는 패널을 잡아 열린 문 밖으로 살짝 밀었다.

바닥에 어느 정도 가까워지자 흰 금속판의 속도가 유성처럼 빨라졌다. 패널이 갑판에 부딪치더니 소리를 내며 납작해졌다.

"복도는 중력이 높아. 하지만 죽지는 않을 거야. 감방으로 돌아가. 아니면 우주로 날려 버릴 테니까."

키어스틴은 목에 뭐가 걸린 듯이 말하고 있었다.

"내가 그렇게 하게 만들지 마."

근처 선반 위에 밀봉된 구급 장치가 몇 개 있었다. 각각에는 조그만 공기통이 있었다. 스스스폭은 식당 문을 닫고 계속 원반을 조사했다.

불빛은 아직 들어와 있었다. 만약 네트워크 제어를 껐다는 키어스틴의 말이 사실이라면, 도약 원반에는 내부 전원이 따로 있는 것이다. 다른 원반 역시 마찬가지일 터였다. 서로 가까이 있는 원반끼리는 통신이 가능할지도 몰랐다. 그러면 수동으로 주소를 입력할 수 있었다.

키어스틴이 다시 경고했다.

"일 분 주지. 그리고 공기를 뺄 거다."

일 분이면 충분했다. 스스스폭은 아까 본 주소록 일부를 분석하기 시작했다.

"에릭, 자넨 여기 있어야 하네!"

지그문트가 에릭의 뒤를 쫓아 가장 가까운 도약 원반으로 달려갔다.

하지만 에릭은 멈추지 않았다.

"내 아내가 혼자서 팩과 함께 있습니다. 가서 도와줘야 해요."

"나도 알아! 하지만 베데커가 제정신이 아니네. 검사부터 끝내야지."

도약 원반까지는 절반 정도 거리였다.

"만약 위에 있는 게 페넬로페라면요?"

"젠장! 내가 올라가겠네. 베데커가 무너지면 여기서 자네가 마무리하게. 그건 내가 할 수 있는 일이 아니니까. 팩으로부터 이 기술을 확실히 지키려면 이 행성을 증발시켜야 해. 그래야 모두를 보호할 수 있네."

"만약 키어스틴에게 무슨 일이 생기면……."

에릭의 목소리가 떨렸다. 걸음은 점점 느려졌다.

저중력에서 달리는 기술이 더 나은 지그문트가 에릭을 따라잡았다. 그는 에릭의 어깨를 잡고 몸을 돌렸다.

"약속하지. 그런 일은 없을 거네."

열 걸음도 채 되지 않아 지그문트는 '돈키호테'호로 도약했다.

복도에는 폭풍이 휘몰아쳤다. 하지만 식당 해치의 밀봉 상태는 거의 공기도 통하지 않을 정도였다. 스스스폭은 구급 장치를 문 위에 펼쳐 놓았다. 질기고 투명한 재질의 가방이 공기가 빠져나가던 문틈을 막았다. 공기 새는 소리가 잦아들었다.

중력이 사라지고 바람까지 분 탓에 식당은 엉망이 되었다. 선반은 이제 반쯤 비어 있었다. 용기가 이리저리 떠다니며 스스스폭과 벽에 부딪쳤다. 선반 몇 개의 뒤쪽 공간이 드러났다. '생명의 나무' 뿌리가 담긴 주머니가 거기에 있었다.

스스스폭은 도약 원반 주소 여덟 개와 그 위치를 기억했다. 우주선 다른 곳—함교도 포함해서—에 있는 원반의 주소를 외삽

해 내기에 충분한 샘플이었다. 스스스폭은 원반을 송신 모드로 설정한 뒤 바닥에 부드럽게 내려놓았다. 손으로 선반을 단단히 잡고 원반 위에 몸을 고정시켰다. 그리고 기다렸다.

하지만 아무 일도 일어나지 않았다.

화면을 확인하자 에러 코드가 떠 있었다. 수신 에러였다. 함교에 있는 누군가가 재빨리 그곳에 있는 원반을 비활성화한 모양이었다. 아니면 전원을 꺼 놓았거나, 뒤집어 놓았거나, 송신 전용 모드로 설정해 놓았거나……

그게 중요한 건 아니었다. 스스스폭이 엔진실이라고 추정한 주소 역시 수신 모드 에러라는 결과가 나왔다.

원반 주소가 모조리 쓸모없어지기 전에 어디로 가야 할까?

7

지그문트는 휴게실을 뛰쳐나왔다. 전투 장갑복의 넓은 어깨 때문에 문틀에 흠집이 났다. 지그문트는 무기고 자물쇠를 열고 주머니에 마비 총과 수류탄, 레이저 총을 집어넣었다.

"키어스틴, 내가 왔네. 스스스폭은 어디 있지?"

"5번 갑판의 보조 식당에 있는 것 같아요. 그 갑판은 식당을 빼면 진공이에요. 식당 이외에는 중력이 8G고요. 스스스폭이라고 해도 빨리 못 움직일 거예요."

"자네는?"

"엔진실로 들어왔어요. 스스스폭이 사용하려고 하기 직전에 여기 도약 원반을 대기 모드로 바꿨죠. 송신 주소가 5번 갑판 식당하고 일치해요."

지그문트가 방금 도약해 온 목적지는 바로 조종사 없이 움직이는 우주선이었다! 오싹했지만, 그게 가장 시급한 문제는 아니었다. 스스스폭이 원반의 원리를 이해한다면, 우주선 어느 곳으로든 갈 수 있었다. 아니, 밖으로도.

"지브스, 지상과 속도 동기화해 놓은 걸 깨뜨려."

— 했습니다. 표준 궤도로 운항합니다.

지상에서는 에릭과 베데커가 장비의 미세 조정을 놓고 논쟁하고 있었다. 만약 스스스폭이 지상으로 내려간다면, 거리를 유지하고 있을 것이다. 지그문트는 혹시 몰라 에릭에게 은밀하게 경고했다. 그리고 키어스틴은 안전하다고 안심시켰다.

또 뭐가 있더라.

"키어스틴, 함교는 안전한가?"

"그곳 원반을 송신 전용 모드로 바꿔 놓고 나왔어요. 그걸 타고 엔진실로 왔고요. 해치는 안에서 잠겨 있어요. 지브스 아니면 산소 토치가 있어야 다시 들어갈 수 있을 거예요."

"지브스, 스스스폭이 식당에 있지 않을 가능성이 있을까?"

— 아닙니다. 하지만 스스스폭은 전에도 우리 센서를 우회한 바 있습니다.

"좋은 지적이야. 키어스틴, 무장하고 있나?"

"아뇨, 죄송해요. 함교와 엔진실을 안전하게 하는 게 우선이었어요.”

“잘했네. 지금은 현재 위치에 대기하게. 내가 식당을 확인해
보지.”

복도는 아직 진공이었다. 희미한 소음이 천장과 바닥을 통해
전해졌다. 식당의 공기가 텁텁해졌다. 스스스폭은 해치를 밀봉
하려고 펼쳐 놓은 구급 장치의 산소통을 열었다.

몇 가지 안을 놓고 생각해 보았다. 무장한 간수들이 다시 붙잡
으러 올 때까지 여기서 기다릴 수 있었다. 위험을 무릅쓰고 밖으
로 나갈 수도 있었다. 손톱 대 전투 장갑이다. 구급 장치에 들어
가 버린 손톱은 더욱 쓸모가 없으리라.

아니면……

스스스폭이 선택할 수 있는 방법은 명백했다.

식당 해치가 살짝 부풀어 올랐다. 아직은 압력에 버티고 있었
다. 지그문트는 선내 통신망으로 전환했다.

“스스스폭, 지그문트다. 이제 식당 해치를 열 거야. 그 자리에
있어라. 그 안에 구급 장치가 있을 거다. 이 분 줄 테니 그 안으
로 들어가.”

지그문트는 누구든 나오기만 하면 쏠 준비를 하고 해치 옆에
섰다. 마비 총은 진공에서 작동하지 않았다. 식당 안으로 섬광탄
을 보내려고 했지만, 그 안에 있는 도약 원반도 송신 전용 모드였
다. 지그문트는 마지막으로 남은 레이저 총을 들고 있었다.

"좋아, 스스스폭, 시간 다됐다."

지그문트는 해치의 잠금장치를 해제했다. 기압 때문에 문이 획 열리면서 손잡이가 손에서 빠져나갔다. 하얀 구름이 세차게 뿜어져 나왔다. 캔과 주머니, 빈 구급 장치가 해치를 빠져나와 갑판 위에 떨어졌다.

팩은 없었다.

지그문트는 문가에서 물러났다. 밀봉된 구급 장치를 입구 안으로 던졌다. 이 분 뒤, 지그문트는 조심스럽게 접근했다. 식당은 엉망이었다.

스스스폭은, 흔적도 없었다.

그 작은 우주선은 스스스폭이 기억하는 그대로였다. 좀 더 지저분할 뿐이었다.

일부는 스스스폭이 한 일이었다. 커다란 자루——밀가루 같았지만, 알 게 뭔가——를 비워서 물품을 챙겼다. 하얀 가루가 몸을 뒤덮었다. 조종석은 그보다 훨씬 더 난장판이었다. 제어장치는 열려서 반쯤 분해되어 있었다! 수십 개의 장비와 측정 장치로 이어지는 케이블 다발이 단자함 밖으로 나와 있었다.

스스스폭은 캐노피를 통해 한때 감방이었던 곳의 익숙하기 그지없는 벽을 볼 수 있었다.

스스스폭이 마지막으로 탈출하기 전에, 에릭은 압력복을 입고 있었다. 스스스폭은 단순한 우주복이 하이퍼스페이스의 완벽한 무無로부터 보호해 줄 수 있을지 의심스러웠다. 그리고 지그문트의 예의 그 시범은 팩이 볼 수 있는 노멀 스페이스에서 이뤄질 게 분명했다.

자유로 가는 길은 뚜렷했다.

스스스폭은 도약 원반을 뒤집어서 무력화했다. 그리고 이 작은 우주선의 조종 장치를 재조립하기 시작했다.

"마지막 경고다. 일 분 뒤면 우주선 전체를 진공으로 만들 거다. 어디 있는지 말해."

지그문트는 내부 통신망과 공용 채널을 통해 방송했다. 스스스폭이 살아 있고 우주선에 타고 있다면 들을 수 있을 터였다.

하지만 응답은 없었다.

"키어스틴, 아직 압력복 입고 있나?"

"네. 하지만 장관님……."

"우린 스스스폭이 뭘 하는지 모르네. 우리 중 누구도 다시 위험에 빠뜨릴 수는 없어. 스스스폭은 구급 장치에 갇혀 있는 편이 훨씬 덜 위험하네."

"화물칸을 열면 브레넌의 단독선을 잃을 수도 있어요."

— 그건 너무 무겁습니다, 키어스틴. 혹시 모르니 그 화물칸의 중력을 두 배로 올리겠습니다.

"지브스, 내부 비상 해치를 다 열어. 에어록하고 화물칸 문도."

지그문트는 그렇게 명령하고 키어스틴에게도 덧붙였다.

"나한테 무기가 있네. 엔진실 밖에 잠시 서 있을 거야. 일단 무장하면 우주선을 샅샅이 수색하지."

자랑은 아니었지만, 지그문트는 시체가 된 스스스폭을 발견하기를 내심 기대했다.

스스스폭은 지그문트의 위협을 무시한 채 미친 듯이 작업했다. 작은 우주선 안에는 환경 시스템이 있었고, 저장소도 가득 차 있었다.

캐노피에서 붉은 경고등이 빠른 속도로 깜빡이면서 경보가 울려 퍼졌다. 커다란 외부 해치가 올라가기 시작했고, 스스스폭의 몸무게가 두 배가 되었다. 고정되어 있지 않던 도구들이 떨어지면서 작은 우주선의 선체를 때려 종처럼 울렸고, 여러 장비가 우주로 빨려 나가기 시작했다.

도구가 다 떨어졌다.

경보음은 점점 귀에 들리지 않게 되었다.

스스스폭은 분해한 제어장치 대신 끼워 넣은 인간의 장비를 가지고 정보를 알아냈다. 중수소는 삼분의 이가 차 있었다. 엔진은 작동 가능해 보였다. 통신기와 통신용 레이저도 시험을 통과했다. 레이저는 가까운 거리에서 무기로 쓸 수도 있었다. 조종장치도 작동했다. 이제 시험에 들 차례였다. 사실, 조종 장치 말고도 더 있었지만 당장 알아내지 못한 것들은 나중에 조사하면 되었다.

그리고 이제 지그문트가 화물칸 외부 해치까지 열어 주었다. 덕분에 스스스폭은 제어장치를 우회하는 데 걸리는 시간을 벌었고, 압력 상실 경보가 울릴 위험도 벗어났다. 이착륙용 제트만 살짝 뿜어 주면 손쉽게 화물칸에서 나갈 수 있었다.

별들이 손짓했다.

인간들은 스스스폭을 죽일 수 있었다. 스스스폭이 충분히 자극하기도 했다. 스스스폭은 순간 번민을 느꼈지만, 거기까지였다. 양육자들의 운명이 그 자신에게 달려 있었다.

적어도 최후의 순간은 짧게 끝날 터였다.

스스스폭은 통신기를 켰다.

"미안하군."

그리고 핵융합 엔진을 점화했다.

별의 표면보다 뜨거운 플라스마 기둥이 '돈키호테'호 안으로 쏟아져 들어갔다.

'돈키호테'호 전체 ─ 지브스가 있는 서버실을 포함해서 ─ 에 경보가 울려 퍼졌다. 회로 단락. 회로 열림. 전기로 인한 화재. 터져 나오고, 녹아내리고, 사라져 버린 회로 차단기. 온도 경보. 기능 상실. 과도한 압력으로 터져 버린 수조. 통신 장애. 지브스의 능력으로는 분류하기도 어려울 정도였다.

선체가 터져 버리기라도 했다면 플라스마를 내보낼 수 있었을 것이다. 하지만 GPC는 선체를 너무 잘 만들었다. 선체는 플라스마를 가뒀고, 플라스마에 증발한 것은 전부 이온화되었다. 내부에 갇힌 열과 방사선은 순식간에 지브스를 파괴할 터였다. 그 짧은 순간에 지브스가 최적의 대응 방안을 계산할 수는 없었다.

지브스는 할 수 있는 일을 해야 했다.

지브스는 강제로 외부 해치와 비상 해치를 열어 놓고 있던 것을 취소했다. 문은 녹거나 강한 열에 뒤틀리지 않았다면 저절로 닫힐 터였다. 주 화물칸 해치는 그 즉시 닫혔다.

가장 큰 핵융합반응로는 알아서 반응을 중단했다. 그럼에도 지브스는 무작위로 튀어나온 플라스마 속에서 융합반응을 일으킬 희박한 가능성에 대비해 중수소와 삼중수소를 우주로 방출했다. 조금이라도 냉각 작용을 하도록 질소를 승무원 구역에 쏟아 붓기도 했다. 산소는 불길을 키우지 못하도록 우주로 내보냈다.

지브스는 작열하는 플라스마에서 벗어나기 위해 주 추진기를 작동시켰다. 추진기 하나가 둔탁한 소리를 내면서 작동하지 않았다. 나머지는 금세 명령에 따랐다. 우주선이 거칠게 흔들렸다.

지브스는 니플하임 상공에 있는 통신위성을 향해 짧은 레이저 신호를 보냈다. 가장 중요한 파일이 회수되었기를 바랐다. 얼마나 많은 기억장치가 고장 났는지 알 수도 없었다.

지브스는 이 모든 게 지그문트가 자신에게 기대하고 있던 일이라고 생각했다.

그리고 사고가 정지되었다.

엄청난 섬광!

바이저가 불투명하게 변했다. 강렬한 열기가 온몸을 휩쌌다. 지그문트는 키어스틴이 막 열어 준 해치를 통해 엔진실 안으로 뛰어들었다. 키어스틴이 해치를 닫았다. 우주선이 부르르 떨리더니 발밑이 흔들렸다. 갑자기 뜨거운 바람이 날아들었다. 산소

일 리가 없었다. 이 정도 열기라면, 뭔가가 불타올랐을 터였다.

"미안하군."

스스스폭의 손길에 애도는 잠깐만 머물렀을 뿐이다.

놈이 무슨 짓을 한 거지?

지그문트는 다시 투명해진 바이저 너머로 해치가 주황색으로 달아오르다가 휘어지는 것을 보았다. 중력이 사라지면서 우주선이 거칠게 내동댕이쳐졌다. 지그문트는 격벽에 부딪쳐 튕겨 나왔다. 뭔가 헬멧에 와서 맞았다. 이제 해치는 새빨갛게 달아올라 있었다.

키어스틴이 날아다니던 지그문트를 낚아챘다.

"자석요!"

발이 갑판에 달라붙자 키어스틴은 그를 뭔지 모를 육중한 장비 뒤로 이끌었다. 압력복 안에서 바람이 윙윙거렸다. 하지만 냉각기는 너무 약했다. 압력복 안의 공기가 시시각각 뜨거워졌다.

"할 수 있어."

지그문트가 줄 수 있는 건 거짓 희망뿐이었다. 또다시 아주 안 좋게 끝나려 하고 있었다.

8

얼음 위에서 벌어지던 일이 돌연히 멈췄다. 불협화음이 공용 통신 채널을 지배했다. 에릭이 드라이브 모듈이 모인 곳 안에서 뛰쳐나왔다. 그는 나지막한 호를 그리며 가까운 원반으로 뛰어갔다. 지그문트에게 저주를 퍼부으면서, 무사하기를 빌었다.

'미안하군.'

어디선가 들려온 스스스폭의 목소리. 에르오가 아직 그 의미를 파악하고 있을 때 '안식처'호가 보낸 통신이 귓전을 때렸다.

미네르바가 외쳤다.

"조용히 하십시오! 긴급한 소식이 있습니다. 스스스폭이 말한 직후 '돈키호테'호가 데이터를 방출했습니다. 전송 중에 통신이 끊겼습니다. 다시 연결할 수가 없습니다. 다른 대원이 데이터를 조사 중입니다. 이와 거의 동시에 중성미자를 내뿜은 무엇인가가 행성으로부터 가속하며 멀어지고 있습니다. 우주선 같습니다. 하지만 신호에 응답하지 않습니다."

"중계 문제인가요?"

에르오가 물었다.

"통신 부이는 대체로 정상입니다. 시험용 메시지를 니플하임 주위로 전송해 봤습니다."

"중성미자가 '돈키호테'호에서 나오는 겁니까?"

에릭이 숨을 헐떡이며 외쳤다.

"알 수 없습니다."

미네르바가 대답했다.

"몇 분 뒤면 니플하임의 그림자 밖으로 나갑니다."

'돈키호테'호가 아니면 도대체 뭐란 말이지? 어쩌면 이 행성으로 몰래 다가오는 램스쿠프 우주선을 기습하려고 기다리던 다른 램스쿠프 우주선일지도 몰랐다. 그 대신 '돈키호테'호를 기습한 것이다. 지그문트와 키어스틴, 지브스가 제대로 된 메시지를 보낼 틈도 주지 않고서.

가능했다. 하지만 에르오는 그렇게 생각하지 않았다.

"우리가 알고 있던 마지막 경로를 바탕으로 계산해 보면 '돈키호테'호가 언제 지평선 위로 올라오지요?"

"이 분 십 초입니다."

미네르바가 대답했다.

에릭이 원반 위에서 멈췄다. 전원은 켜져 있고, 스스스폭이 내려오는 것을 막기 위해 송신 모드로 되어 있었다. 에릭은 그 자리에 서서 소리를 질렀다.

순간 이동이 되지 않았다. '돈키호테'호가 궤도를 유지하고 있거나 멀어지고 있을 것이다. 속도 불일치가 너무 심했다. 에르오는 원래 그 사실을 알아서는 안 되었다. 그래서 가만히 바라만 보고 있었다. 에르오의 동료가 '돈키호테'호에 타고 있다면, 에르오도 똑같이 했을 터였다.

종합 센서의 증강 시야 속에서 시간이 점점 줄어들었다. 마침내 0이 되자 에르오는 미네르바가 조준한 망원경에 연결했다.

얼마 뒤, 경로에서 많이 벗어난 원통 하나가 빙글빙글 돌면서 나타났다. 얼룩덜룩해진 모습이 기괴했다. 여기저기 여러 부분이 시뻘겋게 빛나고 있었다. '돈키호테'호와 그 안에 있는 모든 사람, 모든 것이 파괴된 게 분명했다.

베데커는 처량한 소리를 내며 얼음 위로 쓰러져 몸을 공처럼 단단히 말았다. 영상을 본 모양이었다.

두 번째 가상 시계가 0이 되자 청백색 줄무늬가 지평선 위로 솟아올랐다. 핵융합 불꽃이었다.

"넓게 펼쳐진 자기장이 보이지 않습니다. 램스쿠프 우주선이 아닙니다."

미네르바가 말했다.

"단독선!"

에릭이 울부짖었다.

"내가 키어스틴을 죽였어!"

통신망이 다시 혼돈에 휩싸였다. 그들은 '돈키호테'호로 날아가서 생존자를 수색해야만 했다. 작열하는 청백색 화염을 내뿜으며 날아간 게 누구든 그자를 추적해야 했다. 그리고 대부분의 의견은 같았다. 즉시 복귀해야만 한다.

에릭은 절망과 분노에 휩싸였다. 베데커는 두려움에 제정신이 아니었다. 미네르바는 다른 이들처럼 누군가 결정을 내려 주기를 기다렸다.

에르오는 관족 하나를 길게 빼고 꼼짝도 못하고 있는 머저리들을 둘러보았다. 그러면…… 에르오가 남았다.

"조용히 하세요!"

압력복의 통신기 말고는 증폭할 게 없어서 계속 외쳐야 했다.

"모두들, 조용히! 조용히 하세요!"

소란이 잠잠해지자 에르오는 말했다.

"서둘러야 해요. 여기 일을 마쳐야 해요."

"미쳤어! 키어스틴하고 지그문트를 구해야 한다고."

에릭이 외쳤다.

우주선의 잔해는 아직도 시뻘겋게 달아올라 있었다. 탑승자가 살아 있을 수 있을까? 에르오는 부드럽게 말했다.

"미안해요, 에릭. 그러기 전에 우주선이 식어야 해요."

그것도 다가오는 램스쿠프 우주선 때문에 피해야 하기 전에 시도해 볼 수 있을 정도로 식어야만 했다.

"클오, 응오, 점검을······."

에릭이 몸을 돌려 '안식처'호를 향해 달려갔다.

"점검? 상황이 다 바뀌었어! 스스스폭이 도망가고 있잖아! 우리하고 우리 기술에 대해 알아낸 걸 전부 팩을 위해 쓰겠지. 몇 시간 뒤면, 스스스폭의 핵융합 엔진에서 나오는 빛이 다가오는 램스쿠프 우주선에 도착해. 그러면 스텔스도 자기 제동도 끝이야. 엔진을 켜고 훨씬 더 빨리 우리 목을 죄어 오겠지."

에릭이 미친 듯이 뱉어 내는 말은 압력복을 입은 시민 둘을 추가로 마비 상태의 공으로 만들었다.

"오히려 그래서 여기 일을 끝내야 해요. 행성 파괴기는 스스스폭이 아직 못 본 기술이에요. 램스쿠프 우주선이 도착하기 전에 전부 없애는 건 불가능해요. 그 대신 완성하고 무기를 터뜨리는 거지요. 그러면서 스스스폭을 제거할 수 있어요."

에르오가 말했다.

웅성거리는 소리가 다시 들렸다. 좀 전보다 확신은 줄어든 분위기였다.

에르오는 질서를 잡으려고 애썼다.

"클오, 응오. 장치 점검을 끝내 줘요. 오마르, 도움이 필요한 시민을 '안식처'호로 옮겨 주세요. 에릭, 할 수 있으면 '돈키호테' 호에서 온 데이터를 검토해 주세요. 실마리가 있을지도 몰라요."

한동안 아무도 움직이지 않았다.

마침내 오마르가 말했다.

"저 불가사리 말 들었잖아. 다들 일합시다."

간절한 청원도 베데커로 하여금 공처럼 단단히 말고 있는 몸을 풀게 하지는 못했다. 압력복이 단단해서 입을 주물러도 별 영향이 없었다. HUD를 보니 공기는 따뜻했다. 몸에 느껴지는 중력은 정상이었다. 의식이 없는 마비 상태에서 베데커는 '안식처' 호로 이동했다. 그는 마음을 비우고 망각으로 돌아가려 했다.

"……위험해!"

몸을 꿰뚫는 듯한 소리가 베데커를 현실로 돌려놓았다. 그는 머리 하나를 꺼내 격렬하게 주위를 둘러보았다. 자신의 선실이었다. 에릭과 미네르바가 서서 그를 내려다보고 있었다. 미네르바의 입에서 나오던 경고의 외침이 사그라졌다.

"당신 도움이 필요합니다. 망가지는 건 나중에 해도 돼요."

에릭이 말했다. 손에 든 헬멧을 빼면 압력복을 그대로 입은 채였다.

"뭐, 뭘 하란 겁니까?"

베데커는 더듬거렸다. 팩을 상대로 뭘 어떻게 할 수 있다는 말일까? 지그문트조차도 벌거벗은 팩 포로 하나를 통제하지 못했는데.

"'돈키호테'호가 제대로 된 궤도에 있지 않습니다. 삼십 분 뒤면 니플하임에 충돌하겠죠. 그 전에 키어스틴과 지그문트를 구해야 합니다."

그게 왜 중요할까? 왜 나를 귀찮게 구는 걸까?

베데커는 다시 망각의 세계로 부유하는 기분을 느꼈다. 하지만 정신을 차리고 물었다.

"왜 납니까?"

"우리가 행성 파괴기를 터뜨리면 전부 파괴되겠죠. 니플하임하고 몇 시간 거리에 있는 램스쿠프 우주선하고, 스스스폭이 탄 우주선도. 전부요. 하지만……."

"하지만 뭐지요? 아. '돈키호테'호의 선체 말이군요."

인사불성에 가까운 베데커였지만, 난공불락에 가까운 선체를 팩이 회수할 가능성은 좋게 들리지 않았다.

"물론 날 수 없을 겁니다."

"더는 못 참겠군!"

에릭이 베데커의 옆구리를 찼다. 미네르바가 깜짝 놀라서 휘파람을 불었다.

"일어나! 당신 임무는 우리가 키어스틴과 지그문트를 구하고 나면 선체를 파괴하는 거야!"

"난 그럴 수가……."

두 번째 발차기는 아팠다. 미네르바는 불안해하며 몸의 중심을 바꿨다. 끼어들고 싶었지만, 어찌할 줄을 몰랐다.

에릭이 말했다.

"뉴 테라에는 GP 선체가 있는 우주선이 거의 없어. 대부분은 지난 전쟁이 시작되면서 가루가 돼 버렸지. 지그문트는 당신이 초분자를 강화하는 내장 동력원을 끄는 코드를 알고 있다고 생각했어. 지금도 그렇게 생각해."

지그문트는 거의 옳았다. 하지만 그런 코드가 내장돼 있다는 건 그런 상황을 예상했다는 뜻이었다. 잘못된 데이터를 입력하면 먼지로 변해 버리는 우주선을 누가 만들겠는가? 자폭 코드 같은 건 없었다.

베데커가 알아챈 건 선체에 내장돼 초분자를 강화하는 동력원을 제어하는 마이크로프로세서에 있던 의도치 않았던 백도어였다. 올바른 주파수의 통신용 레이저로 우주선을 겨냥하면, 일부 빛은 광학 부품에 침투했다. 그다음은 동력원을 끄는 단순한 프로그램을 만드는 문제였다. 이 취약점을 제거하려면 천 년 넘게 만들어 온 우주선 전체를 교체해야 했다.

일조 명의 협약체 시민 중에서 이 비밀을 아는 건 다섯 명 정도였다.

에릭에게 이야기할 이유가 어디 있을까? 에릭의 조상이 썼던 램스쿠프 우주선은 조사 목적으로 '안식처'호와 똑같은 GP 4호 선체 속에 보관되어 있지 않았던가. 그러다가 에릭과 키어스틴이 선체를 부수고 빠져나왔다.

"이미 방법을 알지 않습니까."

"'긴 통로'호는 움직이지 않았어. 튼튼한 지지대로 고정되어 있었지. 그래서 동력원이 움직이지 않는 과녁이었던 거야. 기껏해야 몇십 미터 떨어져 있었어. 난 '긴 통로'호의 통신 레이저를 이용해서 동력원이 정지할 때까지 과부하를 줬거나 과열시켰던 거지. '돈키호테'호가 저렇게 돌고 있으면 절대로 동력원에 초점을 맞출 수 없어."

에릭은 다시 발을 뒤로 당겼다.

"그러니까 당신한테 달렸다고."

베데커의 방법은 먼 거리에서도 통했다. 하지만 회전에는 어쩔 수 없었다. '안식처'호가 움직임에 맞춰 그 주위를 돌 수 있을까? 어떤 조종사가 그렇게 미치광이 같은 기동을 할까? 자기도 모르게 나와 있는 머리가 배 쪽으로 움직였다.

그때, 누군가 닫혀 있는 선실 문을 다급하게 두드렸다.

"사 분이에요."

어떤 여자가 말했다.

베데커를 움직이게 하는 데는 발차기 두 번이 더 필요했다. 그때쯤에는 베데커도 '안식처'호가 거의 난파선과 랑데부할 위치에 있다는 사실을 깨달았다. 선체를 파괴할 유일한 방법은 레이저를 우주선에 실어야만 가능하다는 사실도. 그리고 건너간다는 건 여전히 시뻘겋게 빛나면서 빙글빙글 도는 우주선으로 우주유영을 해야 한다는 뜻이라는 것도. 그리고…….

이 저주받은 구조 임무가 미치광이 인간의 발차기에 맞아 죽는 것보다 빠른 종말일 것 같았다.

에릭은 나직하게 기원하면서 화물칸의 열린 입구에서 도약했다. 압축공기라는 보이지 않는 날개를 이용해 어둠 속으로 사라졌다.

니플하임은 하늘 대부분을 차지하고 있었다. 얼음 표면에서 나오는 빛이 미약해서 사실상 별이 보이지 않는 영역 수준이었다. 천육백 미터 밖에서는 '돈키호테'호의 잔해가 빙글빙글 돌고 있었다. 망가진 선체 안쪽 여기저기에서 붉은 얼룩이 빛났다.

잔해가 정확하게 베데커를 가리키는 순간에는 허스에서 본 NP_1이나 NP_5만큼 크게 보였다. 잔해의 전체 길이가 보일 때는 허스에서 가장 가까운 행성보다 세 배는 더 커 보였다.

베데커는 스스로 훈계하고, 스스로 꾸짖었다. 그리고 흐느꼈다. 당장 시급한 게 뭔지 스스로 상기했다. 모든 게 다 시급했다. 베데커는 목을 빙글 돌리며 발굽으로 바닥을 찼다. 스스로 광기를 더욱 크게 터뜨리게 만드는 모든 방법을 시도했다. 그래도 기다리는 건 참기 힘들었다.

베데커는 구조대 나머지 인원과 함께 '안식처'호에 남았다. 에릭은 도약 원반을 등에 지고 있었다. 에릭이 난파선에 올라타면, 나머지는 도약할 계획이었다.

베데커는 바이저를 켜고 멀리 떨어져 있는 점으로 보이는 에릭의 모습을 확대했다. 파괴된 우주선에 거의 도착했다. 확대 영상으로 빙글빙글 도는 모습을 보니 속이 울렁거렸다.

출발은 좋지 않았지만, 에릭은 소용돌이를 그리며 잔해를 향해 다가갔다. 거칠게 움직이는 우주선과 조화를 이루기 위해 지그재그로 움직였다.

　"주 화물칸은 너무 뜨겁다. 주 에어록으로 들어가겠다."

　선체에서 두 번 튕겨 나간 에릭이 욕설을 내뱉었다. 세 번째 시도에서, 쿵 하는 소리와 함께 신발 한쪽의 자석이 에어록 안쪽 격벽에 달라붙었다. 몸이 우주선과 반대로 움직였다. 다리를 중심으로 몸을 돌리자 얼굴이 선체에 부딪쳤다.

　"들어왔다."

　에릭이 헐떡이며 말했다.

　잠시 후, 베데커가 잔해 안으로 도약했다. 커다란 주머니가 옆구리에 걸려 있었다. 도약 원반 두 개가 대부분을 차지했다. 무슨 일이 생기든, 이 난파선에서 빠져나갈 방법은 있을 터였다.

　중력은 꺼져 있었다. 수도 없이 많은 단락된 회로에서 청색 불빛이 깜빡이며 빛났다. 섬광 사이로 탁한 붉은색 불꽃이 복도를 향해 스멀스멀 퍼졌다. 우주선이 비틀거릴 때마다 근처 창고 해치 너머에서 뭔가 부딪치고 부서지는 소리가 들렸다.

　아무리 네서스라고 해도 이렇게 미친 짓을 해 봤을까?

　"괜찮습니까?"

　베데커가 에릭에게 물었다.

　"다리가 부러진 게 거의 확실해요. 전투 장갑복이 다리를 고정하고 있어요."

　베데커는 눈을 깜빡였다.

"작동하는 원반이 있으니까 다른 사람이 수색을 끝낼 수 있습니다. 돌아가서 오토닥으로 치료를 받으십시오."

"키어스틴과 지그문트를 찾으면요. 그 전에는 안 가요. 이제 다른 사람이 올 수 있게 원반을 내려놔요."

베데커는 신중하게 복도를 두 발짝 걸었다. 신발의 자석이 몸을 고정시켰다. 재빨리 연이어서 인간 세 명이 도약해 왔다.

미네르바가 통신기로 말했다.

"안전한 거리로 물러섭니다. 거기서도 속도는 계속 맞추겠습니다."

회전, 흔들림, 내던짐, 뒤집힘……. 이 모든 게 동시에 베데커를 사방으로 움직이게 만들었다. 세 다리로 몸을 고정하는 건 어려웠다. 인간들은 어떻게 두 다리로 설 수 있는 걸까?

베데커는 압력복 주머니에서 장치 두 개를 꺼냈다.

"에릭, 이건 개인용 정지장 발생기입니다. 의학적으로 위급할 때 쓰지요."

쓸데없는 성의였지만, 베데커가 줄 수 있는 전부였다. 아무도 이 재앙에서는 살아남지 못했을 것이다.

에릭은 정지장 발생기를 받아 주머니에 넣었다.

"고마워요. 이제 당신이 할 일이 있습니다."

내장 동력원은 두 갑판 앞쪽 그리고 선체 둘레의 절반 거리에 있었다.

하지만 매번 방향을 돌릴 때마다 뭔가 베데커의 앞을 가로막았다. 뒤틀린 격벽. 녹아서 붙어 버린 비상 해치. 참을 수 없는 열기. 불꽃이 튀는 전선 무더기. 길이 정 없을 때는 초점을 최대한 좁혀 치명적인 수준으로 설정한 휴대용 레이저로 우회로를 뚫었다.

통신기를 통해서 진전 속도가 비슷하게 느린 수색대 소식이 들렸다. 그들은 우주선에 넓게 퍼져 있었다.

"함교에 도착했다."

A 팀을 이끌고 전방을 수색하던 오마르가 알렸다.

"아무 흔적도 안 보인다. 미안해, 에릭."

"지브스도?"

에릭이 물었다.

오마르는 주저하다가 대답했다.

"서버실이 완전히 타 버렸어. 틀렸다."

"거꾸로 찾아봐요. 선미 쪽으로. 어쩌면 B 팀이 뭔가 놓쳤을지도 몰라요."

베데커는 마침내 내장 동력원이 들어 있는 벽 안쪽의 구부러진 복도에 도착했다. 벽의 도료는 대부분 불에 타 버렸다. 베데커는 휴대용 레이저를 넓게 펼쳐서 남은 도료를 태워 없앴다. 그리고 목과 머리를 계속 움직였다. 광학 도파관*은 동력원 주위의 빛을 대부분 휘게 만들었다. 하지만 빛을 내는 물체가 흔들리면 어쩔 수 없이 왜곡이 생겼다. 어디를 어떻게 봐야 하는지만 알면 동력원을 찾을 수 있었다.

---

* waveguide, 전파 전송에 쓰이는 관.

바로 거기 있었다.

이 정도 거리에서는 휴대용 레이저면 동력원 제어장치를 다시 프로그래밍하는 데 충분했다. 베데커는 양쪽 머리를 이용해 접착제로 레이저를 벽에 붙였다. 레이저에는 무선조종 기능이 없었다. 베데커는 휴대용 컴퓨터로 접속하기 위해 케이블을 끼웠다.

이제 상황이 여기까지 왔을 때만 하려고 생각했던 마지막 프로그래밍만 남았다. 어떤 비밀은 비밀로 남아 있어야 했다. 베데커가 휴대용 컴퓨터의 촉각 인터페이스로 작업을 하는 것도 같은 이유—압력복 때문에 거추장스러웠음에도 불구하고—에서였다. 여기서 한 일은 누구도 엿듣거나 훔쳐봐서는 안 되었다.

정교한 작업이었다. 극도의 집중력이 필요했다. 베데커는 들으면 우울해지기만 하는 통신을 껐다. 수색대는 성과를 내지 못했다. 아마 아무것도 발견하지 못할 터였다. 지그문트와 키어스틴의 유해는 우주로 날아가 버렸거나 증발했을 것이다.

그때, 대피 경고가 들렸다.

"오 분 뒤 니플하임에 충돌. 빠져나와라."

사 분……. 삼 분…….

이 분이 되자 날카로운 경고음이 압력복을 뚫고 울렸다. 베데커는 미친 듯이 입술을 움직였다. 제대로 했는지 확인해 볼 시간도 없이 작업을 마쳤다.

"장치 준비 완료. 선체 파괴까지 남은 시간 일 분. '안식처'호로 도약합니다."

베데커가 알렸다.

그리고 다시 자신의 우주선에 나타났다. 집합 장소로 쓰였던 화물칸이었다. 그는 몸을 말고 단단한 공이 되었다.

9

스스스폭이 새로 얻은 우주선은 빠르고 기동성이 있었다. 조종하는 게 즐거웠다. 그는 조종법과 성능에 대한 감을 얻는 데 집중했다.

정면에서 스스스폭을 향해 곧장 날아오는 건 볼 수 있으리라고 결코 예상하지 못했던 모습이었다. 팩 함대의 선봉.

뒤쪽에는 두 번째 놀라움이 기다리고 있었다. 램스쿠프 우주선이었다. 앞으로 나온 정찰대거나 약탈 임무를 수행하는 중일 터였다. 스스스폭의 감방이 궤도를 돌던 얼음 세계로 은밀하게 다가오고 있었다.

하지만 생각만큼 은밀하지는 않았다. 누가 만들었는지 모를 이 우주선에는 보통이 아닌 장비가 실려 있었다. 누가 만들었을까? 물론 인간일 것이다. 조종석은 인간의 팔 길이, 인간의 손, 인간의 몸 굴곡에 맞춰져 있었다.

다만 스스스폭이 서둘러 재조립한 제어회로에서는 부정할 수 없는 팩의 영향이 느껴졌다. 사정은 모르겠지만, 프스스폭일 터였다.

스스스폭은 인간들이 계획하고 있던 '시범'이 뭔지 조사해 보고 싶은 마음이 있었지만, 그러지 않기로 했다. 호기심에 굴복하는 건 양육자의 약점이었다. 스스스폭은 핵융합 엔진을 작동시킨 순간에 이미 다가오는 우주선에 자기 존재를 알린 셈이었다. 조만간 다른 우주선이 스스스폭을 볼 터였다. 엔진을 켜고 추적을 시작할 터였다.

스스스폭은 출발이 앞섰다는 점을 이용할 것이다. 이 우주선, 도약 원반, 동적 강화로 놀랍도록 튼튼해진 '돈키호테'호의 선체를 스캔하고 측정한 결과, 하이퍼스페이스와 초광속 드라이브의 존재, 팩의 항로 위에 있는 위험한 외계 종족과 우주를 날고 있는 그들의 세계에 대한 지식 등 모든 것을 잃을 위험을 무릅쓰지 않을 것이다. 그가 자리를 비운 오랜 시간 동안 무슨 일이 일어났든 간에 가족과 일족은 두 팔을 벌리고 그를 환영할 것이다.

스스스폭은 밀가루 포대에서 '생명의 나무' 뿌리를 하나 꺼냈다. 하얀 가루를 불어서 날려 버리고 느긋하게 먹기 시작했다.

스스스폭은 핵융합 엔진을 껐다. 재빨리 등 뒤를 돌아볼 시간이었다.

'돈키호테'호가 공전하는 외로운 세계가 얼음 결정과 증기를 뿜어내고 있었다. 아니, 공전'했던'이 더 정확했다. 충돌한 장소에서 불기둥이 솟아올랐다. 예상대로, 램스쿠프 우주선이 엔진을 켰다. 거리가 너무 멀어서 그 우주선이 스스스폭을 향하고 있는지, 행성을 향하고 있는지는 알 수 없었다. 다만 높은 가속도로 움직이고 있었다.

고출력의 전파 신호가 울려 퍼졌다. 짧은 디지털 데이터가 흘러 들어오더니 빠른 속도로 반복되었다.

우주선의 수신기는 그 변조 방식을 알고 있었다. 그러면 인간이 보낸 신호라는 뜻이었다.

"여기를 봐라."

스스스폭 자신의 목소리가 들렸다.

시범에 대한 경고였다.

억양이 이상한 고음의 릴척 언어로 다른 목소리가 말을 계속했다. 지브스일까? 문법은 다소 틀렸지만, 그 목소리는 이렇게 말했다.

"다른 종족이 사는 세계에 대한 공격을 멈춰라. 은하계 남쪽으로 방향을 돌려라. 따르지 않으면 파멸할 것이다. 여기를 봐라. 다른 종족이 사는 세계에 대한……."

메시지는 계속 반복되었다.

스스스폭은 음량을 줄였다. 집중해야 했다. 다른 무슨 일이 일어날까? 만약 그렇다면, 스스스폭은 지그문트가 시선을 끌기 위해 하는 시범을 아주 잘 관측할 수 있는 위치에 있었다.

스스스폭은 센서를 전부 자신이 날아온 뒤쪽으로 돌렸다. 얼음 세계는 똑같았다. 망원경 해상도의 한계, 최대 배율에서 픽셀 하나가 행성에서 멀어지는 게 보였다. 이 거리에서 보인다는 건 그게 지그문트의 우주선보다 몇 배 크다는 뜻이었다. 아마도 영상 확대 과정의 오류일 게 분명했다. 점이 사라지면서 스스스폭의 의심을 확인시켜 주었다. 얼음과 증기 구름도 똑같았다. 반복되는 전파 신호도 똑같⋯⋯.

갑자기 신호가 귀가 먹먹할 정도의 잡음으로 변했다. 전 대역에서 알 수 없는 소리가 터져 나왔다. 입자검출기는 모든 입자가 불가능한 밀도로 존재한다고 보고했다. 중력 센서는⋯⋯ 뭐라고? 스스스폭은 이해할 수 없었다. 마치 시공간이 미쳐 버린 것만 같았다.

모든 게 점점 강렬해졌다. 점점 더⋯⋯. 점점 더⋯⋯.

조종석 캐노피가 검게 변했다. 눈을 보호하려는⋯⋯ 그런데 무엇으로부터?

망원경 필터를 최대로 적용해 보자, 작은 행성이 있던 곳에는 그 대신 가스와 먼지, 돌무더기가 소용돌이치고 있었다. 세계 하나가 산산조각 난 채 거의 광속에 가까운 속도로 스스스폭을 향해, 사방으로 날아왔다.

스스스폭은 양육자를 완벽하게 실망시켰다는 사실을 인정할 시간도 없었다.

| 마지막 게임 |

1

뭐지?

지그문트는 누워 있었다. 감고 있는 눈꺼풀 아래서 눈알이 이리저리 움직였다. 뜨거웠던 기억이…… 아, 너무나 뜨거웠다. 그리고 강풍이 몰아치는 소리. 공기는 거의 불타오를 것 같았고 숨을 쉴 수가 없었다. 맥박이 빠르게 뛰고 있었던가? 피부에 맞닿을 정도로? 아마도. 이제 죽는다고 생각했던 기억이 떠올랐다. 후회도, 혼란도…….

그런데 지금도 혼란스러웠다. 왜냐하면, 빌어먹을, 기분이 매우 좋았기 때문이다.

지그문트는 눈을 떴다. 얼굴 위로 몇 센티미터쯤에 투명한 돔이 있었다. 오토닥 안이었다. 상태 표시등은 녹색으로 안정돼 있었다. 머리 옆 화면에 작은 글자가 떠 있었지만, 읽어 보지는 않았다. 먼저 할 일이 있었다. 어딘지 알아야 했다.

지그문트는 비상 열림 버튼을 눌렀다. 돔이 열리기 시작했다.

"지그문트?"

익숙한 목소리가 들렸다. 페넬로페!

지그문트는 어리둥절했지만, 임무를 띠고 멀리 떠나 있던 건 떠올랐다. 그 작은 기억의 조각은 더 많은 기억을 몰고 왔다. 하지만 끝 부분은 아니었다. 어떻게 여기 오게 됐는지는…….

지그문트는 속삭였다.

"키어스틴? 키어스틴은……?"

천천히 움직이던 돔이 그의 말이 끝나기도 전에 완전히 열렸고, 지그문트는 일어나 앉았다. 페넬로페가 방 건너편에 서서 눈물 어린 눈을 깜빡이고 있었다.

"지그문트…… 당신을 잃은 줄 알았어."

"미안해."

지그문트는 발치에 있던 로브를 집어 몸에 걸친 뒤 오토딱을 빠져나왔다. 벌거벗고 있어야 할 때는 따로 있었다. 둘은 격하게 포옹했다.

"정말 미안해."

그들은 창문 곁에 서 있었다. 지그문트는 페넬로페 뒤쪽 커튼의 갈라진 틈으로 밖을 내다보았다. '긴 통로' 시에서 가장 큰 광장이었다. 수많은 질문이 떠올랐지만, 하나가 먼저 나왔다.

"키어스틴은 어때?"

"예전 당신하고 똑같은 상태야."

페넬로페는 그를 한 번 더 꼭 끌어안고 뒤로 물러났다.

"의장님이 당신을 먼저 네서스의 오토닥에 넣으라고 했어."

네서스의 오토닥이라니. 네서스는 그걸 인간의 우주에서 얻었을 뿐이다. 샀을까? 훔쳤을까? 네서스는 분명하게 말하지 않았다. 그건 카를로스 우가 만든 시험용 오토닥이었다. 놀라운 나노기술의 소산. 예전에도 가슴에 구멍이 뚫린 지그문트를 구한 적이 있었다.

그러니까 이번에도 뭔가 끔찍한 일을 당했다는 소리였다.

화면에 작게 나온 글을 읽었어야 했다.

"페넬로페, 내가 어떻게 됐던 거야? 기억이 안 나."

페넬로페는 뺨에서 눈물을 닦아 냈다.

"화상, 방사선 노출, 열사병. 전부 심각했어. 상상도 못 하겠더라. 어떻게 된 건지 아무도 얘기 안 해 줬어."

ARM 요원들은 응급처치 방법을 배워서 알고 있었다. 오토닥은 살아서 오토닥까지 올 수 있을 때에나 쓸모가 있었다. 무슨 응급처치를 배웠더라? 아, 심각한 열사병은 혼돈과 환각을 일으킬수 있다. 어쩌면 최근의 기억에 구멍이 나 있는 건 퍼페티어와 상관이 없을지도 몰랐다.

"내가 어떻게 여기까지 왔지?"

그때, 문이 열렸다. 하얗고 긴 가운을 입고 의료용 스캐너를든 여자 하나가 들어왔다.

"아, 일어나셨군요. 여기를 비워 주셔야겠습니다."

물론 키어스틴 때문이었다. 지그문트는 로브를 단단히 여몄다. 그들은 일렬로 복도를 향해 나갔다. 에릭이 공중 부양 들것 옆에서 기다리고 있었다. 키어스틴이 아직까지 오토닥에 들어가려고 기다리고 있었으니 당연히 들것 위에는 지그문트가 예상했어야 하는 존재가 있었다. 기다란 달걀 모양의 은빛 형체. 정지장이었다.

기술자들이 정지장을 풀자 불에 그을린 공기가 빠져나왔다. 키어스틴은 아직 압력복을 입은 채였다. 얼굴이 헬멧 안의 경고등 불빛을 받아 섬뜩하게 보였다.

기억이 밀려오자 지그문트는 비틀거렸다. 격렬한 감정이 더 견디기 힘들었다. 분노와 슬픔, 실망, 후회…… 너무 많아서 지금 정리하기에는 좋지 않았다.

에릭은 힘없이 누워 있는 아내의 모습에서 눈을 떼지 못했다.

지그문트는 침을 삼켰다.

"에릭, 키어스틴이 괜찮을 거라고 약속했지. 아직까지는 내가 형편없었지만, 키어스틴은 괜찮을 거네."

나보다는 카를로스 우에게 감사해야지.

"그래야죠. 그래야 해요."

에릭이 나직하게 말했다.

"지금 오토닥에 넣어야 합니다. 빨리 할수록 좋아요."

기술자 한 명이 재촉했다.

지그문트와 페넬로페가 비켜섰다. 지그문트는 지나가는 에릭의 어깨에 잠깐 손을 올렸다. 등 뒤로 문이 닫혔다.

모퉁이를 돌아가던 지그문트가 마지막으로 들은 건 거의 초음파에 가까운 톱 소리였다. 기술자들이 키어스틴을 압력복에서 꺼내고 있었다.

뉴 테라로 돌아오기까지 0.25년을 정지장 안에서 보내야 했다. 오토닥에서 삼십 일 남짓을 더 보냈다. 치러야 할 전쟁이 있는데 지휘관은 이탈해 있었다. 지그문트는 그렇게 많은 시간을 잃었다고 믿고 싶지 않았다. 하지만 앨리스를 한 번 보자 의심의 여지가 없었다. 언제라도 아기를 낳을 상황이었다.

거의 목숨을 잃을 뻔함으로써 지그문트는 앨리스에게 뉴 테라 방위의 책임을 맡긴 셈이었다.

앨리스와 지그문트는 사브리나가 초대한 유일한 손님이 아니었다. 베데커와 네서스도 있었다. 에릭은 오지 않기로 했다. 오토닥의 투명 돔을 통해 키어스틴을 보고 있으면 정지장 안에 들어간 이래 그 어느 때보다도 더 가까이 느낄 수 있다고 했다.

"시작하죠."

사브리나가 말했다.

흔하디흔한 회의였다. 앨리스는 커피 잔을 내려놓았다.

"지브스, 영상을 틀어."

지그문트의 복귀 첫날이었다. 퍼페티어와 의장과 함께하는 전략 회의는 갑자기 현실로 돌아오는 방법치고 거칠었다. 사브리나의 강력한 주장에서 불길한 기운이 느껴졌다.

지그문트는 전날 밤 앨리스에게 전화해 설명을 요청했다.

'복잡해요.'

앨리스는 기다리라고만 했다.

탁자 위에 홀로그램 하나가 떠올랐다.

— 다들 이런 영상을 보셨을 겁니다. 팩 우주선이 겹겹이 물결처럼 오는 영상을 확대한 겁니다. '안식처'호가 니플하임 시범을 시작하기 직전에 찍었습니다. 이 확대 영상을 기준으로 삼으면 니플하임으로 가는 길에 배치해 둔 스텔스 탐사선이 진행 중인 원거리 관측을 더욱 세밀하게 조절할 수 있습니다.

이야기를 하고 있는 건 지브스였다. 이 지브스는 '돈키호테'호에서 마지막으로 보낸 얼마 안 되는 파일을 흡수했다. 이게 지브스일 수는 없었다. 재빠른 판단으로 지그문트와 키어스틴의 목숨을 살린 그 지브스일 수는 없었다. 그 지브스는 사라졌다.

첫 번째 물결 북쪽 가장자리 앞쪽에 빨간 점이 나타나 깜빡이며 북쪽 가장자리를 향해 움직였다.

— 니플하임은 팩 선봉대 전면에서 0.25광년 떨어져 있었습니다. 시범의 효과는 거의 광속으로 사방으로 퍼졌습니다. 파란 물결, 즉 선두에 있는 램스쿠프 우주선들은 광속의 절반으로 '시범'과 만났습니다. 육십이 일 뒤에는 선봉대의 물결 앞쪽과 조우했습니다. 이게 그 결과입니다. 오만 배로 빨리 돌린 모습입니다.

빨간 점이 갑자기 급격히 팽창하며 구로 변했다. 밝은 빨간색 가장자리 뒤는 분홍색으로 옅어졌다가 점점 부풀면서 색이 흐려졌다. 영리하게 구현한 감소 효과였다.

— 가장자리는 광속으로 팽창합니다. 적외선부터 고에너지 감마선

까지 전부 해당됩니다. 파편은 뒤에서 따라오며, 분홍색으로 나타냈습니다.

분홍색 영역이 퍼지면서 선명한 빨간색 가장자리 뒤로 점점 처졌다.

― 지금까지는 파편의 밭이 원활하게 퍼졌습니다. 저는 이 변화를 이해하지 못하겠습니다.

"시공간의 붕괴가 수그러들어서 거의 0에 가깝도록 흩어진 겁니다."

베데커가 설명했다.

지그문트는 경이감에 휩싸여 홀로그램을 바라보았다. 제기랄, 다들 축복을 받아야겠군! 스스스폭의 요란한 탈출에도 불구하고 해냈단 말이지!

구는 점점 커졌다.

― 지름이 삼분의 일 정도 될 때 선두가 팩과 처음 마주칩니다.

삼분의 일 광년은 전진하는 팩의 폭에 비해 작았다.

― 팩이 어떻게 반응하는지 보시죠.

팽창하는 구가 팩의 영역 안으로 들어가 가로지르기 시작했다. 전자기장이 강타하자 점들이 방향을 벗어났다. 영상의 재생시간을 기준으로 십 초 뒤, 달려온 파편을 피해 달아날 수 있는 우주선은 없었다. 흩어져 있던 파란 점 세 개가 깜빡이다가 사라졌다.

지그문트는 원래 폭발 며칠 전에 경고 메시지를 송신할 계획이었다. 몇 초가 아니라. 이유 없는 공격으로 변한 것에 대해 안타깝게 생각하려고 했지만, 그러지 못했다. 그런 상황에서는 선택의 여지가 딱히 없었다. 팩이 평소 하는 짓보다 더 무자비하게 한 것도 아니었다.

무엇보다, 적으로 인해 살짝 구워진 탓에 더 이상 적에게 감정을 이입할 수 없었다. 지그문트는 키어스틴이 치료를 잘 받고 있는지 새삼 궁금했다.

팩은 그 전에 통보를 받고 방향을 남쪽으로 돌렸어야 했다. 음, 통보를 받긴 했지. 엄밀히 말해 사전 경고는 아니었지만.

"이걸 보세요."

사브리나가 속삭였다.

빨간 거품이 계속 커지면서 더 많은 우주선이 산개했다. 혹은 그러려고 했다. 항로를 바꾼다는 소식은 광속으로 바깥을 향해서도 퍼져 나갔다. 좀 더 멀리 떨어져 있는 우주선이 종종 침입에 대항하기 위해 그쪽으로 방향을 틀었다. 그러다가 천천히 움직이는 파편의 밭을 보자 상당수가 도망가기 위해 방향을…….

하지만 그 길은 막혀 있었다.

니플하임의 잔해가 구 모양으로 팽창함에 따라 팩 함대 도처에서 혼란이 일었다. 파편이 지나간 뒤에도 함대 기동과 작은 충돌은 계속되었다.

"좋았어. 팩다운 반응이었군. 일족들이 각자 자기 우주선을 보호한 거야. 즉각적인 위험이 지나간 뒤에 저들이 뭘 했는지 보고 싶은데."

지그문트가 말했다.

대부분은 앞쪽으로 계속 전진했다. 여전히 핵으로부터 멀어지는 방향이었고, 그 뒤로 다음 우주선의 물결이 따라붙었다. 이곳의 우주선은 상당한 운동량을 쌓고 있었다. 이 정도 규모에서 사방으로 흩어질 수 있을 정도로 항로를 바꾸려면 시간이 걸릴 터였다.

　지그문트는 자기도 모르게 숨을 참고 있었다. 사전 경고든 아니든, 저들은 지그문트가 보낸 메시지를 받았다. 그리고 지그문트였다면 분명히 시범을 보고 확신했을 터였다.

　몇 분 뒤, 변화가 뚜렷해졌다. 점점 더 많은 팩 우주선이 북쪽으로 방향을 틀고 있었다.

　항로 변경이 시작되는 곳이 은하계 남쪽에 더 가까울수록, 더 많은 수가 북쪽으로 방향을 돌렸다. 우주선의 질풍 같은 움직임이나 무리 짓는 모습을 보면 격렬한 우주 전투가 벌어지고 있는 듯했다. 우주선 몇 척이 사라지기도 했다. 난전은 점점 커졌고, 여기저기 더 생겼다. 행성 파괴기가 일으킨 돌풍은 힘이 많이 빠졌지만 계속 전방을 쓸고 나갔다.

　"이건 말이 안 됩니다. 적어도 난 이해가 안 갑니다. 팩이 우리가 녹음한 경고를 이해하지 못한 겁니까?"

　네서스가 소리쳤다.

　지그문트에게는 말이 되었다. 적어도 스스스폭과 보낸 시간이 헛되지는 않았던 듯했다.

　"팩은 제대로 이해했어. 우리가 선보인 위협이 그럴듯했지. 그래서 더 남쪽에 있는 일족이 다른 일족을 위험 속으로 몰아넣고 있는 거야. 그 압력을 받아서 북쪽 가장자리를 따라 움직이던 우주선은 원래 항로를 유지하기도 어려울 정도로 강한 압박을 받고 있는 거고."

앨리스도 고개를 끄덕였다.

"'시범'에 가장 가까운 일족은 확실히 넘어갔어요. 그렇지 않았다면, 그들은 새로운 공격을 피해 북쪽으로 방향을 돌렸겠죠. 우리는 우리도 모르게 남쪽 일족과 동맹이 된 거예요."

사브리나는 당혹스러운 표정이었고, 네서스는 의심스러운 시선으로 앨리스를 바라보았다.

'동맹'은 제대로 된 스팽글리시 단어였다. 하지만 퍼페티어가 발췌한 영어에는 들어 있지 않았다. 동맹은 적을 전제로 했고, 적은 노예와 마찬가지로 퍼페티어가 노예들에게 전해 준 방언에서 빼 버린 개념이었다.

— 전쟁에서 협력하는 대상을 말합니다.

지브스가 쓸데없이 해석을 제공했다. 앨리스의 실수를 강조할 뿐이었다.

지그문트는 재빨리 화제를 바꾸려고 홀로그램을 가리켰다.

"좋은 소식이 좀 보이는군요. 은하계를 상당 부분 가로지르는 대규모 이주도 일족끼리 협력하게 만들지는 못한다는 겁니다."

베데커가 의기소침한 기색으로 혼합 곡물 접시를 뒤적거리며 말했다.

"그러니까 우리를 파괴하는 명예를 놓고 일족끼리 경쟁할 것 아닙니까. 기분이 나아질 이유가 없습니다."

"좋은 소식이란 게 뭡니까, 지그문트?"

네서스가 물었다.

지그문트는 의자에 앉은 채 허리를 폈다.

"일족이 싸워야 한다면, 스스스폭은 그걸 알고 있었을 겁니다. 이걸 생각해 보세요. 스스스폭은 탈출했을 때 자기 일족으로부터 적어도 0.25광년, 아마 그보다 더 멀리 떨어져 있었죠. 놈이 신호를 보냈다면 그 신호가 퍼지면서 여러 일족에게 정보를 드러냈을 겁니다. 하지만 스스스폭은 아무것도 안 보낸 게 거의 확실합니다. 일족을 다시 만났을 때를 대비해서 아껴 두고 싶었겠죠. 놈이 우리와 우리 기술에 대해 뭘 알고 있든지 간에 같이 죽어 버린 겁니다."

베데커가 불안한 동작으로 쿠션 더미에서 몸을 일으킨 뒤 방 안을 빙빙 돌기 시작했다. 한 바퀴 돌 때마다 슬금슬금 문에 가까워졌다.

"기껏해야 우리는 상황을 나쁘게 만들지 않은 데 불과합니다. 나아지게 만든 건 없지요."

지그문트는 얼굴을 찡그렸다.

"나도 베데커에게 동의합니다. 이제 어떻게 해야 할까요?"

유일하게 남아 있는 근접 무기를 쓸 수도 있었다. NP$_5$에 있는 아웃사이더 드라이브를 희생하는 방법이었다. 그래도 팩이 설득되지 않는다면, 지그문트의 무기고는 비게 된다.

그건 보관하고 있는 게 나았다.

그러면 다시 한 번 경고를 날리는 수밖에 없었다. 팩의 진행 경로 위에 있는 다른 곳에서 폭발을 일으키는 것이다. 침범하는 팩의 함대는 지름이 몇 광년에 달했고, '시범'이 주는 교훈은 고작 광속으로 퍼졌다. 올바른 위치에 유랑 행성이 충분히 있다고 가정해도 몇 차례의 폭발과 오랜 시간이 필요했다.

하지만 그건 가능할 것 같지 않았다. 그것도 모자라 홀로그램 속에서 일어난 변화가 시선을 사로잡았다.

지그문트는 욕설을 내뱉었다.

"빌어먹을. 정말 빨리 배우는군."

"뭐가 달라졌는데요?"

앨리스가 물었다. 그러고는 혼자서 답을 찾아냈다.

"아, 초계함이군요."

또다시 네서스가 의심을 담은 시선으로 그녀를 쳐다보았다. 지그문트는 탁자 밑으로 앨리스를 발로 찼다.

"내 영리한 제자 말이 맞습니다."

그는 팩 함대의 선두와 북쪽 가장자리 위에 있는 점 몇 개를 가리키며 말을 이었다.

"정찰선이 더 있군요. 원인은 몰라도 거리에 따라 효과가 줄어든다는 사실을 알아낸 겁니다. 저들은 적을 멀리 떨어뜨려 놓을 작정이군요."

네서스와 베데커는 짧은 멜로디를 교환했다. 이번에는 논쟁이 아니었다. 지그문트도 그게 무엇인지 곧바로 눈치채지 못했다. 슬픔보다 더한, 그리움보다 더한, 그건…… 애가哀歌였다.

네서스가 슬픈 기색으로 말했다.

"예상치 못한 팩 정찰선 하나가 임무를 마비시켰지요. NP$_5$에서 아웃사이더 드라이브를 꺼내도 소용이 없습니다. 제대로 된 피해를 줄 수 있을 정도로 가까운 곳에서 행성을 파괴하지 못할 겁니다."

슬프게도, 네서스의 말이 옳았다.

2

지그문트는 베데커가 '산초 판사'*호의 주 전술 화면에서 눈을 떼지 못하는 모습을 지켜보았다.

"기분 나쁘게 할 생각은 없지만, 당신은 용감한 시민입니다."

"미쳤다고 말해도 됩니다. 그게 나한테 모욕적일 이유가 있습니까?"

베데커는 시선을 돌리지 않은 채, 자기도 모르게 빠른 속도로 갑판을 차면서 덧붙였다.

"당신의 말이라는 점을 감안해서 의도대로 받아들이지요."

수백 척의 우주선이 화면을 채우고 있었다. 니플하임의 장엄한 폭발에 대한 반응은 계속 일어나고 있었다. 가장 강렬한 움직임은 전자기파 폭발 그리고 점점 더 뒤처지고 있는 파편의 물결과 함께 퍼져 나갔다. 반응할 시간이 며칠 정도 있었던 곳에서는

---

* Sancho Panza. 세르반테스Miguel de Cervantes의 풍자소설 『돈키호테』에 등장하는 인물. 돈키호테의 종자, 실리형 인물로 묘사된다.

팩 사이의 전투가 대부분 종결되었다. 그 대신 지그문트가 신중한 일족의 방어법으로 해석한 방식으로 소함대가 기동했다.

함대의 이주는 여전히 뉴 테라와 선단 그리고 즘호를 향하고 있었다.

이들은 지구를 위협한 함대가 아니었다. 그럴 리가 없었다. 앨리스는 과거 태양계에서 육각형으로 깔끔하게 도열한 함대를 보았다. 베데커가 지금 바라보고 있는 대형은 깔끔함과는 거리가 멀었다. 소규모로 서로 지원하는 함대도 물론 있었다. 하지만 전반적으로 이건 슬로모션으로 이뤄지는 주도권 싸움이었다. 당연했다. 프스스폭을 쫓아온 사서들은 하나의 응집력 있는 군대였다. 이들은 군사적인 이익을 위해 기회가 있을 때마다 서로 속이고, 지원하고, 배신하는 여러 일족의 집합이었고.

따라서 머리 위에 드리워진 운명의 검은 구름 속에는 밝게 빛나는 희망이 있었다. 지그문트는 앨리스의 과거에 얽힌 비밀을 드러내지 않고서는 이 사실을 공유할 수 없었다. 지구가 안전하다고 해서 베데커가 안도할 것도 아니고…….

상관없었다. 팩이 신발을 신었던가? 이제 나머지 한 짝도 잃어버릴 참이었다.

GP 선체를 두 개 겹치면 하나보다 안전할까?

베데커가 알기로는 아무도 그런 실험을 해 본 적이 없었다. 팩의 침입은 자꾸만 뭔가 즉흥적으로 시도하게 만들었다. 내가 실험당원이 된 것 같아. 베데커는 심술궂은 생각이 들었다. 그러거나 말거나.

'인과응보'호는 '안식처'호와 마찬가지로 GP 4호 선체를 썼다. 하지만 비슷한 건 거기까지였다. 베데커는 '안식처'호를 사실상 좋아했던 것을 떠올렸다. 바삐 움직이는 승무원이 가득했고, 편의 시설이 잘 갖춰진 우주선이었다. '인과응보'호는 그렇지 않았다. 여기에는 연구 장비도 작업실도 널찍한 방도 먹을 게 많은 식당도 없었다. 사실 갑판도 없고 선실도 별로 없었다.

'인과응보'호는 화물선이었다. 순수하고 단순했다. 하지만 화물만큼은 그렇게 단순하지 않았다. 오로지 지그문트만이 그런 우주선을 상상할 수 있었다. 화물은 이랬다.

주요 화물로, 열화우라늄을 실을 수 있을 만큼 실었다. 우라늄이 비축량을 다 채우지 못하고 떨어지자 납과 금으로 나머지를 채웠다.

그리고 여분의 발전기와 거기에 쓸 여분의 연료통. 4호 선체는 크기 때문에 하이퍼스페이스에서 막대한 에너지를 소모했다. 무거운 화물은 그만큼 더 빨리 보호용 노멀 스페이스에서 에너지를 끌어다 썼다. 화물을 더 실을 공간을 마련하기 위해 중수소와 삼중수소는 온도를 낮춰 고체 상태로 만들었다.

니플하임을 박살 낸 것과 같은 행성 파괴기는 이미 조립이 끝나 있었다.

마지막으로 '산초 판사'호.

병 안에 들어 있는 우주선. 지그문트는 '산초 판사'호를 이렇게 묘사했다. 결국 다른 비유를 들어서 설명하는 건 포기했다. 돛

단배와 관련된 뭔가인 듯했다. 그의 복잡한 머릿속에서는 '인과 응보'호에 실린 육중한 화물을 포도탄*이라고 부르는 것과 모종의 관련이 있었다. 그리고 '졸리 로저**'라는 이름을 지닌 누군가와도. 지그문트는 결국 한숨을 내쉬며 비유를 구명보트로 바꾸었다. 베데커도 구명보트는 이해했다.

사실, 우주선의 이름에 관한 한 베데커는 어느 쪽도 이해하지 못했다. 지그문트가 우주선에 이름을 붙이면 뉴 테라 출신자도 종종 의미를 알지 못했다.

"진출 오 분 전."

지그문트가 '산초 판사'호의 함교에서 알렸다. 그곳은 우주선 두 척의 함교 역할을 했다. 4호 선체를 이용한 보통 우주선이라면 조종 장치가 있어야 할 곳은 납덩어리로 가득 차 있었다.

"알았습니다. 난 엔진실에 있습니다."

베데커가 응답했다.

"관측 장비 준비 끝났습니다."

올트로도 보고했다.

집단 지성이 응답할 때는 굳이 위치를 알릴 필요가 없었다. 거주 공간에 있다는 소리였다. 지그문트는 그워스에게 거의 완전에 가까운 네트워크 특별 권한을 주었다. 덕분에 수조 안에서 장비에 접근할 수 있었다. 올트로는 단지 몇 마디 말로 우주선에서 한자리를 차지했다.

---

* grapeshot. 여러 개의 쇳덩이로 된 대포알.
** Jolly Roger. 해적들이 쓰는 해골 깃발을 말한다.

'이제 우리도 당신만큼이나 일을 마무리하지 않고서는 떠날 수 없게 됐습니다. 지그문트.'

이 셋—그워스를 개별적으로 센다면 열여덟—이 승무원 전체였다. 지그문트는 '핵심 뼈대'라고 불렀다. 베데커는 그 모습을 상상하고 몸을 떨었다. 지그문트는 제정신이 아니었다.

그워스를 데리고 온 건 더욱 미친 짓이었다. 물론 베데커도 제정신은 아니었다. 그렇지 않다면 어떻게 허스와 무리로부터 몇 광년 떨어진 곳까지 올 수 있었겠는가? 하지만 정신병에도 종류와 정도가 있었다.

지그문트가 충분히 미쳤는지는 곧 알아낼 수 있을 터였다. 베데커는 함교 화면에 종속된 홀로그램을 열었다.

지그문트가 외쳤다.

"일 분 전. 누구든 멈추지 말고 계속 가야 할 이유가 있으면 지금 말하세요."

제정신이라면 멈추지 말고 계속 가야 했다. 베데커는 애처롭게 노래했지만 아무 대답도 하지 않았다.

"진출 오 초 전. 사……."

"이…… 일……. 나왔다."

옆쪽 관족을 제어장치 위에 올려놓고 있던 올트로가 센서 스위치를 켰다.

한쪽에는 수백 개의 청백색 빛이 있었다. 반대쪽에는 그보다 더 많은 램스쿠프 우주선의 굶주린 자기장 입이 있었다. '산초 판사'호는 계획했던 대로 팩의 물결을 이끄는 무리 안쪽에 있는 작은 빈 공간에 나타났다. 최전선 사이에는 함부로 갈 수 있는 곳이 없었다.

"정위치."

올트로가 보고했다.

"첫 관측치를 받고 있습니다."

'산초 판사'호는 별들에 대해 상대적으로 거의 정지한 상태였다. 램스쿠프 우주선은 광속의 수십 퍼센트 속도로 날고 있었다. 올트로는 가장 밝은 핵융합 불꽃──근처에 있는 우주선──과 중성미자만 나오는 소스──가까이 있을지도 모르는 우주선──들 중 가장 강한 것의 방위를 쟀다.

그리고 몇 초 기다렸다. 우주선이 아무 의심 없이 속도를 내며 움직이는 동안 방위를 다시 한 번 쟀다. 방위각 차이는 노멀 스페이스에서 불과 십 초*였다.

"일 광시보다 가까운 건 없습니다. 근처에서 광속의 절반 이상으로 움직이는 것도 없습니다."

당장은 전적으로 안전했다. 심지어 베데커의 기준으로도.

"매분마다 갱신하지요."

"좋습니다. 메시지를 보내죠."

지그문트가 말했다.

핵심 메시지는 전파를 타고 끝없이 반복되었다. 지그문트는

---

* 일 초는 일 도의 삼천육백분의 일이다.

우주선 안에도 그 메시지를 틀었다. 나름대로 알고 있는 팩의 언어로 지브스가 메시지를 말했다.

올트로는 일부를 이해할 수 있었다. 스스스폭이 쓰는 말에 재능이 있다는 사실은 올트로가 숨기고 있는 많은 비밀 중 하나에 불과했다.

복잡한 메시지는 아니었다. 남쪽으로 항로를 돌려라. 아니면 우리가 다시 나타나겠다. 그리고 다시, 또다시⋯⋯.

"이제 저 시끄러운 소리 꺼."

마침내 지그문트가 말했다.

딱딱, 쉿쉿, 하는 소리가 멈췄다.

— 전송은 계속하고 있습니다.

팩 사이에 모습을 드러낸 지 장장 십 분 뒤에 지그문트가 다시 입을 열었다.

"합시다. 베데커, 준비됐습니까?"

침묵.

"베데커!"

"준비됐습니다, 지그문트."

베데커가 결국 대답했다.

"호령에 맞춰 진행하세요."

지그문트가 말했다.

"십오부터 카운트다운합니다."

"십이⋯⋯."

‘인과응보’호의 선체가 가루로 변했다. 화물이 느슨하게 묶여 있던 곳 여기저기에서 공기가 약한 표면을 찾아 밖으로 터져 나왔다.

"십……."

‘인과응보’호가 고래라면 피라미 수준인 ‘산초 판사’호가 자유롭게 빠져나왔다. 우주선이 멀어지는 동안 추진기는 밀도 높은 금속 덩어리를 거의 흩뜨려 놓지 않았다.

"삼……."

‘산초 판사’호가 하이퍼스페이스로 사라졌다.

"영."

‘인과응보’호의 중심에 있던 행성 파괴기가 작동했다.

3

"먹혀들고 있군."

지그문트는 기록했다.

"우리가 놈들의 주의를 끌었다."

성공을 묘사하는 데는 놀랍게도 몇 마디 필요하지 않았다.

시간 지연이 있는 감시 영상에 따르면 팩 함대가 소함대별로 쪼개진 채, 가끔은 서로 싸우기도 하면서, 은하계 남쪽을 향해 움직이고 있었다. 뉴 테라와 허스, 즘호로부터 멀어지는 방향이었다.

팩 역시 나름대로의 방법으로 봤을 게 분명했다. 시공간의 물결이 퍼지면서 산산조각 나는 불운한 우주선들의 모습을. 그 뒤를 하나하나의 이온으로까지 쪼개진 납과 금, 우라늄의 폭풍이 바싹 쫓아왔다. 피한다는 건 거의 불가능했다. 이온은 너무 무거웠고 너무 빨리 움직여서 램스쿠프 우주선의 자기장으로 가두거나 비켜 나가게 할 수 없었다. 광속에 가까운 중원소핵은 아무리 강한 우주선이라도 우습게 만들었다.

그야말로 인과응보였다.

'산초 판사'호는 기괴할 정도로 조용했다.

그워스는 거주 공간에 머물면서 고유의 방법으로 이 경험을 흡수하고 있었다.

베데커는 선실을 잠그고 들어앉았다. 뒤늦게야 벌벌 떨고 있었다. 괜찮았다. 곧 회복할 터였다.

지그문트는 빠른 시일 안에 그러기를 바랐다. 고독감이 밀려오고 있었다. 물론 지브스와 이야기할 수 있지만, 그러면 꼭 다른 지브스, 이제는 사라진 친구가 떠올랐다.

함교의 전망 창에서는 다이아몬드처럼 별이 빛났다. 지그문트는 몇 가지 세부 내용을 덧붙여 하이퍼웨이브로 보고서를 보냈다. 감시 영상도 첨부했다. 그리고 페넬로페와 아이들의 홀로그램을 열었다. 임무로 이렇게 오래 떠나 있는 동안 헤르메스와 아테나는 얼마나 더 컸을까?

'산초 판사'호가 하이퍼스페이스로 들어가기 전에 메시지 하나를 더 보낼 시간은 충분했다.

"지브스, 메시지 녹음 시작해. 사랑하는 페넬로페에게. 모든 게 잘됐어. 시간은 좀 걸리겠지만, 집으로 돌아가고 있어……."

높게 쳐든 머리와 세심하게 다듬고 보석으로 장식한 갈기. 베데커는 노래를 부르며 휴게실로 천천히 걸어 들어갔다. 노래를 안 부를 이유가 어디 있을까? 집으로 돌아가고 있었다. 세계의 운명이라는 부담은 어깨에서 사라졌다.

"안녕하십니까, 지그문트."

베데커가 명랑하게 인사했다.

지그문트는 트레드밀 위를 달리고 있었다. 베데커의 요란한 등장에 한쪽 눈썹을 치켜 올렸다.

"기분이 좋아 보이네요."

"좋습니다."

베데커는 레드멜론 주스 한 잔을 들고 찐 혼합 곡물 이 인분을 합성하기 시작했다.

"당연히 그렇겠죠. 당신 미래는 어떻게 됩니까? 뉴 테라로 돌아올 겁니까?"

지그문트가 팔목으로 이마의 땀을 닦으며 물었다.

영어를 말하는 데는 목이 하나만 있으면 되었다. 베데커는 말하면서 먹기 시작했다.

"허스에서 해야 할 일이 좀 있습니다."

당장은 아니었다.

"내가 이루고 싶은 일도 있고 말이지요."

"잘됐군요."

지그문트가 숨을 헐떡이며 말했다.

굳이 말을 아껴야 할 이유가 있을까? 베데커는 생각했다.

"은혜를 모른다고 생각하지 마십시오. 뉴 테라는 내가 허스에서 환영받지 못할 때 환영해 줬습니다. 협약체가 행한 끔찍한 일에 내가 실망했을 때였지요."

"원하는 거라고는 정원하고 혼자 있는 것이었으니까요. 그 대가로 당신은 우리 세계를 구했습니다. 비긴 것 이상이죠."

"당신이 허스를 구했다는 게 더 옳지요."

베데커는 전과 다름없이 빚을 지고 있었다.

하지만 다른 면에서 바뀌었다. 베데커는 정부가 할 수 있는 좋은 일을 목격했다. 세계를 구하기 위해서는 누군가 필요했다. 베데커나 지그문트 ─물론 네서스도─ 같은 이들. 하지만 정부도 있어야 했다. 정부가 아닌 누구도 우주선과 연구실과 승무원과 아웃사이더 드라이브 접근 권한을 제공하지 못했다.

미래는 어떻게 될까?

네서스는 생각보다 더 베데커를 흔들어 놓았다. 베데커는 아웃사이더 드라이브의 남은 비밀을 벗길 작정이었다. 그러기 위해서 과학 장관보다 나은 자리가 있을까? 자원과 인재, 그 자리가 끼칠 수 있는 영향력이 넘쳐 날 텐데.

베데커는 가슴속에서 그보다 더 높은 목표가 꿈틀거리는 것을 느꼈다. 언젠가 그가 최후자가 되지 말라는 법도 없지 않은가? 그러면 분명히 그워스의 위협에 대해 행동에 나설 수 있을 것이다. 뉴 테라와 달리 그워스는 진정한 위협이었다. 누구도 베데커보다 그 위협을 잘 이해하지 못했다.

"괜찮습니까? 갑자기 조용해졌군요."

"그냥 생각 중입니다."

베데커는 자신의 야망에 대해 이야기하지 않기로 했다. 그워스에 대해서도 이야기하지 않을 것이다. 후자에 대해서는 이미 논쟁을 너무 많이 했다. 어쨌든 그워스는 '산초 판사'호가 팩을 뒤로하고 떠난 이래 대부분 거주 공간에서 머물렀다.

그러면 무슨 이야기를 하지?

"뉴 테라에 대해 생각하고 있었습니다. 조석에 대해서."

지그문트는 트레드밀을 멈추고 뛰어내렸다.

"조석 현상이 없는 것 말이군요."

"아닐지도 모릅니다."

"무슨 뜻이죠?"

"난 행성 드라이브에 대해 상당히 많이 알아냈습니다. 아웃사이더 드라이브의 작동을 세밀하게 조정할 수 있을 정도는 된다고 생각합니다."

"안전하게요? 어디에 쓰려고?"

물론, 안전하게다.

"가끔씩 작은 맥동이나 반복적인 소리를 만들어 낼 겁니다."

처음 그 아이디어를 상상했던 때──현명하게도 바로 접었다──와 달리, 베데커는 이제 세 번째 피드백 고리 수준에 이르기까지 그 의미를 이해할 수 있었다.

"이해가 안 됩니다."

뻔하지 않나?

"그 결과로 바다가 요동치면 조석 현상과 비슷한 효과를 낼 겁니다."

지그문트가 웃었다.

"그렇다면 뉴 테라는 당신에게 큰 빚을 지는 겁니다."

4

에르오는 거주 공간이 있는 층에서 나와 함교로 향했다. 외골격 모터가 웅웅거리는 소리와 금속이 부딪치는 소리가 계단통에 울려 퍼졌다. 관족을 들어 올릴 때마다 공기 방울이 눈앞을 흘러갔다. 가장 정신을 산란하게 하는 건 아직도 머릿속에서 울리고 있는 올트로의 권고였다.

— 가능하다면 대안을 찾아오세요.

함교 층으로 나온 에르오는 홀로 있는 지그문트를 보았다. 의도한 대로였다.

"바쁜가요?"

에르오가 물었다.

"전혀요."

에르오는 문을 통해 함교 안으로 들어갔다. 주 화면에는 전방의 모습이 아닌 지상의 풍경이 떠 있었다. 질량 표시기―아무도 설명해 주지 않았지만, 조사 결과 기능이 명백했다——에는 근처에 신경 쓸 만한 어떤 천체도 없다고 나타났다.

"얘기 좀 할 수 있을까요?"

지그문트는 빈 의자를 가리켰다.

"물론이죠. 앉으세요."

에르오는 의자로 기어 올라가며 핵심적인 이야기를 하기 전에 잡담을 해야 하는 인간의 습관에 따랐다.

"내 친구들과 나는 우리 미래에 대해 궁금해하고 있어요."

올트로가 특히 그랬다. 하지만 그들은 그워 한 개체가 다가갔을 때 지그문트가 최선의 응답을 하게 된다고 계산했다.

"최근에 벌어진 일은…… 정신이 없었지요."

"그랬죠. 에르오, 뭔가 고민이 있군요. 말해 보세요."

"우리 종족은 이제 어떻게 될까요?"

"새로운 친구가 생겼잖아요. 정보를 교환하겠죠. 우리는 그걸 문화 교류라고 불러요. 아마 통상도 할 테고. 당신들은 곧 집으로 돌아가게 될 겁니다. 사브리나가 뉴 테라 대표를 따라 보내려고 계획 중이죠. 우리는 대사라고 부르는 사람인데, 당신들 정부와 이런저런 상의를 할 겁니다. 우리 역시 그쪽 대표단이 우리 세계에 오는 걸 환영할 테고요."

"협약체는요? 솔직하게 이야기해 주세요, 지그문트. 우리가 협약체의 친구이기도 한가요?"

긴 침묵 끝에 지그문트가 말했다.

"협약체에는 친구가 없습니다. 이익만 있죠."

해저에서 경쟁하는 도시국가들이 각자의 이익을 좇듯이. 어찌 안 그러겠는가?

"당신이 나보다는 시민에 대해 잘 알잖아요. 시민들이 그워스와 관련해서 어떤 이익이 있다고 보게 될까요?"

좀 더 길고 불길한 침묵이 이어졌다.

"나도 모르겠습니다, 에르오. 어쩌면 교역 상대일 수도 있죠. 시민들은 뉴 테라와 교역을 하거든요."

"확신은 없군요."

나나 올트로만큼 회의적이지는 않겠지만.

"내가 협약체를 대신해서 말할 수는 없어요. 내가 말할 수 있는 건 뉴 테라가 그워스를 옹호할 거라는 사실입니다."

즘호에는 옹호자가 아니라 동맹이 필요했다.

"베데커는 우리를 믿지 않아요. 우리는 그의 의견이 허스에 상당한 영향력이 있을 거라고 생각하고요."

"왜 그런 말을 합니까? 베데커가 당신들을 믿지 않을 이유가 있습니까?"

에르오는 '안식처'호 도처에 도청 장치를 깔아 놓았다는 사실을 밝힐 생각이 없었다.

"베데커는 자기 의견을 조심스럽게 숨기는 편이 아니지요."

"그야 그렇죠. 하지만 왜 당신들을 믿지 않는다는 겁니까?"

"우리는 선단의 위치를 알고 있으니까요. 그리고 베데커는 우리 능력에 겁을 먹었으니까요."

"당신들의 능력이 팩을 물리치는 데 도움이 됐습니다."

지그문트는 그렇게 말하면서도 시선을 돌렸다. 어제의 승리는 오늘 올트로와 그워스를 더 무섭게 만들었을 뿐이다.

"당장 우리는 스스로를 방어할 수가 없어요."

그워스에게 하이퍼드라이브가 있지 않는 한 허스를 위협할 수도 없었다. 전쟁 억지력이야말로 줌호를 지키는 최고의 방법이었다. 그럴 수 있을 때까지는 팩의 질량 병기나 베데커가 설계한 행성 파괴기 둘 다 끔찍한 위협이 될 터였다.

"나는 우리가 없어지는 게 협약체에…… 이익이 될까 봐 두려워요."

올트로를 제거하는 것도.

베데커는 이미 올트로를 스스스폭에 빗대며 그런 제안을 했다. 심지어 당시는 베데커가 시험용 드라이브를 개선하는 일을 그워스가 도와주고 있던 때였다.

지그문트는 얼굴을 찡그렸다.

"분명히 사브리나가 우리는 그워스를 친구로 생각한다고 강력하게 주장할 겁니다."

"말 이외에 또 무엇을 할 수 있지요?"

지그문트는 대답하지 못했다.

무슨 말을 할 수 있을까? 뉴 테라도 이익을 생각해야 했다. 선단과 전쟁을 벌이는 건 이익이 될 수가 없었다. 올트로가 옳았다. 뉴 테라가 도울 수는 있지만 거기에 의지할 수는 없다고 그는 말했다.

그워스는 지그문트에게서 교훈을 얻었다. 편집증은 생존에 큰 도움이 된다.

에르오는 대화를 마치고 서둘러 거주 공간으로 돌아왔다. 인간을 처음 만난 이래 진행 중이던 연구를 시험해 볼 시간이었다.

"오 초 뒤 하이퍼스페이스 진출."

지그문트가 외쳤다. 그리고 곧 덧붙였다.

"좋아, 제대로 된 별들을 보겠군. 눈 아팠는데 잘됐어."

— 눈이 있는 사람에게는 그렇습니다.

지브스가 통신기를 통해 대꾸했다.

올트로는 아무 말도 하지 않았다. 그들은 전술과 예비 대책을 마지막으로 평가하느라 깊은 생각에 잠겨 있었다.

그워스는 종합 센서 세 개를 장비에 완전히 연결해 놓았다. 노멀 스페이스라. 좋았어. 그들은 익숙한 펄서 네 개의 방위를 쟀다. 간단한 계산을 통해 현재 위치가 즘호에서 십팔 광년도 채 떨어져 있지 않음을 알 수 있었다. 뉴 테라와 세계 선단은 약간 더 가까웠고, 약간 다른 방위에 있었다. 그들은 에르오가 오랫동안 중점적으로 연구해 온 메커니즘에 대한 최종 진단을 실시했다.

통과였다.

"미안합니다."

올트로가 통신기를 통해 전했다.

그리고 에르오가 손수 만든 하이퍼드라이브 전환기를 활성화시켰다.

그워스의 거주 공간, '산초 판사'호의 가운데 부분, 이 사건이 아니었다면 거의 파괴 불가능했을 선체 중에서 삼분의 일이 하이퍼스페이스로 이동했다.

5

이어진 나날은 흐릿했다.

베데커의 의식은 돌아왔다 나가기를 반복했다. 어쨌든 의식은 들었다. 다만 결코 부드럽게 돌아오지 않았다. 지그문트가 달래기도 했고, 꾸짖기도 했고, 협박도 했다. 말이 통하지 않으면 주먹으로 치고 발로 차기도 했다.

그 주기가 얼마나 자주 반복됐을까? 베데커는 더는 세지도 못했다. 매번 소리가 들릴 정도로 정신을 차리면, 지그문트가 똑같은 말을 하고 있었다.

'당신만이 우리를 살릴 수 있어.'

베데커밖에 못했다.

첫날, 어떻게 해서인지 그는 압력복을 입고 지그문트를 따라 둥둥 떠다니는 선미에 있는 도약 원반으로 갔다. 선수에 내장돼 있던 동력원과 차단된 선체는 공기압으로 인해 먼지로 변해 날아가 버렸다.

베데커는 반만 남아 있는 하이퍼드라이브 전환기와 얇은 쐐기 모양의 하이퍼웨이브 송수신기를 발견했다. 고칠 방법은 없어 보였다. 나머지는 그워스의 전환기를 감싸고 있던 노멀 스페이스 거품 속에 있다가 그들이 떠날 때 사라졌다.

그워스가 백지 상태에서 하이퍼드라이브를 만들어 냈다는 사실은 지금까지 쭉 베데커의 생각이 옳았음을 증명해 줄 뿐이었다. 그리고 하이퍼드라이브를 수리하지도 못하는 그의 무능함을 더욱 씁쓸하게 만들어 주었다.

보급품을 그러모은 뒤 베데커와 지그문트는 다시 함교로 도약했다. 그러자 조금씩 조금씩, 혼돈과 피로와 두려움의 안개 속에서 베데커는 있는 힘을 다해 일할 수 있었다. 끝이 없어 보였다. 베데커는 아직 남아 있는 환경 시스템의 일부를 안정시켰다. 지그문트가 물과 비상식량, 뭐가 됐든지 쓸모 있어 보이는 것들을 정리하는 동안 베데커는 두려움에 질려 쓸모없는 것을 전부 분해하기 시작했다.

우주선의 남은 부분은 영원히 떠돌아다닐 터였다. 완충 좌석을 보호하기 위한 역장 발생기도 쓸모가 없었다. 어딘지도 모를 곳이었기에 레이더도 쓸모없었다. 통신용 레이저도 마찬가지였다. 신호를 보낸다 한들 빛의 속도로 기어가 마침내 도와줄 수 있는 사람에게 도착했을 때는 너무 희박해져서 의미가 없을 터였다. 어쨌든 그때쯤이면 그들은 이미 오래전에 굶어 죽은 뒤일 것이다. 중력 제어회로, 분산처리 노드, 전력 분배기, 그런 것들은 전부 가장 필요한 장치 하나, 즉 하이퍼웨이브 통신기를 만드는 데 쓰면 되었다.

베데커에게 있는 건 엉뚱한 부품과 설계를 시뮬레이션할 수 있는 휴대용 컴퓨터뿐이었다. 조잡하게 만든 장치를 테스트하는 데 쓸 장비도 사실상 없었다. 베데커는 툭하면 의식을 잃었고, 사고 속에서 자기 자신을 잃어버리거나, 정신이 몽롱해졌다. 그러면 나날이 경각심과 폭력성이 늘어가는 지그문트가 베데커를 깨워 일에 집중하게 만들었다.

시종일관 두려움이 베데커를 괴롭혔다. 협약체가 팩을 물리치는 대신 그보다 더 심각한 위협을 받게 된 ──어쩌면 만들어 낸 ── 걸까?

마침내 하이퍼웨이브 통신기가 완성되었다. 전력은 도약 원반 핵융합로 세 개를 연결해서 마련했다. 그들은 뉴 테라를 공전하고 있는 통신 부이 중 하나에 연결했다. 지그문트가 간신히 좌표를 말하자마자 귀가 터질 듯한 소음과 함께 어설프게 기워 만든 하이퍼웨이트 통신기가 화염에 휩싸였다.

베데커는 다시 한 번 정신을 잃었다.

지그문트는 함교 격벽에 빗금을 새기기 시작했다. 구조 요청을 한 뒤로 어둠과 밝음이 바뀌는 주기를 나타낸 것이다. 한 주기를 하루로 부르기로 했다.

첫째 날. 지그문트는 상황이 낙관적이라고 스스로 위로했다. 좌표는 메시지에서 가장 중요한 부분이었다. 일단 좌표는 보냈다. 구조대가 올 것이다.

무슨 짓을 해도 베데커는 깨울 수 없었다. 지그문트는 인사불성이 된 베데커를 걸리적거리지 않게 부조종석 뒤에 처박아 두었다. 그리고 찾아낸 비상시 전용 정지장 발생기를 활성화시켰다.

셋째 날, 지그문트는 비행복 제어장치를 조사하며 시간을 보냈다. 패턴, 색깔, 질감 그리고 여러 가지 조합, 그 모든 것에 대해 연구했다. 지그문트는 몇 년 동안이나 페넬로페에게 그렇게 하겠노라고 약속했었다.

'시간이 나면……'

지금은 시간이 있었다. 하지만 아직도 이런 게 왜 중요한지는 이해할 수 없었다.

다섯째 날, 지그문트는 아무것도 모르고 정지장 안에만 있는 베데커를 원망하기 시작했다. 그가 거의 인사불성이라는 사실에도 불구하고 원망스러웠다. 둘 중 한 명만 먹고 마시고 숨을 쉰다는 게 지그문트의 몫을 두 배로 늘려 준다는 사실에도 불구하고 원망스러웠다.

십 일째가 되자 지그문트는 베데커를 진심으로 원망했다.

십오 일째, 지그문트는 자기 머릿속에서 나는 소리 말고 다른 소리를 듣고 싶어서 소리를 지르고 벽에 물건을 던졌다.

'미안합니다.'

올트로는 그렇게 말했다. 그 메시지는 지그문트에게만 왔다. 베데커의 휴대용 컴퓨터에는 없었다. 죽여서 미안합니다, 지그문트. 베데커에게는 별로 미안하지 않은 듯했다.

사과는 받아들일 수 없었다.

이십이 일째, 지그문트는 생각이 계속 빙글빙글 도는 것을 깨달았다. 에르오가 마지막으로 찾아왔던 일에 집착하고 있었다. 그워스의 두려움. 뉴 테라가 도와줄지 떠봤던 것. 지그문트 자신의 애매한 대답. 물론 그가 뉴 테라를 대신해 약속할 수 있는 건 아니었지만⋯⋯.

베데커와 그가 구출될 때쯤이면—구출되기는 할까?— 올트로는 고향 항성계에 도착했을 터였다. 거주 공간을 착륙시킬 수 있을까? 의심스러웠지만, 상관없었다. 그워스의 행성 간 우주선이 거주 공간과 랑데부할 수 있을 것이다.

선단의 위치를 알고 스스로 하이퍼드라이브를 만들 수 있는 그워스는 건드릴 수 없는 상대가 되었다.

이십오 일째, 지그문트는 전망 창의 전원을 올리는 실수를 저질렀다. 별과 얼룩덜룩한 성운 말고는 보이지 않았다. 갑자기 그는 함교의 해치를 후벼 파기 시작했다. 다행히 선견지명을 발휘해 해치는 용접해 두었다. 찢어진 손가락에서 피가 흘러나왔다. 평지 공포증의 강력한 공격이었다. 정신을 되찾았을 때는 배가 너무 고팠다.

그 일 이후로는 날짜를 제대로 세고 있다고 믿지 못했다.

아마도 삼십 일째, 지그문트는 고향으로 돌려보내 주겠다고 제의했음에도 그워스가 '인과응보'호에 승선했던 일에 집착하고 있었다. 그워스는 이 일이 끝나는 것을 봐야 한다고 우겼다. 자신들의 안전을 도외시하면서도 그렇게 했다. 그리고 팩을 저지하는 임무가 끝난 뒤에야 에르오가 지그문트를 찾아와 확인받으려고 했다.

현실적인 정치와 지그문트의 회피성 답변이 선택의 여지를 남겨 주지 않은 상황에서 올트로는 스스로 살길을 찾았던 것이다.

지그문트는 올트로의 안녕을 빌었다.

"나도 미안합니다."

지그문트는 속삭였다.

삼십사 일째, 톱밥 맛 에너지 바를 먹다가 목에 걸렸다. 지그문트는 어느새 퍼페티어 고기가 얼마나 맛있을지 환상을 품고 있었다.

삼십칠 일째, 지그문트는 그워스가 베데커를 끈에 매달아 놓은 모습을 상상했다. 그 끈을 잡아당기는 모습을. 그건 재미있었다. 두 손으로 퍼페티어가 눈을 마주 보는 동작을 만들어 보니 더 재미있었다. 지그문트는 그날 남은 시간 내내 그에 대한 웃기는 시를 지었다.

사십 일째, 지그문트는 정지장에 반사된 자신의 모습을 보았다. 눈빛이 거칠고, 턱수염이 무성한 홀쭉이가 마주 보고 있었다. 그는 나머지 시간을 완충 좌석 사이에 웅크린 채 보냈다.

사십이 일째, 평지 공포증이 다시 찾아왔다. 지그문트는 노래를 부르며 증상을 떨쳤다.

"우주선은 이제 없다네. 우주선은 이제 없다네. 우주선은 이제 없다……."

그리고 기시감에 사로잡혔다. 지그문트는 개구리처럼 울고 있었다. 목이 아팠다. 결국 그는 억지로 노래를 멈췄다.

마침내 벽에 빗금을 마지막으로 새긴 게 언제인지 기억도 나지 않았다. 문득 휴대용 컴퓨터로 알 수 있다는 게 떠올랐다. 그걸 어디에 뒀는지 궁금했다. 함교를 뒤집어엎으며 찾았지만, 결국 컴퓨터는 주머니에서 발견되었다. 어쩔 수 없이 웃음이 터져 나왔다. 눈물이 얼굴을 타고 흘러내렸다. 지그문트는 웃다가 울다가 잠이 들었다.

그다음 날, 지그문트는 휴대용 컴퓨터를 확인했다. 오십이 일째였다.

오십사 일째, 지그문트는 계속 날짜를 세고 있는 이유를 잊어버렸다.

오십오 일째, 지그문트는 얼마나 더 살 수 있을지 궁금해졌다.

오십육 일째, 지그문트는 사는 데 집착해야 할 이유를 떠올리기 위해 애썼다.

오십칠 일째, 함교의 도약 원반에 누군가 실체화되었다. 에릭이었다. 그리고 키어스틴도.

페넬로페가 나타나는 순간, 지그문트의 기억이 되살아났다.

| 에필로그 |

스스스폭의 시선이 온갖 장비 사이를 쏜살같이 움직였다. 아무것도 말이 되지 않았다.

얼마 전만 해도 시공간 자체가 산산조각 나고 있었다. 등 뒤에서 부서진 세계의 잔해가 그를 향해 짓쳐들어왔다. 아직도 입안에서는 씁쓸한 실패의 맛이 났다.

그런데 지금은 평화롭기 그지없는 텅 빈 공간뿐이었다.

스스스폭은 몸을 떨었다. 조종석은 추웠다. 온도가 어떻게 이렇게 순식간에 떨어질 수 있지? 큰마음을 먹고 조종 장치에서 고개를 들자 별이 흘러가는 게 보였다.

캐노피가 없었다!

거의 보이지 않을 정도로 어렴풋이 가물거리는 빛은 논리적으로 분명히 있어야 할 역장이 공기를 가두고 있음을 나타냈다. 주위를 둘러보자 우주선 여기저기에 구멍이 나 있었다.

조종 장치는 아직 시간을 기록하고 있었다. 스스스폭은 인간이 쓰는 시간 단위를 알고 있었다. 하지만 날짜 시스템은 몰랐다. 미쳐 버린 우주가 스스로 치유하는 데는 시간이 걸렸다. 하지만 얼마나? 스스스폭은 알 수 없었다.

압축공기는 자세 제어 분사기 몇 개에만 아직 남아 있었다. 구멍이 더 뚫렸다는 소리일까? 하지만 스스스폭은 회전을 죽이기로 했다. 별자리가 익숙하기도 하고 뒤틀린 것처럼 보이기도 했다. 관측 장비는 인정하기 싫은 사실을 확인해 주었다.

스스스폭은 그가 기억하는 마지막 풍경으로부터 몇 광년 떨어진 곳에 있었다.

팩 함대로부터도 몇 광년 떨어진 곳이었다. 함대의 선봉은 또다시 그로부터 멀어지고 있었다. 스스스폭의 위치만 바뀐 게 아니었다. 램스쿠프 함대 역시 움직였다.

어떻게 된 일인지 몇 년이라는 시간이 지나 있었다.

주 연료통에는 구멍이 나 있었다. 중수소도 오래전에 사라졌다. 작은 보조 연료통에만 거의 다 고갈되고 남은 중수소가 약간 있었다. 한 번만 쓰면 그걸로 끝이었다. 역장은 사라질 테고, 공기가 빠져나가 스스스폭은 목숨을 잃을 것이다.

어쩌면 그래서 우주선이 망각 속에서 그를 깨웠을지도 몰랐다. 도와 달라고.

이 우주선은 모종의 방법으로 몇 년 동안이나 스스스폭을 살려 두었다. 또 다른 예상치 못한 기능이 있을까? 우주야 어떻게 생각하든, 스스스폭의 마음속에서는 황급히 조종 장치를 재조립한 게 불과 십분의 몇 일 전이었다.

문득 낯선 서브시스템이 있던 게 떠올랐다.

스스스폭은 조종 장치를 열고 서랍과 선반을 꺼내 배전함을 넓게 펼쳐 놓았다. 각종 계측기를 끼워 넣은 곳이 어디였는지가 기억났다. 인간 역시 스스스폭이 흥미를 갖고 있는 바로 이 서브시스템을 조사했다. 회로의 역할이 무엇인지는 모르겠지만, 팩의 손길이 닿은 설계였다.

이제 보니 돌연변이 수호자의 손길 같았다.

선실 안은 추웠지만, 스스스폭은 온도를 건드리지 않았다. 단순히 편하자고 중수소를 쓸 수는 없었다.

스스스폭은 '생명의 나무' 뿌리를 조금 먹고 계속 조사했다.

자기 수리 기능은 팩과 인간의 기술을 절묘하게 융합한 결과였다. 압력 유지용 역장도 그랬다. 다만 거기에는 불가해한 면도 있었다. 팩 함대의 위치로 보아 그는 몇 년 동안 표류한 게 분명했다. 역장 발생기는 보조 연료를 순식간에 비웠어야 했다. 이것은 스스스폭으로 하여금 가장 놀라운 발견을⋯⋯.

정지장 발생기였다!

조종석 주위에 생긴 정지장 안에서 시간이 정지했다. 그 안에서는 아무것도 변하지 않았다. 에너지 소모도 일어나지 않았다.

우주선이 표류하면서 천천히 스스로 수리하는 동안 스스스폭의 시간은 얼어붙어 있었던 것이다. 그러다가 남은 에너지가 위험할 정도로 낮아지자, 우주선은 압력 유지용 역장을 켜고 선실에 공기를 주입한 뒤 스스스폭을 정지장에서 꺼냈다.

이제 어떻게 생존하느냐는 스스스폭이 해결해야 할 문제였다.

계기를 보니 일 광년도 채 떨어져 있지 않은 곳에 생존 가능한 세계가 하나 있었다. 우연일 리는 없었다. 우주선이 이곳으로 데려온 것이다. 팩이 살 수 있는 행성을 찾았든 인간이 살 수 있는 행성을 찾았든 결과는 똑같았다.

행성의 대기는 스모그로 더러웠다. 전파 신호도 잡혔다. 그곳 주민은 과거 스스스폭이 오랜 세월에 걸친 노력 끝에 드라르로 하여금 이루게 한 수준을 넘어선 상태인 듯했다. 그는 이 노예들을 유용하게 쓸 수 있었다. 그것도 빠른 시일 내에…….

팩 하나가 세계를 정복할 수 있을까? 그들의 기술 수준으로 추론한 결과 확실치는 않았다. 하지만 시도하지 않는다는 건 곧 실패가 분명했다. 스스스폭은 성공할 계획이었고, 도착하면 방법을 찾아낼 것이다.

그들은 몇 년 안에 스스스폭에게 램스쿠프 우주선을, 잘하면 하이퍼드라이브까지 만들어 줄 수 있었다. 분배를 엄격하게 한다면 '생명의 나무' 뿌리 부족으로 죽기 전에 가능할 수도 있었다. 어쩌면 그 행성에서 '생명의 나무'를 기를 수 있을지도 몰랐다.

물론 그곳에 도착한다고 했을 때 얘기였다.

스스스폭은 마침내 왜 우주선이 정지장에서 자신을 꺼냈는지 깨달았다. 중수소는 수리를 끝낼 수 있을 만큼만 남아 있었다.

남은 거리를 움직일 수 있을 정도도 되었다. 속도를 버리고 착륙하기에도 충분했다.

문제는 이 중 둘만 골라야 한다는 점이었다.

게다가 우주선의 기능을 연구하고, 목적지를 조사하고, 선택 가능한 방안을 평가하는 동안 압력 유지용 역장에 에너지를 썼기 때문에 스스스폭에게는 간신히 셋 중 하나만 할 수 있는 에너지밖에 남지 않게 되었다.

스스스폭은 구급 장치 안으로 들어간 뒤 역장을 껐다. 에너지 소모가 느려졌다. 가방 안에 든 산소로 하루의 절반은 버틸 수 있었다.

그 시간의 절반이 지나갔다. 질긴 물질로 만든 가방 안에서 손을 놀려 역장 발생기를 재설정하려니 동작이 쉽지 않았다. 큰 공간 안에 공기를 부드럽게 잡아 놓는 대신 한 방향으로 강하게 내뿜도록 만들었다.

스스스폭은 남은 시간 동안 언제 어떻게 추진력을 적용해야 할지 계산하고 개선했다. 단 한 번의 추진으로, 항성계에 도착해야 했고, 거주 가능한 행성을 포착해야 했고, 정확한 각도로 대기권에 진입해야 했고, 지상─여기서부터는 망원경 해상도의 한계에 다다랐다─에 내려앉아야 했다.

유일하게 가능한 해결책은 항성계를 가로질러 한 바퀴 도는 궤적을 그리며 다른 행성으로부터 두 번 중력 보조를 받는 방법이었다.

갖고 있는 센서가 이런 계산을 할 수 있을 정도로 정확하고 정밀할까? 알아낼 방법은 하나밖에 없었다.

스스스폭은 자신이 내뱉은 탁한 공기에 콜록거리면서, 저산소증으로 끝이 파랗게 변한 손가락을 이용해 항법 제어장치를 조작했다.

제어 불가능한 착륙. 고장 난 우주선. 공기 부족.

모두 정지장 안에 있을 때는 상관이 없었다.

발진까지 남은 시간이 0에 가까워지자 스스스폭은 손을 뻗어 정지장을 활성화시켰다.

그리고 마지막으로 희망을 담아 가족을 떠올렸다.

『세계의 파괴자』 끝